Abilio Estévez

Dein ist das Reich

Abilio Estévez

Dein ist das Reich

Roman

Aus dem Spanischen
von Susanne Lange

Luchterhand

Die Originalausgabe
erschien 1997 unter dem Titel
Tuyo es el reino
bei Tusquets, Barcelona.

1 2 3 01 00 99

Satz: Fotosatz Reinhard Amann, Aichstetten
Druck und Bindung:
Pustet, Regensburg

Printed in Germany
ISBN 3-630-87038-4

Für Elsa Nadal,
die voll Vertrauen gewartet hat.
Für Virgilio Piñera *in memoriam*,
denn das Reich ist immer noch seines.

Meister, was soll ich Gutes tun,
damit ich das ewige Leben habe?

Matthäus 19,16

1

Eine Nacht in der Geschichte der Welt

So viel wurde und wird über die Insel erzählt, daß man verrückt werden würde, wollte man alles glauben, behauptet die Barfüßige Gräfin, die selbst verrückt ist, und sie behauptet es lächelnd, mit ironischem Blick, was nicht verwunderlich ist, denn die Ironie steht ihr im Gesicht geschrieben, sie behauptet es unter dem Klingeln ihrer silbernen Armreife, gehüllt in den Duft ihres Sandelholzfächers, und bleibt nicht einmal stehen dabei, überzeugt, daß alle ihr zuhören, wenn sie barfuß die Kolonnaden heraufkommt, auf den Stock gestützt, den sie gar nicht braucht. Sie spricht über die Insel und mit der Insel. Das ist keine Insel, ruft sie, sondern ein Ungeheuer voller Bäume. Dann lacht sie. Und wie sie lacht. Paß auf, hörst du es, die Insel hat Stimmen, und tatsächlich glauben alle, die Stimmen zu hören, die Barfüßige Gräfin hat sie mit ihrem Wahn angesteckt. Die Insel ist ein ausgedehntes Waldstück mit Kubakiefern, Kasuarinen, Majaguas, Yagrumas, Palmen, Ceibas, Wäldchen mit Mango- und Guanábanabäumen, an denen riesige, zuckersüße Früchte wachsen. Aber ebenso stehen dort (und das ist das Überraschende) Pappeln, Weiden, Zypressen, Olivenbäume und sogar ein prächtiger roter Sandelholzbaum aus Ceylon. Auch unzählige Schlingpflanzen und Rosensträucher wachsen dort, die Irene pflanzt und pflegt. Steinpfade bahnen sich durch die Insel. Und in der Mitte ein Brunnen mit grünlichem Wasser, für den Chavito aus Ton einen pummeligen

Knaben mit einer Gans im Arm modelliert hat. Im Rechteck angeordnet stehen dort Häuser nebeneinander, die sich nur mit Mühe dem Vormarsch der Bäume entgegenstemmen. Die mächtigen Baumwurzeln heben das Pflaster der Kolonnaden und die Fußböden in den Zimmern an und lassen die Möbel wie beseelte Wesen wandern. Ich sage dir, der Tag wird kommen, an dem die Bäume in die Häuser treten, warnt die Barfüßige Gräfin in prophetischem Ton. Und obwohl Merengue, Irene und Casta Diva es mit der Angst zu tun bekommen, lachen sie darüber, diese Verrückte hat Einfälle.

Auf die Insel gelangt man durch ein Tor in der Bahnstraße, in einer Gegend von Marianao, die Backofen genannt wird (der Grund läßt sich leicht erraten). Vor Jahren muß es ein prächtiges Portal gewesen sein. Zwei strenge Säulen stützen den Giebel und das majestätische, nun ziemlich verrostete Gittertor, das immer geschlossen bleibt. Über dem Gitter befindet sich neben der gewundenen Inschrift DIE INSEL eine Glocke. Wer eintreten will, muß wiederholt am Gitter rütteln, damit die Glocke läutet, dann kommt Helena mit dem Schlüssel und sperrt auf. Wir leben in erbärmlichen Zeiten, rechtfertigt sich Helena vor jedem Besucher. Der muß ihr beipflichten, wahrhaftig erbärmliche Zeiten. Und er tritt in den Vorhof. Die Hitze auf der Straße mag noch so unerträglich sein, der Vorhof hat nichts mit der Straße gemein: Er ist kühl und feucht, gern verweilt man dort, um den Schweiß trocknen zu lassen. In einer Ecke steht Merengues Karren, eine wahre Augenweide, ganz weiß, mit spiegelblanken Scheiben. Auch Blumentöpfe mit verschiedenen Taropflanzen befinden sich dort sowie eine plumpe Kopie der Nike von Samothrake. Die Insel selbst ist noch nicht zu sehen, obwohl man sie erahnen kann; im Vorhof versperrt eine hohe Palisadenwand die Sicht auf sie. Bevor man zu den Kolonnaden gelangt, kommt man an Mauern von schäbigem Gelb vorbei, und die Decke, die eigentlich weiß sein sollte, ist ebenso gelb wie die Wände. Die schmucklosen Laternen sind aus Eisen, bei kaum einer sind die Scheiben ganz. An der ersten Ecke, gleich neben Onkel Rolos Tür, stehen ein dunkler Metallspucknapf und ein Hutständer aus Holz, der sich abgenutzt hat, ohne je gebraucht worden zu sein. Am Ende der Palisadenwand, wenn man links in die Kolonnaden biegt und auf Rolos Haus zugeht, ist man endlich auf die Insel gelangt.

Niemand weiß, wann genau die Insel entstanden ist, aus dem einfachen Grund, weil sie zu keinem bestimmten Zeitpunkt, sondern im Laufe vieler Jahre entstand, je nach den Vermögensverhältnissen des Paten. Überliefert ist nur, daß das Portal gegen Ende der Menocal-Regierung fertiggestellt wurde, im Glanz der »fetten Jahre«. Alles übrige sind Vermutungen. Manche meinen, Consuelos Haus, gegen 1880 errichtet, sei das erste gewesen, und womöglich haben sie recht, wenn man bedenkt, daß Consuelos Haus im schlechtesten Zustand ist. Rolo behauptet, unter Berufung auf Quellen, die niemand kennt, daß ein Großteil des Gebäudes bereits zu Zeiten des Pariser Friedens gestanden habe. Doch darauf sollte man nichts geben, denn Rolo kann den größten Unsinn erzählen, nur um mit seinen Kenntnissen zu prahlen. Offensichtlich ist jedenfalls, daß das gewaltige Mauerrechteck, das einen Teil der Insel umschließt (den Bereich, den sie das Diesseits nennen), nicht mit einemmal errichtet wurde, sondern im Laufe der Jahre, je nach Geschmack und Bedürfnissen. Vielleicht wirkt es deshalb so zusammengeschustert, wie viele meinen, als sei es ein nie fertiggestelltes Gebäude. Hohe, rauhe, geschwärzte Mauern. Winzige Fenster mit Milchglasscheiben. Schmale Flügeltüren. Blaulila Oberlicht. Was spielt der Zeitpunkt schon für eine Rolle? Verschmitzt erklärt Professor Kingston, daß die Insel wie Gott ist, ewig, unwandelbar.

Zum Glück befinden sich die Häuser im Diesseits, denn das Jenseits ist höchst unwegsam. Eine schmale Holzpforte, die der Pate vor vielen Jahren hat anbringen lassen und die inzwischen fast zerfallen ist, trennt das Jenseits vom Diesseits. Letzteres ist ein breiter Geländestreifen, der sich nicht auf das Gebäudekarree beschränkt, ein freies Gelände, das sich bis zum Fluß zieht, wo ein einzelnes Haus, das von Professor Kingston, und ein Verschlag stehen, in dem Vidos Vater eine Zeitlang seine Tischlerei eingerichtet hatte. Den einzigen Pfad in diesem Teil haben mit der Zeit die Schritte des alten Professors ausgetreten.

Im Ganzen gesehen setzt sich die Insel (Jenseits wie Diesseits) eigentlich aus vielen Inseln, vielen Höfen zusammen, aus so vielen, daß manchmal sogar langjährige Bewohner sich verirren und nicht mehr wissen, wohin sie sich wenden müssen. Professor Kingston behauptet, die Insel wandele sich von Stunde zu Stunde, jede Zeit, jedes Licht habe seine eigene, eine andere Insel; die Insel der Siesta, zum Beispiel, gleiche nicht der des Morgengrauens. Helena ist der Ansicht, daß sie ohne Statuen ganz anders aussähe. Genau, die Statuen. Wer könnte sich die Insel ohne Statuen vorstellen? Die Statuen, mit denen Chavito die Insel bevölkert hat. Stumme, starre Wesen, aber nicht weniger lebendig als die übrigen Bewohner, mit dem gleichen Bewußtsein, der gleichen Armut, ebenso traurig und schwach wie sie. Das sagt die Verrückte. Und die anderen lächeln, schütteln den Kopf. Die Arme. Arme Verrückte.

In einem versteckten Winkel zwischen dem Diskuswerfer und der Diana steht am Weg zu Consuelos früherem Haus die heilige Jungfrau von El Cobre in einem Schrein aus Glas und Steinen (aus den Steinbrüchen der Provinz Oriente). Steine wie Glas verschwinden zwischen den Blättern. Man muß den Standort der Jungfrau schon genau kennen, um sie zu finden. Es ist ein einfaches Figürchen ohne jeglichen Prunk, wie auch das Original im Heiligtum von El Cobre. Alle wissen, daß die Jungfrau die Schutzheilige Kubas ist; wenige wissen jedoch, daß es auf der Welt keine bescheidenere, kleinere Heiligenfigur gibt (sie mißt kaum zwanzig Zentimeter), ohne Glanz und Zierat, als sollte es geradezu Mühe machen, sie zu bemerken. Der (ausgezeichnete) Künstler, der ihr Mischlingsgesicht gestaltet hat, ist selbstverständlich ungenannt. Das (schlichte) Kleid wurde aus grobem Stoff von fast weißem Gelb gefertigt. Ein Heiligenschein fehlt; um ehrlich zu sein, braucht sie auch keinen: Ihr pechschwarzes Haar ist Schmuck genug. Das Kind im Arm, ebenfalls ein Mischling, hat ein reizendes Gesichtchen. Sein ganzes Können beweist der ungenannte Künstler jedoch bei den drei Jünglingen, die zu Füßen der Jungfrau verzweifelt in ihrem Boot rudern, wo sie der Sturm ereilt hat, dort, in der Bucht von Nipe. Alle Welt weiß, daß den drei Jünglingen im Angesicht des Todes die barmherzige Jungfrau erschien. Sie waren auserwählt, von ihr gerettet zu werden. Auserwählt, sie zu erblicken. Winzig, wie sie sind, muß man schon genau hinschauen, um zu entdecken, daß der ungenannte (und ausgezeichnete) Künstler ihnen Leben verliehen hat, das heißt Angst. Zwei von ihnen (denen die Jungfrau noch nicht erschienen ist) sind sich ihres Todes sicher. Der dritte dagegen, der Auserwählteste der drei, hat den hellen Schein bereits bemerkt und schaut nach oben. Der ungenannte Künstler hat genau den Augenblick festgehalten, in dem sein Gesicht zwar noch Bestürzung zeigt, jedoch bereits von Seligkeit erhellt wird. Auch auf die geschnitzten Wellen, die die drei Männer zu verschlingen drohen, sollte hingewiesen werden, ein wahres Muster an Virtuosität. Vor die bescheidene Heiligenfigur (bescheiden wegen ihrer Winzigkeit, wohlgemerkt) hat Helena eine schlichte Vase gestellt, die immer mit gelben Blumen gefüllt ist. Außerdem gibt es dort ein paar Votivbilder. Man sollte den Schrein mit der Jungfrau, die zwischen ihren heidnischen Gefährten (dem Diskuswerfer und der Diana) beinahe untergeht, nicht aus den Augen verlieren. Sie wird später die Hauptrolle bei einem einzigartigen Vorfall übernehmen, nach dem die Katastrophe ihren Lauf nimmt.

Wußtest du, daß das Meer ganz nah ist? Ja, in unmittelbarer Nähe ist es, und wenige wissen das. Warum das so wenige wissen, ist mir ein Rätsel, da doch auf dieser Insel, wohin man sich auch verirrt, das Meer immer nah ist. Auf einer Insel ist das Meer das einzig Sichere, denn auf einer Insel ist das Land das Flüchtige, Unvollkommene, Zufällige, das Meer hingegen das Beständige, Allgegenwärtige, Großartige, das alle Eigenschaften der Ewigkeit für sich beanspruchen kann. Für den Inselbewohner wird der ewige Zwist zwischen Mensch und Gott nicht zwischen Erde und Himmel ausgetragen, sondern zwischen Land und Meer. Wer hat behauptet, die Götter würden im Himmel wohnen? Nein, damit ihr es wißt, Götter wie Dämonen leben im Meer.

Es ist mir ein Rätsel, warum so wenige wissen, daß das Meer ganz nah ist, denn wenn man die schmale Holzpforte zwischen Diesseits und Jenseits passiert, Professor Kingstons Wohnung, Chavitos Werkstatt und die alte Tischlerei hinter sich läßt und den Graben überquert, der hochtrabend Fluß genannt wird (dieses Bedürfnis, das Kleine, Armselige, Plumpe zu erhöhen!), gelangt man in ein Dickicht aus Duftakazien. Das Akaziengebüsch haben sie Monte Barreto getauft. (Barreto war eine Art tropischer Gilles de Rais.) In das Dickicht bahnt sich zur Rechten ein schmaler Pfad. Ich weiß, »Pfad« mag vielleicht übertrieben sein. Es ist einfach ein schmales Band, das die Akazien nicht ganz so aggressiv in Besitz nehmen und auf dem man mit etwas Phantasie und ohne allzu große Mühe seinen Weg finden kann. Nach einer halben Stunde stößt man zunächst auf die Ruine des Hauses, das jenem Barreto gehört haben soll (dort wurde er begraben, doch wird erzählt, er lebe noch immer, obwohl er schon vor hundert Jahren gestorben ist). Dann lichtet sich das Akaziengebüsch mehr und mehr, der Boden wird immer sandiger, und die Akazienbüsche werden allmählich zu Strandkiefern, Kautschukbäumen und Meertrauben. Auf einmal, wenn man es am wenigsten erwartet, ist alles zu Ende: Ein Streifen Sand taucht auf. Und das Meer liegt vor einem.

Ich beschließe, daß heute Donnerstag ist, Ende Oktober. Schon lange vor Einbruch der Dämmerung ist es dunkel geworden, für die Insel der erste Tag des Herbstes (der kein Herbst ist). Obwohl er als herrlicher Sommertag begann, kam ganz allmählich Wind auf, ohne daß es jemand gemerkt hätte, der Himmel bezog sich mit dunklen Wolken, die eine verfrühte Nacht brachten. Chacho, der nach vier vom Regimentsstab nach Hause gekommen war, bemerkte den heraufziehenden Sturm als erster, sagte zu Casta Diva, sie solle die Wäsche von der Leine nehmen, und trat in die Kolonnaden hinaus. Die Frau sah ihn später vollkommen starr dort stehen und offenbar die Baumwipfel fixieren. Wahrhaftig, dachte Casta Diva, bald wird die Welt versinken, und sie schloß die Fenster, denn der Wind war nicht nur stürmisch, sondern wehte auch Sand und Schmutz herein und wirbelte das Laub auf. Man hörte Fenster zuschlagen. Irene, die kurz nach dem Mittagessen zum Marktplatz von Marianao gegangen war, fand bei ihrer Rückkehr eine Schicht Erde auf Boden und Möbeln, und Pappelzweige hatten sich im Vorderfenster verklemmt. Vor dem Bett lag der zerbrochene Porzellankrug. Irene bückte sich, um die Scherben aufzusammeln. Sie schnitt sich leicht an einem Splitter. Es war fast fünf Uhr nachmittags. Nun herrschte schon so dichte Dunkelheit, daß man das Licht anschalten mußte. Und Helena zündete ein Öllämpchen vor dem Bild der heiligen Barbara an, das seinen festen Platz neben den Familienfotos hatte. Sie tat es nicht rein mechanisch, wie so oft, sondern mit Hingabe, und murmelte leise etwas vor sich hin. Sebastián sah das Gesicht der Mutter vom Flämmchen erleuchtet, der übliche Ernst war, wie ihm schien, daraus verschwunden. Sebastián war schon früh nach Hause gekommen, denn Señorita Berta hatte die Erdkundestunde abgebrochen und angesichts des drohenden Regens den Nachmittagsunterricht für beendet erklärt. Das war ungefähr zur gleichen Zeit, als Versteh-nich-Tingo bei Sebastián auftauchte und Merengue zu dem Schluß kam, daß heute kein Geschäft mehr zu machen sei, weil bei dem Wetter kaum jemand anhalten würde, um Kuchen zu kaufen; also verließ er seinen Platz am Eingang des Entbindungsheims für Arbeiterinnen. In Wirklichkeit war der Sturm nur ein Vorwand:

Er hatte das dringende Bedürfnis, sich in sein Haus zu verkriechen. Mercedes kam gerade von der Gemeinde zurück, als Merengue das Gittertor öffnete, um den Kuchenkarren in den Vorhof zu fahren. Als Mercedes ins Haus trat, sah sie ihre Schwester im Halbdunkel sitzen, das Kinn auf die Brust gesunken. Sie lief zu ihr, im Glauben, sie hätte wieder einen Rückfall erlitten. Marta stieß sie leicht zurück. Warum sitzt du da im Dunkeln? fragte Mercedes. Die Schwester lächelte: Wozu brauche ich Licht? Regnet es? Mercedes verneinte, ließ sich in den anderen Sessel fallen und merkte, wie müde sie war. Nein, es regnet nicht, aber jeden Moment fängt es zu gießen an. Und Melissa stieg aufs Dach, mit Morales auf der Hand. Lächelnd trat sie hinaus, glücklich über den unausbleiblichen Sturm. Dort oben, von ihrem privilegierten Standpunkt aus erkannte sie Onkel Rolo in den Kolonnaden. Schadenfroh malte sie sich aus, daß der heraufziehende Sturm ihn nicht so glücklich machte wie sie. Wie zu erwarten, lachte sie herzhaft, denn so ist Melissa nun mal, verstehe sie, wer will. Und Melissa hatte recht: Der Nachmittag stimmte Onkel Rolo traurig, oder wie er es entschuldigend ausdrücken würde, er verursachte ihm »dunkle Schmerzen in den Muskeln und tiefe Trauer in der Seele«. Ohne den Buchladen zu schließen (war es wirklich ein Versehen?), hatte sich Rolo aufgemacht, um die Insel zu inspizieren. In dem Moment, als Melissa ihn erblickte, sah er gerade, wie Lucio die Schenkel des Apoll vom Belvedere gleich hinter der Palisadenwand zum Vorhof streichelte.

Ist es Lüge, daß die Insel wie Gott ist, ewig und unwandelbar? Sie besaß einen Anfang, wird ein Ende finden und hat sich im Laufe der Jahre beständig verändert. Ist es nicht auch

Lüge, daß der Haupteingang mitten im Glanz der »fetten Jahre« entstand und Consuelos Haus das erste war, stimmt der Unsinn, den Onkel Rolo über den Pariser Frieden erzählt? Lüge. Nichts als Flunkereien. Schwindeleien, die nur verwirren. Legenden. Die Wahrheit über die Insel? Wer könnte behaupten, daß er sie kennt?

Wenn es stimmt, daß es auf Kuba so gut wie keine Weiden, Zypressen und Olivenbäume gibt, warum dann auf der Insel? Prächtig und beileibe nicht verkümmert, stehen sie neben den Yagrumas, den Majaguas, den Palmen und den Ceibas. Wieso wachsen dort Buchen, Dattelpalmen, kanadische Tannen und sogar dieser prächtige rote Sandelholzbaum aus Ceylon?

In den Kolonnaden brennen die Laternen. Es nützt wenig. An einem anderen Tag hätte Merengue sich bei Sonnenuntergang einen Stuhl vor die Tür gestellt, um eine H-Upmann zu rauchen und zu schwätzen. Dann wäre Chavito mit seinem Klappstuhl und seinem schüchternen Lächeln angekommen und hätte sich dem Schwarzen gegenübergesetzt, denn jeder weiß, wie gerne Chavito mit Merengue plaudert. Mercedes käme dazu, frisch gebadet und herausgeputzt, Hals und Brustansatz blitzblank vom Myrurgia-Puder, würde sich gegen eine Säule lehnen, mit einem Seufzer und einem Lächeln, und sagen, daß sie hier für ein paar Stunden das Rathaus und den verfluchten Morúa vergessen wolle. Casta Diva käme mit ihrer Roseneibischschürze und ihren Divaallüren und würde ausrufen, verleitet mich ja nicht, verleitet mich ja nicht, ich habe alle Hände voll zu tun. Und Chacho käme hinterher, würde den Verärgerten mimen und in gespieltem Zorn rufen, die Frau ist doch nicht im Haus zu halten. Auch Irene käme mitsamt ihrem Palmwedel und ihrem Lächeln. An einem ganz besonderen Abend würde sogar Señorita Berta auftauchen, denn ab und zu unterbricht sie schon mal ihre Gebete und vergißt, daß sie ein verbanntes Kind Evas ist, wie sie überdeutlich artikuliert, ganz wie sie es im Pädagogikstudium gelernt hat. Höchstwahrscheinlich würde sich auch Onkel Rolo blicken lassen, denn an manchen Abenden kommt er fast widerwillig, wie vom Zufall getrieben herbei und bringt seine Schwermut (sonst wäre es nicht Rolo), seine gebeugte Erscheinung und diesen halb verbitterten, halb hoffnungsvollen Blick mit, als wären sie alle, die sich hier auf der Insel zusammenfinden, höhere Wesen. Merengue, der ihn gut kennt, würde ihn ein Weilchen traurig anschauen und dann leise, aber so, daß alle es hören können, ausrufen, armer Mann, armer Mann. Gelächter würde ausbrechen, das Gespräch beginnen. (Nichts davon geschieht: Wir befinden uns in einem Roman.)

Heute ist das Abendlicht zu früh erloschen. Herr, laß mich träumen. Vorzeitig schloß Marta die Augen. Gib mir wenigstens meine Visionen, meine eigenen Visionen. Ihre Augen lebten nur schwach bei Tageslicht. Wenn ich schon das wirkliche Brügge, das wirkliche Florenz nicht mehr sehen kann, gestatte mir, durch *mein* Brügge, *mein* Florenz zu wandern. Und sie trat ins Haus, ohne Licht zu machen, wozu braucht sie Licht, die arme Marta mit den geschlossenen Augen. Wie gerne würde ich hohe Berge sehen, die weite Seen mit Schlössern und Schwänen umschließen. Marta geht zu Bett. Oder geht nicht zu Bett. Heftig bläst der Wind, als rüttelte jemand an Türen und Fenstern. Da du mich nun schon zum Sessel, zum ewigen, fast schwarzen Dunkelrot verdammt hast, gib mir zumindest die Fähigkeit, ein Schiff, eine Straße, einen leeren Platz, einen Kirchturm, einen Apfelbaum zu *sehen*. Gott, ich möchte träumen. Träumen. Da ich schon nicht sehen kann, was alle sehen, will ich wenigstens vor Augen haben, was niemand sieht. Es ist doch so einfach.

The land of ice, and of fearful sounds where no living thing was to be seen, sagt Professor Kingston und schließt die Fenster mit einem Stock. Die Fenster sind so hoch angebracht, daß man sie sonst nicht schließen könnte. Die Welt wird in der Sintflut versinken, die Welt wird in der Sintflut versinken, und du hast nicht mal Laudanum, um die Schmerzen der durchwachten Nacht zu lindern. Seit Jahren wohnst du im Jenseits und hast erkannt, daß es einerlei ist, ob du auf der einen oder der anderen Seite wohnst. Einerlei, mein Alter, einerlei. Glaub mir. Und du setzt dich in den Schaukelstuhl, in Ciras Schaukelstuhl, eigentlich das einzige Andenken, das du an Cira behalten hast. Den Schaukelstuhl und die Briefe, die sie dir während deiner einsamen Monate in New York geschrieben hat. Professor Kingston atmet schwer. Mit dem Pappfächer, den er am Morgen in der Apotheke geschenkt bekommen hat, versucht er, sich Luft zuzufächeln. Auf einer Seite zeigt der Fächer das Farbfoto einer Katze. Professor Kingston dreht ihn um. Er zieht die Werbung der Apotheke *Veloso* der abscheulichen Katzenfratze vor. Nun läßt er seinen Blick durch das Zimmer wandern, auf der Suche nach einer Beschäftigung. Heute ist Donnerstag, also hat er keinen Unterricht. Auch sonst ist nichts zu erledigen. Die Prüfungen liegen durchgesehen, sortiert und benotet auf dem Tisch. Das Bett ist gemacht und wartet auf ihn, falls ihn der Schlaf überkommen sollte. Die Küche ist aufgeräumt. Er läßt seine Augen durch das große Zimmer schweifen, das kühl ist, denn vier Fenster gehen aufs Jenseits hinaus, er betrachtet die graugelben Wände, die seit einer Ewigkeit nicht mehr gestrichen worden sind, obwohl das Zimmer sonst peinlich sauber ist und nach Kresol riecht, denn wie Helena gibt es keine zweite in ganz Havanna, soviel steht fest. Er mustert das Mobiliar, das eiserne Bettgestell, den bescheidenen Schrank mit den fleckigen Spiegeln, Ciras Schaukelstuhl aus hochwertigem Holz (Majagua womöglich), der wie die platonische Idee des Schaukelstuhls erscheint, wie der Schaukelstuhl *an sich*, und er mustert den Tisch, eine erbärmliche Renaissanceimitation, und seine Augen bleiben am Spielzeugbord hängen, das er mit Büchern gefüllt hat, am Nachtschränkchen mit der Lampe und dem Coleridge-Band. Es ist gut so. Es genügt. *That's o.k.* Alles ist gut, wenn nur er nicht kommt, wenn nur er nicht hier auftaucht. *I fear thee, ancient Mariner.* Ich will ihn nicht sehen, um nichts auf der Welt, auch wenn das, zugegeben, nicht klug sein mag. Professor Kingston versucht, sich mit Atemübungen zu beruhigen, die ihm der Arzt beigebracht hat. Mit ausgebreiteten Armen atmet er langsam ein und zählt bis zehn. Dann atmet er rasch durch den Mund wieder aus. Denn *many things are lost in the labyrinth of the mind*, ich kann mich kaum mehr an Ciras Gesicht erinnern, an den Klang ihrer Stimme, erinnere mich nicht an das Kleid, das sie getragen hat. Manchmal frage ich mich, ob all das überhaupt wirklich ist. Wenn ich behaupten kann, daß ein Ausdruck des Glücks ihr Gesicht erhellte, als wir uns begegneten, dann nur, weil ich mir das im Laufe der Jahre wieder und wieder eingeredet habe, so daß die Worte hängengeblieben sind, Ausdruck des Glücks, *expression of joy*, aber sicher bin ich nicht, daß es der

Wahrheit entspricht. Auch die Katze Kubla Khan sehe ich nur gleichgültig vor ihrem Bett liegen, weil ich weiß, daß alle Katzen gleichgültig sind. Nichts als Worte, keine richtigen Erinnerungen. Ich meine, nur die Rhetorik der Erinnerung ermöglicht, daß nach dem Verschwinden der Bilder die Illusion bleibt, sich weiterhin zu erinnern. Und doch, an ihn erinnere ich mich nur allzu deutlich. Er lebt in meinem Gedächtnis unverblaßt fort, als wären nicht dreiundzwanzig Jahre vergangen. Ja, ich muß zugeben, daß ich weder Ciras noch Kubla Khans Bild so vor Augen habe wie seines. Die herrliche Uniform, die glänzenden, schwarzen Augen, der dunkle, sonnengebräunte Teint; das Lächeln, die Hände. Er stellt seine Atemübungen ein, erstarrt, horcht. Auf der Insel scheint sich etwas bewegt zu haben, das nicht zur Insel gehört. Während all der Jahre, die ich nun schon im Jenseits verbannt wohne, habe ich einen sechsten Sinn für die kleinsten Eigenheiten der Insel entwickelt. *Footsteps?* Nein, nein, denkt er und macht sich Mut, keine Schritte, es war bestimmt die Angst, denn bevor die Angst Gestalt annimmt, schickt sie ihre Schritte voraus, damit man sie hört, denn die Angst gleicht nur allzusehr dieser berühmten Figur von H.G. Wells. Vielleicht war es auch ein Palmblatt, das der böige Wind heute losgerissen hat. Natürlich weiß er, daß es weder die Angst noch der Schlag eines Palmblatts ist. Davon kann er sich jetzt überzeugen, denn da sind die Schritte wieder. Ein gewaltiger Unterschied besteht zwischen diesem Geräusch und dem Rauschen des Windes, der die Bäume schüttelt. Es sind Schritte, kein Zweifel. Langsame, bleierne Schritte von jemandem, dem das Laufen schwerfällt. Professor Kingston steht auf, schleicht zur Tür, horcht. Er senkt den Kopf und schließt die Augen, als könne er sich blind besser konzentrieren. Die Schritte kommen näher, halten inne, kommen näher, halten inne. Es muß jemand sein, der ein Bein hinterherzieht, wie dem Alten scheint. Die Schritte sind nun so nah, daß er schwören könnte, Atem zu hören. Dann spürt er, wie die Tür erzittert, als würde sich jemand dagegenstemmen. Ein paar Sekunden lang sprechen nur die Insel, der Wind, die Bäume, die aufgewirbelten Blätter. Er denkt: Ich mache besser auf. Er denkt: Ich mache besser nicht auf, sondern lösche das Licht, lege mich ins Bett und ziehe die Decke über den Kopf, denn ... wenn er es wirklich ist? Nun gut, sollte er es sein, ist sowieso nichts mehr zu machen. Nichts. *Just open the door and let him in and allow him to say everything he has to say.* Da sind die Schritte wieder zu hören, entfernen sich von der Tür, entfernen sich anscheinend in Richtung Tischlerei. Langsame, schwere Schritte von jemandem, der ein Bein hinterherzieht oder dem das Laufen schwerfällt. Sie entfernen sich immer weiter und sind schließlich nicht mehr zu hören. Dann wieder die Insel, der Wind, *like God Himself, the eternal and immutable Island.* Er schlägt die Augen auf und stellt fest, daß ihm der Fächer aus der Hand gefallen sein muß. Er geht zum Schrank, wirft sich eine alte Lederjacke aus seiner New Yorker Zeit über und zieht aus dem Halfter die Pistole, die er einmal an einer Schießbude gewonnen hat, eine Spielzeugpistole, die täuschend echt aussieht. Natürlich ist sie nicht geladen, es ist eine Spielzeugpistole, man kann sie gar nicht laden, sondern nur damit erschrecken. Er macht die Laterne vor dem Haus an, öffnet die Tür und lugt vorsichtig hinaus. Das Licht ist schwach, erlischt zwischen den ersten Aralien- und Akazienzweigen. *Horrible weather.* Der Himmel hängt tief, ist rot, ein Wunder, daß es noch nicht zu schütten angefangen hat. Ein stürmischer, feuchter Wind mit dem Geruch nach Erde. Man hat den Eindruck, dort draußen würden Tausende ihr Unwesen treiben, aber das ist nur eine Illusion, die die Insel häufig hervorruft. Er tritt hinaus auf den schmalen Betonweg vor der Tür. Ich horche, denn meine Ohren sind zuverlässiger als meine Augen, doch durch das wilde Rauschen der Bäume dringt kein beunruhigender Laut. Ich verharre ein paar Sekunden regungslos. *That's all*, gerade will er wieder hineingehen, als er in etwas Glitschiges tritt. Auf dem Weg ist ein leuchtendroter Fleck. Mühsam kniet er nieder. Ist es Blut? Er fährt mit zwei Fingern durch das angenehm laue Feucht und hält sie sich dicht vor die Augen. Blut, ja, Blut. Mühsam richtet er sich auf. Er hebt die Pistole, spannt den Hahn und hört das metallische Klicken des Mechanismus. Er dreht sich um, entdeckt, daß auch die Tür blutverschmiert ist, geht ins Haus und schließt sorgfältig zweimal ab, das Atmen fällt ihm schwerer und schwerer, er geht bis zur Zimmermitte und hebt unter der Lampe die blutige Hand hoch, wenn ein Mensch, sagt er sich, im Traum in die Unterwelt hinabstiege und man ihm dort Blut auf die Finger schmierte, als Beweis, daß seine Seele dort gewesen ist, und beim Aufwachen sind seine Finger immer noch blutverschmiert ... was dann?

Eleusis ist Onkel Rolos Buchladen. Man erreicht ihn, wenn man auf die Straße hinaustritt und auf die südliche Hausecke zugeht. Dort, gleich bei den Pferdeställen, wo die Bahnstraße schon fast auf den Bahnhof trifft, sieht man das Schild mit den kaum zu entziffernden gotischen Buchstaben und einem Pfeil. Dann wendet man sich ein wenig nach rechts und steht vor dem Buchladen, was man jedoch nur bemerkt, weil dort Buchladen geschrieben steht, sonst würde man einfach vorübergehen und denken, daß es ein Posten des Regimentsstabs ist. Den

Laden hat der Onkel aus drei Wänden und einem Holzdach errichtet, und da er an sein Haus grenzt, hat er ihn durch eine Tür mit der Wohnung verbunden, so daß das Haus wie eine Erweiterung des Ladens erscheint. Der Onkel weiß, daß die Buchhandlung nicht wie eine solche aussieht, er ist nicht dumm, und so hat er an alle Wände in schwarzen Lettern ELEUSIS, DAS BESTE AUS DER KULTUR ALLER ZEITEN geschrieben, einen kleinen Schaukasten angebracht (für mehr reichte das Geld nicht) und dort geschickt ein paar Bibelausgaben plaziert. Das Geschäft läuft nicht schlecht, man muß zugeben, daß der Onkel den Platz gut gewählt hat. Dort kommen alle vorbei, die nach Bauta, Caimito, Guanajay oder Artemisa fahren und sich bei ihm gerne mit einem Büchlein oder einer Zeitschrift für unterwegs versorgen. Auch viele Soldaten kommen vorüber, Offiziere des Regimentsstabs, auf ihrem Weg nach oder dem Heimweg von Marianao, in der monotonen Tretmühle des Militärdienstes, den man am besten mit einem Krimi von Ellery Queen auflockert. Natürlich treten nicht nur Passanten ein, der Onkel hat auch seine feste Kundschaft: die Lehrer und Schüler des Gymnasiums, die Kindergärtnerinnen und Erzieherinnen der Kinderkrippe, die Englischlehrer von der Abendschule (wie Professor Kingston) sowie ab und zu ein Musiker oder Intellektueller aus der Gegend. Der Onkel verkauft selbst. So viel wirft das Geschäft nun auch nicht ab, daß er sich einen Angestellten leisten könnte. Aber Onkel Rolo beklagt sich nicht, er fühlt sich wohl in seinem Geschäft, und Tag für Tag (sogar an Nationalfeiertagen) öffnet er den Laden pünktlich um acht Uhr morgens und schließt ihn wieder um acht Uhr abends, mit nur zwei Stunden Mittagspause, denn so angenehm es auch im Buchladen ist, Mittagessen und Siesta sind heilig.

Mehrmals hat er schon geglaubt, der Regen sei losgebrochen, und ist auf die Insel hinausgetreten, um ihn sich anzuschauen. Jedesmal jedoch das gleiche Bild, der rötliche Himmel, die sturmgeschüttelten Bäume, doch alles noch trocken, knochentrocken, als wäre seit Jahrtausenden kein Tropfen mehr gefallen. Man glaubt mal dieses, mal jenes Geräusch zu hören, ohne je zu wissen, woher es stammt. Er zündet sich eine H-Upmann-Zigarre an (der einzige Luxus, den er sich erlaubt), in der Illusion, der Rauch könne die düsteren Gedanken verscheuchen. Bedächtig zündet er die Zigarre an, rollt sie zuerst zwischen den Lippen, nimmt sie dann aus dem Mund, mustert sie aus einiger Entfernung. Eine gute Zigarre, in der Tat. Es geht doch nichts darüber, nach einem langen Arbeitstag eine gute Zigarre zu schmauchen. Es ist der einzige Augenblick am Tag, an dem man sich wie einer der Geldsäcke fühlen kann, wie Julio Lobo oder der Hurensohn Sarrá. Er hört den Regen prasseln. Ein tosender, unbändiger Regen. Diesmal ist es gewiß keine Täuschung, kein Zweifel, endlich rauscht nach Herzenslust der Regen hinunter, all der Regen, der die letzten Monate nicht heruntergekommen ist. Er tritt auf die Insel hinaus, um zuzuschauen, wie sich die Wut der Götter in diesem ersten Oktoberguß entfesselt. Ach, wieder getäuscht. Die ersten Tropfen sind noch nicht gefallen.

Merengue hat sich den Sessel herausgeholt, ihm ist es eigentlich egal, ob es regnet oder nicht. Er rückt sich das Kissen zurecht, das ihm Irene für das Loch im Korbgeflecht genäht hat, und setzt sich, um seine Zigarre zu genießen. Es scheint zu regnen und regnet doch nicht: Es wird regnen, wenn es nicht zu regnen scheint. So ist es nun mal. Er schaukelt. Sanft. Auch letzte Nacht, nachdem alle schon zum Essen gegangen waren, hatte er sich hier hingesetzt, um in aller Ruhe schweigend seine H-Upmann zu rauchen. Und selbstverständlich muß er daran denken, daß er letzte Nacht wegen des außergewöhnlich guten Geschäfts erst spät nach Hause gekommen war. Er hatte Chavito nicht angetroffen. Aber das war es nicht. Nein, das war es nicht. Merengue traf ihn ja fast nie an, wenn er, den Kuchenkarren vor sich herschiebend, von seinem ermüdenden Rundgang durch Marianao zurückkam. In der gestrigen Nacht hatte Merengue beunruhigt, daß Chavito offenbar den ganzen Tag über nicht dagewesen war, denn er fand sein Zimmer noch so vor, wie er (Merengue) es zurückgelassen hatte. Sein Sohn hinterließ stets untrügliche Spuren, die seine Anwesenheit im Zimmer verrieten. Wenn jemand der Inbegriff von Unordnung war, dann Chavito, wie ein Wirbelwind, der das ganze Haus auf den Kopf stellte, war er doch ohne Mutter aufgewachsen. Merengue, der immer mit ihm stritt, weil er die verstreuten Schuhe, die aufs Bett geworfenen Hemden und die schmutzigen Unterhosen auf dem Tisch aufräumen mußte, war nun elend zumute, weil das Zimmer ordentlich und sauber dalag und sein Sohn ganz offensichtlich nicht zu Hause gewesen war. Während er im Sessel mit dem löchrigen Korbgitter schaukelt, denkt er, daß Chavito sich verändert hat. Es hat nichts damit zu tun (darüber hat Merengue sich oft Gedanken gemacht), daß er etwa ernster, verantwortungsbewußter geworden wäre; es hat nichts damit zu tun, daß er erwachsener geworden wäre. Nein. Das mochte zwar stimmen, aber es war eine naive Erklärung. Letzte Nacht war Merengue zu der Schlußfolgerung gelangt, daß sein Sohn ein Geheimnis hatte. Zu diesem Schluß war er gekommen, weil Chavito gar keine Geheimnisse mehr zu haben schien und jede Handlung, jede Abwesenheit unerträglich wortreich rechtfertigte. Für alles hatte er eine passende, vernünftige Erklärung. Ja, aber seine Augen ... Was hatte dann dieser ausweichende Blick zu bedeuten? Was bedeutete dieses Schweigen, das stundenlang andauern konnte, während Chavito auf den Tisch trommelte und unmerklich die Lippen bewegte? Doch das Überraschende an Chavitos Benehmen ließ sich eigentlich kaum in Worte fassen. Verändert hatte er sich, kein Zweifel. Aber hätte Merengue erklären müssen, worin die Verwandlung bestand, hätte der Schwarze bloß wortlos den Mund aufsperren und eine ratlose Geste ins Leere zeichnen können. Eine ratlose Geste, wie auch jetzt in seinem Sessel, die Zigarre zwischen den Fingern. Schließ die Augen. Auch in der letzten Nacht, in der du Chavito sahst, hattest du sie geschlossen, Merengue, und bist eingeschlafen. Wie seltsam, daß du einschliefst, während du an der Wand Nolas Porträt und den frischen Jasmin in der Vase anschautest, bereits im Schlaf hast du das Bild weiterhin angeschaut, auch die Blumen, obwohl es nun nicht mehr nur ein Bild und eine Vase waren, sondern eine Frau, ein Lächeln und ein Jasminstrauß. Auch wenn dir klar war, daß es nicht Nola sein konnte, denn Nola war tot. Du bist aufgewacht, weil du etwas an der Tür gehört hast. Den Schlüssel im Schloß, die sich öffnende Tür. Welche Stunde zeigte die Uhr? Du weißt, wußtest es nicht. Es wird um vier Uhr morgens gewesen sein, vielleicht auch früher. Im Halbdunkel weiß man nie, welche Stunde die Uhren zeigen. Chavito, ja genau, Chavito machte kein Licht, er dachte, du würdest schon schlafen, aber du bist aufgestanden und hast schließlich selbst das Licht angeschaltet, damit er sehen konnte, daß du noch wach warst. Du hast ihn eine Weile gemustert. Und ich habe ihn eine Weile gemustert. Er sah schmutzig aus, roch nach Gestrüpp, nach Königspalme, und sein Hemd hatte mehrere Risse. Er stellte ihm keine Fragen, denn die väterliche Autorität beweist sich durch Schweigen. Er ließ seine Augen eine Weile auf ihm ruhen, damit er sich schämte und ungefragt Erklärungen abgab. Chavito ist ein Dickkopf. War es eigentlich schon immer gewesen. Er sagte keinen Ton, blieb starr stehen, als hätte er sich selbst in Stein gemeißelt. Merengue setzte Wasser auf und entblätterte in einem Kübel den Jasmin, den er Nola hingestellt hatte, goß Echt Kölnischwasser darüber und zerrieb Muscheln. Dann holte er ein sauberes Handtuch und die gute Palmolive-Seife. Er half Chavito beim Ausziehen. Ihm fiel auf, daß die Bewegungen seines Sohns schwerfällig waren, als hinge große Müdigkeit an ihnen. Er schaute Chavito die ganze Zeit über wortlos beim Waschen zu, ohne daß dieser sich die Mühe gemacht hätte, eine seiner allzu erschöpfenden Erklärungen abzugeben, zu ausführlich, um wahr zu sein. Am Ende war der junge, schwarze Körper mit Blütenblättern und Muschelpuder bedeckt. Merengue half ihm wie immer beim Abtrocknen, darum bemüht, die Spuren des Bades wegzuwischen, das dem heiligen Franziskus, also Orula, geweiht war. Soll ich dein Bett machen? Nein, mein Alter, ich muß wieder fort. Merengue blickte gerade in dem Moment auf, als der Blick des Sohns dem seinen auswich. Ich muß fort. Morgen erkläre ich dir alles. Morgen erklärst du mir alles, morgen erklärst du mir alles. Er erhob nicht allzuviel Einspruch, half ihm beim Ankleiden, knöpfte ihm Hose und Hemd zu, band ihm die Schuhe, die er noch mit einem Flanelltuch putzte. Mit einem parfümierten Taschentuch strich er seinem Sohn über den Nacken. Sei vorsichtig, ermahnte er ihn. Als Chavito bereits in der Tür stand und gehen wollte, rief er ihn noch einmal zurück und warf ihm ein kleines Holzkruzifix zu, ein geweihtes Kruzifix, das Merengue immer bei sich trug. Der Junge fing es nach Art der Baseballspieler auf, lächelte und steckte es in die Tasche. Jetzt, während er im Sessel schaukelt, allein mit seiner ausgezeichneten H-Upmann und in der Hoffnung, der Rauch könne die düsteren Gedanken verscheuchen, wünscht sich Merengue, jemand käme vorbei. Irgend jemand, Mercedes, Rolo, Irene, Señorita Berta. Er wünscht sich, jemand käme auf ein Schwätzchen vorbei, würde Witze reißen, zweideutige Sprüche klopfen, Schimpfwörter ausstoßen, was auch immer. Niemand kommt. Merengue steht auf und hält den Stuhl an, damit er sich nicht herrenlos wiegt. Er geht zum Altar, fixiert die Glasaugen des heiligen Lazarus, den er und Nola vor zwanzig Jahren zu Chavitos Geburt gekauft hatten, in einem Lädchen in der Calle Armonía. Er fixiert den heiligen Lazarus. Wendet den Blick nicht ab. Berührt die Wunden, die ihm die Hunde lecken. Lieber alter Aussätziger, du mußt mir helfen, sagt er und zündet die Kerzen an.

Señorita Bertas Uhr zeigt elf Uhr dreizehn, sie liest gerade in *Gestalten aus der Passionsgeschichte* über Barabbas. Sie sitzt am Eßtisch, ein Lämpchen beleuchtet zur Genüge die vergilbten Seiten mit den großen Buchstaben. Seit ihrer Studentenzeit hat Señorita Berta es sich angewöhnt, am Tisch zu lesen. Ebenso hat sie es sich zur Gewohnheit gemacht, beim Lesen schlückchenweise eisgekühlten Lindenblütentee zu trinken, denn wenn sie sich in aller Frühe zurechtgemacht hat, kocht sie sich, bevor sie ihre Stunden vorbereitet, als erstes eine große Kanne Lindenblütentee, den sie abkühlen läßt und in den Kühlschrank stellt. Der Tee beruhigt sie, hilft ihr, klar zu denken. Und nachts hilft er ihr, zu schlafen. Außerdem hat sie es sich angewöhnt, mit den Lippen mitzulesen. Ihren Schülern gestattet sie das nicht, doch sich selbst hat sie es nie abgewöhnen können. Sie bohrt beim Lesen auch gern in der Nase, schlüpft aus den Pantoffeln und stellt die müden, schwieligen Fußsohlen auf den Boden. So sehen ungefähr Señorita Bertas Lesegewohnheiten aus. Sie hat noch andere Gewohnheiten; allerdings nicht ganz so hartnäckige wie diese, die sie bereits vor fünfzig Jahren angenommen hat. Eine müßte vielleicht noch erwähnt werden: Nachts steht sie in bestimmten Abständen auf, um Doña Juanas Schlaf zu überwachen.

Leise, mit größter Vorsicht tritt die Señorita ins Zimmer und stellt sich, ohne Licht zu machen, vor das Bett der Mutter. Sie beugt sich über sie, damit sie nicht nur sieht, sondern auch hört, wie die Alte atmet. Doña Juana schläft auf dem Rücken, die Hände mit dem Rosenkranz über der Brust gekreuzt, als wollte sie dem Tod vorgreifen, als sollte die letzte Pose so natürlich wie nur möglich wirken. Manchmal vergißt Señorita Berta sogar ihre fromme Lektüre, bleibt dort im Zimmer und schaut zu, wie sich die mächtige Brust der Mutter hebt und senkt, studiert, so gut es im Dunkeln geht, den Ausdruck in Doña Juanas Gesicht, der sich von dem früheren im Wachen nicht unterscheidet. Señorita Berta wartet. Seit langem wartet sie schon. Eines Nachmittags hatte ihr Doktor Orozco eröffnet, Doña Juana hätte höchstens noch sechs Monate zu leben. Diese Prophezeiung ist inzwischen dreißig Jahre alt, und seit fünfundzwanzig ruht Doktor Orozco selbst in der Gruft der Loge *Unión Ibérica* auf dem Colón-Friedhof. Dieses Jahr ist Doña Juana neunzig geworden. Señorita Berta hat keinen Arzt mehr gerufen. Sie wartet. Sie studiert, bereitet sich vor, und vor allem beobachtet sie. Dort, im Dunkeln, verfolgt sie den leicht unregelmäßigen Atem der Mutter. Sie mustert sie eingehend, studiert Stück für Stück den gewaltigen Körper. In manchen Nächten nutzt der Lindenblütentee nichts, und Señorita Berta verliert die Geduld, holt die Taschenlampe aus der Nachttischschublade und beleuchtet den Körper der Alten. Doña Juanas Schlaf währt wunderbar fort, niemals stockt ihr rhythmischer Atem. Doña Juana gibt sich ihrem Schlaf mit der Sicherheit derer hin, die für die Ewigkeit geboren sind.

Sie blättert nicht um, kann nicht lesen, begreift nicht, was sie da liest, kehrt wieder und wieder zum selben Satz zurück, aber nein, es gelingt ihr einfach nicht, zu erfahren, was mit Barabbas im Weinstock da geschieht. Señorita Berta schaut zum Fenster. Dann blickt sie sich im Zimmer um und in Richtung Küche. Natürlich ist niemand dort. Wer sollte da auch sein. Dennoch wird sie das Gefühl nicht los, daß jemand sie beobachtet, daß jemand von einem Winkel aus jede ihre Bewegungen mit heimtückischer Neugier, mit unverschämter Hartnäckigkeit verfolgt. Sie legt das Buch beiseite, knipst die Lampe aus, tritt ans Fenster und öffnet es, überzeugt, auf die Augen zu stoßen, die sie so quälen. In den Kolonnaden scheint niemand zu sein. Sie sieht nur verschwommenes Dunkel, bevölkert von Wind, Bäumen und Blättern. Böen kommen durchs Fenster, bringen Feuchtigkeit und den Geruch nach Erde, nach Regen mit. Sie schließt das Fenster wieder, wandert durchs Eßzimmer und sagt sich ein ums andere Mal, wie töricht, wie verrückt sie ist, Schluß mit den Dummheiten, niemand, niemand auf der Welt beobachtet sie. Gleichzeitig ertappt sie sich dabei, wie sie bestimmte Posen annimmt, ist man denn vor den Augen der anderen nie man selbst, oder ist man es gerade vor den Augen der anderen? Und wo sind die Augen? Sie weiß nicht, kann nicht wissen, wo die Augen sind, und das Schlimmste ist, sie sind überall. Señorita Berta läßt sich in den Moirélehnstuhl fallen und bohrt in der Nase. Ihr fällt ein, daß sie sich vor ein paar Monaten, im Mai oder Juni (am Pfingstsonntag) zum ersten Mal beobachtet gefühlt hatte. In der Pfarrkirche. In aller Frühe. Niemand war dort gewesen. Die Sechs-Uhr-Messe war vorüber, bis zur nächsten noch Zeit, und niemand war dort. Sie setzte sich in die erste Reihe, kniete zum Beten nieder, und als sie dort kniete, spürte sie, daß jemand sie beobachtete. Es war ein so intensives Gefühl, daß sie hochfuhr, sogar aufstand und sich umblickte, zwischen den Pfeilern suchte, überzeugt, daß jemand in die Kirche getreten war. Doch da war niemand. Niemand. Señorita Berta ging wieder zu ihrer Bank zurück, versuchte zu beten, das Kredo aufzusagen, schaute mehrmals auf zum Christus am Hauptaltar mit seinen sepiafarbenen, blutenden Wunden, der wächsernen Haut, dem pechschwarzen Haar, den sanft geschlossenen Augen, und sie konnte das Kredo nicht aufsagen, die Worte entschwanden ihrem Geist, ausgelöscht von diesem Blick, der wie eine lüsterne Hand über ihren Körper fuhr. Erneut blickte sie sich im verlassenen Schiff der Pfarrkirche um. Sie glaubte, im Beichtstuhl ein Paar Augen aufblitzen zu sehen, und sagte sich, daß dort wohl Pater Fuentes auf ihre Beichte wartete, und mußte innerlich lachen. Wie dumm ich doch bin, das wäre nicht das erste Mal, daß Pater Fuentes mich im Beichtstuhl erwartet, und sie ging zu dem prächtigen Mahagonigehäuse hinüber, kniete auf der Bank nieder und begann wie immer ihre Beichte mit dem Ausruf, Pater, ich Unglückselige, ich habe wieder gesündigt. Ihr schien, die Antwort auf der anderen Seite war wie immer ein Hüsteln und eine Kopfbewegung, Bekräftigung oder Ablehnung (da war sie sich nie sicher), und eine Geste, die weniger an einen Priester als an einen Dirigenten erinnerte. Ich habe wieder gezweifelt, Pater, rief sie aus und schlug die Augen nieder, weil ihre Beichte sie erröten ließ, nicht so sehr wegen der ungeheuerlichen Sünde, sondern weil sie jeden Sonntag das gleiche wiederholte, sie sagte, sie hätte erneut Gott geschmäht, dem Herrn gegenüber unreine Gedanken gehabt, sein großherziges Werk in Frage gestellt, seinen Namen lästerlich im Munde geführt. Und sie wartete auf Pater Fuentes' Also gut, wollen mal sehen, beten Sie zur Buße. Die einzige Antwort war jedoch ein Kichern. Señorita Berta vergaß ihre Arthrose, sprang auf, so empört, daß sie am liebsten losgeheult hätte. Ohne ihr Tun zu bedenken, riß sie die Beichtstuhltür auf, und obwohl sie für einen Augenblick das Gefühl hatte, ihre Augen würden auf ein anderes forschendes, spöttisches, hochmütiges Paar treffen, fand sie die Bank des Priesters leer und wich zurück, von dieser Angst gepackt, die einen befällt, wenn man nicht weiß, wovor man sich fürchtet. Sie schaute auf und entdeckte die Augen auf dem Fresko. Der Christus (nun blond) streckte ihr seine Hände als Zeichen gütiger Hingabe entgegen, sein Blick so sanft, daß er nur ironisch gemeint sein konnte. Es half nichts, daß Señorita Berta bis zum Taufbecken zurückstolperte, die Augen blieben an ihr hängen, verfolgten sie durch das ganze Kirchenschiff bis zum Hauptaltar, und als Señorita Berta am Ende ihrer Kräfte war und Pater Fuentes auftauchen sah, heulte sie los wie eine Wahnsinnige, doch die Augen hatten noch immer kein Erbarmen, wandten sich nicht von ihr ab, sondern blieben mit blankem Hohn an ihr hängen. Natürlich hat sie jetzt, da sie im Moirélehnstuhl sitzt und mit dem Zeigefinger in der Nase wühlt, die Gewißheit, daß sie sich geirrt haben muß und es nicht die Augen des Christus auf dem Fresko in der Pfarrkirche gewesen sind, die sie angeschaut haben, denn in diesem Fall hätte es nur in der Kirche geschehen können, weder auf dem Marktplatz von Marianao noch im Haushaltswarengeschäft, weder im Klassenzimmer noch im eigenen Haus, wie jetzt. Und sie schließt die Augen, um dem Blick zu entkommen. Nur hilft es nichts, der Blick ist immer noch da, ist eine lüsterne Hand auf ihrem Körper, streichelt sie überall. Und Señorita Berta blickt zum Himmel, der nicht der Himmel ist, sondern die Decke mit den Wasserflecken, und sie sagt, Herr, wenn Du es bist, erhöre mein Gebet, schau mich nicht länger an, vergiß mich, gib Dir nicht solche Mühe mit mir, Deiner ergebenen Dienerin, wirf das Licht Deiner Augen nicht auf mich, laß mich im Dunkel Deiner Nichtbeachtung verweilen, Herr, erwähle mich nicht fortwährend, wende Deine göttliche Neugier von mir ab, hebe mich nicht so hervor, gib mir nicht diese unverdiente Bedeutung. So fleht sie, kann aber dennoch nicht das Gefühl abschütteln, angeschaut zu werden. Sie wiederholt es mehrmals, denn sie spürt, daß beim Sprechen die Intensität des Blicks abnimmt. Und als hätte Gott sich doch zu einer Antwort entschlossen, ist ein zaghaftes Klopfen an der Tür zu hören.

Verzeih, daß ich störe, ich weiß, es ist spät, ich habe Licht gesehen und zu klopfen gewagt, bestimmt verzeihst du mir, ich störe nicht gern. Es ist Irene, sie ist traurig. Wie durch Zauberei fühlt sich Señorita Berta auf einmal nicht mehr beobachtet. Was für ein Wetter! sagt Irene. Der Regen will gar nicht mehr aufhören. Fröhlich, glücklich läßt Señorita Berta sie eintreten. Ein merkwürdiges Wetter, seufzt sie und versucht, zu verbergen, wie sehr sie sich über den Besuch der Nachbarin freut. Irene tritt ein; mitten im Wohneßzimmer bleibt sie stehen, als wüßte sie nichts mit sich anzufangen oder hätte vergessen, weshalb sie gekommen ist. Señorita Berta bietet ihr Lindenblütentee an, eisgekühlten Lindenblütentee, sehr fein, mit ein paar Tropfen

Zitrone, davon bekommt man einen klaren Kopf, beruhigt hervorragend, weißt du? Irene möchte gerne. Señorita Berta verschwindet in der Küche, man hört, wie sich die Kühlschranktür öffnet und schließt, darauf ein kurzes Klirren und Gluckern, und schließlich kehrt die Señorita mit einem halbvollen Glas des gelblichgrünen Gebräus zurück. Setz dich doch. Nein, kein Zweifel: Irene ist traurig, das sieht man an ihrem Gesicht, den niedergeschlagenen Augen, ihrer Haltung, als würde sie eine schwere Last auf den Schultern tragen. Gehorsam setzt sich Irene auf einen der Stühle am Eßtisch. Auf die Stuhlkante, ganz wie es ihre Art ist; als sei sie bereit, gleich wieder aufzuspringen und loszustürzen, um zwischen Rosenstöcken, im Dickicht der Insel unterzutauchen. Die Señorita hat sich ebenfalls ein Glas Lindenblütentee mitgebracht und setzt sich Irene gegenüber, sie ist glücklich, denn die Augen sind verschwunden, niemand beobachtet sie, kein tückischer Blick verfolgt sie mehr; nur Irenes Augen hat sie vor sich, und die stören sie nicht. Irene nimmt ein Schlückchen kalten Tee und seufzt. Señorita Berta mustert sie eine Weile, wartet, was sie zu erzählen hat, und um das Schweigen zu brechen oder vielleicht weil sie diese Frage gerne jedem Bewohner des Planeten stellen würde, platzt sie auf einmal, einfach so, ganz unvermittelt heraus, Und du, glaubst du an Gott? Irene starrt sie einen Moment lang an, nimmt noch ein Schlückchen Tee und sagt, Ich bin heute nachmittag ausgegangen, zum Marktplatz, um Chayotegurken für Lucio zu kaufen, Lucio ißt sie so gern als Salat, und Chayotesuppe liebt er, ich bin also am frühen Nachmittag los, habe die Abkürzung am Alpha-Kino vorbei genommen, da treffe ich eine Freundin aus Bauta, wie die sich verändert hat, die Jahre haben Spuren bei ihr hinterlassen, wie alt ist meine Freundin geworden, Adela, nein, nicht Adela, Adela starb kurz nach dem Wirbelsturm von vierundvierzig an der Schwindsucht, die von heute heißt Carmita oder Cachita, weiß nicht genau, spielt auch keine Rolle, es war schönes Wetter, als ich mich zum Markt aufmachte, doch als ich die Chayotes und noch so allerlei kaufte, zarte Maiskolben für die Tamales etwa, da schlug auf einmal das Wetter um, und wie es umschlug, mit einem Schlag wurde es stockfinster, ich erinnere mich, daß man auf dem Platz die Laternen anschalten mußte, damit die Leute bezahlen konnten, man sah die Hand vor Augen nicht, und ich bin rasch zurück, denn ich hatte Wäsche auf der Leine, die nicht naß werden sollte, ein äußerst liebenswürdiger Herr hat mich in seinem Wagen zurückgebracht, ein gewisser Ramón Soundso, Ramón Yendía, ja genau, und so bin ich noch rechtzeitig daheim gewesen, um die Wäsche abzuhängen, hätte ich gewußt, daß es gar nicht regnet, hätte ich mich nicht so beeilt, und was finde ich bei meiner Rückkehr vor, eine Schicht Erde auf Fußboden und Möbeln sowie Pappelzweige, die sich im Gitter des Vorderfensters verklemmt hatten, und das war noch nicht das Schlimmste, Berta, die Erde war schließlich in einer Minute weggefegt, und die Zweige habe ich auf die Insel hinausgeworfen, denn meine Mutter hat immer gesagt, alles, was stirbt, muß zur Erde zurückkehren, aber das Schrecklichste geschah erst, als ich ins Zimmer trat, und ich schwöre dir, als ich es sah, stürzte der Himmel über mir zusammen, mitsamt Engeln und Dämonen, der ganze Himmel fiel mir auf den Kopf, und da fragst du mich, ob ich an Gott glaube?

Irene betete gerade vor dem Christusbild, das sie unter die Glasplatte des Nachtschränkchens gesteckt hat. In Wirklichkeit stellt das Bildchen gar nicht Christus dar. Das wird zu gegebener Zeit noch erklärt werden.

Wenn der Leser keinen anderen Vorschlag hat, nehmen wir an, es ist fünf Uhr nachmittags. Vorzeitig wäre die Dunkelheit über die Insel hereingebrochen. Irene würde das Licht einschalten, um die Erde wegzufegen und die vom Wind losgerissenen Zweige, die sich im Fenstergitter verklemmt hatten, der Insel zurückzugeben. Wahrscheinlich würde sie die Chayotegurken und Maiskolben in die Speisekammer räumen und die Wäsche von der Leine nehmen. Sie würde wohl eine Tasse gekühlten Kaffee trinken, auf den Kalender schauen und wieder flüchtig das Gesicht von Carmita oder Cachita, ihrer Freundin aus Bauta, vor sich sehen, dieses alte, veränderte Gesicht, würde sich sagen, daß Carmita oder Cachita in ihrem Alter sein müsse, also bereits gute fünfzig (genau wüßte sie das momentan nicht). Dann würde sie die Überlegung anstellen, Das Schreckliche an der Zeit ist nicht, was sie hinzufügt, sondern was sie fortnimmt. Und als sie ins Zimmer tritt, um sich umzuziehen, würde sie auf dem Boden zwischen Bett und Schrank, vor dem Nachtschränkchen den Porzellankrug (eine hohe Amphore mit zwei goldenen Henkeln und einer rosafarbenen Rokokolandschaft auf dem Bauch) in Scherben finden. Wenn der Leser keinen anderen Vorschlag hat, würde Irene sich bücken und die Scherben aufsammeln.

Es erfordert eine Menge Mut, nicht zu glauben, sagt Irene. Es erfordert eine Menge Mut, zu glauben, sagt Señorita Berta.

Wie spät ist es? Trink vom Lindenblütentee, der tut dir gut, er beruhigt dich. Was ist geschehen? Ich weiß nicht. Ich weiß nicht, wie ich es erklären soll. Entschuldige mich einen Moment. Señorita Berta verschwindet durch die Schlafzimmertür. Vorsichtig nähert sie sich Doña Juana, mustert sie, horcht auf ihren Atem. Als wüßte sie, daß ihr Schlaf überwacht wird, gibt Doña Juana das Idealbild der schlafenden Greisin ab, in ihrem langen, weißen Leinennachthemd mit den winzigen, aufgestickten Blumensträußchen, den Rosenkranz in Händen, dessen Kreuz Erde aus dem heiligen Land enthalten und von Papst Pius XII. gesegnet worden sein soll. Señorita Berta kehrt ins Eßzimmer zurück, setzt sich wieder Irene gegenüber und sagt, Ein Krug zerbricht, und die Erinnerungen kommen zum Vorschein. Irene verneint, Nein, nein, laß es mich erklären, sie richtet sich im Stuhl auf, schließt die Augen.

Der Krug bedeutete mir viel; aber das eigentlich Tragische ist, Berta, daß ich vergessen habe, warum.

Zuerst glaubte sie, ihn im Kramladen des Juden in der Straße zum Cayo La Rosa für ihre Mutter gekauft zu haben. Eine düstere, modrige Höhle, vollgestopft mit Plunder, erbärmlichen Frankenthaler- oder Sèvres-Imitationen. Sie sah sich dort den Krug mit der Rokokolandschaft aussuchen. Der Jude, ein alter Mann von über achtzig mit langem, gelblichem Bart, dunklen und dreisten Äuglein, erklärte ihr nach einer Verbeugung, warum der Krug ein wahres Kunstwerk sei und daß ihre Wahl deshalb von erlesenem Geschmack zeuge. Irene reichte ihm das Taschentuch mit dem Geld, das sie vom Lohn aus der Streichholzfabrik hatte zur Seite legen können. Der Alte reichte ihr seinerseits mit zitternden Händen den Krug. Fest steht, daß es ein Nachmittag im Mai war, denn der Krug sollte ein Geschenk zum Muttertag sein, aber da es noch ein Weilchen hin war, mußte sie den Krug im Haus ihrer Kusine Milito lassen. Noch immer hatte sie den Geruch nach Holz und Lack in der Nase, der in dem düsteren Laden gehangen hatte, von dem aus man auf eine Koppel mit herrlichen Pferden blickte. Doch war ihr bewußt, daß der Alte, den sie im Geiste vor sich hatte, große Ähnlichkeit mit dem Schneider aus Santa Rosa besaß, der Lucios Kleider nähte. Und hatte sich Rita nicht einmal darüber lustig gemacht und behauptet, in Bauta gäbe es gar keinen Juden mit einem Laden in der Straße zum Cayo? Der einzige Jude in Bauta war, wie Rita sagte, der Pole vom Schuhgeschäft. In Wirklichkeit, überlegte Irene, habe ich den Krug gar nicht im Laden gekauft, mein Vater hat ihn mir zum Geburtstag geschenkt. Ja, zu meinem fünfzehnten. Vater war eines Abends mit einer großen Schachtel aus der Textilfabrik nach Hause gekommen, hatte ihr gesagt, die ist für dich, sie umarmt und abgeküßt, und sie hatte die Schachtel geöffnet, war entzückt über den Krug gewesen und hatte ihn auf ihr Nachtschränkchen gleich neben dem Bett gestellt. Was für ein Nachtschränkchen? Der Krug hatte nie bei ihnen in Bauta gestanden, und dort hatte es auch kein Nachtschränkchen gegeben. Wenn sie sich nur richtig konzentrierte, sagte sie sich, würde sie bestimmt wie früher wieder ins Haus ihrer Kindheit gelangen und herausfinden, ob der Krug einmal dort gestanden hatte. Sie sah eine lange Allee mit Königspalmen vor sich und am Ende das recht große, blau-weiß gestrichene Holzhaus, das eine breite, wahrhaft wunderbare Veranda umlief. Sie trat in den Garten mit den Arekapalmen und dem Jasmin, den bezaubernden Bauernrosen, stieg die vier Stufen zur Veranda hinauf, konnte sogar ihre Absätze auf den gebohnerten Dielen hören. Sie trat ins Wohnzimmer, kam sich wie ein Eindringling vor, nein, das konnte keinesfalls das Wohnzimmer ihres Hauses sein. Sie merkte, daß sie in Wirklichkeit in Onkel Rodrigos Haus am Strand von Baracoa getreten war. Und auch dessen war sie sich nicht sicher, denn es konnte ebensogut das

Haus ihrer Kusine Ernestina in Santa Fe sein oder auch nur ein Produkt ihrer Phantasie. Dann versuchte sie, sich zu erinnern, ob ihr Haus, ihr Elternhaus, aus Holz oder aus Mauerwerk gewesen war, und sie merkte, daß dieser Umstand nicht zu ergründen war. Mit Sicherheit glaubte sie sich zu erinnern, daß ihr Haus einen ganz eigenen Geruch besessen hatte, nach der Kohle im Ofen, auf dem ihre Mutter die Bügeleisen aufheizte, aber diese Erkenntnis half ihr keinen Schritt weiter. Sie roch weder die Kohle noch die Bügeleisen noch die gestärkte, warme Baumwollwäsche; sie roch nur den Regen eines Oktobernachmittags auf der Insel. Eine ganze Weile betrat sie noch fremde, unbekannte Häuser, Häuser, in denen sie nur in Gedanken gewesen war, und versuchte, in ihnen ihr Haus wiederzufinden, das Haus ihrer Kindheit, ohne jedoch in der Erinnerung an jenen Ort zu gelangen, an dem sie in so einem Glück gelebt hatte, daß es schon nicht mehr geheuer war. Da glaubte sie, sich auf einmal daran zu erinnern, daß ihr in Wirklichkeit Emilio den Krug geschenkt hatte, als sie den Tag ihrer Hochzeit bestimmten. Irene sah Emilio in einem Anzug in Preußischblau, mit dieser Schüchternheit, die er erst hatte ablegen können, als er den Tod vor Augen hatte. Sie sah ihn hereinkommen, wie in jener Nacht 1934, in der sie beschlossen hatten, am 1. April des nächsten Jahres zu heiraten, sah sein schönes, vor Freude leuchtendes Gesicht und den in ein goldenes Tafttuch gewickelten Krug. Mehrmals sah sie ihn eintreten. Etwas stimmte nicht an diesem heraufbeschworenen Bild, sie wußte nicht, was, es war offensichtlich, daß Emilio nicht Emilio war, bis ihr einfiel, daß es am Anzug liegen mußte. Er hatte keinen Anzug, sondern eine prächtige Uniform getragen, denn damals war er nach Machados Sturz bereits Ordonnanz bei einem Obersten im Columbia-Lager gewesen. Somit konnte der Anzug, den sie sah, nicht Emilio gehören, sondern Lucio, und nicht Emilio war in Wirklichkeit mit dem Krug eingetreten, sondern Lucio, und sie glaubte, den Verstand zu verlieren.

Nimm's nicht so schwer, so etwas kann vorkommen, ruft Señorita Berta aus, denkt sich jedoch, daß so etwas nicht vorkommt. Sie nimmt Irenes Hand und streichelt sie, weil sie glaubt, ihr so am besten Anteilnahme beweisen zu können. Manchmal vergesse ich sogar meinen Namen, lügt Berta, und sie lügt so schlecht, daß ihr auffällt, wie Irene sie ungläubig anstarrt und ihr Gesicht kurz zu einer Grimasse verzieht. Nun gut, ich vergesse ihn nicht direkt … ich vergesse … Sie verstummt, hört auf, Irenes Hand zu streicheln. Du weißt doch, was es nicht so alles gibt … Irene stimmt zu. Ja, was es nicht so alles gibt … Sie blickt auf, als würde sie horchen; nein, das ist es nicht, sie horcht nicht. Sie hebt die Arme. Du brauchst Schlaf, sagt Señorita Berta sanft, morgen sieht alles anders aus. Irene scheint aufbrechen zu wollen, denn sie schiebt den Stuhl zurück, steht mit etwas Mühe auf und macht ein paar Schritte in Richtung Tür. Aber sie geht nicht. Das Schlimmste habe ich noch gar nicht erzählt.

Es klopft. Irene öffnet. Mercedes schaut herein, wünscht ihnen einen schönen Abend und erklärt, Ich kann nicht schlafen, bekomme kein Auge zu in dieser sonderbaren Nacht, wie Marta, ich wälze mich hin und her und finde keinen Schlaf, und dann sehe ich auch noch einen Mann am Fenster. Irene nimmt Mercedes beim Arm und zieht sie ins Haus. Einen Mann am Fenster? Mercedes nickt. Señorita Berta steht auf, geht in die Küche und kommt mit einem Glas eisgekühlten Lindenblütentee für Mercedes zurück. Die drei Frauen setzen sich an den Tisch. Einen Mann am Fenster?

Hochgewachsen, schlank und vornehm wie eine greise Kaiserin im Exil, sieht man der Barfüßigen Gräfin schon auf Meilen hin an, daß sie eine Frau von Stand ist oder war. Man muß sie nur mit ihren Silberarmreifen und dem Sandelholzfächer durch die Kolonnaden wandeln sehen, ohne Not auf ihren schlangenförmigen Stock gestützt, mit ihrem stolzen Gebaren, sie ist sich jeder einzelnen ihrer Gesten sicher, hält mit prägnanten, gewählten Worten Vorträge. Schön ist sie nicht und konnte sich dessen wohl auch nie rühmen. Aber was spielt das für eine Rolle? Es ist ihr gelungen, schön zu wirken. Das bereits weiße Haar sieht glatt aus; doch von nahem erkennt man, daß es in Wirklichkeit mühsam geglättet wurde. Die meist braunen Augen leuchten an hellen Morgen grün und besitzen einen eindringlichen Blick, spöttisch und weise (noch weiser in den Momenten des Wahns). Ihre Nase ist überraschend breit, und die Lippen sind wulstig, was sie mit einem Lächeln zu verbergen weiß, das den Spott in ihren Augen noch unterstreicht. Die Haut hat einen schönen Kupferton und sieht immer makellos aus, die grausame Sonne der Insel hat ihr nichts anhaben können. Wenn sie sich auch wie vor zwanzig, dreißig Jahren kleidet, könnte sie doch niemand für altmodisch erklären oder sich gar über sie lustig machen. Fest steht, daß sich ihre Eleganz auf die Kleider überträgt (nicht umgekehrt, wie es sonst zu sein pflegt) und sie ihnen etwas geheimnisvoll Zeitgemäßes verleiht. Es sind eben keine Kleider einer bestimmten Zeit, führt Casta Diva ratlos an. Es sind Kleider aller Zeiten, bemerkt Onkel Rolo mit Nachdruck. Doch vor allem fällt auf, daß ihr trotz des erkennbaren Mulatteneinschlags etwas eigen ist, das nichts mit Kuba zu tun hat. Keine Kubanerin, versucht Rolo zu erklären, hat so feine Umgangsformen oder bewegt sich so majestätisch, als würde sie nicht durchs glühende Havanna mit seinen über dreißig Grad im Schatten wandeln, sondern durch gotische Schloßgänge am Rheinufer streifen; außerdem, welche Kubanerin wäre schon imstande, in unserer wirren, leichtlebigen Zeit in tadellosem Deutsch aus Gessners *Idyllen* zu rezitieren? Nein, die Kubanerinnen, diese heiligen Perlen Edens, sind allzusehr mit ihrer *Toilette* beschäftigt, sagen höchstens einfache Reime von José Angel Buesa auf und trällern niemals Melodien von Wagner, sondern den *Rico mambo* von Dámaso Pérez Prado. Die Kubanerinnen sind eben allzusehr damit beschäftigt, ihre Taillen zur Geltung zu bringen, meint Rolo.

Das ist keine Insel, ruft die Barfüßige Gräfin aus, sondern ein Ungeheuer voller Bäume. Und sie wandelt durch die Kolonnaden, läßt ihre Silberarmreife klingeln und parfümiert die Luft mit ihrem Sandelholzfächer. Der Stock, auf den sie sich ohne Not stützt, ist eine aus Eisenholz gearbeitete Schlange. Heute nacht trägt sie ein weißes Leinenkleid mit Richelieustickerei. Laß es dir gesagt sein, eines Tages werden die Bäume in die Häuser treten, warnt sie prophetisch. Sie bleibt neben dem Apoll vom Belvedere gleich hinter der Palisadenwand zum Vorhof stehen. Sie seufzt. Daß all das dem Untergang geweiht ist! Daß so viel Schönheit verschwinden muß! Und die Insel scheint zu antworten. Bei diesem Wetter, dem Wind und dem Regen, der nicht fallen will (und doch zu fallen scheint), glaubt man die Insel schreien zu hören, ja, es stimmt, alles ist dem Untergang geweiht, so viel Schönheit wird, muß verschwinden. Die Barfüßige Gräfin nickt, als hätte sie verstanden, setzt ihren Weg zu Helenas Haus fort. Sie muß nicht anklopfen. Helena steht in der Tür und läßt diesen Blick über die Insel schweifen, über den sich nur sagen läßt, daß er bisweilen unergründlich ist. Guten Abend. Natürlich antwortet Helena nicht. Sie schaut die Gräfin nicht einmal an, scheint die Zähne nur noch fester zusammenzubeißen. Die Gräfin mustert sie spöttisch von Kopf bis Fuß, bleibt ruhig auf ihren Stock gestützt stehen und schaut Helena an, ohne den Fächer zu bewegen, lächelnd.

Hast du jemanden auf der Insel gesehen, Gräfin, fragt Helena. Die Gräfin bejaht, ich sehe immer jemanden auf der Insel. Einen Unbekannten, meine ich. Alle sind wir Unbekannte. Helena schaut sie erzürnt an. Ich weiß nicht, warum ich überhaupt mit dir rede. Du redest nicht, erwidert die Gräfin und lächelt mit dem sanftesten Spott, der sich nur denken läßt.

Sie hatte am Tisch gesessen und das Rechnungsbuch durchgesehen, als sie die Gewißheit befiel, daß irgendwo im Haus oder auf der Insel etwas Wichtiges vor sich ging. Sie klappte das Buch zu, nachdem sie die Seite ordentlich markiert hatte, stand auf und ging zu Sebastiáns Zimmer. Natürlich öffnete sie, ohne anzuklopfen. Ihr Sohn schlief bei brennendem Licht. Sie trat näher, lauschte aufmerksam dem Atem des Jungen, um sicherzugehen, daß er auch wirklich schlief, löschte das Licht und ging wieder hinaus, nun noch mehr überzeugt, daß irgendwo im Haus oder auf der Insel etwas vor sich gehen mußte. Bestimmt, ganz bestimmt, ihre Vorahnungen täuschten sie nie. Sie ging zur Tür, öffnete sie, und dann geschah, was Helena zweifeln ließ, ob sie ihren Augen trauen konnte, und sie so verwirrte. Sie sah nicht nur eine weiße Gestalt durch die Insel wandern, denn das kam öfters vor, sogar Chavitos Statuen schienen sich in manchen Nächten auf Wanderschaft zu begeben, sondern als sie ein paar Schritte vor die Tür trat, um sich zu vergewissern, daß es eine Sinnestäuschung gewesen war, fand sie die Venus von Milo mit Blut verschmiert vor.

Dunkle Schmerzen in den Muskeln und tiefe Trauer in der Seele: Bestimmt regnet es, und wie immer kann Onkel Rolo kein Auge zutun. Einmal mehr hat er Kapitel elf aus *Gegen den Strich* gelesen, dieses großartige Kapitel, in dem Des Esseintes nach London reist, ohne Paris zu verlassen. Wie immer hat ihn dieser Abschnitt angeregt. Er sieht sich in einer Postkutsche sitzen und Paris in Richtung Calais verlassen, um das Schiff nach London zu nehmen. Es ist eine Sturmnacht, sagt er sich, während er durch die Landschaft von Artois reist. Natürlich ist die Landschaft in seinem Kopf die der Insel mit ihren Ceibas und Königspalmen, und die Postkutsche ist keine Postkutsche, sondern eine Kalesche, wie man sie auf Stichen von Mialhe bewundern kann. Es ist Sandokan, der die Pferde vorantreibt. Er schlägt die Augen auf. Ihm ist klar, daß ihn nun schwerlich der Schlaf übermannen wird. Er steht auf, schaltet die Deckenlampe an, weiß nicht, was er anfangen soll. Fast unbewußt, als würde eine unbekannte Kraft ihn anziehen, hält er vor dem Schrankspiegel inne. Das Spiegelbild. Er fährt sich mit der Hand über die Stirn und mustert die kahlen Ecken über den Schläfen, die eine Glatze ankündigen. Unaufhaltsam, nicht wahr? Ja, Rolo, du wirst alt, und was noch schlimmer ist, das Alter bewirkt eine wunderliche Verwandlung: Allmählich siehst du aus wie die Familiengroßväter. Die Augen beinahe ebenso trüb, die Wangen eingefallen, die Falten um den Mund, das Doppelkinn. Dir wachsen weiße Haare auf der Brust, Rolo. Der vorstehende Schmerbauch und die dürren Schenkel. Ja: Du bist vierzig. Das würde keine Rolle spielen, wenn José María Heredia nicht in jüngeren Jahren gestorben wäre. Vierzig. Da hast du schon einundzwanzig Jahre länger gelebt als Juana Borrero, fünfzehn länger als Carlos Pío Uhrbach und elf länger als René López, zehn länger als Aristides Fernández. Julián del Casal, der größte unter ihnen, starb im Alter von neunundzwanzig. Zieh dich an, Rolo, laß vom Spiegel ab und wirf dir etwas über, für diese Nacht prophezeie ich dir keinen seligen Schlaf.

Es regnet nicht. Die Insel lügt. Onkel Rolo schaut zum rötlichen Himmel auf, über den tief die dunklen Wolken ziehen und die ganze Stadt in einen riesigen Scheiterhaufen zu verwandeln scheinen. Beim Vorhof, vor der Palisadenwand, gleich neben dem Apoll vom Belvedere, ist gerade Lucios unverwechselbare Gestalt aufgetaucht. Hochgewachsen, elegant, im dunklen Anzug, der schwarz oder blau sein mag, Lucio, der die Insel erforscht und sich dabei nach allen Seiten umschaut, als fürchte er, gesehen zu werden. Rolo versteckt sich. Er lehnt die Tür an und lugt durch die Ritze an den Türangeln. Lucio macht ein paar Schritte vorwärts, blickt sich um und hebt einen Arm, den er abrupt wieder sinken läßt. Als hätte er etwas vor. Er läßt davon ab. Wovon? Jetzt scheint er sich zum Gehen entschieden zu haben, doch da kehrt er wieder entschlossen um und streichelt, zaghaft zwar, aber voller Lust, dem Apoll vom Belvedere die Schenkel.

Viele sind auf Nimmerwiedersehen inmitten der Insel verschwunden. Das wird hier zumindest behauptet. Onkel Rolo ist (mit Furcht, doch auch mit einer gewissen Freude) dem Steinweg bis zum armen, angsterfüllten Laokoon gefolgt, der mit seinen Söhnen von der Schlange der Pallas erdrückt wird. Es ist ein verhärmter, ungeschickter Laokoon ohne Muskeln, der einem in Nächten wie dieser Angst einjagt. Lucio ist nirgendwo zu sehen. Onkel Rolo geht bis zum Brunnen, in dem heute nicht die Frösche quaken, auch der Knabe mit Gans lächelt nicht, und weiter bis zur Greta-Garbo-Büste (daß es Greta Garbo sein soll, weiß man, weil Chavito das behauptet, ansonsten hätte es eine Büste von Señorita Berta sein können, die gerade einen Rosenkranz betet), man könnte meinen, die Stimme der Barfüßigen Gräfin zu hören, das ist keine Insel, sondern ein Ungetüm voller Bäume, und sie lacht, und wie sie lacht. Der Onkel kehrt um. Was er momentan weiß Gott nicht ertragen könnte, wäre eine Begegnung mit dieser Verrückten, die sich wie eine Kaiserin im Exil gebärdet. Er nimmt aber nicht den gepflasterten Weg, sondern schlägt sich durch das Pflanzendickicht, um das Irene sich kümmert, kommt an den Trojakämpfern Aeneas, Anchises und Ascanius vorbei (Chavitos erstarrten Kämpfern) und gelangt zum Apoll vom Belvedere, dessen vollkommene Schenkel Lucio eben noch gestreichelt hat. Onkel Rolo späht ins Dickicht, um eine Lücke auszumachen, die ihm verrät, wohin Lucio verschwunden ist. Die Insel gleicht einem einzigen Wirbel in diesem Oktoberwind, der Regen verspricht, und es öffnen sich Tausende von Wegen, über die Lucio verschwunden sein könnte. Wege, die sich augenblicklich wieder schließen. Seltsame Türen aus Zweigen. Onkel Rolo vollführt eine resignierte Gebärde, seufzt kurz auf und läßt den Kopf hängen. Da sieht er etwas Glänzendes zu Füßen des majestätischen Apolls. Er bückt sich und hebt den feuchten Gegenstand auf, ganz verschmutzt von Schlamm und Laub. Er zieht sein Taschentuch hervor, wischt ihn ab und stellt fest, daß es sich um einen Kompaß in einer Perlmuschel handelt. Und der Kompaß hat eine wankelmütige schwarz-rote Nadel. Auf der Rückseite der Muschel ist das verblichene Bild der Hagia Sophia zu sehen. Von jenseits der Palisadenwand dringt Plätschern und eine Stimme, die leise in einer fremden Sprache oder in miserablem Spanisch einen Choral singt. Onkel Rolo umrundet die Wand und trifft dort an, wen er schon erwartet hat. Merengue wäscht seinen Karren und stimmt unter den ausgebreiteten Flügeln der Nike von Samothrake Choräle an. Merengue blickt sich um, als er die Schritte hört; er lächelt zaghaft, unterbricht jedoch weder Arbeit noch Gesang. Der Onkel lächelt ebenfalls, schon freudiger: Merengue zu sehen erleichtert ihn immer. Merengue, sagt er. Und der Schwarze richtet sich auf, wirft den nassen Lappen ins Seifenwasser, verbreitert nun sein Lächeln und läßt die weißen Zähne eines reinrassigen Schwarzen blitzen. Eine schlimme Nacht, ruft der Schwarze. Alle Nächte sind schlimm, erwidert Rolo, ebenfalls lächelnd, als wollte er ihm zu verstehen geben, wie glücklich er ist, ihn im Vorhof anzutreffen. Der Schwarze wird jedoch mit einemmal ernst, schaut sich ängstlich nach allen Seiten um, bekreuzigt sich und sagt, Nein, Rolo, das hier ist eine schlimme Nacht. Rolo will schon sagen, Na, mein Alter, so schlimm nun auch wieder nicht, ich habe einen Perlmuttkompaß gefunden, das einzige Instrument, das den Weg weist, die Richtung angibt, verhindert, daß wir uns verirren.

Er öffnet das Gittertor und tritt auf die Bahnstraße, wie ausgestorben zu dieser Stunde, mit ihren Lorbeerbäumen, die sich unter Windböen biegen. Zur Linken sind beim Columbia-Lager die Lichter der ersten Posten zu sehen. Man hört Stimmen und Klopfen. Onkel Rolo wendet sich nach rechts in Richtung Buchladen, aber was soll der Onkel zu dieser Zeit schon im Buchladen? Rolo läßt die Pferdekoppel hinter sich, sein eigentliches Ziel ist unbewußt (oder bewußt) der Bahnhof. Ein graues Gebäude (oder ein blaues, das die Zeit hat grau werden lassen), wie man es vor zwanzig, dreißig Jahren gebaut hat, streng, ernst, mit monumentalem, spärlich beleuchtetem Portal, das im Kontrast zu dem winzigen Wartesaal steht. Ein unfreundliches Gebäude, das sich wuchtig inmitten einer Landschaft erhebt, in der sonst Bäume und ärmliche Häuser mit schwärzlichen Schindeln vorherrschen. Nachts, wenn der Onkel keinen Schlaf findet, geht er oft zum Bahnhof und verbringt Stunden dort, denkt an alles mögliche, manchmal sogar an gar nichts, schaut nur den Soldaten zu oder versucht, mit Streckenwärter Homero zu schwätzen und ihm etwas von der Tragödie seines Lebens zu entlocken, doch der Streckenwärter gibt nie auch nur einen Zollbreit in seinem Lakonismus nach, denn wenn jemand den Mund nicht auftut, dann dieser krumme, heruntergekommene Alte, der sich stets wie ein lauerndes Tier nach allen Seiten umschaut. Um die Zeit ist fast nie jemand am Fahrkartenschalter. Um die Zeit fahren keine Züge. Zwischen den Gleisen sieht man einen Schatten gehen, der Streckenwärter womöglich. Die vier, fünf groben Holzbänke in der Halle sind leer. Allerdings liegt auf einem Hocker neben dem Cola-Automaten ein schäbiger Sack. Fast mechanisch streicht der Onkel sich das Haar glatt, befeuchtet mit der Zunge einen Zeigefinger und fährt sich damit über die buschigen Augenbrauen. Er sucht sich die günstigste Bank, von der aus man einen Großteil der Halle überblicken kann, und nimmt eine gelangweilte Haltung ein. Die Tür der Toilette mit der Aufschrift HERREN geht auf. Ein Matrose kommt heraus, der sich gerade die Hose zuknöpft. Der Matrose schließt den Hosenschlitz, ohne dabei den Blick vom Onkel zu wenden, einen Ausdruck in den Augen, von dem man nicht weiß, ob es Spott oder Achtung ist, dann fährt er mit den Fingern über den Schlitz, als wolle er sich vergewissern, daß er auch richtig geschlossen ist. Mit sicheren Schritten (zu sicher, um wirklich sicher zu sein, denkt der Onkel) geht er zum Hocker und greift nach dem Sack. Onkel Rolo erhebt sich. Er versucht, Gleichgültigkeit, Müdigkeit, Langeweile vorzutäuschen, zieht die Augenbrauen hoch, senkt halb die Lider. Er lächelt nicht. Lächeln ist der erste Schritt zum geheimen Einverständnis: Man darf nicht von Anfang an lächeln. Können Sie mir sagen, wie spät es ist, fragt Onkel Rolo, ohne den Matrosen anzuschauen (so erweckt es den Eindruck, als hätte sich der Onkel an niemand Bestimmten gewandt). Da der Matrose jedoch mit der Antwort zögert, mustert ihn der Onkel einen Augenblick. Der Matrose blickt den Onkel stumm an, sein Gesicht verrät nicht mehr als das von Chavitos Statuen. Und der Onkel kann diesen durchdringenden, großen, dunklen Augen nicht standhalten und wendet den Blick zu den Gleisen und den anschließenden Feldern ab, ein rötlicher Fleck, den der Wind dieser Oktobernacht aufwühlt, und zum Glück ertönt genau in dem Augenblick der Pfiff eines einfahrenden Zuges. Er ist erleichtert, eine Beschäftigung gefunden zu haben, geht zum Portal, durch das man zu den Gleisen gelangt, und vernimmt das Dröhnen, das wie der Donner klingt, den diese Nacht vermissen läßt. Der vorbeifahrende Zug, ein Lichtpfeil, der für einen Moment den verlassenen Bahnhof erhellt. Ein Zug mit Soldaten. Er sieht sie vorbeifahren, jung, lächelnd, winkend, neckend, mit ihren Kappen, auf denen das Wappen der Republik glänzt. Nach einer Sekunde ist das Schauspiel vorüber, so schnell, daß man sich, sobald wieder Schweigen eingekehrt ist, kaum mehr vorstellen kann, daß eben ein Zug vorbeikam, also macht der Onkel kehrt und stellt fest, daß der Matrose fort ist.

Man könnte zwar meinen, es regnet, aber Onkel Rolo sagt, Nein, das ist eine Täuschung, und er will schlafen, schließt die Augen und kann nicht schlafen, er knipst die Nachttischlampe an und beginnt noch einmal mit Kapitel elf von *Gegen den Strich*, in dem Des Esseintes nach London reist, ohne Paris zu verlassen.

Lesen kannst du aber auch nicht. Zwischen dich und Huysmans Worte (die, wie du immer betonst, nicht Huysmans Worte sind, weil sie ins Spanische übersetzt wurden) hat sich die Gestalt des Matrosen geschoben. Du weißt, daß dich etwas an ihm beunruhigt hat, auch wenn dir nicht klar ist, was. Und jetzt, da du im Bett liegst und dem Regen lauschst, der nicht fällt, siehst du ihn wieder vor dir. Siehst diese hochgewachsene, schlanke Gestalt, die in der Matrosenuniform so gut zur Geltung kommt, mit dem dunklen, frischen, jungen Teint und dem Mund (der Mund hat es dir besonders angetan), der voll erscheint, ohne es wirklich zu sein. Seine Bewegungen, von der Eleganz eines Tänzers, nicht eines Matrosen. Du siehst wieder die Augen vor dir, glänzend, honigfarben. Seit deiner Kindheit hast du immer wieder gehört, daß die Augen der Spiegel der Seele sind; und wenn die Seele eines jeden in den

Augen zum Ausdruck kommt, wie muß dann die Seele des Matrosen aussehen? Im ersten Moment dachtest du, seine Augen würden unverschämt blicken, doch jetzt bist du dir nicht mehr sicher. Unverschämt? Nein. Vielleicht der Blick von jemandem, der alles weiß oder sich alles vorstellen kann, vielleicht ein Blick, der nicht die Augen seines Gegenübers anschaut, sondern in ihr Inneres eindringt. Große, glänzende Augen, honigfarben. Und auf einmal weißt du, was dich beunruhigt hat, du weißt, dich beunruhigt, daß in diesem Blick, in diesen Augen keine Spur von Erbarmen liegt.

Und Onkel Rolo, der eine Romanfigur ist, löscht das Licht. Heute nacht werde ich kein Auge zutun, sagt er und schläft ein, wie Romanfiguren (indem sie verschwinden) einzuschlafen pflegen.

Lucio schaltet das Licht ein. Es liegt auf der Hand, daß Irene nicht zu Hause ist, er hört keine Pantoffeln schleichen, keine Schritte, die ihn durchs Haus verfolgen, hört nicht ihre aufdringlich mütterlichen Fragen. Er hat sein Zimmer erreicht, ohne daß ihm vorgehalten wurde, wie spät es ist, ohne die Frage, ob er noch etwas essen möchte oder wo er gewesen ist. So zieht er sich in Ruhe aus, als hätte er alle Zeit der Welt. Niemand hat ihn gezwungen zu lügen. Als er nackt ist, schaltet er das Licht aus und wirft sich aufs Bett, fährt sich mit den Händen über Schenkel und Brust, fühlt sich schmutzig. Er denkt an Miris Mund, der über seinen Körper fährt, an Miris Händchen, die ihn berühren, als wäre er Gott, und er fühlt sich schmutzig. Er denkt natürlich auch an Manilla. Er sieht ihn vor sich, wie er sich fett und ernst in dem Sessel mit dem fadenscheinigen Bezug rekelt, mit seiner fast heruntergebrannten Zigarre und diesem verlassenen Gesichtsausdruck, der nicht echt sein kann, und er fühlt sich schmutzig.

Warum ist er zu Manilla gegangen? Er hat keine Antwort darauf. Manchmal kleidet er sich einfach an, fest entschlossen, Miriam zu besuchen, oder in der Absicht, besser ins Kino zu gehen und sich einen James-Dean-Film anzusehen, doch auf einmal, als hätte der Teufel seine Schritte gelenkt, steht er vor Manillas Sessel mit dem fadenscheinigen Bezug, läßt das Geld in Manillas Pranke fallen und läßt zu, daß die kleinen Mädchenhände ihn streicheln, als wäre er Gott.

Auch heute hatte Lucio nicht zu Manilla gehen wollen. Den ganzen Nachmittag über war er entschlossen gewesen, zu den Straßencafés am Prado zu gehen und die Kapellen spielen zu hören, und genau das hatte er auch zu Fortunato in der Essigfabrik gesagt. Vielleicht hätte er ihn sogar gefragt, ob er mitkommen wolle, und wenn Fortunato nur vorübergehend sein seltsames Benehmen der letzten Zeit abgelegt und ja gesagt hätte, dann wäre Lucio unter keinen Umständen zu Manilla gegangen. Der Freund hatte ihn aber nur mit diesem eindringlichen Blick aus seinen dunklen Augen angeschaut, nicht gelächelt und fast schroff ausgestoßen, Ich gehe nirgendwohin. Lucio war so bestürzt über diese heftige Abfuhr, daß er die Augen niederschlug, nicht wußte, was er tun sollte, und Zuflucht beim Spülen der Essigflaschen suchte. Der andere merkte es und rief Lucio beim Namen ... Aber Lucio antwortete nicht, flüsterte nur, Mistkerl, und der andere hörte oder erriet es, ging ohne ein Wort davon und schaute lange nicht mehr bei Lucio vorbei, und wenn er ihn doch wieder besucht hatte, dann nur, weil Lucio ihn angerufen hatte, als sein Ärger verflogen war. Und nun denkt Lucio, wenn Fortunato ihn damals begleitet hätte, wäre er zu den Straßencafés gegangen, um die Frauen spielen zu hören, und wäre Manillas und Miris Fängen entkommen. Aber es war anders gelaufen. Fortunato hatte geschrien, Ich habe keine Lust ..., und Lucio hatte um sechs Uhr abends die Essigfabrik verlassen und war nach Hause gegangen, wo Irene schon mit einem schönen, heißen Vetiverölbad auf ihn wartete; eine ganze Weile hatte er in der Wanne gelegen, denn Baden war für ihn eine der größten Freuden im Leben, stundenlang ließ er den Seifenschwamm über den Körper gleiten und dachte über das Leben nach, nicht wie es war, sondern wie es seiner Ansicht nach sein sollte, denn eigentlich denkt er nie an die Dinge, wie sie wirklich sind. Er hatte sich rasiert und war, ohne sich abzutrocknen, in sein Zimmer gegangen, das weiße Badehandtuch um die Hüfte geschlungen. Natürlich mußte er sich nicht erst heraussuchen, was er anziehen würde, denn als hätte Irene seine Absichten erraten, hatte sie bereits die helle Hose, die Kaschmirjacke in Preußischblau und das weiße Hemd aufs Bett gelegt. Verärgert über diese Einmischung, die ihm dennoch gelegen kam, verärgert, weil sich seine Mutter niemals zu irren schien, warf er die Tür zu und widmete sich einem weiteren seiner Vergnügen: seinen noch nassen Körper auf das ausgebreitete Handtuch auf dem Bett zu legen, sich an der Luft trocknen zu lassen und dabei an den Lauf der Welt zu denken, natürlich nicht, wie er in Wirklichkeit war, sondern wie er sein sollte. Dann zog er sich bedächtig an, achtete dabei auf jedes Detail seiner Kleidung und hatte dabei das angenehme Gefühl, daß sein Körper dankbar jedes Wäschestück in Empfang nahm, daß alles vorzüglich saß, daß er wie ein Filmstar aussah, wie er Rolo einmal hatte sagen hören, ohne daß dieser seine Gegenwart bemerkt hatte, dann war er ins Eßzimmer gegangen, wo er den Tisch bereits gedeckt vorfand. Er hatte sich hingesetzt, in der Hoffnung, Irene würde nicht ihm gegenüber Platz nehmen. Doch kaum hatte Irene ihm Wasser eingeschenkt, da setzte sie sich schon und sagte eine ganze Weile lang nichts, sah ihm mit diesem mitfühlenden, bewundernden Blick, der Lucio auf die Palme brachte, beim Essen zu und sagte beim Abräumen nur, In dieser Nacht wird die Welt noch in der Sintflut versinken. Lucio hatte ihr in diesem schroffen Ton geantwortet, in dem er immer mit seiner Mutter sprach, Mich soll die Sintflut jedenfalls auf der Straße ereilen, und dann war er vor die Tür getreten und hatte sich die Insel angeschaut, ein rötlicher Wirbel aus Wind und Blättern, war bis zum Brunnen gegangen, hatte dort eine Weile nachgedacht, ohne genau zu begreifen, was er eigentlich dachte, denn in Wirklichkeit dachte er nicht, sondern sah Bilder, wiederholte Worte, und eine Traurigkeit befiel ihn, eine Traurigkeit, die er sehr gut kannte, und er sehnte sich nach einem versteckten Winkel, nach einer höheren Gewalt, die ihn verschwinden ließ. Lange blieb er dort, bis Sebastián vorbeikam, und dann verließ Lucio die Insel, trat auf die Bahnstraße hinaus und ging nicht zu den Straßencafés, sondern fast instinktiv in Richtung des Militärhospitals, hinter dem in einem Viertel, in dem es kaum Straßen, kaum Wasser, kaum Licht gab, in einem Haus, das kaum mehr als ein Verschlag war, Manilla mit seiner Tochter Miri wohnte.

Sobald die Sonne untergeht, steigt Melissa nackt zur Dachterrasse hinauf, den Papagei Morales auf einer Hand. Der Leser muß sie sich vorstellen, wie sie jetzt trotz Dunkelheit, Wind und des Geruchs nach Regen nackt auf dem Dach steht. Man sieht ihr an, daß sie sich als Herrin der ganzen Welt fühlt. Melissa erklärt Sebastián immer wieder, daß die Welt nur eine Erfindung von Marta ist, daß Venedig nicht existiert, Wien nicht existiert und auch nicht Brügge, Prag, Barcelona oder Paris. Sie sagt, die Welt ist einzig und allein das, was wir sehen. Das sagt sie zu Sebastián, und jeder kann sehen, daß sie die Verwirrung des Jungen genießt, ebenso die Verwirrung von Versteh-nich-Tingo und sogar die von Vido. Die Welt besteht aus dem Dach, aus der Insel, aus nichts sonst, ruft Melissa, ohne zu lächeln, ohne Ironie erkennen zu lassen, denkbar ernst. Melissa scheint Gefallen daran zu finden, in der Abenddämmerung nackt über das Dach zu spazieren, denn dann ist sie selbst die Welt. Sie steigt hinauf, als würde sie dort oben jemanden treffen, aber wie alle anderen weiß auch sie, daß sie dort oben nur sich selbst trifft. Manchmal streckt sie sich lang aus, streichelt sich, schließt die Augen. Als hätte sie das Gefühl, nirgendwo zu sein, nicht zu existieren. Und wie glücklich sieht sie aus! Melissa wiederholt, Glücklichsein bedeutet, nirgendwo zu sein. Später wird der Leser sich vorstellen müssen, daß sie dort oben einfach umherläuft, als sei es ihr bestimmt, sich zwischen den Schatten zu verlieren, am dunklen Dachrand, wo sich die Wipfel zu einem kleinen, finsteren Gewölbe verflechten. Leise spricht sie mit dem Papagei Morales. Der Vogel schüttelt den Kopf, schlägt mit den Flügeln. Melissa lächelt. Denkt sie gerade daran, wie naiv es ist, zu glauben, die Welt oder diese seltsamen, fernen Städte würden existieren? Es gibt nichts weiter als das, hier beginnt und endet alles. Warum sich etwas vormachen? Die Leute reisen nicht, sie bilden sich nur ein zu reisen, bilden sich nur ein zu träumen. Solche Gedanken scheinen sich hinter ihrem Lächeln zu verbergen. Der Papagei schüttelt nervös den

Kopf und schlägt mit den Flügeln. Melissa hat zu Sebastián gesagt, er solle sich nicht täuschen lassen, nur was man sehe, existiere wirklich für einen, und da sie in diesem Augenblick niemand sehen kann, existiert sie ganz für sich allein.

Würde Melissa wirklich daran glauben, würde sie tatsächlich denken, was sie sagt, wäre sie natürlich im Irrtum. Sie existiert nämlich schon, denn Vido ist auf den Baum geklettert und schaut zu, wie sie nackt über das Dach spaziert, als würde sie sich dort mit jemandem treffen, von dem sie glaubt, sie sei es selbst, der aber in Wirklichkeit er, Vido, ist. Melissa spricht mit dem Papagei Morales. Vido hört sie nicht, aber das ist nicht wichtig, wichtig ist nur, zu sehen, wie schön Melissa abends auf dem Dach aussieht.

Zu Beginn dieses Abschnitts muß ein Krächzen ertönen, damit die drei Frauen sich bekreuzigen. Wir müssen sie uns vorstellen, wie sie um den Tisch sitzen, die Gläser voll eisgekühlten Lindenblütentee, den Señorita Berta ihnen eingeschenkt hat. Irene wird sich im Stuhl aufgerichtet haben, die Augen geschlossen. Ein Krug zerbricht, wird Señorita Berta sagen, und die Erinnerungen kommen zum Vorschein. Irene wird widersprechen. Auf einmal werden beide Mercedes anstarren. Ein Mann am Fenster? Bist du sicher? Mercedes wird den Lindenblütentee besonders langsam schlürfen, die Stirn runzeln, als wundere sie sich selbst über ihre Antwort.

Ich kam müde nach Hause, mit einer Müdigkeit, von der ich nicht weiß, ob ich sie Müdigkeit oder Traurigkeit nennen soll, ich hatte einen entsetzlichen Tag im Büro hinter mir, der alte

Morúa hat es fertiggebracht, sich noch widerlicher aufzuführen als sonst, er trug ein weißes Guayaberahemd, der Kragen ganz schwarz vom Fettschweiß, seine Hände zitterten, die Fingernägel hatten Trauerränder, der Zigarrengestank erstickte mich fast, doch er bestand darauf, daß die Fenster geschlossen blieben, wegen des Zugs, wegen seiner Lunge, aber wenn jemand an den Lungen stirbt, dann ich, der Spucknapf muß randvoll gewesen sein, wenn der Alte ausspuckte, platschte es nur so, daß sich mir der Magen umdrehte – am liebsten hätte ich mich übergeben! –, und zu allem Überfluß ließ mir die Arbeit keinen Moment Ruhe, Tausende und Abertausende von Aktenbündeln über irgendeinen Unsinn der Stadtverwaltung, mal sind es Parks, mal das Geld fürs Schulfrühstück, mal die Rechnungen eines Denkmals für die unbekannten Helden des Feuerwehrkorps, kurz und gut, die verbringen ihre Zeit nur mit Zeitvergeudung und lassen mich meine dabei vergeuden, und das auch noch für die jämmerliche Handvoll Pesos, die sie mir zahlen, heute habe ich sehnsüchtiger denn je aus dem Fenster gestarrt, schon immer habe ich gerne über die feuchtschwarzen Dächer von Marianao geschaut, auf den Obelisken, den weiß-roten Tank beim Aquädukt, über die Bäume der Insel, von denen ich gar nicht weiß, ob es überhaupt die Bäume der Insel sind, aber ich muß nur an sie denken, und schon schnürt es mir die Kehle zu, ob sie nun zur Insel gehören oder nicht, ich schaue über die Bäume und kann einige Augenblicke dem Büro entfliehen, und heute, als es endlich soweit war und ich nach Hause gehen konnte, da hatten sich die Himmelsschleusen geöffnet, ich weiß gar nicht, warum ich das sage, denn eigentlich wirkte der Himmel verschlossener denn je, man hatte den Eindruck, die Sintflut würde bevorstehen, im Rathaus sagte man, Beeilung, Beeilung, gleich fängt es zu schütten an, aber ich habe mich nicht beeilt, es ist mir nicht mal eingefallen, den Bus zu nehmen, habe ich euch noch nie erzählt, daß ich die Regentage liebe, Marta meint, ich hätte in London oder Stockholm zur Welt kommen sollen, ob es wohl in Stockholm viel regnet, wo liegt Stockholm überhaupt, diese Stadt existiert gar nicht, als ich die Stufen zum Rathaus hinabstieg, spürte ich trotz Traurigkeit, trotz Müdigkeit etwas, das ich nicht erklären kann, verzeiht, ich bin so ungeschickt, ich finde einfach keine Worte dafür, jetzt fällt mir nur ein, daß man es Glück nennen könnte, versteht ihr, nein, ich weiß, ihr versteht es nicht, ich will nicht etwa sagen, daß ich mich auf einmal nicht mehr müde oder traurig gefühlt hätte, sondern gerade weil ich mich an diesem Nachmittag der drohenden Regenwolken so müde und traurig fühlte, war ich glücklich, ich bin oft traurig und glücklich zugleich, als hätte das eine mit dem anderen zu tun, ich kann es nicht erklären, der Himmel wollte sich über die Erde ergießen, da war der Sturmwind, der Geruch nach feuchter Erde, eine Wolke aus Staub, Sand, Laub, Papier wurde aufgewirbelt, und all das steigerte noch meine Traurigkeit, steigerte noch diesen neuen Zustand, den ich euch nicht erklären kann und für den mir jetzt das Wort Glück einfällt, bei dem ich aber in Wirklichkeit nicht wußte (und nicht weiß), womit ich es zu tun hatte, ich bin mir nicht mehr sicher, ob da wirklich ein Kind war, das mit einem schwarzen Lumpen spielte, ich bin nach Hause gelaufen, niemand war auf der Straße, nur das Kind, obwohl ich mir jetzt gar nicht mehr sicher bin, ob es überhaupt da war, alle Häuser waren verrammelt, wie in Erwartung einer Katastrophe, es war schon stockfinster, obwohl es höchstens fünf sein konnte, ich laufe oft nach Hause, schaue mir gerne die Häuser im oberen Teil der Calle Medrano an, sehe gerne die Señoras, die sitzen um die Zeit immer vor ihren Häusern und trinken aus eleganten Tassen Kaffee oder was auch immer, schwatzen und lächeln, warum sollte man nicht lächeln, wenn man in einem hübschen Haus wohnt, nicht wahr, aber heute war alles ganz anders, keine einzige Señora saß vor der Tür, außerdem fühlte ich mich müde, traurig und glücklich zugleich, mir schien, Straßen und Häuser waren nicht dieselben wie sonst, ich irrte umher, ging nicht heim, sondern wer weiß wohin, und der Wind, so stürmisch wie jetzt auch, machte das Laufen beinahe unmöglich, in einer Straße (weiß nicht, in welcher) sah ich ein Rad, nein, es war kein Rad, sondern ein Reif, etwas Metallisches kam die Straße entlanggerollt, glitt auf einer kleinen Rampe hinunter, wie von Hand geführt, rollte in den Apollopark, das ist der kleine Park vor dem Abzugsgraben, gleich beim Bahnhof, ich nenne ihn nur aus Spaß so, darin steht das Standbild eines Patrioten, der irgendeine Schlacht gewonnen hat, ich nenne ihn Apoll, denn der arme Freiheitskämpfer hätte häßlicher nicht ausfallen können, nicht einmal bei Chavito, und der Reif oder das Rad, dieses metallische Ding eben, das da wie von unsichtbarer Hand geführt den Weg entlangrollte, prallte gegen den Sockel des Standbilds und erzeugte dabei einen harmonischen Klang; da fiel mir auf, daß auf einer der Parkbänke jemand schlief, ich trat näher, und was denkt ihr, Irene, Berta, es war ein Matrose, der da auf der Parkbank schlief, ein Matrose in Uniform, die Mütze auf dem Bauch und den Seesack neben sich auf dem Boden, ein Matrose, hört ihr, ein Junge, ein Kind fast, nicht älter als zwanzig, würde ich sagen, schlank und bestimmt groß (die Bank war zu kurz für ihn), mit einem wunderschönen Gesicht, ganz ebenmäßig geformt, mit orientalischem Einschlag, orientalisch im Stil von *Tausendundeiner Nacht*, meine ich, und die Hände auf der

Kappe hatten überhaupt nichts Grobes, es waren Hände, die nie ein Segel gehißt zu haben schienen (obwohl es ja keine Segelschiffe mehr gibt, aber man hat immer noch Salgari und die Piratenzeit im Kopf), seine Augen habe ich nicht gesehen, er schlief ja, wie gesagt, ich sah die leichtgeöffneten Lippen, und ich schwöre euch, ich glaubte, noch nie so herrliche Lippen gesehen zu haben, und Müdigkeit und Traurigkeit wurden stärker, das Glück löste sich auf, ich dachte, Das Glück hat es nie gegeben, es war nur ein Hirngespinst, damit ich mich nicht so schlecht fühle, und ich betrat schließlich die Insel wie einen Friedhof, um mich bei lebendigem Leibe begraben zu lassen, meine Schwester Marta empfing mich wie immer, das heißt, sie empfing mich überhaupt nicht, reagierte nicht auf meinen Kuß, sagte kein Wort, und als ich sie fragte, wie sie sich fühle, antwortete sie mir, sie sei so froh darüber, blind zu sein, um mich und den Rest der Welt nicht sehen zu müssen, denn der Rest der Welt sei bestimmt so verblödet wie ich, wißt ihr überhaupt, was es bedeutet, den ganzen Tag Morúa vor sich zu haben, endlose Seiten mit Unsinn aus der Stadtverwaltung vollzuschreiben, um dann nach Hause zu kommen, damit deine Schwester, deine eigene Schwester dich so behandelt, deine Zwillingsschwester, mit der du gemeinsam im Mutterleib, gemeinsam auf dem Friedhof und in Taipi gelebt hast, findet ihr das etwa gerecht; ich habe also ein heißes Bad genommen, ein heißes Bad verscheucht zwar weder Müdigkeit noch Traurigkeit, aber danach schlafe ich wenigstens gut, ich habe nichts gegessen, nur den entsetzlichen Tamarindensaft getrunken, den ich gestern selber gemacht hatte, ich ließ mich aufs Bett fallen und muß wohl auf der Stelle eingeschlafen sein, ich weiß, daß ich geträumt habe, weiß aber nicht, was, der Wind pfiff wie in den Romanen von Concha Espina oder Fernán Caballero, die ich nie gelesen habe, womöglich habe ich geträumt, ich sei Ida Lupino, die Emily Brontë spielt, wie gerne wäre ich eine Figur aus *Sturmhöhe*, wie gerne würde ich in *Sturmhöhe* leben, auf einmal hörte ich etwas ans Fenster schlagen, wachte auf und sah, wie sich hinter der trüben Scheibe ganz deutlich das Gesicht eines Mannes abzeichnete, ich stieß einen Schrei aus, die Gestalt verschwand, ich rannte zum Fenster, obwohl ich doch sonst so feige bin, öffnete es und konnte nur noch eine weiße Gestalt erkennen, die im Jenseits verschwand, ich stützte mich aufs Fensterbrett, beugte mich hinaus, um besser sehen zu können, und als ich mich wieder zurücklehnte, sah ich, daß das Fenster und mein Nachthemd blutverschmiert waren.

Berta steht auf und geht zum Fenster, Es scheint zu regnen, ruft sie, nicht allzu überzeugt. Draußen ist niemand, nur der Sturmwind, der die Bäume entwurzeln will. Das Schlimmste habe ich noch gar nicht erzählt, sagt Irene und öffnet die Augen. Berta setzt sich wieder. Mercedes blickt auf. In Irenes Augen liegt solche Hilflosigkeit, daß beide wie verabredet nach ihren Händen greifen und sie streicheln. Mercedes tröstet sie, Nimm's dir nicht so zu Herzen. Irene schüttelt den Kopf und fügt hinzu, Wie soll ich es mir nicht zu Herzen nehmen, wenn ich doch meinen eigenen Sohn gesehen habe. Was willst du damit sagen? Eine lange Pause. Die beiden Frauen streicheln immer noch Irenes Hände. Erneut erklärt sie, kaum hörbar, daß sie sich nicht erinnern könne, wer ihr den Krug geschenkt habe, der im Wind dieses Oktobernachmittags zerbrochen sei. Sie zeigt ihnen den Finger, den sie sich an der Scherbe geschnitten hat, fragt sich, woher der Krug bloß stammen mag, der jetzt im Abfalleimer liegt. Das Schrecklichste, das ich noch nicht erzählt habe, geschah, als ich mir Emilio in Erinnerung rufen wollte, den Mann, mit dem ich fünfzehn Jahre lang verheiratet war, den einzigen Mann meines Lebens, aber statt dessen sah ich Lucio, und das ist schon schlimm, mehr als schlimm, ich werde noch wahnsinnig. Erklär uns das, Liebe, nun mach doch kein Drama draus. Irene spricht, als sei nicht sie es, die da redet, es besteht ein Gegensatz zwischen dem, was sie sagt, und ihrem verängstigten Gesicht, die Worte entschlüpfen ihren Lippen mit merkwürdiger Gleichgültigkeit. Sie hatte lange Zeit wach gelegen und versucht, unter ihren Erinnerungen das Gesicht jenes Mannes hervorzuziehen, der während der fünfzehn besten Jahre ihres Lebens so wichtig für sie gewesen war, und sosehr sie sich auch anstrengte, immer sah sie nur Lucio in seinem blauen Anzug vor sich. Da beschloß sie, zu tun, was sie sich bisher verboten hatte, nicht aus einer Laune heraus, nein, sondern weil sie Emilios Gesicht allein, ohne fremde Hilfe hatte finden wollen. Doch schließlich wußte sie nicht weiter, mußte aufgeben, ging zum Schrank und holte die Schachtel mit den Fotos heraus. Ich habe sie geöffnet, als würde mein Leben von diesem banalen Akt abhängen. Als erstes stieß ich auf Kinderfotos von Lucio, so schön pausbäckig, mein Sohn hat schon immer älter gewirkt, weil er so gut ernährt war; dann stieß ich auf Fotos von uns beiden, allein auf der Insel, als es Chavito noch nicht mit den Statuen hatte; Fotos an einem Strand (was für ein Strand bloß?) und ein herrliches Farbfoto, auf dem ich in braunem Mantel die Calle Galiano hinaufgehe oder die Calle San Rafael oder Belascoaín, was weiß ich, ich sehe gut aus auf den Fotos, nicht immer war ich ein so jämmerlicher Anblick wie jetzt. Schließlich fand ich ein Foto von Emilio. Endlich konnte ich mir das Gesicht meines Mannes anschauen. Auf einem Feld stand er, ohne Hemd, in der Hand einen Stock, um Mangos vom Baum zu schlagen. Wunderschön, mit diesem arglosen Lächeln, das er immer hatte, mit breiten, hochgezogenen Augenbrauen über den großen, melancholischen Augen; mit dem schwarzen, glatten Haar, das ihm widerspenstig in die Stirn fiel. Athletisch gebaut wie Lucio, Lucio ist ganz nach ihm geraten, mit seiner unbehaarten Brust, besser gebaut als jede von Chavitos Statuen. Ich schaute mir eine Weile ganz verzückt das Bild meines Mannes an, und nur so konnte ich mich an ihn erinnern, ihn vor mir sehen, fast sprach er mit mir, ich sah ihn so (Gott möge mir vergeben, es gibt Dinge, die man über Tote nicht sagt) wie damals, wenn er mich berühren wollte, ich meine, streicheln, küssen, niemals war er grob dabei, Emilio konnte alles, nur nicht grob sein, ganz behutsam deutete er sich an, wenn er besonders schweigsam und sanft war, wußte ich, daß er mich begehrte, ich kannte ihn besser als sonst jemand, sah es an der Art, wie er mir eine Tasse Kaffee brachte oder wegschaute, meinem Blick auswich, wenn das Verlangen in ihm aufstieg, schien er sich zu schämen, jemandem in die Augen zu schauen, und ich sage euch, verzeiht, wenn ich so von einem Toten spreche, ich weiß sehr gut, daß es Dinge gibt, die man über Tote nicht sagt, aber dieser schüchterne Mann liebte mit einer Leidenschaft, die nicht nur die seine umfaßte, sondern auch die meine, meine Leidenschaft ging in der seinen auf, wie es mein Körper nicht tat, sosehr ich mich auch bemühte, zu seiner zu werden, mich hinzugeben, mich besitzen zu lassen, ich warf mich aufs Bett, schloß die Augen, hörte seine Schritte ums Bett herumgehen, ich weiß gar nicht, wie ich ihn überhaupt hören konnte, denn alles um mich drehte sich so behutsam, daß meine Herzschläge seine Schritte zu übertönen schienen, er streichelte meinen Kopf, und da war ich schon nicht mehr ich, verwandelte mich in etwas anderes, in ein wehrloses Tier, voll Schreck, denn den Schrecken konnte ich nie abschütteln, und ich glaube, genau das ist Liebe: ein Erschrecken, wenn das verlorengeht, ist die Liebe dahin, und die Furcht hat auch ihren Grund, denn wenn du liebst, ist dein Gegenüber stärker, ist jemand, dem du erlaubst, stärker als du zu sein, jemand, dem du deinen Mut schenkst, jemand, der mit dir machen kann, was er will, selbst in Staub verwandeln kann er dich, wenn er möchte, und ich genoß diesen Schrekken, mit dem mein Körper aufhörte, der meine zu sein, und heute abend konnte ich mich an ihn erinnern, sah ihn genau wie auf dem Foto, lächelnd, mit nacktem Oberkörper, es war, als würde das Foto zum Leben erwachen, als würde er den Stock, mit dem er immer die Mangos vom Baum schlug, fallen lassen, um zu mir zu treten und, ohne mir in die Augen zu sehen, zu sagen, daß er mich liebte, verzeiht, nehmt mir nicht übel, was ich euch jetzt erzähle, ich warf mich aufs Bett, schloß die Augen, ließ mich dort gehen, in dem Zimmer, in dem nur der Regen rauschte, von dem ich wußte, daß es gar kein Regen war, sondern der Wind dieses sonderbaren Tages, wie gesagt, ließ mich gehen, erwartete ihn, der Schreck verkrampfte mir den Magen, ich würde wieder zu der seinen werden, und nicht nur das, ich würde es auch brauchen, Jahre hatte ich darauf gewartet, daß er sich wieder über mir ausstreckte, ohne Worte, ohne mir Worte zu gestatten, ohne mich sagen zu lassen, was in meinem Schrecken keinen Platz mehr fand, immer blieb ich mit dem Bedürfnis zurück, ihm mitzuteilen, was ich fühlte, und jetzt durfte ich aus Achtung nicht sprechen, denn mein Mann war tot, und ich mußte sein Andenken achten, wieviel Mut hatte das Schweigen erfordert, kein Wort sollte mich verraten, aber dann sprach ich, sagte ihm alles, was ich ihm in all den Jahren des Schweigens gerne gesagt hätte, sagte ihm, was mir gefiel, und meine Hände umklammerten seine Schultern, ich öffnete nicht die Augen, wußte, daß da niemand war, brauchte sie auch gar nicht zu öffnen, in dem Augenblick sah ich mit geschlossenen Augen mehr, den Rest erzähle ich nicht, ich weiß nicht, was ihr nun von mir denkt, ob ihr mich für schamlos haltet, aber das Schlimmste wißt ihr noch gar nicht.

Berta steht auf, geht wieder ans Fenster, Da ist niemand, verkündet sie, und jeder merkt, daß sie das nur sagt, um ihre Verwirrung zu verbergen. Mercedes führt das Glas zum Mund, das schon seit einer Weile leer ist, legt den Kopf in den Nacken, hält das Glas senkrecht, damit der letzte Tropfen Lindenblütentee an ihre Lippen gelangt. Zwar weint Irene nicht, aber sie wischt sich die Augen, und wer sie kennt, weiß, daß sie sich oft die trockenen Augen wischt. Das Schlimmste ist, daß ich auf dem Bett mit einem Gefühl der Glückseligkeit liegenblieb, das ich für immer verloren geglaubt hatte, nach einer ganzen Weile erst stand ich auf, Hals wie Gesicht rochen stark nach Speichel, ich betrachtete mich im Spiegel, fand am Hals die Spuren seines Mundes, glaubte, meine Worte noch im Zimmer hallen zu hören (so verzweifelt ausgestoßen, als fürchtete ich, er könnte mir jeden Augenblick den Mund zuhalten), natürlich waren es nicht meine Worte, sondern der Widerhall dieses gemeinen Windes, der uns noch alle um den Verstand bringen wird. Dann setzte sie sich wieder aufs Bett, griff erneut zur Schachtel mit den Fotos und hatte wieder das Bild des hemdlosen, wunderschönen Mannes vor Augen, der lächelte, einen Stock zum Mangoernten in der Hand. Sie drehte das Foto um. Dort stand die Widmung. FÜR MEINE MUTTER, EIN

ANDENKEN AN IHREN SOHN. Irene fährt hoch, man könnte meinen, sie wolle losstürzen. Versteht ihr? Nicht Emilio war es, sondern Lucio.

Das Abendlicht war zu früh erloschen. Vorzeitig schloß Marta die Augen. Es war einerlei, ob sie geöffnet oder geschlossen waren: Ihre Augen lebten nur schwach bei Tageslicht. Wenn die Nacht kam, brach das Dunkel endgültig über sie herein, bis erneut die Sonne hervorkommen würde, wenn sie denn wieder hervorkäme. Sie war erschöpft. Die körperliche Anstrengung, die Augen zu ersetzen, ermüdete sie in hohem Maße, und als das letzte Abendlicht (das heute ein düsteres Mittagslichtlein war) auf seine endgültige Art Haus, Garten und Insel verschleierte, überfiel sie Müdigkeit. Eine unnütze Müdigkeit, denn sie führte nicht zum Schlaf. Und da heute das Abendlicht allzu früh erloschen war, ging Marta ins Haus, als würde sie ins Nirgendwo treten. Sogar der wirbelnde Wind verstummte, als sie hineinging, es war eine Leere, eine übernatürliche Abwesenheit; sie bekam Angst; vielleicht tastete sie deshalb nach Möbeln, Wänden, Nippes, um eine Brücke zur Welt zu schlagen, um nicht das Gefühl zu haben, allein im Universum zu sein, ohne Menschen, ohne Dinge. Sie legte sich nieder, legte sich nicht nieder. Sie glaubte zu schlafen. Ihr Traum von dunkelroter, fast schwarzer Farbe, war nicht mehr als das, eine Farbe.

Ein Donnern weckt sie. Sie weiß nicht, ob das Donnern der Wirklichkeit angehört. (Hoffentlich nicht.) Sie steht auf, steht nicht auf. Sie weiß nicht, ob sie mit erhobenen Händen durchs ewige Dunkel wandelt, um sich vor den boshaften Wänden zu schützen. Sie gelangt ins Wohnzimmer, glaubt zumindest, daß es das Wohnzimmer ist: Sie ist gegen einen Sessel gestoßen, und Sessel gibt es nur im Wohnzimmer. Die Tür, wo ist die Tür? Sie tastet sich an den Wänden entlang, findet einen Schalter, dreht das Licht an, was soviel heißt, daß die Dunkelheit fortwährt. Jemand ist hinter der Tür. Sie hört eine Stimme, einen Klagelaut. Schließlich findet sie das Schlüsselloch. Die Tür geht auf. Marta schaut sich nach allen Seiten um, als wäre es möglich, daß auf einmal Licht in ihre Augen fiele. Der Wind ist so stürmisch, daß sie sich an den Türrahmen klammern muß. Zweifellos regnet es, ein wahrer Wolkenbruch: Der Wind trägt das Rauschen und den Geruch eines Wolkenbruchs herbei. Die Flöße. Die Bettler und die Flöße fallen ihr ein. Sie denkt an ihre Mutter. Dann hat sie das Gefühl, daß etwas zu ihren Füßen niederfällt. So behutsam wie möglich bückt Marta sich, ohne dabei den Türrahmen loszulassen. Sie tastet den Boden mit beiden Händen ab, spürt etwas Feuchtes, eine warme, zähe Flüssigkeit. Sie richtet sich wieder auf. Nein, sie richtet sich nicht auf. Sie hat das Gefühl, draußen auf den Kolonnaden zu sein, zu laufen, während der Wind ein Vorwärtskommen unmöglich macht. Wenn es ein Traum ist, Herr, dann ist das der klarste, der wirklichste, den ich je gehabt habe, trotz der dunkelroten, fast schwarzen Farbe. Sie ruft, Mercedes, Mercedes.

Sie leuchtet in alle Winkel, über die Bänke, auf denen bisweilen Gestalten zu sitzen scheinen, Gestalten, die von den Kolonnaden auf die Insel hinauslaufen. Das war schon immer so, hier glaubt man zu sehen, was man nicht sieht, nicht sehen kann, deshalb hatte es Helena auch nicht allzusehr beunruhigt, als sie von ihrer Tür aus eine weiße Gestalt unter den Bäumen wandeln sah, denn das geschieht oft, sogar Chavitos Statuen scheinen sich in vielen Nächten auf Wanderschaft zu begeben. Wäre es nur die weiße Gestalt gewesen, Helena hätte sich in aller Ruhe wieder in ihre Rechnungen vertieft. Aber da geht noch etwas Außergewöhnliches vor sich, das so bald wie möglich aufgeklärt werden muß. Als Helena hinaustrat, um sich zu vergewissern, daß die weiße Gestalt nur ein Trugbild war, fand sie die Brüste der Venus von Milo mit Blut verschmiert. Also ist es weder ein Spiel noch eine Sinnestäuschung. Blut, echtes Blut, frisches Blut, der blutige Abdruck einer Hand auf den Brüsten der Venus von Milo. Mit der Taschenlampe leuchtet sie in die Winkel, über die dunklen Flecken, die die traurigen Deckenlaternen nicht erreichen, leuchtet über Bänke, Beete, Bäume. Nichts zu sehen. Eine äußerst schwierige Suche in dieser Oktobernacht, bei diesem tiefhängenden, rötlichen Himmel, diesem Wind, der den Teufel im Leib hat. Helena gelangt zum Apoll vom Belvedere und untersucht ihn genau, ebenso die Palisadenwand, und sie merkt, daß auf der anderen Seite jemand im Vorhof ist. Wer da? fragt sie, streng wie immer. Ohne eine Antwort abzuwarten, ohne Angst umrundet sie selbstsicher die Wand und tritt in den Vorhof. Da entdeckt sie Merengue, der seinen Kuchenkarren wäscht. Weshalb bist du denn zu dieser Uhrzeit noch auf? Der Schwarze lächelt, grüßt sie, vollführt eine komische Verbeugung und antwortet nicht. Das ist eine Nacht, was? sagt der Schwarze, ohne zu lächeln aufzuhören. Helena mustert ihn eine Weile. Sie erwidert weder den Gruß noch das Lächeln. Von oben bis unten beleuchtet sie die Nike von Samothrake, dann den Karren und Merengue. Es ist jemand auf der Insel. Es ist immer jemand auf der Insel, gibt der Schwarze zurück. Ein Unbekannter, meine ich, ein Verwundeter. Merengue läßt den Lappen in den schmutzigen Wassereimer platschen.

Wenn Helena sagt, daß ein Verwundeter hier ist ... Zweifellos ist Helena die beste Verwalterin, die die Insel je gehabt hat, je haben wird. Helena kennt sie besser als sonst jemand. Helena weiß besser als sonst jemand, was man über die Insel wissen sollte. Zumindest, was die *reale* Insel angeht. Denn was das übrige betrifft ... Sie brüstet sich damit, jeden Schritt ihres Weges zu kennen. Ich schaue immer, wohin ich trete, lügt sie. Außerdem, betont sie immer, um ihren Bruder Rolo zu ärgern, wer träumend durchs Leben wandert, läuft gegen den nächsten Baum.

Irene erzählt, nachdem Helena an einem Januarmorgen nach einem Vorstellungsgespräch beim Paten auf die Insel gekommen war und ihr Haus bezogen hatte (das erste zur Rechten, zwischen Vorhof und Casta Divas Haus), war sie gleich losgegangen, um die Insel zu erforschen, Diesseits wie Jenseits, die damals noch gar nicht so hießen. Damals gab es schon so viele Bäume wie heute, dazwischen hatte man mit Steinen vom Fluß Wege gelegt, auch war der Brunnen noch nicht ausgetrocknet. Allerdings gab es noch keine Statuen (Chavito war noch klein, erst später würde er seine Leidenschaft für die Bildhauerei entdecken). Seit langem schon wurde in der Gegend über die Geheimnisse der Insel gemunkelt. So mancher soll dort auf Nimmerwiedersehen verschwunden sein. Als sie Helena auf ihrem ersten Forschungsgang sah, erzählt Irene, fühlte sie sich verpflichtet, sie zu rufen und zu warnen, ihr zu sagen, was für Gefahren dort lauerten, *sottovoce* selbstverständlich, denn der Pate lebte ja noch, und dieser reizbare Galicier wurde sofort wütend, wenn man irgendwelchen Unsinn erzählte, der den Ruf seines Hauses in Frage stellte. Ganz leise, aber in aller Deutlichkeit erzählte sie ihr die Geschichten von Angelina, von Cirilo, dem jungen Flötisten von der Militärkapelle des Columbia-Lagers, der dort lebte, wo heute Mercedes und Marta wohnen, die trostloseste Musik der Welt komponierte und sie mit Tränen in den Augen spielte, nie erfuhr man, warum. Der arme Flötist, heruntergekommen und traurig, wie er war, drang eines Morgens ins Innere der Insel ein, wobei er eine seiner beklemmendsten Melodien spielte, und niemand hat ihn je wiedergesehen. Irene klärte Helena darüber auf, daß man an manchen Abenden, vor allem an Regentagen, Cirilos herzzerreißende Flötenmusik hörte, ohne zu wissen, woher sie kam. Ebenso erzählte Irene ihr, daß die kleine Eduviges ein ähnliches Schicksal erlitten hatte, sechs Jahre war sie alt gewesen und hatte immer seltsame Visionen gehabt. Ein mehr als merkwürdiges Mädchen, du machst dir keine Vorstellung davon, es schien nicht in unsere Welt zu passen, das heißt auf diese Insel, in der Gott und Teufel die gleiche Macht besitzen, das Mädchen verkündete eines Morgens, es werde weggehen, weil es nicht miterleben wolle, was unvermeidlich eintreten werde (was meinte es bloß?), die Nachbarn hielten das für ein Spiel, und die kleine Eduviges mit ihren sechs Jahren und den seltsamen Visionen küßte ihre Puppe und verschwand dahinten beim Brunnen, der damals noch nicht ausgetrocknet war, und dann erst die Geschichte mit Laria, einer finsteren, häßlichen Frau, die sich für eine Heilige hielt, von Haus zu Haus ging und allen, die in ihre Reichweite kamen, die Stirn berührte, um sie von ihren Sünden zu läutern, wo war ich gleich, ach ja, diese Laria brannte eine ganze Nacht lang (was für eine Nacht, gütiger Himmel, ich erinnere mich noch dran, als wär's heute gewesen) auf einem Scheiterhaufen, niemand weiß, wer ihn angezündet hat, sie schrie, der Teufel habe sie dort festgebunden, wir konnten nichts mehr machen, der Scheiterhaufen war so riesig, und so viele Wasserkübel wir auch herbeischafften, so oft wir hin und her liefen, die arme Laria wurde zu einem Häufchen Asche, das der Wind fortwehte, stell dir nur vor, der Wind achtet hier nicht mal die Asche einer Heiligen wie Laria, umsonst haben wir dem Papst geschrieben, damit er sie heiligspricht, die heilige Laria, Jungfrau und Märtyrerin, denn beides war sie zweifellos, aber der Papst hat nicht mal geantwortet, so viel hat der zu tun, bei all dem Segen, den er ständig verteilen muß, der Arme, fest steht jedenfalls, daß Laria noch hier umherstreift und uns die Stirn berührt, an manchen Tagen hört man ihre Schritte, und eine unsichtbare Hand (schau nur, ich bekomme eine Gänsehaut) legt sich uns auf die Stirn, ich schwöre es dir, ich kann dir auch die Geschichte von Rascol Nico erzählen, dem Fleischer, der eine Alte mit dem Beil erschlagen und hier seine Schuld abgebüßt hat, ich kann dir von Pinitos erzählen, der war sieben Jahre alt und gab immer entsetzliche Dinge von sich, er wollte zum Beispiel einen Unbekannten gesehen haben, der weinte, weil er keinen Schatten besaß, das sei die Wahrheit, er habe ihn gesehen, auf einer Lichtung zwischen den Bäumen, ganz in der Nähe des Brunnens, der Mann hatte sich ins volle Sonnenlicht gestellt, doch ganz umsonst, wie es schien, nichts, kein Schatten bezeugte, daß er dort war, und der Mann weinte und zeigte ihm eine Tasche, in der metallen Münzen klimperten, ebenso behauptete er, ein junges, schönes Paar, Paul und Franziska gesehen zu haben, einst verliebt, doch nun unablässig von einem Sturmwind hin und her geweht, der sie nicht in Frieden ließ, so daß sie gegen die Bäume der Insel stießen, die, wie man weiß, hoch und zahlreich sind, der Wind war schwer von Seufzern, erzählte Pinitos mit Augen, die wie zwei Steine aussahen, dann sperrte er den Mund auf, als könnte er so eine Geschichte selbst nicht glauben, jene Franziska berichtete unter Schluchzern, daß während der gemeinsamen Lektüre eines Buches von den Seiten eine so unwiderstehliche Kraft ausgegangen sei, daß sie sich einfach küssen, streicheln und einander hingeben mußten, sündigen, wie sie es ausdrückte, hin und her gezerrt vom Wind, der sie nicht in Frieden ließ und gegen die Baumstämme schleuderte, der Wind war die Strafe dafür, daß sie sich von der Kraft des Buches hatten hinreißen lassen, die so mächtig gewesen war, daß sie sich hatten küssen müssen, und eines Abends kehrte Pinitos noch erstaunter als sonst von der Insel heim und erzählte, daß ein Mann mit Namen Abram seinen Sohn ins Jenseits, zum Fluß geführt hatte und daß der Mann mit Namen Abram seinen Sohn veranlaßt hatte, niederzuknien, während er selbst himmelwärts schaute und nach oben sprach; der Junge, fast noch ein Kind, lachte und sagte, Vater Abram, hab keine Furcht, Gott ist barmherzig, und auf der Stelle schlug der Mann, der gewaltig war und ein grauenerregendes Gesicht hatte, dem Sohn den Kopf ab, welcher Pinitos vor die Füße rollte, und er sah die Augen dieses rumpflosen Kopfes noch zwinkern, die Lippen lächeln, und immer noch hatte er so etwas wie eine Stimme, eine Stimme, wie sie noch niemand auf der Welt gehört hatte, ganz klanglos, eine Stimme, die man nicht Stimme nennen konnte und die zwei-, dreimal wiederholte, Gott ist barmherzig, bis das Lächeln auf den Lippen erstarrte und die Augen nicht mehr zwinkerten, da schlug sich der Riesenkerl von Vater mit Namen Abram selbst den Kopf ab und sagte, Gott ist ein kolossaler Hurensohn, und sein Kopf schnellte durch die Luft davon wie ein Ball und fiel wer weiß, wohin, Pinitos erzählte viele solcher Geschichten, die unterhaltsam waren, auch wenn man zugeben muß, daß sie uns Angst einjagten, eines Abends kam Pinitos Mutter, um mit dem Paten zu sprechen, Pinitos Mutter, die beste Spitzenklöpplerin von ganz Marianao, eine so winzige Frau, daß man sie gar nicht sah, wenn man mit ihr sprach, als würden ihre Schuhe reden, sie war so beunruhigt, daß sie den Paten bat, Pinitos nicht mehr durch die Insel streifen zu lassen, der Junge war in der letzten Nacht spät nach Hause gekommen und hatte erzählt, er habe zwei Männer getroffen, die gar nicht zwei Männer waren, sondern ein und derselbe in zweierlei Gestalt, ein gewisser Doktor Jäckel und ein Herr Neid, daß er gesehen habe, wie sich eine sehr warm angezogene Dame mit Hut und Muff vor einen Zug warf (was, nebenbei bemerkt, auf der Insel ganz unmöglich war, denn wo sollen hier Gleise sein, über die ein Zug rollen könnte), er habe eine Gondel voll geschminkter, wie für den Karneval herausgeputzter Frauen gesehen, die einen Herrn mit weißem Gesicht und Perücke umschwirrten, ihn küßten und überall streichelten, und noch vielerlei Dinge mehr, die ihr jetzt nicht mehr einfielen, aber wegen der sie sich große Sorgen um das Schicksal ihres guten Jungen mache, der abgesehen von diesem Tick, Geschichten zu erfinden, ein vorbildlicher Junge sei, der bereits das Einmaleins könne und flüssig lese, etwa die einfachen Gedichte von Dulce María Borrero aus dem Lesebuch der vierten Klasse, der Pate versprach es ihr, und die Schuhe, die die beste Spitzenklöpplerin von Marianao, nämlich Pinitos' Mutter, waren, zogen beruhigt von dannen, mit der Würde derer, die ihre Pflicht erfüllt haben, nur daß Pinitos weiter heimlich die Insel durchstreifte, das erfuhren wir erst nachher, als es schon zu spät war, ich traf ihn eines Morgens mit einem Sack oder besser gesagt einem Kopfkissenbezug, in den er, wie er mir zeigte, ein paar Hemden, eine Feldflasche, ein Stück Schokolade, eine Tüte Oliven, sechs Kekse, einen Handspiegel und ein Buch über die Geschichte Kubas gepackt hatte, er erklärte mir, er werde auf einen Kreuzzug ins Heilige Land ziehen, ich erwiderte, daß Kreuzzüge doch etwas für Männer wie Peter von Amiens oder Richard Löwenherz seien, aber er lächelte nur, bevor er mich darüber aufklärte, daß es sich gerade um einen Kinderkreuzzug handele und schon fast dreißigtausend von ihnen bereit seien, die von den Gottlosen besetzten Gebiete für die Christenheit zurückzuerobern, daß sie zum Meer gelangen und die Fluten sich teilen würden, um sie durch ein Wunder Gottes hindurchzulassen, denn Gott beschützt die, die ihn lieben, er bat mich, Schweigen zu bewahren, denn wenn seine Mutter von seiner Entscheidung erführe, würde sie ihn an den Bettpfosten binden, mit aller Bestimmtheit kann ich behaupten, daß ich die letzte war, die Pinitos gesehen hat, ich sah, wie er hinter dem Laokoon verschwand, als würde er in Richtung Diskuswerfer gehen, ein merkwürdiger Wind wehte an diesem Nachmittag über das staubige Gelände voll starrer Bäume, und die Insel verschluckte ihn, denn das Gestrüpp schloß sich nach seinem Eintauchen fast mit Wonne, mit Gier, ich weiß nicht, wie viele Jahre das nun schon her ist, auch die Mutter ist nicht mehr am Leben, um uns das genaue Datum zu verraten, natürlich war Pinitos verrückt, alles, was er erzählte, war nichts als ein Haufen Lügen, aber wenn es Lüge war, warum haben wir ihn dann niemals wiedergesehen? Nur die paar Geschichten erzählte Irene (von den vielen, die sie hätte erzählen können), bevor sich Helena auf ihren ersten Erkundungsgang durch die Insel machte. Helena lächelte nicht einmal. Soweit Irene sich erinnert, hat sie sich nicht mal bei ihr bedankt. Sie sah sie im Dickicht verschwinden und ein, zwei Stunden später wieder auftauchen, mit einer schönen, reifen Guanábana und einer recht genauen Vorstellung davon, was in dem Waldstück zu tun sei, um es so sauber und bewohnbar wie möglich zu machen. Du wärst ein hervorragender Kapitän auf einem Phönizierschiff gewesen, sagte ihr Bruder Rolo zu Helena.

Helena sieht merkwürdig aus in ihrem rosafarbenen Satinkittel, der zwar schon schäbig ist, ihr aber immer noch einen Anflug von Eleganz verleiht. Und diese Eleganz muß etwas mit den langen, weiten Ärmeln zu tun haben, den Manschetten mit den aufgesetzten Blumen und dem bestickten, bauschigen Kragen, wie die Krause einer Königin auf den Bildern in den Märchenbüchern. Sie sieht merkwürdig aus, wie sie so gewandet über einen der Steinwege in die Insel vordringt, eine Taschenlampe in der Hand, deren Lichtkegel Irenes Stechapfel und Jasmin, die Mauerrauten, Krotone, Heliotrope und Wundersträucher mit seinem kränklichen Gelb ansteckt. Die Pflanzen wirken anders im Licht der nervösen Lampe. Sie haben nicht mehr ihre unterschiedlichen Grüntöne, auf die Irene so stolz ist. Die Pflanzen sehen gelblich aus, fast weiß, wie Papierattrappen, wenn das zaudernde Lampenlicht plump auf sie fällt. Manchmal hält das Licht inne und bahnt sich den Weg in einen Winkel im Dickicht. Manchmal beleuchtet es einen der Pflastersteine auf dem Weg vor Helena. Für Augenblicke schnellt es nach oben (und dort ist das Licht noch armseliger) und fährt über einen Baumstamm, sucht zwischen den Zweigen, wo in dieser Nacht der Teufel genistet zu haben scheint. Und wieder wendet es sich dem Boden zu, wandert dann langsam, fast unmerklich in größtmögliche Ferne, wo es schließlich kein Licht mehr ist, sondern eine Lichtimitation, eine Art Nebel, der die

Dinge verschleiert, anstatt sie sichtbar zu machen, der sie verhüllt oder noch gespenstischer macht. Es gibt Augenblicke, in denen Helena zusammen mit dem Licht reglos verharrt und die Augen schließt, als könne sie mit geschlossenen Augen besser hören. Doch bei dem Wind gibt die Insel in dieser Nacht tausenderlei Töne von sich. Manchmal Schritte wie von Fliehenden, Seufzer, Schreie, Gesang. Manchmal ein Tosen wie von einem aufgewühlten Fluß, der Steine mit sich fortreißt. Helena weiß natürlich, daß die tausenderlei Töne von der Insel stammen: Über sie muß sie sich keine Sorgen machen. Deshalb öffnet sie die Augen und geht sicheren Schritts weiter über die Steine der Inselwege. Und als ein Licht zwischen Diskuswerfer und Laokoon auftaucht, ist Helena nicht überrascht, denn sie weiß, daß es Merengues Taschenlampe ist, weil das Licht sich wie Merengue selbst bewegt, stolpernd, schwankend, Merengue schiebt eben immer seinen Karren vor sich her, auch wenn er ihn nicht bei sich hat. Helena untersucht jeden Winkel mit einer Sorgfalt, für die die Augen nicht ausreichen. Der Teufel ist losgelassen und wirbelt alles durcheinander. Alles ist bekannt und unbekannt zugleich. Etwas ist dort, das nicht wirklich ist, und Helena weiß das.

My hearing is more reliable than my sight. Er sitzt im Schaukelstuhl. Er schaukelt nicht, fächelt sich auch keine Luft zu, versucht zu horchen. Nachdem sich die Schritte entfernt hatten und er auf den Blutfleck gestoßen war, sank wieder das Schweigen auf die Insel nieder, das heißt der pfeifende Wind, der das Schweigen dieser Nacht ist. Er blieb ruhig dort sitzen, wurde schläfrig, während er darüber nachdachte, ob das Blut von einem verwundeten Tier stammen konnte, von einer Katze, einem Hund etwa, einem dieser streunenden Hunde, die durch die Insel streifen. Tatsächlich glaubte er, Gebell gehört zu haben und später so etwas wie ein Heulen bei der alten Tischlerei. Doch jetzt, da er sich daran erinnert, ist er sich nicht sicher, ob es wirklich ein Heulen war, vielleicht hatte auch jemand um Hilfe gerufen. Er lächelt. Wie kann ich einen Hilferuf mit Hundegeheul verwechseln? Er schüttelt den Kopf, noch immer lächelnd. Und wenn der Schrei nichts anderes als der Wind in den Zweigen gewesen ist? Aber wie kann ich einen Hilferuf oder Hundegeheul mit dem Rauschen des Windes in den Zweigen verwechseln? Er horcht. *My hearing is more reliable than my sight.* Nichts Außergewöhnliches: der Wind, die Bäume, sonst nichts. Eine Sturmnacht sollte nichts Außergewöhnliches an sich haben. Ein Körper geht vor dem Haus zu Boden. Wahrscheinlich ein trockener Palmzweig. Auf den dumpfen Laut folgt ein kurzes Schweigen, dann sind wieder Schritte zu hören. Gleich darauf das Knattern einer windgebeutelten Leinwand, das natürlich nicht von einer Leinwand, sondern von schlagenden Pappelzweigen, schlagenden Lorbeerzweigen kommt, und jemand weint, kein Zweifel: Jemand weint ein zaghaftes Weinen, ein verschämtes oder wahrhaftiges Weinen, so verschwiegen, daß es schon beinahe kein Weinen mehr ist, dort zur Rechten, genau in der entgegengesetzten Richtung, in der der Körper oder der Palmzweig zu Boden gefallen ist, es heißt, das Bambusrohr weint, wenn der Wind hindurchfährt, auch die Weiden weinen wohl, nicht umsonst nennt man sie Trauerweiden, aber es gibt keine Trauerweiden auf der Insel, weder im Jenseits noch im Diesseits, es scheint, als würden die Schritte sich der Wohnung nähern, ich versuche zu horchen, *my hearing is more reliable than my sight,* es sind Schritte voll Jugend, kein Zweifel, voll Kraft, nur außerordentliche Kraft und Jugend kann so leicht, kurz, schnell, fast beschwingt ausschreiten, und der da geht, stützt sich an meine Hauswand, die streifende Hand an der Mauer ist kaum hörbar, aber meine Ohren sind äußerst empfindlich, an der Höhe, auf der die Hand entlanggleitet, erkenne ich, daß es sich um jemanden handelt, der circa einen Meter siebzig groß ist (Mann, Frau oder Dämon), ich weiß, du bist hochgewachsen und jung, *I know enough*, das Klirren von Glas unterbricht das Geräusch der Schritte, gerade will ich mich zur Anrichte umwenden, aber ein stechender Schmerz in der Schulter hindert mich daran, für einige Sekunden scheint nur der Wind auf der Insel zu hausen, ich stehe auf (mit was für Mühe, jeden Tag mit größerer), halte den Schaukelstuhl an – ich sehe nicht gerne, daß er sich herrenlos wiegt, das ist so ein Aberglaube –, ich weiß nicht, was ich tun soll, und lege vorsichtig den Fächer auf das Bett, die verhaßte Katzenfratze schaut mich mit spöttischem Grinsen an, ich drehe den Fächer um, damit du verschwindest, erbärmliche *cat*, auf der Anrichte stehen die Gläser, Krüge und Tassen, alle noch ganz, unversehrt, nichts im Zimmer ist zerbrochen, also beschließe ich hinauszugehen, wem auch immer die Stirn zu bieten, mir kommt der Gedanke, daß die Spielzeugpistole eigentlich überflüssig ist, in meinem Alter verläßt einen sogar die Angst, nicht wahr, ich suche die Schlüssel, die ich schon in Händen halte, und als ich sie schließlich bemerke, ärgere ich mich, weil ich die Schlüssel gesucht habe und sie dabei doch in Händen halte, ich lasse sie in die Taschen meines Jacketts gleiten, und die in die Jackettasche gleitenden Schlüssel klirren so wie das splitternde Glas da draußen, waren es nicht vielleicht die Schlüssel gewesen? draußen herrscht dichte Dunkelheit, es gibt nur zwei Laternen, die über der Tür und die weiter hinten, die Glühbirnen sind schwach, ich mache Licht, zünde dann eine Öllampe an, um dich zu sehen, wer auch immer du sein magst, Mann, Frau oder Dämon oder alles drei zusammen, denn auf der Insel ist jede Kreatur möglich, ich bin entschlossen, gehe zur Tür, aber wenn ich doch entschlossen bin, warum halte ich auf einmal inne, warum bleibe ich regungslos mitten im Zimmer stehen und tue so, als würde ich etwas suchen, das ich gar nicht verloren habe, wenn es nun der Matrose ist – *the young sailor, what if it's him, dear God, what if?* –, er wird kommen, ob ich will oder nicht, er wird kommen. Professor Kingston steht mitten im Zimmer, die Öllampe fast auf Augenhöhe erhoben. Da hört man die Schritte auf dem Dach. Und Gelächter. Nein, das ist kein Gelächter, sondern ein schlagendes Fenster, das aufgeflogen ist. Ein Fenster ist aufgeflogen, schlägt nun hin und her und klingt doch wie Gelächter. Die Schritte stampfen über die Schindeln. Erneut das Knattern windgebeutelter Leinwand. Gelächter, das Schlagen des offenen Fensters, es kommt näher, entfernt sich, kommt näher, entfernt sich, und Wasserrauschen, genau jetzt, genau wie der anschwellende Fluß an ergiebigen Regentagen, ich schaue sogar zur Türritze, in Erwartung, daß Wasser dort eindringt, was nur ein einziges Mal geschehen ist, vor vielen Jahren, beim Wirbelsturm von 44, ein Krächzen zieht mehrmals über das Haus hinweg, ich bekreuzige mich, Stimmen, Stimmen, ein langgezogener Pfiff, ich gehe auf die Tür zu, das Krächzen kehrt zurück, entfernt sich wieder, ich weiß nicht, ob das Pfeifen von der Insel oder aus meinen Ohren kommt, manchmal höre ich das gleiche Pfeifen, es kommt von nirgendwoher, nur aus mir selbst, aus meinem Innern, und die Stimmen sagen *go, go, go* oder *no, no, no, I don't know*, zum Glück verstummt das Pfeifen schlagartig, und ein Regenguß, Tausenden, Millionen von Kieseln gleich, die auf das Dach prasseln, erstickt den Klang der Schritte auf den Schindeln, dann ertönen ferne Glocken und Gesang, eine wunderschöne Stimme, die sich über das Getöse dieser Inselnacht erhebt, und schließlich bin ich bei der Tür, wie mühsam war es, bis dorthin zu gelangen, ich sage mir, daß ich sie nun öffnen werde, und öffne sie nicht, dann öffne ich sie doch, und draußen ist das Jenseits mit seinen windgeschüttelten Bäumen, *Tis the wind and nothing more*, weder regnet es, noch ist der Fluß angeschwollen, niemand ist da, auch die Glocken und die wunderschöne Stimme höre ich nicht mehr, was soll ich auch für eine wunderschöne Stimme hören, wer kommt schon auf den Gedanken, in so einer Nacht zu singen, ich hebe die Öllampe noch höher: Nur die Blutlache ist noch dort, vor der Tür.

Sie schließt die Augen und denkt, Ich bin müde bin müde bin müde, sie versucht, sich eine Landschaft vorzustellen, einen Strand mit Kokospalmen, blaues, kristallklares Wasser, einen herrlichen, warmen Tag mit klarem Himmel ohne Wolken oder mit ein paar Schäfchenwolken, in der Ferne ein Segelschiff, nein, kein Segelschiff, ein wunderschöner roter Ozeandampfer, nein, auch nicht, besser nur der Horizont, nur dieser Horizont, der nun nicht unerreichbar scheint, sie sitzt im Sand und schaut zum Horizont, sie ist nackt, spielt mit dem Sand, häuft Sand auf ihre Schenkel, hat das Gefühl, daß ihr Körper existiert, nun gut, ganz so ist es nicht, das Gefühl läßt sich nicht eindeutig in Worte fassen, die beste Erklärung wäre vielleicht, daß jeder einzelne Teil ihres Körpers lebendig wird, daß sie mit jedem Teil ihres Körpers fühlt, oder vielleicht ist es nicht einmal das, es läßt sich nicht ausdrücken, und sie gleitet ins Wasser, das eine herrliche Temperatur hat. Auf einmal ist es keine Landschaft mehr, sondern ein nie gesehener Ort oder vielleicht doch, vielleicht hat sie ihn schon einmal gesehen, ein Garten, dicht bewachsen mit Bäumen, überall hängen Zweige herab, ohne daß man mit Gewißheit sagen könnte, zu welchem Baum sie gehören, und der Garten ist kein Freiluftgarten, sondern ein weitläufiges, überdachtes Gehege, dessen Decke so hoch ist, daß sie den Augen entschwindet, der Himmel ist fort, an seiner Stelle herrscht tiefe Dunkelheit, aus der schräg blaue und rote Lichtstrahlen blitzen, die keine Sterne sind, keine Sterne sein dürfen, in einer Ecke ist ein Grab, auf dem ein Lilienstrauß liegt, sie geht nicht darauf zu, aber auf einmal, ohne daß sie sich bewegt hätte, steht sie neben dem Grab und entdeckt, daß die Lilien aus Papier sind, nach Staub riechen, nach Rumpelkammer, nach vermodertem Stoff, der Garten riecht nicht nach Garten, sie geht auf die Bäume zu, das heißt bewegt sich nicht, denn schon stehen die Bäume neben ihr und sind aus Stoff, sind riesige, bemalte Leinwände mit vergilbter, rissiger Farbe, und als sie die Bäume, die Leinwände, die auf die Leinwände gemalten Bäume berührt, erleuchtet sie ein gewaltiges Licht, und sie sieht überhaupt nichts mehr, ihr Körper wird in dem Licht ganz durchscheinend, an die Stelle des Schweigens tritt nun eine dröhnende, ohrenbetäubende Musik, und doch hört man dabei noch Applaus, Applaus, Applaus. Casta Diva schlägt die Augen auf.

Tiefes Dunkel im Zimmer. Man hört Lachen, das muß Tatina sein. Auch der Wind dieser Oktobernacht ist zu hören. Jemand scheint von außen gegen das Fenster über dem Ehebett (das einzige Fenster im Zimmer) zu drücken, als müßte es sich jeden Moment öffnen. Casta Diva setzt sich im Bett auf. Sie kann ihre Umgebung kaum ausmachen, aber das braucht sie auch nicht: Sie kann mit geschlossenen Augen durchs Zimmer gehen. So weiß sie zum Beispiel, daß sich vor ihr der Spiegel befindet. Groß, rechteckig, aus geschliffenem Glas hängt er in seinem schwarzgewordenen Mahagonirahmen an der unverputzten Wand gegenüber der Tür. Plump wirft ihr der Spiegel aus Lichtmangel ihr Bild zurück. Sie haßt den Spiegel. Diesen wie alle anderen. Der Spiegel ist ein abscheulicher Gegenstand, nicht so sehr, weil er die Wirklichkeit spiegelverkehrt zeigt, sondern weil er sie vervielfältigt, als wäre die Wirklichkeit an sich nicht schon unangenehm genug. Sie sieht ihn nicht. Es spielt keine Rolle: Vor ihr befindet sich der Spiegel. Sie schläft auf der linken Seite des Bettes, und vor ihr befindet sich der große Spiegel. In Mondscheinnächten, wenn es heiß ist und man das Fenster offenlassen kann, schläft Casta Diva oft vor dem Spiegel, als schliefe sie sich selbst gegenüber. Sie haßt den Spiegel, haßt dieses Bild. (Binnen weniger Seiten wird dieser Spiegel die Hauptrolle bei einem seltsamen Vorfall spielen.) Sie haßt ebenso den Druck von Tizians *Abendmahl*, der vom feuchten Mauerwerk ganz fleckig geworden ist. Sie haßt die ganze billige Zimmerausstattung aus minderwertigem Holz, die sie auf Raten bei *Orbay y Cerrato* erstanden hat, sie haßt den mit goldenem Damast bezogenen Lehnstuhl, schon ganz schwarz vom Schweiß der Jahre, sie haßt Tatinas Bett, ein Krankenhausbett mit weißlackierten Metallstäben. Als einziges in diesem Zimmer liebt sie das Intarsienschränkchen aus Nußbaumholz. Denn das Schränkchen ist verschlossen, und den Schlüssel hütet sie wie ihren Augapfel, weil sich all ihre Geheimnisse darin befinden, *ihre Seele*, wie sie es ausdrückt, all das, was sie in Wirklichkeit darstellt. Sie steht auf, zieht sich den Hauskittel über, den sie auf den Hocker vor der Frisierkommode geworfen hatte, und schlüpft in ihre Atlaspantoffeln. Sie geht zu Tatinas Bett. Das Mädchen ist ein Schatten zwischen den weißen Laken. Es lacht. Tatina lacht. Casta Diva hört das Lachen, und auch das haßt sie, bekommt jedoch sogleich ein schlechtes Gewissen, fühlt sich schuldig. Sie knipst die Nachttischlampe an (ebenfalls aus Metall, ebenfalls aus dem Krankenhaus). Instinktiv schaut sie zu ihrem Mann hinüber, als das Licht dem Zimmer seine Wirklichkeit zurückgibt. Der schläft anscheinend ruhig, nichts stört seinen gesegneten Schlaf. Dann schaut sie Tatina an, die zurückschaut und lächelt. Das Gesicht der Tochter ist riesig, unförmig, paßt kaum zum verkümmerten Körper. Das braune Haar breitet sich fettig über das Kopfkissen aus, der Haaransatz befindet sich fast über den Augenbrauen: Tatina hat eine sehr niedrige Stirn. Die Augen sind klein und unruhig, voll Leben. Manchmal erschrecken Tatinas Augen Casta Diva; es sind durchdringende Augen, die in die Wahrheit der Dinge einzutauchen scheinen. Casta Diva muß sich schütteln, wenn sie in die Augen ihrer Tochter blickt und schaut sie deshalb nur selten an. Ihre Nase ist dagegen schön, die kommt ganz nach ihr, der Mutter, dieses wohlgeformte Näschen, das jedoch letzten Endes ebenso abstößt, weil die vollkommene Nase zwischen zwei pausbäckigen Wangen hervorragt, schwarz von unreiner Haut, und sie schwebt über einem riesigen Mund mit mächtigen, ungepflegten Zähnen, mit großen Abständen und entzündetem Zahnfleisch, ein Mund, den der Mangel an Worten und das Übermaß an Lachen entstellt haben. Ein Hals ist kaum vorhanden. Gleich schließt sich die verkümmerte Brust an, und der restliche Körper ist noch verkümmerter. Ohne ihre Tochter anzuschauen, hebt Casta Diva das Bettlaken an und tastet nach der Windel. Du hast dich wieder naß gemacht, du kleines Miststück, sagt sie und versucht, ihre Worte sanft klingen zu lassen, was ihr nicht ganz gelingen will. Sie deckt sie nun ganz auf und zieht ihr die Windel aus. Das dunkle Geschlecht ihrer Tochter, trocken und kümmerlich, erregt einen Widerwillen in ihr, der mit der Zeit nicht geringer wird, sondern nur noch zunimmt. Sie trocknet sie mit einem Handtuch, das immer über dem Nachttischgriff hängt, reibt ihr Creme zwischen die Schenkel, damit sie nicht wund wird, und zieht ihr eine saubere Windel an. Schluß jetzt, Mädchen, jetzt wird geschlafen. Und sie löscht das Licht, geht ins Badezimmer. Auf dem Rand des Klos (das sie selbst wieder und wieder putzt, weil ihre Mutter ihr eingeschärft hat, daß die Sauberkeit im Haus beim Klo anfängt) sind ein paar gelbe Tropfen. Chacho paßt nie auf, also, da predige ich tagaus, tagein, schrei ihn hundertmal am Tag an, piß nicht daneben, verdammt, ziel gefälligst besser. Sie wischt die Tropfen mit Klopapier ab, hebt ihren Hauskittel, zieht den Slip hinunter, setzt sich. Während sie uriniert, schließt sie die Augen, konzentriert sich ganz auf die Wonne des Urinierens, während sie sich erneut in diesem Garten sieht, der gar kein Garten ist, zwischen den bemalten Vorhängen, die nach Staub riechen, nach Rumpelkammer, nach modriger Leinwand. Wieder wird sie in Licht getaucht; wieder Applaus. Die Musik. *O rimembranza.* Applaus, Applaus. Vom Licht verfolgt, bewegt sie sich zur Mitte dieses Ortes, der sich doch grenzenlos auszudehnen scheint. *Ah, perché, perché, la mia costanza.* Jenseits davon, Leere, ein Dunkel, ein Abgrund, aus dem ganz deutlich die Ovationen dringen. Sie hat die Augen aufgeschlagen, mit dem Urinieren aufgehört, die letzten Tropfen entschlüpfen ihr ganz langsam, und als sie aufsteht, ohne sich abzuwischen, läuft ihr ein Tropfen den Schenkel hinunter. *Son io.* Sie wischt sich ab, zieht die Unterhose hoch. Auf einmal bleibt ihr Blick am Spiegel des Apothekenschränkchens hängen. Da bist du wieder, verflixt. Sie will es nicht, kann jedoch nicht den Blick von sich wenden. Ich war einmal eine schöne Frau, mein Teint war wie aus Porzellan, mein schwarzes Haar fiel mir üppig in natürlichen Locken auf die Schultern, und meine Augen hatten nicht die geringste Ähnlichkeit mit denen meiner Tochter, in meinen Augen kam meine ganze Seele zum Ausdruck, in meinen großen, klaren Augen, und diese vollkommene Nase (die immer noch vollkommen ist), die kurzen, scharf umrissenen Lippen, die (je nach Laune) meine Zähne verbargen oder zur Schau stellten, diese Zähne, die Perlen waren, Teufel noch mal, Perlen, das kann niemand bestreiten: Ich war eine schöne Frau, groß, elegant, ich war nie eine Frau mit ausladenden Formen (worüber ich mich freue), ich habe mein Idealgewicht gehalten (auch heute noch), und wie anmutig wußte (weiß) ich mich zu bewegen, ich war (bin) für den Triumph geschaffen, *Deh! Non volerli vittime del mio fatale errore*, und jetzt . . ., was ist das nur für eine Nacht, man meint, die Welt würde in der Sintflut versinken, und doch hängt sie nur drohend über uns, denn diese Scheißwelt will einfach nicht in der Sintflut versinken? Casta Diva lächelt sich selbst im Spiegel an und streckt sich dann die Zunge heraus. Altes Weib du, du hast auch nichts als Mist in deinem verkalkten Hirn, du bist noch nutzloser als eine Hure in der Fastenzeit. Sie verläßt das Badezimmer, geht ins Wohnzimmer, weiß nicht, warum sie ins Wohnzimmer geht. Sie hustet und räuspert sich, trinkt einen Schluck Wasser am Spülbecken, gurgelt und spuckt aus. *Sediziose voci, voci di guerra.* Sie schiebt die Vorhänge am Fenster, das auf die Insel hinausgeht, ein wenig beiseite und sieht, daß draußen die Bäume zu wandern scheinen, so windig ist es, sieht, daß die Nacht rot ist, weinrot, sieht ebenso Lichter auf der Insel, als würden riesige Leuchtkäfer umherfliegen. Etwas Schreckliches wird geschehen, das spüre ich. Und kaum ist ihr dieser Gedanke gekommen, fällt ihr natürlich Tingo ein, sie erschreckt, geht fast instinktiv zu Tingos Zimmer und öffnet, ohne zu klopfen, denn sie klopft niemals, wenn sie in Tingos Zimmer tritt (schließlich ist er noch ein Kind). Sie schaltet das Licht ein. Das Bett ihres Sohnes ist zwar aufgewühlt, aber leer. Tingo, Tingo, Junge, wo steckst du. Niemand antwortet. Casta Diva geht wieder ins Bad, dann in die Küche. Tingo ist nicht zu Hause. Wo kann er um diese Zeit, bei diesem Wetter sein? Tingo, Junge, komm zurück in dein Zimmer. Sie rüttelt ihren Mann an der Schulter. Chacho, Tingo ist nicht zu Hause, und gleich kommt ein Regenguß herunter, der sich gewaschen hat. Chacho tut, als würde er nicht hören. Casta Diva fühlt Wut in sich aufsteigen, verdammt, Chacho, du schläfst wie ein Toter. Sie dreht sich um, öffnet die mittlere Schranktür und findet dort in einer Schublade die Taschenlampe ihres Mannes. Und so, wie sie ist, in Hauskittel und Atlaspantoffeln, ohne ihr Haar zu kämmen, das nun nicht mehr so schwarz und üppig ist, tritt Casta Diva mit der Taschenlampe als einzigem Schutz auf die Insel hinaus.

Zwischen Diskuswerfer und Diana, zwischen Diana und David ist niemand entlanggekommen, das würde sofort auffallen, sonst stände das Springkraut und der Roseneibisch nicht so unberührt da, die Mimosen wären niedergetreten, und auch das Farn wäre anders, nicht so steil aufgerichtet, der Wirbel, welcher Bäume, Häuser, uns alle schüttelt, scheint die Farne gar nicht zu erreichen, ich denke an Chavito und habe Angst, ich weiß nicht, warum ich ausgerechnet jetzt an Chavito denke, ich stoße gegen einen Gipskopf, manchmal tauchen Köpfe, Schultern, Arme, Hände, Rümpfe, unförmige Riesenfüße auf, würde man eine Gestalt daraus formen, wäre sie ein Gipsungeheuer, armer Chavito, armer Junge, du vergeudest deine Zeit, und ich weiß nicht, warum ich dich überhaupt bemitleide, wir alle vergeuden doch unsere Zeit, jeder auf seine Weise, hier ist niemand und ist auch niemand entlanggekommen, nur ich und das Licht meiner Taschenlampe, und dann ist da natürlich noch die Angst, Chavito verwundet oder tot zu finden, ich weiß nicht, dabei ist es gar nicht das erstemal, manchmal verkaufe ich Kuchen am Eingang des Entbindungsheims für Arbeiterinnen oder vor dem Gebäude des Blindenwerks und stelle mir vor, jemand von der Insel taucht auf einmal auf und sagt mir, daß meinem Sohn etwas zugestoßen ist, daß er verwundet oder tot ist, ich weiß nicht, jetzt habe ich Angst, eine seltsame Vorahnung, scheußliche Nacht, weiß Gott, am liebsten würde ich nicht weitersuchen, mich in mein Zimmer einschließen, aufs Bett werfen, mir die Decke über den Kopf ziehen, von nichts mehr etwas wissen wollen und einfach so verschwinden, ganz allmählich verschwinden, und wenn sie dann die Zimmertür aufbrechen, würden sie keine Spur mehr von mir finden, wenn's hochkommt meine Kleider und die Laken, mich jedenfalls nicht, ich bin einfach verschwunden und Schluß, am liebsten würde ich hinausbrüllen, daß ich Angst habe, das Licht der Lampe ist so gelblich, deshalb erkenne ich kaum, was ich vor mir sehe, alles kommt mir unwirklich vor, ob ich vielleicht wieder träume, unmöglich, träumte ich, würden die Dinge wirklich erscheinen, das ist immer so, außerdem sehe ich dort beim Brunnen das Licht von Helenas Taschenlampe, das beweist, daß ich wach bin, denn so verrückt bin ich nun nicht, daß ich vergessen hätte, wie sie mich gerufen und gesagt hat, Es gibt einen Verwundeten auf der Insel, wir müssen ihn finden, komm, Merengue, schnell, hol deine Taschenlampe, das hat Helena zu mir gesagt, und ich weiß, daß hier niemand entlanggekommen ist, aber die Angst stellt mir wieder einmal ein Bein, ich sage mir, es gibt keinen Verwundeten, das sind Hirngespinste von Helena, und kaum habe ich das gesagt, begreife ich, daß ich mir aus Angst etwas vorlüge, denn soviel ist sicher, wenn sie sagt, es ist ein Verwundeter auf der Insel, dann ist auch ein Verwundeter auf der Insel, diese Frau irrt sich nie, das muß man ihr lassen, jetzt stehe ich vor dem David, seine nackte, hohe Gestalt (ich reiche ihm bis zu den Knien) ist mir zuwider, und diese überdimensionale Hand mit dem Stein, mit dem man wer weiß wen töten könnte, ich strahle ihn an und bin überrascht (immer überrascht es mich), daß er so weiß bleibt, trotz Regen und Tau, vielleicht wegen dieses riesigen Sapotillenbaums daneben, der ihn beschirmt, nicht mal Vogeldreck klebt an ihm, die anderen Statuen sind ganz vollgeschissen, die hier nicht, merkwürdig, denn die Insel ist voller Vögel, einmal haben Chavito und ich vierzehn kleine Papageien gefangen, vierzehn, Chavito, ich habe Angst, soviel ich auch reden mag, ich habe Angst, und dieser protzige Riesenkerl da gefällt mir gar nicht, ich denke, womöglich stoße ich bei Señorita Bertas Klassenzimmer, bei der Ecke mit der Martí-Büste, auf eine Spur, das Licht dringt bis zur Pforte zum Jenseits vor, ein Schatten, ich sehe einen Schatten dort, eine Gestalt, die näher kommt, bleib stehen, verdammt, brülle ich, oder ich steche dich ab, das brülle ich, und es muß wohl die Angst sein: ich halte nur die Lampe in der Hand, kein Messer, mit dem ich jemanden abstechen könnte.

Er liegt auf dem Boden ausgestreckt. Ein gewaltiger, stechender Schmerz im Arm. Der Vogel fliegt über ihn hinweg, entfernt sich mit einem Krächzen, das mehr wie Gelächter klingt. Schließlich hast du erreicht, was du wolltest, flüstert er. Und er will aufstehen, nach Hause gehen. Der Arm schmerzt so stark, daß er liegenbleibt, regungslos, die Augen geschlossen.

Die siebte Nacht, in der der Vogel auftauchte. Wie aus dem Nichts. Man könnte meinen, er würde zwischen den Zweigen versteckt auf ihn warten und ihm ein paar Minuten der Verzückung beim Betrachten von Melissas nacktem Körper gestatten, um dann aufzuflattern, zu krächzen, sich zu zeigen, dieser Riesenvogel mit seinem makellosen, blendenden Weiß, den großen Augen, ebenso bedrohlich wie Schnabel und Krallen. Die siebte Nacht kam er nun schon, als suchte er ihn geradezu, flatterte umher, setzte sich, bedrohte ihn erneut, flatterte, krächzte, setzte sich, schnaubte heftig, klappte die Riesenaugen auf und zu. In dieser Nacht hatte er noch wilder angegriffen. Vido versuchte nicht, sich wie in den vergangenen Nächten zur Wehr zu setzen, indem er an den Eichenzweigen rüttelte, sondern er brach einen Ast ab und schwang ihn mit aller Kraft, hau ab, du Mistvogel, sagte er leise, schreien konnte er nicht, Melissa hätte ihn hören können, und dann wäre alles verloren. Jetzt scheint ihm, daß er gerade in einer der Kampfpausen zum Dach hinaufschaute und begriff: Melissa war nicht mehr da, er erinnerte sich sogar, damals gedacht zu haben, daß zwischen Melissa und dem Vogel ganz offensichtlich ein geheimer Bund bestand, denn sobald seine mächtige Gestalt mit den ausgebreiteten Flügeln erschien, löste sie sich im Dunkel auf.

Die achte Nacht, die er auf den Baum kletterte. Das erste Mal war er nicht hinaufgestiegen, um Melissa zu sehen, nein, der Drachen war schuld, der Zufall (Zufall?). Der Drachen hatte sich in der Kubaeiche verfangen. Der Drachen von Versteh-nich-Tingo, den Chacho vom Columbia-Lager mitgebracht hatte und der so schön flog und so herrlich aussah, oben am Himmel, wie er da rot, grün und gelb schillerte und in der Ferne eine ganz andere Farbe annahm. Der bunte Schwanz, den sie aus Casta Divas Stoffresten gebastelt hatten, verwandelte sich in einen winzigen schwarzen, schwankenden Punkt. Der Drachen flog hoch, erhob sich in solche Höhen, daß er manchmal ihren Blicken entschwand. Damals waren die Nachmittage noch blau, und es wehte ein klares Lüftchen. Der Drachen stieg noch höher, wenn er, Vido, ihn steigen ließ. Sebastián und Tingo gelang das nicht. Er unterrichtete sie mit der Überlegenheit seiner fünfzehn Jahre. Er gab ihm Leine, und der Drachen blieb regungslos, wie in einer Wolke erstarrt. Wenn dann die Schnur in die Hände eines anderen überging, begann der Drachen zu schwanken, verlor an Höhe, war ein Spielball des Winds, bis er schließlich abstürzte. Tingo fing dann zu weinen an (typisch Versteh-nich-Tingo). Sebastián starrte den toten Drachen mit offenem Mund an. Vido spuckte aus, wie immer, wenn ihm etwas mißfiel, schimpfte auf übelste Weise vor sich hin, und die beiden anderen hörten ihm mit Ehrfurcht zu. Verdammte Kacke, hör auf zu flennen, schrie er Tingo an, führ dich doch nicht wie 'ne Schwuchtel auf, und er machte sich daran, auf den Baum zu klettern, auf die hohe Eiche mit ihrem schwer bezwingbaren Stamm, mit einer Gewandtheit, die ihm ein Glücksgefühl eingab, denn er wußte, daß sie ihm unten mit bewundernden Blicken folgen würden. Er selbst spürte die Anspannung in jedem Muskel, spürte den kräftigen, geraden Rücken, seine Hände und Füße waren vier Krallen, mit denen er sich an die Eiche klammerte und sie bezwang. Er kletterte höher und höher. Die Zweige versperrten ihm nicht den Weg, sondern schienen sich gefügig zu öffnen. Oben blickte er sich um, berauscht von der Höhe. Von dort sah die Insel nicht wie die Insel aus. Die üppige Vegetation verdeckte die Steinwege, die Kolonnaden, die Statuen, und nur der Brunnen und sein Knabe mit Gans waren als dunkler Fleck auszumachen, der für jemanden, der die Insel nicht kannte, keinerlei Bedeutung gehabt hätte.

Dort, auf dem weitläufigen verwitterten Dach, sah er sie in der herrlichen Abendstille zum erstenmal nackt. Es war genau der Moment, in dem sich der Nachmittag in dieses Wunder zu verwandeln beginnt, das die Insel darstellt, wenn die Nacht allmählich auf sie herabsinkt. Außer Melissa war niemand dort. Du wußtest, daß sich die anderen allmählich zurückzogen, in ihre Häuser verkrochen, später würden sie wieder hervorkommen, sich unterhalten, lachen, über die Ereignisse des Tages sprechen, als währte das Leben ewig. Doch jetzt, in diesem Augenblick, würden sie sich verstecken, Gleichgültigkeit vortäuschen, sich dumm stellen, angeblich damit beschäftigt, letzte Hand ans Abendessen zu legen, etwas in der Zeitung nachzulesen (etwa den ausführlichen Bericht über den Tod von Papst Pius XII.), nachzuschauen, wer für Almendares als Pitcher spielen würde, oder einfach die Augen zu schließen, um sie erst wieder zu öffnen, wenn die Nacht eine unwiderrufliche Tatsache wäre. Es dämmerte, und du hocktest zwischen den Eichenästen und schautest die einzige Person an, die die Dämmerung nicht fürchtete, die nackte Melissa, Melissa, die mit dem Papagei auf der Hand oben auf dem Dach stand, mit diesem Gesichtsausdruck, von dem man nicht weiß, ob er Genugtuung, Spott oder beides zugleich enthält. Im Schutz der Eiche konntest du sie nach Herzenslust betrachten. Du vergaßt den Drachen, vergaßt die beiden, die da unten auf dich warteten und ab und zu ungeduldig nach dir riefen. Du hattest nur Augen und Sinne für die nackte Melissa.

Am nächsten Abend kletterte er wieder auf den Baum. Sie befand sich nackt am selben Fleck wie am vergangenen Abend, den Papagei auf der Hand und diesen rätselhaften Ausdruck im Gesicht. Es wollte fast scheinen, als hätte sie sich seit gestern nicht von der Stelle gerührt, wäre da nicht das Haar gewesen, das nun nicht offen hinabfiel, sondern hochgesteckt und mit einer Blume geschmückt war. Sie regte sich nicht, schaute vielleicht den flüchtigen Wolkenformationen zu, die die letzten Sonnenstrahlen verdeckten. Ab und zu schien sie unmerklich die Lippen zu bewegen, hob den Papagei auf Mundhöhe, als richtete sie an ihn die Worte, von denen Vido nicht wußte, ob sie sie wirklich aussprach. Vido starrte sie an, damit ihm keine Einzelheit entging und die Erinnerung in der Behaglichkeit der Badewanne vollkommen sein würde. Ihm wurde bewußt, was für eine Bedeutung Melissa auf einmal für ihn erlangt hatte.

Das Dach versank in der Dunkelheit. Vido wußte nicht, ob Melissa ins Haus gegangen oder auf der anderen Seite des Dachs, das einen Winkel bildete, hinter den Kasuarinen verschwunden war. Melissa war fort, nachdem er einen Moment lang nicht aufgepaßt und kurz weggeguckt hatte, weil sich zwischen den Zweigen etwas bewegt hatte und ein Flügelschlagen, ein seltsames Schnauben zu hören gewesen war. Nun war das Dach leer, war nichts als eine Schattenfläche, die sich schnell ausdehnte, über die Insel hinauswuchs und sich von dort aus über die ganze Welt ergoß. Wieder ein Flattern, dann erschien wie aus dem Nichts der weiße Vogel mit seinen Telleraugen, dem bedrohlichen Schnabel und den Krallen und kreiste angriffslustig über ihm.

Von da an tauchte er immer auf, wenn die Schatten auf dem Dach wuchsen und Melissa verschwand, ohne daß Vido herausbekam, wohin. Jede Nacht kam der Vogel zurück, immer aggressiver. Kaum sah er ihn herankommen, kletterte Vido rasch von der Eiche und lief nach Hause, nahm den Weg durch das Jenseits, verfolgt von ihm und seinem Gekrächze, und als er ins Haus trat und ins Badezimmer lief, um an Melissa zu denken, sah er immer noch das Biest vor sich, das Bild des Viehs schob sich zwischen ihn und Melissa, und er hörte dieses Krächzen, worauf sich Señorita Berta im Wohnzimmer bekreuzigte, Heilige Maria ausrief und schnell die Fenster schloß.

Nun liegt er ausgestreckt auf dem Boden. Lange liegt er schon dort. Er hat zugesehen, wie die Nacht ihre ganze Palette dunkler Töne durchlief, bis sie beim jetzigen Rot angelangt war. Ein stechender Schmerz im Arm. Der Vogel ist fortgeflogen oder nicht mehr zu sehen. Doch an seiner Stelle hängt noch wie eine Kielspur sein weißer Schatten in der Luft, sein hartnäckiges Flügelschlagen, der Widerhall seines Krächzens, das wie Gelächter klingt. Der Vogel ist fort; seine Drohung bleibt. Vido steht auf: Ohne zu wissen, wie, stützt und drückt er mit dem gesunden den anderen, wild schmerzenden Arm und durchquert weinend die Insel.

Auf dieser Seite ist es angebracht, das Futur zu benutzen, eine nicht gerade empfehlenswerte Zeitform. Wir haben bereits geschrieben, daß Chacho nach vier Uhr nachmittags vom Regimentsstab nach Hause kam und als erster den heraufziehenden Sturm bemerkte. Wir haben ebenfalls geschrieben, daß Casta Diva, seine Frau, ihn später vollkommen unbeweglich dastehen und die Baumwipfel anstarren sah. Am nächsten Tag, nachdem geschehen ist, was im Anschluß erzählt werden soll, wird Chacho immer weniger und weniger sprechen, bis er beschließen wird, sich ins Bett zu legen. Niemand wird wissen, was Chacho für ein Problem hat (nicht einmal Chacho selbst), ob es sich um ein körperliches oder ein geistiges Übel handelt (wie Doktor Pinto, etwas verblüfft, feststellen wird). Ohne viel Wirbel, ohne Nachdruck, ohne Hoffnung wird er sich weigern, zum Regimentsstab des Columbia-Lagers zurückzukehren (wo er, nebenbei gesagt, zum Aufstieg nicht genügend Talent an den Tag gelegt hat und beim Nachrichtenkorps nie über den Posten des Funkers hinausgelangte, so daß seine Abwesenheit nicht weiter ins Gewicht fallen wird). Chacho wird dreiundsechzig Tage lang kein Wort sprechen. Während dieser Zeit werden wir beobachten können, wie er eine Leidenschaft für Kaninchen und Carlos Gardel entwickelt. Und da es nicht angebracht ist, diese wenig empfehlenswerte Zeitform, das Futur nämlich, überzustrapazieren, ist es ratsam, Chacho seinem Schweigen zu überlassen, bis er in dieser Erzählung wieder in Erscheinung treten wird, ganz wie es sich gehört.

Ein Schlag an der Fensterscheibe. Ein harter Schlag, wie von einem Kieselstein, worauf eine kurze Stille folgt, bevor er sich wiederholt, diesmal noch heftiger. Der Mistkerl wird noch die

Scheibe einschlagen, denkt Sebastián. Er kennt das Zeichen, also legt er Buch und Lexikon nieder, geht zum Fenster und öffnet es vorsichtig, bemüht, so wenig Lärm wie möglich zu machen. In der Tat steht Tingo dort. Sebastián fragt nicht, läßt sich keinerlei Neugier anmerken, sondern schaut den anderen mit größter Seelenruhe an, denn er weiß, daß er Tingo damit aus der Fassung bringt. Aber Tingo ist zu aufgeregt, um sich aus der Fassung bringen zu lassen. Beidhändig wiederholt er eine Geste, die ihn dringend zum Hinunterkommen auffordert, es ist etwas wahrhaft Wichtiges. Für Dummheiten habe ich auch nichts übrig, sagt Sebastián, ohne zu wissen, ob Tingo es hat hören können, er hat es geflüstert, die Worte fast nur mit den Lippen geformt, es ist spät, und Helena könnte merken, daß er noch auf ist. Wortlos wiederholt der Junge seine wilden Gebärden und deutet auf etwas, auf ein Blatt Papier, einen Brief, dann zeigt er vage auf etwas hinter dem Haus, vielleicht in Richtung Fluß. Die Nacht ist erstarrt, die Wolken hängen fast zwischen den Dächern. Die Bahnstraße sieht verlassen aus, nur spärlich von Laternen beleuchtet, deren Lampen halb lose herunterbaumeln, dem Wind ausgesetzt. Im schwankenden Licht scheint sich die Straße wie eine Schlange zu winden, ein Eindruck, den der aufwirbelnde Staub noch unterstreicht. In dieser roten, starren Nacht könnte man meinen, daß nie mehr jemand die Bahnstraße entlangkommen wird. Sebastián schaut sich die dunklen, verlassenen Häuser an und denkt, daß es nichts als Fassaden sind, nichts und niemand dahinter sein kann. Ab und zu sind Schüsse zu hören, die Sirenen von Polizei- oder Krankenwagen. Aber wer kann schon mit Sicherheit sagen, daß es sich um Schüsse oder Sirenen handelt? Dann hallen Schritte. Tingo läuft und versteckt sich hinter dem Haus, hinter der Ecke bei seiner Wohnung. Schließlich kommt er noch nervöser zurück: Schritte waren zu hören, aber niemand ist vorübergegangen. Der Bahnhof, dunkel wie immer, wirkt in dieser Nacht besonders verlassen, als würde nie mehr ein Zug dort eintreffen. Auch die Pferdekoppel hat sich in einen Ort verwandelt, den es gar nicht gibt, obwohl man ein Pferd traben hört. Aber es kann unmöglich ein Pferd sein, denn Zambo läßt um nichts in der Welt die Pferde frei umherlaufen, nicht einmal in einer schönen Nacht, also schon gar nicht in einer Nacht wie dieser. Was willst du? Versteh-nich-Tingo kann nur wild gestikulieren und das Papier, den Brief oder was auch immer hochhalten. Sebastián versucht, ihm zu verstehen zu geben, daß es spät ist, und wenn Helena merkt, daß er weg ist … na, du kennst doch meine Mutter. Tingo hört nicht oder will nicht hören. Sebastián verläßt also den Platz am Fenster, geht zum Schrank und kehrt mit einem Korb zurück, an dessen Henkel ein Seil gebunden ist. Den Korb benutzen sie immer, wenn sie sich zu später Stunde in besonderen, geheimen Angelegenheiten Nachrichten zukommen lassen müssen. Er läßt den Korb zu Tingo hinunter. Der Junge legt das Papier, den Brief oder was auch immer hinein. Sebastián zieht den Korb wieder herauf, kehrt zum Bett zurück, zum Schein der Nachttischlampe. In Händen hält er eine verknitterte, schmuddelige, befleckte Postkarte, die einen halbnackten jungen Mann darstellt, dessen Körper von Pfeilen durchbohrt ist; dahinter ist eine Nebellandschaft zu sehen; Engel kommen ihm von oben zu Hilfe. Auf der Rückseite ist in Druckbuchstaben zu lesen: DER HEILIGE SEBASTIAN, PEDRO DE ORRENTE, KATHEDRALE VON VALENCIA Darunter steht in sorgfältiger Schönschrift mit schwarzer Tinte geschrieben: »Herr, ich nahe auf dem Pfad der Pfeile. Einer noch, und ich entschlafe.«

Sebastián schaut wieder auf das schwarzweiße Bild des Märtyrers und liest mehrmals aufmerksam den Satz, unter dem weder Datum noch Unterschrift steht. Von der Karte steigt ein starker Duft nach Frauenparfüm auf. Er beschließt, sie in seiner Schreibtischschublade zu verwahren. Dort holt er auch Papier und Bleistift hervor, schreibt, Wo hast du sie gefunden? und wirft das Papier zusammen mit dem Bleistift in den Korb. Er geht wieder ans Fenster. Tingo ist nicht mehr da. Von rechts, aus Richtung von Buchladen, Pferdekoppel und Bahnhof, sind Schritte zu hören. Diesmal ist jemand zu sehen. Ein Mann taucht hinter der Ecke auf und kommt mit langsamen, aber festen Schritten die Bahnstraße herunter. Sebastián sagt sich, Der hat es nicht eilig, der ist sich seines Weges sicher. Mit allergrößter Vorsicht lehnt Sebastián das Fenster an. Einen Spalt läßt er offen, um hindurchzuschauen. Der Schatten des Näherkommenden schwankt wie der Schein der Laternen. Er ist ganz in Weiß gekleidet, zumindest scheint es so. Vor dem großen Gittertor hält er inne und blickt in den Vorhof. Sebastián kann nicht abschätzen, wie lange der Mann in den Vorhof starrt. Ihm scheint, er trägt ein Bündel auf dem Rücken, eine Art Sack, den er schließlich abstellt. Er sucht darin, zieht etwas hervor, das Sebastián nicht erkennen kann und das er eine Weile in der Hand behält, als würde er überlegen. Dann wirft er sich das Bündel wieder über die Schulter und geht los, ohne dabei den Vorhof aus den Augen zu lassen. Für ein paar Sekunden verlangsamt sich sein Gang erneut, aus einem geheimnisvollen Grund kann der Mann die Augen nicht vom Vorhof wenden. Schließlich scheint er davon abzulassen, schaut auf seine Hand und dann zum letzten Mal ins Dunkel vor ihm: Die Straße zum Columbia-Lager ist in dieser Nacht stockfinster. Mit noch immer erhobener Hand, den

Sack auf dem Rücken, kommt er an Sebastiáns Fenster vorüber. Es ist ein junger, hochgewachsener, aufrechter Matrose. Sein Profil hat etwas Einschüchterndes, etwas an der Uniform, seinem Gang oder der von den schaukelnden Laternen nur dürftig beleuchteten Gestalt vermittelt den Eindruck, daß er von weit her kommt, und obwohl er offenbar keine Eile hat, scheint er sich sicher zu sein, den einzig möglichen Weg zu nehmen.

Auf das Stück Papier in Sebastiáns Korb hat Tingo in großen, linkischen Buchstaben geschrieben, Bitte komm schnell runter, Sache von Leben und Tod. Sebastián öffnet ganz behutsam seine Zimmertür. Draußen ist alles dunkel, in tiefe Stille versunken, die Mutter ist zu Bett gegangen. Rasch zieht er sich den Schlafanzug aus, schlüpft rasch in seine Handwerkerhose und das rotkarierte Hemd. Durch das Fenster hinabzusteigen ist einfach, nicht mal einen Meter weiter unten gibt es einen Spalt im löchrigen Mauerwerk, ein Riß, in dem er sich abstützen kann, um dann mit Leichtigkeit ins Gras zu hüpfen. Ich hoffe sehr für dich, daß es wichtig ist, sagt Sebastián in seinem überlegenen Tonfall, in dem er immer mit Tingo spricht. Der Junge legt in einer Geste der Verzweiflung, die Sebastián übertrieben vorkommt, den Zeigefinger an die Lippen, packt ihn bei der Hand und zieht ihn gewaltsam zur Hausecke, wo ein Fußweg, den die Baumwurzeln aufgebrochen haben, in Richtung Jenseits führt. Sebastián zieht die Hand zurück: Die Berührung mit Tingos zarter Haut treibt ihm ein Rot in die Wangen, dessen Ursache ihm unbekannt ist. Versteh-nich-Tingo geht schleichend voraus, als würde der Wirbelwind nicht sowieso den Klang der Schritte ersticken, als würde der Wirbelwind nicht jeden anderen Laut unterdrücken, ein ganzes Bataillon könnte jetzt über den Weg marschieren, und niemand auf der Insel würde es merken.

Im Jenseits, hinter Professor Kingstons Haus, hinter dem Hundefriedhof, Chachos Bananenpflanzung, Merengues Schweinestall und dem kleinen Grashügel, den sie manchmal auf Palmmatten hinunterrutschen, dort, fast am Flußufer steht (oder fällt) die Tischlerei. Der Name hat sich eingebürgert, weil man sich daran gewöhnt hat, die Dinge nach dem zu benennen, was sie einmal waren, nicht nach dem, was sie sind. Ach, wie hartnäckig ist die Erinnerung, wenn es um Namen geht! Seit Jahren ist die Tischlerei schon keine Tischlerei mehr. Mindestens seit vierzehn. Oder mehr. Ungefähr achtundvierzig Stunden nachdem Berardo, Vidos Vater, auf seiner Hobelbank mit offenem Mund gefunden worden war, den Blick ins Leere gerichtet, mit geplatzter Bauchspeicheldrüse, wie es später in der Erklärung des Gerichtsmediziners hieß. Fest steht, daß alle von dem Moment an, als man ihn unter einem Erdhügel in seinem Geburtsort Alquízar der Verwesung überließ, nicht nur den Mann, der in der letzten Zeit so viel Verwirrung gestiftet hatte, aus ihrem Gedächtnis strichen, sondern überhaupt alles, was irgendwie mit ihm zusammenhing (außer den Jungen natürlich, Vido). Es war leicht, ihn zu vergessen: aus Notwendigkeit. Ehrlich gesagt hatte die Tischlerei schon seit langem nicht mehr als Tischlerei gedient, denn der zuvorkommende Berardo, der als ein Mann mit feinen Umgangsformen auf die Insel gekommen war, hatte in der letzten Zeit Holz, Hammer und Säge für Mulattinnen, Bacardí-Flaschen und Orgien aufgegeben, die jedesmal in kolossalem Streit endeten (dem Mann war der Teufel in den Leib gefahren, da bestand kein Zweifel). Nach seinem plötzlichen, allseits herbeigesehnten Tod (Gott möge uns vergeben) blieb die Tischlerei schutzlos dem Inselwetter ausgeliefert. Und das Inselwetter (das weiß jeder) ist wie die Insel selbst: trügerisch, von heuchlerischer Milde. So wusch es die Farbe von den Wänden, ließ sie rissig werden, verfaulen, ein geduldiges, erbarmungsloses Werk, als wäre eher ein Holzwurm als das Wetter dafür verantwortlich, aber was ist das Inselwetter anderes als eine Plage, die unter dem Deckmantel von tropischen Fußwegen, glühenden Mittagen, violettem Meer, Koskospalmen und idyllischen Vollmondnächten daherkommt? Die Tischlerei (die sich jeder anschauen kann) steht noch immer dort, alt und windschief, man weiß nicht, welches Wunder sie aufrecht hält, mit ihrem brüchigen Dach und den verzogenen Holzwänden mit ihrer absurden Farbe.

Durch die Ritzen der schiefen Holzlatten dringt Licht, das mal stärker, mal schwächer wird und flackert. Tingo und Sebastián kommen den Pfad hinauf, den die Bananenstauden seltsamerweise frei gelassen haben. Weiter rechts fließt der Fluß vorüber, obwohl man ihn in der Dunkelheit nicht sehen und bei dem Wind nicht hören kann. Wäre es eine Nacht wie jede andere, könnte man sogar den Gebäudeteil von Señorita Berta, Irene und Casta Diva mit seinen Kolonnaden erkennen, und man würde den Hermes und die Venus sehen, vielleicht sogar die Greta-Garbo-Büste, denn die Tischlerei wurde an einem günstigen Standort errichtet. Die Nacht ist ein Zauberkreis. Die Insel ist nicht da, ist verschwunden. In diesem Augenblick gibt es nur die Tischlerei, die wie ein Schiffswrack zwischen den Schatten aufragt. Tingo macht den Draht los, der die Tür geschlossen hält. Die Tür gibt unter dem Ächzen von Holz und dem Quietschen rostiger Angeln nach.

Sie gefällt uns, weil sie uns angst macht, das stimmt, man soll hier Musik und ausgelassenes Grölen hören, und oft taucht Berardo wieder auf, das Gesicht verzerrt und einen Hammer in der Hand, denn wie mir Merengue erzählt hat, stellt man im Tod das gleiche wie im Leben dar, außerdem gefällt sie uns, weil hier so viele Sachen herumstehen, schau nur, die alten, uralten Möbel, die Kleider, in die sich die Motten und Jahre gefressen haben, kopflose Heilige, Madonnen ohne Jesuskinder, die traurig und jammervoll auf das Loch in ihrem Arm starren, der ausgestopfte Pfau, erinnerst du dich (der hat schon keine Schwanzfedern mehr, die haben wir ihm damals ausgerupft, als wir Cowboys und Indianer spielten), das altmodische Grammophon deines Vaters, Einzelteile vom uralten Ford des Paten, die Militärorden, die wir in einer Holzkiste mit Perlmuttintarsien gefunden haben, der blaue Seidenkimono, die Pantoffeln, erinnerst du dich an die Pantoffeln, an die Feldstecher, die Puppe mit den Nadeln in der Brust, die kubanische Fahne, die wir über die Hobelbank gebreitet hatten, das einzige, was überhaupt noch von der Tischlerei übrig ist (sogar Berardos Nägel hat man geklaut), und an die Porträts jener Männer, von denen niemand weiß, wen sie darstellen, und ich frage mich, wußten diese Herrschaften vielleicht, als sie sich abbilden ließen, daß sie Jahre später nur mehr namenlose Gesichter sein würden, unfähig, irgend jemandem auch nur ein Lächeln, eine Erinnerung, eine Träne oder sonstwas zu entlocken?

Zwei Kerzen brennen dort. Jeder von ihnen dient eine Bierflasche als Kerzenhalter. Das Licht wirft traurige Schatten an die Wände. Die Formen verlängern sich und zittern wirr. Auf der Hobelbank liegt in die kubanische Fahne gewickelt ein Mann. Noch sehr jung. Er scheint zu schlafen. Sein Gesichtsausdruck ist ruhig, der Atem regelmäßig. Er trägt keine Schuhe. Seine Füße sind groß und voll Erde, voll rissiger, angetrockneter Erde. Er trägt einen weißen, verdreckten Leinenanzug und ein Hemd ohne Krawatte. Das Hemd ist von kräftigem Rot. Es springt ins Auge, daß das Rot nicht die Farbe des Hemds selbst ist (man erkennt sofort, daß es weiß ist und von Blut gefärbt wird). Die Hände auf dem Seidentuch der Fahne sind schön, zart, obwohl sie schmutzig und voll grüner Flecken sind. Ein paar Zedrachblätter sind über die Fahne verstreut. Am Hals des Jungen ist eine Wunde zu erkennen. Sie ist zwar klein, doch rinnt aus ihr ein dünner, nicht abreißender Faden Blut. Sein Gesicht zeigt nicht die geringsten Anzeichen von Schmerz, im Gegenteil, es sieht wie das heitere, zufriedene Gesicht eines selig Schlafenden aus. Man könnte meinen, er lächele, sogar seine Blässe scheint ein merkwürdiges Symptom der großen Vitalität zu sein, die von dem Körper ausgeht. Auf der Stirn schimmern hier und da Schweißtropfen. Das feuchte Haar ist dunkelblond und leicht gewellt. Tingo nimmt sich eine der Kerzen, führt sie zum Gesicht des Jungen und wischt ihm mit einem Taschentuch das Blut ab, das aus der Halswunde läuft. Zaghaft berührt Sebastián seine Hände und seine Stirn. Er hat Fieber. Da die Fahne groß ist, heben sie das Seidentuch an, das auf dem Boden schleift, und wickeln ihn darin ein. Der Junge bewegt sich, murmelt etwas Unverständliches. Dann lächelt er wirklich, schlägt die Augen auf und schließt sie wieder. Er zieht die Fahne um sich. Einen Augenblick bleibt er noch wach. Dann ergreifen Schlaf und Starre wieder Besitz von ihm.

2
Mein Name ist Scheherazade

Es regnet. In wütendem Rauschen. Da der Schauplatz dieser Erzählung Kuba ist, rauscht der Regen wütend vom Himmel. Würde ich in einem anderen Teil der Welt schreiben, sähe die Geschichte ganz anders aus. Hier sprüht es jedoch weder (wie ein Autor in Galicien schriebe), noch nieselt es ohne Unterlaß wie in Paris. Hier kann man nur einen verzweifelten Regen beschreiben. In Kuba ist die Apokalypse keine Überraschung: Seit jeher ist sie Alltag. Deshalb beginnt dieses Kapitel auch mit einem Wolkenbruch, der das Ende aller Zeiten ankündigt.

Es ist schön, wie alles dahinschwindet, sogar die Insel, und sich in eine bloße Vision verwandelt, in eine Fata Morgana, ich liebe den Regen: Er entführt einen außerhalb von Zeit und Raum, ich liebe den Regen, er entreißt mich der eintönigen Abfolge der Tage, ich schließe den Buchladen, jetzt wird wohl kein Kunde mehr kommen, schon gar nicht bei Regen, so ein Regenguß verleiht den Dingen wieder ihre wahre Bedeutung, das Haus, zum Beispiel, ist bei Regen nicht dasselbe, ein Wolkenbruch macht es gemütlich, anders, einladend, ich bekomme Lust, zu lesen oder zu schlafen oder beides zugleich, genau, herrlich wäre es, bei Regen zu schlafen und bei Regen im Schlaf zu lesen, das heißt, nicht zu lesen, sondern einen Traum aus Worten zu träumen, wie zum Beispiel folgenden: Es schlägt der Regen gegen Scheiben, schlägt gegen die Gitter der Balkone, wo eng verwoben die Winden reiben Blüte an Blüte, Krone an Krone, zwischen den Blättern von Pappelzweigen, die zitternd im frischen Winde schwingen, hört man zwischen der Blüten Reigen das freche Zwitschern von Sperlingen; ich liebe diesen Regen, den ewig gleichen Regen, den Regen von vor einem Jahrhundert, der vor Casals Fenster in der Calle Aguiar Nummer 55 fiel und der nun wiederkehrt und dunkle Schmerzen in den Muskeln und tiefe Trauer in der Seele mitbringt, der Wolkenbruch beschwört den Geruch nach Erde herauf, den man nur beim Wolkenbruch riecht, seine anhaltende Feuchtigkeit bringt Frische ins Haus, ich liebe es, wie der Wolkenbruch mich einkerkert, nur diese Art Kerker ertrage ich, könnte ich ertragen, ich sitze im Sessel, die Füße auf dem Bett, lausche der Musik des Wassers, das auf Wasser, auf Dach trifft, werde schläfrig, glaube, ferne Stimmen zu hören – ich schließe die Augen –, die aus dem Unendlichen zu mir herüberdringen – ich entschwinde und weiß doch, daß ich nicht entschwinde – und mich in seltsame Genüsse einweihen, die ganze Insel verwandelt sich in Regen, fern der Unruhe der Welt, ein Sturzbach regnet vom Himmel, herrlich regnet es, ich werde glücklich sein, solange der Wolkenbruch anhält.

Ich hasse den Regen, ich hasse ihn, weil er mich einsperrt, mich dazu verdammt, in diesen vier Wänden zu hocken, was ich aus tiefster Seele verabscheue, und »aus tiefster Seele« heißt wohl, daß man es schlimmer nicht mehr hassen kann, bei Regen fühle ich mich wie eine Gefangene, ich muß wie eine Ratte regungslos in der Ecke kauern und warten, fühle mich in die Enge getrieben, es soll nicht regnen, von mir aus könnte mich die Sonne ewig braten, die Sonne, das Feuer, denn diese Insel ist keine Insel, sondern ein loderndes Feuer, eine Zweigstelle der Hölle, nichts als die Sonne und ab und zu ein paar Stündchen Dunkelheit, um nicht zu Tode geblendet zu werden, ich will nichts wissen vom Regen, von seinem Geruch nach Erde, nach Friedhof, von der feuchten Kühle (gepriesen von all den Möchtegerndichtern, die am liebsten im nebligen Schottland leben würden, all die Schwachsinnigen um mich herum), von diesem entsetzlich monotonen Rauschen, da schmore ich schon lieber im wirklichen Ofen der wahrhaftigen Hölle, die diese Insel ist, als den Oktoberregen zu ertragen, der noch das Dach über mir eindrücken wird, erst ächzen die Balken – das ist doch ständig meine Rede! –, und dann tropft und tropft und tropft es, ein Eimer hier, ein Eimer dort, das ganze Haus steht voll Eimer, und ich bin hier eingesperrt, kann nicht mal einen Schritt vor die Tür machen, auf die Insel, die doch, da soll mir keiner was vormachen, der Arsch der Welt ist, ich hasse den Regen so sehr wie mich selbst, und wenn Gott das für eine Lästerung hält, soll Er ruhig kommen, mitsamt seiner Engelschar und mich fragen, nur keine Angst, Er soll ruhig hier erscheinen, mich jagen so leicht keine Trompeten und kein Feuerwerk ins Bockshorn, soll Er doch kommen, je eher, desto besser, am besten noch heute, dem werde ich die Meinung geigen, daß ihm die Ohren klingen.

Wenn es regnet, werde ich traurig, und das macht mich froh, am meisten hat man vom Regen, wenn man alleine ist, er ist ein idealer Vorwand, um sich nach etwas zu sehnen, traurig zu sein, es nicht zu haben, und dann nach Herzenslust zu weinen. Und Lucio, der nackt auf dem Bett liegt, schließt die Augen.

Lucio hat die Augen geschlossen. Er sieht ein Holzhaus auf Pfählen mit mächtigem Portal. Die Wände sind weiß, sind nicht weiß (er ist sich über die Farbe nicht im klaren). Türen wie Fenster sind mit Fliegengitter versehen. Eine Treppe führt zur Haustür hinauf. Auch der Fußboden ist aus Holz. Ein Stuhl schaukelt alleine vor sich hin, vielleicht vom Wind gewiegt. Lucio betritt das Haus. Es ist leer, keine Möbel, nur ein paar Stühle und ein Tisch, auf dem eine Petroleumlampe flackert. In den Zimmern ist kein Bett, kein Schrank, kein Spiegel zu sehen. Nichts als Fotografien hängen an den Wänden, sie zeigen finstere Männer und Frauen, Verstorbene, wie ihr düsterer Blick und ihr offenkundiges Alter vermuten lassen. Im letzten Zimmer sitzt ein Mädchen auf dem Boden und weint. Sie hat die Hände vors Gesicht geschlagen. Lucio streichelt ihr den fast kahlgeschorenen Kopf. Auch ihm ist nach Weinen zumute, er weiß nicht, warum, und weil ihm, ohne zu wissen, warum, nach Weinen zumute ist, geht er zum Fenster und öffnet es. Das Meer. Der Morgen dämmert. Das Meer ist ruhig, grau. In den ebenfalls grauen Himmel gezeichnet, ferne, reglose Wolken. Das Mädchen steht auf. Sie geht zu Lucio hinüber. Als er ihre Schritte hört, dreht er sich um und sieht das Mädchen mit gesenktem Kopf herankommen. Warum weinst du? Das Mädchen antwortet nicht. Sie bleibt neben ihm stehen, schaut ebenfalls aufs Meer, nimmt Lucios Hand und streichelt sie. Warum weinst du? Er zwickt sie sanft ins Kinn, hebt ihr Köpfchen an, um sie besser sehen zu können. Wie heißt du? Ohne mit dem Weinen aufzuhören, lächelt das Mädchen, Lucio, sagt es, ich heiße Lucio.

Ist das Regenrauschen nicht eine merkwürdige Musik? Drei Männer in weißen Tuniken spielen Instrumente, die wie der

Regen klingen. Das Zimmer ist klein und rot gestrichen, die Vorhänge sind aus Damast, aus Räucherpfannen steigt Weihrauch. Ein lächelndes Mädchen mit einem Gesicht voll unschuldigem Schalk tritt zu ihm und nimmt seine Hand. Lucio folgt ihm, hört jedoch immer noch aus nächster Nähe die Musik des Regens, des Regens, der Musik ist. Ein langer Gang steht voller Pflanzen: Sie bringen es fertig, merkwürdig künstlich zu wirken. In einem Saal küssen und streicheln sich mehrere Paare nach Anordnungen, die eine Greisin von einem Rollstuhl aus gibt. Sie (die Greisin) fixiert Lucio. Endlich! ruft sie. Die anderen lassen voneinander ab, drehen sich zu ihm um. Endlich! rufen sie im Chor. Lucio geht auf die Greisin im Rollstuhl zu. Sie (die Greisin) klatscht ihm auf Brust und Schenkel wie jemand, der ein schönes Tier mustert. Heiß bist du, sagt sie. Die Greisin ist häßlich, sie trägt ein Kleid vom gleichen Rot wie die Wände und dunkle Augengläser. Sie lächelt nicht. Lucio schämt sich seiner Nacktheit nicht, sondern empfindet eine seltsame Freude. In einer feierlichen Zeremonie führen sie ihn in ein anderes Zimmer, in dem unter einem Leichentuch ein Toter liegt. Wer ist das? fragt Lucio. Immer noch ertönt die Musik, die ein merkwürdiger Regen ist. Das Mädchen mit dem schalkhaften Gesicht hebt das Leichentuch an, und Lucio sieht den ebenfalls nackten Leichnam, der ihm aufs Haar gleicht: sein Ebenbild. Der lebende Lucio berührt die Hände des toten Lucio, und sie sind steif und kalt. Wann ist er gestorben? Wann bin ich gestorben? Die Greisin im Rollstuhl wird von einem kräftigen, schönen Schwarzen geschoben. Sie tupft sich falsche Tränen ab. Alle sind wir lebendig, alle sind wir tot, ruft sie mit stockender Stimme. Weiß es meine Mutter schon? Deine Mutter ist vor dir gestorben. Lucio empfindet großen Kummer. Er beugt sich über den toten Lucio und küßt die zusammengepreßten Lippen, die ohne Atem sind. Ob er glücklich ist? Er wendet sich um und sieht, daß niemand mehr da ist, man hat ihn allein gelassen, aber dennoch fragt er, Und wie kommt es, daß ich zwar tot bin, aber nicht weiß, wie der Tod ist? Er beweint den anderen, als es an der Tür klopft. Er hört die Stimme der Greisin, Lucio, Lucio. Wieder klopft es an der Tür. Lucio, ruft Irene, hier ist Fortunato. Lucio schlägt die Augen in seinem Zimmer auf. Seine verdammte Mutter, und wie zum Teufel konnte Fortunato bei dieser Sintflut herkommen?

Was machst du hier? Fortunato ist naß bis auf die Haut. Ich muß mit dir sprechen. Trockne dich erst mal, sagt Irene und reicht ihm ein Handtuch. Los, trockne dich ab, befiehlt Lucio mit dieser Überlegenheit, die er Fortunato immer spüren läßt. Trockne dich und zieh dich um. Irene schließt rücksichtsvoll die Tür, damit Fortunato sich umziehen kann. Daß du dich ja nicht erkältest, Junge. Fortunato ist eher dunkel, ziemlich dunkel sogar, fast ein Mulatte, obwohl seine Haare glatt und die Gesichtszüge europäisch sind, und groß ist er, fröhlich und sanft, mit einem rätselhaften Blick von einem bisweilen gelblich blitzenden Grün. Die Lippen, leicht wulstig, leicht ins Schwarzblaue spielend, lächeln fast immer mit einer Anmut, die im Gegensatz zu seinem kräftigen Körper steht. Die Hände wirken plump und zaghaft zugleich. Was fällt dir ein, bei so einem Wolkenbruch vor die Tür zu gehen? Fortunato lächelt noch immer. Kein Regen kann mich aufhalten, betont er mit rauher Stimme, die mehr als alles andere verrät, daß sein Vater ein Schwarzer ist. Ich mußte dich sehen und habe mir gesagt, »gegen mich kommt kein Regen an«, und da bin ich. Du bist verrückt, zieh dich endlich um. Schau nur, du bist ja bis auf die Unterhose naß. Ohne ihn anzublicken, reicht Lucio ihm frische Wäsche. Fortunato schlüpft in Lucios Kleider, die ihm ein wenig zu eng sind. Lucio zieht den Bademantel aus, den er sich übergeworfen hatte, um die Tür zu öffnen, und läßt sich wieder nackt aufs Bett fallen. Was gibt es denn so Dringendes, daß du dich bei dem Regen hinauswagst? Der andere setzt sich ans Bettende, lächelt nun nicht mehr. Nichts weiter, ich wollte dich einfach sehen. Mich sehen, mich bloß sehen? Fortunato nickt. Lucio bricht in Gelächter aus. Verdammt, ich glaube, du bist schwul.

Erhöre mich, Herr, ich zünde diese Kerze vor dem Bild deiner Martern an, weil ich mich kaum mehr an meinen Namen erinnere, früher habe ich mich bei Regen immer hingelegt, um meinen Erinnerungen nachzuhängen, natürlich wurde ich dann traurig und weinte, ich rief, Es soll nicht regnen, es soll nicht regnen, ich redete mir ein, daß ich die Erinnerungen nicht haben wollte, sie brachten nur Unfrieden, waren lästig, waren wie kalter, ungesalzener Maisbrei, aber in Wirklichkeit liebte ich es, mich beim Regen auf dem Bett auszustrecken und zu erinnern, um nicht zu weinen, mußte ich mir früher bei Regen immer eine besonders laute, lustige Guaracha von Celia Cruz auflegen, *Songo le dio a Borondongo, Borondongo le dio a Bernabé*, damit mich die Erinnerungen nicht bedrängten, und ich ließ Bett und Weinen hinter mir und ging in die Küche, um die merkwürdigsten Gerichte zu kreieren, oder ich nähte etwas auf meiner Singer-Nähmaschine, die wie ein Ochsenkarren rattert, oder unterhielt mich mit meinem Sohn und schrie dabei, damit das Rauschen des Wassers nicht in meinen Kopf drang, ich machte Soßen, scheuerte den Boden mit Duftreiniger, damit es nicht mehr so stark nach Gras und nasser Erde roch, und nun sieh, Herr, wie ich heute diese Kerze vor dem Bild deiner Martern anzünde und dich bitte, einen winzigen Lichtstrahl in meine Erinnerungen fallen zu lassen.

Der heutige Regen ist echt, jetzt regnet es tatsächlich und nicht zu knapp, die Drohung hat sich erfüllt. Und Merengue, der heute nicht mit seinem Karren und den Kuchen hatte ausfahren können, setzt sich in den löchrigen Korbsessel, um seine Zigarre zu rauchen (es geht doch nichts darüber, sich an Regentagen wie diesen eine H-Upmann anzustecken). Am liebsten wäre er im Bett geblieben, hätte den ganzen Wolkenbruch über geschlafen, es geht doch nichts darüber, bei Regen zu schlafen, aber dazu ist er nicht müde genug und auch gar nicht daran gewöhnt, im Bett zu bleiben. Außerdem ist der Regen, dieser Regen, wahrlich kein Segen Gottes. Ebensowenig eine Täuschung. Es regnet und scheint doch nicht zu regnen, was das Schlimmste daran ist. Es wäre ein Segen, wenn Chavito auf der Pritsche liegen und selig vor sich hin schnarchen würde, denn Chavito ist ein Langschläfer, wie er im Buche steht, ich weiß gar nicht, von wem er diese Faulheit hat, weder Nola noch ich haben je länger als bis sechs geschlafen. Aber Chavito hat kaum den Kopf aufs Kissen gelegt … schon schließt er die Augen, schließt sie wahrhaftig, mit Hingabe, und weilt regungslos elf, zwölf Stunden am Stück in anderen Regionen, dann schlägt er die Augen wieder auf, zieht ein Gesicht, als hätte er sich gerade erst hingelegt, streicht sich über den Bauch und fragt, Na, mein Alter, gibt's in dem Haus etwa nichts zu essen, und am Nachmittag bringt er es glatt fertig, noch ein Mittagsschläfchen einzuschieben, nein, der Regen heute ist kein Segen Gottes. Gestern nacht ist Chavito auch nicht nach Hause gekommen. Hat es gestern nacht zu regnen angefangen? Haben sie den Verwundeten gestern nacht in Berardos Tischlerei gefunden? Also, es ist schon merkwürdig mit der Zeit. Man könnte meinen, Chavito wäre seit Monaten nicht mehr nach Hause gekommen, und vor Monaten schon hätten sie den armen, fast verbluteten Jungen unter der kubanischen Fahne gefunden. Verwundeter wie Regen machen Merengue angst. Ab und an kämpft er mit der Verzweiflung, weil er nicht weiß, wo sich sein Sohn bei dieser Sintflut herumtreibt, er denkt daran, wie viele verlassene Tischlereien es wohl in der Gegend geben mag, wie viele Fahnen, wie viele Verwundete, die mit dem Tod ringen, ohne daß neugierige Jungen sie entdecken.

Bei Regen schläft Doña Juana am besten. Bei Regen fühlt Señorita Berta sich am meisten beobachtet, da gibt es kein Entkommen, da kann sie nicht alles hinter sich lassen, auf die Straße treten und womöglich vergessen, daß ein Blick sie am Leben hindert. Jetzt versucht sie, dem Regen zuzuschauen. Das ist nicht einfach: Dieser Regen (das wurde schon erwähnt) ist ein Wolkenbruch, ein Wirbelsturm beinahe, ein Vorbote (das wurde schon erwähnt) der Apokalypse. Die Insel ist verschwunden. Es gibt keine Insel. Nur das Zimmer und sie. Ach ja, und das Gefühl der Verlassenheit, das ihr der Blick einflößt. Auch wenn nichts zu sehen ist, versucht Señorita Berta, aus dem Fenster zu schauen und zu beobachten, wie der Regen die Landschaft verschwinden läßt und alles in Besitz nimmt. Sie weiß nicht einmal die Uhrzeit, es spielt auch keine Rolle (in diesem Buch spielt die Uhrzeit nie eine große Rolle). Sie glaubt, einen Alten mit Regenschirm zu sehen, der sich mühsam vorwärts kämpft, gleich beim Hermes von Praxiteles. Das kann nicht sein, sagt sich die Señorita, und als sie »das kann nicht sein« sagt, verschwindet der Alte.

Doña Juana schläft. Bei Wolkenbrüchen schläft sie besser. Noch weißer wirkt ihr weißes Nachthemd, noch frommer der Rosenkranz und das Kreuz, das einmal Francisco Vicente Aguilera gehört hat. Neben ihr ein Kerzenleuchter mit einer brennenden Kerze. Im vollkommenen Schlaf ihrer neunzig Jahre will Doña Juana eine Hand heben und nach dem Kerzenleuchter greifen, vielleicht um die dunklen Regionen des Schlafs besser erleuchten zu können. (Das weiß man jetzt noch nicht.) Señorita Berta, die zuschaut, wie ihre Mutter schläft, nimmt die Hand, legt sie wieder an ihren Platz in den Schoß, gibt ihr die Haltung zurück, die wie ein Vorbote des endgültigen Schlafs ist (wenn dies nicht schon der endgültige Schlaf sein sollte).

Die Prinzessin von Kleve. Wenn es regnet, verwandelt Mercedes sich in die Prinzessin von Kleve. Sie glaubt, daß es der Schwester, die ihr gegenübersitzt, entgeht, daß sie sich gar nicht in dem kaputten Sessel, auf der Insel, im Königreich des Banalen befindet. Nein, sie ist nicht hier. Bei Regen (und das ist ihr Geheimnis) kann sie sich an den Hof Heinrichs II. versetzen, dann ist sie nicht mehr Mercedes (ein x-beliebiger Name), sondern verwandelt sich in die Prinzessin von Kleve (*née* Mademoiselle de Chartres). Sie sitzt unter einem Fenster im Schlößchen von Coulommiers. Draußen regnet es. Es ist kein verheerender Regen wie hier, sondern ein sanfter Nieselregen, der kaum das gelbliche Grün der französischen Herbstlandschaft trübt (ja, es sogar noch unterstreicht). Im Augenblick sitzt die Prinzessin an einer Handarbeit. Wenn es aufklart, wird sie sich warm anziehen, ihr Cape umlegen und durch den Park spazieren, wo der Herzog von Nemours, verrückt vor Liebe, unter den Bäumen auf sie wartet. Himmel, was gäbe sie nicht darum, eine Romanfigur zu sein!

Sie glaubt, ich würde schlafen, würde sie nicht kennen, aber ich weiß so mancherlei, was spielt es schon für eine Rolle, ob sie sich für die Prinzessin von Soundso oder Madame Bovary hält, ich will nur träumen, auch ich will träumen, aber Gott hat mir dieses Vorrecht nicht zugestanden; als der Regen anfing, hatte ich einen Schimmer Hoffnung, bei Regen habe ich immer einen Schimmer Hoffnung, die sollte ich langsam begraben, denn nie wird mehr als eine Hoffnung daraus, ich habe gedacht, Schließlich habe ich das früher schon erlebt: einen Augenblick des Schwindels, der Übelkeit, als würde der Regen nicht auf die Insel, sondern aufs Meer fallen, als kleines Mädchen, als noch Leben in meinen Augen war, zogen wir vom Friedhof ans Meer, das kann ich nicht vergessen, Mercedes begeisterte vor allem das Wasser, die Farbe, die Wellen, die Gischt, einzutauchen, wo die Schwerkraft ihr nichts mehr anhaben konnte, wie sie es ausdrückte, mich begeisterte etwas anderes, für mich war das Meer vor allem ein Klang: ein gewaltiges, beeindruckendes Tosen, ob ich mich wohl damals schon unbewußt auf die spätere Blindheit vorbereitete? dieses Tosen liebte ich, es glich in keiner Weise einem anderen, mir bekannten Klang, es war ein Echo, ein Widerhall, der mich irgendwie umfing, an dem ich teilhatte, so etwas war mir noch nie geschehen (und ist es seitdem auch nie wieder), aber wenn es wie heute regnet, steigt eine blasse Erinnerung an jenes Gefühl in mir auf, deshalb muß ich wohl ans Meer denken, denn auf hoher See rauscht der Regen bestimmt noch lauter, ich erinnere mich schon nicht mehr genau, das mit Onkel Leandros Haus ist schon so lange her, nein, so lange nun auch wieder nicht, aber wenn man nicht sehen kann … kaum hatte ich heute »hohe See« gedacht, da kam mir sogleich ein Schiff in den Sinn, ich glaube, ich kann mich daran erinnern, wie Schiffe aussehen, und ich sagte mir, Einerlei ob vor Marokko, Sardinien, Zypern, vor Felsenküsten eben, vom erdfarbenen Meer umbrandet (so stelle ich es mir vor), ich stehe am Bug, genau an der Schwelle des Traums, aber der Schwindel verflog, wie immer kehrte ich ins übliche Dunkel zurück, ins ewige, fast schwarze Dunkelrot, zu dem ich verurteilt bin, eine grausame Strafe ist es, auf einer Insel geboren zu werden, aber noch grausamer ist es, auf einer Insel blind zu sein, und dann bleiben zu allem Überfluß auch noch die Träume aus, wenn all das zusammenkommt, ist einem nicht mehr zu helfen, dann ist es gleich, ob es regnet oder aufklart, ob es schneit oder Strippen vom Himmel rauschen, ob es Frühling oder Winter ist, es ermüdet, zu riechen, zu fühlen und zu schmecken, du lebst blind auf einer Insel, wenn es nach mir ginge, soll sich doch ruhig der ganze Himmel auftun, blind, auf einer Insel, zu einem Sessel verurteilt, so daß der Sessel für mich der ganze Erdball ist, zwar dreht er sich um nichts, aber wenigstens schaukelt er.

Sie ist nackt zum Dach hinaufgestiegen. Es regnet vehement. Melissa muß eine Gewalt spüren, die sie dazu zwingt, sich auf dem Boden auszustrecken. Und sie streckt sich aus. Ihr Gesicht scheint zu verraten, daß sie ein neues Lustgefühl verspürt. Als würden Tausende von Händen sie streicheln? Als sich der Himmel in einem Blitz spaltet, könnte man meinen, sie lache und schreie vor Freude.

Nun spiel nicht den Dummen, Vido, Melissa ist auf dem Dach, und das weißt du. Ihr macht der Wolkenbruch nichts aus. Sie tritt seelenruhig ins Freie: Der Regen gehorcht ihr. Du weißt, Melissa ist dort im Regen und lacht vergnügt, glücklich, daß sich die anderen verkrochen haben und hassen, lieben, träumen oder so tun, als würden sie nicht träumen, während sie spürt, wie Tausende von Händen ihren Körper streicheln. Du dagegen bist eingesperrt, kannst nicht hinaus. Die Welt versinkt in der Sintflut (immer wenn es regnet, heißt es, die Welt würde versinken), und man hat dir verboten hinauszugehen, Tante Berta ist der Ansicht, Du holst dir noch eine Lungenentzündung, mußt du dir immer Ärger suchen? Ich weiß, was du denkst (ich muß es ja auch wissen), eine Lungenentzündung mehr oder weniger spielt keine Rolle, wenn du sie nur nackt sehen kannst, Melissa, die einzige Frau, die du bisher nackt gesehen hast und nackt sehen willst. Melissa und ihr Körper, der danach schreit, gestreichelt zu werden. Der Regen ist dir egal, Vido, völlig egal! Paß auf, am besten, du ziehst dich aus und läufst ebenfalls nackt in den Regen hinaus. Splitternackt, wie Gott dich geschaffen hat. Du kletterst wie immer aus dem Fenster, niemand wird dich sehen. Sicher ist der Boden nicht allzu schlammig. Das Gras wird in die Höhe schießen, Bärenklau und Zweizahn und vieles mehr wird sich zwischen deine Füße und die Erde schieben. Und wie wohl wird der prasselnde Regen auf dem nackten Körper tun! Merkst du nicht, daß es ein ganz neues Gefühl ist, wie der Regen auf die Haut prasselt? Dein Körper wird im besten Sinne reagieren, als ständest du ihr schon gegenüber, mit offenem Mund, geschlossenen Augen und aufrechtem Schwanz. Nackt, wie du bist, wirst du den Hermes von Praxiteles (der gar nicht von Praxiteles, sondern von Chavito ist) und die entsetzliche Greta-Garbo-Büste hinter dir lassen. Ebenso die Venus von Milo (du schaust sie nicht mal an, sie ist ja nur aus Ton). Du wirst um das Haus herumgehen und zur Kubaeiche gelangen. Dort wartet eine große Überraschung auf dich, denn als du hinaufsteigen willst, hält eine Hand dich zurück. Diese Hand, Vido, die sanft deine Schulter packt, wird ihre, muß ihre sein, denn niemand sonst (damit du es weißt: niemand sonst) kann dich so berühren. Mit deiner schönsten Stimme wirst du rufen: Melissa! Sie wird noch mehr lachen. Du wirst dich umdrehen. Tatsächlich, da ist sie, nackt, beide steht ihr nackt im prasselnden Regen, ohne etwas zu sagen, ohne mit dem Lachen aufzuhören. Sie wird deine Brust berühren und etwas sagen, das du nicht verstehst, nicht mal von ihren Lippen kannst du es ablesen. Aber was macht das schon. Sie wird noch näher herankommen, deinen Rücken streicheln. Ihr Atem duftet wie der Regen. Du wirst dich ein bißchen hinunterbeugen, um ihre Lippen zu küssen. Das Biest wird zurückweichen und unter den Bäumen davonlaufen, du wirst sie verzweifelt suchen, verdammt, Melissa, laß mich nicht so stehen. Schließlich siehst du sie unter dem roten Sandelholzbaum aus Ceylon liegen, lachen und dich mit geöffneten Beinen erwarten. Du bleibst vor ihr stehen, ohne allzunah heranzukommen, um sie zu bestrafen, es dem kleinen Flittchen zu zeigen, du präsentierst ihr dieses harte, große Ding, das triumphierend zwischen deinen Schenkeln hervorragt, und rufst, schreist, Alles für dich, wenn du willst. Sie antwortet, Ja, ich will, und streckt die Arme nach dir aus, damit du endlich kommst. Der Regen wird noch wütender auf die Insel niederprasseln, als wüßte er, daß er euch beide dadurch beschützt und rettet. Mit bewundernden Händen wird sie deinen Schwengel an die richtige Stelle führen. Du wirst eindringen und weißt nicht, worin, weißt aber, daß es die Glückseligkeit ist. So glücklich wärst du auf der Eiche, daß du auf dem Dach wärst und in deinem Zimmer wärst, doch beim Öffnen der Augen würdest du den Vogel umklammern, der mit den Flügeln schlägt und davonfliegt, und beim Öffnen der Augen wärst du in deinem Zimmer, ganz allein, verzeih mir, Vido, beim Öffnen der Augen wirst du merken, daß alles nur ein böser Streich war, den der Autor seiner Figur gespielt hat, du darfst es mir nicht übelnehmen, denn letzten Endes ist die Phantasie großartiger als jede Wirklichkeit. Und dort, Vido, am Spiegel der Kommode eine weiße, dicke, zähe Flüssigkeit: deine Samenmilch.

Die Bühne muß weitläufig sein, voll echter Bäume, Blätter und Zweige. Sie stellt, sagen wir, einen Wald im antiken Griechenland dar. Eine Vestalin tritt auf. Ihre weiße Tunika flattert im Wind. Der Wind kommt aus großen Ventilatoren zwischen den Kulissen. Die Vestalin schreitet langsam aus. Sie war nervös; nun nicht mehr. In dem Moment, als ihr nackter Fuß die Bühnenbretter unter sich spürt, verfliegt die Angst wie fortgeweht vom Requisitenwind. Applaus. Der Regen ist das Rauschen des Applauses. Da der Regen nicht aufhört, hört auch der Applaus nicht auf. Wie auch immer, für sie gibt es nur Schweigen, ein gewaltiges, feierliches Schweigen. Sie sieht niemanden. Das Publikum existiert nicht. Es existieren nur die Bühne, die Musik und sie, als Vestalin gekleidet inmitten eines

Waldes im antiken Griechenland. Sie stimmt eine herrliche Arie von Gaspare Luigi Pacifico Spontini an. Nur sie weiß, was sie beim Singen empfindet. Ein Gefühl, wie sie es noch nie erlebt hat. Ihre Stimme ist grandios, sie weiß es, hört sie, macht mit ihr, was sie will. Das Publikum ist ihr wichtig, das stimmt, und deshalb dringt auch seine Ergriffenheit zu ihr durch, diese religiöse Verehrung, mit der es ihrem Gesang lauscht. Sie breitet die Arme aus. Die Arie bedeutet in Wirklichkeit: Mein Publikum, diese Stimme ist für dich, ohne dich bin ich nichts, meine Stimme und ich wurden geschaffen, damit du glücklich bist. Die Musik verstummt. Die Reinheit ihrer Stimme wird von einer Ovation gekrönt. Applaus. Der Regen ist das Rauschen des Applauses. Regnet es so heftig wie heute, nennt er sich Ovation. *Brava!* wird gerufen.

Und wenn ich dich daran erinnerte, Casta Diva, daß es nichts als Regen ist, wäre das grausam von mir? Oder wenn ich dich daran erinnerte, daß dein guter Mann seit Tagen im Bett liegt, ohne auch nur ein Wort an dich zu richten (weder an dich noch an sonst jemanden)? Wenn ich dich daran erinnerte, daß sich Tatina wieder vollgepinkelt hat, daß Tingo mit einem Pappkasperle spielt, daß es weder einen echten noch einen künstlichen Wald gibt und du auch nicht als Vestalin gekleidet bist? Schau nur, schau dich ruhig um, ein armseliges Zimmer. Horch, weder Applaus noch Ovationen, noch *Brava*-Rufe. Nur eine Insel, die im Wasser versinkt, ein Mann, der nicht spricht, ein Sohn, der nichts versteht und nur Spiele, nichts als Spiele im Kopf hat, und eine schwachsinnige Tochter, die sich alle fünf Minuten vollpinkelt. Ach ja, und ein Spiegel! Warum opferst du für Spontinis Geist nicht ein Glas Wasser? Du hast bis zur Heiserkeit geschrien, daß der Regen dich heiser macht, daß du nicht singen kannst, wie du und dein Publikum es verdienen. Lassen wir es gut sein, Casta Diva, ich möchte nicht zu gemein werden, möchte nicht meine Wut an dir auslassen. Also schließ die Augen, paß auf, paß gut auf, die Bühne muß weitläufig sein, voll echter Bäume mit Blättern und Zweigen. Ein Wald im antiken Griechenland, und du trittst im Vestalinnengewand auf. Den Rest stell dir bitte selbst vor.

Jetzt ist es soweit, Tingo, nutze die Gelegenheit, daß deine Mutter sich in den Lehnstuhl gesetzt und die Hände vors Gesicht geschlagen hat, um sich eine Bühne vorzustellen, leg den Pappkasperle wieder in die Schachtel, geh auf die Kolonnaden hinaus und lauf zum Vorhof, Bastián schaut sich gerade an, wie der Regen herunterrauscht. Was für ein herrlicher Wolkenbruch! Und Schule ist auch keine. Hast du gesehen, wie es gießt? Er setzt sich neben Sebastián, der nichts sagt, nur unentwegt in den Regen starrt und gar nicht Sebastián gleicht, so ernst, wie er da sitzt! Tingo bleibt eine ganze Weile stumm hocken, ohne zu wissen, was er tun soll. Als ihm schon fast die Tränen kommen, schenkt Sebastián ihm sein schönstes Lächeln und fragt, Kennst du die Geschichte von meinem Onkel Noel?

Ohne auch nur ein einziges Komma zu ändern, folgt nun die Niederschrift der Geschichte, die Sebastián Tingo erzählt hat, während wie ein Sturzbach der Regen auf die Insel niederrauschte.

Vor vielen Jahren hat es auch einmal so geregnet wie heute, noch heftiger sogar, alles wurde überschwemmt, auf der Insel gab es mehr Wasser als im Meer um sie herum, meine Mama hatte einen Onkel, der hieß Noel, der lebte in einem Landhaus, das hieß Arche, zwischen Caimito und Guanajay, Onkel Noel war Witwer und hatte nur eine Tochter gehabt, die mit fünfzehn Jahren gestorben war, woran sie gestorben ist? an nichts Bestimmtem, an ihrem fünfzehnten Geburtstag wurde sie, statt zu wachsen und zu erblühen wie alle fünfzehnjährigen Mädchen, immer kleiner und häßlicher, so klein und häßlich, daß mein Onkel ihr die Milch mit einer Pipette einflößen mußte, aber nicht, ohne sich die Augen zu verbinden, damit ihm nicht vor ihr graute, das Mädchen hieß Gardenia, eines schönen Tages, bevor der Regen losbrach, von dem ich dir erzählt habe, schrumpfte Gardenia zu einem Punkt zusammen und verschwand, da fühlte sich mein Onkel einsam und widmete sich von nun an mit noch größerer Hingabe als bisher den Tieren auf seinem kleinen Landgut, es gab dort alle erdenklichen Tiere, Onkel Noel hatte eine Leidenschaft für Tiere, sogar Elefanten hatte er (nicht solche wie im Zoo, die kommen aus Afrika oder Indien, nein, kubanische Elefanten, die inzwischen ausgestorben sind, dahingerafft von einer Epidemie der Traurigkeit), wie die kubanischen Elefanten aussahen? klein, rot mit weißen Ohren, sie hatten keine Stoßzähne oder nur einen einzigen, bin mir nicht sicher, also, wie gesagt, Onkel Noel hatte Tiere von jeder Art dort, als dieser Regen losbrach, der ewig dauerte, es kam so viel Wasser runter, daß die Hausfundamente unterspült wurden, und Häuser aus Baracoa landeten in Guane und Häuser aus Guane in Guantánamo, beim Vorbeisegeln winkten die Leute sich zu und gingen auf diesem Fluß mit seinem reißenden Wasser ihrem Tagewerk nach, ohne anhalten zu können, und meine Mutter erzählt, daß man damals nicht in Bussen fuhr, sondern in Booten wie in Venedig, einer Stadt, in der es auch einmal so viel geregnet hat, Onkel Noel wollte nicht, daß sein Haus davontrieb, er vertäute es fest mit mehreren Seilen und holte all seine Tiere herein, die ihn sehr liebten, denn die Tiere lieben den, der sie gut versorgt, und während alle anderen Tiere auf der Insel ertranken, wurden die meines Onkels immer kräftiger und schöner denn je, als es dann aufklarte, sah die Erde aus, als wäre ein Riesenbesen über sie hinweggefegt, die Häuser fanden sich alle weit verstreut, manche waren sogar auf dem Pico Turquino gelandet, und es gab keine Tiere mehr, aber das Schlimmste war: obwohl es aufgeklart hatte, glaubten es die Leute nicht, denn bei dem Dauerregen hatten sich ihre Ohren inzwischen an den Klang gewöhnt, so daß zwar kein Tropfen mehr fiel, die Leute aber noch immer den Regen herunterrauschen hörten, Onkel Noel, der schon immer ein kluger Mann gewesen war, sagte sich, Vielleicht ist der Regen, den ich da höre, gar nicht wirklich, sondern steckt mir noch vom letzten Regen in den Ohren, und um sich zu vergewissern, schickte er ein Geißlein mit Namen *Chantal* aufs Land hinaus, kurz darauf kehrte das Geißlein zurück, kaute Gras, das knochentrocken war, und hatte auch gar keine schlammigen Hufe, da wußte der Onkel, daß es nicht mehr regnete, obwohl meine Mutter behauptet, Onkel Noel hätte für den Rest seiner Tage diesen Regen in den Ohren gehabt, und als er starb, als sein Herz sich mit den hundert Jahren angefüllt hatte, die ihm zustanden, da sagte er, noch ein paar Minuten, bevor sein Körper erstarrte, er würde ertrinken, würde in einem Boot auf einem gewaltigen Fluß treiben, das Boot würde kentern und er mit dem Boot in den Fluten versinken, und dabei war er in gar keinem Boot und auch auf keinem Fluß, sondern in seinem Bett, und es war ein herrlicher Sonnentag, erzählt meine Mutter, fest steht jedenfalls, daß es dank der Tiere, die Onkel Noel in seinem Haus

Arche gerettet hatte, immer noch Tiere auf Kuba gibt, sonst würden wir jetzt nichts als Gras und Blumen fressen, denn abgesehen von den Tieren des Onkels sind alle ertrunken bei dem Regenguß vor vielen Jahren, der noch heftiger war als der von heute, und schau nur, wie es regnet.

This rain is just like that other one, er erinnert sich noch daran, oder glaubt, besser gesagt, sich daran zu erinnern. Der Regen rauschte so wütend herunter, daß ganz Havanna aufhörte zu existieren, ausgelöscht war, durchs Fenster sah man nichts als Trugbilder von Fassaden und Balkonen. Die Straße leer gefegt. Wo hatten sie damals gewohnt? Vielleicht in der Pension in der Calle Jovellar, deren Inhaberin Tangle hieß (nein, Tangle hieß die von der Pension in der Calle Barcelona, Höhe Galiano; die aus der Jovellar hieß Japón, ja, Japón, eine dicke, gemütliche Schwarze, die immer lachte, sie war die einzige, die Cira aufnahm, obwohl sie von ihrer Krankheit wußte, das mache ihr nichts aus, sagte sie, nur die anderen Mieter sollten nichts davon erfahren, sie ließ sie bei sich wohnen und war gut zu ihnen, inzwischen wird sie wohl gestorben sein, schon damals ging sie auf die Sechzig zu). Professor Kingston gab zu jener Zeit Privatstunden. Er unterrichtete Ärzte und Ingenieure, die nach Yale, Harvard oder Princeton gingen, Söhne aus gutem Hause, die ihm einen Hungerlohn bezahlten, aber zum Leben reichte es, sie gaben wenig aus. In der Pension der Japón konnten sie eine Zeitlang aufatmen, in Frieden leben, mußten nicht mehr von einem Ort zum anderen ziehen, dank der gutherzigen Schwarzen, die Gott selig haben soll, wenn es denn überhaupt so etwas wie Gott und die Seligkeit gibt. Mehrere Monate lang (sieben, acht, weiß nicht mehr genau, *me-*

mory fails me) wohnten sie in dem Zimmerchen in der Calle Jovellar, klein, aber sauber und gemütlich. An das Datum erinnert er sich genau, nicht nur wegen der Sache mit Cira, sondern auch (wie launisch ist doch das Gedächtnis, warum sucht es sich als Anhaltspunkt manchmal Ereignisse aus, die völlig banal sind oder gar nichts mit der eigenen Geschichte zu tun haben?), weil im selben Jahr, im selben Monat der deutsche Kreuzer *Königsberg* versenkt wurde und ein Erdbeben die italienische Stadt Avezzano vollkommen zerstörte, Ereignisse, die Professor Kingston bewiesen, daß wir, die zivilisierte Welt, uns immer vor Augen halten müssen, daß wir vergänglich sind. Vergänglich, genau wie Cira. Und dieser Regen heute gleicht aufs Haar dem von damals. Wie auch jetzt nur das Regenrauschen zu hören ist, das monotone Platschen von Wasser auf Wasser, dieser Klang, den die Einsamkeit hervorruft (wenn man die Einsamkeit denn hören könnte), so waren sie auch damals in ihrem Zimmer eingeschlossen gewesen, drei, vier Tage in Klausur, ohne daß er zu seinen Unterrichtsstunden hätte erscheinen können und sie nur von der Schwarzen Japón besucht wurden, die mit ihrem ansteckenden Lächeln ankam und ihnen Hühnersuppe mit Gemüse brachte, weil sie wußte, daß Cira auf nichts anderes Appetit hatte. Und aus dem endlosen, unbeirrbaren Regen von heute steigt erneut das Bild seiner Frau im Schaukelstuhl auf, das Gesicht hinter einem schwarzen Tüllschleier verborgen, die Hände in Handschuhen, das Kleid lang und ebenfalls schwarz. Er sieht sie erneut vor sich in der Schönheit ihrer dreiunddreißig Jahre (nun gut, das mit der Schönheit bleibt seiner Phantasie überlassen, eine Freiheit, die sich Erinnerungen erlauben dürfen, denn schon seit langem hatte Cira sich niemandem mehr gezeigt), wie sie in dem Stühlchen schaukelte, in dem er nun heute sitzt und dem Regen oder, was auf das gleiche hinausläuft, seinen Erinnerungen lauscht. Wie lange ist das nun schon her? Cira ist noch immer nicht von ihm gegangen, wird niemals fortgehen: Wer an jenem Tag verschwand, war die Cira der anderen. Seine Cira mag zwar mit der Zeit verblaßt sein, mag an Konturen verloren haben, doch sie ist immer noch hier, im Schaukelstuhl, von Stoff und Handschuhen verhüllt. Es regnete, als wäre es für alle Ewigkeit, genau so, und durch das unablässige Klopfen des Regens hindurch hörte man ein Klopfen an der Tür, das wie ein Fremdkörper klang, wie ein Eindringling, bei Regen denkt man unwillkürlich, sein Klang sei der einzig mögliche Laut. Professor Kingston glaubte, es sei die Japón, obwohl noch gar nicht Essenszeit war, und öffnete die Tür. Es war nicht die Japón, nein *(I fear thee, ancient Mariner)*, und er weiß nicht, warum er *ancient Mariner* wiederholt: Vor ihm stand ein hochgewachsener, schöner, schlanker junger Mann mit großen, irgendwie traurigen Augen und den wohlgeformtesten Lippen, die man sich vorstellen kann. Er lächelte. Professor Kingston hatte keine Zeit, eine Frage an ihn zu richten. Er hörte ein Klagen hinter seinem Rücken, und als er sich umdrehte, sah er Cira auf dem Boden liegen. Er hätte gar nicht auf den Arzt warten müssen, um zu erfahren, was er schon wußte. Der junge Matrose war verschwunden. Mehrere Tage lang regnete es ununterbrochen.

Dieser Wolkenbruch ist erst der Anfang, ich weiß, sie werden mir nicht glauben, werden über mich lachen und einmal mehr sagen, die arme Verrückte, arme Barfüßige Gräfin, wie sie mich abfällig nennen, die hoffnungslos Verrückte, das hat man vor Jahrhunderten auch von Kassandra gesagt, wer die Wahrheit spricht, der hat ein trauriges Schicksal, man drückt ihm das Stigma des Wahnsinns auf, das ist wie mit den Siechenklappern im Mittelalter, aber ich sage eben, was ich weiß, ich habe meine Schuldigkeit getan, wenn ihr nicht auf mich hören wollt, seid ihr selber schuld, jawohl, schließt ruhig eure Fenster, wenn ihr meine Schritte hört, verstopft euch die Ohren, ich weiß, das Dröhnen meines Stocks entsetzt euch, aber das wird auch nichts daran ändern, daß sich die Prophezeiung erfüllen muß, damit ihr es wißt, dieser Wolkenbruch ist erst der Anfang, das Ende ist nah, bald schon, sehr bald wird es kommen, noch schneller, als selbst ich es vorhersagen könnte, wird das Unheil über die Insel hereinbrechen, über die Stadt, den Erdball, das bevorstehende Grauen wird jegliche Vorstellungskraft übersteigen, der heutige Wolkenbruch ist nur eine Warnung, nehmt euch in acht, wenn es aufklart, werden wir einschlafen, ein lähmender Schlaf wird das erste Anzeichen sein, der Körper auf dem Bett, dem Sofa oder in der Hängematte wird nicht merken, wie ein Licht ihn verläßt, und dieses Licht ist die Liebe, die im Zimmer eines jeden eingeschlossen wohnt, und die Liebe, dieses Licht, wird wie ein Rauch entfliegen und den Körper im Dunkeln zurücklassen, von da an werden wir in Finsternis leben, und die Finsternis wird weitere Übel gebären, keine Mutter wird mehr ihren Sohn lieben, kein König mehr gerecht sein, kein Mensch mehr seinen Nächsten verstehen, obwohl wir dieselbe Sprache sprechen, werden wir uns nicht verstehen, niemand, niemand auf der Welt wird mehr lieben, die leidenschaftlichsten Briefe werden noch die mit weißen Seiten sein, als glühendste Verse wird man nur Zungenbrecher hervorbringen, die Herrschaft des Hasses wird anbrechen, und die Herrschaft des Hasses ist die des Verrats und der Lüge, des Jammers und der Heuchelei, die Maske wird das Gesicht ersetzen, das wahre Gesicht wird sich ebenfalls wie Rauch hinter der Maske verflüchtigen, und wir werden mit Pistolen, Messern und Dolchen unter dem Kissen leben, werden nicht mehr schlafen und ständig den Hieb des Freundes erwarten, des Freundes im Schafspelz, die Frauen werden ihre Männer an den Scharfrichter ausliefern, die Männer werden ihre Frauen in Stücke schlagen, damit sie die Scharfrichter um das Vergnügen der Hinrichtung bringen, Tausende, Abertausende werden fliehen, sich ins Meer stürzen, schwimmen und schwimmen, bis sie auf Land stoßen, nichts wird es ihnen nützen, nichts werden sie erreichen, ein Land ist eine Krankheit, an der man auf ewig leidet, selbst wenn sie fortgehen, wird etwas ihnen den Schlaf rauben, sie werden um das weinen, was sie verließen, obwohl sie es in Wirklichkeit gar nicht verlassen haben, denn niemals, merkt euch das gut, niemals entkommt man wahrhaftig dem Ort, an dem man geboren wurde, ein Mensch, der den Ort verläßt, an dem er geboren wurde, läßt eine Hälfte da und nimmt nur die andere mit, meist die anfälligere, und in der Ferne, wo er auch sein mag, wird er den fehlenden Arm, das fehlende Bein oder die fehlende Lunge spüren und sich sagen: Ich bin ein Mensch, der am Heimweh leidet, und da ist er bereits tot, und dieser Regenguß ist der Anfang, ja, mehr, viel mehr sogar, denn auf den Regen werden mehrere Jahrzehnte der Dürre folgen, auf den Feldern, den schönen Feldern, die Sänger und Dichter besungen haben, werden die Bäume unter dem unbarmherzigen Sonnenfeuer verdorren, die Sonne wird sich noch aufblasen, um uns zu strafen, die Flüsse werden austrocknen, das Vieh verenden, alle Tiere vor Durst und Erschöpfung zusammenbrechen, nur die Truthahngeier werden gedeihen und sich mehren, die Fische in der See werden sich von der verdorrten

Küste abwenden, das Gespenst der Pest wird an offene Türen klopfen, das Blut sich in Eiter verwandeln, der Hunger wie ein Schatten in unsere Körper fahren und den Platz der Liebe einnehmen, glaubt mir, ein Mensch, der Hunger leidet, ist Anwärter auf den Verrat, verraten und verraten werden, zwei der simpelsten Übungen der Welt, wie Faulwasser aus faulen Quellen trinken, und Hand in Hand mit dem Verrat geht der Raub einher, vergeblich wird man Türen und Fenster vergittern, der Raub, den die Verzweiflung gebiert, wird den Stacheldraht niederreißen, es wird zur Jagd kommen, und die Diebe werden auch die Wächter sein, unablässig werden wir Blicken ausgesetzt sein, Augen hinter den Fenstern, Augen auf den Dächern, Augen in der Erde, Augen im Begehren und in der Trauer, Augen selbst in unserem Herzen, und wenn die Augen dann fein wie Nadeln in unsere Träume dringen, werden die Gebäude unter der Gewalt imaginärer Wirbelstürme einstürzen, sogar die Luft wird all des Grauens müde werden, aber selbst unter Staub und Trümmern finden wir nicht den Frieden des Todes, selbst dieser Friede wird uns verwehrt werden, denn unter der Erde wird es Richter geben, die Urteile fällen und Strafen verhängen, alles, was wir einmal von uns gegeben haben, noch das unschuldigste Lied, wird sich gegen uns wenden, um friedlich zu sterben, ist ein würdevolles Leben vonnöten, aber hier werden wir alle der Niedertracht anheimfallen wie die Fliegen, die am Fliegenleim klebenbleiben, lebt wohl, Familien, lebt wohl, ungekannte Schätze, leb wohl, Barmherzigkeit, leb wohl, Zärtlichkeit, und manches erwähne ich gar nicht, wüßte gar nicht, wie ich es ausdrücken sollte, ich habe es im Traum gesehen, und die Träume, so grausam sie auch sein mögen, lassen sich nicht immer in Worte fassen, was ich hier sage und anführe, ist der Beginn eines Grauens, das weit über die Prophezeiung hinausgeht und von dem dieser Wolkenbruch erst der Anfang ist, nennt mich ruhig Verrückte, ja, Verrückte, wie ihr wollt, einerlei, verrückt ist der, der noch den Mut hat, die Wahrheit zu sagen.

Hier gibt es keinen Herbst. Und keinen Winter. Geschweige denn einen Frühling. Einen Vivaldi hätten wir hier nicht hervorgebracht. Sein trauriger Abklatsch hätte ein Requiem komponiert, um den ewigen Sommer zu beklagen. Hier herrscht eine unbeugsame Sonne (ewig wie die Insel selbst), die einen nicht leben läßt. Eine Sonne, die alle Fenster öffnet und sich einschleicht; eine Sonne, die alle Türen aufstößt; eine Sonne, die wie tonnenschweres Blei auf die Dächer niederdonnert; eine Sonne, die dich bis in den verstecktesten Winkel verfolgt und deinen Körper verzehrt wie das Feuer den Braten, sie tritt in deine Augen mit dem einzigen Ziel, dich zu blenden, denn wenn die Nacht anbricht und mit ihr die vermeintliche Ruhe, die vermeintliche Atempause der lichtlosen Stunden ohne Hitze, sollst du sie weiterhin sehen, diese runde, aufdringliche, hartnäckige Scheibe, selbst hinter geschlossenen Lidern, selbst im Schlaf; auf einer Insel wie dieser ist der größte, der einzige Alptraum, nackt der Sonne ausgesetzt zu sein. Vergeblich suchst du den rettenden Palmwedel, um dir zuzufächeln; vergeblich den Wasserlauf, um dir die brennenden Schläfen, die trockene Kehle oder die stets fiebrige Stirn zu kühlen. Vergeblich. Schweißbedeckt wirst du geboren, schweißbedeckt stirbst du. Die Ungeheuer des Lichts lassen dich nicht leben, hetzen dich, warten den Augenblick ab, dich zu verschlingen. Es macht dich durchsichtig, das Licht. Natürlich gibt es auch Tage, an denen die Sonne sich noch vor der Dämmerung versteckt. Das sind die Tage der Wolkenbrüche, des verheerenden Regens, der Bäume mit sich reißt und das Land zerstört, dieser Regen, der wie die Kehrseite der Sonne ist, denn auch er öffnet die Fenster, stößt die Türen auf, drückt das Dach ein, zerstört das Haus, vernichtet dich. Der ebenso hartnäckige Regen, der in Strippen vom Himmel rauscht. Und dir bleibt nichts anderes übrig, als zum Meer zu gehen, um von anderen Ländern zu träumen, von denen du nicht weißt, ob sie existieren, jenseits des Horizonts, von anderen Ländern, wo angeblich die Sonne nicht so unbarmherzig peinigt, der Regen nicht auf Raubzüge geht, dich nicht mit diesem Gefühl der Verlassenheit zurückläßt. Deshalb, hör gut zu, ist der heutige Regen heilig. Wir sind glücklich. Eine Illusion?

Also, dieser Wolkenbruch mag zwar ein Segen sein, mag zwar für einen Augenblick der gewalttätigen Sonne Einhalt gebieten, aber so viel Regen bringt einen doch zur Verzweiflung. Deshalb schreibe ich, *Es hörte zu regnen auf*, und selbstverständlich hört es zu regnen auf. Da haben wir die nasse Insel, kräftig grün erglänzt sie in ihrer Ewigkeit.

Früher war schon immer alles besser, das ist mein Wahlspruch, erklärt Irene, während sie sanft, behutsam mit einem feuchten Lappen über den Körper des Verwundeten fährt. Der Verwundete liegt nackt auf dem sauber bezogenen Bett. Sie schaut ihn an, als wäre es Christus. Denn du ähnelst Christus, sagt, flüstert sie (sie fürchtet, Lucio oder sonst jemand könnte sie hören), zumindest ähnelst du dem Bild, das meine Mutter früher in ihrem Gebetbuch aufbewahrte. (Was für eine Mutter? Was für ein Gebetbuch?) Sie ist bestürzt, verharrt ein paar

Sekunden in Gedanken verloren, weiß nicht mehr, ob sie sich daran erinnert, daß die Mutter ein Bild in ihrem Gebetbuch aufbewahrte, aber was ihr niemand nehmen kann, ist die Erinnerung an das Bild selbst, an das Heiligenbildchen mit dem Goldrand. Das Bild steckt unter der Glasscheibe ihres Nachtschränkchens. Doch nun soll folgendes verraten werden: Irene weiß nicht, daß das Bild, das für sie Christus darstellt, das für sie ein Heiligenbildchen vom Sohn Gottes ist, dem sie Blumen, Kerzen und Gebete darbringt, vor dem sie auf Knien für die Wiedererlangung ihres Gedächtnisses, für Lucios Wohlergehen, das des Hauses, der Insel und der ganzen Welt betet, in Wirklichkeit das berühmte Selbstbildnis von Dante Gabriel Rossetti ist. Sie weiß nicht (kann es nicht wissen), wie der Druck in ihre Hände gelangt ist. Außer Zweifel steht jedoch, daß es sich um den Maler und Dichter handelt: das unvergleichliche Gesicht, die großen Augen, die den Betrachter seltsam unschuldig, seltsam argwöhnisch, seltsam überrascht anschauen, die große, wohlgeformte Nase, die sinnlichen Lippen, das lange Haar, das ihm auf die Schultern fällt. Also ähnelt, nach Ansicht von Irene (auch wenn sie es nicht weiß), der Verwundete nicht Christus, sondern Dante Gabriel Rossetti.

Aber ohne es zu ahnen, ohne sich dessen bewußt zu sein, hat Irene recht. Wenn Gott sich in allem Erschaffenen offenbart, kann man Gott im Bild eines jeden verehren, denn jeder ist das Bild Gottes.

Ja, es stimmt, früher war schon immer alles besser. Irene fährt mit einem feuchten Lappen über den Körper des Verwundeten. Er hat kein Fieber mehr, das Gesicht trägt inzwischen feine, heitere Züge, und was den makellosen Körper, seinen weißen, vollkommenen Körper angeht, so scheinen ihn niemals Wunden entstellt zu haben. Alle fragen sich, wie die Wundmale verschwinden konnten.

In jener Nacht (vor langer Zeit, wie man meint, obwohl es in Wirklichkeit erst ein paar Tage her ist), in der die Jungen den Verwundeten, in die kubanische Fahne gewickelt, in Berardos alter Tischlerei gefunden hatten, wurde er, ohne zu fragen, ohne zu zögern, sofort zu Irene gebracht. Schnellstens riefen sie Doktor Pinto, der sie aufforderte, ihn mit dem Jungen allein zu lassen. Wie zu erwarten, war Doktor Pinto betrunken, doch alle waren froh darüber, denn wirklich gut ist Doktor Pinto nur, wenn er betrunken ist, als würde der Rum seinen Geist öffnen, und er sagt immer, Ja, genauso ist es, nicht umsonst ist es ein geistiges Getränk. Nachdem er uns eine Stunde lang auf die Folter gespannt hatte, kam Doktor Pinto wieder lächelnd heraus und stieß zusammen mit einer Alkoholwolke aus, Er wird wieder, braucht zwar gutes Essen und viel Pflege, aber er wird wieder, wichtig ist vor allem Diskretion, äußerste Diskretion, wir leben in unheilvollen Zeiten auf dieser Insel. Er machte eine Pause, um sich zu räuspern, schüttelte mehrmals den Kopf und bemerkte, Na ja, wann waren die Zeiten auf dieser Insel schon nicht unheilvoll? Und er nahm Irene beiseite und sagte ihr das mit den Wunden, Es sind keine Schußwunden, Irene, seltsamerweise haben Pfeile seinen Körper verwundet, echte Pfeile, verstehst du, er wird wieder gesund, wenn du ihn ordentlich pflegst. Irene kamen fast die Tränen vor Ergriffenheit, eine so große Verantwortung übertragen zu bekommen, sie lief zum Selbstbildnis von Dante Gabriel Rossetti, um Christus zu versprechen, daß sie ihn auch bestimmt retten würde. Dann schickte sie alle fort (sogar Helena). Macht euch keine Sorgen, ich kümmere mich um ihn, als wäre es mein eigener Sohn (Gott bewahre). Sie machte Lucio nicht einmal mehr das Abendessen, Soll er sehen, wie er zurechtkommt, im Moment gibt es Wichtigeres, und schon war Irene im Zimmer des Jungen verschwunden, zog ihm den dreckigen weißen Leinenanzug aus, der überall mit Erde und Blut verschmiert war, säuberte die Wunden mit Jodoform und viel Wasserstoffperoxid, fuhr kräftig, voll Sorgfalt und Unerbittlichkeit mit Mull darüber, wie Doktor Pinto ihr empfohlen hatte. Es waren keine Schußwunden, wie sie zu Anfang geglaubt hatten, sondern die Male stammten von Pfeilen, Pfeilen! Was für ein Verbrecher behandelte in der heutigen Zeit, so unselig sie auch sein mochte, einen Menschen noch wie zur Zeit der Urchristen? Irene betrachtete den nackten Körper des Verwundeten, das wunderschöne Gesicht mit dem braunen Haar, das ihm auf die Schultern fiel, ganz wie auf dem Bild von Christus (Dante Gabriel Rossetti), das unter der Glasscheibe ihres Nachtschränkchens steckte, und sie verspürte zugleich Zärtlichkeit und Mitleid. Sie träufelte Alkohol in die Wunden und freute sich, daß er sich bewegte, ihm ein Klagelaut entfuhr. Doktor Pinto hatte es vorhergesagt, Wenn der Alkohol in die Wunden dringt, wird er von den Toten auferstehen. Denn in Wirklichkeit tut der hochprozentige Atem des Arztes nichts zur Sache, ebensowenig die zittrigen Hände oder die Pulle, mit der er sich bisweilen »Mut antrinkt«, Ja, Irene, das Schlückchen Rum nimmt mir die Furcht, hilft mir, dem Grauen zu trotzen, Tag für Tag aufzustehen, mich Tag für Tag anzukleiden, auf die Straße hinauszutreten und festzustellen, daß es allen Prophezeiungen zum Trotz doch wieder Morgen geworden ist. Sie zählte die Wunden. Siebenundzwanzig Pfeilschüsse. Als hätte man ihn wahrhaftig vernichten wollen, und wie grausam! Der Verwundete hatte Fieber, sah eingefallen, finster aus, ganz verloren zwischen den weißen Laken. Das Violett der Wunden ließ Irene schaudern, am liebsten hätte sie losgeweint. Es war ungefähr vier Uhr. Ein weiterer Oktobermorgen stand vor der Tür. Es hatte zu regnen begonnen, zumindest nach dem Rauschen der Bäume und dem intensiven Geruch nach Erde zu schließen. Sie löschte das Licht nicht und setzte sich vor ihn, entschlossen, die restliche Nacht und den kommenden Tag bei ihm zu wachen. Er wird leben, Herr, er wird leben, Du bist großmütig, Du hast ihn meinen Weg kreuzen lassen, damit ich ihn rette, und hier bin ich, erfülle meine Pflicht, ich weiß zwar, daß du ihn liebst, aber nimm ihn noch nicht mit, er ist doch so jung und schön, ja, Herr, so schön, daß mir scheint, er hätte einen Platz zu Deiner Rechten verdient, wenn es kein Sakrileg wäre, so etwas zu behaupten. Der Verwundete rührte sich leicht, lächelte. Er schlug die Augen auf, sie glänzten, das Dunkel wich aus ihnen und verwandelte sich in klares Blau. Die schwarzen Ringe darunter verschwanden. Er sprach ein paar Worte, die Irene nicht verstand. Die Lippen erhielten wieder die lebendige, menschliche Farbe, die Lippen haben müssen, um zu sprechen und zu küssen. Sein Gesicht bekam einen sanften Ausdruck. Das Magere, Düstere fiel allmählich von dem Körper ab, und er gewann an Ebenmaß und Kraft; die Wunden verloren ihre violette Färbung, wurden rot, dann rosafarben; rasch schrumpften die offenen Risse in der Haut, waren nur noch zu erahnen und verschwanden schließlich ganz, bis der Körper nicht länger wie der Körper des Verwundeten aussah, als hätte er niemals gelitten, von den Wundmalen blieb nur noch eine kümmerliche Spur von Erinnerung in Irenes Verwirrung zurück.

Ja, mein Junge, du lieber Verwundeter, ich habe den Krug in Scherben gesehen, du magst es töricht finden, daß ich einem zerbrochenen Krug so viel Bedeutung beimesse, ich weiß schon, du brauchst es mir nicht zu sagen: Ein Krug ist ein Ding wie jedes andere, man darf ihm nur die Bedeutung zugestehen, die er hat, mehr nicht, ich weiß, ein Krug, ein Kleid, ein Fächer, ein Tisch, ein Fleck an der Wand, nur Dinge, weiter nichts! aber haben die Dinge nicht auch eine Bestimmung, was meinst du? ja, so muß es sein, die Dinge teilen uns etwas mit, machen in ihrer Gesamtheit die Welt aus, und außerdem, wie stünden die Dinge schon für den Menschen ohne Dinge? sag, wie stünden ohne Dinge schon die Dinge für die Welt? dank der Dinge weiß man, wo man steht und wohin man geht, ebenso woher man kommt, mir war auf einmal klar, daß der zerbrochene Krug wichtig für mich war, und doch war mir nicht klar, warum, da wurde mir bewußt: Verlieren auf der Welt die Dinge an Bedeutung, verliert auch die Welt selbst an Bedeutung, man hat nichts mehr in ihr zu schaffen, der Krug ging entzwei, ich weinte, mir war bewußt, daß es wichtig für mich war, hatte jedoch vergessen, warum, ich wollte mir Emilio in Erinnerung rufen, meinen Mann, und das Ergebnis war: ich fand ein Foto von Lucio, meinem Sohn, und hielt es für ein Foto seines Vaters, und weißt du, was diese Verwechslung bedeutet? würde es sich bei dem Vorfall mit dem Krug nur um den Krug drehen, na schön, dann wäre es egal, aber das eigentlich Schlimme ist, zerbricht ein Krug, geht noch ganz anderes mit ihm in die Brüche.

Vor ein paar Nächten hat Irene geträumt, sie wäre wieder im alten Häuschen an der Lagune, in dessen Garten ein buschiger Chirimoyastrauch wuchs. Das altersschwache Vorhäuschen war bereits eingefallen, und Risse zogen sich durch die Holzbalken. An die hundert Jahre alt mußte das Haus sein. Sie schliefen alle in einem Zimmer. Der Vater sagte, Ich schlafe doch nicht mehr, er setzte sich in einen Sessel und stützte den Kopf in die Hände, Und morgen, was machen wir morgen? Die Mutter, bemüht, Zuversicht auszustrahlen, stand ebenfalls auf und machte sich daran, die Süßkartoffeln zu schälen, aus denen ihr Mittagessen bestehen würde. Sie erwiderte, Gott drückt zwar hart zu, doch ersticken läßt er einen nicht. Der Vater sagte, Ich kratze mühselig mein Geld durch Ackerbau zusammen. Irene war glücklich. Im Traum litten sie Hunger und hatten nichts anzuziehen. Sie erhoben sich von ihrem Lager, setzten sich auf in Glanzpapier geschlagene Bierkisten und machten sich daran, Streichholzschachteln zu basteln, die als Rumbatänzerinnen kostümierte Mannequins zeigten. Irene blickte nach oben und sah durch die Dachbalken hindurch den sternenbedeckten Himmel. Dennoch war sie glücklich. Es war Weihnachten. Die Holzwände waren mit Kalk getüncht. Schließlich setzten sie sich an den Tisch, um Mandelbrot und Schweinefleisch zu essen. Sie sang ein Weihnachtslied (sie weiß nicht mehr, welches), spülte die Gläser und Teller. Die Mutter legte die Tischdecke auf. Eine traumhafte, grüne Tischdecke mit Sonnenblumen. Und sogleich, wie es in Träumen zu geschehen pflegt, war der Tisch gedeckt. Die ganze Familie saß um ihn herum. Außer Irene, die mit einem Tablett ankam, das sie ohne aufzublicken trug, glücklich, das leere Tablett anzuschauen. Ohne daß sie das Tablett in die Tischmitte gestellt hätte, stand es auf einmal dort, und sie sah sich selbst am Tisch sitzen. Sie wußte nicht, warum so tiefes Schweigen herrschte. Sie blickte auf und sah ihre Schwester, die kein Gesicht hatte. Das Gesicht ihrer Schwester war ein Fleck ohne

Augen, ohne Nase, ohne Lippen. Und das Gesicht des Vaters, auch nur ein Fleck. Und die Mutter, ein weiterer Fleck. Da brach sie in Tränen aus. Die anderen lachten ihr lippenloses Lachen. Irene lief hinaus. Sie befand sich auf einem Friedhof. Sie hätte nicht erklären können, woher sie wußte, daß es ein Friedhof war. Es gab keine Gräber dort, sondern eine Müllgrube. Sie setzte einen Fuß hinein, versank im Müll, im Morast, in diesem unerträglichen Pestgestank.

Im Augenblick, in dem die Erinnerungen erlöschen, in genau diesem Augenblick tritt eine weibliche Figur, deren Name Irene ist und die gerade einen verwundeten jungen Mann gepflegt hat, vor die Tür und gießt die Blumen. Es ist ein Oktoberabend. Wir überlassen sie ihrem Tun. (Für den Augenblick.)

Draußen sind Leute, bemerkt Sandokan. Rolo nickt. Seit einer Weile schon waren durch das Heulen des Windes hindurch Wortfetzen, Satzstummel zu ihnen gedrungen. Rolo erklärt, So ist die Insel nun mal. Sandokan erwidert nichts. Er liegt im Bett, halb vom heimtückischen Laken verborgen. Wieder und wieder läßt er seine Augen durchs Zimmer wandern, mit einem Ausdruck, der ebenso verschmitzt wie einfältig sein kann. Rolo wirft ihm ab und an einen Seitenblick zu, indem er flüchtig vom Buch über Fra Angelico aufblickt, das er anzuschauen vorgibt und doch nicht anschaut, denn vor ihm schweben nur die Augen Sandokans, kaum eine Stunde ist es her, daß er seinen Arm gepackt, ihn gedrückt und tyrannischsanft gedrängt hatte, Los, zieh dich aus. Dem Anschein nach betrachtet er den goldenen Heiligenschein, die Flügel und das Engelsgewand in der *Verkündigung an Maria*, aber in Wirklichkeit sieht er wieder vor sich, wie Sandokan sich auszieht und dabei energisch an den Knöpfen des Hemdes reißt, das sanft zögernd zu Boden gleitet. Die Hände der Jungfrau falten sich außergewöhnlich zart über der Brust, doch er hat Sandokans große, kräftige Männerhände vor sich, mit denen er sich selbst streichelt. Beim Blättern stößt er auf einen Bildausschnitt aus der *Verkündigung an Maria*: Adam und Eva aus dem Paradies vertrieben. Aus dem dunklen Blau des Himmels scheint ihm erneut die weiße Haut des Jungen entgegen, von geradezu maßloser Makellosigkeit, der Körper von vollkommenem Ebenmaß. Seine Nacktheit hatte ihn schon im voraus vor Lust schaudern lassen. Er verweilt bei einer Abbildung der *Marienkrönung* und muß daran denken, wie er sich hinuntergebeugt hatte, um die rosa Brustwarzen zu küssen, diese prallen Brustwarzen, muß daran denken, wie er mit beiden Händen gleichzeitig seine Hüften gedrückt hatte. Wie herrlich ist das Profil der Jungfrau gestaltet, sagt er sich, vielleicht um sich zu rechtfertigen, daß er in diesem Moment erneut im Geiste vor sich hat, wie er im Bett liegt, mit diesem wilden Mann über sich. Sandokan mustert ihn mit Augen, die verschmitzt und einfältig erscheinen, ohne ein Wort zu sagen. Rolo schaut auf, um ihn nackt zu sehen (das mit dem Laken war nur eine Beschönigung). Das Fresko der *Marienkrönung* im Kloster von San Marco ist in Farben von beeindruckender Zartheit gehalten, dennoch sieht er nur Sandokans Schenkel. Wundervoll sind die Kleiderstoffe des Christus und der Jungfrau ausgeführt, in überraschendem Weiß, aber Rolo sieht nur, wie weiß die Haut seines Geliebten ist. Wie großartig wirkt das Fresko der *Verklärung*: Doch er sieht sich wieder an Sandokans triumphierendem Gemächt lecken. Er blättert um und gelangt in dem Moment zur *Kreuzigung*, in dem der Junge sich auf ihn wirft und gewaltsam in ihn eindringt, Rolo hatte geklagt, aber die Beine geöffnet, hatte es voll Ergebung, voll Lust mit sich geschehen lassen, auch er schwitzend, seinen Schweiß mit dem Sandokans vermischend, der ihm eine Lust bereitete, die ihm Tränen in die Augen trieb. Er empfand etwas, das er seit langem nicht mehr empfunden hatte, war die Welt stehengeblieben? Wundervoll ist dieser Ausschnitt aus der *Verklärung*, bemerkt er im Tonfall des Kenners, wirklich, dieser Fra Angelico …

Er stößt die Tür zu Eleusis auf. Helena hat ihn geschickt, um Onkel Rolo zu suchen. Vorhin hatte Helena das Öllämpchen vor der heiligen Barbara angezündet, sich zu Sebastián umgedreht und ihm aufgetragen, Geh zu Rolo (sie nennt ihn natürlich nicht Onkel) und sag ihm, er soll schnellstens herkommen, ich muß mit ihm reden. Und Sebastián weiß, daß sie wütend ist. Er soll alles stehen- und liegenlassen, betont sie noch ausdrücklich, so schnell wie möglich soll er kommen. Und Sebastián braucht niemandem zu sagen, wie stinksauer Helena sein muß, denn obwohl ihr Gesicht wie immer aussieht, ihre Stimme wie immer klingt, ihre Miene so heiter wie immer leuchtet, ist etwas an ihr, das sie verrät und all das in anderem Licht erscheinen läßt. Das weiß natürlich nur Sebastián. Und er erzählt es niemandem (schon gar nicht Helena), daß er sie inzwischen so gut kennt. Etwas Böses wird geschehen, und Sebastián weiß, daß er schlechte Nachrichten überbringt, als er die Tür zum Buchladen Eleusis aufstößt.

Die Türglocke verrät ihn. Wäre dies ein Tag wie jeder andere, hätte der Onkel beim Läuten mit einem freundlichen Lächeln, einem Guten Morgen oder Guten Tag (je nachdem), einem förmlichen Kopfnicken und einem schmeichelnden Womit-kann-ich-Dienen zwischen den Bücherstapeln hervorgeschaut. Jetzt läutet die Türglocke zwar, aber der Onkel erscheint nicht. Sebastián rüttelt mehrmals an der Tür, damit die Glocken tüchtig läuten. Da der Onkel immer noch nicht erscheint, schließt er sie ganz vorsichtig, damit die Glocken nicht mehr lärmen, und schiebt den Riegel vor.

Der kleine Raum, etwas kleiner als sein Zimmer, wie Sebastián scheint, ist bis zur Decke mit Büchern angefüllt. Vielleicht ist der Raum gar nicht so klein, und die Überfülle an Büchern macht ihn nur winziger, als er ist. In dem kleinen Laden drängen sich Tausende und Abertausende von Büchern, Berge von Büchern, Stapel von Büchern, die sich schlangenartig gefährlich schwankend in die Höhe winden, Borde biegen sich unter dem Gewicht, Körbe laufen über, Kisten, so vollgestopft, daß kein Gott sie mehr von der Stelle bewegen könnte. Die Bücher lassen ein paar enge Gänge frei, durch die man sich fast seitlich hindurchzwängen muß. Die Wände sind gar nicht mehr zu sehen, es ist unmöglich festzustellen, welche Farbe die Buchladenwände haben, bisweilen ahnt man, daß dort Bilder hängen, weil zwischen zwei Stapeln eine Rahmenecke oder ein Stückchen bemalte Leinwand hervorblitzt, die Bilder selbst sind jedoch nicht zu sehen, verbergen sich hinter den Büchern. In dem Chaos hier, wiederholt der Onkel gerne, regiert eine höhere Ordnung, hinter dem scheinbaren Mangel an Logik steckt ein aristotelischer Geist. Auch wenn die meisten nicht verstehen, was er damit sagen will, hat der Onkel doch den Ruf, daß man ihn nach jedem beliebigen Titel fragen kann, sei er noch so ausgefallen, und ohne zweimal zu überlegen, weiß er, ob er ihn hat oder nicht, und wenn er vorrätig ist, greift er zielsicher danach, ohne auch nur zu zaudern, denn die Bücher haben Stimmen, erklärt Rolo, und ich besitze als einziger die Gabe, sie zu hören.

Gegenüber der Eingangstür stapeln sich die kubanischen Zeitschriften, von *Bohemia* bis *Vanidades*, eingeschlossen *Carteles* und die Gesamtausgaben von *Orígenes* und *Ciclón*, die niemand kauft. Dann folgen Zeitschriften aus Frankreich, Amerika, England, Mexiko, Argentinien (*Sur*, meine Herrschaften, nicht mehr und nicht weniger als *Sur*, also die platonische Idee der Zeitschrift an sich). Zeitschriften aus aller Welt und für alle Geschmacksrichtungen, angefangen bei Zeitschriften über den Schiffsbau bis zu Zeitschriften über das Leben des exilierten (und somit geadelten) russischen Adels. Religiöse Zeitschriften, katholische und nicht katholische, japanische Zeitschriften, die Zen-Weisheiten verbreiten (diese orientalische Mode haben wir den vergeistigten Seiten der Brüder Goncourt mit ihrem ausgesuchten Geschmack zu verdanken, merkt euch das), okkultistische Zeitschriften (Schopenhauer war, wie Mallarmé, ein kultivierter und kein okkulter Orientalist), Zeitschriften für Opernsänger (genau, Casta Diva, für Opernsänger, darin ist zu lesen, daß es noch nie eine *Norma* wie Maria Callas gegeben hat und geben wird, daß sie für die Oper ist, was Christus für die Geschichte war: *vor* und *nach*, verstehst du?), Zeitschriften für Gärtner (für Gärtner, Irene), für Rechtsanwälte und Kriminelle (hier werde ich keine Namen nennen, den Schuh soll sich jeder selbst anziehen ...). Wie ein katholischer Priester, der über die Kulte von Delphi spricht, beklagt Rolo sich mit größter Verachtung darüber, daß er Zeitschriften verkaufen muß, Ihr habt ja keinen Begriff davon, ruft er aus, während er im Sessel schaukelt, daß ich mich damit zum Komplizen der Oberflächlichkeit und Mystifizierung mache, ihr habt ja keinen Begriff davon (fährt er in Schulmeisterpose fort), daß die Zeitschriften (Victoria Ocampo möge mir verzeihen) ein Ozean der Kultur von nur einem Fingerbreit Tiefe sind, und er macht eine Pause, um dem Gesagten noch mit einer theatralischen Geste der Ohnmacht Nachdruck zu verleihen, Man muß den Tatsachen ins Auge sehen, meine Lieben, unsere Zeit ist rettungslos verloren, es ist die Zeit des Seichten, Substanzlosen, die Zeit der Hochstapelei, das Übel unseres Jahrhunderts ist nicht mehr der Überdruß (*hélas*, der Überdruß ist eine Empfindung für Genies), sondern die Eitelkeit, unser Jahrhundert steckt in einem Sumpf von Zeitschriften fest, durch die unsere Zeit gebildet erscheinen will, obwohl es doch in Wirklichkeit eine rohe, dumme Zeit ist, in der der Idiot regiert und der Philosoph Schuhe putzt *(Überleitung)*, aber was kann ich schon tun, ich lenke nicht das geistige Schicksal des zwanzigsten Jahrhunderts, ich bin nur ein bescheidener Buchhändler, und als solcher kann ich mich nur bemühen, so anständig wie möglich meine Zechinen zusammenzukratzen, ich bin nur dazu da, die Lektüregelüste der anderen zu befriedigen, jedem sein Leben, jedem seine Dummheit, ich bin weder Polizist noch religiöser Erneuerer, und außerdem *(kurze Pause; anderer Tonfall)* besser, die Leute lesen Zeitschriften als überhaupt nicht: Besser den Spatz in der Hand als die Taube auf dem Dach.

Sebastián weiß nicht weiter vor dieser Zeitschriftenwand und bemerkt, daß in einem Regal zur Rechten, gleich hinter der chaotischen, umstrittenen Präsenz der Zeitschriften, ganze Borde von allen nur erdenklichen Comics angefüllt sind, von *Prinz Eisenherz* bis zu *Little Lulu*. Dort sind auch die Science-fiction-Romane (Ray Bradbury, Sebastián, merke dir diesen Namen, Ray Bradbury) in einem Regal an der Wand zum Hauptgebäude, das heißt zur Wohnung des Onkels. Biegt man erneut nach rechts, finden sich gegenüber von Zeitschriften und Comics an der Wand zur Bahnstraße sämtliche Krimis versammelt (die würdige keines Blicks, Junge, was auch immer der große Alfonso Reyes sagen mag), in Billigausgaben, Raubdrucke aus Bogotá und Buenos Aires. Als Sebastián diesen Bereich zur Genüge inspiziert hat, stößt er auf allerlei Ratgeber über Kochen, Mode, Make-up, Möbel und Innendekoration, auf Bücher für Landwirte und Gärtner, für Veterinäre und Elektriker. Und weiter hinten, die Schulbücher: Baldors *Mathematik*, Ledóns *Chemie*, die *Spanische Grammatik* von Amado Alonso und Pedro Henríquez Ureña *(ein entzückter Seufzer von seiten des Onkels)*, Gayol Fernández' *Literaturtheorie* (der ist noch provinzieller als wir: Er lebt in Sagua la Grande), Leonardo Zorzano Jorríns Englischbücher (halt dich nicht weiter damit auf, um kläffen zu lernen, muß man nicht erst diese Wälzer lesen). Dann kommen die Kunstbücher, die berühmtesten Gemäldegalerien der Welt (in einer Stunde kannst du durch den Louvre oder das Metropolitan Museum in New York wandern), schöne, majestätische Bände mit Abbildungen in Prägedruck und gotischer Schrift. Der Weg endet vor etwas, das eine verstellte Tür zu sein scheint, ein Schild verkündet in der unverwechselbaren Handschrift des Onkels MEHRERE JAHRHUNDERTE DES WISSENS Es sind Enzyklopädien, kritische Abhandlungen und Essays. Dort riecht es nach Staub und altem Papier, Dunstwolken einer anderen Zeit entströmen den düsteren Buchrücken, fast alle in Weinrot, auf denen sich unleserliche Namen abheben (der zu Unrecht verachtete Sainte-Beuve, der Positivist Taine, Lord Macaulay, den ich in meiner

Jugend so ausgiebig gelesen habe und mit dem ich heute nichts mehr anfangen kann). Der Geruch verfliegt, als Sebastián sich ein wenig nach rechts wendet und ein riesiges Regal entdeckt, in dem sich das Wort THEATER in tausenderlei Gestalt und Größe auf fröhlichen, bunten Buchrücken wiederholt, Sebastián muß an einen gewaltigen Kronleuchter denken, an einen schweren, braunen Samtvorhang, an die schwindelerregende Trinkliedszene in der Aufführung von *La Traviata*, zu der Casta Diva sie mitgenommen hatte, Tingo und ihn, die arme Frau hatte an dem Abend gar nicht mehr zu weinen aufgehört. Der Geruch, der Sebastián vor diesem Bücherregal in die Nase steigt, gleicht dem jener Nacht im Theater, ein undefinierbarer Geruch, ein Parfum aus tausend verschiedenen Parfums, ein Geruch von Brokat und gestrichenem Holz, ein Geruch, den er nirgendwo sonst hatte entdecken können, obwohl er in den verstecktesten Winkeln der Insel danach gesucht hatte. Nun muß er einen kleinen Bogen schlagen, um nicht gegen einen massigen Holzsockel zu stoßen, auf dem die Büste eines dikken Herrn thront, fast kahl, mit riesigem, spitz auslaufendem Schnurrbart und pupillenlosem Blick. Der Name auf dem Sockel läßt sich kaum buchstabieren (Flaubert, Kind, Flaubert, hätte es ihn nicht gegeben, was wäre dann wohl aus dem modernen Roman geworden?), und weiter oben, an einem Stückchen freier Wand, die Maske eines Toten mit geschlossenen Augen (auf die Knie, das ist Proust, der göttliche Marcel, lest Proust, und ins Feuer mit dem Rest!). Als er zum anderen Ende hinübergeht, hat er auf einmal das Gefühl, sich inmitten der Insel zu befinden, in dieser Nacht der Windböen, denn nun weht auch noch der Duft nach Laub und nassem Holz zu ihm herüber sowie der herrliche Geruch nach frisch vom Sprühregen benetzter Erde. Die Bände in den Regalen hier sind groß, schwer und prächtig, wirken nicht so fragil wie jene, auf denen THEATER zu lesen war, wirken vielmehr wie Bücher, die für die Ewigkeit dort stehen und die niemand anzurühren wagt. Sebastián geht das lange Regal ab, das mit starken Eisenstangen in Boden und Decke verankert ist, streift über die Bücher, versucht die unmöglichen Namen zu entziffern, Namen, die keinesfalls zu Wesen aus Fleisch und Blut gehört haben können. Und er zieht sich einen schweren Band heraus, von einem gewissen Thackeray, als ihm durch einen Lichtreflex die Registrierkasse ins Auge fällt.

Golden glänzend, mit Spiralen, die sich rollen und entrollen, einem weißen Blechschild in Form einer Krone und schwarzen Nummern auf den abgenutzten Tasten, thront sie auf einem hohen Tisch, der in einen dunklen Stoff mit Weihnachtssternblüten geschlagen ist. Sebastián tritt näher, vielleicht vom Lichtreflex angezogen, der von der Deckenlampe auf die Bronze fällt. Das zögerliche Deckenlicht rieselt von einer nackten Glühbirne, die an einem langen, fliegenverklebten Draht baumelt, vervielfältigt und verstärkt sich auf der blanken Registrierkasse, so daß es eigentlich von dort auszustrahlen scheint, um sich in der Glühbirne zu reflektieren. Sebastián fährt mit der Hand über die Bronze, ohne den Zusammenhang zwischen den Büchern und diesem Apparat zu begreifen, denn Registrierkassen kennt er nur aus Lebensmittelladen und Haushaltswarengeschäft, aus Apotheke und Reinigung, aber niemals hätte er sie in Beziehung zu Büchern gebracht. Gerade will Sebastián den Hebel seitlich neben den schwarzen Tasten berühren, als Stimmen ihn innehalten lassen.

Es läßt sich nicht genau feststellen, woher die Stimmen kommen. Wahrscheinlich aus der Wohnung des Onkels, denn die Tür, die Wohnung und Buchhandlung verbindet, befindet sich nur ein paar Schritte entfernt am Ende des langen Regals mit den großen, schweren Prachtbänden. Sebastián muß nicht zweimal überlegen, um sich unter dem Tisch der Registrierkasse zu verstecken, hinter dem dunklen Stoff mit den Weihnachtssternen. Auf einmal verstummen die Stimmen, und quietschend öffnet sich eine Tür. Schritte. Sebastián sieht zuerst ein Paar blitzblanker, zweifarbiger Spectator-Schuhe, richtige Gatsby-Schuhe, gefolgt von den orthopädischen Tretern des Onkels. Die Gatsbys stemmen sich in einigem Abstand zueinander fest, beinahe energisch in den Boden. Einer von ihnen, der weiter entfernt von Sebastián steht, schwingt sich einen Augenblick in die Höhe und fällt dann wieder mit einem Stampfen zu Boden. Die Treter des Onkels stehen eng beieinander, die Spitzen lächerlich nach oben gebogen. Geh nicht, sagt der Onkel, und die Treter machen ein paar Schritte auf das andere Paar zu, das zurückweicht. Derselbe Gatsby stampft erneut auf. Bitte, geh jetzt nicht. Die Gatsbys drehen sich um und machen ein paar Schritte vorwärts. Die Treter des Onkels weichen ein wenig zurück. Warte, die Stimme des Onkels ist kaum wiederzuerkennen, so flehend ist sie. Ein Lachen erklingt, das von den Gatsbys zu kommen scheint, die nun einen Tanzschritt vollführen. Die vier Schuhe verharren schließlich regungslos, und das Schweigen ist der Wind in der Nacht. Dann drehen sich die Treter des Onkels mit den lächerlichen Himmelfahrtsspitzen, bis sie genau ihm gegenüber stehenbleiben. Das Klingeln der Registrierkasse, wieder das Lachen und der Tanzschritt der Gatsbys, die tänzelnd näher kommen. Nun stehen die vier Schuhe eng beieinander.

Bevor sie sich wieder voneinander entfernen, erklingt ein Kuß und die Stimme des schönen, jungen Sandokan, Tschüs, Alter, ich komme morgen oder übermorgen wieder vorbei, irgendwann halt, warte nicht auf mich, leb wohl!

Die Buchhandlung liegt wieder verlassen da. Die Treter haben die Gatsbys verabschiedet, sind schleppend zurückgekehrt, wie gegen ihren Willen, haben einen Moment vor der Registrierkasse innegehalten, sind dann zwischen den Büchern auf und ab gegangen, mal hier, mal dort stehengeblieben, unschlüssig, müde oder traurig, und schließlich durch die Tür verschwunden, die Buchhandlung und Haus verbindet. Er bleibt schweigend unter der Registrierkasse sitzen und läßt etwas Zeit verstreichen, eine lange Pause der Stille, und als draußen nur noch der Wind wirbelt, kriecht er wieder hervor, lauscht an der Tür des Onkels und hört ein entferntes Husten. Eigentlich muß er nach Hause, seine Mutter wartet auf ihn, streng wie immer. Was hast du so lange getrieben, daß mir das nicht noch mal vorkommt, er sieht ihr weißes Gesicht, das die Waffe seines Blicks schwenkt, gegen den niemand ankommt. Nein, Sebastián geht nicht. Es ist schwierig, der Versuchung zu widerstehen, die Buchhandlung zu Ende zu besichtigen. Der Weg wird jetzt noch verworrener und verheißungsvoller. Er muß einen Bogen schlagen, um der sich schlängelnden Gasse zu folgen, die sich mit immer größerer Mühe durch die Bücher bahnt. Er kommt an mehreren Weidenkörben vorbei, vollgestopft mit Bänden, bis er zu einem Schild mit der Aufschrift GOTT EXISTIERT: ES IST DER TEUFEL gelangt, dann stößt er auf die Büste einer gewissen Gertrudis Gómez de Avellaneda, bevor er zu einem kleinen Raum vordringt, einem Alkoven, in dem er besonders schöne, wohlgeordnete, elegante Bücher entdeckt. Hier sind die Wände weiß getüncht, die Regale blitzblank, außerdem sieht er dort ein Weihrauchfaß und das Porträt einer Frau, die auf einer Veranda ermattet in einem Sessel lehnt, im Hintergrund das Meer. Es riecht nach Kirche in dem Alkoven. Auf dem Boden ein blauer Teppich.

Eine seltsame Lust. Eine unerklärliche Lust schüttelt ihn, nimmt ihm den Atem, zwingt ihn, die Augen zu schließen. Eine grundlose Lust. Eine verwirrende Ahnung vielleicht. Vielleicht als würde ihm im nächsten Moment ein Geheimnis offenbart werden. Vielleicht die Freude des Entdeckers angesichts eines neuen Kontinents. Vielleicht die Erkenntnis, daß ein Traum kein Traum sein muß. Vielleicht als würde vieles sich nun zu einer Ordnung fügen, ohne daß er wüßte, was. Vielleicht die Vorahnung von etwas Großem, Überraschendem. Vielleicht ein Licht. Vielleicht nichts. Vielleicht. Oder auch viel simpler: die größte aller Freuden. Ja, die größte, denn sie scheint weder Gegenstand noch Gestalt, weder Grund noch Zweck zu haben.

Mit geschlossenen Augen fährt er über die Buchrücken. Sie sind aus Leder und lassen sich streicheln. Die Hände halten willkürlich bei einem Band inne: Er fühlt sich nicht außergewöhnlich an; seine Hände ziehen ihn behutsam hervor und lassen ihn in der Hose verschwinden, im Gürtel, unter dem Holzfällerhemd. Die Hände wie zwei fremde Wesen. Er schlägt die Augen auf. Macht ein paar Schritte vorwärts, leise, unterstützt von seinem Komplizen, dem Teppich.

Der blaue Teppich kann eine Unebenheit im Boden nicht verdecken. Sebastián bückt sich, hebt den dicken Stoff an. Darunter eine hölzerne Falltür. Im Fußboden, ohne Schloß: eine Falltür. Er zögert und wagt es: Er hebt sie an. Sie wiegt nicht schwer. Im Rechteck, das sich im Boden auf einen Brunnen der Dunkelheit öffnet, führt eine Treppe hinab. Sebastián macht sich an den Abstieg. Ihm ist, als müsse er sich beeilen: Er hat Angst vor dem Feuer, das die Insel verheert. Ihm scheint, er würde Stimmen hören, glaubt, sie wirklich zu hören, doch auf einmal wird ihm bewußt, daß seine Gedanken eine wahrhaftige, vom Willen unabhängige Klangfülle erreicht haben. Dann ... Halt! Was für ein Feuer verheert die Insel?

Nah, gefährlich, die Stimme des Onkels, ein Bariton, betrübt. Dunkle Schmerzen in den Muskeln und tiefe Trauer in der Seele, sagt er.

Da Rolo Sandokan ein Paar neue Schuhe geschenkt hat, ein paar Spectator-Schuhe, hat Sandokan seine Cowboystiefel bei Rolo zurückgelassen. Rolo riecht an den Stiefeln. Niemand, der auch nur den kleinsten Funken von Sensibilität besitzt, könnte daran zweifeln, daß der Fußschweiß eines schönen Mannes das teuerste Pariser Parfum übertrifft. Rolo riecht an den Stiefeln und fährt mit der Zunge ins (gelbfleckige) Innere. Wer ihn dabei überrascht, dem würde Rolo erklären, Kein Grund zu Beunruhigung, ich bin wie Émile Zola. Dann geht er zum Schrein mit dem Christus und dem Bild der Schmerzensmutter, stellt die Stiefel und eine Vase mit Blumen daneben.

Ein Poltern war zu hören. Dann noch eins, stärker diesmal. Schwer zu sagen, ob es ein Donnern war. Beim dritten Gepolter zersprangen die Fensterscheiben. Beim vierten kam ein Stück Decke herunter, und die Vase in der Tischmitte sauste pfeilschnell hinunter und zerscherbte auf dem Boden.

Helena schenkt Limonade in beide Gläser und setzt sich Rolo gegenüber. Sag mal, Bruder, hast du schon mal Angst gehabt? Rolo probiert die Limonade, Süß, kalt, vorzüglich, er fächelt sich mit einem Palmwedel Luft zu und wiegt sich im Schaukelstuhl. Was glaubst du denn, Schwesterchen? Helena lächelt beunruhigt.

Dann folgten Schüsse, Polizeisirenen, Schüsse. Die Bilder an der Wand rauschten zu Boden. Helena dachte zuerst an Sebastián, obwohl er zum Glück nicht in seinem Zimmer war. Ihr schien, die Erde würde beben und auch sie könnte jeden Moment in sich zusammenfallen. Unter der Wohnzimmertür begannen Flammen zu lecken, die geschwind zu einem lodernden Feuer anwuchsen.

Ich weiß nicht, manchmal denke ich … die Angst … Sie verstummt. Helena ist erschrocken. Rolo versucht, das Schweigen mit einer geistreichen Bemerkung aufzulockern, die seine Schwester zum Lachen bringen soll, aber ihm fällt nur ein, von der Limonade zu trinken, sich zuzufächeln, zu schweigen und selbst zu erschrecken.

Sie lief, so schnell sie konnte, durch die lodernde Tür auf die Insel hinaus. Sie lief nicht auf die Insel hinaus. Es gab keine Insel. Bäume, Farn und Blumen waren verschwunden. Die Statuen zerbarsten. Sie meinte, Chavito in einer Ecke weinen zu sehen, die Katzen Buva und Pecu fest an sich gedrückt, aber als sie näher kam, fand sie nur Trümmer dort. Die Insel glich einer Wüste. Schreiend lief Irene an ihr vorbei. Helena wollte sie aufhalten, aber schon war sie vorüber. Wo ist Sebastián, wo ist mein Sohn? Sie wollte nach ihm rufen, konnte aber nicht.

Ist die Limonade auch süß genug? Ich mag sie so, wie sie ist, ich trinke sie gern sauer, damit sie auch nach Limonen schmeckt, nur so kann man sich auf dieser Insel noch die Kehle erfrischen. Diese Limonen haben einen ganz eigenen Geschmack. Merk dir: Je kleiner und gelber, desto besser sind die Limonen. Die großen sind gepfropft, die kleinen naturbelassen. Willst du damit sagen, daß das Natürliche besser ist als das Künstliche? Nun dreh mir doch nicht das Wort im Mund um, Rolo, ich will einfach nur sagen, daß die kleinen, gelben Limonen besser schmecken als die großen, grünen, nichts weiter.

Der Brunnen fiel samt Knaben mit Gans in sich zusammen, verwandelte sich in einen tiefen Brunnenschacht, über dem Melissa lächelnd schwebte und rief: Das ist die neue Welt. Helena wollte auf die Bahnstraße hinaus. Sie fand den Apoll vom Belvedere nicht, fand weder den Vorhof noch das Gittertor, geschweige denn die Straße. So weit das Auge reichte, nur endloses Ödland. Sie spürte, wie sie jemand am Arm packte. Ohne zu wissen, wie, sah sie sich auf einmal in einen langgestreckten Raum versetzt, wo überall von Pfeilen durchbohrte Leichen lagen.

Kannst du dir vorstellen, was aus uns ausgedörrten Kindern dieser Insel ohne Limonade und Palmwedel werden soll?

Ohne Hängematte und Tamarindensaft? Ohne Vorhäuschen und Sessel? Ohne Sandalen und Baumwollstoffe? Ohne Fenster und Bier? Ohne Wasser, viel Wasser, Unmengen von Wasser? Ohne Deodorants und Regengüsse? Ohne Januar und Februar? Kannst du dir vorstellen, Rolo, was aus uns werden soll, wenn wir eines Tages jedes einzelne dieser erbärmlichen Güter verlieren, mit denen Gott uns entschädigen wollte?

Den Leichen steckten noch die Pfeile im Leib. Sie suchte ihren Sohn. Ihr einziger Gedanke war nur noch, ihren Sohn zu finden. Sebastián tauchte jedoch nie wieder auf. Die Gesichter der Leichen konnte man sowieso nicht erkennen. Eine maskierte Alte reichte ihr eine Maske und sagte, Da, nimm, Mädchen, das ist ein unerläßliches Requisit, um in den kommenden Zeiten zu überleben.

Eine Maske? Eine Maske, ja. Helena trinkt auf einen Zug ihre Limonade aus. Willst du noch welche? Nein, Schwesterchen, ich will, daß du dich beruhigst, Träume sind Schäume. Weißt du, Rolo, manchmal frage ich mich, wozu sind, verdammt noch mal, die Alpträume gut?

Da hängt der Spiegel, groß, rechteckig, mit seinem schwarz angelaufenen Mahagonirahmen, dem geschliffenen Glas, am angestammten Platz an der nackten Ziegelwand gegenüber der Tür. Bis vor kurzem hatte Casta Diva beim Betreten des Schlafzimmers noch gedacht, er würde dem Raum mehr Tiefe verleihen, wäre ein Tor zu weitläufigeren Regionen. Das ist nun vorbei. Vor ein paar Tagen hat sie ihn mit einem schwarzen Tuch verhängt und tritt nun wieder in einen ungeschickten Raum, der nicht mehr als drei Meter in der Länge und vier in der Breite mißt. So ist es besser, denkt sie. Doch bisweilen überfällt sie das Verlangen, das Tuch anzuheben. Es gelingt ihr, sich zu beherrschen, sie bleibt im Bett neben Chacho liegen und hört Tatina atmen, wartet auf etwas, von dem sie nicht weiß, was es ist, oder lauscht nur auf die Wirrnis, die von der Insel zu ihr dringt. Vor ein paar Nächten war sie müde ins Schlafzimmer gekommen, nach einem müßigen Spaziergang an den Blumenbeeten vorbei, zwischen den plumpen Statuen, hatte sich gesagt, Nichts ermüdet mehr als müßige Spaziergänge, und war direkt zum Spiegel getreten. Sie haßte den Spiegel, haßte es, sich in ihm zu betrachten; vielleicht faszinierte er sie gerade deshalb so. Es war eine Art Widerwille, der sie in seinen Bann zog. Sie verabscheute die immer deutlicheren Vorboten des Alters, die drohenden Falten, die sich bis jetzt noch zart um Augen und Mund herum andeuteten. Um die Schwermut zu verscheuchen, die auf ihr lastete, nahm sie in Nächten wie dieser beim Schminken Zuflucht. Um sich fröhlich zu stimmen, trug sie weiße Grundlage auf, zog Augen und Brauen schwarz nach, malte den Mund schreiend rot an, vertiefte Nuancen, überdeckte Mängel und schuf immer andere Gesichter, die doch unvermeidlich auf das Gesicht dahinter verwiesen. Dann sang sie. Sie sang und sah sich dabei zu. Es machte sie nicht wirklich fröhlich, und was bedeutete es schon, fröhlich zu sein? In der Nacht nach dem müßigen Spaziergang betrachtete sich Casta Diva einen Augenblick im Spiegel, bevor sie zur Creme griff, und ihr schien, ihr Bild würde erst nach kurzer Verzögerung erscheinen. Als sie dann mit dem Schminken begann, hatte sie erneut den Eindruck, ihr Spiegelbild würde dies nur zaudernd, widerstrebend tun, und sogar als ihr Bild auf der anderen Seite exakt jede ihrer Bewegungen wiedergab, glaubte sie doch einen gewissen Widerwillen, etwas Gezwungenes, darin zu bemerken, als sie sich schließlich übertrieben geschminkt mit falscher Fröhlichkeit anlachte, blieb das andere Gesicht im Spiegel ernst, ja so ernst, hätte man meinen können, daß es schon fast an Unwillen grenzte.

Am nächsten Tag verließ sie das Haus nicht. Sie spürte, daß etwas geschehen war, hatte aber keine Ahnung, was. Sie wirtschaftete im Haus herum und sang (leise für sich, mit einer gewissen Scham). Sie wartete auf jemanden, der sie besuchen käme, mit ihr plauderte oder ihr etwas Süßes schenkte, doch niemand stellte sich ein. Die anderen erscheinen für gewöhnlich nur, wenn man sie nicht braucht, niemals umgekehrt, und so blieb das Türholz stumm. Das Gefühl der Leere trieb sie erneut dazu, sich im Spiegel zu betrachten. Der Spiegel brauchte diesmal noch länger, um ihr Bild zurückzuwerfen, und als schließlich die andere auftauchte, die sie selbst war, stand Spott in ihrem Gesicht geschrieben, so wollte es Casta Diva zumindest scheinen, ein leichtangedeutetes Lächeln, hochgezogene Augenbrauen, ein durchdringender, funkelnder Blick, der nicht nur intelligent war, sondern auch sarkastisch (wenn es überhaupt zulässig ist, zwischen Intelligenz und Sarkasmus zu unterscheiden). Worüber machst du dich lustig? fragte sie das Bild. Es bewegte nicht einmal die Lippen. Mißfällt dir etwas an mir? Die im Spiegel blieb unerschütterlich, wurde sogar ernst und schlug die Augen nieder, vielleicht aus Scham. Sie sagte, Du bist mein Ebenbild, es ist deine Aufgabe, alles wiederzugeben, was ich tue, mich bis zum Überdruß wiederzugeben, das ist deine Pflicht. Die andere zwinkerte nervös, blickte sie eine Sekunde lang an, um sich dann einen gespiegelten Sessel im Zimmer heranzuziehen, sich zu setzen und die

Hände vors Gesicht zu schlagen. (Muß erst gesagt werden, daß der wirkliche Sessel im Zimmer an seinem Platz blieb?) Weich mir nicht aus, schrie sie fast erbittert, du hast kein Recht dazu, mir auszuweichen. Das Spiegelbild antwortete mit einem Seufzer, erhob sich, ging zum Fenster hinüber und öffnete es auf die Insel hinaus. Casta Diva konnte sehen, wie es in den strahlenden Tag hinausschaute. (Muß erst gesagt werden, daß das wirkliche Fenster geschlossen blieb, und sie, die sich doch für die Rechtmäßige hielt, sich nicht von der Stelle rührte?) Sie trommelte gegen das Spiegelglas, rief, Du bist unwirklich, abscheulich und unwirklich. Obwohl das Bild ruhig blieb, wußte sie, daß es sie gehört hatte, etwas sagte ihr, daß es sie gehört haben mußte und Zorn in ihm aufgestiegen war. Die Vermutung wurde bestätigt, als das Spiegelbild den Geldbeutel vom Nachtschränkchen nahm und auf die Insel hinaustrat. (Muß erst gesagt werden, daß der wirkliche Geldbeutel weiterhin auf dem wirklichen Nachtschränkchen lag? Ist es müßig, darauf hinzuweisen, daß der Spiegel leer blieb?)

Tage später kehrte das Spiegelbild zurück. Du lagst neben Chacho, es war kurz vor Morgengrauen, natürlich warst du wach, horchtest auf Tatina, als du es im Spiegel auftauchen sahst, müder, gealtert, mit Augenringen, die Kleidung von Erde verschmutzt, Grashalme im Haar und eine solche Wildheit im Gesicht, daß es dich erschreckte. Du wolltest es dir nicht anmerken lassen. Weißt du, wie spät es ist? fragtest du und gabst Mißmut vor, Belustigung, Es ist mitten in der Nacht, Zeit zu schlafen, nicht da zu sein, auch die Spiegel haben ein Recht auf Ruhe. Während du sprachst, bemerktest du, daß die andere in der Hand den goldenen Brieföffner hielt, und unwillkürlich schautest du dich nach dem wirklichen Brieföffner um und fandest ihn nicht, da verstecktest du dich in einem Winkel; obwohl du den Spiegel nicht sehen konntest, wußtest du, daß die andere nach dir Ausschau hielt, und allein der Gedanke erleichterte dich, daß sie nicht aus dem Spiegel herauskonnte, daß ihr Platz unwiderruflich war und sie dazu verurteilt, Bild zu sein, nur dies gab dir genügend Mut, um das schwarze Tuch zu suchen und es über den Spiegel zu werfen.

Ein Poltern machte sie wach. Sie schaltete das Licht an. Das Zimmer bot ebenso wie die Nacht auf der Insel einen erstarrten, verlassenen Anblick. Nur mühsam begriff sie (begreift man immer so mühsam?), daß das Poltern aus dem Spiegel kam. Sie schlich sich heran, nahm das Tuch ab. Auf der anderen Seite warf das Spiegelbild Möbel, Krüge, Vasen, Lampen und Bilder gegen die Wände. Es tat dies mit sparsamen Bewegungen, fast ruhig. Dennoch war es offensichtlich, daß diese Bestimmtheit einen konzentrierten Zorn verbarg, die ärgste Wut, die Wut nämlich, die zu überlegen weiß. Mit der gleichen gewalttätigen Bedachtsamkeit begann es, mit der Stirn gegen die Wand zu schlagen. Mit erhobenen Fäusten. Ebenso trat es gegen die auf den Boden verstreuten Möbel. Es blickte zur Decke hoch, ohnmächtig vor Wut, sie nicht erreichen zu können. Es riß den Mund auf, als wollte es schreien. Doch kein Laut drang aus dem Spiegel. Dann hielt das Bild inne. Allem Anschein nach sah es sich eine Fotografie an, ja, Casta Diva glaubte ein Kinderfoto von sich zu erkennen, auf dem sie neben einem Vogelkäfig stand und über eine Baumlandschaft blickte. Sie ging zur Schreibtischschublade, suchte das Foto. Als sie damit zum Spiegel zurückkehrte, hatte sich ihr Bild fallen lassen und kniete nun auf dem Boden, die Fotografie noch in Händen. Sie sah, wie es die Fotografie drückte und knüllte, um dann sie, Casta Diva, anzuschauen, und es sang und weinte, das Spiegelbild, weinte, schüttelte den Kopf, sang, weinte, untröstlich, und Casta Diva hörte das Weinen und vor allem diese wundervolle Stimme, die sang *Addio, del passato bei sogni ridenti* … und sie sah, wie es sich wieder aufrichtete, immer noch weinend, immer noch singend, wie es den Brieföffner nahm, ihn drohend schwenkte.

Da hängt nun der Spiegel, der verhaßte Spiegel, groß, rechteckig, mit seinem schwarzangelaufenen Mahagonirahmen, dem geschliffenen Glas, am angestammten Platz an der nackten Ziegelwand gegenüber der Tür. Jetzt ist es kein Spiegel mehr: Ein schwarzes Tuch hindert ihn daran, seine Funktion zu erfüllen. Manchmal steht Casta Diva vom Bett auf (wo sich Chacho hingelegt hat, allem Anschein nach für alle Ewigkeit) und will das Tuch abnehmen. Die Neugier ist stärker als die Furcht, aber die Furcht ist hartnäckiger. Sie legt sich wieder hin. Sie hat mit dem Gedanken gespielt, Mercedes oder Irene zu rufen (beide haben den Spiegel bewundert), um ihnen zu sagen, Ihr könnt ihn mitnehmen, ich will das Zimmer neu einrichten, irgendeine Ausrede wird ihr schon einfallen, ihnen wird es letzten Endes einerlei sein, sie wollen nur den Spiegel. Aber etwas hindert sie, und keine Kleinigkeit, nichts Banales: daß sie merken könnten, daß ihr Spiegelbild seine eigenen Wege geht, während sie andere einschlägt, daß das Bild ihr nicht mehr gehorcht.

Es ist spät, eine träge, heiße Nacht. Das Zimmer ist dunkel; nicht so dunkel, daß die Möbel, die Bilder und das geschlossene Fenster, Tatina und Chacho, der verhängte Spiegel verschwinden würden. Sie schläft nicht. Kann nicht schlafen. Sie hat es mit Bittgebeten versucht, doch manchmal sind Bittgebete so müßig wie Spaziergänge durch die Insel. Das Schweigen verstärkt das Ticken der Uhr. Das Ticken der Uhr macht jede Sekunde zu einem Ereignis. Eine liebliche Sopranstimme ist zu hören *Ah, con tal morbo ogni speranza è morta …* Das schwarze Tuch des Spiegels lüftet sich langsam. Casta Diva preßt die Augen zusammen und versteckt den Kopf unter dem Kopfkissen. Laß es einen Traum sein, fleht sie, laß es einen Traum sein.

Hochgewachsen, elegant wie eine gefeierte Sängerin. Mercedes. Schön dazu. Um so schöner, wenn man sie mit Marta, ihrer Zwillingsschwester, vergleicht, entstellt von der Krankheit, die sie in ihrer Kindheit befallen hat. Mercedes dagegen sieht schön aus, ist nicht krank. Sie trägt Modeschmuck, Stöckelschuhe, Plisseeröcke, von Petticoats gebauscht. Das lange Haar hat einen zarten Ton, fast blond, während die Augen dunkel, tief, lebendig leuchten (auch hier drängt sich der Vergleich mit denen der Schwester auf, die aus Glas zu sein scheinen). Mercedes' Nase ist besser geformt als die von Chavitos Statuen. Ihr Mund, mag sein, ist nicht ganz so hübsch, vielleicht ist die Unterlippe etwas zu wulstig, aber in ihrem Lächeln kommt ihre ganze Gutherzigkeit zum Ausdruck. Es tut wohl, Mercedes über die Insel spazieren zu sehen, wenn sie vom Rathaus heimgekehrt ist. Jeder könnte meinen: Sie ist glücklich. Sie spaziert unter den Bäumen hindurch, zwischen Irenes Blumen, als gäbe es auf der ganzen Welt keinen Ort wie diese Insel, keinen Ort, der vollkommener wäre. Sie seufzt, lächelt und singt sogar ein Lied, fast immer *Aquellos ojos verdes de mirada serena en cuyas quietas aguas un día me miré …* Jene grünen

Augen mit dem heitren Blick, in deren stillem Wasser einst ich mich betrachtet ... niemand weiß, warum es ihr Lieblingslied ist. Wie ein paar Seiten zuvor erwähnt, kann sie vom fünften Stock des Rathauses aus, wo ihr Büro liegt, über Marianaos schwarze Dächer blicken, über den Obelisken, das Militärhospital, die Gebäude des Columbia-Lagers. Wie bereits gesagt, ist dies das einzig Angenehme an dem Büro: daß sie aus dem Fenster schauen kann. Da sie dort sechs Stunden lang eingesperrt hocken muß, begnügt sie sich damit, das Haus, die Insel von da aus zu orten. In ihrem Sekretärinnenstuhl stellt sie sich das Leben auf der Insel vor, Chavitos Statuen, den Brunnen, den Sessel ihrer Schwester Marta mit seinem Goldkissen, die Bäume, Irenes Blumen, den Fluß, das Jenseits, das Diesseits, Tatinas Schreie, Rolos Buchladen. Ich muß es wiederholen: Jene Welt, aus der Ferne mit dem Blick und aus der Nähe mit der Phantasie gesucht, läßt sie weniger heftig unter ihrer Gefangenschaft während der sechs Stunden Arbeit, unter der Tortur der Schreibmaschine leiden. Sobald sie ins Büro kommt, verspürt sie bereits Mattigkeit, da sie die Mattigkeit schon erahnt, die sie später überkommen wird. Außerdem ist da noch ihr Chef, Martín Morúas Großneffe, ein Ehrgeizling, ein verbitterter Griesgram, den sie haßt, Haß nennt sie zumindest gerne diesen Ekel, den ihr vor allem die langen, knorpeligen Hände einflößen, und dazu kommt noch der Tabakgeruch an Kleidung und Händen, die Mundfäule, die ungepflegten Zähne, das dürftig mit grüner Brillantine geplättete Haar. Wenn also der Abend anbricht und Mercedes zur Insel zurückkehrt, hat sie das Gefühl, ins Paradies zu gelangen. Sie geht beim Buchladen vorbei, kauft Rolo ein Buch ab (sie begeistert sich für Schauerromane und Biographien berühmter Leute); sie schaut für einen Augenblick bei Helena vorbei, die sie mit einer Tasse

Tee erwartet; hält an, um mit Merengue zu plaudern, der um die Zeit bereits die Backwaren für den nächsten Tag einräumt; sie dringt in das Beetelabyrinth der Insel vor, um zu sehen, ob Chavito wieder eine neue Statue aufgestellt hat; grüßt Señorita Berta am Fenster, die ihren Unterricht beendet hat und nun, in einen Winkel verkrochen, ihren Rosenkranz betet; sie kommt nach Hause und küßt Marta auf die Stirn. Marta erwidert ihren Kuß niemals. All dies tut Mercedes mit ihrem gutherzigen Lächeln, während sie leise singt *Aquellos ojos verdes de mirada serena en cuyas quietas aguas un día me miré*. Und sie macht einen glücklichen Eindruck. Irene, die sie am Abend oft vorbeikommen sieht, sagt, Ja, sie ist glücklich, freudig behauptet Irene, Wenigstens sie ist glücklich. Und Mercedes tritt in das Zimmer, das sie mit Marta teilt, in das dunkle, unordentliche, schlechtgelüftete Zimmer; sie tritt ins finstere Feucht des Zimmers und weiß, würde jemand, wer auch immer, in diesem Augenblick ins Zimmer kommen, sie würde sich an ihn klammern und in Tränen ausbrechen.

Wie herrlich funkelt die Insel nach dem Regen. In dunklem, glänzendem Grün, und ein Lüftchen, fast kühl vor Feuchtigkeit, streicht über sie hin und bringt den Geruch nach Erde mit sich. Mercedes kleidet sich in Weiß. Ein mit Orangenblüten besticktes Leinenkleid, das gut zu ihren leichten Ledersandalen paßt. Sie steckt sich das Haar zu einem ordentlichen Knoten zusammen, den sie mit Schildpattkämmen befestigt. Sie ist sich unschlüssig, ob sie die Kette aus Modeperlen oder die Silberkette mit dem Medaillon der Jungfrau von La Merced anlegen soll. Sie probiert beide vor dem Spiegel; es stimmt, die Silberkette paßt besser zu ihrem reinen Teint, dem man das Make-up kaum anmerkt; andererseits ist das weiße

Kleid an einem so abscheulichen Abend schon extravagant genug, wenn da nicht der Verwundete wäre, der jung ist, blutjung, und außerdem hat sie Lust, sich heute weiß zu kleiden (eine Farbe, die gut zur attraktiven Blässe ihrer Haut paßt). Sie betrachtet sich für ein paar Sekunden im Spiegel, ich bin hübsch, mehr als das: Ich wirke distinguiert, aus gutem Hause, weiß mich zu bewegen, zu blicken. Sie lächelt. Lächelt offenherzig; ein Zahn hat sich leicht über den Nachbarzahn geschoben, das ist apart, glaube ich. Sie benetzt sich den Hals mit *Ramillete-de-Novia*-Parfum, das sie selbst bei Sears gekauft und von dem sie nachher behauptet hatte, es sei das Geschenk eines Bewunderers gewesen, dem sie keinerlei Beachtung schenke, Er läßt mich einfach nicht in Frieden, wie lästig er mir fällt. Sie steht von der Frisierkommode auf, schaltet das Licht aus. Marta lächelt in ihrem Sessel vor sich hin. Mercedes betrachtet sie einen Augenblick, und Trostlosigkeit überfällt sie. Sie seufzt, tritt auf die Kolonnaden hinaus, es stimmt, die Insel funkelt herrlich nach dem Regen, und der Jammer weicht einer melancholischen Freude. Wenigstens kann man heute abend frei durchatmen, der Herbst hat begonnen; so hat man sich den Herbst in Kuba vorzustellen: bewölkte, drückende Tage, regnerische Abende, eine feuchte Brise während der Nacht, die in den Morgen eines bewölkten, drückenden Tages mündet, und so geht es bis zum ersten Nordwind, einer kleinen grauen, ärmlichen Kaltfront, ein Vorwand, sich wärmer anzuziehen, ein Monat, der es gestattet, sich in die Hoffnung eines Mantels zu hüllen.

Nastassja Philippowna. Statt Mercedes würde sie gerne Nastassja Philippowna heißen. Nicht nur ihre Schönheit besitzen, sondern auch Nastassjas Kraft und Ungestüm, um sich gegen die anderen durchzusetzen. Sie weiß, sie nahm ein tragisches Ende. Auch sie ist eine schwergeprüfte Frau, doch ohne den Trost, einen großen, unvergeßlichen Tod erhoffen zu können, ohne Nastassjas tragische Dimension. Wie herrlich wäre es, die Liebe von Männern wie Rogoschin und die Zärtlichkeit von Männern wie Fürst Myschkin zu erwecken. Groß und brünett zu sein, mit gebräuntem Teint, leicht orientalischen Gesichtszügen, blauschwarzem, langem Haar, dunklen, markanten Augenbrauen, dazwischen eine stolze Nase, die verächtlich lächelnden Lippen rot. (Ich weiß nicht, ob sie so beschrieben ist, erinnere mich nicht.) So sieht sie in ihrer Vorstellung aus. So ist es besser. Gut gekleidet. Prinzeßgewänder. Lang und rauschend, man hört es beim Laufen knistern. Himmel, was gäbe sie nicht darum, eine Romanfigur zu sein! Sich über alle lustig zu machen, jawohl, niemanden zu lieben oder nur einen einzigen. Eine beachtliche Summe Geld zu erhalten, es ins Feuer zu werfen, vor all den anderen, die fasziniert zuschauen und ihren Augen nicht trauen, und dann zu lachen, sich mit Anmut, einem graziösen Schwung des weiten Rocks umzudrehen und wie eine Königin davonzuschreiten, während die Männer, die sie bewundern, anbeten, fast am Boden zerstört zurückbleiben und nicht wissen, was sie ohne sie anfangen sollen. Nastassja Philippowna hat an Irenes Tür geklopft. Als diese öffnet, steht dort jedoch nicht Nastassja, sondern Mercedes, in Weiß gekleidet. Irene lächelt sanft. Um die Wahrheit zu sagen, sie hat nicht Nastassja Philippowna erwartet (konnte sie nicht erwarten). Ebensowenig hat sie Mercedes erwartet, aber die ist wenigstens Teil ihrer Welt, und so überrascht es sie nicht, sie dort anzutreffen und fragen zu hören, Wie geht es dir, liebe Freundin, und ihre Erklärung, Ich bin gekommen, um zu sehen, wie es dem Verwundeten geht. Und da Irene sich freut, sie zu sehen, bittet sie sie in die Wohnung, Komm ruhig rein, fühl dich wie zu Hause. Und in dem Augenblick, in dem Mercedes den Fuß über die Schwelle setzt, löst sich ihr Silberkettchen mit dem Medaillon der Jungfrau von La Merced vom Hals. Sie spürt, wie ihr die Kette den Hals hinuntergleitet, spürt, wie sie über die Brust rutscht. Sie sieht sie zu Boden fallen. Sie wird sich vermutlich fragen, wie es möglich ist, daß ein Schmuckstück, das sie doch ordentlich geschlossen hatte, sich mit solcher Leichtigkeit lösen konnte. Sie weiß nicht, daß es nichts damit zu tun hat, wie gut oder schlecht sie es festgehakt hat, sondern mit meinem Wunsch, ihren Besuch bei Irene zu unterbrechen und die Begegnung mit dem Verwundeten hinauszuschieben. Die beiden Frauen stehen einen Schritt weit von der Tür entfernt und schauen auf die hinuntergefallene Silberkette. Da wollen wir sie einstweilen lassen.

Wie man bereits weiß oder wissen sollte, sind Mercedes und Marta Zwillingsschwestern. Sie waren mitten im Sommer zur Welt gekommen (Marta zuerst). Auf dem Friedhof wuchsen sie auf. Die Gemeindeverwaltung hatte ihren Vater zum Wärter des Friedhofs von La Lisa gemacht, und als Amtswohnung bekam er das geräumige, kühle Haus, das sich innerhalb der Friedhofsmauern befand (befindet), zwischen den Grüften der Veteranen des Unabhängigkeitskrieges und der Loge von den Rittern des wahren Lichts. Dort lernten sie laufen, rennen, spielen. Dort entdeckten sie einen Teil der Welt. Sie tauften die Wege. Sie säten Rosensträucher. Sie malten Heiligenbilder an die Mauern. In den Grabkapellen bauten sie sich Häuser und spielten Verstecken. Auf die Gräber betteten sie ihre Puppen. Die Puppen tauften sie nach den Marmorgrabsteinen (von denen sie auch lesen gelernt hatten). Im Schatten der Pappeln lehnten sie sich an stickigen Nachmittagen an ein Grabmal und aßen Mangos. Dort hielten sie auch oft ihren Mittagsschlaf. Sie pflegten die Gräber und erneuerten das Wasser in den Vasen, in die sie frische Blumen taten, ohne Unterschiede zu machen. Das bedeutet natürlich nicht, daß sie keine Freunde gehabt oder niemanden vorgezogen hätten. Ihre Freunde waren die mit den schönsten Namen auf den Grabplatten. Sie hatten einen ganz besonderen Liebling. Melania. In Santiago de Cuba geboren und fünfzehn Jahre später in Havanna gestorben. Sie erfanden ihr eine Geschichte mit einem Selbstmord aus enttäuschter Liebe an ebenjenem Tag, an dem sie ins Erwachsenenleben trat, am Tag ihres großen Festes zum fünfzehnten Geburtstag. Sie machten aus ihr keine Tochter aus reicher Familie, denn das ärmliche Grab, in dem sie bestattet war (rechteckig, mit einfachen, blauen Kacheln, einer Flasche als Vase und einem schlichten Holzkreuz mit Namen und Lebensdaten) ließ keine Phantasieeskapaden zu. Sie besuchten sie täglich. Reservierten für sie die hübschesten Blumen. Brachten ihr Süßigkeiten und Bonbons. Am Heiligedreikönigstag schenkten sie ihr Stoffpuppen, Pailletten- und Perlenketten, die sie für ein paar Centavos im Kramladen gekauft hatten. Eines schönen Tages bastelten sie eine Krone aus Golddraht und beschlossen, sie zur Königin des Friedhofs zu krönen. Sich selbst ernannten sie zu Prinzessinnen. Wenn ein Trauerzug den Friedhof betrat, freuten sie sich, hüpften vor Übermut und sagten sich, daß nun ein König komme und Melania freie. Dann mußte die Verlobungsfeier vorbereitet, das Grab mit Arekapalmzweigen und Königspalmwedeln geschmückt werden, aus den verschiedensten Blumen wurden Girlanden geflochten, und heimlich holten sie sich Decken in fröhlichen

Farben aus dem Haus. Doch jede Heirat nahm zwangsläufig ein schlechtes Ende. Melania heiratete Tag für Tag von neuem: Täglich kam ein anderer Trauerzug an. Bald wurde ihnen bewußt, daß Melanias Regentschaft über den Friedhof bedeutete, daß der Friedhof den Status eines Königreichs besaß. So gaben sie ihm einen Namen. La Lisa klang zu gewöhnlich, also nannten sie ihn Lalisia. Sie malten ihm ein Wappen mit zwei trompeteschwenkenden Engeln, nach einem Bild, das sie im Meßbuch gesehen hatten, und bastelten aus grünen Seidenfetzen, die ihnen ihre Mutter schenkte, eine Fahne. Aber ein Königreich, das seines Namens würdig war, brauchte außer Königin und Prinzessinnen auch Herzöge, Markgrafen und einen Kardinal... So suchten sie sich die besten Gräber heraus und erfanden sich einen Adelsstand. Damals (sie waren an die zehn Jahre alt) entdeckten sie das Massengrab. Ganz hinten, wo La Lisa bereits in ein Feld überging und man Gehöfte, Koppeln und Fußballplätze sehen konnte, fanden sie eine riesige Grube, in die die Totengräber die Knochen all derer warfen, die keine Grabstätte hatten. Wie in jedem Königreich gab es also auch hier Adlige und niederes Volk. Wie in jedem Königreich erwies sich letzteres als angenehmer. Mercedes und Marta verbrachten ganze Tage in dem wirren Knochenhaufen, versuchten, sie zusammenzusetzen, wieder zu dem Körper zu formen, zu dem sie gehört hatten, wie bei einem Puzzle. Auf diese Weise schufen sie sich ein Volk. An einem Nachmittag fand Mercedes die Knochen einer Hand, die die gleiche Größe wie die ihre hatte. Auf diese Weise erfuhren sie, daß auch Kinder sterben. Ein paar Tage lang strichen sie traurig umher, besonders Marta (die sich die Entdeckung aus unerfindlichem Grund am meisten zu Herzen nahm). Als sie wieder einmal aus den verstreuten Knochen Gerippe zusammensetzten, spürte

Mercedes beim Berühren eines Schädels, wie ein Schauder sie überlief, ihre Haut reagierte auf seltsamste Weise. Sie konnte den Schädel nicht anfassen, immer wenn sie es versuchte, verspürte sie diesen merkwürdigen Schauder auf ihrer Haut. Marta war es, die aussprach, was sie, Mercedes, dachte: Das ist der Schädel von einem Menschen, der in irgendeiner Verbindung zu dir stand. Sie taten den Schädel in eine Schachtel, die sie heimlich ins Haus schafften. Sie tauften ihn auf den Namen Hylas. Mercedes stellte sich den Jungen vor, dem der Schädel wohl gehört hatte, sie malte ihn sich blond aus, mit goldenem Haar und smaragdgrünen Augen, gerader, nicht allzu großer Nase und markanten Lippen, und sie hatte die dunkle Ahnung, daß sich zwischen ihr und dem Schädel eine Beziehung entwickelte, die das ganze Leben währen würde. Da sie nun schon größer waren, durften sie auch nachts hinausgehen. Der nächtliche Friedhof hatte nichts mit dem am Tag gemein. Die Nacht selbst hatte wenig mit dem Tag gemein. Nachts brachte einen die Sonne nicht zum Schwitzen, ein kühleres Lüftchen wehte, die Blumen dufteten intensiver, die Schatten wirkten eleganter, der gewöhnlichste Gegenstand erlangte Würde, man konnte zum Himmel aufschauen, ohne Angst zu haben, geblendet zu werden, und in der Gewißheit, dabei noch mehr geboten zu bekommen, denn nachts stellte der Himmel Tausende und Abertausende von Lichtlein zur Schau, Sterne genannt. Selbstverständlich gab es auch andere Lichter. Die stiegen aus der Erde auf, vor allem aus Richtung des Massengrabs. Lichter, die zwischen Gelb und Grün changierten, Lichter, die von unten ganz gemächlich nach oben schwebten, vielleicht in der Absicht, sich in Sterne zu verwandeln. Irrlichter hießen sie, wie Onkel Leandro erklärte. Onkel Leandro, ein Bruder ihrer Mutter, kam jeden Sonntag. Er war überdurchschnittlich groß und von athletischer Statur, was im Widerspruch zu seinem sanften Asketengesicht stand. Er arbeitete als Anwalt, war ein regelmäßiger Schwimmer und Asket. Obwohl er noch nicht dreißig war, behandelten ihn alle wie einen alten Junggesellen. Wie sie gehört hatten (Mercedes und Marta waren nie dort gewesen), lebte er in einer ärmlichen Hütte am Meer, am Strand von Jaimanitas, allein in Gesellschaft seiner Bücher. Bemerkenswert war an Onkel Leandro jedoch (vor allem für Marta entscheidend), daß er Indien bereist hatte. Die Sonntage, an denen der Onkel kam, besaßen in vielerlei Hinsicht Reiz. Die Mutter freute sich, denn sie bewunderte ganz offen ihren Bruder, und das Warten auf ihn riß sie aus dem Grauen ihres Alltags. Sie bemühte sich, das Haus blitzblank zu scheuern und etwas Feines zum Mittagessen zuzubereiten. Schon unter der Woche bestellte sie das zarte Zicklein für den Braten, der dem Bruder so schmeckte. Obwohl Onkel Leandro wenig sprach, ging von ihm ein seltener Zauber aus, der ihn auch in seinem Schweigen liebenswert machte. Immer brachte er als Geschenk eine Schachtel mit Leckereien von *El Bilbao* mit, eine Mischung aus Sternchen, Vanilleträumen, Zitronenküßchen, Gloriaküchlein, Schokoladenzauber und Kokoskugeln. Nach dem Mittagessen ging er mit seinen Nichten über den Friedhof spazieren. Sie quasselten ohne Unterlaß, erzählten vom Königreich Lalisia, von der Herrscherin Melania, von den Grafen, Herzögen und Markgrafen, mit denen sie lebten. Er hörte ihnen lächelnd, schweigend, nachdenklich zu. Einmal traute sich Marta, den Onkel zu bitten, Erzähl uns von Indien, und da schienen seine Augen golden und grün zu funkeln wie die Irrlichter. Während dieser Jahre hatten die unheilvollen Ereignisse überhandgenommen. So hatten die Eltern, stets im Krieg miteinander, sich entschlossen, ihre Zwistigkeiten nicht länger zu verbergen. Zu jeder Zeit und über jede Kleinigkeit stritten sie. Verbittert und in tragischer Pose redete die Mutter nur noch, um Verwünschungen auszustoßen. Wütend wie ein gefangenes Raubtier stieß der Vater nur noch Verwünschungen aus und redete nicht. Die Lage erwies sich als unhaltbar; die Mädchen zogen vor, den Tag mit Spielen zu verbringen und zwischen den Gräbern umherzuspazieren. Unheilvoll war auch, daß ein Arzt – ein fälliges oder zufälliges Ereignis (man weiß nie) –, der dem Begräbnis eines Patienten beiwohnte, die rosigen Wangen Martas sah, zu ihrer Mutter trat und sagte, er sei fast sicher, das Mädchen sei Diabetikerin oder würde es werden. Das machte die Mutter zornig, und sie beschimpfte den armen Arzt, ohne Rücksicht auf die Trauergäste und die Bestattung (hier muß erwähnt werden, daß die Mutter, wie so viele andere, an die Verwünschung als Form des Exorzismus glaubte). Ob die Mutter es nun wahrhaben wollte oder nicht, jedenfalls hatten nun Martas Ohnmachtsanfälle beim Spielen eine Erklärung gefunden, ebenso der verzweifelte Durst, der sie ständig quälte. In einer Regennacht stritten sich Vater und Mutter heftig ums Geld. Der Vater wurde wütend und zog sich an, um auszugehen. Hau doch ab, schrie die Mutter, mieser Vater du, mieser Ehemann, hau doch ab, hoffentlich trifft dich der Blitz! Auch wenn der Fluch sich nicht buchstäblich erfüllte, starb der Vater doch eine halbe Stunde, nachdem er das Haus verlassen hatte, unter den Rädern eines Lastwagens, der auf der nassen Fahrbahn ins Schleudern geraten war. Obwohl dieser Tod ein paar erleichternde Tage des Schweigens ins Haus brachte, glückliche Tage, in denen sich die Mutter darauf beschränkte, wortlos in einem Winkel vor sich hin zu stöhnen (vielleicht verwirrt, da sie sich an niemandem mehr abreagieren konnte), und obwohl der Tod des Vaters ihnen eine unerfindliche Last von den Schultern nahm, hatten sie doch bald den Verlust des Hauses zu beklagen. Denn nach dem Hinscheiden des Wärters hatten auch sie in der Tat keinen Grund mehr zum Dableiben. Der neue Gemeindebeamte forderte seine Residenz. Das bedeutete, daß sie sich von Königin Melania, vom Königreich Lalisia, von Adligen und Fußvolk und, obwohl sie noch nicht reif genug waren, um sich dieser (transzendentalen) Tatsache bewußt zu sein, auch von der Kindheit verabschieden mußten. Mercedes und Marta feierten ihren elften Geburtstag ein paar Tage bevor sie den Friedhof verließen, zu dem sie erst wieder zurückkehren sollten, wenn sie bereits eine andere, vielleicht höhere Daseinsform erreicht hätten. Onkel Leandro kam sie in seinem klapprigen Ford an einem Morgen abholen, an dem die Sonne gerade geduldig ihr gewohntes Werk vollendete, die Stadt in einen weiten, spiegelnden See zu verwandeln. Er zog mit ihnen und ein paar Koffern voll Kleider ins Haus am Strand von Jaimanitas um. Es war eine alte Holzhütte, baufällig und einsam stand sie zwischen Kasuarinen und Meertrauben in der Nähe des Hauses, in dem sich der Soldatenverein traf. Um dorthin zu gelangen, mußte man einen sandigen, versteckten, halb überwucherten Pfad einschlagen, der zum Meer führte. Wenn man schon den Strand vermutete, erschien das Haus, ein Pfahlbau, der in ferner Zeit einmal blaugrün gestrichen worden war (weshalb es praktisch im Meer unterging, Teil von ihm zu sein schien). Die hintere Veranda hatte Holzdielen, bereits arg mitgenommen, und eine plumpe Treppe, die fast direkt ins Wasser führte. Dort besaß das Meer einen smaragdfarbenen Ton, und der Sand war so weiß, daß es wie eine künstliche Postkartenansicht wirkte. Im Haus gab es kaum Möbel und viele Bücher, Unmengen von Büchern, erdrückende Mengen von Büchern, die jeden Winkel besetzten. Zweifellos standen die Bücher im Haus in seltsamem Kontrast zu diesem unglaubwürdigen Meer, das man durch die ewig geöffneten Fenster sah, Symbol einer geheimnisvollen Weisheit. Für Mercedes und Marta, die elf Jahre lang auf einem Friedhof eingesperrt gelebt hatten, kam die Ankunft bei Onkel Leandro der Entdeckung einer Welt gleich oder besser gesagt, einer anderen Welt, einer anderen Insel; die einstündige Fahrt vom Friedhof zum Strand von Jaimanitas verwandelte sich in eine lange, mehrtägige Reise durch wundersame Ozeane, von Gottheiten bevölkert. Aus diesem Grund nannten sie Onkel Leandros Haus von da an Taipi. Was den Onkel anging, so war er ein würdiger Bewohner Taipis. In der Frühe, kurz vor Morgengrauen, konnte man ihn schwimmen sehen; dann frühstückte er ein paar Früchte, zog sich fein an, mit Hemd und Krawatte, stieg in den klapprigen Ford aus grauer Vorzeit und ging an seine Arbeit in der Anwaltskanzlei des Doktor Chili am Marktplatz von Marianao; gegen Mittag kam er zurück, so zufrieden, wie er gegangen war, entledigte sich wieder der unbequemen Kleider, schwamm erneut eine Stunde, aß Obst und setzte sich im Schneidersitz auf den Fußboden (später würde er erklären, Das nennt sich Lotossitz), die Handflächen nach oben gerichtet, wobei sich Zeigefinger und Daumen berührten. Onkel Leandro war bekennender Buddhist. Er sprach wenig, war nie verstimmt, lächelte immer. Mercedes merkte allmählich, daß sie gerne bei ihm war, sich in seiner Gegenwart beschützt fühlte. Als ihnen der Onkel zwischen seinen Meditationen am Abend das Schwimmen beibrachte, fühlte sich Mercedes von einem ganz neuen Zauber durchflutet. Es war nichts Körperliches, Greifbares; ein unerklärlicher Glückszustand (aber ist das Glück nicht immer unerklärlich?), als hätte ein Gott sie unter seine Fittiche genommen. So waren sie in der ersten Zeit in Taipi noch glücklicher als auf dem Friedhof. Und sie wären es noch lange Zeit geblieben, wären nicht eines Tages die Bettler aufgetaucht.

Zwischen Diskuswerfer und dem Brunnen mit seinem Gänseknaben überrascht Vido am Tag nach dem Regenguß der Abend. Er hat sich unter einer weißen Kordie ausgestreckt, kaum zu sehen zwischen den tropfnassen Aralien und dem Roseneibisch. Kein Scharfsinn könnte augenblicklich erkennen, warum er sich dort hingelegt hat. Selbst der Einfältigste, selbst der Stumpfsinnigste weiß, daß sich nicht alle menschlichen Handlungen erklären lassen. Zumindest nicht mit der plumpen Vernunft, die uns zugestanden wurde. Es wäre also angebracht, zu schreiben: Vido »hat sich die Freiheit genommen«, sich unter der weißen Kordie auszustrecken. Das glaubt er zumindest. Doch Erde und Gras sind so schön naß, so angenehme Kühle steigt davon auf. Angenehm ist in diesem Fall nicht nur die Kühle, die Vido spürt, sondern die Art, in der die Feuchtigkeit ihn den eigenen, die Feuchtigkeit aufsaugenden Körper im Gras spüren läßt. Zudem beginnt gerade jetzt der Wind (der kühle, für die Insel so ungewohnte Wind, der nach dem Regenguß zum Glück aufgekommen ist), die Zweige zu wiegen. Von den Bäumen lösen sich Tropfen, die der Regen hinterlassen hat. Von seinem Platz aus sieht Vido sie fallen, sieht, daß in jedem von ihnen das Abendlicht funkelt. Es ist ein feiner Sprühregen. Fast noch behutsamer als Sprühregen. Leuchtender. Es scheinen keine Wasser-, sondern Lichttropfen zu sein, wenn so etwas möglich wäre. Vido lauscht nun, wie die Äste der weißen Kordie schaukeln. Er hört den Laut des

Windes in den Kasuarinen heraus. Das lustvolle Pfeifen der Kasuarinen unterscheidet sich vom ernsten Rauschen der weißen Kordie. Die Guayave schwingt mit dem Knistern eines Seidenvorhangs, während die Königspalmen eine strenge Warnung ausstoßen. Der Drachenbaum ist sympathisch und lacht. Der Gummibaum lacht ebenfalls, noch übermütiger. Das Bambusrohr dagegen klagt. Ein Kokospalmwedel bricht mit tosendem Applaus los. Vido hält sich die Ohren zu. Hört auf zu horchen. Horcht. Hört auf zu horchen. Horcht. Ja, ich höre sie alle! schreit er.

Diese Kette hat mir meine Mutter einen Tag vor ihrem Verschwinden geschenkt, erzählt Mercedes, als sie sich bückt, um sie aufzuheben. Irene bindet die Kette um Mercedes' Hals. Sie ist hübsch, bemerkt sie. Wie geht es dem Verwundeten? Besser, viel besser, er hat kein Fieber mehr und kann frei atmen, manchmal gibt er Worte von sich, die ich nicht verstehe. Und du, wie geht es dir? Irene läßt sich in einen Sessel fallen, wischt sich die trockenen Augen, versucht zu lächeln. Ich weiß nicht, weiß nicht, ich habe immer noch keine Erinnerung, ich habe stundenlang an Emilio gedacht, an meine Mutter, an das Häuschen in Bauta, der Tag zerrinnt mir zwischen den Fingern, während ich versuche, eine Erinnerung aufzustöbern, und da stehe ich nun, mit leerem Kopf. Mercedes verspürt Mitleid mit Irene, streicht ihr übers Haar. Vergiß einfach dein Gedächtnis, Frau, du wirst sonst noch verrückt, schau dir die Insel an, sie ist wunderschön, strahlt vor Freude über den Regenguß. Die andere hört zu, scheint sie doch nicht zu hören und zuckt mit den Schultern. Willst du ihn sehen? Mercedes nickt. Irene steht auf, glücklich, etwas tun zu können.

Da liegt der Verwundete. Irene hat ihm das beste Zimmer gegeben, das beste Bett, ihr Schlafzimmer, sich selbst hat sie eine Chaiselongue zu Füßen des Jungen aufgestellt. Irene pflegt ihn, als wäre es ihr Sohn, als wäre es Lucio (Gott bewahre). Vor zwei Nächten, als die Kinder auf ihn gestoßen und hergelaufen waren, um davon zu berichten, und alles in Aufregung versetzt hatten, als Merengue und Lucio ihn mit Rolos und Vidos Hilfe, von allen anderen gefolgt, hergetragen und sie beschlossen hatten, daß man ihn durch einen Anruf im Krankenhaus oder bei der Polizei seinen Mördern ausliefern würde, brachten sie ihn, ohne zu zögern, ohne zu fragen, geradewegs zu Irene, weil sie wußten, daß sie sich besser als jeder sonst um ihn kümmern, ihn besser als jeder sonst pflegen würde. Nicht einmal Helena sagte ein Wort. Und als sie Doktor Pinto riefen, mußte auch er nicht erst fragen. Sobald man ihm das große Gittertor in der Bahnstraße geöffnet hatte, ging er zu Irene und fragte sie mit der rauhen Stimme des Schnapssäufers. Wo hast du ihn hingelegt?

Da liegt der Verwundete. Irene fühlt ihm die Stirn und lächelt erleichtert, flüstert, Nein, er hat kein Fieber mehr. Mercedes schaut ihn an, schließt die Augen und schaut ihn erneut an. Instinktiv ordnet sie sich das Haar. Das kann nicht sein! Ein überaus merkwürdiges Gefühl überkommt sie, etwas Unerklärliches lähmt sie auf einmal, läßt sie erstarren, läßt sie ohne Gesten, ohne Worte im Zimmer stehen. Sie versucht sich den Augenblick ins Gedächtnis zurückzurufen, an dem sich das Gerücht verbreitet hatte, Sebastián und Tingo hätten im Jenseits einen Verwundeten gefunden, in der Tischlerei von Vidos Vater, alle Frauen waren wie aufgescheucht hin und her gerannt, von Merengues und Helenas Taschenlampen geführt, um zu sehen, von wem all das Blut stammte, auf das man in jedem Winkel der Insel stieß. Mercedes erinnert sich, daß sie bei der Tränke im Bambusrohr umhergeirrt war, in der Nähe von Consuelos Heiligengott Elegguá, als auf einmal Tingo angerannt kam und schrie, Ein Verwundeter, ein Verwundeter. Ein Verwundeter, wo? fragte jemand, vielleicht Helena, die immer als erste reagiert. Und Merengue, Merengue? nein, Lucio, ja, Lucio war es, der schrie, In der Tischlerei! Und dorthin liefen sie alle, so schnell sie sich durch das Gestrüpp schlagen konnten, denn das Jenseits ist wahrlich unwegsam. Und obwohl das kaum zwei Nächte her ist, kommt es Mercedes so vor, als seien Jahre vergangen, seit sie zu der erbärmlichen Hütte aus krummen, alten Holzplanken gelangt waren und dort den Jungen gesehen hatten, blutüberströmt auf der Hobelbank, in die kubanische Fahne gewickelt. Damals war ihr die wunderschöne gebräunte Haut aufgefallen, das pechschwarze gelockte Haar, seine seltsamen Beduinenzüge, der dunkle Leberfleck genau neben dem Mundwinkel. Irene wischt sich die trockenen Augen und tritt zu ihr, Hast du etwas? Mercedes lächelt, Nein, es geht mir gut. Ja, da liegt der Verwundete. Er ist weiß, schneeweiß, sein Profil wirkt sanft, friedlich, sein Haar ist glatt und blond, jung ist er, jung ... Kein Leberfleck verdunkelt den Mundwinkel. Wenn er von Zeit zu Zeit die Augen aufschlägt, sieht man zwei helleuchtende, blaue Murmeln. Mercedes steht nun am Bettrand und schaut ihn noch immer an. Junge ... wer hat ihn derart verwunden können? Irene (manchmal scheint sie Gedanken lesen zu können) streichelt Mercedes' Schulter und stößt wieder flüsternd aus, Es kann nur der Teufel gewesen sein, der einen solchen Engel verletzt hat, nur ein Dämon, und sie senkt noch weiter ihre Stimme, macht das Flüstern noch mehr zum Flüstern, als sie hinzufügt, Weißt du, Doktor

Pinto sagt, es seien keine Schußwunden. Mercedes schaut sie voll gespannter Unruhe an. Nein, schau mich nicht so an, es sind keine Schußwunden, Doktor Pinto hat es mir heute morgen im Vertrauen erzählt, hör gut zu: im Vertrauen, das darf niemand erfahren, hör zu, es sind keine Schußwunden, Pfeilwunden sind es, Pfeile haben ihn verletzt.

Eines Tages tauchten die Bettler auf, ja, in der Abenddämmerung sah man sie ankommen, es waren zwei, ein Mann und eine Frau, zerlumpt und verdreckt, wir wagten uns nicht an sie heran, nur Onkel Leandro, der so gut wie ein Heiliger war, besaß den Mut, ihnen zwei Teller Suppe hinzustellen, freundlich zu sein, sogar ein paar Worte mit ihnen zu wechseln, nach dem Essen strichen sie eine Weile am Strand herum und waren auf einmal verschwunden, ohne daß wir es bemerkt hätten, auch als sie am nächsten Tag wieder erschienen, merkten wir es erst nicht, da waren es schon vier, nein, stimmt nicht, es waren fünf, genau, fünf, sie kamen mit einem kleinen Mädchen, das noch verdreckter und zerlumpter war als sie, Onkel Leandro gab ihnen wieder zu essen, und meine Mutter begleitete ihn, um zu helfen, daran erinnere ich mich, meine Mutter redete aber nicht mit ihnen, starrte sie nur an, wie sie früher in der Kapelle des Christus von Limpias in der Calle Corrales, neben der Feuerwehrstation, das Bild der Mater Dolorosa angeblickt hat, dort gibt es ein beeindruckendes Dolorosa-Bildnis, ganz in Schwarz gekleidet, in schwarze Spitzen, mit echten Tränen, zumindest sehen sie echt aus, und mit einem Tüchlein in der Hand, meine Mutter hatte diese Dolorosa schon immer beeindruckt, wenn du willst, kannst du sie da jetzt immer noch sehen, und sie (die Bettler) gingen nach dem Essen ins Wasser, ohne sich auszuziehen, gingen ins Wasser und blieben bis tief in der Nacht im Meer, verfolgt vom aufmerksamen Blick meiner Mutter, die sich hinsetzte und nähte, obwohl sie nicht wirklich nähte, das war nur ein Vorwand, sie beobachtete sie, und mein Onkel schloß sich ein, um zu meditieren, habe ich dir schon erzählt, daß Marta zu jener Zeit zu erblinden begann? beim Lesen mußte sie sich das Buch vor die Nase halten, wenn sie morgens aufwachte, lehnte sie sich aus dem Fenster und fragte, Was ist das da hinten, und es war ein Schiff, sie stieß auch gegen die Möbel, verwechselte die Arzneien und konnte kaum mehr schreiben, ich war es, die merkte, daß Marta erblindete, denn so heilig wie mein Onkel war, beschäftigte er sich nur damit, zu schwimmen, zu meditieren und alte Wälzer zu lesen, du weißt ja, die Heiligen haben keine Zeit für andere, und was meine Mutter anging, so verbrachte sie Stunden im Sessel vor dem Fenster, schaute seltsam fröhlich aufs Meer wie jemand, den gerade die Glückseligkeit überkommen will, ein Ausdruck, den wir nicht begreifen konnten, niemals begriffen, meine Mutter stand nur auf, wenn die Bettler ankamen, und es waren immer mehr, in immer größeren Mengen kamen sie, an einem Tag waren es sechs, am nächsten zehn, dann vierzehn, bis sie über zwanzig zählten, und immer länger strichen sie um das Haus herum, badeten im Meer, schrien, sangen, lachten, schienen die glücklichsten Kreaturen der Erde, obwohl Marta und mir vor ihnen graute, wir trauten uns nur, sie aus sicherer Entfernung zu beobachten, während meine Mutter (denn mein Onkel, Tag für Tag mehr mit seiner Heiligkeit beschäftigt, kümmerte sich nicht mehr um sie) ihnen das Essen brachte und mit ihnen plauderte und lachte, eines Nachts hörten wir sie sogar singen, inmitten eines großen Kreises, den sie am Meeresufer gebildet hatten, wobei jede

Strophe mit Applaus bedacht wurde, es war ein spanisches Lied, das ungefähr so ging, *Lagarterana soy y encajes traigo de Lagartera* ... Aus Lagartera bin ich, und Spitzen bringe ich aus Lagartera mit ... ich erinnere mich, daß ich mich heimlich heranschlich, von einer Meertraube zur anderen, ich sah sie singen, mit fahrigen Gesten, glühenden Augen, zitternder Stimme, während ihr Haar und flüchtig auch ihre Stimme im ablandigen Wind flatterte, so daß von ihr doch ein ewiges Bild blieb, das Bild einer Frau, die seit immer und für immer jenes Lied ohne Anfang und ohne Ende sang.

Professor Kingston war beim Regenguß kalt geworden. Ihm ist immer noch kalt. Er sitzt in seinem Schaukelstuhl und starrt entsetzt den Fächer auf dem Bett an. Ebenfalls entsetzt starrt er das Heft mit der vorbereiteten Englischstunde auf dem Tisch an. Professor Kingston weiß nicht, wie er heute Unterricht geben soll. Er hat sich nicht vom Schaukelstuhl erheben können. Bei jedem Versuch: ein stechender Schmerz in der Hüfte und tiefer drinnen, beim Kreuzbein und noch tiefer, noch viel tiefer, ein so heftiger, so tiefsitzender Schmerz, daß es mir kein körperlicher Schmerz mehr zu sein scheint, sondern Seelenschmerz, Weltschmerz ... jedenfalls hindert mich der Schmerz am Aufstehen, ich kann nicht aufstehen, weiß nicht, wie lange ich schon hier sitze, seit einer Ewigkeit sitze ich hier schon und kann nicht aufstehen, jedesmal strenge ich mich mehr an, sage mir, sei tapfer, ich sammle nicht vorhandene Kräfte und komme doch nicht auf die Beine, die Beine gehorchen mir nicht, *I must be brave*. Professor Kingston denkt, wenn der Matrose jetzt käme, müßte er sitzen bleiben. Er hätte gar keine andere Wahl. Am meisten beunruhigen ihn seine Ohren, die noch vor ein paar Stunden zuverlässiger gewesen waren als seine Augen und nun zu nichts mehr zu taugen scheinen. Als wäre die Insel verschwunden und nur noch er übriggeblieben, für immer an seinen Schaukelstuhl gefesselt. Kein Laut dringt herein. Keinen Baum hört man rauschen. Weht etwa kein Wind? Unmöglich, da draußen muß jeder Baum sein eigenes Lied anstimmen, an mir liegt es, taub bin ich, taub und gelähmt, *What to do?* ich erinnere mich daran, wie ich mich auf dem Land immer hinsetzte, um zu lauschen, auf welche besondere Art jeder Baum dem Wind antwortet, es gab jähzornige Bäume und glückliche, unglückliche und traurige, beschwingte, schwärmerische und zaghafte, es gab Bäume, die wie Menschen waren, aber jetzt ist es anders, niemand, niemand ist da, nicht mal bewegen kann ich mich, und kalt ist mir auch noch.

Irene muß erst zum Einkaufen gehen, damit Helena den Verwundeten allein pflegen darf. Beschließen wir, daß dies für Helena eine willkommene Aufgabe ist, beschließen wir, daß es ihr gefällt, den Jungen anzusehen, mit seinem langen, glatten, kastanienbraunen Haar, seinem Adlerprofil, den feinen, bleichen Lippen. Beschließen wir, daß es Helena ebenso wie allen anderen Bewohnern der Insel scheint, als hätten sie einen Heiligen vor sich. Niemand weiß, warum er diesen Eindruck hat. Keiner kann erklären, woher diese Verehrung für jemanden kommt, den sie nicht kennen, mit dem sie nicht einmal gesprochen haben, der stumm bleibt, regungslos, krank im Bett. Wie bei den Menschen (letzten Endes ihre Vorbilder) gibt es unendlich viel, was die Figuren über sich nicht wissen. Und der Autor, sosehr er auch dem Schöpfer gleichen möchte, weiß ebenfalls viele Dinge nicht.

Immer wenn Irene einkaufen geht, wacht Helena bei dem Verwundeten. Für sie ist es eine willkommene Aufgabe. Es gefällt ihr, den Jungen mit dem kurzen, schwarzen, lockigen Haar und den sanften Zügen anzuschauen. Seit Helena erfahren hat, daß er mit Pfeilen beschossen wurde, betrachtet sie ihn mit Ehrfurcht. Das Leiden ruft immer Andacht und Achtung hervor. Wenn sie, wie jetzt, allein mit ihm ist, spricht Helena zu ihm, als könne er sie hören, ihr vielleicht helfen. Wie alle Menschen fühlen sich auch die Figuren dieser Geschichte hilflos und brauchen ein mächtigeres Wesen.

Manchmal fürchte ich mich, Junge, nein, falsch, nicht manchmal fürchte ich mich, sondern immer, immer fürchte ich mich, Junge, denk dir nur, es heißt, ich sei die beste Verwalterin, die die Insel je gehabt hat und haben wird, und schwer wiegt auf meinen Schultern die Verantwortung, sie zu retten, deshalb schaue ich, wenn alle schlafen, hinaus und gehe sie mit meiner Taschenlampe ab, leuchte in jeden Winkel, um mich zu vergewissern, ob jeder Winkel auch unversehrt geblieben ist, ich schaue nach dem Spucknapf, dem Hutständer, der sich abgenutzt hat, ohne je gebraucht worden zu sein, nach der Palisadenwand, der Nike von Samothrake, nach jeder einzelnen der monströsen Statuen, nach den Sesseln, nach der barmherzigen Jungfrau in ihrem bescheidenen Schrein, ich schaue nach, ob auch kein Baum beschädigt wurde, keine Blume abgeschnitten, ich wittere, folge jedem fremden Geruch auf der Insel, halte nach Spuren Ausschau, kenne jeden Laut, jeden Winkel, und ich liebe diese Bäume und diese grauenhaften Statuen, ich liebe die Höllenhitze, liebe die Häuser, aus denen die Insel besteht, diese Häuser mit den gelb-schwarzen Wänden, ich liebe die Wolkenbrüche, die das Ende ankündigen, und die Dürre, die ebenso das Ende ankündigt, liebe die angehaltene Zeit auf der Insel, ihre Uhren ohne Zeiger, die Verwirrung, die Labyrinthe, die Wahngebilde, all die Geschichten, die über sie erzählt werden und einen verrückt machen würden, wollte man sie alle glauben, ich liebe die Sinnlosigkeit unseres Lebens, den Mangel an Hoffnung, die Müdigkeit, die bei Tagesanbruch immer auf uns lastet, sag mir, warum sich einen neuen Tag auf dieser Insel wünschen? ich liebe Merengues weißen Kuchenkarren, liebe Merengue und Merengues verschollenen Sohn, liebe Chavito, von dem ich nicht weiß, wo er steckt, liebe Casta Diva, Chacho, Tingo, Tatina, Irene, Lucio, liebe Fortunato, Rolo, Sandokan, liebe Señorita Berta, liebe Marta und Mercedes, liebe meinen Sohn Sebastián, der … mein Sohn Sebastián, sag mir, Verwundeter, bist du wegen Sebastián hier? ich möchte wissen, was aus all dem wird, das ich liebe, ach, wenn du mir doch das Ende vorweg erzählen könntest, den Epilog, wenn ich doch wenigstens wüßte, daß meine Mühen nicht umsonst sind, wenn ich wüßte, daß diese Insel in der Lage ist, ihren Platz auf der Weltkarte zu behaupten, daß ich nicht vergebens zur Lampe greife und die Insel abgehe, wenn ich wüßte, daß sich diese Risse, die ich jeden Tag aufbrechen sehe, sich eines Tages wieder schließen, wenn ich wüßte, daß der rote Sandelholzbaum aus Ceylon für immer ein roter Sandelholzbaum aus Ceylon bleiben wird, wenn ich wüßte, wenn du mir nur versichern könntest, daß …

Er hat sich mit dem gestohlenen Buch aus dem Laden im Zimmer eingeschlossen. Es ist ein Buch mit rotem Einband. Auf einem der Deckel ist zu lesen: JULIAN DEL CASAL (ein wunderschöner Name, nicht wahr, Sebastián?). Die sepiabraunen

Seiten, die großen, runden, verschnörkelten Buchstaben. Sein Zimmer wird ebenso wie das Noemís von einer Lampe erleuchtet. Sebastián öffnet das Buch aufs Geratewohl (glaubt, es aufs Geratewohl zu öffnen) und liest.

Noemí ist eine Sünderin. Noemí ist eine bleiche Sünderin. Bleich (jemand, dessen Gesichtsfarbe nicht rosig ist wie bei den Gesunden). Sünderin (gegen Gottes Gebot verstoßend). Noemí hat rötliches Haar und grünliche Augen und liegt in Kissen geschmiegt, lilafarben und aus Atlas (Seidengewebe). Da sie nichts zu tun hat, entblättert sie den Blumenkelch einer Orangenblüte. Zu ihren Füßen befindet sich ein Kamin, der das Zimmer heizt. Daneben steht der geöffnete Flügel. Noemís Hand auf den Klaviertasten, weiß und flatternd wie ein Schmetterling, der von einer Blume zur anderen fliegt. In dem Raum befindet sich auch ein Paravent aus chinesischer Seide. Paravent (ein Gestell aus mehreren Rahmenteilen, mit Scharnieren untereinander verbunden, so daß man sie falten und enger oder breiter fächern kann). Seide (Gewebe aus einem bestimmten, feinen Faden). Auf dem Paravent aus chinesischer Seide sind Kraniche (großer, langbeiniger Vogel von aschgrauer Farbe) in Kreuzformation abgebildet. Auf einem Tischchen thront eine leuchtende Lampe. Der weiße Fächer, der blaue Sonnenschirm und die Glacéhandschuhe liegen auf dem Kanapee (Diwan, gepolsterte Bank mit oder ohne Armlehne, sowohl zum Sitzen als auch zum Liegen geeignet). Gleichzeitig steigt dampfend aus einer Porzellantasse der grüne Geist des Tees empor. Woran denkt Noemí? Liebt sie ihr Prinz nicht mehr? Wird die Anämie sie besiegen? Will sie etwa in ihren Vasen aus böhmischem Glas (Böhmen: Gegend Europas, berühmt für ihre Glasmanufakturen) Mondstrahlen einfangen? Verlangt sie sogar nach Unmöglicherem: die Federn von Ledas Schwan (der verkleidete Zeus) zu streicheln? Nein, um ihren Überdruß (Langeweile, Mattigkeit), der ihre Seele mit Grabesruhe überflutet, zu überwinden, wurde der armen Noemí geraten, aus einem Kelch aus geschliffenem Onyx (Quarzgestein, Achat) das rote Blut eines königlichen Tigers zu trinken, eines Königstigers, eines Tigerkönigs.

Seit Tagen ist Chavito nicht nach Hause gekommen, seit Tagen habe ich keine Nachricht von Chavito, erklärt Merengue. Helena will sich nichts anmerken lassen, weiterhin heiter erscheinen wie eine starke Frau. Dein Sohn ist alt genug, um nicht nach Hause zu kommen, das ist nur natürlich. Und sie steht auf, denn sie weiß, daß nichts, was sie sagt, den Schwarzen beruhigen könnte, ihr fällt nur ein, in die Küche zu gehen und mit einem Schälchen Zimtcreme und einem aufgesetzten Lachen zurückzukommen, Ach, Merengue, Kinder werden eben erwachsen, das weißt du doch. Chavito ist das einzige, was ich habe. Für den Augenblick, aber du wirst sehen, er schenkt dir noch Enkel, Urenkel und Ururenkel, denn als Schwarzer lebst du bestimmt zweihundert Jahre. Merengue lacht traurig, lustlos und ißt, ebenfalls lustlos, die Creme, die stark nach Zimt schmeckt. Niemand kann solche Creme kochen wie du. Das behauptet Rolo, ich habe es von meiner Mutter gelernt, die konnte es noch besser. Und sie schweigen im Dämmerlicht von Helenas Wohnzimmer. Merengue ißt die Creme auf und stellt die Schale auf das Couchtischchen. Erbärmliche Zeiten, mehr muß er nicht sagen, damit Helena begreift, daß er in Wirklichkeit etwas anderes meint. Ja, erbärmlich, mehr als erbärmlich, sei so nett und sag mir, wann die Zeiten jemals besser waren, ach, diese Insel! Du hast recht: diese Insel! Wer ist bloß auf die Idee gekommen, sie zu entdecken? Die Spanier, die sind schuld, ihr Abenteuergeist, ihr Drang nach edlen Taten, ihr naives Ehrgefühl! Hätten sie dieses Fleckchen Erde nicht entdeckt, würdest du mit Lendenschurz an der Elfenbeinküste umherspazieren und ich den Fußboden in einem Kloster in Santander scheuern. Jetzt lacht Merengue von Herzen. Und ich würde keine Kuchen verkaufen? Helena schüttelt den Kopf, Du würdest mit einem Karren umherziehen und Elefantenzähne verkaufen.

Heute war er weder zu *El Bilbao* gegangen noch mit dem Kuchenkarren losgezogen. Er legte sein bestes Guayaberahemd an und holte den Strohhut hervor, den ihm seine Frau zur Hochzeit geschenkt hatte, damals, als noch das Schlitzauge Zayas regiert hatte. Er verharrte eine ganze Weile im Vorhof, unter den ausgebreiteten Flügeln der Nike von Samothrake, bekreuzigte sich und sagte, Liebe Jungfrau, wenn mein Sohn heute auftaucht, kaufe ich dir den prächtigsten Schrein, den du je gesehen hast. Dann ging er auf die Straße hinaus, ohne genau zu wissen, wohin er sich wenden sollte. Eine lärmende Gruppe von Soldaten trat gerade in Rolos Buchladen. Schaut man ihnen zu, könnte jeder meinen, alles wäre in bester Ordnung und Kuba ein Paradies, sagte sich Merengue, während er den Weg in Richtung Bahnhof einschlug, der zu dieser Zeit belebt war, da gleich der Zug nach Artemisa eintraf. In einem Winkel entdeckte Merengue einen Schwarzen, der bäuchlings auf dem Boden lag. Er lief zu ihm. Voll Angst und Hoffnung. Er lief zu ihm und drehte ihn um. Ein Besoffener, sagte eine Frau, die auf einer Bank saß und strickte. Ja, ein Besoffener, auch ein junger Schwarzer, der mit offenem Mund seinen Rumrausch ausschlief. Merengue versuchte ihn zu wecken, Na komm, Junge, zu Hause warten sie bestimmt auf dich. Der Schwarze schlug die Augen auf, versuchte zu lächeln, sagte etwas, das Merengue nicht verstand, und schlief wieder ein. Merengue wollte nicht lockerlassen, aber in diesem Augenblick lief der Zug ein. Der Pfiff, der Trubel auf dem Bahnsteig und das Gesicht des schlafenden Betrunkenen riefen ihm in Erinnerung, daß er als erstes an Schirokko gedacht hatte. Der Gedanke war nicht aus der Luft gegriffen, denn wenn Schirokko Chavito besuchen kam, fuhr er nie mit dem Bus nach Hause, sondern wartete auf den Zug nach Artemisa, und da er mit den Eisenbahnern (überhaupt mit aller Welt) befreundet war, ließen sie den Zug bei Zamora langsamer fahren, damit Schirokko fast vor seiner Haustür abspringen konnte. Das war für Merengue in seinem Alter natürlich nichts, also ging er die Calle Calvario hinunter, mit den beschleunigten Schritten von jemandem, der es gewohnt ist, einen schweren Karren voll Backwaren zu schieben. Hinter dem Park, in dem auf einem Sockel eine bronzene Bongo an den großen Chano Pozo erinnerte, wurde die Calle Calvario immer schäbiger, enger, finsterer, bis sie nur noch ein Wirrwarr aus armseligen Holz- und Wellblechhütten und Pfählen mit Coca-Cola-Reklamen war, wo nackte Kinder mit aufgeblähten Bäuchen umherliefen und Männer beim Würfelspiel saßen, ungekämmt, unrasiert, die schweißnassen Oberkörper entblößt, doch dicke Goldketten zur Schau stellend. Die Frauen traten vor die Tür, trockneten sich die Hände an ihren Schürzen ab, um den alten Schwarzen in seinem vornehmen Guayaberahemd und dem Strohhut vorbeigehen zu sehen, der aus einer anderen Epoche herübergewandert zu sein schien. Schirokkos Verschlag, wie alle anderen aus dem erstbesten Material zusammengeschustert, klebte fast an der Bahnlinie. Als sich Merengue der Hütte näherte, an deren Wand geschrieben stand »Abenteurer bin ich, was kümmert mich die Welt«, fiel ihm auf, daß sich die Türen und Fenster der benachbarten Hütten vorsichtig schlossen. Merengue wußte, selbst auf sein Klopfen hin würde ihm bei Schirokko niemand öffnen. Ebenso wußte er, daß man ihm auch in den anderen Häusern nicht öffnen, daß ihm niemand auch nur den geringsten Hinweis geben würde, wo Schirokko sich aufhalten könnte. Nur ein Alter, der an den Gleisen entlanglief, auf einen Ast gestützt, die Augen vom Nebel des Alters verschleiert, rief ihm mit zittriger Stimme zu, Nein, mein Herr, ich weiß nichts von Schirokko, und machen Sie sich nicht die Mühe, nach ihm zu fragen, man wird Ihnen sagen, daß man nichts über ihn weiß, wundern Sie sich nicht, mein Herr, in diesem Land wollen alle alles wissen, und niemand will etwas gewußt haben, das Ich-wasche-meine-Hände-in-Unschuld wird noch der Untergang dieser Insel sein.

Schüsse waren zu hören, als Merengue neben dem Militärhospital in den Bus stieg. Er war entschlossen, bis zum Haus der Russin zu fahren, die in Regla wohnte, auf der anderen Seite der Bucht, in einem hohen Haus auf einem Hügel, von dem aus das Meer und Havanna zu sehen waren. Merengue war einmal mit Chavito dort gewesen, an einem 7. September, dem Fest der schwarzen Madonna, am Vorabend des Festes der barmherzigen Jungfrau von El Cobre. Merengue erinnerte sich noch voll Rührung an die kubanische Fahne, die so groß gewesen war, daß sie von der Kirchturmspitze bis zum Bogen des Hauptportals hinunterhing. (Als die Jungfrau zum Abschluß der Prozession an ihren Platz auf dem Altar gestellt werden sollte, hatte sich die Krone in der Fahne über ihr verfangen. Bis zur Mitte des Kirchenschiffs zog die Prozession mit einer von der kubanischen Fahne verhüllten Jungfrau von Regla, und eine sprachlose Gemeinde versuchte, sich dieses Vorzeichen zu erklären.) Die Schüsse waren noch immer zu hören, als Merengue in den Bus stieg. Der Busfahrer sagte etwas, das er nicht verstand. Es saßen nicht viele Leute im Bus: eine Nonne mit einem Paket auf dem Schoß, zwei Mädchen in Schuluniform, ein Herr im Anzug mit Aktenmappe, ein Polizist. Auf Höhe des Blindenwerks stieg ein Blinder mit einem Paar Maracas ein, der sich vor dem Busfahrer aufbaute und zu singen begann, *En el tronco de un árbol una niña grabó su nombre henchida de emoción ...* In den Stamm eines Baums ein Mädchen ritzte einst seinen Namen mit tiefem Gefühlsaufwallen ... Seine Stimme klang belegt, schien jeden Moment ersterben zu wollen; der Gesang war mitleiderregend, sollte es vielleicht auch sein: Am Ende ging er von einem Fahrgast zum anderen, sagte, Helfen Sie einem kubanischen Künstler, und sammelte die Münzen in einer kleinen Blechdose ein. Dann setzte er sich neben Merengue. Können Sie mir sagen, wie spät es ist? Merengue stellte fest, daß seine Uhr stehengeblieben war. Er wandte sich an den Polizisten, Wie spät ist es bitte? Der Polizist schaute auf seine Armbanduhr und entschuldigte sich, Verzeihung, ich habe wohl vergessen, sie aufzuziehen. Der Polizist wandte sich an die Nonne, Schwester, wißt Ihr, wie spät es ist? Die Nonne schaute auf ihre Uhr und sagte überrascht, Meine Uhr hat keine Zeiger. Der Fahrer zog nun seinerseits eine Uhr aus der Hosentasche und stellte fest, daß sie stehengeblieben war. Die Schüsse kamen immer näher. Ebenfalls die Sirenen der Polizeiwagen. Hinter Puente Almendares stieg eine Frau mit einem Kind auf dem Arm ein. Das Kind hörte nicht auf zu weinen. Die Frau bemühte sich, es zu beruhigen, indem sie ihm erklärte, daß das Weinen die schlechteste aller Lösungen sei; das Kind bemühte sich dagegen, sie zu ignorieren. Nun begann der Blinde erneut zu singen, *Por tu simbólico nombre de Cecilia, tan supremo que es el genio musical*... Allein dein sprechender Name Cecilia, in dem die göttlichste Musik erklingt... Ecke 23. und 12. stiegen eine Alte in rotem Kleid und ein bärtiger, heruntergekommener Mann in einer langen Kutte aus Sackleinen ein, der in Händen ein Bildnis des heiligen Lazarus trug. Der Mann ging barfuß, und Merengue sah seine blutig gerissenen Füße. Ich bin ein Aussätziger, erklärte er, während er die Hand zum Betteln ausstreckte. Ecke 23. und Paseo bremste der Bus heftig, und das Paket rutschte der Nonne vom Schoß, öffnete sich und verstreute einen Schädel, ein Schienbein, einen Oberschenkelknochen und noch anderes Gebein im Bus. Die Nonne rief, Mein Gott, während der Aussätzige auf die Knie fiel und der Blinde sang, *Oye la historia que contóme un día el viejo enterrador de la comarca*... Hört die Mär, die einst mir erzählte der alte Totengräber hier... Die Mädchen in Schuluniform schrien auf. Der Polizist fuhr hoch und griff zur Pistole, aber die Alte in Rot zog schnell wie der Blitz ein Messer aus ihrer Handtasche, fiel über ihn her und erstach ihn.

Nachdem er im Fluß geschwommen ist, streckt Vido sich nackt am Ufer in der (wie immer) hellstrahlenden Sonne aus. Vido spürt die Sonnenwärme wie ein Streicheln auf seiner Haut und weiß schließlich nicht mehr, ob die Wärme von der Sonne oder aus seinem Körper kommt. Als würde sein Körper wie das Gestirn oben leuchten und wärmen, mein Körper ist ein Gestirn, mein Körper ist die Sonne, ich leuchte, wärme alles, was mich umgibt, ich besitze ein eigenes Licht, meine Knochen strahlen so viel Wärme aus, daß sie weiß glühen und strahlen, die Sonne ist in mir, ich bin die Sonne.

Mir ist kalt, ich schäme mich, das sagen zu müsssen, *I'm ashamed to say it*, bei dieser Hitze zu behaupten, mir sei kalt, ist wahrlich eine Schande. Der Schmerz in den Beinen hat etwas nachgelassen, und Professor Kingston hat sich Jackett und Schal angezogen und ist vor die Tür gegangen, um sich in der Sonne zu wärmen. Ihm ist kalt. Trotz Jackett, trotz Schal zittert er. Es ist eine Kälte, die dem Schmerz ähnelt, die von innen kommt, als hätten sich meine Knochen in Eiszapfen verwandelt, als würde die Sonne nicht gegen diese Eiszapfen ankommen, die meine Knochen sind, selbst wenn ich stundenlang in der Inselsonne säße, *the relentless sun of the Island*, mein Körper würde es nicht einmal merken, mein Körper ignoriert die Sonne, die Sonne ignoriert meinen Körper, und inmitten dieser beidseitigen Ignoranz komme ich um vor Kälte.

Als Vido Professor Kingston herankommen sieht, wirft er sich ins Wasser. Ihm ist, als höre er das Wasser aufstöhnen, als es seinen Körper, so heiß wie die Sonne, empfängt. Der Professor grüßt ihn mit einem zaghaften Lächeln. Was für eine Hitze, schreit Vido mit allzu kräftiger Stimme, mit einer Stimme, deren Kraft und Übermut er nicht bezähmen kann. Ja, das stimmt, was für eine Hitze, sagt der Professor fröstelnd, die Arme über der Brust verschränkt, und zieht den Schal fester um den Hals.

Der Schal rutscht weg und fällt ins Gras. Der Professor versucht, sich nach ihm zu bücken. Der Schmerz in der Hüfte, in der Taille, im ganzen Körper, in der Seele, der Welt, hindert ihn daran. Professor Kingston betrachtet den nackten Jungen, die junge Haut, die Wasser und Sonne glitzern lassen. Junge, fragt er, wußtest du, daß du ewig währst?

Hauptmann Alonso unterhält sich lange mit Casta Diva. Der Hauptmann scheint besorgt: Seit über einer Woche schon ist Chacho nicht in die Kaserne gekommen. Die Frau erzählt ihm mit geröteten Augen, daß Chacho nur aufsteht, um seine Notdurft zu verrichten, er ißt nicht, spricht nicht, wäscht sich nicht, schaut weder Tatina noch Tingo an, mich schon gar nicht, mein Mann hat zu leben aufgehört *(Schluchzen)*. Hauptmann Alonso sieht müde aus, unruhig. Sie wissen ja, Casta Diva, die Zeiten sind erbärmlich. Die Frau blinzelt, hustet, tritt nervös von einem Fuß auf den anderen. Hauptmann Alonso zieht ein Taschentuch hervor und wischt sich den Schweiß von der Stirn. Sein Feldhemd ist völlig durchnäßt. Ja, die Zeiten sind erbärmlich, Columbia ist ein Hexenkessel, alles wird in sich zusammenstürzen. Sie tritt ein paar Schritte zurück; es ist offensichtlich, daß sie lieber zu den Bäumen hinüberschaut, vielleicht zur Venus von Milo, die halb aus dem Laub hervorragt. Erzählen Sie mir nichts von erbärmlichen Zeiten, sagt sie schließlich. Wir stehen am Rand einer Katastrophe, erklärt der Hauptmann und versucht zu lächeln. Casta Diva ist zu einer Statue erstarrt. Katastrophe, was bedeutet dieses Wort für Sie, was heißt »am Rand«, am Rand wovon? Das heißt, daß uns eine Zeit des Grauens erwartet, und der Hauptmann deutet in Richtung der Bäume, als käme das Grauen von dort. Sie verharrt noch ein paar Sekunden regungslos und schüttelt schließlich den Kopf, hebt die Arme zum Himmel, theatralisch (und deshalb wahrhaftig), Da oben gibt es einen großherzigen Gott, Hauptmann, was auch immer geschehen mag, wird geschehen müssen, meinen Sie nicht? Der Hauptmann geht ein paar Schritte, die Stiefel hallen in den Kolonnaden. Diesmal wird Gott uns ein für allemal verlassen, wir stehen am Rand eines schrecklichen Verhängnisses, sagt er. Die Frau läßt die Arme sinken, In diesem Land standen wir schon immer am Rand des Verhängnisses. Bis wir eines Tages, fügt der Hauptmann hinzu, bis wir eines Tages nicht länger »am Rand« stehen, sondern endgültig stürzen, stürzen, stürzen (der Mann betont das Wort auf eine Art, die schwer wiederzugeben ist), schauen Sie sich dieses Wort nur genauer an, den Übergang von der ersten zur zweiten Silbe, vom »r« zum »z«: ein Abgrund. Und woher wollen Sie wissen, Hauptmann, daß wir nicht schon längst gestürzt sind, woher wollen Sie wissen, daß diese Insel nicht schon immer in dieser Tragödie gelebt hat, von der Sie sprechen? Señora, Sie sind noch pessimistischer als ich. Nein, nennen Sie es nicht Pessimismus, ich weiß genau, was unerfüllte Träume sind, geschlossene Türen, verheerende Wirbelstürme, das überbordende Meer, sich öffnende Himmelsschleusen, der unerbittliche Fatalismus, das Unvermeidliche des Fatalismus, ich bin die Republik, Hauptmann, ich wollte wahr machen, was ich nicht wahr gemacht habe, wollte sein, wo ich nicht bin, wollte erreichen, was unerreichbar war, ich brachte eine geistig behinderte Tochter zur Welt, einen Sohn, der nichts versteht, ich weiß, wie es ist, einen Mann zu haben, der an einem unheilvollen Tag nach Hause kommt, sich ins Bett legt und nicht mehr spricht, sehen Sie mich an, Hauptmann, sehen Sie mich gut an, sehen Sie mein weißes Haar, die stumpfen Augen, die welken Hände, hören Sie meine so unglückselig erloschene Stimme, schauen Sie sich doch meine Hutzelgestalt an, dabei bin ich erst vierzig, begreifen Sie, Hauptmann, ich bin die Insel. Der Hauptmann bückt sich zu Irenes Farn nieder, möchte sich eine Gardenie pflücken, tut es nicht, etwas hält ihn zurück. Was ist mit Chacho los? Das gleiche wie mit Ihnen, das gleiche wie mit mir, nehme ich an, Doktor Pinto hat ihn sorgfältig untersucht und nichts Physisches finden können, er sprach von … ich weiß nicht, weiß nicht mehr, Doktor Pinto hat keine Ahnung, was mein Mann hat. Hauptmann Alonso geht in die Hocke, um eine Ameisenkolonne zu beobachten, die Laub, Blütenblätter, Insekten schleppt. Und Sie sagen, er ist nicht mehr aufgestanden? Die Frau denkt ein paar Sekunden nach, bevor sie erwidert, Doch, an einem Tag hat Chacho das Bett verlassen.

Vor drei, vier Tagen war an einem Sonntag frühmorgens die Glocke am großen Gittertor zu hören gewesen. Helena kam wie üblich gewissenhaft herbei. Niemand war dort. Zuerst dachte sie an stromernde Kinder, die von Haus zu Haus zogen und an den Türen läuteten, oder an die Zeugen Jehovas mit ihren Bibeln und *Wachttürmen*. Doch in der Bahnstraße war niemand zu sehen. Sogar stromernde Kinder, sogar die Zeugen Jehovas respektieren die Melancholie eines Sonntagmorgens. Helena ging wieder an ihre Arbeit, sie hatte alle Hände voll zu tun, die Blutflecken aus der kubanischen Fahne zu waschen, mit der Tingo und Sebastián den Verwundeten zugedeckt hatten. Kurz darauf läutete es erneut, Helena ging wieder zum Tor und stieß dort auf Merengue, der diesmal seinen weißen Karren mit den Kuchenblechen nicht hervorgeholt hatte, obwohl es Sonntag war (ein Tag, an dem man vor den Krankenhäusern ein gutes Geschäft macht), er sah seltsam aus, niedergeschlagen, traurig, schweigsam (während er doch sonst immer so lustig war). Merengue befand sich im Vorhof und stellte gerade eine Vase mit Kranzblumen zu Füßen der Nike von Samothrake auf. Helena kannte natürlich den Grund für sein sonderbares Verhalten und den Blumenstrauß, grüßte ihn kurz und fragte, Hast du jemanden am Tor gesehen? Merengue starrte sie einen Augenblick an, als würde er nicht begreifen, und bemühte sich dann, im gewohnten Tonfall zu antworten, was ihm nicht gelingen wollte. Nein, ich kam eigentlich wegen des Blumenstraußes und hörte es dann läuten, aber als ich zum Tor kam, war niemand dort, weder vor der Tür noch auf der Straße. Mir ist es ebenso ergangen, erklärte Helena, das passiert jetzt schon zum zweiten Mal. Es wird wohl der Wind sein, seufzte Merengue. Was für ein Wind, du wirst doch über Nacht nicht zum romantischen Phantasten geworden sein? Merengue konnte weder antworten noch lächeln; auch in die Augen schaute er ihr nicht. Er wartete, bis Helena fort war, bevor er wieder vor der Kopie der Nike von Samothrake niederkniete, vor der er ein Ave-Maria beten wollte. Wieder läutete es. Merengue fuhr so schnell wie möglich herum, sah jedoch niemanden. Helena kam wieder, diesmal in Begleitung von Irene. Die beiden Frauen gingen sogar ein Stück auf die Straße hinaus. Niemand. Niemand war dort. Um diese Zeit kamen höchstens tröpfelnd Soldaten vom Bahnhof, die in Richtung Columbia-Lager gingen, aber es war wohl mehr als unwahrscheinlich, daß sie geläutet hatten (Sie müssen schon verzeihen, Hauptmann Alonso, aber noch der aufgeschlossenste Mann verliert in einer Uniform seinen Sinn für Humor; meiner Meinung nach entsteht eine Armee gerade dann, wenn sich der Mensch seines Lachens schämt, denn dem Soldaten ist nichts geblieben als Haß und Tragödie). Als Helena und Irene abermals nach Hause an ihre Arbeit gegangen waren, drehte Merengue sich wieder um und kniete vor der Tonkopie der Nike von Samothrake nieder, faltete die Hände, schloß die Augen und betete, bat flehentlich für Chavito. Da spürte er, wie er sich in die Lüfte erhob, immer höher über der Erde schwebte. Ein ungeheures Wohlbehagen durchflutete ihn. Er schwebte über die Palisadenwand hinweg, am Apollo vom Belvedere vorbei, überflog die Kubaeichen, die Weiden, die geheiligte Jagüeyfeige, den roten Sandelholzbaum aus Ceylon, die Mango- und Guanábanabäume (mit ihren riesigen, zuckersüßen Früchten, die an diesem Sonntagmorgen besonders intensiv dufteten), sah aus der Höhe den Brunnen mit seinem Gänseknaben, die Tränke, Consuelos Elegguá, schwebte Richtung Jenseits weiter, auf Professor Kingstons Haus zu, gelangte zum Fluß und kehrte längs der Inselmauer wieder zurück, vorbei an seinem eigenen Haus, vorbei an Eleusis, und vom Himmel aus sah er die Bahnstraße, die gerade ein riesiger blauer Cadillac entlangkam. Merengue schlug die Augen wieder zu Füßen der Nike von Samothrake auf. Er drehte sich voll Ehrfurcht um. Ja, dort stand tatsächlich der blaue Cadillac. Er erhob sich nicht, rutschte auf Knien zum großen Gittertor und begann, verzweifelt daran zu rütteln, damit die Glocken Sturm läuteten und alle herbeigelaufen kämen, um zu sehen, wer dem blauen Cadillac entstieg.

Zuerst erschien Iraida, wunderschön (wer hat je eine schönere Mulattin gesehen als Iraida?), Tochter eines Spaniers und einer Schwarzen, sie besaß eine vollkommene Hautfarbe, vollkommenes Haar, vollkommene Gesichtszüge, einen vollkommenen Körper (so oft sie einem auch den Grund erklären, nie wird man begreifen, warum nicht jeder Bewohner der Iberischen Halbinsel sich kurzerhand einen Partner auf dem afrikanischen Kontinent sucht – oder umgekehrt –, um – auf die einzig mögliche Weise – den Traum von einer besseren Welt Wirklichkeit werden zu lassen). Da sie Tochter der Heiligen Jungfrau der Barmherzigkeit (Obbatalá) war, ging sie in Weiß, in einem schlichten Baumwollkleid, das Haar, halb das einer Schwarzen, halb das einer Weißen, fiel ihr auf die freien Schultern hinab. Von dem Moment an, in dem Merengue sie aus dem Cadillac steigen sah, roch er schon ihr Kotillon-Parfum, als würde eine ganze Legion von Iraidas ihre Ankunft verkünden. Nach ihr entstieg dem Wagen selbstverständlich der beste Sänger der Welt, Beny Moré! schrie Merengue zum Gruß, eine tolle Band haben Sie! Mit seinem breitkrempigen Hut, seiner Latzhose aus derbem Baumwollstoff und dem weiß-gelb karierten Hemd sah Beny schmächtiger als gewöhnlich aus, er hatte Ringe unter den Augen, wirkte müde, ein wenig traurig, trotz des Lächelns, das ihn nie verließ. Beim Läuten der Glocken füllte sich der Vorhof mit Menschen, zuerst kam Helena, liebenswürdig wie selten zuvor, und schloß das Tor auf. Alle (mit Ausnahme von Chacho) kamen herbei, um Iraida zu begrüßen, Mädchen, großartig siehst du aus, sie küßten und drückten sie, und sie stand in ihrer Mitte, bezaubernd, lächelnd. Er hinter ihr, erfreut über den Triumph der Frau, er umarmte, schüttelte Hände, verteilte sein Lächeln in die Runde, zusammen mit seinem typischen Gruß, Na, wie steht's mit meinem Kuba? worauf die anderen schmeichelnd antworteten, Solange du hier bist und singst, ist auf Kuba die Welt in Ordnung. Selbst Onkel Rolo konnte sich die Bewunderung nicht versagen und rief, Wenn du stirbst, Beny, wird die ganze Insel untergehen. Und sie umrundeten die Palisadenwand, ließen den Vorhof hinter sich, die Rumpelkammer, den Spucknapf und den Hutständer, um schließlich zu Merengues Wohnung zu gelangen, wo sich schnell die nötige Anzahl von Sesseln fand, jemand (ich nehme an, Casta Diva) Milchreis brachte, und jemand anderes (ich nehme an, Helena: Es wäre nicht logisch, daß Irene den Verwundeten so lange Zeit allein ließ) Kaffee brühte. Buva und Pecu hüpften mit einem Satz dem Sänger auf den Schoß, er streichelte sie, lächelte auch ihnen zu, als müßte man den Katzen ebenfalls um den Bart streichen, als wüßten sie, daß sie sich auf dem Schoß des besten Sängers der Welt befanden. Beny aß Milchreis, trank Kaffee und erzählte von Mexiko, wie es ihm dort auf der Tournee mit seiner Band ergangen war, von dem Duett, das er mit Pedro Vargas gesungen hatte. Donnerwetter, mit Pedro Vargas! *(anhaltender Applaus)*. Die Mexikaner lieben die Kubaner, erklärte Beny, außerdem leben dort Ninón Sevilla, Rosita Fornés, María Antonieta Pons, Pérez Prado, Mexiko ist ein geradezu unheimlich schönes Land, da erschaffen Leben und Tod in schönster Eintracht, wie es sein sollte, Riesenblumen und Vulkane, in diesem Land fühle ich mich wohl, nicht ganz so wohl wie hier, versteht sich, das muß ich wohl nicht betonen, nicht wahr, jeder Kubaner leidet in der Fremde, nur auf der Insel ... Schweigen. Alle verharrten in Schweigen. Um es zu brechen, trommelte Beny auf die Sessellehne und sang, *Pero qué bonito y sabroso bailan el mambo las mexicanas* ... Wie heißblütig und hübsch können Mexikanerinnen Mambo tanzen ... *(Applaus)*. Iraida fächelte sich mit ihrem weißen Fächer Luft zu, fuhr begeistert auf, Erzähl's ihnen, Beny, erzähl ihnen, wie wir Cantinflas kennengelernt haben, bezaubernd ist er, so vornehm und elegant, überhaupt nicht wie im Film, mit all diesen komischen Einfällen, die man nicht versteht, nein wirklich, ein gebildeter Mann, er hat uns zum Abendessen zu sich nach Hause eingeladen, wobei Haus nicht zutrifft, in seine

Villa, nein, Villa auch nicht, sondern in seinen Palast, voll wertvoller Kunstwerke war der, und ich schwöre euch, wären da nicht sein Aussehen und seine Redeweise gewesen, ich hätte Cantinflas glatt für einen Engländer gehalten. Iraida setzte sich wieder, lächelnd. Wir haben auch María Félix kennengelernt, die wird nicht umsonst die schöne María genannt, es ist die wunderschönste Frau, die je auf diesem Planeten geboren wurde, und wir besuchten die Gräber von Pedro Infante und Jorge Negrete, legten Blumen nieder, und Beny hat für sie gesungen. Da unterbrach der Sänger Iraida, die zweifellos weitere Einzelheiten über den Ausflug zu den Gräbern zum Besten geben wollte, und fragte erneut, doch nun in anderem Tonfall als zuvor am Tor, Und wie steht's mit meinem Kuba?

Schweigen. Alle verharrten in Schweigen.

Jeder wußte, was der blaue Cadillac, der in der Bahnstraße parkte, zu bedeuten hatte. Helena, der die Erfahrung sagte, was geschehen würde, schloß ausnahmsweise nicht das Eingangstor ab. Dann geschah, was so selten vorkam: Die Insel füllte sich mit Besuchern. Zuerst erschien Lila, die blonde, blauäugige Fünfzehnjährige ohne Beine und Arme, in dem Tragekörbchen, in dem sie ihre Schwestern überallhin mitnahmen. Beny hob sie aus dem Körbchen, nahm sie auf den Arm und begann, so leise mit ihr zu reden, daß die anderen nicht hören konnten, worüber sie sich unterhielten. Lila begann zu lachen und gleichzeitig zu weinen. Der Sänger umarmte sie fest, legte sie vorsichtig ins Körbchen zurück und schenkte ihr Chrysanthemen von der Insel. Acacia, uneheliche Tochter Amadeo Roldáns, wie es hieß, hatte dem Sänger eine

Partitur von *La Rebambaramba* mit Randnotizen in der Handschrift des berühmten Komponisten mitgebracht. (Acacia wußte anscheinend nicht, daß Beny niemals Musiktheorie studiert oder Noten lesen gelernt hatte.) Solidón Mambí, der Sekretär von Luis Estévez (dem ersten Vizepräsidenten der Republik) brachte einen goldenen Orden mit José Martís Konterfei, den er, Solidón, mit zitternder Hand an die Latzhose des Sängers steckte. Roberto der Schöne und Genoveva von Brabant kamen mit riesigen Karaffen voll eisgekühlter Kokosmilch, die unverzüglich an die Anwesenden ausgeschenkt wurde. Belarmino, der Dichter, sang bei seiner Ankunft ein paar populäre Dezimen. Ebenfalls singend (mexikanische Rancheras) stellte sich Blanca, die Schwarze, ein, in engem Lamékleid und mit einer Stimme, die allzusehr an Lola Beltrán erinnerte. In ordentlicher Reihe kamen in ihren Schuluniformen, geführt von der Lehrerin María Amada und der Schuldienerin Laura, die Kinder der fünften Klasse aus der Schule *Blume Martís* an; eins der Kinder, mit Hornbrille, las bebend einen Aufsatz über den Mann vor, »in dessen Stimme auf ewig die Seele der Heimat schwingt«. Genaro, der Stadtrat, ernannte ihn zum »Illustren Sohn des Ortes Marianao«. Ein kleiner Greis in schmierigen Kleidern, der unglücklich dreinsah, den alle Abelardo Pfennigfuchser nannten und der am Arm eines farblosen, nicht weniger schmierigen Blindenführers ging, dessen Name, wie man sich vorstellen kann, niemandem einfiel, bat den Sänger um Vergebung für seine zahllosen Sünden. Und es kamen Tine Libertine, Reinaldo Graphorrhö, Soleida Triste, Mannweib Maruchy, Paco López (der nicht zu quatschen aufhörte), Raulito Nuviola (in seinem Paillettenkleid), Xiomara, die Puppenspielerin, Tabares, die Apostatin, Raquel Widerborst (Doña Bárbara), Chantal Dumán (Französin und notleidende

Marquise), Gloriosa Blanco, Plácido, der Krämer, Elodia, Nancy, die ruchlose Amor mit ihren bösen Zwillingssöhnen, Omar Informant, Rirri Arenal, Alicia Mondevil ... Immer mehr kamen, bis man trotz des wilden Stimmengewirrs einen Stock dröhnen und die Stimme der Barfüßigen Gräfin hörte, die so laut wie nie zuvor schrie, Das ist keine Insel, sondern ein Ungeheuer voller Bäume, und es trat absolute Stille ein. Man konnte den besten Sänger der Welt ängstlich atmen hören.

Ohne Schuhe, in ihrem blauen Kleid, wie eine Kaiserin im Exil, ohne Not auf ihren Eisenholzstock gestützt, mit dieser Eleganz, von der man nie wissen wird, worauf sie beruht, sah man beim Laokoon die Barfüßige Gräfin auftauchen. Sie hielt einen Augenblick inne, als sie in die Kolonnaden bog, mit diesem spöttischen Lächeln und dem Blick, der alle Geheimnisse barg (ein Blick, übervoll von Weisheit und Güte, der im Widerspruch zu dem Lächeln stand, der traurige Blick von jemandem, der *weiß*), bis sie ihre Augen schließlich auf dem Sänger ruhen ließ. Der war bleich geworden. Sie hob den Stock. Um dem Augenblick den Ernst zu nehmen, rief er mit falscher Fröhlichkeit aus, Ich wollte dich sehen, Gräfin. Sie gab keine Antwort. Langsam kam sie heran. Alle machten ihr Platz, als sei sie wirklich eine Kaiserin. Als sie zu ihm gelangt war, kniete sie nieder. Er streckte die Hände aus und konnte sie doch nicht berühren. Warum kniest du nieder? Die Gräfin war ernst. Weil du bereits nicht mehr von dieser Welt bist, Sänger.

Roberto dem Schönen fiel es zum Glück ein, noch mehr Kokosmilch auszuschenken. Jedes Kind weiß, daß die Kokosmilch auf dieser Insel, auf der der Teufel die Pfannen der Hölle heizt, die Menschen alles vergessen läßt, was sie bedrückt. Jedes Kind weiß, daß die Kokosmilch für die Insel das gleiche ist wie der Nepenthes-Trank für die Griechen.

Als es dämmerte, begann Beny zu singen. Er wandelte durch die Kolonnaden und sang, *La realidad es nacer y morir, a qué llenarnos de tanta ansiedad*... Aus Geburt und Tod besteht das Leben, wozu sich Sorgen machen ... Seine Stimme klang melodiös und weich. Sogar die Bäume der Insel hielten ihre Zweige still. Alle setzten sich auf die Erde und blickten zu Boden. Manche schlossen die Augen. Manche umarmten sich (auch ohne sich zu kennen). *Todo no es más que un eterno sufrir*... Alles ist nur ein ewiges Leiden ... Er sang auf dem Weg, der zum Brunnen und dem Knaben mit Gans führte. Die Barfüßige Gräfin entfernte sich in Richtung von Consuelos Haus. Der Abend hing am Faden seiner Stimme. *La vida es un sueño y todo se va* ... Das Leben ist ein Traum, und alles vergeht ... Jedem schien, der Himmel würde sich verdunkeln, die Wolken würden sich über der Insel türmen, als bräche schlagartig die Nacht herein. Außer seiner Stimme war ein Schluchzen zu hören. So angestrengt man sich auch umschaute, niemand sah, von wem die Schluchzer kamen. *La realidad es nacer y morir* ... Man konnte seine Gestalt nicht mehr ausmachen; aber sie hörten ihn weiterhin, als würde er ihnen ins Ohr singen. Nur diese Stimme ist jetzt von Bedeutung, dachte Casta Diva. Genau in diesem Augenblick sah sie Chacho bei der Venus von Milo. Obwohl er weinte, war Seligkeit in seinem Gesicht.

(Am selben Sonntag, an dem Iraida und Beny Moré gekommen waren, traf Sebastián im Jenseits, am Flußufer, als es schon fast Nacht war, auf die Barfüßige Gräfin, die anscheinend mit ihrem Stock im Yagrumalaub stocherte. Als die Gräfin ihn sah, rief sie ihm zu, Sebastián, Junge, hör gut zu, merk dir, was ich dir nun Wichtiges sage, hast du ihn gesehen, hast du gehört, wie gut er gesungen hat? du wirst ihn nie wiedersehen. Dann spielte die Gräfin wieder mit den Yagrumablättern, verharrte ein paar Sekunden in Schweigen und unterstrich dann, Merk dir das gut, Sebastián, es kann dir für die Zukunft von Nutzen sein: Das Problem dieser Insel ist, daß ihre Götter sterblich sind.)

Da liegt der Verwundete. Für Merengue hat er das Haar und die Augen eines Mischlings mit chinesischem, schwarzem und weißem Blut, auch die Haut und die wulstigen Lippen eines Mischlings, und er empfindet die gleiche Ehrfurcht wie Irene, wie Helena, wie Mercedes, wie Lucio und alle anderen. Merengue bringt ihm einen Strauß Strohblumen, den er in eine Vase auf das Nachtschränkchen stellt, dann setzt er sich und kaut auf seiner Zigarre, ohne sie anzuzünden.

Er traf sehr spät in Regla ein, es war schon dunkel, und aus der Stadt Havanna war das Gaukelbild Havanna geworden. Inzwischen waren keine Schüsse mehr zu hören, ebensowenig Polizeisirenen. Merengue ging durch unbekannte Straßen, kam an Ecken vorbei, die ihm fremd schienen, und war beinahe erstaunt, als er sich auf einmal vor dem großen Haus der Russin wiederfand. Er klopfte, niemand öffnete. Wieder klopfte er, und wieder spürte er, wie die Zeit ihre Pausen, ihre Takte übertrieben dehnte. Er klopfte verzweifelt. Endlich öffnete ihm ein schwarzer Junge von etwa zwölf Jahren, der barfuß ging, oben herum nackt und unten mit einem blauen Rock bekleidet war, Ohrringe und ein ebenfalls blaues Band um den Kopf trug, die Lippen leuchteten zinnoberrot. Es war Mandorla, der kleine Bruder der Russin. In Regla machte das Gerücht die Runde, er sei ein Mädchen, das Ollá wegen eines Streits mit Yemayá in einen Knaben verwandelt habe, damit der Arme mit der Sehnsucht nach dem Mädchen, das er gewesen sei, weiterleben müsse. Wen darf ich melden …? fragte er oder sie (wie der Leser will) höflich. Merengue erklärte, daß er Chavitos Vater sei. Mandorla verbeugte sich, setzte die passende Miene auf und sagte, Kommen Sie bitte herein, fühlen Sie sich wie zu Hause. In dem riesigen Salon waren die Möbel in einem Winkel gestapelt worden. Nur ein Flügel stand in einer Ecke, wo ein Greis, ebenfalls schwarz und mit Fuchshaar, eine Transkription des »Schwans« aus *Karneval der Tiere* spielte. Ein anderer schwarzer Junge, der Mandorla glich, vielleicht auch ein Opfer von Ollás Fluch, und ein schneeweißes Tutu trug, wedelte wild mit den Armen. Als Merengue eintrat, unterbrach der greise Schwarze mit dem Fuchshaar sein Spiel, und der schwarze Ballettänzer (zwölf oder dreizehn Jahre alt) ließ nun seelenruhig ermattet die Arme sinken. Chavitos Vater, meldete Mandorla im Tonfall eines Saaldieners. Merengue wollte sich gerade verbeugen, aber Mandorla verhinderte dies, indem er ihn bei der Hand nahm und in ein Zimmer führte, in dem sich auf Altären Bilder, Blumen, alte Fotografien, Kerzen, Kelche mit Wasser und Wein, Teller mit Speisen und Süßigkeiten türmten. Grüßen Sie, befahl Mandorla. Merengue grüßte die heilige Jungfrau von Regla und fiel auf die Knie. Ich suche meinen Sohn. Das weiß ich. Ich dachte, daß vielleicht deine Schwester … Und ich suche meine Schwester, meine Schwester verschwand am selben Tag wie Chavito, wo auch immer sie sein mögen, sie sind zusammen. Was können wir tun? Mandorla seufzte, zuckte mit den Schultern und rückte den blauen Umhang der Jungfrau zurecht. Ich bin es müde zu fragen. Merengue deutete auf die Heiligengötter. Was sagen sie? Nichts, nichts sagen sie, die sind stumm, die gemeinen Schlappschwänze. Etwas mehr Ehrfurcht! Ehrfurcht? Haben Sie etwa vergessen, daß die Ihren Sohn und meine Schwester haben verschwinden lassen? Das waren doch nicht sie! Die, nur die können es gewesen sein, nur die haben die Macht dazu. Mandorla griff nach einem Wasserkelch und reichte ihn Merengue. Der nahm ihn mit bebenden Händen entgegen, schaute hinein, und für einen Augenblick glaubte ich, daß das Wasser erzitterte, sprudelte und vom Grund das Bild meines Sohnes aufstieg, ich glaubte, zu sehen, wie dort das winzige Ebenbild von Chavito Gestalt annahm. Dann glättete sich das Wasser wieder, kein Bild war mehr zu erkennen, der Wasserkelch war nicht mehr als ein Wasserkelch. Wir werden es bei den Krankenhäusern, bei der Polizei versuchen müssen. Mandorla nahm Merengue den Kelch aus der Hand und schleuderte ihn gegen die Jungfrau, welche schwankte und ihren Kopf verlor. Ihr Strahlenkranz rollte Merengue vor die Füße. Daß es Ihnen ja nicht einfällt, zur Polizei zu gehen, Alter, schrie er oder sie (ganz wie der Leser will) entrüstet.

Ob du es glaubst oder nicht, Sebastián, es gibt einen Ort mit Namen Florenz, es ist die schönste Stadt in der Toskana, und die Toskana ist die schönste Gegend Italiens, du kannst dir so eine Stadt gar nicht vorstellen, da du doch nur die armseligen Dörfer kennst, die Kaffs dieses Landes, das gar kein Land ist, Sebastián, sondern etwas Grauenvolles, das wir mangels eines besseren Namens Insel nennen (Inseln sind keine Länder, sondern für ewig gestrandete Schiffe – und die Zeit in den für ewig gestrandeten Schiffen, ach, sie vergeht nicht), Florenz ist die Stadt mit dem schönsten Dom, den du dir nur denken kannst, er heißt Santa Maria del Fiore und wurde aus Marmorsteinen von so vielen Farben errichtet, daß er wie Zuckerwerk aussieht, ein berühmter (überaus berühmter) Maler mit Namen Giotto hat den Glockenturm gebaut, der über achtzig Meter hoch ist, und die Kuppel ist ein Monument der Vollkommenheit, von einem gewissen Brunelleschi errichtet, Lehrmeister eines anderen wichtigen Mannes, Michelangelos, und denk ja nicht, in Florenz gäbe es nur den Dom, nein, wo denkst du hin, da gibt es noch die Piazza della Signoria und den Palazzo Pitti und die Uffizien, wo man die Gemälde von Botticelli sehen kann, und diese Galerie (oder vielleicht auch eine andere, ich weiß nicht) besuchen die Leute, um vor dem schönsten Mann der Welt zu weinen, nämlich vor Michelangelos David, und wenn sie sich fast die Augen ausgeweint haben, gehen sie zum Arno, das ist ein Fluß (ein richtiger Fluß, Sebastián, nicht wie dieser Wassergraben da, den ihr Fluß nennt), um zu sehen, wie der Abend dämmert, und den Abend am Arno dämmern zu sehen ist ein weiterer Anlaß, vor Glück zu weinen, bis es wieder tagt und man weint, weil nun ein neuer Tag in der Zauberstadt Florenz angebrochen ist, in der letzten Endes nicht die Bauwerke das Wichtigste sind, sondern etwas Seltsames, das niemand bisher hat erklären können, und ich schwöre dir, Sebastián, Junge, ich bin ganz besessen davon, dorthin zu fahren und zu weinen, obwohl ich weiß, daß es sinnlos ist, warum sollte ich hinfahren, wenn meine Augen doch trocken sind und ich nicht einmal träumen kann.

Sie sind am Klassenzimmer vorübergegangen, das um diese Zeit leer ist, und durch die windschiefe Pforte, die Diesseits von Jenseits trennt. Sebastián geht wie ein guter Blindenführer voraus; Marta hinter ihm, die Hand auf Sebastiáns Schulter. Obwohl das Jenseits so unwegsam ist, kennt Sebastián sich dort aus, er ist dem Pfad gefolgt, den die Schritte von Professor Kingston mit der Zeit ausgetreten haben. Marta besteht darauf, beim Jamaikaner vorbeizuschauen. Sie halten kurz bei seinem Haus. Nicht einmal anklopfen müssen sie, der Professor hat sie schon gehört und ist vor die Tür getreten, lächelnd, freundlich, obwohl er kränklich aussieht, Mantel und Schal trägt und man meinen könnte, er würde vor Kälte zittern (bei dieser Hitze!). Wie geht es Ihnen, Professor? Man schlägt sich so durchs Leben, Mädchen, man schlägt sich so durchs Leben. Es muß ein wunderschöner Abend sein ... ich habe Sebastián gebeten, mich auf einen Spaziergang zu begleiten. Alle Abende sind schön, Marta, jeder auf seine Art. Gewiß, Verzeihung, ich meinte, schön für einen Spaziergang. Ich wünschte, Sie würden uns begleiten. Warum kommen Sie nicht mit? Mir tun die Beine weh, ich kann keinen Schritt tun, man merkt, daß man alt wird, wenn einem die Beine weh tun und die Spaziergänge immer kürzer werden. *(Lachen.)*

I can't remember how the rain fell in Jamaica, sagt Professor Kingston, obwohl im Zimmer sonst niemand ist und auch keiner sein kann. Er ist ins Haus zurückgegangen, ihm ist kalt, und er reibt sich die Beine, denen die Feuchtigkeit zusetzt, mit Alkohol ein. Wenn ich mich an den Regen auf Jamaika erinnern will, verläßt mich mein Gedächtnis. Es wird dort wohl ebenso regnen wie hier, beide sind Karibikinseln, den gleichen Schrecken ausgesetzt. An dem Tag, an dem ich Cira kennenlernte, öffneten sich die Himmelsschleusen, es regnete, als wäre seit Jahrhunderten kein Tropfen mehr gefallen. Nein, das war an einem anderen Tag gewesen, Cira und er hatten sich an einem 20. Mai kennengelernt, als die Fahne gehißt wurde, ein schöner Tag, genau, und die Leute waren so fröhlich und schön wie der Tag, und er sah Cira weinen, als würde nicht die Fahne hochgezogen werden, sondern Christus vor ihren Augen zum Himmel aufsteigen. Cira, *it didn't rain that day, right?* Das mit dem heftigen Regenguß kam erst später, ja, es war an dem Nachmittag gewesen, als er vor dem Haus, in dem sie arbeitete, auf sie gewartet hatte. Als ich dich zum ersten Mal sah, hat es nicht geregnet, konnte es nicht regnen, es war ein Nationalfeiertag. *Who can forget that day?* Jetzt erinnert er sich wie im Traum an die Musikkapellen, die Wimpel, die die Straßen schmückten, der Prado war festlich herausgeputzt, die Leute elegant gekleidet, alles tanzte auf der Straße zur Musik der Kapellen, die den ganzen Prado bevölkerten. Und als das Silentium erscholl, da sah ich dich, Cira, du lehntest an einer Säule, in Rot, Blau und Weiß gekleidet, dein schönes, schwarzes Gesicht war voller Tränen, weil sie die Fahne hißten. Professor Kingston sah jedoch nicht, wie die Fahne zum ersten Mal gehißt wurde: Er hatte nur Augen für Cira, und als das Silentium erscholl und ganz Havanna wie auf Befehl innehielt, da zog er ein sauberes, parfümiertes Taschentuch heraus und reichte es Cira, die den Blick nicht von der Fahne wandte, welche langsam den Mast hinaufkletterte. Du nahmst das Taschentuch, Frau, ohne dir die Tränen zu trocknen, ohne mich anzuschauen, und dann, als die Fahne zu flattern begann und ein allgemeiner Freudenschrei ertönte, merktest du, daß du das Taschentuch eines Fremden angenommen hattest und gabst es verwirrt zurück, erschreckt, entschuldigtest dich. Er reibt seine Beine weiter mit Alkohol ein. Die Feuchtigkeit setzt den Knochen schrecklich zu. Und trotz der Hitze komme ich um vor Kälte.

Seit langem schon bittet Marta Gott, sie nach Florenz reisen zu lassen. Natürlich will Marta nicht nach Florenz *reisen*, sondern sie will von Florenz *träumen*. Niemand würde daran zweifeln, daß es etwas völlig anderes ist, ob man wirklich oder in der Phantasie reist. Marta interessiert die Phantasie weit, weit mehr als die Wirklichkeit. Da sie erblindet ist, weiß sie, daß es keine Bedeutung hat, nach Florenz zu reisen und wirklich dort zu sein; sie weiß, es ist besser, sich Florenz vorzustellen, und jeden Abend setze ich mich in den Sessel, das Zentrum meiner Welt, schließe die Augen, rein mechanisch, denn es ist einerlei, ob sie offen oder geschlossen sind, rufe Gott an, bin bereit, durch die geheimnisvollen Straßen zu wandern, vorbei an Santa Maria Novella, durch die Via della Scala bis zur Piazza del Duomo, es soll die Tür des Baptisteriums sein, die ich sehe, die Paradiestür, es soll Punkt zwölf an einem Karsamstag sein, ich will den *Scoppio del Carro* erleben. Nichts. Gott (oder wer auch immer) erbarmt sich ihrer nie, erbarmt sich nicht ihrer Sehnsucht nach Träumen. Niemals gelingt es ihr, diesen dunkelroten, fast schwarzen Vorhang zu durchdringen, der sich zwischen sie und Brügge schiebt, zwischen sie und Florenz, zwischen sie und Alexandria, zwischen sie und ihre Träume.

Du tust gut daran, durchs Bambusrohr zu spazieren, Rolo, die alte Tränke zu begutachten und einen Augenblick vor Consuelos Gottheit Elegguá stehenzubleiben, die du erneut bitten wirst, dir die Wege zu öffnen. Geh weiter zur Statue dieser ausgemergelten Frau (Chavito behauptet, es sei Diana), geh ins Jenseits. Schau, Vido und Versteh-nich-Tingo lassen Drachen steigen. (Sebastián geht mit Marta in Richtung Meer.) Du würdest gut daran tun, dich ihnen anzuschließen. Nun vergiß doch, daß es Sandokan gibt. Schließlich ist er nicht der einzige schöne Mann auf der Welt.

Schon seit Tagen ist Sandokan nicht mehr gekommen, und Rolo weiß nicht, was er tun soll. Er kann ihm keine Nachricht zukommen lassen. Sandokan war so vorsichtig gewesen, ihm nie zu verraten, wo er lebt. Rolo vermutet, daß seine Mutter hinter dem Militärhospital wohnt: Er hat oft gesehen, wie Sandokan dort bei den Offiziershäuschen verschwand. Allerdings muß er die Möglichkeit in Betracht ziehen, daß er ihn in die Irre führen wollte, denn ebensooft nimmt er die Bahnstraße in Richtung Bahnhof oder Koppel; an manchen Abenden sieht man ihn sogar die Insel in Richtung Jenseits durchqueren. Sandokan ist gerissen. Wenig weiß er von Sandokan, nicht einmal seinen richtigen Namen kennt er. Helena hat ihn gewarnt, Es ist gefährlich, diesen Menschen in dein Leben, ins Haus, in die Insel einzulassen. Rolo erwidert, Ich kann nicht, Helena, ich kann nicht anders. Natürlich wagt er es nicht, der Schwester die Gründe zu erklären, warum er nicht anders kann, auch wenn es sich von selbst versteht, er kann ihr nicht sagen, daß ihm dieser Mann viel bedeutet, Er hat mein Leben verändert, nicht etwa, weil er Liebe in mir erweckt, sondern wegen etwas viel Schwerwiegenderem, es ist eine unwiderstehliche Laune, nur er kann mich spüren lassen, daß dieser erbärmliche Körper, den ich leider mit dem besitzanzeigenden Fürwort versehen muß, daß mein verachtenswerter Körper etwas Begehrenswertes ist. Niemand hat ihn so wie Sandokan die Wirklichkeit und das Begehren seines Körpers spüren lassen. Ganze Regionen seines Körpers hatten bis zu Sandokans Erscheinen geschlafen. Auch Regionen seines Geistes waren abgestumpft gewesen, hatten auf jemanden wie ihn gewartet. Er hatte ihn vor über einem Jahr kennengelernt, in einer jener Nächte, in denen sich das Begehren zwischen ihn und das Bett geschoben und ihm die Ruhe verwehrt hatte. Rolo wußte damals bereits, daß ihm in solchen Nächten nichts anderes übrigblieb, als aufzustehen und zum Bahnhof zu gehen, in dessen Pissoir er immer einen großzügigen Soldaten urinieren hörte, der bereit war, sich seine Großzügigkeit befummeln zu lassen. Obwohl in jener Nacht statt einem sogar zwei Soldatengottheiten in dem Pissoir gewesen waren (er hatte den Verdacht, daß sie sich gegenseitig befummelten und abknutschten), konnte Rolo nicht umhin, auf jenes einzigartige Musterexemplar aufmerksam zu werden, mit Gesichtszügen wie auf einer griechischen Vase, klassischem Oberkörper (ohne Hemd), athletischen Beinen (in einer fadenscheinigen kurzen Hose), das barfuß in einer Ecke saß und weinte. Der Junge machte einen solchen Eindruck auf ihn, daß er seine übliche Umsicht vergaß und entschlossen zu ihm trat. Junger Mann, warum weinen Sie? Der Junge blickte kurz auf und erwiderte nichts. Rolo setzte sich neben ihn. Weinen Sie ruhig, wenn es Sie glücklich macht, aber ich warne Sie: Weinen hilft nichts, und er wagte es, seine Hand auf die Schulter des Jungen zu legen, auf die ein Akanthusblatt tätowiert war. Wollen Sie mit mir kommen? Ich kann Ihnen einen Milchkaffee anbieten oder einen Schluck Rum, wie Sie wollen, Sie können auch duschen und sich ausruhen, oder wenn Sie sich lieber unterhalten, ich habe schon mehr im Leben gesehen als Sie, der Teufel ist schlau, weil er alt, nicht weil er der Teufel ist. Der Junge fuhr sich mit der

Hand über die Nase und wischte die Finger an der Wand ab. Neugierig sah er Rolo an, trotz der rotgeweinten Augen fast lächelnd, und fragte ihn mit der klangvollsten aller Stimmen, Wo wohnst du, Alter? Rolo wollte sagen, Ganz in der Nähe, aber kein Ton drang aus seiner Kehle, er konnte nur eine vage Geste vollführen. Der Junge rückte seine kurze Hose zurecht, trocknete sich die Tränen und verließ den Bahnhof, gefolgt von Rolo. Als sie zu Hause ankamen, benutzte er, um Blicke und indiskrete Bemerkungen zu vermeiden, nicht das große Tor, sondern beschloß, den Weg über Eleusis zu nehmen. Es amüsierte ihn, zu sehen, wie der Bursche überrascht und fast erschreckt die Bücher ansah. Gleichzeitig verspürte er eine Anwandlung von Zorn. Er ertrug es nicht, wenn profane Blicke die Bücher streiften, seiner Ansicht nach war die Literatur ein Mysterium und somit nur etwas für Eingeweihte. Also drängte er den Jungen mit einer gewissen Ungeduld in Richtung Wohnung, Komm, in diesem *sanctum sanctorum* kannst du weder baden noch essen. Im Wohnzimmer setzte sich der Junge in einen Schaukelstuhl und nahm die Büste der Malibran in die Hand. Gehört dir die Bibliothek? Rolo nahm ihm die kleine Büste aus der Hand und antwortete nicht. Er suchte ein sauberes Handtuch. Das ist keine Bibliothek, was willst du essen? Die Augen des Jungen waren nun nicht mehr rot, sondern dunkel und voll Leben. *Wassis gibbt.* Nicht »wassis gibbt«, sondern »was es gibt«. Also gut, ein Stück Brot. Er wollte sich die Hose im Wohnzimmer ausziehen, zögerte einen Augenblick und trat dann angekleidet ins Badezimmer. Himmel, dachte Rolo, er ist schöner als der Junge auf dem Gemälde von Flandrin. Er bereitete eine kleine Mahlzeit zu (Brot, Käse, Wurst, Schinken, Oliven und kaltes Bier), während der Klang der Dusche ihn erregte. Es hörte sich ganz anders an, wenn das

Wasser auf den Boden platschte oder über einen Körper lief. Man konnte unterscheiden, ob sich jemand duschte oder einseifte. Man konnte sich vorstellen, daß er andere Dinge tat, wenn er nicht duschte. Auch das Warten erregte ihn. Er trat an die Badezimmertür. Reicht die Seife? Er hörte ihn nicht, oder er wollte nicht antworten. Er sang, *Nuestros besos fueron fuego, un romance por deseo* ... Unsere Küsse waren wie Feuer, eine Romanze des Begehrens ... Schließlich kam er aus dem Badezimmer heraus, das Handtuch um die Taille geschlungen. So setzte er sich an den Tisch. Er hatte sich nicht sorgfältig abgetrocknet, sein Haar war naß, und Wassertropfen glitzerten auf seinem Körper. Er sah weiß und schön aus, sein langer Backenbart endete in einer vollkommenen Diagonale. Seine Stimmung schien wie durch Zauber umgeschlagen zu sein. Hör mal, Alter, das ist ja ein Bankett, rief er aus, den Mund voll Schinken. Rolo öffnete zwei Bierflaschen. Er schenkte zwei Gläser voll, auf denen in Rot geschrieben stand: HATUEY, DAS GROSSE BIER KUBAS. Der andere beeilte sich, vom Bier zu trinken, bevor Rolo mit ihm anstoßen konnte, so daß die Geste in der Luft und das Wort »Prost« an der Zunge hängenblieb. Wie heißt du? Der Junge lächelte, tat so, als hätte er nicht gehört, aß von der Wurst, von den Oliven und trank Bier, bevor er erklärte, Das ist nicht wichtig, Alter, man nennt mich Sandokan. Du kommst aus Malaysia, sagte Rolo im Spaß. Nein, antwortete der andere ernst, ich bin in Caraballo geboren worden und in Marianao aufgewachsen. Rolo holte ein Tuch und begann, ihm den Rücken zu trocknen. Sandokan war ganz mit dem Essen beschäftigt und ließ ihn nicht nur gewähren, sondern unterstützte ihn sogar, indem er den Oberkörper drehte und die Arme hob. Dann rieb Rolo ihm Kölnischwasser auf Hals und Arme, vor allem auf das tätowierte

Akanthusblatt, und bat ihn in seinem sanftesten Ton, Bleib diese Nacht bei mir, ich möchte nicht, daß du gehst, es ist schon spät, es könnte dir etwas zustoßen, die Zeiten sind erbärmlich ... und er stand auf, ging ins Bad und schloß sich dort ein, als wolle er sich ebenfalls waschen, aber statt dessen nahm er Sandokans verdreckte, zerfranste Shorts, seine Baumwollunterhosen, die wohl früher einmal weiß gewesen waren, streichelte sie und roch an ihnen: Niemand, der auch nur den kleinsten Funken von Sensibilität besitzt, könnte daran zweifeln, daß der Schweiß eines schönen Mannes das teuerste Pariser Parfum übertrifft.

Du tust gut daran, hierzubleiben, dich auf einen Stein zu setzen, zuzuschauen, wie Tingo den Drachen steigen läßt. Alles, was dich Sandokan vergessen läßt, ist willkommen. Tingo, der dich bemerkt hat, kommt herbeigelaufen und sagt, Wissen Sie, was ich mit dem Drachen mache? ich schicke Gott einen Brief, Sebastián und ich haben an den Drachenschweif das ... Sie wissen schon, das Papier, den Brief gebunden, und weil die Drachen immer höher, höher und höher steigen, glauben wir, daß Er ihn bestimmt lesen muß, und es wäre schön, wenn er uns mit demselben Drachen eine Antwort schickt, aber Señorita Berta hat gesagt, daß Gott zu beschäftigt ist und nicht auf diese Weise antwortet. Wer ist denn auf die Idee gekommen? Na, wer schon, Onkel Rolo? Sebastián. Darf ich erfahren, um was du Gott gebeten hast? Tingo schaut sich nach allen Seiten um, bindet den Brief los und reicht ihn Rolo. Der Onkel entfaltet ihn und liest: Sehr geehrter Gott, ich hoffe, es geht Dir gut, wenn Du diese Zeilen liest. Bei uns, Deinen Kindern, ist alles soweit in Ordnung, wir wollen Dich nur bitten: Zerstöre die Insel nicht, bestrafe uns nicht! Ob gut oder schlecht, diese

Insel ist das einzige, was wir von Dir bekommen haben. Überlege mal, was wir ohne sie tun sollten. In der Hoffnung auf Deine Güte verbleiben wir hochachtungsvoll.

Tingo läßt immer noch den Drachen steigen und weiß nicht, warum. Sebastián hat ihm gesagt, er solle Gott eine Botschaft schicken. Aber Tingo weiß nicht, was eine Botschaft ist, und schon gar nicht, wer Gott ist. Sebastiáns Botschaft versteht er ebensowenig, du kennst ihn ja, Sebastián kommt immer auf solche Ideen. Von Zeit zu Zeit wird Tingo müde und läßt den Drachen tot zur Erde sinken. Er fragt sich, was es für einen Sinn haben soll, den Drachen steigen zu lassen. Wie neulich, als Señorita Berta gesagt hat, die Erde sei rund und würde sich um die Sonne drehen. Tingo versteht nicht, wie die Erde rund sein, wie sie sich um die Sonne drehen kann. Er versteht auch nicht, wie die Señorita das wissen kann, und vor allem nicht, was er nun mit dieser Erkenntnis anfangen soll. Das ist wie Drachen steigen zu lassen, um Botschaften an Gott zu schicken. Bevor ich wußte, daß die Erde rund ist, bin ich wunderbar umhergelaufen, jetzt, da ich weiß, daß sie rund ist, laufe ich immer noch wunderbar umher, ich werde nicht müde, mir wird nicht schwindlig, nichts Ungewöhnliches geschieht, mein Vater liegt immer noch im Bett, ohne ein Wort von sich zu geben, meine Mutter weint und klagt ohne Unterlaß, meine Schwester Tatina lacht und macht ins Bett, und all das geschieht, ob die Erde nun rund ist oder nicht, und in Wirklichkeit gibt es viele Dinge, die ich nicht verstehe, zum Beispiel, warum ist meine Mama meine Mama, warum ist es nicht Helena oder Irene oder sonstwer? Warum bin ich nicht eine Blume oder eine Ameise? Warum muß ich nachts schlafen und nicht tagsüber, warum schläft man mit geschlossenen Augen?

Warum scheint die Sonne nicht in der Nacht und der Mond am Tag? Warum muß ich erst essen und dann kacken, warum mich waschen, wenn ich mich schmutzig mache, und mich schmutzig machen, um mich wieder zu waschen? Warum trage ich Kleider, wenn es doch heißt, ich sei nackicht auf die Welt gekommen? Warum rede ich, wenn ich rede, warum bin ich still, wenn ich schweige? Warum streiten sich Mama und Papa, wenn sie verschiedener Meinung sind? Warum geben Bäume Schatten, warum muß ich in einem Haus leben, wenn die Bäume auch Schatten geben? Ich versteh's nicht, und dabei scheint es, daß ich der einzige bin, der nichts versteht, aber zwischen verstehen und nicht verstehen gibt es natürlich keinen Unterschied, sonst wäre ich ja völlig verschieden von den anderen, hätte nur ein Auge, ein Ohr, einen einzigen Arm, ein Bein, und so ist es eben nicht, ich bin genau wie die anderen, ich schlafe, rede, esse, pisse und kacke wie die anderen, woher kommt es, daß der, der versteht, dem gleicht, der nicht versteht, das ist alles nur Gerede, weißt du, was wir sehen, ist für mich nicht das, was da ist, sondern das, was nicht da ist, ich versuche, es dir zu erklären: was da ist, ist etwas anderes als das, was man sieht, paß auf, ich gebe dir ein Beispiel, damit du mich begreifst (wenn du zu denen gehören solltest, die begreifen, denn womöglich bist du ja auch wie ich), ich sehe, sagen wir, einen Baum, eine Königspalme, aber in Wirklichkeit ist diese Königspalme nur das, was ich sehe, und nicht das, was existiert, existieren tut etwas anderes, das ich nur für eine Königspalme halte, schau mal, was ich dir zu sagen versuche, ist, daß es zwischen meinen Augen und den wahrhaftigen Dingen eine Nebelwand gibt, daß es andere, falsche Dinge sind, die wir für wahrhaftig halten, verstehst du, aber ändern tut das natürlich auch nichts, das ist letzten Endes so, wie zu wissen, daß sich die

Erde dreht, weißt du, ich sehe eben die Königspalme, aber was in Wirklichkeit hinter der Königspalme steckt, sehe ich nicht, also vergiß es, ist nicht weiter wichtig.

Vor der Martí-Büste, vor Señorita Bertas Klassenzimmer findet Rolo einen Rosenstrauß und etwas weiter hinten ein Büschel Bananen, mit einem roten Band festgebunden. Ach, mein so junges Land, du weißt nicht zu definieren, rezitiert Rolo in klagendem Ton und nimmt nicht die Kolonnaden, sondern spaziert weiter zwischen Bäumen und Krotonen, Farnen und Gras, Rosen- und Wundersträuchern umher, kommt am Hermes von Praxiteles vorbei, an der Greta-Garbo-Büste und gelangt zum Haus von Irene. Obwohl die Tür offensteht, ist Irene nicht zu sehen. Gibt's hier keinen Kaffee? fragt Rolo laut. Irene erscheint in der Küchentür, wischt sich die Hände an der Schürze ab, ohne zu lächeln, wie jemand, der in der letzten Nacht schlecht geschlafen hat, Was bietest du denn für einen Kaffee? Was du dir am meisten wünscht: eine Erinnerung! Am liebsten würde sich Irene an Rolo klammern. Der merkt, denn letzten Endes ist er eine intelligente Figur, daß es Irene schlecht geht, daß sie sich an ihn klammern will, und da er nicht nur eine intelligente, sondern auch eine Figur mit hellseherischen Anwandlungen ist, schaut er sich im Wohnzimmer um und stößt auf den ausgestopften Falken; er weiß, daß er nicht danach fragen darf, und deshalb fragt er, Wem hat er gehört? wohl wissend, daß er damit in Irene wieder die gleiche Angst aufleben läßt wie vorhin, als sie auf den Falken gestoßen ist, ein Falke, der in ihrem Leben eine Bedeutung hatte, deren Grund Irene jedoch entfallen ist. Ich weiß es nicht, Rolo, das weißt du sehr gut, ich weiß nicht, wem er gehört hat. Was ist los mit dir, Frau? Wenn ich das wüßte...

jemand hat es sich in den Kopf gesetzt, daß ich alles vergesse, bald werde ich noch meinen Namen vergessen. Rolo umarmt sie. Irene unterdrückt die Lust zu weinen, und fordert ihn auf, Komm in die Küche, ich habe gerade frischen Kaffee gebrüht. Die Beschreibung des Augenblicks, in dem sie in die Küche gehen, um Kaffee zu trinken, können wir uns sparen. Wichtig ist nicht, daß Irene und Rolo Kaffee aus unpraktischen, affektierten Porzellantassen trinken, die die Form eines Vogels haben, deren Krallen sich nicht richtig auf die Untertassen stellen lassen, wichtig ist Irenes Eröffnung, daß sie an diesem Morgen vergessen hatte, daß der Verwundete im Haus war, und sie ihm nicht die Sechs-Uhr-Behandlung verabreicht hatte. Erst nach neun war sie zufällig ins Zimmer gekommen, in dem er schlief, und das Schlimmste war nicht gewesen, ihn zu entdecken, sondern für ein paar Minuten nicht mehr zu wissen, wer er war.

Da liegt der Verwundete. Schlafend, gleichmäßig atmend, die vollkommene Verkörperung eines tropischen Zigeuners, mit diesem Gesicht, vor dem Víctor Manuel auf die Knie fallen sollte. Rolo tritt andächtig näher, als wäre er in der Kirche, vor dem Bild der Kreuzabnahme Christi. Er fährt dem Jungen mit der Hand über die Stirn, die kühl ist und nur wenige Schweißperlen zeigt. Wie heißt du? fragt er, wohl wissend, daß er nicht antworten wird. Dennoch bewegt der Verwundete fast unmerklich die rechte Hand. Wie heißt du? Der Verwundete blinzelt, bewegt die Lippen. Das Fenster steht offen, und es ist, als existierte der Abend draußen auf der Insel nicht. Wiederholt da wirklich jemand auf dem Klavier wieder und wieder ein Stück (Schumann?), das Rolo nicht identifizieren kann? Rolo nimmt die Hand des Verwundeten in seine. Wie heißt du? Der schlägt die Augen auf, schlägt nun doch die Augen auf, und Rolo glaubt, daß er ihn anschaut. Wie heißt du? Er lächelt mit diesen Lippen, vor denen Víctor Manuel auf die Knie fallen müßte. Scheherazade, stößt er mit schwacher Stimme aus, mein Name ist Scheherazade.

Wohin führst du mich? fragt Marta. Zum Meer, antwortet Sebastián, setzen wir uns ans Meeresufer.

3
Die toten Seelen

Das Meer, Sebastián, hörst du das Meer? schließ die Augen, dann hörst du es auch, die Augen müssen geschlossen sein, denn das Sehvermögen ist so übermächtig, daß du es mit geöffneten Augen nicht wirst hören können, laß dir das gesagt sein, ich habe am Meer gewohnt, nachdem mein Vater gestorben war und wir Melania und das Königreich Lalisia verlassen mußten, Onkel Leandro hat uns mit in sein Haus am Strand von Jaimanitas genommen (das wir Taipi nannten), meine Augen begannen zwar schon auszutrocknen, doch es war noch Leben in ihnen, ich konnte das Meer sehen, das waren die schönsten Jahre meines Lebens, trotz all der Ohnmachtsanfälle und des ewigen Durstes, es ist schrecklich, jeden Augenblick Durst zu haben, Sebastián, als würde man in der Wüste leben, mit ausgetrocknetem Mund, ausgetrockneter Kehle, dieser Durst, und dennoch, glaub mir, war ich glücklich, Onkel Leandro war der einzige Mensch, den ich kannte, der jenseits des Horizonts, fern der Insel gewesen war, aber vor allem trug dieses Fernsein den Namen Indien, und Indien bedeutete für mich soviel wie gewaltige Flüsse, Marmorpaläste, goldene Tempel, prachtvoll geschmückte Elefanten, war für mich ein Mann, mein Onkel, der im strömenden Regen meditiert, beschirmt von einer Schlange, in Onkel Leandros Augen lebte noch immer das Geheimnis seiner Reise, alle Paläste und Tempel, Flüsse und Wälder waren in Onkel Leandros Augen, und das faszinierte mich.

Vielleicht ist es nicht der geeignete Augenblick darauf hinzuweisen (obwohl es irgendwann in diesem Buch erwähnt werden mußte), daß für Inselbewohner nichts einen solchen Zauber besitzt wie jemand, der es gewagt hat, den Bannkreis des Meeres zu brechen, das Verhängnis des Horizonts zu überwinden, jemand, der »ausgezogen« ist und die Welt kennengelernt hat. Für den Inselbewohner ist »Reisender« gleichbedeutend mit »Weiser«; »Reise« gleichbedeutend mit »Glück«.

Im Angesicht des Meeres von Taipi verspürte Marta zum ersten Mal den Wunsch zu reisen. Ab und an tauchten Schiffe in der Ferne auf. Für jeden Insulaner ist ein Schiff (das über die Meere segelt, versteht sich, nicht das gestrandete Schiff der Insel) der Inbegriff von Freiheit. Ein Schiff, das die Wasser durchpflügt, ist Symbol der Hoffnung. Wenn es anlegt, muß man es streicheln, um seine Hände mit dem Geruch und der Luft ferner Länder zu salben. Wenn es in See sticht, muß man es streicheln, damit Geruch und Luft ferner Länder unsere Hände spüren. Marta winkte den Schiffen mit einem Taschentuch zu, in der Gewißheit, daß eines Tages sie mit Freudentränen in den Augen sehen würde, wie man ihr mit Taschentüchern zuwinkte. Unterwegs zu Städten mit verheißungsvollen Namen, und in Paris, Liverpool, Salzburg oder Santiago de Compostela würde sie schließlich zur Frau werden. Dennoch begann die Ferne mitsamt Schiffen allmählich zu verschwimmen, und sie fragte Mercedes, Was ist das da hinten? Ein Schiff, antwortete die Schwester erstaunt. Auch das Meer verschwamm allmählich, änderte nach und nach seine Farbe (so behutsam, daß sie es erst viel später merkte), um sich schließlich in eine rötliche Fläche zu verwandeln. Indien verschwand aus Onkel Leandros Augen. Es verschwanden die Augen des Onkels. Ebenso die von Mercedes, die ihrer Mutter. Die Gesichter lösten sich in einem ebenso rötlichen Ton auf wie das Meer. Die Meertrauben waren keine Bäume mehr; bevor sie sich endgültig vor ihr verbargen, waren sie nur noch schwarze Gerüste. Auch der Spiegel begann, ihr eigenes Bild zu verbergen. An einem Morgen war kein Bild mehr im Spiegel zu sehen. An einem anderen Morgen war kein Spiegel mehr da. Ein immer matterer Glanz unterschied Tag und Nacht. Ohne daß sie es gemerkt hätte, nahmen ihre Beine einen vorsichtigen Gang an, und die Hände begannen sich auszustrecken, schulten sich im Berühren. Als würden die Hände selbständig denken. Schreiben wurde zum Beispiel zu etwas, das die Hände von ganz allein taten, wobei sie jeden Tag größere, schiefere Buchstaben zeichneten. So geschah es, daß Marta eines Morgens erwachte und das Gefühl hatte, an gar keinem Ort zu sein. Die Augen öffneten sich auf ein fast schwarzes Dunkelrot, und sie fühlte sich verlassen, verlassener als je zuvor. Obwohl sie, letztendlich noch ein junges Mädchen, von den meisten Dingen noch keine klare Vorstellung hatte, wußte sie doch instinktiv, daß man schon unglücklich und eingesperrt genug war, wenn man auf einer Insel lebte, um auch noch den einzigen Sinn zu verlieren, der einem erlaubte, von der Existenz anderer Menschen, anderer Länder zu erfahren.

Damals tauchten auch noch die Bettler auf. Nach und nach nahmen sie Taipi in Besitz. Am ersten Tag waren es zwei; nach einer Woche schon ein ganzer Haufen. Sie waren laut und fröhlich, sangen und spielten den lieben langen Tag. Vielleicht hatte meine Mutter recht, vielleicht war es angenehm, ihr zeitloses, sorgloses Leben zu führen. Doch jeder Verantwortung ledig, wie sie waren, verbreiteten sie entsetzlichen Gestank, aßen mit den Fingern, kämmten sich nicht und wechselten auch nie ihre Lumpen, urinierten und kackten vor aller Augen und, was am schlimmsten war, stillten das Feuer ihrer Lüsternheit zu jeder Zeit und an jedem Ort. Schließlich machte sich selbst Onkel Leandro Sorgen, obwohl er doch sonst ausschließlich mit seiner Heiligkeit beschäftigt war. Den größten Anlaß dazu gab die Mutter, als sie sich zu ihnen setzte und vor einem Lagerfeuer sang *Lagarterana soy y encajes traigo de Lagartera*, zum halb spöttischen, halb mitleidigen rhythmischen Klatschen der Bettler. Auch sie gab es im Laufe der Tage auf, sich um die Zeit zu sorgen, mit allen unheilvollen Folgen, die dieser Satz in sich schließt. Sie vergaß, in die Küche zu gehen. Niemals wieder setzte sie einen Fuß ins Badezimmer. Niemals mehr stickte oder nähte sie. Dreckig und verwahrlost verbrachte sie kaum mehr Zeit im Haus. Ihr Leben spielte sich nur noch am Strand ab, sie ging ins Wasser und sang mit den Bettlern. Sie lachte und spielte mit ihnen, wie sie mit ihren Töchtern niemals gelacht und gespielt hatte. Bis eines Morgens erneut Schweigen und Ruhe Einzug in Taipi hielten. Man hätte meinen können, alles wäre nur ein Trugbild gewesen, niemals hätten so viele Bettler am Meeresufer vor dem Haus gelebt. Als Beweis dafür, daß es keine Täuschung gewesen war, fanden sie jedoch die Überreste von Speisen und Lagerfeuern, eine saitenlose Gitarre, die der Onkel im Meer schwimmen sah, zwei Bücher in einer unbekannten Sprache, ein an einen Baum gebundenes Kaninchen und über den ganzen Strand verstreut Hunderte von Seiten der Zeitschrift *Bohemia*. Der schlagendste Beweis war jedoch das Fehlen der Mutter. Mercedes erzählte, ihre Mutter habe am Vorabend noch bis spät in die Nacht Fotografien verbrannt, und sie hätte später Glas klirren hören. Tatsächlich fanden sie die Alben leer und den Schrankspiegel zerbrochen.

Auch wenn du es nicht glaubst, Sebastián, ich habe sie losziehen sehen, niemand hat es mir geglaubt, ich war ja blind, so daß ich sie gar nicht hätte sehen können, wie sie behaupteten, aber schon damals begann der Schlaf mich allmählich zu verlassen, immer mehr litt ich unter der Schlaflosigkeit, unter dieser Schlaflosigkeit, die mich noch heute quält und die (das schwöre ich dir) schlimmer ist als Hunger und Durst, schlimmer als die Blindheit sogar, immer wach zu sein ist, als würde man doppelt leben, ein Leben mag ja schön und gut sein, aber zwei können zur Qual werden, denn damals ging ich zur gleichen Zeit zu Bett wie jeder vernünftige Mensch auf der Welt, und ich hörte, wie die Uhr eine Stunde nach der anderen schlug, wie der Atem der anderen verriet, daß sie sich bereits in andere Welten, andere Zeiten emporschwangen, ich dagegen klebte an der Wirklichkeit fest, zurückgehalten vom drückenden Gewicht einer unerfindlichen Strafe, und obwohl ich diese Wirklichkeit nicht sehen konnte, wußte ich doch, daß sie da war, unerbittlich, streng, bleischwer, Sebastián, und seit damals hat sich nichts geändert, seit langem weiß ich schon nicht mehr, was Schlafen ist, und das Schlimmste ist nicht, daß mein Augenlicht erloschen ist oder meine Lider hartnäckig geöffnet bleiben, nein, das Schlimmste ist, daß mir Gott (dieses Kosewort, mit dem wir den Teufel anrufen) nicht einmal die Gabe gelassen hat, mir etwas vorzustellen, mir eine neue Wirklichkeit aufzubauen, ausgehend von dem, was ich früher einmal gesehen habe, wie jeder Inselbewohner wollte ich schon immer in die Welt hinaus, andere Städte besuchen, Glasgow, Manila, Paris, Buenos Aires, Bagdad, San Francisco, Oran, Tegucigalpa, spürst du den Zauber, der von den Namen dieser Städte ausgeht? jeder vermittelt etwas anderes, Glasgow riecht nach Bäumen, Manila glänzt golden, Paris ist ein Kristall, Buenos Aires ein großer Vogel mit ausgebreiteten Schwingen, Bagdad riecht nach Weihrauch und ist auch die Stimme eines Tenors, San Francisco klingt nach Regenguß und Klaviermusik, Oran ist ein Taschentuch, Tegucigalpa ein Krug frischgemolkener Milch, und in der Nacht, in der die Bettler abzogen (und mit ihnen meine Mutter) sah ich mein letztes Bild vor mir, ich war wach, die anderen schliefen seelenruhig, trumpften mir, der Wachen, gegenüber mit ihrem Schlaf auf, ich hörte das Meer, ein gewaltiges Rauschen, hörte die Brandung, ich stand auf, ich konnte mich bereits wie eine vollkommen Blinde bewegen, wußte, wo sich jedes Möbelstück, jede Tür, jedes Fenster befand, selbst wenn ich es gar nicht wußte, denn bei den Blinden tritt das geheimnisvolle Phänomen auf, daß der Körper die Augen gar nicht braucht, um seinen Weg zu finden, und ich ging zum Fenster, ich weiß nicht, warum ich auf diese Idee kam, wußte nicht, was ich sehen würde, vielleicht ging ich dorthin, weil mir der auflandige Wind den Geruch des Ozeans über das Gesicht strich, vielleicht, weil das Rauschen des Meeres am Fenster noch mächtiger war, jedenfalls ging ich hinüber, und die Dunkelheit verzog sich wie durch Zauberhand, als erstes sah ich den Mond, der zwischen den rötlichen Schleierwolken hervorkam, dann Mengen von Bettlern, die Flöße ins Wasser ließen, Flöße, die aus diversen Brettern, diversen Baumstämmen zusammengezimmert waren, die Segel bestanden aus Sackleinen und alten Hemden an Masten (wenn sie denn den Namen verdienten), die einfach schiefe Äste waren, sie leuchteten sich mit Fackeln und sangen, ich erinnere mich noch genau daran, daß sie sangen, *Seremos libres lejos de este encierro, en busca vamos del ancho horizonte…* Frei werden wir sein, fern dieser Enge, unterwegs zum weiten Horizont… dreißig, vierzig Flöße gab es, die sich allmählich entfernten, und dreißig, vierzig mehr warteten noch am Strand darauf, in See zu stechen, ich sah meine Mutter, sie trug eine Fackel, fast nackt war sie, fast eine Greisin, sie gab Anordnungen, ihr Floß ins Wasser zu lassen, auf dem Strand herrschte reges Kommen und Gehen, ich weiß nicht, ob du schon einmal ein Floß hast in See stechen sehen, weiß nicht, ob du es einmal miterleben wirst, Sebastián, du siehst diese dürftig zusammengeschlungenen Baumstämme, den Mann, der sie mühsam ins Wasser schiebt, er geht über den Strand und ins Meer, schwingt sich auf das schutzlose, winzige Rechteck aus Holz, da ist die weite See, der Wind, der die weite See aufwühlt, und ein Knoten bildet sich vor Traurigkeit in deinem Magen, der Mann dort kommt womöglich nirgendwo an, und du denkst, Hier am Strand komme auch ich nirgendwo an, womöglich geht er unter, beendet seine Tage auf dem Meeresgrund, aber ich gehe dafür an der Oberfläche unter, beende meine Tage am Ufer, es läuft auf das gleiche hinaus, doch er hat sich zum Handeln entschlossen, ich nicht, begreifst du? es hat etwas Feierliches, Tragisches, mit anzusehen, wie sich jemand auf einem Floß ins Meer wirft, er muß schon sehr entmutigt, sehr erbittert sein, um sich mit so bescheidenen Mitteln auf einen Kampf mit dem Meer einzulassen, ohne den Hochmut jenes orientalischen Königs, der den Ozean mit Peitschenhieben strafte, nein, das hier ist etwas ganz anderes, nämlich der Versuch, ihn hinters Licht zu führen, unbemerkt, wie auf einem hauchdünnen Blättchen über das Wasser zu gleiten, in der Hoffnung zu segeln, daß weder das Meer noch sonst jemand es merkt, wie glorreich sieht ein Schiff aus, das aufs Meer hinausfährt, der Inbegriff menschlicher Größe und Geduld, aber wie kläglich sehen ein Mann, eine Frau, eine Greisin und ein Kind auf einem Floß aus, der Inbegriff menschlicher Armut, Trostlosigkeit und Verzweiflung, es erinnert uns daran, wie unbedeutend wir letzten Endes sind, ein Floß ist der Inbegriff des Unsicheren und auch des Überdrusses, ich brach in Tränen aus, als ich sah, wie sich die Flöße der Bettler entfernten, zu immer kleineren, leuchtenden Punkten wurden, je weiter sie sich vom Ufer entfernten und in jener dunklen Weite (dem Meer) verschwanden, ich brach in Tränen aus, weinte lange, ganze Tage lang, und als ich mir alle Tränen aus den Augen geweint hatte, Sebastián, seitdem habe ich wahrhaftig nie mehr etwas gesehen.

Es gibt Augenblicke, in denen die Flucht die einzige Lösung scheint, ruft eine Stimme hinter ihnen, und sie lacht, und wie sie lacht.

Vidos nackte Füße spüren den Sand des Strandes. Das Meer ist in dieser Stunde stahlblau und liegt regungslos vor Vido da, nur ein schmaler Schaumrand säumt das Ufer. Der Himmel ist von noch tieferem Blau. Auf einmal hört man Hundegebell, so weit weg, daß man nicht einmal sagen könnte, ob da ein echter Hund bellt oder ein Hund einer fernen Zeit, eines fernen Ortes. Er winkt den anderen, die er weiter hinten sieht, und bleibt am Ufer zwischen all dem Beerentang, den Muscheln und den winzigen Krebsen stehen. Das Meer läuft über den Sand und bildet einen Kreis, den zwei Riffe abschließen. Eine Mulde im Sand füllt sich mit Wasser, wird zu einer flüchtigen Lagune.

Es gibt Augenblicke, in denen die Flucht die einzige Lösung scheint. Marta rührt sich nicht. Sebastián dreht sich um und sieht die Barfüßige Gräfin über den Strand kommen, mit ihrem Fächer, dem Eisenholzstock und ihrem Gebaren einer Kaiserin im Exil. Wir leben auf einer Insel, *chérie*, das muß dich nicht erschrecken, was ist eine Insel schon? hast du im Wörterbuch nachgeschlagen? Die Gräfin bohrt den Stock in den Sand, setzt sich neben sie. Wie üblich hat sie ihr spöttisches Gesicht aufgesetzt. Dem Wörterbuch nach ist eine Insel ein »allseits von Wasser umgebenes Landstück«, was für eine knappe Definition, was für ein neutraler Ton, was für eine sprachliche Präzision! so einfach kann es doch nicht sein, nicht wahr? für den Inselbewohner ist eine Insel etwas Tiefgreifendes, Pathetisches. Die Gräfin breitet den Fächer auf dem Sand aus und fährt mit dem Finger um ihn herum. Die Erklärung im Wörterbuch verwendet Ausdrücke, die uns mit Schrecken erfüllen: ein »Landstück« ist etwas Erbärmliches, Schmales, ein Segment, das einem größeren Ganzen entrissen wurde; »umgeben«, das Partizip eines Verbs, das an kriegerische Belagerungen erinnert, nach Kerker klingt; »allseits von Wasser«, achtet nur darauf, wie dieser Adverbialsatz die Unmöglichkeit der Flucht heraufbeschwört: das Wasser, Symbol des Ursprungs und des Lebens, ist ebenso Symbol des Todes. Sie macht eine Pause, um zu seufzen und Sebastiáns Kopf zu streicheln. War etwa die Sintflut keine Strafe Gottes? Sie lacht kurz auf. Man muß eben auf einer Insel leben, jeden Morgen aufwachen und das Meer, die Mauer des Meeres sehen, den Horizont, sowohl Drohung als auch Verheißung, um zu begreifen, was das ist, eine Insel.

Vido atmet tief durch, breitet die Arme aus und fühlt, wie der Wind seine Lungen bläht. Er reißt die Augen auf, schließt sie, öffnet sie wieder. Wenn er sie offen hat, sieht er Meer, Himmel und Horizont immer klarer; wenn er sie schließt, einen anderen Himmel, einen anderen Horizont, ein rötliches Flimmern. Er ruft einen Namen, seinen Namen, Vido! damit seine Stimme, sein Name dem Tosen des Meeres Einhalt gebieten.

Ganz vorsichtig nimmt die Barfüßige Gräfin ihren Strohhut ab, den sie unter dem Kinn mit einem roten Band festgebunden hat. Kokett zupft sie ihre Frisur zurecht. Wer auf dem Festland wohnt, wird das niemals begreifen, niemals werden sie begreifen, wie verlassen der Inselmensch ist. Ein langes Schweigen entsteht. Trotz des Windes rührt sich das abendliche Meer nicht; es hat eine kräftige Farbe, die vom Ufer weg in Richtung Horizont immer finsterer wird. Sebastián scheint, das Meer sei voll von Hunderten, Tausenden, Millionen von winzigen Spiegeln.

Er legt die Kleider ab, und es ist, als würde jeder Teil seines Körpers zum Leben erwachen, oder besser gesagt, als würde er seinen Körper entdecken, die Haut, die gespannten Muskeln, den Schauder, der ihn von Kopf bis Fuß durchläuft. Vido ist nackt und spürt mit jeder Faser seines Körpers den Wind. Die Gegend, die ganze Welt kann er greifen, umarmen. In seinen Lungen ist Platz für den Wind, der die Zweige der Meertrauben wiegt. Er wühlt mit den Füßen im Sand, sammelt die roten Früchte auf, beißt hinein. Etwas Süßliches benetzt seine Lippen.

Die Gräfin lehnt sich zurück, und für einen Augenblick hat es den Anschein, als lache sie nicht. Diese Insel, auf der wir leben, sagt sie, war und ist in besonderem Maße Spielball des Unglücks. Sie nimmt Sebastiáns Hand. Ich weiß nicht, *poveretto*, ob Señorita Berta dir erzählt hat, daß die Spanier, als sie dieses

Fleckchen Erde entdeckten, auf dem ein paar wehrlose Eingeborene ein erbärmliches Dasein fristeten, auf der Suche nach Eldorado gewesen waren, und auf diesem Fleckchen Erde gab es, zum Glück oder zum Unglück, noch nicht einmal Gold, so daß die Spanier das Weite suchten und zum Kontinent weitersegelten, hier gründeten sie nur zwei, drei Häfen und eine Handvoll Siedlungen (mit den schlimmsten Familien der Iberischen Halbinsel), die Insel ... *(Seufzer)* wurde zu einer Durchgangsstation ... *(noch ein Seufzer)* und ist es im Grunde noch immer. Sie starrt in die Ferne. Dann hebt sie eine Hand, als wolle sie auf etwas deuten. Marta hat den Kopf gesenkt; ab und zu berührt sie Sebastiáns Schulter, wie um sich zu vergewissern, daß er noch da ist.

Als die erste Welle seine Füße benetzt, scheint ihm, als befänden sich andere Vidos neben und in ihm. Er geht ins Wasser und spürt, wie es seine Schenkel hinaufklettert, seine Taille umschlingt, seine Brust erreicht. Er fühlt sich durchsichtig wie das Wasser und taucht unter.

Die Stimme der Gräfin klingt nun noch ernster, Es ist ganz natürlich, *chérie*, daß dich die Bettler auf den Flößen zum Weinen gebracht haben, der Inselmensch kommt sich immer wie auf einem Floß vor, glaubt immer, in jedem Augenblick in See zu stechen, aber auch, in jedem Augenblick unterzugehen, nur daß sein Floß nicht über das Meer segelt, doch wenn der Inselmensch entdeckt, daß die Insel sich nicht bewegen wird, wenn der Inselmensch merkt, daß sein Floß von einer ewigen, diabolischen Kraft am Meeresgrund festgehalten wird, dann fällt er Bäume und baut sich das Floß, das ihn für immer fortbringen soll. Sie stößt ein Lachen aus. Und was geschieht? das, womit er nicht gerechnet hatte, die Insel verläßt ihn nicht, er verläßt sie, aber sie verläßt nicht ihn, das ist gerade das Schlimme *(noch mehr Gelächter)*, du verläßt die Insel, und die Insel verläßt dich nicht, denn der Inselbewohner weiß nicht, daß eine Insel eben nicht bloß ein allseits von Wasser umgebenes Landstück ist, eine Insel, liebe Marta, lieber Sebastián, das wollen wir ein für allemal festhalten: eine Insel (nun gut, ich will genau sein), *diese* Insel, auf der wir leben, ist eine Krankheit. Sie hebt den ausgebreiteten Fächer im Sand auf, schließt ihn, schaut sich nach allen Seiten um, und ihr Gesicht ist so spöttisch, daß Sebastián es mit der Angst bekommt. *Ah, mon Dieu*, wie soll ein Land auch glücklich sein, das von der Schwermut der Galicier, der Sehnsucht der Andalusier und der Kanarier, von der *rauxa* und der *angoixa* der Katalanen begründet wurde, nein, wie kann ein Ort glücklich sein, an den Sklavenhändler wie Pedro Blanco Tausende von Schwarzen bringen, die ihren Ländern entrissen, mißhandelt, gefoltert, nackt verkauft und dann versklavt werden, dazu verdammt, von Sonnenaufgang bis Sonnenuntergang zu arbeiten, aus so einer Mixtur muß doch zwangsläufig ein trauriges Volk, ein verdammtes Volk entstehen, und wenn dann noch die Hitze, die Atemnot, die stehengebliebene Zeit dazukommen und all die Finten, um dem zu entrinnen, der Rum, die Musik, der Tanz, die heidnischen Religionen, der Körper, der Körper auf Kosten des Geistes, der schwitzende Körper über einem anderen Körper, die Muße, die Muße! nicht die produktive Muße, von der Unamuno spricht, nein, sondern eine andere Spielart, die sich Trägheit nennt, eine Muße, die sich Ohnmacht, Skeptizismus, Mangel an Glauben nennt, ich will endlich mal wissen … Sie verstummt ganz plötzlich. Je näher die Nacht kommt, desto violetter wird das Meer. (Sehnt es sich nach der Geburt der Götter?)

Hautnah am Meeresgrund entlangzuschwimmen ist mehr als eine Lust. Er will sich diesen verschwommenen Grund genau ansehen, und als er die Augen öffnet, glaubt er, grünliche Blätter zu erkennen, die sich wie winzige Ärmchen wiegen, Kiesel, die manchmal zu Gesichtern werden, Prozessionen silberner Fische, die schneller vorbeiflitzen, als der Blick ihnen folgen kann. Als er wieder zur Oberfläche aufsteigt, läßt er sich mit ausgebreiteten Armen vom Wasser tragen. Über ihm der Abendhimmel. Etwas läßt ihn treiben, aber es ist nicht das Wasser, sondern eine Kraft in ihm selbst. Er entfernt sich schwimmend vom Ufer, nähert sich ihm erneut und taucht unter. Wieder kehrt er zum Grund zurück. Beim Auftauchen bringt er eine Alge mit. Er schießt empor, mit der Alge um den Hals, reißt die Arme in die Luft. Er atmet tief ein. Kräftig, durchdringend riecht das Meer. Er schreit wieder seinen Namen hinaus und weiß nicht, warum es ihn zum Lachen bringt, sich selbst zu rufen. Er schwimmt zum Ufer zurück, wo er sich ausstreckt und die Augen schließt, um sich in eine neuartige Ruhe zu versenken, die Schlaf sein kann. Er führt eine Hand zur Brust, wo das Herz ist, und spürt die Kraft seiner Schläge. Er fährt auch über seine Schultern, seinen Hals, seine Brustwarzen. Obwohl er zu schlafen glaubt, empfängt sein Körper doch bewußt die letzten Strahlen der Abendsonne.

Zwischen den Meertrauben taucht Onkel Rolo auf. Die Barfüßige Gräfin dreht sich um und lächelt. Der Onkel nähert sich mit raschen Schritten, als hätte er große Neuigkeiten zu überbringen. Als er jedoch die Gräfin sieht, bleibt er stumm, setzt sich neben Marta und umarmt sie. Sie hebt den Kopf, Rolo? fragt sie, und er streicht ihre Pagenfrisur zurecht. Die Gräfin fächelt sich eine Weile zu. Sebastián wirft Steinchen ins

Wasser. Die Verrückte schließt die Augen und sagt, *Mon petit*, weißt du, wie es den Dichtern dieser Insel ergangen ist? Nein, bloß nicht die Geschichte, ruft Rolo abrupt aus. Es muß eben sein, Rolo, du weißt das. Nicht jetzt, wenigstens nicht jetzt, bittet Rolo. Mit herrischer Gebärde ruft die Gräfin, Unseren ersten stotternden Dichter, Zequeira, brachte es um den Verstand, der erste stotternde Dichter zu sein, er wurde verrückt, Sebastián, er setzte sich einen Hut auf und wurde unsichtbar, was natürlich erfunden war und doch wieder nicht, wie du begreifen wirst; unser erster großer Dichter, José María Heredia, zog das Los des Exils (ich habe dir ja gesagt, die Menschen fliehen, und die Insel verläßt sie nicht, der arme Heredia sah neben den Niagarafällen einen Palmenhain), doch er ist nie wirklich fortgegangen, das Exil hat ihn umgebracht, das Heimweh und die Schwindsucht (du wirst mir nicht abstreiten, daß beide zusammen, vereint, ein tragisches Schicksal ausmachen); vor dem Erschießungskommando endete Plácido, der Mulatte, der Kammacher, dem die Verse mit solcher Leichtigkeit aus der Feder flossen; Zenea (der erste, der auf dieser Insel Alfred de Musset gelesen hatte) wurde auch erschossen; Milanés aus Matanzas, großartig, wenn er nicht moralisierte, sah sich gezwungen, dem Wahnsinn zu verfallen; und der Cucalambé mit seinen einfachen, aber bezaubernden Dezimen? er verschwand spurlos, nie wieder hörte man etwas von ihm; eine andere Elegikerin, Luisa Pérez de Zambrana, sah eine zahlreiche Familie dahinsterben, während sie immer fortlebte, ewig beinahe, und in einer bescheidenen Hütte in Regla, auf der anderen Seite der Bucht, die Einsamkeit kennenlernte; und Julián del Casal, der als erster Baudelaire gelesen hatte, der mit Darío befreundet gewesen war, unverstanden, einsam, traurig, von einer Traurigkeit, einer Schuld, von der ich nicht weiß, ob wir sie eines Tages verstehen werden, er starb mit neunundzwanzig Jahren, ebenfalls schwindsüchtig, als er sich sein ganzes Blut aus dem Leibe lachte, er starb wie Keats, ohne dessen Ruhm, *I weep for Adonais* … (die Schwindsucht war die große Verbündete der vergänglichen Bourgeois des neunzehnten Jahrhunderts gegen die unsterblichen Dichter), was Martí angeht … du weißt ja: er ließ sich auf dem Schlachtfeld umbringen, als er zweiundvierzig Jahre alt war …

In weiter Ferne erkennt man die weißen Umrisse eines Schiffs zwischen den rötlichen Abendwolken. Sebastián winkt ihm zu. Vido, Rolo und die Gräfin tun es ihm gleich. Marta hebt den Kopf. Es ist ein Schiff, klärt der Onkel sie auf. Der Horizont hat sich in eine Flammenlinie verwandelt.

Ich habe lange gezögert zu offenbaren, was ich nun offenbaren werde, denn ich habe es nicht gewagt, bevor ich nicht ganz sicher war. Das sagt Onkel Rolo zu Marta, zur Gräfin und zu Sebastián auf dem Heimweg zur Insel. Es ist von solcher Wichtigkeit, daß ich es nicht auf die leichte Schulter nehmen konnte, fügt er nachdrücklich hinzu. Er macht eine Pause und verkündet, Im Traum wurden mir wichtige Offenbarungen gemacht, zuerst sah ich, im Traum, eine mir unbekannte Straße, ich konnte mich nicht erinnern, sie schon einmal in der Wirklichkeit gesehen zu haben, ich wußte, daß es keine Straße von Havanna war, denn ganz anders waren ihre Stimmung, ihre Farbe, ihr Schweigen … diese Straße tauchte wieder und wieder in meinen Träumen auf, insbesondere ein Haus mit der Nummer 13, und eines Tages, als ich in einem Buch über Paris blätterte, packte mich jähes Erstaunen, als ich ein Bild von der Straße meiner Träume sah, sie trug den Namen, aufgepaßt,

Herrschaften, Rue Hautefeuille, dann träumte ich von der Totenwache meines Vaters, nur daß diese Totenwache keineswegs die meines richtigen Vaters sein konnte, denn mein Vater ist zwar tot, doch im Traum war mein Vater gar nicht mein Vater, der Vater, den ich gekannt hatte, versteht ihr? bei der Totenwache im Traum war ich ungefähr sechs Jahre alt, so daß dieser Vater durchaus der hätte sein können, der mir vertraut war, aber es war offensichtlich, daß jene Totenwache in einer ganz anderen Epoche stattfand, es war eine Totenwache aus einer anderen Zeit, versteht ihr? in einem dritten Traum haßte ich meine Mutter, an ihrer Seite sah ich einen Mann in einer Uniform mit Goldtressen, einen General, und ganz wie Hamlet haßte ich diesen General und haßte meine Mutter (ich haßte und liebte sie, wie das bei Müttern immer ist), in einem vierten Traum sah ich mich als Dandy gekleidet auf einem Schiff inmitten von Nebelschwaden, und ich empfand einen Überdruß, den ich beim besten Willen nicht wiedergeben könnte, versteht ihr? die Tage vergehen, und ich habe einen Traum nach dem anderen, will euch aber nicht weiter damit behelligen, doch Tag für Tag wiederhole ich Sätze auf französisch, mir völlig fremde Sätze, ich kann nicht mal Französisch, Sätze wie *Là, tout n'est qu'ordre et beauté* ... Sie haben das Akaziengestrüpp hinter sich gelassen und betreten nun das Jenseits. Onkel Rolo ist nachdenklich geworden, als hätte er Angst davor, ihnen die Nachricht zu überbringen, die er für sie bereithält. Schließlich wirft er den Kopf zurück, schließt die Augen und ruft ein wenig beschämt aus, Meine Freunde, ich habe folgende Entdeckung gemacht, paßt bitte gut auf, was ich euch sagen werde: In einem frühen Leben bin ich Charles Baudelaire gewesen.

Addio, del passato bei sogni ridenti,
le rose del volto già sono pallenti ...

erklingt wieder diese Stimme, die schon seit Tagen durch die Insel streift. Casta Diva läuft zum Spiegel. Darin ist nichts zu sehen.

Hier befindet sich nun ein Garten mit Pappeln, Weiden, Zypressen und Olivenbäumen, sogar mit einem prächtigen roten Sandelholzbaum aus Ceylon. Ich weiß, es ist schwer zu glauben. Auf dieser Insel mit ihren namenlosen, ewig gleichen Bäumen, alle vom selben öden Grün, kann man sich weder Weiden noch Zypressen vorstellen, selbst wenn wir das bei hundert unermüdlichen Elegikern lesen, wie beim unglücklichen Autor von *Fidelia* oder bei der Tote verschlingenden Dichterin des »Waldspaziergangs«, *La vuelta al bosque*. Aber ihr müßt mir glauben. Bezweifelt jemand, daß dies die Insel des Unvorhersehbaren ist?

Vor vielen, vielen Jahren gab es hier keinen Garten, sondern nur eine verwilderte Wiese, auf der mühselig die Kühe weideten. Es hieß, der Boden sei schlecht, ohne Segen, von Gott verflucht. Und wirklich gedieh dort nicht einmal ein simples Kürbispflänzchen. Jeder, der auch nur das Geringste dort anzubauen versuchte, sah zwar anfangs hoffnungsfroh die Pflanzen sprießen, doch bald schon wurden sie gelb und verdorrten, als hätte ein unsichtbares Feuer sie verschlungen. Und wieder regierten die Kühe mit ihrem geduldigen Starrsinn auf dieser häßlichen Wiese der Enttäuschungen, die damals die Insel noch war. So ging es weiter, bis der Pate und Angelina kamen.

Durch sie verwandelte sich dieses unfruchtbare Stück Land in ein wahrhaftiges Eden. Der Pate wurde so genannt, weil er Consuelos einzige Tochter getauft hatte, jenes arme Mädchen, das nicht einmal fünfzehn wurde und nie die Wonnen des Lebens kennengelernt hatte, als es im kleinen Augustkrieg gegen die schwarzen Sklaven von einer verirrten Kugel getroffen wurde. Der Pate hieß in Wirklichkeit Enrique Palacio. Geboren worden war er Mitte des letzten Jahrhunderts, wie es heißt, in ärmlichen Verhältnissen in einem Fischerdörfchen am Meeresufer, versteht sich, eine Gegend voll Nebel und wehmütiger *saudade* in der Nähe von Santiago de Compostela. Angelina, seine Schwester, die nach Meinung mancher von entscheidender Bedeutung für die Insel sein sollte, wurde fünf Jahre später geboren. Im Kampf gegen das launische Meer und das nicht weniger launische Land, im Kampf gegen die Armut, die auf dieser Welt immer ein Unglück ist, wuchs der Pate, den damals alle Enriquillo riefen, zu einem kräftigen, feurigen, stattlichen jungen Burschen heran, der zwar so gut wie Analphabet war, dennoch außerordentliche Intelligenz besaß. Als in Kuba der Unabhängigkeitskrieg ausbrach, ließ sich Enriquillo von der Armee anwerben, die Spanien verteidigen sollte. Nicht etwa aus patriotischen Regungen, um ehrlich zu sein, es erschien ihm nur die beste Gelegenheit, jener nebligen, verfluchten Gegend zu entkommen und womöglich ein Vermögen auf jener Insel zu machen, die berühmt war für ihre üppige Natur, auf jener Insel, die eine Art Schlaraffenland sein sollte. Eines schönen Tages verabschiedete er sich von seinen Eltern und seiner Schwester Angelina, deren Schönheit gerade zu erblühen begann, und überquerte den Atlantik auf einem klapprigen Schiff, das vollgestopft war von kraftstrotzenden, rauhen, strammen Burschen, so kräftig und rauh, daß sie sich niemals wuschen, und bei denen von Achseln, Füßen und zwischen den Beinen zugleich erregende und abstoßende Gerüche aufstiegen. Es war ein ehemaliges Sklavenschiff, mit Galiciern beladen, das mehr als einen Monat benötigte, um nach Santiago de Cuba zu gelangen. Es muß wohl kaum erwähnt werden, daß die Insel nicht das war, was Enriquillo erwartet hatte. Er traf dort die gleiche Armut an wie in seinem Dörfchen am Meer, verschärfend kam noch die barbarische Sonne hinzu, die alle Farben verbleichen ließ und wie ein Bleigewicht auf den Schultern lastete, so daß jeder Schritt so anstrengend war wie zwanzig und man rund um die Uhr in Schweiß gebadet war, durstig und verzweifelt, eine Sonne, die in der Truppe Fieberwahn und Halluzinationen auslöste. Die Insel war außerdem von Insekten verseucht. Es gab mehr Insekten als Menschenseelen. Winzige, seltene Tierchen, unerbittlich wie die Sonne, teuflische Tierchen, noch gefährlicher als die gegnerischen Truppen. Deshalb richteten die Malaria, die Pest, das Gelbfieber und andere schwere, tödliche und unbekannte Krankheiten größere Verwüstungen an als die stumpfen Macheten der Kubaner. Gegen diese Geißeln waren die Spanier wehrlos, ganz im Gegensatz zu diesen verdammten, rebellischen Kubanern, die sich in den Sümpfen schlafen legen konnten und am nächsten Morgen makellos wie die Engel wieder aufstanden. Die spanischen Truppen durchquerten den Bergwald (den fremden, geheimnisvollen Bergwald, den labyrinthischen Bergwald, den heiligen Bergwald), in ihre Flanelluniformen gepackt, die für galicische Winter gedacht waren. Sie gingen fast barfuß, in Hanfschuhen, die sich in den Sümpfen, zwischen den feindseligen Baumwurzeln, in den gefährlichen Savannen als lächerlich erwiesen. Und sie litten Hunger; Enriquillo verlor so viele Pfunde, daß er kaum mehr als ein Strich in der Landschaft war. Doch er hatte Glück. Er nahm nur an wenigen Scharmützeln teil, wurde nur kurz vor dem Frieden von Zanjón am Bein verwundet. Als er außer Gefahr war, nahm er seinen Abschied von der Truppe, ließ sich in Havanna nieder und nahm eine Stellung als Barkeeper im Hotel *Isla de Cuba* an, das damals schon dort stand, wo es noch heute steht, gegenüber dem Campo de Marte. Er mietete sich ein miefiges Kabuff in der Calle Cuarteles, die voller Pfützen und Unrat war. Im Gegensatz zu den Galiciern, die auf der Insel eintrafen, ließ er sich von keiner Schwarzen oder Mulattin verführen. Aber wie alle Galicier, die auf der Insel eintrafen, machte er es sich zur Aufgabe, Geld anzuhäufen. Sein Traum war nicht gerade erfinderisch, er wollte reich werden, ein Geschäft aufmachen und Eltern und Schwester nach Havanna nachkommen lassen. Natürlich häufte er Geld an; natürlich wurde er reich. Nur die Eltern konnte er nicht nachkommen lassen, denn ihnen war es eingefallen, kurz nacheinander in diesem Nebeldörfchen am Meer bei Santiago de Compostela zu sterben. Doch Angelina erhielt eine Fahrkarte für einen stattlichen Schoner, der an einem herrlichen Frühlingsmorgen von La Coruña aus in See stach. Enrique, der durch ihren Briefwechsel von der Leidenschaft seiner Schwester für die Botanik wußte, hatte zu ihrem Empfang eine großzügige Villa im Cerro-Viertel gekauft. Sie war damals fünfundzwanzig Jahre alt, leuchtend wie eine von Murillo gemalte Heilige Jungfrau. Als sie vom Schoner in den stinkenden, fröhlichen Hafen von Havanna hinunterstieg, schaute Angelina ihren Bruder an, ohne ihn wiederzuerkennen, überwältigt von der Kraft, die dieser Mann ausstrahlte. Auch Enrique schaute sie an, ohne sie wiederzuerkennen, überwältigt von der Anmut, die diese Frau ausstrahlte. Sie trug ein unauffälliges weißes Leinenkleid, das sie selbst bestickt hatte, ihre Haut war hell und rosig, das Haar so pechschwarz wie die großen Augen, ihr Mund schön geschwungen, und unwillkürlich erbebte er. Auch sie erbebte unwillkürlich, als sie diesen Mann sah, von einer Kraft, die nicht nur Körperkraft war, sondern aus einem versteckten Winkel seiner Seele drang und sich in präzisen, knappen Bewegungen, in den beherzten, berechnenden, erbarmungslosen Augen niederschlug. Natürlich dauerte die Verwirrung nur Sekunden. Sogleich entdeckte er in ihrem Gesicht das der Mutter und rief leise, fast zaghaft, Angelina! und sie hörte die tiefe Stimme ihres Vaters und wäre vor Freude, vor Trauer beinahe in Tränen ausgebrochen und rief, Enrique! Sie umarmten sich und erröteten bei der Umarmung, sie küßten sich und erröteten beim Küssen, dann machten sie sich ins Cerro-Viertel auf wie zwei Fremde, die ihre Fremdheit keineswegs aufgeben wollten. Ganz Havanna kam ihr wie ein einziger Schweinestall vor. Eben war ein Regenguß heruntergekommen, und obwohl der wolkenlose, tiefblaue Himmel nichts mehr davon verriet, waren die Straßen ein einziger Morast, genauso wie die Hausmauern, auch sie waren nur noch Morast wie die Straßen, ebenso die Hühner, Schweine, Hunde, Truthähne, Kühe, Schafe, die zwischen den Wagen umherliefen, auch sie nur noch Morast wie die Hausmauern und Straßen. Frauen, die rätselhafte Lieder schmetterten, schütteten den Inhalt ihrer Nachttöpfe auf die Straßen. Schlamm schwitzend, machten die Passanten kaum Anstalten, den Urinattacken auszuweichen, und ließen nur laute Flüche hören, die die Frauen zwischen einem rätselhaften Lied und dem nächsten erwiderten. Viele Schwarze gab es. Das fiel Angelina besonders auf. Herrliche, prächtige Tiere, mit Oberkörpern von so bezaubernder Nacktheit, wie sie sie noch nie gesehen hatte, sie versammelten sich, ließen ihre vor

Gesundheit strotzenden Zähne blitzen und machten auf Holzkisten jene verwirrende Musik, die sich nicht im geringsten nach Holzkisten anhörte. Wohin bin ich geraten? fragte sie sich, als sie sich im Kontrast dazu die Nebelstille ihres galicischen Dörfchens vor Augen hielt, und instinktiv streckte sie die Hand nach der ihres Bruders aus, der im selben Augenblick, als könne er Gedanken lesen oder würde das gleiche denken, seine Hand nach der ihren ausstreckte, so verflochten sie ihre Hände, er drückte einen Kuß auf die ihre, einen Kuß, den sie auf der Hand und noch an einem anderen unbenennbaren Teil ihres Körpers empfing, sie lehnte ihren Kopf an seine Schulter und schloß die Augen, um Mut zu sammeln und zu sagen, Wenn ich mit dir zusammen bin, ist es mir einerlei, ob ich in diesem schwarzen Babylon lebe, und kaum hatte sie das gesprochen, als der Wagen die große Wegkreuzung Cuatro Caminos passierte und schwerfällig, von spritzendem Schlamm und Flüchen begleitet, auf die Villa in Cerro zusteuerte, verfolgt von einem Rudel räudiger Hunde. In der ersten Nacht tat Angelina kein Auge zu. Die Laken und Moskitonetze ließen sie nicht atmen. Die Hitze war unerträglich. Die Blumen dufteten so stark, daß man die Augen einfach nicht schließen konnte. Gesänge in einer fremden Sprache waren zu hören. Wenn sie schließlich doch für einen Augenblick in der Müdigkeit versank, ließen sie Hitze, Duft und Gesang sogleich jäh wieder auffahren. Sie mußte aufstehen, sich immer mehr entkleiden, bis sie nackt war und dennoch schlaflos vor dem Balkon lag, auf dem sich weiße Blumen zu wiegen und zu ihr zu neigen schienen. Auch Enrique konnte keinen Schlaf finden. Bis zu dieser Nacht hatte er noch nie diese glühende Feuchtigkeit verspürt, die von der Erde aufstieg und sich mit den Bettlaken verschwor, um ihn zurückzustoßen. Auch er mußte sich entkleiden, auf den Balkon hinaustreten. Seine Männlichkeit hatte aufs heftigste reagiert, wuchs und wuchs und pulsierte, als würde zwischen der Erde und seinem Glied eine eigenständige, unvermutete Verbindung bestehen. Nichts nutzten ihm Konzentrationsübungen; nichts nutzte es, an die Rechnungsbücher oder die Aussätzigen zu denken, die manchmal an seine Tür klopften und um Essen baten. Sein Schwanz blieb steil aufgerichtet wie eine Lanze, nur bereit, sich im Nahkampf besiegen zu lassen. Als sich die Geschwister an diesem Morgen zum Frühstück niedersetzten, hatten sie Ringe unter den Augen, waren bleich. Sie probierte zum ersten Mal in ihrem Leben Guanábanasaft, und er schmeckte ihr, sie spürte, wie er ihre Kehle hinunterglitt, und konnte den Ausruf nicht unterdrücken, Sind wir etwa beim Teufel gelandet! er schälte mit den Zähnen eine Mango, lutschte ohnmächtig an ihr, ließ den zuckersüßen Saft den Hals bis zur Brust hinunterrinnen, nahm ihn dort mit dem Finger auf, drückte seinen Schwanz, der immer noch voll Blut und Ungestüm die Hose anhob, und antwortete, Weit weg, in des Teufels Küche. Sie schlug einen rohen Eidotter in ihren Mund und seufzte, Ich falle um vor Müdigkeit. Ich falle um vor Müdigkeit, wiederholte er und fuhr sich mit einer Scheibe Ananas über die glühenden Schläfen. Sie benetzte eine Serviette in der frischgemolkenen Milch und fuhr sich damit über die Stirn. Er lutschte sich die Finger ab, mit denen er die Papayamarmelade umgerührt hatte, und sagte, Als kleines Mädchen bist du noch vor Ende des Abendessens immer eingeschlafen, und ich habe dich dann auf den Arm genommen und ins Bett getragen, erinnerst du dich? Ich erinnere mich nicht, erinnere mich an nichts, seit gestern, seit ich einen Fuß in diese Stadt gesetzt habe, die keine Stadt ist, sondern ein herrlich wirbelnder Alptraum, eine Verwirrung der Sinne, ich erinnere mich an nichts mehr, bin gefangen im Bann einer gegenwärtigen Gegenwartsgegenwart, die nicht nur keine Vergangenheit, sondern auch keine Zukunft hat. Sie sah ihren Bruder aus vor Müdigkeit geröteten Augen an, Und du, wer bist du, daß du meinem Bruder, meinem Vater so ähnelst? Er stieß den Stuhl fast gewaltsam zurück, stand auf, ohne sich um sein Glied zu bekümmern, das die Hose spannte. Dieses unabhängige Körperglied voll Leben, das fast vor Blut barst, war an diesem unvergeßlichen Morgen nicht nur das Wichtigste an seinem Körper, sondern im ganzen Universum. Wer ich bin? ich werde dir sagen, wer ich bin. Er ging zu ihr hinüber, nahm sie auf den Arm, trug sie ins Bett, entkleidete sie. Er entkleidete sich selbst und streckte sich über ihr aus, und sie empfing nun von seinem Körper den Duft der Blumen, die unbändige Hitze des Morgens, den Fluch Havannas. Er näherte seine Lippen den ihren, küßte sie mehrmals, fuhr mit der Zunge über die Zähne und ihre Zunge. Wer ich bin? dein Mann, dein Vater, der Mann, der dein Blut in sich hat, der im selben Leib wie du gewesen ist, der dich gezeugt hat; du bist meine Schwester, meine Mutter, die Frau, die mich geboren hat und im selben Leib wie ich gewesen ist. Sie verspürte eine noch verwirrendere Lust als beim Trinken des Guanábanasafts und rief seufzend aus, Wir haben den Teufel schon weit hinter uns gelassen. Während er den Hals der Schwester streichelte, sagte er, Der Teufel kann uns schon nicht mehr sehen, und er versenkte sich in ihre dunklen, begehrenden Tiefen und begann mit einer quälenden Liebkosung, während er ihr erzählte, Als kleines Mädchen nahm ich dich mit zum Meer und badete dich nackt, du hattest Angst vor dieser blauen Weite, die dich verschlingen, uns verschlingen wollte, du klammertest dich an mich, und ich beruhigte deine Furcht mit dem Versprechen, dich immer zu beschützen, damit dir nichts zustoßen könne, wenn ich bei dir wäre. Während sie mit ihren Händen seinen Kopf drückte und ihn zum Dunkel zwischen ihren Schenkeln schob, weinte sie vor Lust und sagte, Du bist immer der beste Bruder der Welt gewesen, sanft, hilfsbereit, schön, ich war stolz darauf, an deiner Hand zu gehen, dein Blut in mir zu haben, dir zu ähneln, alle sagten, wir hätten die gleichen Augen, die gleichen Lippen, ich sei deine weibliche Seite, deshalb habe ich in deinem Mund den Geschmack des meinen und in deinen Augen die ungestüme Ruhe der meinen wiedergefunden, es war, als würde ich selbst mich begehren und mir selbst Lust bereiten. Er richtete sich auf, streichelte mit seinem harten Glied ihr Gesicht, das dem seiner Mutter glich. Sie streichelte es mit ihrem Mund, mit schneller Zunge. Er konnte es fast nicht mehr ertragen und erklärte ihr, Seit ich zum Mann heranwuchs, wollte ich mich selbst so liebkosen, wie du, Schwester, mich nun liebkost und glücklich machst, aber es ist unmöglich, sosehr man sich auch bemüht, es ist unmöglich, allein kann man keine Lust empfinden, immer ist ein anderer dazu nötig, ach, was für ein Glück, wenn der andere man selbst ist, wenn der andere die Frau ist, die man als Kind in der Wiege gewiegt hat, meine Schwester, mein anderes Ich, meine weibliche Seite. Sie schob seinen Schwanz beiseite. Ihre Lippen waren leuchtend rot und feucht. Warum dringst du nicht in mich ein, Bruder, du, der du als einziger das Recht dazu hast? Und er drang in ihren Körper ein, während er ihr ins Ohr flüsterte, daß sie sich als kleines Mädchen immer vor den Nachtgespenstern gefürchtet hatte.

Sie gaben kaum je etwas auf die Gerüchte, die allmählich in der Provinzstadt, in diesem Babylon mit der Dorfseele, über sie verbreitet wurden. An einem Morgen warfen sie den Pfarrer aus dem Haus, der sie eigens aufgesucht hatte; an einem anderen sogar den Bischof, der hochempört war (wie zu erwarten bei einem Bischof, der etwas auf sich hielt). Sie blieben für sich und nur auf sich bezogen. Allein das Glück, das sie sich geschaffen hatten, zählte für sie. Es gelang ihnen, wenigstens vier Jahre in dieser lustvollen Unbekümmertheit zu leben, sich gegen die aufmerksamen Augen der heuchlerischen, unverschämten Stadt zu wehren, der eine lebte für den anderen, sie genossen die vollkommene Liebe, da sie sich doppelt liebten, als Geliebte und als Geschwister. Bis sie schwanger wurde. Als der Arzt, den sie notgedrungen hatten zu Rate ziehen müssen (sie behielt keinerlei Nahrung mehr bei sich, mußte sich schon übergeben, wenn sie nur an Essen dachte), bleich, zitternd, mit entsetzter Miene die Schwangerschaft diagnostizierte, beschlossen Enrique und Angelina, ihre Villa zu verlassen und an einen abgelegeneren Ort zu ziehen, an dem sie niemand kannte und sie dem Klatsch nicht ausgesetzt waren. Sie verkauften das Haus im Cerro-Viertel und erwarben das, was heute die Insel ist. In jenen Jahren vor der nordamerikanischen Besetzung war Columbia noch nicht einmal ein Militärlager gewesen, Carlos J. Finlay noch nicht berühmt geworden, weil er in dieser Gegend den Moskito entdeckte, der das Gelbfieber übertrug. Marianao war eine Ansammlung von Häuschen, bekannt für sein mildes Klima, die Strandnähe und seine Rennbahn; man war nah genug an Havanna, um sich nicht auf dem Land zu fühlen, und weit genug entfernt, um nicht unter den Schrekken der Stadt zu leiden. Auf diesem Stück dürren Landes, auf dieser verwilderten Wiese, auf der mühselig die Kühe weideten, die Erde schlecht, ohne Segen, von Gott verflucht war, standen ein großes Haus, in dem sich die Geschwister einrichteten, und ein kleines Häuschen von kaum mehr als zwei

Zimmern, in das kurz darauf eine schöne, junge Mulattin mit Namen Consuelo zog, gemeinsam mit ihrem Mann, Lico Grande, einem sehr viel älteren Schwarzen, der Sklave bei der Familie Loynaz gewesen war. Consuelo kümmerte sich um Angelina. Die Mulattin war nicht nur hübsch, sondern auch sanft und besaß ein seltsames Wissen oder eine seltsame Macht. So wird zum Beispiel erzählt, daß sich Consuelo eines Nachts, kurz nachdem sie ihr neues Haus bezogen hatte, Angelina mit einem Gesicht voll tiefer Trauer näherte, ihren Bauch berührte und rief, Ein Sohn kann nicht Neffe und gleichzeitig ein Mensch wie alle anderen sein. Angelina brach in Tränen aus, Woher wißt Ihr …? Kindchen, antwortete Consuelo im Tonfall einer Greisin, der überhaupt nicht zu ihrem mädchenhaften Gesicht paßte, die Augen einer Schwester, die zugleich Ehefrau ist, sind nicht wie die Augen anderer Frauen, hast du dich einmal im Spiegel betrachtet? Und sie umarmte und streichelte Angelina, die sich umarmen und streicheln ließ wie ein Kind, das friert. Zu jener Zeit hatte Enrique bereits wie besessen damit begonnen, seltene Bäume zu säen, Zypressen, Pappeln, Weiden, Olivenbäume, sogar einen roten Sandelholzbaum aus Ceylon, wobei er nicht auf die Ratschläge von Lico Grande hörte, der ihm erklärte, Auf diesem Land gedeiht nichts. Nachts, wenn alle schliefen, ging Consuelo hinaus und säte erneut, was Enrique am Tage gesät hatte. Dabei segnete sie den zukünftigen Baum, sagte leise Gebete auf, die sie selbst erfand. Und natürlich wuchsen die Bäume, wuchsen ebenso kräftig wie Angelinas Bauch. Was für ein Wunder, daß auf diesem Stück Wiese so seltene, schöne Pflanzen wachsen, rief Lico Grande. Nein, erwiderte Consuelo, kein Wunder, sondern ausgleichende Gerechtigkeit.

Eines Tages gebar Angelina schließlich mit Hilfe von Consuelo. Manche sagen, es sei ein Minotaurus herausgekommen. Andere, ein Basilisk. Andere, eine Meduse. Es ist bekannt, wie schnell etwas zum Volksmärchen wird. Fest steht, daß es ein monströses Wesen war, das Consuelo behutsam in schwarze Tücher hüllte und niemandem zeigte, schon gar nicht der Mutter. Sie ging in den Garten, wo Enrique gerade eine Weide säte, und sagte, Ihr Sohn stieg in einer Wolke von Schwefelgestank aus den Tiefen der Erde empor, ich bitte Sie um Erlaubnis, ihn um seiner selbst willen parfümieren und in den Himmel schicken zu dürfen. Enrique sah Consuelo an, ohne zu begreifen, und ohne zu verstehen, nickte er. Consuelo ertränkte das kleine Ungetüm, beträufelte es mit einem Fläschchen ätherischen Öls und begrub es eine halbe Stunde nach seiner Geburt am Fuße des roten Sandelholzbaums, der damals noch nicht der kräftige Baum war, den wir heute bewundern. Als wüßte sie Bescheid, fragte Angelina nicht nach dem Sohn. Sie brachte nur heraus, Könnt ihr nicht die Fenster öffnen? dieser Schwefelgestank bringt mich noch um! Das waren die letzten Worte, die man von ihr hörte. Angelina verfiel in eine Stummheit, die Monate andauerte. Zusammen mit Enrique säte sie weiterhin Bäume auf der Insel, die Consuelo nachts erneut säte. Dank ihrer und Enrique (obwohl wir, wenn man es genau nimmt, eigentlich Consuelo dafür danken müssen) besitzt die Insel diese Fülle an Bäumen, die wir heute bestaunen.

Eines Tages verschwand Angelina. Niemals mehr hörte man etwas von ihr. Enrique, der später der Pate werden sollte, lebte dort noch bis zum Alter von hundert Jahren. Es heißt, er hätte dann die Insel verlassen. Seiner Ansicht nach war sie verflucht.

Es wird erzählt, er würde mit hundertneun Jahren noch immer in Galicien umherwandeln. Dort sät er nun statt Weiden und Zypressen Mango- und Guanábanabäume.

Hat es dir gefallen? Nein, es ist eine unglaubwürdige, melodramatische, schaurige Geschichte, als hätte sie irgendein Schriftsteller aus dem Süden der Vereinigten Staaten erzählt. Dann bleibt mir nichts anderes übrig, als dir Consuelos Geschichte zu erzählen, die wird dir bestimmt gefallen. Aber ein andermal, jetzt bin ich müde *(geräuschvolles Gähnen).*

Von allen Figuren dieses Buches ist Lucio zweifellos der typischste Kubaner. Aus vielerlei Gründen. Hier möchte ich jedoch sein übertriebenes Bedürfnis nach guter Kleidung anführen. Damit wir uns verstehen: nicht à la Lord Brummel, nein. Dem berühmten Buch von Barbey d'Aurevilly zufolge, kann der Dandy drei Stunden mit seiner Garderobe verbringen, um sie dann beim Ausgehen vollkommen zu vergessen. Der Dandy verabscheut die Übertreibung und die Anzüge, die wie frisch aus dem Laden wirken; bei ihm muß der Mann mehr ins Auge springen als der Anzug. Lucio ist kein Dandy. Niemals vergißt er seine Kleidung. (Kleider machen Leute, sagt er zu Fortunato, wann immer sich die Gelegenheit bietet, denn Fortunato interessiert sich nicht besonders für Kleidungsfragen.) Lucio ist kein Dandy. Es gelingt ihm nicht, seiner Garderobe diese unerläßliche Voraussetzung der Eleganz zu verleihen: die Unsichtbarkeit. Denn die anderen sollen gerade merken, daß er Anzüge von *Casa Prado*, Guayaberahemden von *Gregory*, *Once-Once*-Socken und *Amadeo*-Schuhe trägt. Er tut zuviel des Guten beim *Old-Spice*-Parfum (das zwar nicht teuer, aber auffällig ist). Demonstrativ stellt er seine achtzehnkarätigen Goldketten zur Schau, den Smaragdring, das ebenfalls goldene Armband und die *Omega*-Uhr. Seine Fingernägel sind gepflegt und poliert. Für ihn grenzt das Bild eines Baudelaires, der mit einer Glasbürste dem plumpen Glanz seines frischgekauften Anzugs zu Leibe rückt, beinahe an Frevel. Auch seine Schönheit entspricht der eines typischen Kubaners. Hochgewachsen, schlank, nicht allzu muskulös, sehr weiß (von extremem, verdächtigem Weiß), mit schwarzem Haar, feinen, schönen oder, besser gesagt, lieblichen Gesichtszügen, die fast ins Weibliche spielen. Wenn Lucio geschniegelt und gestriegelt ausgeht und sich die Stirn kokett mit einem parfümierten Leinentaschentuch wischt, dann ist er der kubanischste aller Kubaner. Niemandem käme in den Sinn, daß dieses außergewöhnliche, distinguierte, elegante Musterexemplar in einer Essigfabrik arbeitet.

Er übergibt sich. Neben das fahle Bett erbricht er eine gelbliche Flüssigkeit, die nach Galle und Rum riecht. Fortunato, der Lucio das Hemd ausgezogen hat, fährt ihm mit einem alkoholgetränkten Handtuch über den Kopf und sagt, Verdammt, Junge, du sollst doch nicht mehr trinken. Ich wünschte, der Leser könnte den bedeutungsvollen Ton in Fortunatos Stimme heraushören, bei dem Forderndes und Beschützendes sich die Waage halten.

Wie jeder typische Kubaner beginnt Lucio seine Garderobe mit dem Kämmen. Er stellt sich vor den Spiegel, nackt, gepudert und breitbeinig wie jeder typische Kubaner. Frisiert sein glattes, schwarzes Haar mit reichlich Pomade. Sanft streift er mit der Handfläche über seinen geschmeidigen, gefügigen Schopf.

Der Backenbart wird leicht korrigiert. Die Gesichtshaut wird nach eventuellen Pickeln, Flecken untersucht ... Nase, Augen, Stirn werden gemustert. Er tut sein möglichstes, um sich im Profil zu betrachten. Mit einer Puderquaste wischt er sich über Stirn und Nase, damit der Schweiß sie nicht glänzend macht, und wie jeder typische Kubaner fährt er sich mit angelecktem Finger über Wimpern und Augenbrauen. Dann studiert er wie jeder typische Kubaner sorgfältig sein Gebiß (in dem ein Goldzahn funkelt) und putzt sich die Ohren mit Watte. Er betrachtet sich weiter im Spiegel wie jeder typische Kubaner. Nun gilt die Musterung dem ganzen Körper. Mit einem raschen, fröhlichen, zufriedenen Ruck hebt er seine mächtige, gepuderte Männlichkeit an, betrachtet die Hoden, ebenfalls gepudert, ebenfalls groß wie die eines jeden typischen Kubaners. Auf dem Bett zieht er sich mit sanftem Streicheln die Strümpfe über die Füße. Dann kommen Unterhemd und Baumwollunterhosen dran, sauber und natürlich gestärkt. Wie bei jedem typischen Kubaner muß das Unterhemd eng am Körper sitzen und in den Unterhosen stecken. Frontal und seitlich betrachtet er sich nun in Unterwäsche; bewundert, nimmt wie jeder typische Kubaner zur Kenntnis, daß sein Unterleib vollkommen ist, vollkommen auch die Brust. Dann parfümiert er sich wie jeder typische Kubaner, ohne dabei den Blick vom Spiegel zu wenden: Hals, Ohren, Brust und Arme, nicht ohne sich vorher Deodorant unter die Achseln zu reiben, deren Flaum er, wie jeder typische Kubaner, vorher rasiert hat. Er riecht an seinen Armen, seinen Achseln. Lächelt befriedigt. Er nützt das Lächeln, um noch einmal seine übertrieben gebürsteten Zähne zu überprüfen und den Glanz des goldenen Backenzahns zu bewundern. (Nein, der Zahn funkelt noch nicht ausreichend. Lucio tritt näher an den Spiegel, und wie jeder typische Kubaner greift er zu einem Tuch und bearbeitet ihn, um mehr Glanz herauszuholen, ja, mehr Glanz, Nase und Stirn dürfen nicht glänzen, der goldene Zahn aber schon, der muß im Dunkeln leuchten, alle sollen ihn sehen.) Nun ist die Hose an der Reihe. Aus Kaschmir. Er mag Kaschmir. Es ist ein Stoff, der seine Schenkel streichelt, und Lucio liebt es wie jeder typische Kubaner, wenn seine Schenkel gestreichelt werden. Er zieht die Lackschuhe an, bindet die Schnürsenkel ein ums andere Mal, bis sie perfekt sitzen. Mit einem Tuch bearbeitet er die Schuhspitzen, denn auch die müssen strahlen, blenden. Rasch, aber genau, prüft er, wie die Hose über die Schuhe fällt (für jeden typischen Kubaner von größter Wichtigkeit). Sorgfältig, mit langsamen, einstudierten, lustvollen Bewegungen streift er sich das Hemd über. Natürlich weiß und kurzärmelig, wegen der Hitze; weiß, aus gestärktem Leinen, von Irene mit peinlicher Sorgfalt gebügelt (auch das noch: Lucio hat wie jeder typische Kubaner die typische kubanische Mutter, die dafür sorgt, daß ihr Sohn wie ein Prinz aussieht). Mit voller Absicht vergißt er, die letzten beiden Hemdknöpfe zu schließen, so daß man den Rand des Unterhemds, die helle Haut und Lucios sich kräftig, triumphierend emporreckenden Hals sehen kann. Nun ist die Anzugjacke an der Reihe. Die Jacke schmiegt sich flink an den Körper, als hätte sie einen Befehl erhalten. Erneut bearbeitet er den Bakkenbart, überprüft erneut die Zähne, vor allem den Goldzahn, kämmt sich erneut. Noch einmal fährt er sich mit dem angeleckten Finger über Wimpern und Augenbrauen. Mit der Zunge befeuchtet er sich die Lippen. Er parfümiert das Taschentuch, das nicht in die Jacke, sondern in die Hosentasche wandert. Er blickt einen Augenblick fast mechanisch auf die Uhr am Handgelenk und besieht sich dann das vollendete

Werk. Ja, nicht schlecht, ganz und gar nicht schlecht, scheint sein halb besorgter, halb befriedigter Gesichtsausdruck, sein anmutiges Stirnrunzeln zu sagen. Endlich wirft er, wie jeder typische Kubaner, seinem Bild im Spiegel eine halb spöttische, halb ernst gemeinte Kußhand zu. Das Bild, ebenfalls ein typischer Kubaner wie Lucio, erwidert den Kuß mit dem gleichen spöttischen Ernst.

Nachdem er sich angezogen hatte, versuchte Lucio, das Haus zu verlassen, ohne daß es Irene bemerkte. Sein Fortgehen hatte immer etwas von einer Flucht (was keineswegs hieß, daß Irene es nicht bemerkt hätte: Man weiß ja, daß jeder Sohn, der zu fliehen versucht, eine Mutter hat, die auf der Lauer liegt). Kaum hatte Irene also die Schritte im Wohnzimmer gehört, die Schritte, die nur für ihre Ohren zu hören waren, rief, schrie sie fast verängstigt (denn erneut hatte sie sich verirrt, obwohl sie noch immer im Lehnstuhl dort in ihrem Zimmer saß), schrie voller Angst den Namen ihres Sohnes, Lucio, Lucio, und der verspürte für den winzigen Bruchteil einer Sekunde das unangenehme Gefühl, bei einem Vergehen ertappt worden zu sein, obwohl doch schon die elementarste Vernunft ihm eingab, daß es kein Vergehen war, sich anzukleiden und auf die Insel oder die Straße zu treten. Folgsam, auch wenn er diese Folgsamkeit hinter einer verärgerten Miene verbarg, ging er ins Zimmer der Mutter. Irene saß im Halbdunkel in ihrem Lehnstuhl und streichelte einen ausgestopften Falken; sie blickte auf und rief, Was für ein schöner Sohn! mit echter Bewunderung und echter Trauer, dann ließ sie wieder Schweigen im Zimmer einkehren, hob den Falken hoch und fragte schließlich, Wem gehört dieser Vogel, Lucio? weißt du, wem dieser Vogel gehört? und sie brach in Tränen aus. Lucio wollte sie instinktiv streicheln, küssen, ihr sagen, Weine doch nicht, weine nicht, Mama, letzten Endes ist es doch egal, wem der Vogel gehört, denn du bist hier, und nur das ist wichtig. Nichts tat er, nichts sagte er. Er begnügte sich damit, seine Lippen mit der Zungenspitze zu befeuchten und mit dem Mund erneut eine spöttische Grimasse zu ziehen, von der er wußte, daß sie aufgesetzt war, und die er doch nicht vermeiden konnte. Mit stockender Stimme, ohne mit dem Weinen aufzuhören, versuchte Irene ihm zu erklären, Ach, mein Sohn, ich bin auf diesen Falken gestoßen und schwöre dir, daß er einmal wichtig war, das Problem ist nur, ich weiß nicht, warum und für wen. Verärgerung vortäuschend verließ Lucio das Zimmer der Mutter und trat in das des Verwundeten. Zwischen den weißen Laken glich der Verwundete, ruhig und lebendig, wie er war, einem Trugbild. Lucio hatte bereits das safrangelbe, gelockte Haar bewundert, die Augen, die sich ab und an öffneten und den Glanz einer geheimnisvollen Schwärze offenbarten, ebenso seine Bronzehaut, seine wohlgeformte, unbehaarte Brust, seine langen Arme, seine herrlichen Hände (vor allem die Hände, nicht wahr, Lucio, vor allem die Hände). Das Zimmer lag im Dunkeln, Irene hatte die Lampe nicht eingeschaltet, und doch ging ein blaues, tiefblaues Licht vom Körper des Verwundeten aus. Lucio trat voll Ehrfurcht näher. Junge, fragte er, wer bist du, was machst du hier? Der Verwundete bewegte unmerklich eine Hand und schlug die Augen auf, die nicht schwarz, sondern grün waren. Lucio hatte den Eindruck, der Verwundete würde ihn aus der Ferne seines Fiebers anblicken. Wer bist du, was machst du hier? wiederholte er, während er die (glühende) Stirn des Jungen streichelte. Und als er den Körper berührte, schien auch von seiner eigenen Hand blaues Licht aufzusteigen, ihm war, als würde Strom in seinen Körper fahren. Ein merkwürdiges Wohlbehagen, ein jähes Glück, eine unergründliche, unbezähmbare Lust zu lachen, zu weinen (zwei Verben, die in diesem Fall die gleiche Freude, die gleiche Lebenslust meinen). Er ging hinaus, sog das feuchte Aroma der Insel ein, den Wind, schwer von den Gerüchen der Nacht, über den Steinweg drang er zwischen der Greta-Garbo-Büste und dem Hermes von Praxiteles in sie vor, sah die Bäume, die in der Nacht noch größer waren, berührte sie, und ihm schien, als wüchsen die Bäume, wüchsen unter der Berührung seiner Hände, und als sprössen aus der Erde unter seinen Schritten Stiefmütterchen und Mimosen, Jasmin und Roseneibisch. Als er zum Brunnen mit dem Gänseknaben gelangte, schien ihm alles, was er sah, ja, sogar alles, was er nicht sehen, sondern sich nur vorstellen konnte, alles, die Welt, die ganze Welt das Werk seiner Schöpfung zu sein.

Heiß ist es« ist der Satz, der seit den Schöpfungstagen wohl am häufigsten auf dieser Insel gefallen ist, Heiß ist es, jederzeit, überall, unter allen Umständen, wenn du die Augen auf die träge Sonne des Morgengrauens aufschlägst oder wenn du hinaustrittst, um zu sehen, was der Himmel an diesem Tag für dich bereithält, oder du erwartest ohne Resignation den Regenguß, dessen größte Drohung nicht die schwarzen Wolken darstellen, sondern der entsetzliche Dampf, der vom Boden aufsteigt und dich zwingt zu rufen, Heiß ist es, ja, heiß ist es an dem Festtag, heiß beim Sonntagsbankett, heiß an den Namenstagen, heiß, wenn die *Tamales* hervorgeholt, die Schweineschwarten gebraten, die Rumflaschen entkorkt werden und man sich unter dem Flamboyant zum Dominospielen hinsetzt, Heiß ist es, unerträglich heiß, wenn ein Kind sein erstes

Wimmern ausstößt, ebenso im Bett des Beischlafs, im Bett der (in die Hitze) versenkten Körper, heiß in dem Augenblick, in dem man versucht, nicht über das Meer, über die Straße, über die Ferne zu fliehen, sondern über den vermischten Speichel, den vermischten Schweiß, die vermischten Säfte, über die Lust, zwischen einer Liebkosung und der anderen, zwischen einem Kuß und dem anderen, zwischen einem Biß und dem anderen, wenn man die Beine öffnet und fremde Lebenskraft empfängt, Heiß ist es, wenn man einen Brief schreibt, die Rosen gießt und eine Ode dichtet, mit der man die unvergleichlichen Reize dieser unvergleichlichen Insel begrüßt, Heiß ist es auf der Totenwache, vor den brennenden Kerzen, zur Stunde des Abendmahls, heiß in dem Augenblick, in dem man aus dem Fenster springt, die Fahne hißt, die Hymne singt, heiß, wenn du im Krankenhausbett im Todeskampf liegst oder im siedendheißen Meer badest oder an der siedendheißen Ecke anhältst, ohne zu wissen, welchen Weg du einschlagen sollst (es ist eine Lüge, nicht alle Wege führen nach Rom!), jeder Weg führt zu den Pfannen der Hölle, heiß ist dem Maurer, dem Rechtsanwalt, dem Tänzer, dem Touristen, der Hausfrau, dem Straßenmädchen, dem Bonbonverkäufer, dem Straßenkehrer, dem Mädchen-mit-den-Zöpfen wie dem Mädchen-ohne-Zöpfe, dem Busfahrer, der Krankenschwester, dem Militärhohen-Ranges, der Schauspielerin, dem Denunzianten, dem Sänger, der Lehrerin, dem Mannequin, dem Sammler, dem Schriftsteller, dem Untergebenen wie dem Vorgesetzten, dem Sieger wie dem Besiegten, denn wenn es etwas Demokratisches auf dieser Insel gibt, dann dies: Heiß ist es, für jeden einzelnen.

Sebastián wird versuchen, in den Sand am Meeresufer zu schreiben. Sebastián wird versuchen, mit dem Zeigefinger den Satz zu schreiben, den er den hochgewachsenen Mulatten im Anzug sagen hörte, der einmal Eleusis betreten hatte, um sich ein Buch zu kaufen. Sebastián wird schreiben, »Ich begreife nichts, ich bin von einfachem Gemüt«, während eine Welle nach der anderen kommen und den Satz wieder auslöschen wird, sosehr sich Sebastián auch bemüht, ihn ein ums andere Mal hinzuschreiben, das Meer löscht ihn stets wieder aus.

Also, ich verstehe wirklich nicht, Lucio, was du in Miriams Haus gemacht hast, das heißt vor Miriams Haus. Ob du dich wohl fühltest, ob du das Glück hattest, einen dieser Augenblicke der Erfüllung zu genießen, der nicht jedem gegönnt ist (damit du es weißt: Mancher stirbt, ohne zu wissen, was für ein Glück es ist, sich für eine Sekunde Schöpfer alles Seienden zu fühlen), was für eine böse Macht dich zu dieser Frau führte, die du haßt. (Ja, die du haßt, wollen wir die Dinge doch beim Namen nennen, nicht wahr?) Ich weiß schon, eingetroffen bist du dort nicht, bist ums Haus herumspaziert wie ein diebisches Gespenst, hast mit dir gekämpft, ob du hineingehen und allen einen guten Abend wünschen mußt (mit honigsüßer Stimme und deinem schönsten Lächeln, so wohlerzogen wie nur möglich), dem Vater einen förmlichen Händedruck, der Mutter (oder der billigen Duftwolke, die die Mutter umhüllt) einen Kuß geben mußt, sie wird zweifellos gerade in einer Ausgabe der Zeitschrift *Vanidades* blättern, um schließlich sie, Miriam, zu küssen, die Frau, die du haßt, und dich dann in den Sessel zu setzen, zu wiederholen, Du hast die schönsten Augen, die ich je gesehen habe, und dabei weißt du doch, daß du lügst, und du kommst dir wie ein dreckiger Schuft vor, weil du lügst, denn du denkst nur an das fröhliche Ambiente in den Straßencafés am Prado. Wenn du doch dieses Haus, diese Frau, diese Familie verabscheust, warum mußt du dann hingehen, warum eine weitere Nacht deines Lebens vergeuden? (ich weiß nicht, ob dir klar ist, daß es nicht allzu viele Nächte im Leben gibt), aber was noch schwerer wiegt, warum sie diese Nächte vergeuden lassen, warum? Du bist nicht hineingegangen, hast sie nicht gesehen, das stimmt; vielleicht war es noch schlimmer, an der Ecke stehenzubleiben, im Halbdunkel vor sich hin zu rauchen, im schützenden Dunkel der durchgebrannten Straßenlaterne, den Blick auf die Lichter des Hauses gerichtet, im Wissen, daß die Lichter des Hauses nur auf dich warteten, wie auf der Lauer lagst du, hast es zugelassen, daß die Augen eines Übeltäters durch die deinen blickten und sich die Furcht eines durchschnittlichen Bösewichts deiner Furcht bemächtigte. Warum sagst du ihr nicht endlich, daß du sie nicht liebst? Miriam ist erst siebzehn Jahre alt. In dem Alter währt Liebeskummer drei Tage.

Nein, ich hasse Miriam nicht, es stimmt, daß ich sie nicht liebe, es stimmt, daß ich nicht gerne neben ihr im Sessel schaukle und mir kein Sessel unbequemer vorkommt als dieser, keine Hand rauher als die ihre, keine Stimme unangenehmer, keine Augen ausdrucksloser (man könnte meinen, die Gabe des Schauens sei ihnen verwehrt), ihre Lippen sind trocken und lachen selbst beim Lachen nicht, nein, ich küsse sie nicht gerne, ich hasse die Blumen, die sie sich ins Haar steckt, das Kleid, das sie jeden Mittwoch für mich anzieht, ihr Magnolienparfum, am liebsten würde ich bei dem Parfum das Weite suchen, hasse die Hände, die immer den Fächer oder das

Spitzentaschentuch halten, ich verabscheue Fächer und Spitzentaschentücher, ebenso die Frauen, die Fächer und Spitzentaschentücher halten, es stimmt, selbst wenn ich noch so verzweifelt wäre, ich wollte nicht bei ihr sein, und wenn ich vor dem Portal neben ihr in dem Folterstuhl sitze, überfällt mich das Gefühl, wenn ich nicht gleich aufspringe und wegrenne, geht die Welt unter, ja, das stimmt, aber hassen tue ich sie nicht.

Die Nacht bricht in Havanna früh an, deshalb ist die Nacht in Havanna auch so lang. Noch bevor es dunkel wird, ist Havanna schon in Feststimmung. Nun gut, Havanna ist immer in Feststimmung, denn Havanna feiert rund um die Uhr, von einem Sonnenaufgang zum nächsten, das ist bekannt, das Morgengrauen wird mit dem gleichen fröhlichen Trommelwirbel empfangen, mit der gleichen Gabe von Früchten und Schnaps, mit der man die Nacht verabschiedet, ich weiß, man sollte eher schreiben, Eines der Geheimnisse, das die Nächte fast allen Städten bringen (es gibt allerdings auch Städte ohne Geheimnis), entfaltet sich in Havanna früher als anderswo. Die Leuchtreklamen springen mit Ungeduld an. Lange bevor der Himmel sich verdüstert, die Bars ihre Gegenwart noch demonstrativer zur Schau stellen und sich die Straßencafés mit ihren Kapellen auf dem Prado erhellen, gibt es eine Stunde in Havanna, in der es weder Tag noch Nacht ist. Noch spielen die Kinder im Parque de la Fraternidad Verstecken, noch laufen sie um die Bronzebüsten herum (zum Glück von den fröhlichen Klecksen der Vögel bedeckt), noch baden sie in dem stillen, grünen, verehrungswürdigen Wasser der Fuente de la India, noch singen sie, Herbei, herbei, der Brunnen brach entzwei, und hüpfen, Eins, zwei, Papagei, drei, vier, Offizier, fünf, sechs, alte Hex, doch schon kommen die lärmenden, rotglänzenden Ford- und Buick-Kabrioletts an, aus denen Männer in weißen Leinenanzügen mit Pomade im Haar, goldener Uhrkette und ihren *Spectator*-Schuhen aussteigen; schon kommen die Frauen in ihren engen Kleidern, immer bis zum Exzeß frisiert, ihre Hintern mit der ausgeprägten Steatopygie zur Schau stellend (ob echt oder vorgetäuscht), und schweben leicht auf Absätzen dahin, die selbst so leicht, so hoch sind, daß sie kaum zu existieren scheinen. Die Kirchen sind noch nicht geschlossen, und die Spielsalons haben schon geöffnet, die Gemeinde stürzt eiligst aus den Kirchen und vertauscht geschwind Rosenkränze und Meßbücher mit Rumgläsern, Kartenspielen oder Würfelbechern. Die Krämer haben noch nicht ihre Läden geschlossen, und schon sieht man sie Flaschen entkorken. Vor dem Angelusläuten kann man bereits die Kapellen mit ihren einschmeichelnden Melodien hören, *En Prado y Neptuno hay una chiquita que todos los hombres la tenían que mirar...* Auf dem Prado, Höhe Neptuno, da ging eine feine Kleine, alle Männer drehten sich nach ihr um ... Noch ist die Nacht nicht angebrochen, und die Stadt beginnt schon mit der größten Hommage, die jemals einer von den spanischen Eroberern grausam vernichteten Rasse zuteil geworden ist: In langen, durchsichtigen Kelchen schenkt sie eisgekühltes Hatuey-Bier aus (so eisgekühlt wie nur möglich, es soll die Kehle erfrischen, diesen Dämon austreiben, der sich Hitze nennt). Die Nacht fällt auf eine Stadt nieder, in der es seit einer ganzen Weile schon Nacht ist.

Frühzeitig war in Havanna die Nacht angebrochen, und wir müssen uns Lucio vorstellen, wie ein typischer Kubaner, wie ein Prinz gekleidet, der durch den Parque de la Fraternidad in

Richtung der Straßencafés am Prado schlendert. Da waren natürlich die Kinder an der Fuente de la India, bloß sangen sie inzwischen nicht mehr, Herbei, herbei, sondern waren schweigsam, still, lächelten nicht, blickten düster. Als Lucio gerade den Paseo de Prado überqueren wollte, überraschte ihn als erstes der Geruch, der ihm mit aller Kraft entgegenschlug, eine Mischung aus Körperdünsten, Gebratenem, Zwiebeln, Blumen, Kabeljau, Urin, Öl, Knoblauch, Brot, Bier, Parfums. Die Straßencafés waren hell erleuchtet und voller Menschen, Lucio glaubte, Miriam vergessen zu können. Auf dem ersten Podium erkannte er die Kapelle *Anacaona*, deren prachtvolle Mulattinen einen Danzonete spielten. Obwohl einige Paare bereits die Tanzfläche eingeweiht hatten, zog es die Mehrzahl noch vor, zu trinken, zu lachen, lauthals zu plaudern, vielleicht in Erwartung auf hemmungslosere Stunden. Auf der Höhe der Calle Dragones hielt er an und lehnte sich gegen eine Säule. Gleich neben mir wand sich eine Blonde in den Armen eines Mannes, der einer der Bronzestatuen glich, die das Portal des Kapitols säumten; er küßte sie auf den Mund, als wolle er sie ganz und gar leer saugen; um sich besser küssen zu lassen, hatte sie sich auf die Zehenspitzen gestellt, und ihr Kleid war hochgerutscht, ich schwöre dir, daß ihr schwarzes Spitzenhöschen hervorblitzte, da viele Menschen um die Küssenden herumstanden, versuchte ein rothaariger Junge, fast noch ein Kind, dem Mann, der einer Bronzestatue glich, die Geldbörse aus der hinteren Hosentasche zu ziehen (damit beschäftigt, der Frau die Eingeweide herauszusaugen, merkte der es nicht mal), ich fixierte den rothaarigen Jungen, bis es ihm auffiel, daß ich ihn absichtlich anstarrte, ihn erwischt hatte, und er rannte davon, bestimmt auf der Suche nach einer anderen Hosentasche, inzwischen spielte die Kapelle, *En mi Cuba se da una mata, que sin permiso no se pué tumbá* ... In meinem Kuba, da wächst ein Baum, den man ohne Gebet nicht fällen darf ... eine Hure von tausend Jahren und mit tausend Schichten Make-up bot mir eine Zigarette an, ich sagte, Nein, ich rauche nicht, Schätzchen, ich habe andere Laster, dieses nicht, und tat so, als würde ich woandershin schauen, obwohl es mir Spaß machte, wie sie mich von Kopf bis Fuß musterte, sich in die Lippen biß, als hätte sie eine süße Quarkspeise vor sich, Na, du müßtest wohl eher mich bezahlen, Frau. Da die Hure weiter um ihn herumstrich, verließ Lucio seinen Platz an der Säule (nur eine unter den Millionen von Säulen dieser Stadt) und ging weiter in Richtung Calle Teniente Rey, wo noch eine Frauenkapelle spielte, *Hasta la reina Isabel baila el danzón, porque es un ritmo caliente y sabrosón* ... Selbst Königin Elisabeth, die tanzt mit uns Danzón, sein heißer Rhythmus, der trägt auch sie davon ... Eine zerlumpte Chinesin kam vorbei, betatschte die Zecher und gab ihr Urteil ab, Der hat einen großen, der hat einen kleinen, der hat gar keinen, eskortiert von den Lachsalven der Anwesenden. Ein ausgemergelter Mann um die Vierzig mit Hut und schwarzem Anzug verkündete gerade lauthals, Ich sah einen Engel herniederfahren vom Himmel, der hatte große Macht, und die Erde wurde erleuchtet von seinem Glanz, und er rief mit mächtiger Stimme, Sie wird fallen, keine Sorge, sie wird fallen, Babylon, die Große, sie ist eine Behausung der Teufel geworden und ein Gefängnis aller unreinen Geister, und sie wird fallen, dessen könnt ihr gewiß sein, diese Säulen werden in sich zusammenfallen, diese Mauern werden einstürzen, die Dächer zu Staub werden, ja, seid euch dessen nur gewiß, die große Stadt Babylon wird fallen und nicht mehr gefunden werden. Inzwischen spielte die Kapelle, *Los marcianos llegaron ya, y llegaron bailando el cha-cha-chá* ... Die Marsmännchen sind schon da, sie kamen im Tanzschritt des Cha-Cha-Cha … Vor dem Eingang des *Diario de la Marina* hatte sich ein Kreis gebildet. Aus Neugier blieb er stehen und sah einen jungen Burschen, der maßlos in die Höhe geschossen war, weiß wie eine Leinwand, von schüchternem Auftreten und nur mit einem Lendenschurz bekleidet. Vor ihm ein Mann im Anzug (offensichtlich der Vater des Jungen: Man hätte meinen können, seine ältere Ausgabe), der einen Koffer mit Messern in allen Größen und Formen öffnete. Sie werden nun Zeugen von etwas Sensationellem, rief der Mann mit einer Stimme, die ihre Müdigkeit zu verbergen versuchte, Sie werden etwas noch nie Dagewesenes zu sehen bekommen, hier haben Sie den jungen Sebastián-von-den-Messern, den Leidenden ohnegleichen, den Weiß-nicht-was-Schmerz-ist. Vier, fünf Meter vom Mann entfernt, stellte sich der Junge in komischer Balance auf ein Brett, schloß die Augen, breitete Arme und Beine aus und nahm einen Ausdruck ergebener Erwartung an. Ein Mädchen, das Lucio bisher nicht bemerkt hatte (es war im Publikum untergegangen), begann eine Trommel zu schlagen. Der Mann griff zu dem größten Messer. Ich bitte um Schweigen, Herrschaften, um absolutes Schweigen, es geht nicht ohne die Unterstützung meines geneigten, geschätzten Publikums. Er zielte auf den Jungen und blickte ihn einige Sekunden lang so starr an, daß es kaum mehr zu ertragen war. Dann warf er das Messer, welches in einen der Arme des Jungen fuhr. Der öffnete nur leicht die Lippen mit einem unhörbaren Klagelaut. Das Blut schoß jäh hervor, ebenso wie das Ah! des Publikums. Der Junge verharrte wieder regungslos in ergebenem Warten. Ein anderes Messer fuhr ihm in den anderen Arm, auch aus ihm kam ein Blutstrahl, doch dieses Mal beschränkte der Junge sich darauf, die Lippen zusammenzupressen. Lucio schien es, als würde der Junge erbleichen. Ein drittes und viertes Messer fuhren in die beiden Schenkel. Dort spritzte das Blut natürlich heftiger hervor. Das fünfte landete in der Brust auf der Seite des Herzens, und dieses Mal konnte der Junge eine Grimasse nicht unterdrücken, seine Augen weiteten sich (ergeben, mag sein, aber auch erschreckt). Das sechste fuhr in den Bauch. Das siebte durchbohrte ihm die Stirn, und der Aufprall war so stark, daß er dabei beinahe das Gleichgewicht verlor. Nun strömte das Blut zusammen mit einer blutigen, seltsamen Masse über das Gesicht. Der ganze Körper des Junge war blutverschmiert. Die Gewalt, mit der der Vater die Messer warf, sein haßerfülltes Gesicht erschreckten Lucio fast mehr als der Anblick des verletzten Jungen. Das Publikum schrie, klatschte hemmungslos. Eine Frau fiel in Ohnmacht, und eine andere begann, vor Freude zu hüpfen. Neben Lucio rief ein Mann begeistert, Das ist das lehrsamste Schauspiel, das ich seit langem gesehen habe, und er warf einen Geldschein in die geöffnete Schachtel des Mannes. Lucio wurde schwindlig. Er ging weiter bis zum Kinotheater Payret, wo gerade eine spanische Zarzuela-Gruppe mit *La Gran Vía* auftrat. Später, in der Mitternachtsvorstellung, würden sie einen Film mit Dolores del Río geben. Eine andere Kapelle, ebenfalls Frauen, spielte, *Una rosa de Francia, cuya suave fragancia, una tarde de may*... Eine Rose aus Frankreich, deren zarter Duft in der Maienluft... (im Rhythmus eines Son). Vor dem prächtigen Eingang des Payret herrschte reges Treiben. Man traf dort jeden nur erdenklichen Menschenschlag an. Kommen und Gehen, babylonisches Stimmengewirr, ununterscheidbar, unerträglich. Nur die Rufe der Blumen- und Zigarettenverkäufer konnten sich über das Wirrwarr hinwegsetzen. Ein hübsches Mädchen trat auf mich zu, sie trug ein dunkelgrünes Samtkleid (Samt auf dieser Insel, was erzählst du denn da?), in dem sie höllisch schwitzen mußte, sie blickte mich aus blauen, allzu femininen Augen an, lächelte mit allzu femininem Mund, streckte mir ein Alabasterhändchen entgegen (wo versteckte sich diese Schönheit untertags?), voller Juwelen und ebenfalls allzu feminin (ich küßte die Hand, um den Libertin zu spielen), und rief in allzu femininem Ton in ihrer kräftigen Stimme, Gott segne dich, du Prachtkerl! das war einfach zu feminin, zu sehr Frau, findest du nicht? natürlich war es ein Mann, keine Frau kann so feminin sein wie ein Mann, der sich feminin geben möchte, und die Frauen wissen das, deshalb hassen sie feminine Männer. Lucio ging zu einem Blumenverkäufer, kaufte eine rote Rose und schenkte sie ihr. Bitte, verlangte er sanft, aber bestimmt, laß mich in Ruhe, mich führst du nicht an der Nase herum. Das Mädchen roch an der Blume, lächelte, entfernte sich in ihrem grünen Samtkleid und warf ihm noch eine Kußhand zu. Auf dem gegenüberliegenden Gehsteig, im Säulengang des *Centro Gallego* war, wie Lucio sah, ein Jahrmarkt eröffnet worden. JAHRMARKT DER PHÄNOMENE stand auf einem Schild über dem Eingang. Hähne mit sechs Klauen, Affenzwitter, Kühe mit einem einzigen Horn auf der Stirn, zweiköpfige Föten, Riesenchamäleons, Hunde ohne Augen und die einzigen lebenden Wesen des Jahrmarkts: zwei Mädchen, siamesische Zwillinge, die in ewiger Eintracht Gitarre spielten und Volksweisen sangen. Lucio ließ das Teatro Nacional hinter sich, in dem gerade *Lucia di Lammermoor* gegeben wurde, dachte an Casta Diva (verständlicherweise), und da er nicht wußte, was er tun sollte, bog er schließlich in die Calle San Rafael. Er war müde und ging in die Nautilus Bar. Zum Glück war sie fast leer. Aus der Jukebox kam die Stimme von Vicentico Valdés, *Envidia, tengo envidia del pañuelo, que una vez secó tu llanto*, Neidisch, neidisch bin ich auf das Tuch, das einst getrocknet deine Tränen ... Er setzte sich an einen Tisch, bestellte einen doppelten Schnaps und zündete sich eine Zigarette an.

Ein ausgemergelter Mann um die Vierzig mit Hut und schwarzem Anzug setzte sich mir gegenüber, seine Stirn war eng, die Augen in ihren Höhlen versunken, die Wangen eingefallen, der Mund lippenlos, er sagte leise, fast flüsternd, so daß ich ihn nur mit Mühe hören konnte, Sie wird fallen, keine Sorge, sie wird fallen, Babylon, die Große, der Engel hat es mir verkündet, niemand will mir glauben, eine Nacht habe ich den Engel gesehen, gestern nacht, heute nacht, ich habe ihn Worte aus Feuer sprechen hören, Worte, die wie Flammen von seinen Lippen loderten, die große Stadt Babylon wird fallen, die Häuser werden bersten, das Meer wird über die Ufer treten, alle werden vom Meer begraben werden, der Himmel wird mit einem Schlag zum Meer hinabsinken, Meer und Himmel werden sich vereinen, die Vereinigung der beiden ist das Feuer, das Feuer, jede Hoffnung wird zu Staub werden, zu Staub jede Illusion, verheertes Land bedeutet mehr als nur verheertes Land, mußt du wissen, und das Schlimmste ist: Niemand will mir glauben, ich habe den Engel gesehen, der die Zerstörung der großen Stadt Babylon verkündet, ich habe ihn gesehen, wie ich dich jetzt sehe, ja deutlicher noch als dich, denn du bist zum Grauen verurteilt, das sagte mir ein ausgemergelter Mann um die Vierzig mit Hut und schwarzem Anzug, der sich mir gegenübersetzte in jener Nacht in der Nautilus Bar.

Später, als der Schnaps bereits in seinem Magen brannte, ging Lucio in die Cafeteria América, bestellte ein Schinkenbrötchen und Mangosaft. An einem Tisch nahebei erkannte er den

Jungen mit den Messern, jenen Sebastián vom Prado, mit dem Mädchen und seinem Vater. Abgesehen von seiner Blässe, verriet nichts an dem Jungen etwas von dem Schauspiel ein paar Stunden zuvor. Der Vater zog aus einer Tüte allerlei Gebratenes hervor und verteilte es auf ihre Teller. Der Kellner schenkte ihnen drei Gläser Wasser ein. Das Mädchen flüsterte dem Jungen etwas ins Ohr (offensichtlich den Kellner betreffend), und der Junge lachte, lachte, daß er sich beinahe verschluckte. Er trank Wasser und lachte weiter. Lucio kam er nun noch weißer, noch kindlicher vor. Der Vater nahm den Koffer vom Boden auf, öffnete ihn, zog ein Messer hervor und schnitt für jeden eine Scheibe Brot ab.

Als er bei Miri eintraf, mußte es schon nach drei Uhr morgens sein. Lucio schaute durchs Fenster und sah Manilla, der schwarz und fett wie ein Bär in einem der großen Armsessel im Wohnzimmer schlief. Er trug kein Hemd, sein gewaltiger Wanst streckte sich in die Luft, seine Brustwarzen waren schweißnaß und stachen noch mehr ins Auge als seine Santeríaketten. Der Mund stand ihm offen, und ein dünner Speichelfaden lief das Kinn hinunter, um sich mit dem Schweiß auf der Brust zu vereinen. Da der Schnaps den Mann fest im Griff hatte, blieb Lucio nichts anderes übrig, als hartnäckig zu klopfen. Der Klotz erwachte und schien doch nicht zu erwachen, hob überrascht die Hände in die Höhe (obwohl er doch sonst nie überrascht war). Mühsam hievte er sich hoch. Taumelnd machte er ein paar Schritte bis zur Tür, daß Möbel und Wände zitterten, und als er öffnete, glänzten seine blutunterlaufenen Froschaugen eigenartig. Verdammt, was willst du? Miri besuchen, Lucio lächelte. Weißt du, wie scheißspät es ist? Als Antwort hielt Lucio ihm einen Zwanzigpesoschein hin. Mit erstaunlicher Behendigkeit griff sich Manilla den Schein noch in der Luft. Seine Pranken steckten voll dicker Ringe. Danach gibt es noch mal einen Zwanziger, verkündete Lucio. Manilla stieß die Tür auf, ließ Lucio eintreten und schloß zweimal hinter ihm ab. Er war auch so vorsichtig, das Fenster anzulehnen. Er ging wieder zum Armsessel zurück, offensichtlich sein Stammplatz, denn er schien jeden Moment in sich zusammenzufallen. Lucio zog die Anzugjacke aus und hängte sie über die Rückenlehne seines Stuhls. Manilla, inzwischen wacher, musterte den Jungen aus immer röteren Augen voll spöttischer Äderchen. Hör mal, das ist ein anständiges Haus, ab und zu würden wir auch mal gerne schlafen. Ich muß Miri sehen. Das mußt du nicht extra beteuern, mein Hübscher. Manillas dumpfe Stimme stieg aus einer Kehle auf, die nach Rum verlangte. Er zog eine Zigarre hervor, schnupperte daran, musterte sie genüßlich aus etwas Distanz, fuhr hier und da mit der Zunge darüber, kappte die Spitze mit einer Schere und zündete sie feierlich an. Mit der Zigarre im Mund lachte er. Heiß ist es, was? Und um den Satz noch gebärdenreich zu unterstreichen, begann er, sich mit einem gelben Taschentuch, das nach *Agua de Portugal* stank, über Nacken, Brust und Bauch zu fahren. Havanna glüht förmlich, fügte er noch hinzu, ich weiß nicht, warum du alleine herumläufst und das noch zu nachtschlafender Zeit, mein Hübscher. Lucio antwortete nicht. Die einzige Lichtquelle (und auch der einzige Luxus) im Wohnzimmer war eine Neonröhre, die quer in der riesigen Muschel steckte, in der sich der Altar für Oshún befand. Ihr Bildnis hatte wenig mit dem der heiligen Jungfrau von El Cobre zu Hause auf der Insel gemein, vielleicht nur das gelbe Kleid; ihr Gesicht war mulattenhafter als das der anderen, sah fröhlicher aus und hatte einen verschmitzten Ausdruck, für eine Heilige recht unpassend. Auf dem Altar häuften sich Gaben: Früchte, Sonnenblumen, Schöpfbecher mit Mehl, Bierkrüge, Goldschmuck und natürlich Kerzen. Manilla zog mehrfach an der Zigarre, schaute zur Decke hoch, dem Rauch nach und schien Lucio ganz vergessen zu haben. Mühsam richtete er schließlich seinen massigen Leib auf, zündete eine Kerze an, befeuchtete den Finger im Wasserkelch vor der Jungfrau, machte das Kreuzzeichen auf seiner Stirn, läutete ein Glöckchen und bekreuzigte sich auf der Brust. Dann drehte er sich zu Lucio um, wobei er seinen Bauch von konzentrierter Schwärze streichelte. Die Zeiten sind erbärmlich, mein Hübscher, hier wandelt jeder gottlos durch die Welt, und die Gottlosen treibt der Beelzebub um. Er ließ sich erneut in den Sessel plumpsen (das Holz schrie laut auf) und nahm einen Stock, mit dem er auf den Boden stampfte. Miri, rief er, Miri. Schweigen. Manilla zog an der Zigarre und schüttelte den Kopf. Diese Jugend heutzutage ... beklagte er sich. Miri, rief er noch lauter. Im Nachbarzimmer regte sich etwas; ein Seufzen oder Klagen war zu vernehmen, das Quietschen von Matratzenfedern. Der Schwarze stampfte erneut mit dem Stock auf den Boden. Miri! Lucio vernahm, wie sie sich im Bett aufrichtete, glaubte zu hören, wie sie in die Holzpantinen fuhr. Die Schritte näherten sich der Tür, wo ein Vorhang aus Muschelschnüren hing. Das Mädchen schien sich die Augen zu reiben. Ihr Körper war ausgemergelt, sie trug einen fadenscheinigen Baumwollmorgenrock, in dem sie noch magerer, noch kleiner, noch mädchenhafter aussah; als hätte man sie als Frau verkleidet. Sie war eine recht hellhäutige Mulattin, recht hübsch, mit schönem, glattem Haar und Mandelaugen, wären da nicht die Lippen gewesen, man hätte sie nie für Manillas Tochter gehalten. Sie starrte ihren Vater ungläubig an und gähnte. Manilla rollte in seinem Mund die Zigarre mehrmals hin und her und deutete dann mit ihr auf Lucio. Unser Hübscher hier will dich sehen, er möchte dich mit Weihwasser benetzen. Miri wandte sich um und verschwand erneut im Schlafzimmer. Von dort drang nun undeutlich ein Bolero von Pedro Junco herüber (unmöglich, zu erraten, wer da sang, jedenfalls war es eine Frau), *Nosotros, que nos queremos tanto*... Wir, die wir uns so lieben... Als sie wieder zurückkam, inzwischen wacher, hatte sie sich das Haar hochgesteckt und trug einen Seidenkimono mit Lotosblumen, den Lucio bereits kannte. Sie blieb in der Mitte des kleinen Wohnzimmers stehen, als würde sie auf einen Befehl warten. Manilla goß sich einen großzügigen Schluck Rum ein (Rum und Glas standen in Reichweite auf einem Tischchen, daneben ein Aschenbecher und ein Gipskruzifix). Setz dich vor ihn, befahl Manilla. *Nosotros, que del amor hicimos un sol maravilloso, romance tan divino*... Wir, die wir die herrliche Sonne der Liebe aufgehen ließen über einer göttlichen Romanze... Ohne zweimal zu überlegen, setzte Miri sich fast mechanisch in einen Sessel Lucio gegenüber. Da sie sonst nirgendwo hängenblieben, trafen sich Lucios und Miris Augen. Sie ist noch keine Frau, sie könnte noch mit Puppen spielen, von ihrem Märchenprinzen träumen. *Nosotros, que nos queremos tanto, debemos separarnos, no me preguntes más*... Wir, die wir uns so lieben, müssen auseinandergehen, oh, frage nicht, warum... Manilla nahm einen Schluck Rum, streifte die Asche von der Zigarre ab und sagte in väterlichem Ton zu Miri, Öffne den Morgenrock. Miri gehorchte sofort. Sie ist ein Mädchen, sie hat keine Brüste, ihr Flaum beginnt erst zu sprießen, sie dürfte keinerlei Vorstellung davon haben, wozu es gut sein soll, den Kimono vor mir zu öffnen, wozu der Körper eines Mannes gut sein soll. Mit einem Stampfen des Stocks forderte Manilla nun Lucio auf, Schau sie dir an, mein Hübscher, sie ist fast noch ein Mädchen, wo, sag mir, wo findest du schon ein Mädchen, das ihren Morgenrock vor dir aufschlägt, damit du sie anschauen kannst? Manillas Worte lösten in Lucio zwei widersprüchliche Empfindungen aus: zum einen eine Woge der Entrüstung; zum anderen eine peitschende Welle von Blut (von derselben Entrüstung ausgelöst), die sein Glied noch steifer werden ließ. Er wollte aufstehen und Manilla schlagen; statt dessen griff er sich zwischen die Beine. Die Platte hatte einen Kratzer: auseinandergehen, auseinandergehen, auseinandergehen. Nach einem weiteren Schluck Rum und einem weiteren Stockstampfen befahl Manilla, Steh auf, Miri, leg den Kimono ab, er soll dich doch gut sehen, unser Hübscher, soll das frische Fleisch sehen, das er vor sich hat. Das Mädchen gehorchte. Sie ließ den Kimono fallen und drehte sich mehrmals, damit Lucio ihren Körper von allen Seiten betrachten konnte. Lucio wollte seinen Hosenschlitz aufknöpfen; doch Manilla hob den Stock und hinderte ihn daran, Immer mit der Ruhe, dafür ist Miri da, mein Hübscher. Als sie vor Lucio niederkniete, warf das verlängerte Kerzenlicht Oshúns Bild an die Wand. Mit wachsendem Interesse legte Manilla die Zigarre in den Aschenbecher, nahm einen langen Schluck Rum und senkte die Augenlider; seine Stimme klang warm, Knöpfe ihm ganz sanft die Hose auf, Miri, so sanft du nur kannst, am Anfang muß man sanft vorgehen, äußerst sanft, deine Hände dürfen kaum zu spüren sein, er soll nicht merken, was mit ihm geschieht, die Verheißung muß größer sein, vergiß nicht, am meisten genießt man die Lust, die man noch nicht erreicht hat, die Hoffnung auf Lust ist immer verführerischer. Das Mädchen öffnete das Hemd, den Hosenschlitz, die Unterhose von Lucio. Dann blieben ihre Händchen in der Luft hängen, als würden sie auf einen neuen

Befehl warten, ihre Augen hingen starr an einem Ort, der nicht zu Manillas Wohnzimmer gehörte. Der Schwarze strich sich über den Bauch. Gut, Miri, nun holen wir den Schwanz da an die Luft, er ist ganz verrückt danach herauszukommen, schau nur, wie er sich unter der Hose rührt, schau ihn dir an, und vergiß nie: ganz behutsam, das Ungestüm hebt man sich für den Schluß auf, so, ganz langsam, zieh den Schwengel heraus, als wäre er zerbrechlich wie Glas, so ist's gut, Mädchen, du machst das hervorragend, nun schau ihn dir an, schau ihn dir gut an, einen stattlichen Schwanz hat unser hübscher Keckskerl da, und immer wenn du einen stattlichen Schwanz vor dir hast, schau ihn erst an, das freut ihn, denn die großen, dicken Schwänze sind wie die Filmstars, nichts lieben sie mehr, als ständig angeglotzt zu werden, und hast du einen kleinen Schwanz vor dir, schau ihn dir ebenfalls ausgiebig an, dann kommt er sich groß vor und ist ganz aus dem Häuschen, außerdem ist unser Hübscher ganz verrückt danach, daß du etwas mit ihm anstellst, aber du bist so klug, dir alle Zeit der Welt zu lassen, damit er immer verrückter wird, nun hol seine Hoden hervor, Töchterchen, auch sie spielen eine Rolle bei der Geschichte, vergiß nicht, daß in diesen prall gefüllten Hoden die Samenmilch wartet, und die Milch ist dein Ziel, dein Weihwasser. Manilla wischte sich mit dem gelben, unförmigen Taschentuch den Schweiß ab und überflutete den Raum wieder mit *Agua de Portugal.* Dann begann er, den Stockknauf zu streicheln. Wäre da nicht die Sängerin gewesen, die bis zum Überdruß ihr auseinandergehen, auseinandergehen wiederholte, hätte man meinen können, daß nichts die Ruhe in dem Wohnzimmer brechen wollte, als würde ein paar Augenblicke rein gar nichts geschehen. Los, Miri, forderte Manilla nun in lockendem Ton, fahr mit der Zunge über die Hoden unseres Hübschen, bereite ihnen Vergnügen, kümmere dich nicht mehr um den Schwanz, der Schwanz soll dich ganz kaltlassen, schau ihn nicht mal an, konzentriere dich ganz auf die Hoden, das ist nun dein einziges Bestreben, je mehr sich der Schwanz nach deinem Mund sehnt, um so besser, male mit der Zunge Bilder auf die Hoden, schieb sie in deinen Mund, ohne sie zu drücken, ohne sie zu drücken, mit Behagen, ohne Hast, du brauchst dich nicht zu beeilen, du hast die ganze Nacht, um dich daran zu erfreuen und unseren Hübschen hier zu erfreuen, da, schau dir den Leberfleck da an, saug ein bißchen daran, nur ein klein wenig, ganz leicht, nicht zu sehr, nun geht es weiter nach oben, Miri, Mädchen, weiter nach oben, am Schaft hältst du inne, verweile dort, löse deine Lippen, faß ihn an, faß ihn an, als würdest du deine Hände auf den Mantel der Heiligen Jungfrau legen, leicht, liebevoll, er soll den Druck deiner Händchen kaum spüren, faß ihn an, sammle Speichel im Mund, denn du wirst mit deinen Lippen nun den großen Schwengelkopf unseres Hübschen umschließen, genau das erwartet der Hund nämlich, los, ganz langsam, damit der Schwanz, der Schwengel, die Rute unseres Hübschen endlich in deinen Mund eintreten darf. Manilla stampfte mit dem Stock auf den Boden. Nicht so, Miri, er ist nicht richtig drinnen, so nicht, halt ihn unten gut fest, damit er in deinen Mund dringen kann, wie es sich gehört. Noch ein Stockstampfen. Verdammt, Miri, ich habe dir doch gesagt, so nicht, versuch es noch mal, das Eintreten des Schwanzes in den Mund ist ein magischer Augenblick, weißt du, komm, nicht den Mut verlieren, Mädchen, das Geheimnis beim ordentlichen Blasen ist, daß es dir nur Freude machen muß, beim ordentlichen Blasen gibt es nur eine Regel, es muß dir gefallen, los, jetzt die Zunge, deine Zunge muß lebendig werden, sich regen, sich flink regen, Miri, über den ganzen

Kopf hinweg, noch heftiger am unteren Teil, du mußt verstehen, daß genau dort die Ungeduld unseres Hübschen sitzt, noch schneller die Zunge, Miri, noch schneller. Manilla stampfte erneut mit dem Stock auf und wischte sich mit dem gelben Taschentuch wieder den Schweiß. Wenn du nicht mit ganzem Herzen dabei bist, Miri, hat es keinen Sinn. Noch mal, so, ja so, Mädchen, mit flinker Zunge, los, unser Hübscher soll sein Leben lang davon träumen, wie du ihm den Schwanz gelutscht hast, der Schwanz da soll sich nicht einbilden, nur weil er groß ist, käme er gegen dich an, der soll sein Leben lang an deinen Mund denken, deinen Mund nie mehr vergessen, Miri. Das Mädchen hob den Kopf, ihre Augen waren gerötet, zwei Tränen wollten gerade herunterrollen. Was ist los, Miri? fragte Manilla in lautem, einschüchterndem Ton. Das Mädchen nahm alle Kräfte zusammen, um nicht zu schluchzen. Der Schwarze erhob sich von seinem Sessel, ging zum Altar, wo die Kerze gerade erlosch, zündete eine neue an, benetzte den Finger im Wasserkelch und schlug wieder über seiner Stirn ein Kreuz. Du bist auch zu nichts nutze, rief er und half Miri beim Aufstehen, bleibe hier, es ist an der Zeit, daß du lernst, wie man das macht. Mühsam ging Manilla vor Lucio in die Knie. Das macht man mit viel Liebe, Miri, mit viel Liebe, und er nahm das Glied des Jungen und schob es sich ganz behutsam in den Mund.

Mit größter Vorsicht schleicht Señorita Berta ins Schlafzimmer und bleibt, ohne Licht zu machen, vor dem Bett der Mutter stehen. Doña Juana schläft wie immer ihren unüberwindlichen Schlaf. Die Kerze auf ihrem Nachtschränkchen vor dem Bild der heiligen Jungfrau von El Cobre ist heruntergebrannt, so daß Señorita Berta eine neue anzündet, weiß und gewunden, und sich bekreuzigt.

Man sollte sich merken, daß eine ähnliche Kerze von entscheidender Bedeutung für die Geschichte der Insel sein wird. Aber wir wollen hier der Handlung nicht vorgreifen. Wenn es im Leben den Dingen an Ordnung und der richtigen Gelegenheit fehlt, dann haben wir dafür die Bücher.

Die gewaltige Brust und der gewaltige Bauch der neunzigjährigen Greisin heben und senken sich mit fröhlicher Gleichmäßigkeit. Seit Jahren läßt sich Doña Juana nicht dazu herab aufzuwachen. Seit Jahren verharrt sie in ihrem wundersamen Schlaf, in ihrem weißen Nachthemd, den Rosenkranz in den gefalteten Händen, als wolle sie dem Tod vorgreifen.

Auch wenn es so scheinen mag, es ist nicht zwei Uhr morgens (wir wissen ja, die Insel ist trügerisch), in Wirklichkeit zeigt die Uhr fünf nach sechs am Abend an, aber weil so nun einmal der Oktober auf der Insel ist, war es schon frühzeitig dunkel geworden. Señorita Berta liest in *Gestalten aus der Passionsgeschichte*, bohrt in der Nase und bewegt leicht die Lippen. Doch, wie zu erwarten, fühlt sie sich sogleich beobachtet. Seit mehreren Tagen hatte der Blick sie schon nicht mehr heimgesucht. Jetzt, da sie ganz plötzlich die Macht der Augen spürt, versteht sie mit einemmal nicht mehr, was sie liest und blättert verzweifelt im Buch, sie kann nur noch daran denken, daß jemand sie beobachtet, den sie nicht kennt, von dem sie nicht weiß, wo er steckt, von dem sie nicht weiß, warum er beschlossen hat, sie mit diesem hartnäckigen Blick zu quälen. Die Empörung steigt ihr wie eine Welle von Blut in den Kopf und zwingt sie dazu, das Buch wütend gegen die Wand zu schleudern, wild entschlossen, dem offenen Fenster zu trotzen, dem Herzjesubild, dem Bild ihres Schulabschlusses, auf dem eine junge Berta zu sehen ist, voll Anmut und Hoffnung, ja, voll Hoffnung, warum nicht, jeder ist einmal jung und naiv und glaubt an das Unmögliche, nicht umsonst ist man sterblich, du sollst mir sagen, was du willst, warum gibst du dich mit mir ab? du weißt doch, was alles auf dieser verfluchten, unheilvollen Insel geschieht, die nur zur Bitternis taugt, du weißt doch, was alles auf diesem verdammten Planeten geschieht, warum mußt du es ausgerechnet an mir auslassen? warum läßt du mich nicht in Frieden und vergißt mich einfach? ja, das rate ich dir, vergiß mich, ich bin nichts weiter als die jämmerliche Asche, aus der du mich geschaffen hast, laß mich doch, laß mich Asche bleiben, schau mich nicht an, verwandle mich nicht in etwas anderes, mag es nun besser oder schlechter sein, gestatte mir, mich in den Windböen zu zerstreuen, mit denen du so gerne dieses elende Stück Land strafst, das inmitten eines ebenso schönen wie verdorbenen Meers gestrandet ist, ich bin nichts als Staub und will auch Staub bleiben, ich strebe nach gar nichts, nicht einmal nach deinem Blick, schenke mir keine Aufmerksamkeit, laß mich Tag für Tag ein wenig mehr sterben, laß mich sterben, ohne daß sich deine Augen wie Dolche in mich bohren. Señorita Berta tritt auf die Insel hinaus, bereit, jemandem (Jemandem!) entgegenzutreten, bereit zu allem; doch es erwartet sie die Mauer der exotischen Bäume, die feuchte Brise, die den Duft von Kubakiefern, Mangobäumen, Akazien und Guanábanabäumen mit sich trägt, auch den Duft des roten Sandelholzbaums aus Ceylon, es empfängt sie das vorzeitige Dunkel der Oktobernacht, die ungeheure Einsamkeit dieser Stunde, in der alle sich zurückziehen, als würden sie höheren Befehlen gehorchen. Natürlich ist dort niemand, kann *niemand* sein, ich meine n-i-e-m-a-n-d, mein Gott, Niemand! Doch deshalb fühlt sie sich nicht weniger beobachtet, denn wir wissen: Der Blick ist ein Mysterium und wird es immer bleiben, er muß gar nicht aus den Augen von jemand Bestimmtem kommen; damit sich Señorita Berta (wie jeder von uns) beobachtet fühlt, ist es gar nicht nötig, daß sie jemand beobachtet.

Ohne richtig zu grüßen, tritt Señorita bei Irene ein. Die will ihr gerade erklären, Ich habe viel über die Frage nachgedacht, die du mir gestellt hast, habe viel an Gott gedacht und bin zu dem Schluß gelangt … Aber Señorita Berta unterbricht sie, Ich werde beobachtet, klagt sie, Ich werde beobachtet. Und ohne daß Irene sie dazu ermuntert hätte, geht sie ins Zimmer des Verwundeten.

Da liegt der Verwundete. Wie auf einem der Jesusbildchen, die sie sich im Laden in der Calle Reina kauft. Sein Nazarenergesicht, die scharfen Züge des Sterbenden. Seine langen, knochigen Hände, auf denen sie die Male der Nägel zu sehen glaubt. Die Señorita tritt näher, nimmt eine der Hände und küßt sie dort, wo sie die Wunde vermutet, wo das geronnene Blut leicht nach Eisen schmeckt. Verzweifelt fährt sie zurück und schreit, Wer beobachtet mich, verdammt noch mal, wer beobachtet mich? Irene kommt herbeigelaufen, Was hast du denn, meine Liebe?

Der Weg, der sich zwischen dem Hermes von Praxiteles (in Wirklichkeit der Hermes von Chavito) und der Greta-Garbo-Büste schlängelt, ist von Limonen- und Orangenhainen gesäumt, die immer voll Blüten und Früchten hängen, ich breche mir eine Blüte, stecke sie mir ins Haar, gehe in Richtung Brunnen mit Gänseknaben weiter und bleibe dort wütend stehen, als hätte die plumpe Skulptur des Knaben etwas mit meinem Unglück zu tun, als würde er mich dauernd beobachten, mit solcher Hartnäckigkeit, daß ich noch verrückt werde, dann gehe ich weiter in Richtung Vorhof, wo Merengues Kuchenkarren, blendend weiß, wie er ist, und über und über mit Bildchen und bunten Bändern verziert, gar nicht wie ein Karren wirkt, sondern wie eine kleine Karnevalskutsche, Herr, beobachte mich nicht länger, ich flehe Dich an, bei Deiner heiligen Barmherzigkeit, beobachte mich nicht, vergiß mich, laß mich vergessen in einem Winkel auf diesem Stückchen Land leben, das Dir so mißraten ist, denn ich, Herr, und das weißt Du, der Du doch alles weißt, ich bin nicht schuld an Deinen Fehlern.

In den Straßen ist es nicht ganz so dunkel wie auf der Insel. In den Straßen hängen noch die letzten Sonnenstrahlen, die sich schwach die Mauern hinauf in Richtung Dächer ziehen. Ein paar halbnackte Kinder sitzen auf Holzpferden und spielen Cowboy und Indianer, beschießen sich mit Holzpistolen, Bumm bumm, du bist tot. Señorita Berta schaut bei Eleusis vorbei, wo Rolo sie liebenswürdig empfängt und ihr sagt, daß er gerade schließen will. Nichts erwidert sie darauf. Nervös sucht sie mit den Augen zwischen den Büchern. Sie verabschiedet sich nicht einmal, als sie den Buchladen verläßt und sich wieder der Straße zuwendet, die allmählich blau zu leuchten beginnt. Ein Matrose kommt heran. Jung, um die Zwanzig … (derselbe, den Rolo einige Seiten zuvor getroffen hatte, derselbe, den Sebastián in der Nacht zu sehen geglaubt hatte, als sie auf den Verwundeten gestoßen waren, derselbe, der in diesem Buch noch von entscheidender Bedeutung sein wird; er muß nicht beschrieben werden; der Leser kennt ihn; und selbst wenn ihn der Erzähler nicht beschrieben hätte, der Leser würde ihn sich doch immer jung und schön vorstellen; ein Matrose ist zuallererst immer jung und schön; unweigerlich wird der Leser an Cernuda und Genet denken; und er wird gut daran tun: Diese herausragenden Autoren haben, jeder auf seine Weise, dem Matrosen göttlichen Rang verliehen, sie haben es verdient, daß wir immer, wenn uns das Glück einen Matrosen beschert, eine Minute in Schweigen, Gedenken, Hingabe verharren). Da Berta nicht allzu empfänglich für menschliche Schönheit ist, sei sie nun männlicher oder weiblicher Natur, bemerkt sie ihn nicht einmal. Sie erkennt am weißen Anzug und dem breiten Kragen mit dem blauen Streifenrand, daß es ein Matrose ist.

Die Pfarrei ist geschlossen. Sie klopft verzweifelt. Niemand öffnet. Ist der Sakristan etwa taub? Er muß wohl taub sein. Der Pfarrer wird gerade jemanden mit den Sterbesakramenten versehen, denn es ist eine teuflische Zeit, die Leute sterben wie die Fliegen, und das Salböl reicht nicht aus. Sie umrundet ein paarmal die Pfarrkirche. Hinter keinem der großen Kirchenfenster und auch hinter keinem der kleinen Fenster schimmert Licht. Das Pfarrhaus liegt ebenso im Dunkeln, als würde es leer stehen. Sie setzt sich auf eine Granitbank unter eine Laterne (das einzige Licht bei der Pfarrei), neben ein Bildnis des heiligen Augustinus, sie fühlt sich beobachtet, grausam und eingehend beobachtet, beurteilt (letzten Endes liegt es im Wesen eines jeden, selbst des unschuldigsten Blicks, abzuschätzen, zu urteilen). Sie weiß nicht, was sie tun soll. Von der Mauer der Pfarrei herab beobachtet sie ein Mädchen. Berta verläßt die Bank und geht zu ihr hinüber. Sie nähert sich, als hätte sie Angst, sie zu verscheuchen. Wie heißt du? Das Mädchen lächelt und antwortet nicht. Hübsch bist du, wo wohnst du? In den Augen des Mädchens, vom Lächeln verengt, glitzert Arglosigkeit. Sie hebt ein Ärmchen und deutet irgendwohin ins Ungewisse. Schaust du mich schon lange an? Weder bejaht noch verneint das Mädchen die Frage, sie beschränkt sich darauf, mit ihrem Zopfband zu spielen. Ja, ruft Berta, ich weiß, du schaust mich schon eine ganze Weile an, und sie breitet die Arme aus, um das Mädchen zu umfassen, es fest zu umarmen, Komm, hier fällst du noch runter, sie geht mit dem Mädchen, das nun nicht mehr lacht, zur Bank zurück. Ich möchte wissen, warum du mich anschaust. Das Mädchen hält den Kopf gesenkt. Sag es mir bitte, ich flehe dich an, es ist wichtig, warum hast du mich beobachtet? Sie umarmt es noch heftiger, umklammert es, versucht, ihm fest in die Augen zu sehen. Es ist nicht möglich: Das Mädchen spielt stur mit dem Zopfband. Wenn ich dir einen Bonbon gebe, sagst du mir dann, warum du mich so hartnäckig angeschaut hast? Das Mädchen fängt zu weinen an, untröstlich zu weinen. Es stößt Berta weg, entwindet sich ihren Armen und rennt fort, ohne mit dem Weinen aufzuhören.

Der Markt ist um diese Zeit zwar geschlossen, aber immer noch hell erleuchtet. Die Verkäufer haben nicht allzuviel Vertrauen in die Nachtstreife. Deshalb lassen sie an ihren Ständen das Licht brennen, um Diebe abzuschrecken (die in dieser Zeit zahlreich sind, jeden Tag sind es mehr, kommt bald der Augenblick, an dem jeder jeden bestiehlt?). Berta tritt auf den erleuchteten, verlassenen Markt, auf dem nur hier und da Bettler auf der Erde liegen. Sie geht langsam durch die Standreihen, in denen man tagsüber kaum treten kann, so voll sind sie, ein so reges Treiben herrscht dort, so viel Waren, Stoffe, Blumen, Gemüse, Gipsheilige, Korbwaren, Phantasieschmuck, Lederwaren, lebendige und geschlachtete Tiere gibt es dort. Da niemand etwas ausruft, niemand mit plumper Aufdringlichkeit seine Waren anpreist und die Bettler zu schlafen scheinen, herrscht über dem ganzen Marktplatz große Stille, so daß Bertas Schritte noch lauter hallen. Die Augen beobachten sie immer noch, mit Ironie, mit Spott, vermitteln ihr das Gefühl, daß sie niemand ist, nicht mehr als etwas Asche zu Asche. Da ist ein Lachen zu hören, Herr, wenn Du es bist, der da lacht, so flehe ich Dich an, mache Dich nicht lustig über Deine Dienerin, hebe mich nicht so hervor durch Deinen Blick, wenn ich doch in Wirklichkeit niemand bin, gestatte mir, in der Menge der Niemande um mich herum unterzutauchen. Noch viel deutlicher, viel spöttischer verletzt das Lachen erneut die Stille des Marktplatzes. Berta schaut sich verstohlen nach allen Seiten um. Sie entdeckt einen schlafenden Alten im Anzug, restlos verdreckt, er hockt auf dem Boden zwischen Säcken, gefüllt mit Gott weiß was, neben ihm ein Hund und ein Blechnapf, auf dessen Grund Münzen zu sehen sind. Voll Unruhe geht Berta zu ihm, nähert sich langsam, damit ihre Schritte ihn nicht wecken. Als sie neben ihm steht, kniet sie mühsam nieder. Der Hund, von einem schmutzigen Weiß und mit matt wedelndem Schwanz und hängenden Ohren, hebt den Kopf, den er auf einen der Schenkel des Greises gelegt hatte, und beobachtet sie aus wäßrigen, traurigen Augen. Berta führt den Zeigefinger an die Lippen, damit er schweigt. Dem kahlen, zahnlosen Alten steht der Mund offen. Ein Speichelfaden läuft das Kinn hinunter. In seinem Gesicht hätte keine einzige Falte mehr Platz. Sein Schlaf ist alles andere als friedlich, er ringt nach Luft, hustet, fährt sich mit der dreckigen Hand über die schweißnasse Stirn, als wolle er die Alpträume verscheuchen, die ihn heimsuchen müssen. Berta beugt sich noch näher. Der Gestank des Körpers nach Schweiß und Erde ist beträchtlich. Ebenso der Gestank, der aus dem zahnlosen Mund, dem leeren Magen dringt. Doch das kümmert Berta nicht. Sie nimmt eine der Greisenhände in die ihren, und so verharren sie eine Weile, bis der Alte aufwacht. Die Greisenhand befreit sich und streckt sich aus, als wolle sie die Luft berühren. Seine Pupillen sind verschwunden, die Augen zwei weiße Glasmurmeln. Wer bist du? Die matte Bewegung der Lippen läßt das Speichelfädchen noch schneller das Kinn hinunterrinnen. Sie wirft ein paar Münzen in den Blechnapf, löst den Orangenblütenzweig aus ihrem Haar und steckt ihn ordentlich ans Revers des fadenscheinigen Anzugs.

Finstere, ausgestorbene, stille Straßen. Niemand wärst du, niemand, wenn du dich nicht immer noch beobachtet fühltest, und du glaubst, bei jedem Schritt hinter den Fenstergardinen, hinter den Bäumen, bei den Passanten, die Augen zu entdecken, die deine Schritte, deine Bewegungen, deine Gedanken verfolgen, ja, deine Gedanken (du weißt sehr wohl, daß die Augen über die greifbare Wirklichkeit hinausgehen, du kennst die Macht der durchdringenden Augen, die alles finden, alles kennen). Starker Wind ist aufgekommen, er führt den Geruch der Bäume gemischt mit dem intensiven Geruch des Meeres mit sich (auf Inseln führt der Wind immer den Geruch des Meeres mit sich). Du gehst wieder in Richtung Insel und willst doch nicht zur Insel gelangen. Würdest du dich jetzt zu Hause einschließen, du könntest doch nicht schlafen, denn ständig wärst du dir verzweifelt bewußt, daß die Augen über dir schweben, dich bis in die unvorstellbarsten Winkel verfolgen. Erinnerst du dich an jenes Bild damals, in deinem Elternhaus, Berta? Erinnerst du dich an jenen Greis mit langem, weißem Bart und finsterem Blick (immer die langen, weißen Bärte, immer die finsteren Blicke!), der mit einer Gänsefeder auf Pergamentpapier schrieb, erinnerst du dich? Goldene, gotische Lettern, die sagten, Gott hört alles, Gott vermerkt alles, Gott sieht alles, Gott weiß alles. Maßloser Zorn läßt dich herumfahren. Da, ganz nah, schau nur, ein Schatten, der Schatten eines Mannes, schrei ihn an, hab keine Angst, schrei ihn an, Du da, findest Du es nicht fürchterlich, die Ewigkeit damit zu verschwenden, alles zu hören, zu vermerken, zu sehen und zu wissen? es gibt doch so schöne Dinge zu tun, warum ausgerechnet mit uns armen Sterblichen anfangen? und außerdem, wer sind wir schon, daß Du uns Beachtung schenkst, schließlich hast Du uns bloß aus einer Handvoll Lehm, ein wenig Asche und ein wenig Atem geformt? Nein, Berta, beruhige dich, geh weiter. Da ist kein Schatten. Komm, vergewissere dich selbst, es ist kein Mann, sondern eine Vogelscheuche in einem Gemüsegarten.

Auf dem Jahrhundertjahrmarkt gibt es Leute, Fröhlichkeit, unermüdliches Treiben; Luftballonverkäufer; Kinder, die Zuckerwatte essen; Zecher; Ausrufer, die Theatertruppen anpreisen; Marktschreier; Kinder, die Rollschuh laufen; Paare; Paare, die in friedlicher Umarmung flanieren; Einsame, die nach jemandem zum Umarmen suchen; verliebte Pärchen, die sich heftig küssen, in dunklen Winkeln, die gar nicht dunkel sind; Musik, viel Musik, die von überallher kommt und sich in einem gewaltigen Radau vereint: Die Karussells spielen eine Musik, die entfernt an Arien aus der *Cavalleria rusticana* erinnert, und die

Alte mit ihrem Schultertuch, auf die niemand achtet, dreht am Leierkasten und singt mit dürftiger Diskantstimme, *Mira niño que la Virgen lo ve todo y que sabe lo malito que tú eres* … Paß auf, mein Kind, unsere liebe Jungfrau sieht alles und weiß, wie böse du bist … Auf dem Jahrhundertjahrmarkt gibt es Kartenleser, Sänger, Schwertschlucker, Stegreifkomödianten, Wahrsagerinnen, Zauberer, Clowns, Rumbatänzerinnen, Seiltänzer. Da ist der illustre, große Pailock, der illustre, große Magier, dafür berühmt, seine Frau, die göttliche Asamania, verschwinden zu lassen.

Mit ihren orthopädischen Tretern, dem Krokodilhandtäschchen und dem Fächer, den sie soeben hervorgezogen hat, denn es ist zwar nicht heiß, aber für sie ist die Hitze der Nacht unerträglich geworden, hält Señorita Berta bei einem Zuschauerkreis inne, der sich um einen Mann gebildet hat. Der Mann ist schon in die Jahre gekommen, trägt goldene Damasthosen, die im Kontrast zu seinem roten Turban stehen, sein gealterter Oberkörper ist entblößt, und die Haut ähnelt der von Bertas Krokodilhandtäschchen. Aus einer schräg tönenden Jukebox quält sich eine merkwürdige, unidentifizierbare Musik, die ebensogut Mozarts *Requiem* wie ein kubanischer Danzón von Antonio María Romeu sein könnte (eine Musik, die sich mit all den anderen unidentifizierbaren Klängen des Jahrmarkts vermischt, durchzuhören ist nur die alte flötende Stimme, Paß auf, mein Kind, unsere liebe Jungfrau sieht alles …). Von einem Tisch voller Schwerter wählt sich der Mann feierlich eines aus. Er legt den Kopf in den Nacken, führt die rechte Hand zur Brust und läßt sie dort theatralisch ruhen; die Linke, die das Schwert gepackt hält, hebt sich noch theatralischer. Er öffnet den Mund, schließt die Augen, beginnt, das Schwert in den Mund einzuführen. Die Scheide gleitet langsam die Kehle des Mannes hinunter. Das aufgeregte Publikum kann nicht glauben, was es da sieht. Als nur noch der Griff, weder besonders golden noch besonders prächtig, herausschaut, stößt das Publikum ein einstimmiges Ah! aus. Beifall. Der Mann zieht blitzschnell das Schwert aus dem Mund und schaut, ohne zu lachen, ins Publikum, mit düsterer Miene, als würde ihn ein großer Schmerz daran hindern, mit dem Schauspiel fortzufahren, als wären alle Organe seines Körpers durchstochen, verletzt, übel zugerichtet worden. Er läßt seine halb verärgerten, halb herausfordernden Augen über die Menge wandern, läßt sie einen Augenblick auf Berta ruhen, und da weiß sie, daß Ärger und Herausforderung nicht echt sind. Vom Grund der Augen scheint unendliche Trostlosigkeit herauf, ähnlich der, die sie in ihren eigenen Augen sieht, wenn sie in den Spiegel blickt.

Den Feuerschlucker haben sie ins Krankenhaus gebracht. Etwas ging schief bei seiner Vorstellung, und er fing Feuer. Mehrere Zeugen berichten von dem Vorfall. Ein Herr im Anzug, schon in die Jahre gekommen, mit einem Hündchen auf dem Arm, gibt die Geschichte zum besten, ohne das Lachen unterdrücken zu können, ja, die Fackel trat nicht in seinen Mund, ich weiß nicht, warum das Männlein den Mund geschlossen hielt, seine Wangen loderten, als wären sie aus Papier, aber das Komischste war, als das Haar Feuer fing, als wäre es aus Werg, aus Silberagave, ich wußte gar nicht, daß es so komisch sein kann, den Haarschopf eines Menschen brennen zu sehen, und die Wimpern, sind Ihnen die Wimpern aufgefallen? diese winzigen Flämmchen der Wimpern … Er lacht und lacht, krümmt sich geradezu vor Lachen. Das Hündchen kläfft.

Wie der Schwertschlucker ist auch der Magier von einer Menge umringt. Er gleicht ihm jedoch nicht im geringsten. Der Magier ist ein stämmiger Vierziger mit attraktivem weißem Haar unter seiner Melone, trägt einen makellosen Frack und stützt sich auf einen Stock. Es ist keiner der Magier, die Kunststückchen vorführen, nein, keineswegs, er zaubert keine Kaninchen oder Tücher hervor und wieder weg, schließt keine Frauen in Kisten, um sie dann mit Schwertern zu durchlöchern, zeigt keine Taschenspielereien. Er ist sehr viel ernster. Seine Aufgabe ist es, die Leute um ihn herum mit Augen voll schrecklichem Glanz zu fixieren. Er errät ihre Namen, ihr Alter, was sie tun, sich wünschen und was sie in ihren Taschen aufbewahren. Berta ist ganz fasziniert von den Augen des Magiers. Wenn es nun seine wären ...? Jetzt fixiert der Magier einen jungen Mann, ein zartes Bürschchen mit blondem Haar, blauen Augen, einem Mädchengesicht und dem wunderbar ungeschickten Körper aller jungen Leute. Der Junge starrt in die Augen des Magiers. Das schüchterne Lächeln verschwindet von seinen Lippen. Der Junge hat den Blick nun starr auf die glänzenden Augen des Magiers gerichtet. Der macht ein paar Schritte rückwärts und hebt dabei die Arme. Da geht der Junge vorwärts. Komm, Adrián, hab keine Angst, befiehlt der Magier, ebenfalls ernst, ebenfalls ganz auf die herrlichen Augen Adriáns konzentriert. Der Jahrmarktsrummel tönt weiter, und über dem Radau die Stimme der Alten am Leierkasten, Paß auf, mein Kind, unsere liebe Jungfrau sieht alles ... Da schließt der Junge die Augen und weint. Er fällt auf die Knie. Er faltet die Hände in Mundhöhe. Der Magier tritt zu ihm und legt dem Jungen eine Hand auf den Kopf. Finster blickt der Magier drein, man könnte meinen, auch er würde jeden Augenblick in Tränen ausbrechen. Wer bin ich für dich? Als Antwort ruft Adrián, der Junge, nur laut, Vater unser, der du bist im Himmel... Das Publikum klatscht wie rasend. Señorita Berta bahnt sich einen Weg durch die Menge, die den Magier umgibt. Sie gelangt gerade in dem Augenblick zu ihm, als sich der Junge bestürzt aufrappelt, die Augen voll Tränen, die Stirn schweißgebadet. Der Magier hat seinerseits den Hut abgenommen und fährt sich mit einem großen, roten Tuch über das Haar. Der Schweiß hat seine Schminke zerlaufen lassen. Die Augen des Magiers bleiben verwirrt, verständnislos an der Frau hängen, die da so ungelegen erscheint. Berta fordert ihn auf, Schauen Sie mich an, schauen Sie mich an! Er entspricht ihrem Wunsch mit diesen unruhigen, bestürzten, zaudernden, gereizten, verwundbaren Augen von undefinierbarer Farbe, mit diesen Augen eines Mannes, der müde ist, schlafen will, sich verzweifelt danach sehnt, nach Hause zu kommen, sich aufs Bett zu werfen, auf die nächste Nacht zu warten, in der er zum Jahrmarkt zurückkehren muß, um sich ein paar Pesos zu verdienen, um sich über Wasser zu halten, das heißt sich weiterhin mit Frack, Melone, Stock und rotem Tuch zu versehen. Mit Schamröte im Gesicht kehrt Berta wieder in den Kreis der Menge zurück, die den Magier umgibt, und sagt, Verzeihung, Verzeihung, ich wußte nicht, was ich tat.

Ich gebe einem buckligen Greis im Rollstuhl fünfundzwanzig Centavos, trete in ein schwarzes Zelt, das mit gelben Sternen und Halbmonden besetzt ist, und gelange an einen dunklen Ort, an dem ich mich zum Glück unsichtbar fühle, erlöst von den Blicken (und sei es auch nur für einen Augenblick!), man hat mir gesagt, die Kartenleserin sei das Beste vom Jahrmarkt, mit diesem kahlen Kopf und dem Hexengesicht muß die Frau über neunzig sein, sie hat sich als Zigeunerin verkleidet, sitzt hinter einem Tisch, über den sie eine Decke aus dunkelblauem Kordsamt gebreitet hat, das einzige Licht kommt von den zwei Kerzen auf dem Tisch, die Greisin hebt eine ihrer runzligen Hände, deren Nägel beeindruckend lang, beeindruckend schwarz sind und bittet nicht, sondern befiehlt mir geradezu, mich zu setzen, das tue ich natürlich, setze mich auf die Stuhlkante, auf dem Tisch liegt zwischen den Kerzen und einem Wasserglas mit einem Jasminzweig ein Stapel Karten, eine der uralten Krallen der Wahrsagerin fällt auf den Kartenhaufen, sie bewegt die Lippen, ich glaube, sie betet, erbittet jemandes Gunst, ich könnte es nicht mit Sicherheit sagen, sehe nur die Lippenbewegung und höre nichts, die Wahrsagerin sieht mich aus winzigen, tränenden, fast geschlossenen Äuglein an, Abheben! befiehlt sie mit überraschend kräftiger Stimme. Die Señorita hebt ab. Die Wahrsagerin schiebt die beiden Stapel zusammen und legt drei Karten auf das dunkelblaue Tuch auf dem Tisch. Diese drei Karten stellen dein Leben dar, sagt sie, die hier steht für die Vergangenheit, die für die Gegenwart und die für die Zukunft, sie dreht die rechte Karte um, siehst du diese Figur mit den Flügeln, siehst du den Engel? es ist die Nummer vierzehn der Großen Arkana und nennt sich Mäßigkeit, wie du feststellen kannst, hält sie zwei Kelche in der Hand, die die Lebenssäfte enthalten und die Genügsamkeit symbolisieren. Sie macht eine Pause, fährt sich mit der Hand über die Stirn. Du heißt Berta, nicht wahr? ich bin Mayra, ich weiß, daß du in einem früheren Leben Nonne gewesen bist, eine Dienerin des Herrn, in gewisser Weise bist du es auch in diesem Übergangsleben, das du jetzt führst, Nonne und Dienerin des Herrn, du hast ein gemäßigtes Leben geführt, duldsam, ausgeglichen, anpassungsfähig, es gibt nichts, das du bereuen müßtest, Berta, der Herr betrachtet dich mit Wohlgefallen, ich weiß nicht, warum dich

Sein heiliger Blick stört. Sie befeuchtet einen Finger in dem Wasser im Jasminglas und benetzt sich die Stirn. Sie dreht die zweite Karte um, die in der Mitte. Für die Gegenwart steht die Karte Nummer sechzehn der Großen Arkana, der Turm! ein hoher Turm, gekrönt von vier Zinnen, schau ihn dir an, siehst du? er wird von einem Blitz gespalten, Haus Gottes, Hospital, Himmelsfeuer, Turm von Babel … die Menschen stürzen zu Boden, die Vergangenheit ist vergangen, es ist vorbei, Berta, aus und vorbei, und wir wissen es noch nicht, von jetzt an wird alles Zerstörung und Wandel sein, ich sehe dich und sehe mich, dich und mich und alle anderen, die da draußen und anderswo umherspazieren, wir werden vom Turm fallen, kopfüber auf die Erde, der alte Glaube wird in sich zusammenstürzen, Familien und Freundschaften werden zerbrechen, die Zerstörung kommt, der Zusammenbruch, das Ende, das Verderben. Die Wahrsagerin bekreuzigt sich. Berta ebenfalls. Die erste streckt ihr eine der uralten Hände mit den langen, schwarzen Nägeln entgegen, und Berta begreift, daß sie sie greifen, drücken muß. Die Wahrsagerin dreht nun die letzte Karte um. Nummer fünfzehn, der Teufel, der Dämon mit den Fledermausflügeln. Die Wahrsagerin läßt die Hand der Señorita los, deutet auf den Boden, senkt den Kopf. Feuer! schreit sie mit einer noch mächtigeren, noch gewaltigeren Stimme, einer jungen, fast schönen Stimme, Mädchen, du wirst ungewollt zum Feuer beitragen, ich sehe brennende Bäume, brennende Häuser, ich sehe, daß Vergangenheit und Gegenwart brennen, sehe einen verwüsteten Garten. Mit einem Satz springt Berta auf. Und was soll ich tun, sag es mir, was kann ich tun, um die Zerstörung zu verhindern? Die Wahrsagerin wischt sich Stirn und Nacken mit dem Wasser aus dem Glas, sammelt die Karten ein, gähnt, läßt den Kopf sinken, schließt die Augen.

Der Matrose. Ein weiteres Mal. Er taucht in der Jahrmarktsmenge auf, kommt heran und sagt mit herrlicher, tiefer Stimme, in erschreckend sicherem Tonfall, Sie suchen mich. Sie schaut ihm einen Augenblick in die Augen, in die großen, wunderschönen Augen, in denen nicht der kleinste Rest von Erbarmen zu finden ist, und antwortet zornig, Lassen Sie mich vorbei. Sie versucht weiterzugehen. Er tritt ihr in den Weg. Ich weiß, daß Sie sich mit mir treffen wollen, und die Stimme des Matrosen wird noch sinnlicher, noch schöner, noch selbstsicherer, Da bin ich, lassen Sie sich die Gelegenheit nicht entgehen. Señorita Berta ist fast sprachlos vor Empörung, was sie jedoch nicht daran hindert zurückzugeben, Ich könnte Ihre Mutter sein, ich glaube, Ihre Großmutter sogar. Der Matrose bricht in Lachen aus, zuckt mit den Schultern und entfernt sich, immer weiter und weiter (man sollte fast schreiben: »er verschwindet«), ohne sich umzudrehen. Auf einmal ist er weg. Weg, einfach weg. Wie ist das möglich? Er ist weg. Als wäre da niemals ein Matrose gewesen! Die Señorita atmet erleichtert auf. So sind die Matrosen, sie tauchen so plötzlich auf, wie sie verschwinden.

Am Ausgang des Jahrmarkts wurde ein Kino aufgebaut. KINO ANTAIOS steht auf einem angeberischen Schild. Wo der Jahrmarkt sich beinahe schon in Dickicht, in Wildnis verwandelt, mit ein paar Plakaten von lächelnden Frauen, die für *Cristal*-Bier werben, Klappstühlen, einer fleckigen, vergilbten Leinwand und einer roten Tür: das KINO ANTAIOS. Der jämmerliche Anschlag am Eingang kündigt für die zweite Vorstellung Bette Davis in *Jezebel, die boshafte Lady* an. Berta zahlt die fünf Centavos Eintritt (nur fünf Centavos, heute ist Damentag) und läßt sich von einem gelangweilten Mädchen mit Taschenlampe zu ihrem Platz führen. Die Lampe und das Mädchen sind überflüssig: Im flimmernden Licht der Leinwand und des von Sternen weißen Himmels kann Berta den provisorischen Saal voll lachender Leute deutlich erkennen. Warum lachen sie, warum lachen sie so herzhaft? Berta will sich nicht mitreißen lassen; sie hat komische Filme noch nie komisch gefunden. Ein ordentliches Drama mit Joan Crawford, Olivia de Havilland oder Lana Turner zieht sie vor. Von Vivien Leigh in *Vom Winde verweht* gar nicht zu reden. Aber es dauert noch, bis sie Bette Davis in *Jezebel* genießen kann. Vorher wird der Zuschauer dazu gezwungen, sich einen dieser dummen Pausenfüller zu Gemüte zu führen ... Nachdem sie sich zurechtgesetzt, im Saal umgeblickt und Erleichterung gespürt hat (offensichtlich gewährt ihr der Blick eine Atempause), beginnt sie, sich Luft zuzufächeln. Ihre Augen bleiben schließlich an der Leinwand hängen. Dort spielt sich etwas ab, das sie nicht versteht. Eine Gruppe von Leuten streitet sich vor einer Ladentür. Immer wenn einer versucht, dem anderen eine herunterzuhauen, weicht der dem Schlag schnell aus, so daß er bei einem dritten im Gesicht landet. Immer mehr werden in den Streit hineingezogen. Berta erkennt in der Gruppe die unverwechselbaren Gestalten von Stan und Ollie. Ollie versucht, Stan zu hauen; Stan weicht flink aus; die es abkriegt, ist eine feine Dame mit Hütchen, die zufällig vorbeikommt; der Gatte der Frau, ebenfalls fein und im Anzug, mischt sich in den Kampf ein, versucht, jemanden zu schlagen, der schneller ist, weshalb er schließlich eine andere feine Frau mit Hütchen schlägt, die zufällig vorbeigeht, ebenfalls in Begleitung eines Gatten im Anzug. Und so weiter und so fort. Ein Ende ist nicht abzusehen. Das Publikum lacht, lacht und lacht sich halbtot. Berta nicht, Berta lacht nicht, obwohl sie doch ein wenig lächelt, denn im Grunde ist es wirklich komisch anzusehen, wie diese vornehmen Damen eins auf die Nase kriegen (das wirklich Komische ist nicht, zu sehen, wie sie den Schlag abbekommen, sondern wie sie ihre Würde verlieren). Als aus dem Streit eine Massenschlägerei geworden ist, die sich bereits auf die ganze Straße ausdehnt, gelingt es Stan und Ollie, sich heimlich davonzustehlen. Sie, die mit allem angefangen haben, können fliehen, sie lassen den Hexenkessel der Straße hinter sich, Hunderte von Leuten, die schlagen, wen sie nicht schlagen wollten, während die beiden sich fröhlich aus dem Staub machen. Am Ende füllt das Gesicht von Stan die fleckige, gelbe Leinwand ganz und gar aus. Einen Augenblick, einen flüchtigen Augenblick lang schaut er das Saalpublikum an, kratzt sich am Kopf und lächelt breit. So kurz das Lächeln auch ist, Señorita Berta verspürt doch einen Schauder (oder wie sie es später ausdrücken wird, als sie die Geschichte Mercedes und Irene erzählt, ihr »Herz machte einen Satz«). Etwas in diesem Lächeln verstört sie, rührt sie zu Tränen. Deshalb muß sie einfach aufspringen und schreien, sie schreit, ohne sich darum zu scheren, daß alle sich empört umdrehen, scht machen, sie auffordern, still zu sein. Es ist ihr einerlei. Es berührt sie nicht, daß die gelangweilte Platzanweiserin versucht, sie gewaltsam aus dem Kino zu schleifen. Berta will einzig und allein das lächelnde Bild von Stan Laurel anhalten, jenen Blitz (flüchtig wie jede Offenbarung), der ihr für eine Sekunde die Gewißheit gegeben hat, gerettet zu sein.

Ich weiß nicht, ob dir bekannt ist, Casta Diva, daß sich in dieser Nacht die gewaltigen Portale der Pariser Opéra öffneten, und die Lichterstadt (die sich sonst nur vom eigenen Licht blenden läßt) war wie geblendet. Das Opernhaus war Zeuge ihres historischen, beispiellosen Erfolgs. Maria Callas, die Göttliche, gab ein Konzert. Schon früh sah man sie in ihrem weißen Kleid im schwarzen Auto ankommen, gefolgt von ihrer Verehrerschar und Hunderten von Fotografen der gesamten Weltpresse, die von den entferntesten Orten des Planeten angereist waren, um über das Ereignis zu berichten. Die Polizei mußte die Diva unter ihren Schutz nehmen, damit sie ungehindert das Haus betreten konnte. Obwohl ihre schönen griechischen Augen (die Augen, die ebenfalls zu singen gelernt hatten) müde blickten, grüßte sie lächelnd die Menschenmenge, die ihr applaudierte. Stundenlang schloß sie sich in ihre Garderobe ein, nur von ihren Mitarbeitern begleitet. Für gewöhnlich meditiert sie dann, *comme il faut*. Als sich währenddessen die gewaltigen Portale öffneten, strömten die berühmtesten Männer und Frauen herein, Marian Anderson, Edith Piaf, Alicia Alonso, Serge Lifar, Anna Magnani, Leontyne Price, Marc Chagall, Pablo Picasso, Coco Chanel, Katherine Hepburn, Joan Miró, Margretta Elkins und viele, viele mehr, die ich nicht aufführen kann, denn die Liste wäre endlos. Auch weniger berühmte Leute kamen: viele Mitglieder des europäischen Adels, Hunderte von Greisinnen, deren einzige Bedeutung darin lag, daß sie mit Juwelen behängt waren und Titel zur Schau stellten wie den der Princesse, der Comtesse, der Lady und was weiß ich (du kennst ja den menschlichen Schwachsinn). Auch fraglos verachtungswürdige Gestalten stellten sich ein, wie etwa der Monseigneur le Cardinal und Monsieur le Président (der Kirchen- und der Staatschef, das heißt zwei unglückliche Schreibtischtäter, die sich im Recht glauben, über das Leben der anderen zu bestimmen). Um Punkt neun betraten die Musiker die Bühne. Um neun Uhr drei kam der Dirigent, Tullio Serafin, der Direktor der Mailänder Scala, wie du wohl weißt, der auf Bitten der Diva gekommen war, um das Orchester der Opéra zu dirigieren. Um neun Uhr viereinhalb Minuten trat Maria Callas auf die Bühne. Strahlend, lächelnd, die schönen Griechinnenaugen ohne jede Spur von Müdigkeit. Sie trug ein schwarzes Kleid, das sie schlanker machte. Kein einziges Schmuckstück (als Künstlerin brauchte sie schließlich keinen Flitter; das strahlendste Juwel: ihre Stimme; als sie zu singen begann, mußt du wissen, erloschen in aller Demut die Smaragde, Brillanten und Rubine, die verschwenderisch über die Logen und das Parkett verstreut waren). Ovation. Man muß sie nur ansehen, um zu wissen, daß sie einer Ovation würdig ist. Sie, lächelnd, ohne jede Scheu, ihrer selbst sicher und mit der Gewißheit, die Ovation mehr als jede andere zu verdienen. Und womit glaubst du, hat sie angefangen? Genau, mit Bellinis *Norma*, dem »Casta Diva«, das sie (verzeih mir) wie niemand sonst singt. Dann kamen »Regnava nel silenzio«, »Surta è la notte ... Ernani!«, »Vissi d'arte«, »Je suis Titania« ... Und dann trat kein Geringerer als Giuseppe Di Stefano auf, und beide gaben sie das unvergleichliche Duo von Amelia und Riccardo in *Un ballo in maschera* zum besten. Ein weiteres Duett, das sogar fast den Armeekommandanten (!) zu Tränen gerührt hätte, war das »Miserere« aus *Il Trovatore*. Der wahrhaftige Höhepunkt kam jedoch noch; das Publikum schwebte förmlich (ich übertreibe nicht: Die Leute hoben sich aus ihren Sitzen), als sie jene einzigartige Stimme hörten, jene Stimme, die Gott zu unserer Erlösung geschickt hatte und die sang »Mon cœur s'ouvre à ta voix«, die Arie aus *Samson et Dalila*, die Saint-Saëns kurz vor seinem Fahrradunfall komponiert hatte. Es heißt, sogar Königin Elizabeth von England, die das Konzert an ihrem RCA-

Majesty-Radio verfolgte und nicht mehr geweint hatte, seit sie ein kleines Mädchen war, seien vor Ergriffenheit die Tränen gekommen. Es heißt, Monsieur le Président griff nach der Hand seiner Gattin, streichelte sie und unterschrieb in dieser Nacht ein Gesetz zugunsten der *clochards*. Es heißt, der Kardinal habe getan, was er noch nie getan hatte: Er lehnte sich gegen den Papst auf, indem er die Liebe für heilig erklärte. Es heißt, die Marquisen und Gräfinnen hätten vor der Oper ihre Diademe verschenkt. Es heißt, Onassis verspürte ein gerechtfertigtes Minderwertigkeitsgefühl. Es heißt, der Generalissimus Francisco Franco rezitierte aus dem Gedächtnis ein Gedicht von Lorca. Es heißt, Picasso malte ein wundervolles Bild, das er nicht signierte, damit es anonym blieb wie der Romanzero. Es heißt, Joan Miró half Picasso dabei, das anonyme Bild zu malen. Es heißt, tagelang hätte es kein leeres Gerede mehr in den Vereinten Nationen gegeben. Es heißt, die Genossen im Kreml wären beinahe soweit gewesen, an das Wohl des Volkes zu denken. Es heißt, in den Straßen von New York wurde kein einziger Mord gemeldet und die ärmsten Schwarzen der Stadt hätten an einem Cocktailempfang im Weißen Haus teilgenommen. Es heißt, die Insel hätte sich vom Meeresboden gelöst und wäre während der Nacht des wundersamen Konzertes über die Meere getrieben. Fest steht jedenfalls, Casta Diva, daß man nach dem Konzert in der Opéra von Paris wußte, daß Maria, die Göttliche Callas, ebenso wie Christus die Weltgeschichte in zwei Hälften geteilt hatte.

Casta Diva hat die Schubfächer ihres Intarsienschränkchens geöffnet, Fotografien, Postkarten, Schminke, Modeschmuck, Partituren und Kostüme hervorgezogen und entstaubt, alles aufs Bett gelegt und entsetzt daraufgestarrt, als seien es Überreste eines Schiffbruchs. Und was sind es anderes als Überreste eines Schiffbruchs? fragt sie Tatina, die erwartungsgemäß lacht. Die Fotografien sind mit der Zeit unscharf geworden, nur mühsam ist sie darauf als Traviata oder Louise kostümiert zu erkennen. Den Text der Partituren kann man nicht mehr lesen, die Kostüme sind ausgeblichen, die Zeit hat Fetzen aus ihnen gemacht, der Schmuck sieht mehr denn je nach Glasklunkern aus; wenn man bedenkt, daß das meine Seele war, Tatina, daß mein ganzes Ich in dieser Kommode steckte, vor allem in diesem weißen Tüllkleidchen mit den rosa Schleifen (auch wenn du es nicht glaubst, die Schleifen waren einmal rosa), in dem ich schon mit zwölf Jahren dem Maestro Lecuona vorgestellt und *El jardinero y la rosa* gesungen hatte, der Maestro war tief bewegt auf mich zugegangen und hatte gesagt, Du wirst einmal eine große Sängerin werden, sogar Rita Montaner küßte mich auf die Stirn und sagte mir sicheren Erfolg voraus. Als Tingo ins Zimmer tritt, hält die Mutter das Tüllkleidchen mit den altmodischen rosa Schleifchen umklammert. Casta Diva sieht ihn an und tritt wie in Trance auf ihn zu. Ich war genau in deinem Alter, als Lecuona mich singen hörte. Und sie zieht Tingo aus und streift ihm das Tüllkleidchen über. Als ich so alt war wie du, sah ich fast genauso aus, sagt sie zu ihrem Sohn. Sie steckt eine Schleife in Tingos Haar, damit die Ähnlichkeit noch größer ist. Jetzt bewege die Arme nach vorne, befiehlt sie Tingo, du bewegst die Arme, und ich singe.

Sebastián hat auf eine Seite seines Schulhefts geschrieben: Allmächtiger Gott, ich hoffe, es geht Dir gut, wenn Du diese Zeilen erhältst, uns geht es nicht ganz so gut, wir schreiben Dir, weil wir so gerne hätten, daß die Insel keine mehr ist, wenn Du alles tust, was in Deiner Macht steht, könntest Du sie doch nach Yucatán, Florida oder Venezuela verlegen. Du kannst Dir gar nicht vorstellen, lieber Gott, was für eine Freude Du uns, Deinen nicht ganz so sündhaften Kindern (zumindest nicht ganz so sündhaft, wie Du denkst) machen würdest, wenn Du uns erlauben würdest, von einem Land zum anderen zu gehen, ohne daß wir Gefahr laufen zu ertrinken, im Vertrauen auf Deine Güte und in Erwartung Deiner Antwort, hochachtungsvoll. Sebastián hat den Brief in eine Flasche gesteckt und sie ins Meer geworfen.

Auf dem Rückweg vom Diesseits hat Professor Kingston fast vor seiner Haustür eine Orange gefunden, schön golden und groß. Unter größten Mühen bückt er sich, um sie aufzuheben. Die Anstrengung ist so groß, daß ich es bereue, sie gesehen und angehalten zu haben, aber ich hebe sie trotzdem auf, denn schon die simpelsten Dinge sind für mich zu einer Frage der Ehre geworden. Er tritt ins Haus, sucht ein Messer und teilt die Orange in zwei Hälften. Er setzt sich in den Schaukelstuhl, um an der Orange zu saugen. Was für eine Enttäuschung, die Orange schmeckt nach nichts, der reichliche gelbe Saft ist so fade wie Wasser. Liegt das an mir oder an der Orange? *I don't know*. Also gießt er sich ein Glas Milch ein, das ebenfalls nach nichts schmeckt. Er schneidet sich eine Scheibe gepökelten Schinken ab und kaut darauf herum, um zu sehen, wie er schmeckt, und auch der Schinken hat keinen Geschmack.

Da liegt der Verwundete. Sebastián hat sich heimlich bei Irene eingeschlichen und ist ins Zimmer geschlüpft, in dem der Junge schläft. Ist es ein Junge oder ein Mädchen? Sebastián ist sich unschlüssig. Er streckt die Hand aus und berührt die seinen (oder die ihren), die gekreuzt über dem Bauch liegen, so, wie sie auch die Hände der Toten zurechtlegen, Sebastián hat das gesehen. Es ist Nacht, also hat Irene die Lampe auf dem Tischchen neben dem Bett angezündet. Doch Sebastián glaubt, daß die Lampe unnötig ist. Der Körper des Verwundeten wird von einem Licht erleuchtet, das schräg von der Decke auf ihn herabfällt, obwohl Sebastián feststellt, daß von oben keineswegs Licht fällt, an der Decke ist nämlich gar kein Licht, ihm scheint sogar, das Licht würde vom Körper schräg zur Decke aufsteigen. Um sich zu vergewissern, schaltet er die Lampe aus und sieht, daß der Körper des Verwundeten tatsächlich erleuchtet bleibt, als wäre gar nichts geschehen und das Licht ganz allein seine Angelegenheit. Das dunkle Zimmer. Der leuchtende Körper im dunklen Zimmer. Was tust du hier? fragt er den erleuchteten Körper. Der Verwundete schlägt die Augen auf und blickt ihn an. Ich bin wegen dir gekommen, sagt er mit einer Stimme, die man unmöglich einem Mann oder einer Frau zuordnen kann. Warum brauchst du mich? Ich bin es, den du brauchst. Wozu brauche ich dich? Habe Geduld, Sebastián, alles zu seiner Zeit, weißt du? die Menschen haben den Wert der Geduld vergessen. Wirst du mich irgendwohin mitnehmen? Mag sein. Warum sprichst du so komisch? wie heißt du? Die Hände geben die gekreuzte Haltung auf, und eine von ihnen zeichnet eine müde, leuchtende Bewegung in die Luft. Der geeignete Ort und Augenblick für diese Einzelheiten liegen noch vor uns, sag mir, befindet sich ein Zettel auf dem Nachtschränkchen? Sebastián nickt. Steht etwas darauf?

Sebastián nickt wieder. Lies, was darauf steht. Sebastián nimmt das Papier und gehorcht. Ich verstehe einiges nicht. Das macht nichts, lies nur, ohne es zu verstehen, lies einfach, wie du es verstehst. Sebastián liest vor: Lukrez *De rerum natura*; Apuleius *Der goldene Esel*; Carlyle *Sartor Resartus*; Renan *Das Leben Jesu*; Michelet *Die Hexe*; Lessing *Laokoon*; Vives *Dialoge*; Jacobus de Voragine *Legenda aurea*; Boethius *Trost der Philosophie*; Fulcanelli *Das Mysterium der Kathedralen*. Ausgezeichnet, Sebastián, das ist eine erstklassige Liste, jetzt faltest du das Papier und steckst es in die Hosentasche, und nicht verlieren. Wozu brauche ich es? Die Menschen haben den Wert der Geduld vergessen! seufzt der Verwundete, du sollst nur wissen, daß du es brauchen wirst, nun geh, du mußt schlafen und träumen, was mich angeht ... ich bin so schwach! Sebastián tat, was der Verwundete verlangt hatte. Der schloß die Augen, und das Licht seines Körpers erlosch langsam, bis Sebastián erneut Irenes Lampe anknipsen mußte.

Einer der Vorzüge der Literatur liegt vielleicht darin, daß man in ihr die Zeit abschaffen oder, besser gesagt, ihr eine andere Bedeutung verleihen, die drei bekannten Zeiten in einer vierten aufgehen lassen kann, in der alle drei enthalten sind und die das hervorruft, was man Gleichzeitigkeit nennen könnte. Ist nicht eins der großen Ziele eines jeden Romanschriftstellers, daß sich Vergangenheit, Gegenwart und Zukunft auf einer Seite vereinen, so, wie es auf ein und demselben Bild von Luca Signorelli möglich ist, den Kalvarienberg, die Kreuzigung, die Kreuzabnahme und sogar die Verklärung Christi zu sehen? Also ist es auch hier möglich, selbst wenn es noch nicht geschehen ist, in aller Kürze den Traum zu erzählen, den Sebastián in dieser Nacht haben wird. Am besten wäre es gewesen, diesen zukünftigen Traum in der Gegenwart, in der der Verwundete spricht, zu erzählen: Während der Verwundete spricht, träumt Sebastián. Doch ich fürchte, das ist zu hoch gegriffen, die ärmlichen Mittel, mit denen dieses Buch geschrieben wurde, lassen es nicht zu. Zweifellos wird der Romanschriftsteller, der Gleichzeitigkeit erreicht, eine Eroberung für alle gemacht haben und »Genie« genannt werden. Der Autor dieses Buches muß bescheidener sein und wird nun Sebastiáns Traum in dem Moment erzählen, in dem Sebastián heimlich aus Irenes Haus in die eigenartige Inselnacht hinausschlüpft.

Sebastián wird in einem Garten neben einem Mann stehen. Der Mann wird um die Sechzig sein und zwei schöne Augen über einer häßlichen Nase haben. Mit mokantem Mund wird er behaupten, Virgilio zu heißen. Ohne genau zu wissen, warum, wird Sebastián ihn wie einen Meister verehren, ihn Meister nennen. Immer wenn der Meister vorangeht, wohin auch immer, wird Sebastián seinem behutsamen Fuß folgen. Im Traum werden sie durch einen Garten wandern, werden vor einem Gatter anhalten, das den Garten von der Dunkelheit trennt. Der Meister wird fragen, Willst du auf die andere Seite? Arglos wird Sebastián antworten, Ich habe Angst. Mit unwiderlegbarer Logik wird der Meister feststellen, Ich habe dich nicht gefragt, ob du Angst hast, sondern ob du auf die andere Seite willst. Ist das nicht gefährlich? Sebastiáns Frage steckt voller Unschuld. Natürlich ist es gefährlich, aber es gibt, merk dir das, lustvolle Gefahren. Dann wird der Meister mit Namen Virgilio, um ein gutes Beispiel zu geben, auf die andere Seite vorangehen. Schüsse werden zu hören sein, und die Gestalt des Meisters wird lodernd im Dunkel verschwinden. Muß man die Einsamkeit beschreiben, in der Sebastián zurückbleiben wird, nachdem Virgilio, der Meister, verschwunden ist? Eine so schreckliche Trostlosigkeit können Träume hervorrufen …

Nach Beny Morés Fortgang hatte sich Chacho wieder in seinem Bett und im Schweigen eingerichtet. Casta Diva, die sich schon Hoffnungen gemacht hatte, als sie ihn unter den Bäumen auftauchen und beinahe weinen sah, als er dem besten Sänger der Welt zuhörte, fühlte sich betrogen, als sie sah, wie er sich wieder ins Bett fallen ließ, und sie ließ einen Hagel von Schimpfworten auf ihn niederprasseln, schrie ihn an, Du mieser Vater du, du mieser Ehemann, nicht umsonst hast du eine schwachsinnige Tochter und einen unnützen Sohn, willst du etwa nicht mehr arbeiten? Hauptmann Alonso war hier, um sich zu erkundigen, warum du nicht mehr ins Lager kommst, man wird dich noch unehrenhaft aus der Armee entlassen, wenn du nicht zur Arbeit gehst, wovon sollen deine Kinder und ich dann leben? Er schloß die Augen, als hätte er nicht gehört, kein Muskel regte sich in seinem Gesicht, er hob nicht einmal die Hand, damit sie die Stimme senkte, wie sonst immer, wenn sie sich stritten. Nichts davon tat Chacho. Selbst in ihrem Zorn merkte Casta Diva, daß ihr Mann nicht anders konnte, als im Bett liegenzubleiben, in dieses Schweigen gehüllt, das sie so zur Verzweiflung brachte, und ihr Zorn verwandelte sich in Mitleid, sie verspürte eine grenzenlose Müdigkeit, die sich ihres ganzen Körpers bemächtigte, streckte sich neben ihm aus, schloß ebenfalls die Augen, schlief vielleicht sogar ein.

Tagelang waren die einzigen Lebenszeichen, die Chacho von sich gab, nur sein Atem und die sich ab und an öffnenden Augen, mit denen er die Dachbalken fixierte. Da konnte Tatina stundenlang lauthals lachen, Tingo pausenlos Fragen stellen, Casta Diva schimpfen und weinen, er schien sie nicht zu hören. Als würde Chacho zwar bei ihnen wohnen, sich aber in Wirklichkeit an einem ganz anderen Ort befinden. Niemals kehrte er mehr an den Tisch zurück, nie wieder sah man ihn ein Glas Wasser trinken, keinerlei Bedürfnis nachgehen. Als wären seine Körperfunktionen in einen Zustand der Lähmung verfallen. Das einzige, das dem Lauf des Lebens zu gehorchen schien, waren der Bart und die Fingernägel.

Doch an diesem Morgen, der mit Nieselregen anbricht (zumindest scheint es so, aber man weiß ja: Auf der Insel sind die Dinge nicht immer so, wie sie scheinen), steht Chacho vom Bett auf, geht zu dem uralten Grammophon und wühlt zwischen den Schallplatten. Er legt eine auf. Dröhnend beginnt im Zimmer, im Haus, auf der Insel die Stimme von Carlos Gardel zu erklingen, *Sus ojos se cerraron y el mundo siguió andando* ... Ihre Augen erloschen, und die Welt drehte sich weiter ... Gardels Gesang drang bei Helena ein, die im ersten Augenblick nicht wußte, woher diese wundersame Stimme kam, die seufzte, *Su boca era mía ya no me besa más* ... Ihr Mund war einst der meine und küßt mich nun nicht mehr ... da trat Helena auf die Insel hinaus, und es schien ihr, als käme die Stimme von jedem Baum, aus jedem Winkel, von jeder Statue. Rolo, der gerade in Eleusis Bücher sortierte, wußte, daß es Gardel war (er hatte plötzlich einen Knoten in der Kehle), ließ natürlich die Bücher fallen und trat auf die Insel hinaus, wo er bei der Palisadenwand neben dem Apoll vom Belvedere Merengue antraf, beide sahen sie Helena, und niemand von ihnen wußte, woher die Stimme kam, denn sie erklang ohne Zweifel aus jedem Winkel der Insel, *Se apagaron los ecos de su reír sonoro* ... Es erstarb das Echo ihres melodiösen Lachens ... Irene pflegte gerade die bereits geheilten Wunden des Verwundeten mit Wasserstoffperoxid, war ebenfalls überrascht und ging hinaus, um nachzusehen, dort stieß sie auf Señorita Berta, die neben der Greta-Garbo-Büste schluchzte. Marta, die sich an den Wänden entlangtastete, um den Weg zu finden und nicht zu stolpern, war es, die sie schließlich aufklärte, Gardel singt bei Casta Diva, *Y es cruel este silencio que me hace tanto mal* ... Wie grausam ist dieses Schweigen, das mich so schmerzt ... Und alle gingen sie zu Casta Diva und sahen, daß sie und Chacho auf dem Boden saßen, neben dem Trichter des alten Grammophons, die Hände vors Gesicht geschlagen.

So hat er meine Liebe erweckt, erklärt Casta Diva, ich ging an einem 6. Januar zusammen mit meiner Schwester Luisa, die noch ein kleines Mädchen war, die Calzada Real entlang, als ich ihn in seiner Uniform daherkommen sah, zwanzig Jahre alt und so hübsch, heilige Jungfrau Maria, was für ein Mann, und er hielt an und sah mich aus diesen fröhlichen und zugleich traurigen Augen an, und als wir vorübergingen, folgte er uns und sang *Noche de Reyes*, einen der wundervollsten Tangos, den ich je gehört habe, und er sang so schön, immer wenn er mich sah, sang er diesen Tango, ich blieb immer länger und länger weg, mußte ihn einfach singen hören, bis er mich eines Nachmittags am Arm nahm, mich zu einer Bank in den kleinen Park vor der Kirche führte und mir versicherte, Wie glücklich bin ich, daß es dich glücklich macht, meine Verlobte zu sein, und ich fand keine Antwort auf diese Verwegenheit und konnte nur sagen, *Glücklich* trifft es nicht, es gibt kein Wort für mein Glück, und glaubt mir, so ist es bis zum heutigen Tag gewesen.

Vido lutscht Mangos unter dem Mangobaum. Mit einem Schlag ist es wieder heiß geworden, als wäre es August. Vido schwitzt, während er Mangos unter dem Baum lutscht. Süß schmeckt die Mango, sie hat so viel Saft, daß er aus seinem Mund quillt und ein Rinnsal den Hals hinunter bis zur Brust läuft, wo es sich mit dem Schweiß vereint. Vido nimmt mit dem Finger den mit Schweiß vermischten Saft auf und führt ihn sich an die Lippen. Zur Süße der Mango gesellt sich nun ein köstlicher Hauch von Salz. Intensiv duftet die Mango, intensiv ist ihr Geschmack. Intensiv ist auch der Schweißgeruch. Vido riecht an seinen Achseln und verspürt Behagen, er streicht mit der Mango über die Achselhöhlen, in denen dunkler Flaum sprießt, und lutscht dann diesen angenehmen Hauch von Salz ab.

An einem anderen Sonntag (nicht am Sonntag von Beny Morés Besuch) verläßt Mercedes mittags, kurz nach dem Essen ihr Haus, geht am Klassenzimmer vorbei, durch die Pforte zum Jenseits, läßt Professor Kingstons Haus hinter sich, schlägt sich ins Akaziengebüsch und gelangt, ohne zu wissen, wie, ans Meer. Mercedes ist selbst überrascht, sich dort wiederzufinden, denn gerade hatte sie gedacht, Himmel, was gäbe ich nicht darum, eine Romanfigur zu sein! Sie hat gerade das achte Kapitel aus dem Roman über die ehrenhaften Damen *Las honradas* gelesen, das Kapitel, in dem Victoria nicht anders kann, als sich Fernando hinzugeben, und sie ist verwirrt. Ihr Körper war erwacht. Mein Körper war erwacht, als ich im Wohnzimmersessel las, meiner Schwester gegenüber, die schlief oder so tat, als schliefe sie, ich spürte, wie jede Faser meines Körpers bei der Lektüre reagierte, und auf einmal, aus heiterem Himmel, war ich wie besessen, ging ins Schlafzimmer, entkleidete mich so leise wie möglich, um Marta nicht zu wecken, ging ins Bad, füllte die Badewanne mit lauwarmem Wasser und überließ meinen Körper dem Segen des Wassers, ich griff zum Schwamm, seifte mich ein, wie gut tat der Schwamm, der wie eine rauhe Männerhand über meinen Körper fuhr (die Hände der Männer müssen immer rauh und gleichzeitig zärtlich sein), ich sah auf die Haut meiner Arme, meiner Beine, fand meine Haut weiß, zart, begehrenswert, preßte die Augen fest zu, damit der Schwamm, das heißt die rauhen und zärtlichen Hände den Rest täten, mit geschlossenen Augen kann man sich die Dinge intensiver vorstellen, ich ziehe mich oft aus und lege mich in die Badewanne voll lauwarmem Wassers, damit jemand hereinkommt und mich einseift, das Bad ist eines meiner geheimen Gelüste, niemand weiß das, niemand wird es erfahren, und immer stellt sich ein anderer Mann ein, von Lucio bis zum Fahrer des roten Busses, dieser schlanke, hochgewachsene Mulatte, der Khakihosen trägt, die zu eng im Schritt sind, so daß man eine Ausbeulung sehen kann, auf die er stolz zu sein scheint, ebenso stellt sich der Soldat ein, der am Eingang des Columbia-Lagers Wache steht, der ist nicht ganz so groß, dafür aber kräftig, ein kleiner Zinnsoldat, weiß und stattlich, in seiner gelben Uniform, nie werde ich es müde, ihn anzuschauen, wenn er die Straße entlangkommt, gemessenen Schrittes, oder wenn ich ihn in Zivil, mit ernster Miene in Plácidos Krämerladen trinken sehe, wo er

Billard spielt, er achtet nicht auf mich, hat mich niemals angeschaut, ich bin Luft für ihn, manchmal stellt sich Chavito ein, auch Chavito ist schön, nur darf ich das in diesem Fall nicht sagen, was würde man sonst von mir denken? Chavito ist schwarz, so schwarz wie Merengue, mir ist das einerlei, ich finde die Schwarzen wundervoll, aber heute, wer war heute bei mir im Bad? Fernando, aber wie kannst du denn kommen, wenn du doch eine Romanfigur bist? Fernando, genau, eine Figur von Carrión kam heute ins Badezimmer, fand meinen wachen Körper, setzte sich auf den Wannenrand, sah mich zuerst lange an, und ich blieb ganz still, wie es von mir erwartet wurde, gab vor, ich wäre nur daran interessiert, so im Wasser zu liegen, er lächelte überlegen, strich mit den Fingern über meine feuchten Wangen und fuhr dann nach und nach immer weiter hinab, langsam, Fernando, langsam! über den Hals, die Brüste, halt dich an den Brustwarzen auf, quäle mich, ich werde weiterhin versuchen, Gleichgültigkeit vorzutäuschen, obwohl es mir fast unmöglich ist, schreien werde ich, schreien! deine Hand soll sich nicht um mich kümmern, soll weiter unbeirrbar meinen Nabel streicheln und weiter, noch weiter unten, noch etwas weiter unten, genau so, mit Kenntnis, Fernando, es macht nichts, daß du eine Figur aus einem Roman von Carrión bist, denk nur, was für eine Lust mir dein Verweilen bereitet, jetzt verstehe ich Victoria, woher hast du diese Kenntnis? ich werde die Beine öffnen, um deine Finger zu empfangen, was für große Finger! deine Finger, die in mich eindringen, und jetzt, da ich mich so glücklich fühle, werde ich dir ein Geständnis machen: in diesem Augenblick bin ich nichts weiter als das Feucht, in das deine Finger eintreten, Fernando.

Mercedes sitzt am Meer. Die Sonne steht genau über ihr am Himmel, so daß es keine Schatten gibt. Das Licht ist wie das Wasser, das Mercedes' Füße umspült. Nein, das Licht ist nicht wie das Wasser, sondern schlimmer, viel schlimmer noch, das Wasser kommt herbei, die kleine Welle erreicht sie, benetzt die Füße und weicht wieder zurück, vereint sich wieder mit dem Ganzen, aus dem sie hervorgegangen ist, das Licht dagegen ist weiser, verweilt auf Mercedes' Körper, tritt durch die Haut ein, dringt zu den Knochen durch, zerstört alles, was sich ihm in den Weg stellt. Jeder Lichtstrahl ist selbst ein Ganzes. Mercedes spürt, daß sie in dem Maße verschwindet, in dem das Licht sie durchflutet. Mercedes spürt, daß sie selbst Licht ist. Sie schaut ihre Hände an, der Blick geht durch sie hindurch zum Meer, zum Horizont. Das Meer ist ein Spiegel, der nur dazu da ist, zu glänzen. Auch der Sand ein Gefunkel. Mercedes ist so erleuchtet, daß sie sich mit dem Licht vereinigt, sie ist ein Lichtstrahl unter vielen, verschwindet.

Früher war alles besser, das ist mein Wahlspruch, aber ein Wahlspruch, der sich als dumm erwiesen hat: Was für ein Früher meine ich denn? wie kann ich sagen, daß es früher besser war, wenn ich mich nicht daran erinnere, nicht weiß, welches Früher ich meine? wie kannst du mich schon verstehen, Verwundeter, wie du hier von Pfeilen durchbohrt im Bett liegst, ohne etwas von der Wirklichkeit mitzubekommen, deine Aufgabe ist es nur zu schlafen, während ich deine Wunden pflege, und ich werde dich schließlich retten, wie es meine Pflicht ist, hier hast du also eine Irene ohne Gedächtnis, eine arme Irene, die alles vergißt, was ihr geschehen ist, ich weiß gerade noch, daß ich Irene heiße, wenigstens etwas, vielleicht genügt es, seinen Namen zu kennen, Namen und Gesicht im Spiegel, mein Sohn Lucio ist heute gekommen, um mir zu sagen, daß am 17. Februar, an meinem Geburtstag ... einerlei, was er gesagt hat, das Datum spukte mir im Kopf herum, also der 17. Februar ist mein Geburtstag ... oder ist es etwa der Todestag meiner Mutter? oder starb meine Mutter vielleicht an meinem Geburtstag? nein, so etwas geschieht nicht, höchstens in den Radioromanen von Félix B. Caignet, und ich schämte mich zu fragen, Lucio, an welchem Tag ist Großmutter gestorben? woran starb Großmutter? ich schäme mich, und was sollte ich außerdem mit der Information anfangen? wozu wäre sie gut? ich bin eine Frau mit leerem Kopf, manche mögen das als Glück ansehen, ich nicht, ich bin der Ansicht, daß jeder Mensch seinen Wert aus seiner Vergangenheit bezieht, es ist die Vergangenheit, die dich erlöst oder verdammt, ich weiß schon, du brauchst mir nicht zu erzählen, daß sich die Vergangenheit aus den Fäden der Gegenwart knüpft, aber du mußt bedenken, Verwundeter, mein von Pfeilen durchbohrter Junge, wenn eine Frau an ihrer Vergangenheit webt, hat sie nur zwei Fäden, nicht mehr, zwei Fäden, und nur das, was nicht mehr Gegenwart ist, sondern sich in Vergangenheit verwandelt, wird zum Gewebe, die Gegenwart gehört nur dem Vollbringen, das heißt dem jähen Schrecken und der Ungewißheit, die Vergangenheit dagegen ist das Vollbrachte, ob zum Guten oder Schlechten, spielt keine Rolle, sie ist das Vollbrachte und deshalb das Gewisse, der feste Boden, von der Zukunft wollen wir gar nicht reden, die Zukunft ist eine Illusion, der Mensch hat sie erfunden, um die Stunden der Langeweile auf dem Weg zum Tod auszufüllen, die Zukunft ist der Tod, und was der Tod ist, weiß ich nicht, ich weiß nur, daß er die Zukunft ist, nun sag mir, Verwundeter, was tue ich auf dieser Insel ohne eine Geschichte, die ich erzählen könnte, du mußt wissen, das Wichtige an der Vergangenheit ist nicht, was sie uns lehrt (die Frau verwebt sich, hält inne, löst die Reihe auf und webt sie richtig, nicht wahr?), sondern was sich erzählen läßt, woraus man die Geschichte seines Lebens machen kann, und wenn du nichts über dich zu erzählen hast, wer bist du dann? ein Niemand, wie man es auch dreht und wendet, ein Niemand, selbst wenn die anderen dich sehen können, wenn du nicht erzählen kannst, Ich kam an einem 17. Februar in Pijirigua, Artemisa zur Welt, mein Vater arbeitete bei Großgrundbesitzern als Bauer, meine Mutter wusch für andere Leute, wir waren so arm, daß meine Mutter mir Schuhe aus Palmfaser anfertigte und Jacken aus Jute, ich war ein kleines Mädchen, das schon mit fünf Jahren arbeiten mußte, ich erinnere mich daran, daß man mir eine Kiste unterschob, damit ich ans Spülbecken reichte, ich kümmerte mich wie eine Mutter um meine Geschwister, und trotz all des Elends, von dem ich dir erzähle, war ich glücklich, wenn du keine Geschichte wie diese zu erzählen hast, die mir gerade so eingefallen ist (und die sehr gut wahr gewesen sein kann, hoffentlich!), dann werden die anderen nicht wissen, was meine Träume, meine Ängste, meine Freuden, meine Leiden, meine Obsessionen waren und immer noch sind, das wesentliche Problem besteht darin, mein lieber, kleiner Verwundeter, daß wir endlich begreifen müssen, daß das Leben nicht allein dazu dienen kann, es zu leben, ich bin der Ansicht, daß Gott uns das Leben auch geschenkt hat, damit wir es wie eine Geschichte erzählen können, eine Erzählung, die unterhält und anderen als Beispiel dient, glaubst du nicht?

Zum Glück hat Chacho heute nicht noch einmal die Platte von Carlos Gardel auf seinem Grammophon aufgelegt. Die Singdrosselstimme des berühmten *Zorzal criollo* hatte sich so auf der Insel eingenistet, daß man tagelang weder das heulende Bambusrohr noch die jubelnden Kasuarinen, noch das Klagen hören konnte, das in letzter Zeit immer lauter tönt. Die Insel war nichts weiter als die Stimme, die ein ums andere Mal, bis zum Überdruß, dieselben Tangos wiederholte. Heute stand Chacho früh auf, ging geradewegs zum Schrank und holte seine Uniform heraus, die Orden und Diplome, die er sich während all der Jahre bei seinem Dienst im Funkerkorps verdient hatte. Er machte ein Bündel daraus und trat auf die Insel. Er schaute nicht einmal zum bewölkten Himmel des ausklingenden Oktobers auf. Auch sog er nicht wie sonst die duftende Inselluft ein. Er nahm den engen Steinpfad, der zum Brunnen mit dem Gänseknaben führt, und gelangte zu der alten Tränke. Dort warf er alles hinein, was er bei sich trug. Er goß Alkohol darüber und zündete ein Streichholz an. Geschwind brannten Uniformen, Orden und Diplome lichterloh. Zu Recht darf man vermuten, daß Chacho schon damals an die Kaninchen dachte.

Was für einen Tag haben wir heute? Du weißt es, den 2. November, Allerseelen. Deshalb wurde auf der Insel ein langer Tisch aufgestellt, ein alter Tisch, arg mitgenommen von Regen und Sonne, der jedoch mit Casta Divas bester Spitzendecke verkleidet wurde, eine Decke, die ihre Mutter für die Hochzeit der Tochter angefertigt hatte, wie Irene und Helena erzählen, ein Schmuckstück, ein wahres Schmuckstück. Der Tisch ist mit Decke nicht mehr wiederzuerkennen. Also ist es doch falsch, daß die Kutte noch keinen Mönch macht, bemerkt Rolo. Der Tisch sieht wunderschön aus. Die Decke fällt fast bis zum Boden herab, verbirgt einen Teil der rauhen, von Termiten zerfressenen Wände. In der Mitte haben sie das große Bronzekruzifix aufgestellt, auf das Señorita Berta ganz besonders stolz ist. Es ist ein einfaches, schnörkelloses Kruzifix, so blank, daß es wie Gold glänzt (ohne es zu sein), und dessen größter Wert, nach Aussagen der Señorita, darin besteht, daß es über den Tod von Francisco Vicente Aguilera in seinem Landgut in San Miguel de Rompe gewacht hat. Stolz erfüllt Señorita Berta, als sie das Kruzifix betrachtet, und sie beginnt (man weiß nicht, wie oft sie das schon getan hat), von der Freundschaft zwischen ihrem Vater, Aguilera und den ersten beiden Präsidenten der kämpfenden Republik zu erzählen, Céspedes und dem Marquis von Santa Lucía, Salvador Cisneros Betancourt. Jemand, vermutlich Helena, unterbricht sie sanft, mit Feingefühl, um Señorita Berta nicht zu verletzen, aber man muß sie einfach unterbrechen, denn sonst würde sie noch einmal die ganze Geschichte vom Krieg und vom Exil aufwärmen und einmal mehr den Heroismus ihres Vaters rühmen, die Standhaftigkeit von Doña Juana (die weiterhin schläft, in ihrem Leinennachthemd, den Rosenkranz in Händen, die brennende weiße Kerze auf dem Nachtschränkchen vor einem Bild der barmherzigen Jungfrau von El Cobre). Als Señorita Berta schweigt, vielleicht weil sie begriffen hat, daß die anderen nicht auf endlose Reden eingestellt sind, fahren die Frauen, Helena, Irene und Casta Diva, fort, den Tisch herzurichten. In zwei Vasen stellen sie Sträuße mit Stoffblumen (die in der Tat erstaunlich sind: Es scheinen keine künstlichen Blumen zu sein, die natürliche nachahmen, sondern natürliche Blumen, die künstliche nachahmen). Sie bewundern die

Sträuße und stellen am Rand des Tisches die Kerzenleuchter mit den Kerzen auf, die ein jeder mitgebracht hat. Kerzen aller Sorten. Von den billigen, zwei für fünf Centavos, die sofort ausgehen, und herrliche rote, blaue, gelbe, rosafarbene in Gestalt von Heiligen; es gibt auch hohe, endlos hohe Altarkerzen, die die ganze Nacht über brennen werden, wenn der Wind es zuläßt; auch dicke Kerzen gibt es, die Professor Kingston mitgebracht hat und die, nach Señorita Bertas Ansicht, nicht benutzt werden sollten, weil es ketzerische Kerzen sind, mit sechszackigen Sternen verziert. Ja, erklärt bescheiden der Professor, eine polnische Freundin hat sie mir geschenkt. Rolo meint, die Davidsterne seien nicht von Bedeutung, wichtig sei nur das Licht, das für unsere Toten leuchten werde, außerdem müsse man berücksichtigen, daß die Sterne im Laufe der Nacht wegschmelzen würden. Professor Kingstons Kerzen werden auf die größten Kerzenständer gesteckt (und die Sache ist erledigt). Auf dem Boden, die natürlichen Blumen, die bei *Le Printemps* bestellt wurden, einer eleganten Gärtnerei, wo man ihnen fünf Sträuße mit roten Rosen samt Bändern, Schleifen und Kärtchen, auf denen der Name des Hauses zu lesen ist, zurechtgemacht hat. Auch Irene hat Sträuße gebunden (man muß zugeben, daß Irenes Sträuße noch schöner sind) und alles mit Zweigen von Arekapalmen und Kiefern dekoriert. Zwei Marmorengel. (In Wirklichkeit sind sie nicht aus Marmor, lassen wir uns nicht täuschen, sie sind aus Ton; zwischen Ton und Marmor besteht derselbe Unterschied wie zwischen uns und Gott.) Die traurigen Engel umarmen sich hingebungsvoll, blicken mit ihren pupillenlosen Augen zum Himmel auf. Die Engel geben dem Tisch den letzten Schliff. Casta Diva bricht fast in Tränen aus. Irene bedeutet ihr mit einer Geste, sich zu beherrschen, und sagt, Vergiß nicht, heute ist Allerseelen. Casta

Diva weint, Ja, heute ist mein Tag. Mercedes umarmt sie, Nun sei doch nicht so, Casta, du bist doch quicklebendig. Nein, Mercedes, laß dich nicht täuschen, ich bin mehr tot als lebendig. Mit einem rätselhaften Lächeln (spöttisch, wohlwollend?) klatscht Rolo zweimal in die Hände, klatscht zweimal in die Hände und befiehlt, die Fotografien zu bringen. Jeder kommt mit den Fotos seiner Toten an. Der Tisch füllt sich mit gerahmten Fotografien. Gold- und Silberrahmen, Bakelitrahmen, Holz- und Glasrahmen, Elfenbein- und Papprahmen. Und die Fotografien … So vielfältig, wie man sie sich nur vorstellen kann. Studioaufnahmen und Laienfotos, kolorierte Fotos und sepiabraune Fotos, gestellte Fotos und Schnappschüsse. Die Gesichter sind alle unterschiedlich, und mit einemmal (und das sollte ich nicht hinschreiben, es klingt gotteslästerlich, aber was kann man da machen!; Romane werden unter anderem geschrieben, um zu lästern), mit einemmal, wiederhole ich, gleicht der Tisch einem Jahrmarktsstand. Folgende Fotografien stechen hervor: Mädchen mit Ball in der Hand; zahnlos lachende Greisin; Junge im Anzug; Paar im Stil der zwanziger Jahre; junger Soldat vor Meereshintergrund; Baby im Tragekörbchen; ausnehmend ernster Herr mit Strohhut auf einen Louis-XVI-Stuhl gestützt, auf dem Dame weißes Hündchen streichelt; junges Fräulein in langem Kleid, lässig gegen dorische Säule gelehnt; Dame in Hosen, mit Wanderstock, lächelnd im Dickicht; junge Frau, Irene sehr ähnlich, mit Kind im Arm; Dame mit Hut, Schal und Mantel im Schnee; lächelnder Schwarzer, der auf einer *Tumbadora* trommelt; Alte hinter Mikrofon; Polizist; Mann zu Pferd, mit Gamaschen und Machete, als Unabhängigkeitskämpfer gekleidet. Es gibt viele Gesichter, mit den verschiedensten Formen, den verschiedensten Ausdrücken, sogar ein Foto des lächelnden Stan Laurel gibt es. Sebastián berührt vor allem die Aufnahme eines Jungen auf einem Schaukelpferd. Als hätten sie ein Foto von ihm selbst genommen, von Sebastián, denn obwohl es ein altes Foto ist (in einer Ecke ist sogar das Datum zu lesen), scheint dort Sebastián auf einem Schaukelpferd zu sitzen. Und noch mehr berührt es ihn, als er erfährt, daß es ein Bild seines Onkels ist, Onkel Arístides, der einen schrecklichen Tod fand. Er starb, erzählt Irene hinter vorgehaltener Hand, damit Helena es nicht hört, auf dem Weg zu einem Baseballspiel, dein Onkel war nämlich ein liebenswürdiger Mensch, und als sich ein Alter auf den Kotflügel des Lastwagens setzte, bot er ihm mit seinen großherzigen achtzehn Jahren seinen Platz auf der Sitzbank an und setzte sich seinerseits auf den Kotflügel, und als der Lastwagen sich eine Viertelstunde später überschlug, wurde dein Onkel Arístides unter dem Wagen begraben, erst achtzehn Jahre jung, dein Onkel, der dir aufs Haar glich, Sebastián, bestimmt schwebt sein Geist über dir und beschützt dich, dein Onkel Arístides ist dein Schutzengel. Irene geht, als hätte sie nichts gesagt, und flüstert in ein anderes Ohr, deutet auf eine andere Fotografie. Es gibt so viele (fünfzig, sechzig, hundert), daß der Tisch nicht groß genug ist. Und Señorita Berta hat eine Büste von Antonio Maceo und eine von José Martí angebracht, Beispielhafte Tote, sagt sie. Man bringt in Auszügen die Partitur von der Hymne der Unabhängigkeitskämpfer. Einen blutigen Fetzen von Plácidos Hemd. Zeneas Brille. Ein echtes Ölgemälde von Ponce. Ein Buch von Emilio Ballagas. Holzsplitter eines gewissen Schiffs, das unterging. Mercedes taucht mit einer Aufnahme der armen zerstückelten Celia Margarita Mena auf. Casta Diva stellt das Foto einer sehr schönen Frau mit Einsteckkamm, roter Blume, schwarzer Mantille, leidenschaftlichem Blick, halbgeöffneten Lippen auf. Auch Merengue ist mit einem Foto von Nola, seiner Frau, aufgetaucht. Merengue hat dazu noch das Foto eines finsteren Schwarzen mitgebracht, ein Foto, so alt, daß es wie eine Daguerreotypie aussieht. Auch dagegen erhebt niemand Einwände. Man weiß, das ist Antolín, der Schwarze, der Heilige, Merengues' Schutzgeist. Und die Kerzen werden angezündet. Mercedes zündet sie an, und als alle brennen, verbreitet sich der Paraffingeruch über die ganzen Kolonnaden. Señorita Berta fällt auf die Knie und singt *Der Herr ist mein Hirte, mir wird nichts mangeln* ... mit einer verletzlichen Altstimme. Nach und nach fallen alle auf die Knie. *Er weidet mich auf einer grünen Aue* ... Helena schlägt die Hände vors Gesicht. Mit gefalteten Händen und geschlossenen Augen fällt Casta Diva in den Gesang ein. *Und führet mich zum frischen Wasser* ... Irene hält den Rosenkranz in Händen. *Er erquicket meine Seele. Er führet mich auf rechter Straße* ... Rolo senkt den Kopf, drückt das Kinn an die Brust, Unser Leben ist der Fluß ... murmelt er. Lucio hat ein Knie auf die Erde und die Stirn in die Hand gestützt. Mercedes verhüllt ihr Gesicht mit einem schwarzen Schleier. Merengue hat sich nach dem Hinknien den Hut abgenommen. Professor Kingston konzentriert sich auf seine Handflächen. Priesterlich wie eine Sphinx schaukelt Marta in einem Stuhl. Ein plumper, weißer Vogel fliegt vorüber. Alle bekreuzigen sich.

(Immer wenn eine Schleiereule vorbeifliegt, werden die Figuren dieses Romans sich bekreuzigen.)

Mama, ich versteh-nich, stöhnt Versteh-nich-Tingo und schmiegt sich an Casta Diva. Unwirsch verbietet die Mutter ihm den Mund. Tingo unterbricht den Psalm, den Señorita

Berta singt. Warum, Mama, warum? Sei still, Junge, sei still. Nein, erkläre mir, warum, ich versteh's nich, will es wissen. Wenn wir es bloß wüßten, sagt Rolo, um zwei Fliegen mit einer Klappe zu schlagen, es gibt nichts zu wissen. Heute ist der 2. November, Allerseelen. Und was bedeutet das? Sie schweigen, vergessen die Gebete, schauen sich verblüfft um. Und was bedeutet das? Warum der Tisch, all die Fotografien, Kerzen, Blumen? Señorita Berta hört zu singen auf. Alle erheben sich und ziehen sich wortlos in verschiedene Winkel zurück. Warum, warum? fragt Tingo ein ums andere Mal, ohne es müde zu werden. Niemand antwortet ihm.

Es ist die Nacht der toten Seelen. Klar, hell, frisch, sternenübersät, keine Hitze, kein drohender Regen. Von Kerzen erleuchtet steht der Tisch mit den Fotos der Toten in einer Ecke der Kolonnaden. Davor hat sich ein Grüppchen von Männern und Frauen auf Stühlen niedergelassen und fächelt sich Luft zu. Einmal mehr wachen sie bei ihren Toten. Jahr für Jahr wird den Toten an diesem Tag erneut die Totenwache gehalten. Sie sorgen dafür, daß die Kerzen nicht ausgehen, daß das Licht zu ihnen gelangt, aufsteigt, sich mit dem Licht der hellen Geister mischt und die dunklen erleuchtet. Ab und an geben sie den natürlichen Blumen frisches Wasser aus großen Kelchen, die der heiligen Klara geweiht sind. Ab und an ist ein Vaterunser zu hören. Ab und an ein Ave-Maria. Der Rosenkranz wird gebetet. Auch Schweigen darf sich ausbreiten (das Schweigen der Insel, versteht sich, bevölkert von der unbekannten Sprache der Bäume). Das Schweigen der Insel und der klaren, hellen, frischen Nacht des 2. Novembers, Allerseelen. Dort, im Vorhof bei der Palisadenwand, neben dem Apoll vom Belvedere ist von Zeit zu Zeit der Stock der Barfüßigen Gräfin zu hören.

Was ist der Tod?

Als ich ein kleines Mädchen war, nahm man mich an Allerseelen immer zum Friedhof mit, dort ruhte, wie mir meine Mutter erklärte, das einzig Wertvolle, das einzig Dauerhafte, das wir hatten, die Asche der Ururgroßeltern, der Urgroßeltern, der Großeltern, einiger Onkel und Tanten, ich freute mich immer auf Allerseelen, meine Mutter packte einen Korb mit Kerzen, einen anderen mit Maisküchlein (immer Maisküchlein), und beide gingen wir durchs Dorf zum Friedhof, es war der einzige Tag, an dem man den Friedhof bei Nacht betreten durfte, als wir an der Kirche vorbeikamen und in die Calle Céspedes bogen, sah man in der Ferne die hohen Mauern und den Glanz, der über ihnen schwebte, eine Aureole, die mich schon immer fasziniert hatte, ich wußte zwar, daß dieser goldene Schein von den vielen Kerzen stammte, aber zugleich (ich weiß nicht, wie ich es erklären soll) wußte ich es auch nicht, und immer blieb die Faszination, daß der Ort, den mir meine Mutter zeigte und Friedhof nannte, ein einziges Leuchten war, ein Strahlen, das sich von der Nacht abhob, ein Strahlen, durch das der einzige Bezirk des Dorfes, der sonst in ewigem Dunkel lag, in dieser Nacht noch strahlender leuchtete als alles andere, und ich erinnere mich, daß wir dort auf Verkäufer von Heiligenfiguren und -bildchen, von Kerzen, Medaillons und Gebeten trafen, wir trafen auf Leute, die kniend Gelübde taten, die uns bei Gott, dem Allmächtigen, bei der hochheiligen Jungfrau Maria, bei der heiligen Rita von Casia (Fürsprecherin des Unmöglichen) um eine Münze, um eine milde Gabe baten, die meine Mutter immer mich übergeben ließ, damit ich es wäre, der man wünschte, Gott gebe dir Gesundheit, und unwillkürlich sehe ich mich jetzt auf diesen Jahrmarkt treten, in den sich der Friedhof verwandelt hatte, jedes Grab, jede Gruft waren voll besetzt, die ganze Familie fand sich dort versammelt, wie sonst immer vor den Haustüren, und unterhielt sich, lachte, trank Kaffee, Schokolade, sogar Schnaps, man erzählte sich Geschichten, rechnete zurück, in welchem Jahr der und der gestorben war, in welchem Jahr sich Mengano die Schwindsucht zugezogen hatte, und die Krüge waren vollgestopft mit Dahlien, Rosen, Gladiolen, Lilien, Palmwedeln und Mauerrauten, ich zündete die Kerzen auf unserem bescheidenen Familiengrab an, und meine Mutter erzählte mir von Großmutter Emilias Leberzirrhose, von der Schwindsucht der beiden Großväter Ramón und Berardo und von der Leberzirrhose meines Vaters, der sich noch am Morgen seines Todestages eine Reise nach Guanabo vorgenommen hatte, er wollte im Meer baden, und nichts wurde mit Trauer erzählt, zumindest nicht mit dieser Traurigkeit, die den Geschichten von den Toten an anderen Tagen im Jahr anhing, in dieser Nacht hatten die Erzählungen etwas Fröhliches, als wäre der Tod ein Fest und das Sterben etwas Fröhliches, etwas, das sie, die Toten, uns voraushatten, und wir stießen mit Limonade an, die Familien tauschten untereinander den Proviant, den sie in ihren Körben mitgenommen hatten, die Mädchen betteten ihre Puppen auf die Gräber, die Jungen streckten sich selbst darauf aus, und wir spielten sterben, ein erstaunliches Spiel (vor allem, weil es ein Spiel war), und wir liefen über die Erde, über Erde zu Erde, über Erde zu noch mehr Erde, und sangen dabei, jeder stimmte ein anderes Lied an, es war das reinste Babel, ein Stimmengewirr, das Gott da oben im Himmel auf keinen Fall überhören konnte.

Was ist der Tod?

Kennst du die Geschichte von dem Jungen, der auszog, um eine schöne Jungfrau zu freien und unterwegs auf einen Leichnam traf? wenn nicht, wirst du nie begreifen, warum sie an diesem Tag in jedem Theater Spaniens *Don Juan Tenorio* vom oft verachteten, doch gar nicht so einfachen Zorrilla spielen.

Es geschah einmal, daß ein junger Bursche am Vorabend seiner Hochzeit unterwegs ein Gerippe antraf. Aus Spaß bat er das Gerippe, Warum kommst du nicht zu meinem Hochzeitsbankett? Und er ging weiter seines Wegs. Das Gerippe jedoch stellte sich tatsächlich zu dem Bankett ein, zur Überraschung und zum Entsetzen (vermute ich) der Anwesenden, es aß und trank wie die anderen auch, und als es fertig war, trat es zu dem Burschen und sagte, Ich möchte dir ein Geschenk machen, komm bitte mit. Zitternd folgte der Junge dem Gerippe einen endlosen Weg, eine endlose Zeit, sie stiegen auf Berge, überquerten Flüsse, kamen durch Dörfer, bis sie (natürlich in der Nacht) zu einem weiten Tal voller Lichtlein gelangten. Der Bursche sah, daß die Lichtlein von Millionen und Abermillionen brennender Kerzen stammten. Es gab dort frischangezündete, halbabgebrannte, schon fast heruntergebrannte und erloschene. Was bedeuten all die Kerzen? fragte der Bursche. Für das Leben eines jeden Menschen auf Erden brennt hier eine Kerze. Der Bursche schaute sich um und fragte fast tonlos, Welche ist die meine? Die da! rief das Gerippe, hob eine hoch und blies sie aus.

Was ist der Tod?

Schau mich an, schau mich gut an und vergiß nie, was du siehst, schau mich an, bis du es leid bist, und dann frag nicht mehr, was ist der Tod? der Tod ist eine Nacht, in der du niemanden hast, den du besuchen kannst, niemanden, dem du erzählen kannst, daß du niemanden zum Besuchen hast, dem du erzählen könntest, daß du niemanden zum Besuchen hast, schau mich an, schau mich gut an, das Leben ist eine Reise, der Tod ist eine andere, das Ziel ist der Horizont, der Horizont ist eine Linie, die man nicht erreichen kann, sosehr du dich auch anstrengst, du erreichst sie nicht, denn erreicht man sie, ist sie nicht länger Horizont, ob die eine Reise (die Reise des Lebens) und die andere Reise (die Reise des Todes) ein und dieselbe sind, ohne daß wir es wissen? ob die Worte Leben und Tod das gleiche meinen? los, antworte mir, hast du schon einmal lange Zeit auf jemanden gewartet, so lange, daß du vergessen hast, daß du auf jemanden wartest? warten, warten, warten, warten, warten bis zum Ende, und das Komischste ist, daß es kein Ende gibt, man sitzt einfach im Wohnzimmer, als wäre eine Katastrophe eingetroffen, *als wäre*, wohlgemerkt, denn nichts ist es mit der Katastrophe, schweigend und seelenruhig dreht und dreht sich die Erde weiter, wie es im Tango heißt, und es wartet und wartet niemand anders als du, und das ist alles, niemand klopft an der Tür, ach Gott, es ist grauenhaft, beklagst du dich, jawohl, Gott existiert, aber er ist taub, und wer wagte es, den Unterschied zwischen einem Lebenden und einem Toten auszumachen, und daß mir niemand mit dem Blödsinn kommt, ein Lebender würde atmen und ein Toter nicht, und das Aas?: nichts als ein Zufall ohne Bedeutung.

Was ist der Tod?

Ach, mein lieber Junge, könnte ich mich einmal hinsetzen und dir mein Leben vom ersten Schrei bis zum heutigen Tag erzählen, du würdest nicht mehr den Mut aufbringen, mir eine solche Frage zu stellen, dich nicht mehr trauen, so naiv zu sein, anfangs glaubt man zu wissen, was der Tod ist, kann ihn sogar mit ein paar Worten, klugen Worten definieren, vielsagend nur für die Einfältigen, ich habe ihn so oft, aus nächster Nähe gesehen, habe von ihm geträumt, ihn so sehr geschmäht und ersehnt, ihn mit solcher Ausdauer belagert wie er mich, daß ich nun weiß, wie dumm jeder Versuch ist, ihn zu definieren, je näher man rückt, desto ferner ist der Horizont, ich habe schon immer gesagt und wiederhole es noch einmal, glaubt ihr etwa, das sei eine besondere Nacht an Allerseelen? ihr Armen, ist das etwa die Nacht, in der unsere Toten sich noch mehr darüber freuen, tot zu sein? ich sage euch, heute ist unser Tag, sie sind es, die uns die Wache halten, ja, ich weiß schon, nichts als Worte, man hat diese Manie, alles in Worte fassen zu müssen, reißen wir uns doch die Zungen heraus, hacken uns die Hände ab, schneiden uns die verfaulten Herzen aus dem Leib, dann hätten wir eine bessere Welt, zum Beispiel schlafe ich für mein Leben gern, der Schlaf ist ein Vorbote des Todes, Vorbereitung, Lehrstunde, die Schlußfolgerung, alle träumen im Schlaf davon, was sie sind, obwohl keiner es versteht, träumst du? hast du Alpträume? schon immer habe ich die dummen Fragen gehaßt und mehr noch die dummen Antworten, jeder weiß doch, daß Leben und Sterben das gleiche ist, und beides bedeutet zu träumen.

Was ist der Tod?

Eines Tages ging ich zum Friedhof, sie buddelten gerade die Überreste von jemandem aus, den ich sehr geliebt hatte, von jemandem, der im Himmel sein muß (wenn es denn so etwas gibt), und die Totengräber irrten sich unabsichtlich (oder absichtlich, Totengräber lieben Irrtümer) und öffneten ein Grab, das nicht das Grab des Menschen war, den ich so geliebt hatte, statt dessen holten sie den herrlichen, noch nicht alten Leichnam eines elfjährigen Mädchens aus der Erde, ich sah sie, ja, ich sah sie mit diesen Augen, die selbst eines Tages aus ihren Höhlen springen werden, das Mädchen hatte sich in eine wabbelige Masse aus Eiter und Würmern verwandelt, die nicht eine Sekunde stillhielt, an manchen Stellen hingen noch Fetzen einer Haut, die einmal eine schöne elfjährige Haut gewesen sein mußte, die Totengräber erzählten mir, daß es eine hübsche, ja bildhübsche Leiche gewesen war, aber als ich sie sah, war das unmöglich nachzuvollziehen, vom Gestank will ich gar nicht reden, weiß Gott nicht, auf der ganzen Welt gibt es keinen unerträglicheren Gestank als den eines Menschenkörpers nach dem Tod, das schwöre ich, vor allem die Augen sind mir noch in Erinnerung, sie hatten bereits keine Lider mehr, es waren zwei Mulden voll grünlicher Flüssigkeit, die sich wie Tränen unaufhörlich aus ihnen ergoß, und über den Körper (ich sage Körper, damit ihr mich versteht) krabbelten weiße Riesenschaben, wie ich sie noch nie gesehen hatte und wohl auch nicht mehr sehen werde, bis ich selbst verfaule, und am Mund hing ihr ein seltsames Grinsen, ein Grinsen, wie es hartnäckiger nicht hätte sein können, und Tausende von Fliegen kamen aus allen Winkeln des Friedhofs herbei, um über dieser gallertartigen Masse zu summen, die einmal ein

Mädchen von elf Jahren gewesen war, und zu ihren Füßen, unversehrt, unberührt, rein, vollkommen, eine wunderschöne blonde Puppe mit blauen Augen, die beim Aufheben Mama sagte.

Was ist der Tod?

Still, du Schlange, halt dein dreckiges Maul.

Ist ja gut, ich halte meinen Mund schon, *et pourtant vous serez semblable à cette ordure, à cette horrible infection, étoile de mes yeux, soleil de ma nature.*

Still, oder du wirst selbst noch zum Aas, ehe du es dich versiehst.

Bitte, Herrschaften, etwas Achtung vor dem Andenken der Toten.

Der Mensch ist das einzige Lebewesen, das seine Toten lagert, das einzige Lebewesen, das einzige auf der Welt.

Nimm uns auf in Deinen Schoß, barmherziger Gott.

Ja, nimm uns auf in Deinen Schoß des Schreckens und der Fäulnis.

Also, ich würde gerne einen Schritt tun, eine Tür öffnen, noch einen Schritt tun, und Schluß.

Das heißt, nichts, ein Schritt und Staub.

Staub, nichts.

Sag bloß, glaubst du etwa, es gefällt uns, in Kisten gepackt, in Grüfte gesperrt und der Fäulnis überlassen zu werden?

Verdammte Scheiße, allein der Gedanke macht mich wahnsinnig, daß man mich einsperren und über dieses Fleisch voll Begehren, über all das, was ich bin, einen Marmorstein setzen wird.

Keine Blumen, hört ihr, bloß keine Blumen.

Was ist der Tod?

Erinnerst du dich an den Ertrunkenen, den wir einmal gesehen haben, als wir uns amüsieren und an der Flußmündung, unten am Meer ein Bier trinken wollten, mein Lieber, erinnerst du dich? es war ein prachtvoller Junge, ein Junge eben, den andere prachtvolle Jungen herauszogen, er war noch nicht erstarrt, sein Körper wehrte sich dagegen, zu begreifen, daß das Blut nicht mehr durch ihn floß, sein Körper wehrte sich dagegen, den Himmel zu vergessen, die Möwen und das kühle Bier, das wir gerade tranken, du sagtest, Von einem Augenblick zum nächsten hört der Mensch auf, Mensch zu sein und verwandelt sich in ein Ding, aber glaubst du wirklich, daß dieser wunderschöne Tote ein Ding war, ein Ding unter anderen? wir wollten ihn nicht anschauen, wollten ihn schon anschauen, wir schauten ihn nicht an, schauten ihn doch an, und du mußt zugeben: zur Schönheit des Ertrunkenen hatte sich nun die Schönheit des Gleichgültigen gesellt.

Was ist der Tod?

Die Insel.

Habt ihr euch die Insel angeschaut? endloser Friedhof ohne Gräber,

Riesenfriedhof Insel,

verlorene Seelen irren über die Insel dahin,

wann starben diese armen Inselbewohner?

Bei dem Stamm der Balonda heißt es, der Mann verläßt die Hütte und den Garten, in dem seine Lieblingsfrau gestorben ist, und kehrt nur zurück, um für sie zu beten.

Sterben bedeutet, in ein zweites Leben, ins bessere eintreten.

Ich will kein anderes Leben als dieses, soll man mich für immer in dem hier bleiben lassen, Schnaps, süßer Maisbrei und, wenn möglich, eine gute Schallplatte von Ñico Membiela oder Blanca Rosa Gil, außerdem eine, auf der Esther Borja singt, *Damisela encantadora, damisela por ti yo muero*... Mein zauberhaftes Fräulein, ich sterbe vor Liebe zu dir...

Keine Sorge, in dem hier wirst du für immer bleiben, denn die Toten merken nicht, daß sie tot sind, darin besteht gerade die Tragödie, die schreckliche Tragödie der Toten.

Ja, man soll mich weiterhin mein *Hatuey*-Bier trinken und meine *Miño*-Würstchen, gegrilltes Spanferkel, gekochten Kürbis und Abelmoschus mit *Mojo*-Knoblauchsoße essen lassen, versteh mich recht, manches gehört einfach nicht in so eine Nacht.

Der Mensch ist ein Kleidungsstück, ein alter Lumpen, den jemand an einem Haken vergessen hat, und die Zeit vergeht, und wenn du ihn wiedersiehst, nichts mehr da,

ein Häufchen Staub auf der Erde, das man wegfegen muß.

Hast du dich schon einmal auf der Insel verirrt?

ah, sich auf der Insel verirren, gerade in dieser Inselstunde, wenn niemand genau weiß, welche Stunde geschlagen hat,

aufwachen, ohne zu wissen, wer du bist, wo du bist, was du tun wirst,

sich durch die Lagen Erde buddeln, die man auf dich geworfen hat, ins Nichts aufstehen, sich umschauen, ohne daß es etwas zu sehen gäbe,

nein, Sterben ist ein Fest, ein Tanz mit den *Maravillas de Florida*,

mit dem Orchester von Belisario López,

ein Son, ein Mambo, ein Cha-Cha-Cha, ein feiner Bolero,

en nombre de este amor y por tu bien te digo adiós

im Namen der Liebe, zu deinem Besten sag' ich dir adieu

adiós, adiós, adiós, qué triste fue el adiós, qué inmensa soledad me quedó sin tu amor;

adieu, adieu, adieu, wie traurig war das Adieu, wie endlos einsam war ich ohne deine Liebe ...

Herrschaften, ich bitte euch, etwas Achtung.

Was ist der Tod?

Maeterlinck – Maurice Maeterlinck, weißt du, wer das ist? – hat gesagt, die völlige Vernichtung sei unmöglich, wir seien Gefangene in einer Unendlichkeit ohne Ausweg, in der nichts endet, alles sich verstreut, aber auch nichts verlorengeht, er hat gesagt, weder ein Körper noch ein Gedanke würden Zeit und Raum entfallen, woraus ihr folgern könnt, liebe Freunde, daß ich nicht sterben werde, niemals! nie werde ich sterben, wenn die Stunde des Todesröchelns, des Dahinscheidens, des letzten Atemzugs kommt und ein paar Hände, die sich für barmherzig halten, die starrsinnigen Augen schließen, dann werde ich mich bereits in eine Frucht verwandelt haben, in die ein Junge beißt, in das Wasser, das die Körper erfrischt, in das Brot, das den Hunger stillt, in den Wein, der den Kummer vertreibt, in den Baum, der die grausame Sonne der Insel mildert, in die grausame Sonne der Insel, in jedes Lachen, mit dem man das Grauen der Insel zu verscheuchen pflegt, in jedes Wort, ich werde in jedem Wort sein, ich bin eine Verbindung von Wörtern, ich bin alle Wörter, steigt zu den Sternen auf, meine Wörter, von dort oben wollen wir das Schicksal der Sterblichen lenken.

Bist du fertig? viel zu rhetorisch für meinen Geschmack.

Was ist der Tod?

Vido ruft Versteh-nich-Tingo und fragt ihn, Hör mal, willst du eine Tote sehen? Obwohl es ihm nicht geheuer ist, nickt Tingo. Komm, ich kenne eine Tote und zeige sie dir, ich zeige dir auch, wie sie aufersteht. Vido läuft aus den Kolonnaden hinaus auf die Insel und verschwindet bei der Venus von Milo. Tingo folgt ihm. Die Allerseelennacht ist klar, die Bäume zeichnen sich scharf ab. Hinter ihnen bleiben die Stimmen, der Gesang, die Psalmen zurück. Beim Laokoon, bei den Feigen- und Ebenholzbäumen hält Vido an. Hier ist es, sagt er, knie dich hin. Warum. Darum, du Strohkopf, weil du dich hinknien mußt, sonst erscheint sie nicht. Ohne zu verstehen, kniet Tingo nieder. Jetzt schließ die Augen, konzentriere dich, sag dir im Innern »die Tote soll erscheinen«. Vido löst seinen Gürtel und zieht sich die Hose herunter. Jetzt guck! und in seiner Stimme schwingt ein gebieterischer, ungeduldiger Ton mit. Tingo öffnet die Augen. Vido streichelt seine Rute. Sie ist tot, siehst du? Tingo will aufstehen, aber Vido hindert ihn daran, Faß sie an, komm schon, faß sie an, damit sie aufersteht, wenn du sie anfaßt, wird sie leben, sagt Vido, und wenn du sie wiederbelebt hast, wirst du sie nach und nach erneut töten müssen.

Die Nacht wird immer mehr zur Nacht, wird immer weiter, immer nächtlicher, immer klarer. Unaufhörlich müssen erloschene Kerzen wieder angezündet werden. Wenn sie brennen, sehen die Fotos im Licht der flackernden Flämmchen wie Heiligenbildchen aus.

Will mir nun endlich jemand sagen, was letzten Endes der Tod ist?

Sehr spät, als die Nacht ganz zur Nacht geworden ist – niemand fühlt sich fähig oder in der Lage, genau zu sagen, wann –, beschließt der Erzähler, daß ein Wunder geschieht. Es ist kein wirkliches Wunder. Der Erzähler (der das Laster hat, große Worte zu machen), will ihr eine Atmosphäre der Erhabenheit, des Wundersamen verleihen. Der Erzähler hat eine theatralische Ader, die er, sosehr er auch möchte, nicht verleugnen kann. Ungeduldig wie jeder Leser, der etwas auf sich hält, will der ungeduldige Leser wissen, worin das »Wunder« besteht.

Und das Wunder besteht darin, daß der Verwundete am Tisch der toten Seelen erscheint, in Lucios Schlafanzug, das Haar ganz wirr von der langen Bettruhe. Keine der Figuren, die auf der Insel leben, hat je Gott erblickt (zumindest nicht so, wie sie es sich vorgestellt haben, denn man weiß ja: Gott ist sichtbar in seiner Schöpfung, wir sehen ihn tagtäglich auf vielerlei Weise, was wir bisweilen nicht begreifen). Die Figuren fallen auf die Knie, weil sie glauben, Gott zu sehen. Sie glauben es nicht direkt, sondern auf eine für sie beinahe unerklärliche Art, die sich sogar mit der Freude vermischt, ihn gesund und munter zu sehen, da sie doch zuerst gedacht hatten, er würde nicht überleben. Doch sie haben die dunkle Ahnung, daß der Verwundete etwas mit ihrem Schicksal zu tun hat. Und der geht, wie ein guter Vater, zu einem jeden von ihnen, streichelt ihnen den Kopf, nennt sie beim Namen, als würde er sie schon das ganze Leben lang kennen. Es ist ein Glück, daß sie alle die Köpfe gesenkt halten und nicht den mitleidigen Blick sehen können, den die Augen des Verwundeten nun annehmen.

4

Finis gloriæ mundi

Und das Licht der Lampe soll
nicht mehr in dir leuchten.
Offenbarung 18,23

Hier säumten schon immer Königspalmen den Weg, deshalb nannte man ihn auch Palmenhain. Es hieß, die Palmen hätten schon seit einer Ewigkeit dort gestanden, lange bevor der Pate das Grundstück gekauft und bebaut habe. Es hieß, der Pate hätte sie wegen Angelina stehenlassen, die sich für die Königspalmen eingesetzt habe, obwohl der Pate nur Kubaeichen haben wollte. Sie erinnerten ihn an die Eichen Europas, denn der Pate, muß man bedenken, war erst als Bursche, fast schon als junger Mann, nach Kuba gekommen und hatte hier zwar sein Vermögen gemacht, aber doch niemals Spanien vergessen können. In dieser Nacht sind die Königspalmen nicht da. Erstarrt hängt die Nacht über den Bäumen. Eine rote Nacht über schwarzen Bäumen. Aber die Königspalmen sind nicht da. Es gibt keinen Wind, und da es weder Wind noch Palmen gibt, kann niemand ihr Getuschel hören (das die Palmen sonst zu alten Betschwestern bei der Novene in der Pfarrkirche macht). Die Welt ist still in dieser Nacht. Die Nacht selbst ist in Gefahr: Jeden Augenblick scheint sich der Himmel mit der Erde vereinigen zu wollen.

Und offensichtlich vereinigt sich der Himmel mit der Erde. Nur für einen Augenblick, eine Sekunde, unmeßbar. Irene trat hinaus, die Klagen quälten sie. Die ganze Nacht über waren Klagen zu hören gewesen. Unmöglich, festzustellen, ob sie aus dem Jenseits oder dem Diesseits kamen, vom Diskuswerfer oder vom Laokoon. Sie griff sich eine Taschenlampe und trat vor die Tür. Wie zu erwarten, traf sie dort auf Helena und Merengue; auch sie quälten die Klagen, dieses Wimmern, als wäre die ganze Insel voller Verwundeter. Erwartungsgemäß wußten die drei von Anfang an, daß kein einziger Verwundeter da war, sondern daß es sich um eine weitere Täuschung der Insel handelte. Kaum hatten sie sich in eine Richtung gewandt, zum Moses zum Beispiel, kam das Stöhnen aus der Gegend der Martí-Büste; als sie zur Martí-Büste gelangten, kam es vom Brunnen mit dem Gänseknaben. Zum Verrücktwerden. Es ist der Wind, behauptet Merengue. Der Wind, ja, der Wind, wiederholt Irene. Es muß der Wind sein, beteuert Helena entschieden. Welcher Wind aber? Schien es doch in dieser Nacht, als hätte die Erde mitten in einer Drehung innegehalten, als wäre sie nur noch ein toter Punkt in all der Universumsmasse. Die Bäume fein still wie auf einem hingekleckten Landschaftsbild. Man hätte meinen können, nur die Hand ausstrecken zu müssen, um das Rot des Himmels zu berühren. Da waren nicht nur das Klagen, sondern ebenso dieser unangenehme Geruch, der nach Mitternacht immer intensiver wurde, bis er das Atmen fast unmöglich machte. Wonach es roch, hätte man kaum sagen können, ebensowenig, woher der Geruch kam. Bei der Tränke stießen sie auf Rolo, der sich durchs Bambusrohr geschlagen hatte, das Verschwinden der Palmen hatte ihn beunruhigt. Und am seltsamsten war: Keine Spur verriet, daß sie gefällt worden waren. Es gab keine Palmstümpfe im Boden. Niemals hat es Palmen hier gegeben und Schluß, rief Rolo mit so ernster Ironie aus, daß sie nicht länger Ironie war. Und genau in diesem Augenblick stelle ich fest, daß Himmel und Erde sich zu vereinigen scheinen. Der rote Himmel sinkt herab auf die Insel, denn die Insel überzieht sich mit einem Nebel, ebenfalls rot, so rot, so nebelig, daß die ganze Insel verschwindet und die Figuren gar nicht wissen, wo sie sind, wo und wohin sie gehen, auch sie verschwinden und halten sich nur noch für lebendige Wesen, weil sie weiterhin denken (und also sind), weil sie denken, daß sie nach Hause finden müssen, obwohl in Wirklichkeit nicht einmal ihre Hände mehr etwas ertasten können. Es ist einerlei, ob sie die Augen offen oder geschlossen halten. Das Licht der Taschenlampen bahnt sich keinen Weg durch den dichten Dunst. Es scheint, als würden sie gar nicht den Boden berühren. Sie spüren nicht länger das Gewicht ihrer Körper, können nicht mit Sicherheit sagen, ob jedes Glied den Befehlen ihrer Gehirne gehorcht. Die Stimmen ersterben, bevor sie den Lippen entschlüpfen. Das Schweigen ist so vollkommen wie der Dunst. Ebensowenig wissen sie, ob die Zeit verstreicht oder wie die Insel selbst erstarrt ist; jegliches Zeitgefühl ist ihnen abhanden gekommen. Der rote Nebel verwirrt ihre Sinne so sehr, daß die armen Figuren, lange nachdem er sich gelichtet hat und der Himmel an seinen Platz zurückgekehrt ist, immer noch glauben, verloren zu sein.

Und an dieser Stelle geschieht es nun, daß die barmherzige Jungfrau von El Cobre die Hauptrolle bei einem einzigartigen Vorfall übernimmt. Das bescheidene Holzbildnis, geschnitzt von einem ungenannten Künstler, befindet sich nicht mehr an seinem Platz. Der Schrein zwischen Diskuswerfer und Diana steht leer, Glas und Vase sind zerbrochen. Helenas Sonnenblumen zertreten. Irene entdeckt ihr Fehlen. Auf ihren Schrei hin kommen die anderen angelaufen. Nichts zu machen. Keine Spur von der Jungfrau. Nun gut, Spuren gibt es schon:

Eine der Holzwogen, die den jungen Burschen zum Grab hatten werden sollen, taucht in zwei Meter Entfernung auf, fast zu Füßen des Diskuswerfers. Das Verschwinden der Jungfrau muß die Figuren dieses Buches in tiefste Verlassenheit stürzen. Das liegt auf der Hand, bedenkt man, daß die Figuren dieses Buches Kubaner sind. Wie jeder Kubaner haben auch die Figuren dieses Buches nicht gelernt, alleine zu leben. Die Kubaner wollen nichts davon wissen, daß die Menschen allein auf Erden wandeln, daß nur sie selbst verantwortlich für ihre Taten, für ihr Schicksal sind. Kuba ist ein Volk von Kindern, und Kindern gefällt es (bekanntlich), Streiche zu treiben, wenn ein Erwachsener sie dabei beobachtet, wenn ein Vater oder eine Mutter ihnen zuschaut und Beifall klatscht, wenn sie etwas Komisches tun, oder sie bestraft, wenn sie über die Stränge schlagen, und sie (vor allen Dingen) im Fall der Gefahr rettet. Als sie also das Verschwinden der Jungfrau bemerken, fallen die Figuren dieses Buches (vor Hilflosigkeit) auf die Knie und flehen zu einem Himmel hinauf, den ihnen die Bäume verbergen.

Sosehr man sich auch daran gewöhnt haben mag, es ist doch immer beunruhigend, ein Weinen auf der Insel zu hören. Vor allem wenn man glaubt, daß es ein herrenloses Weinen, ein uraltes Weinen ist, gefangen zwischen Bäumen und Mauern, in sein Schicksal ergeben, nicht verschwinden zu können, ein vergebliches Weinen, seiner Vergeblichkeit bewußt und deshalb um so schmerzhafter, um so mehr Weinen. Am schlimmsten ist es, wenn das Weinen nach einer Nacht der Klagen ertönt. Dann verzweifelt man wahrhaftig und weiß nicht mehr, ob man weglaufen oder ebenfalls weinen soll: Beides wäre gleichermaßen zwecklos.

Doch das Weinen, von dem wir jetzt sprechen, gehört nicht zu diesen umherirrenden, die keinen Grund haben oder einen so uralten, daß man nicht weiß, warum es noch immer hin und her schweift. Das Weinen hier hat seine Augen und seine Tränen, es sind die Augen und Tränen von Marta. Sie war so kühn, sich zum Hermes von Praxiteles vorzuwagen (auf ihre Weise eben, indem sie sich an Bäume klammert, jeden Schritt genau abwägt, als würde der nächste sie in einen Abgrund führen). Sebastián hat sie entdeckt und ist zu ihr gelaufen. Warum weinst du? Sie sieht erschreckt aus, er nimmt eine ihrer Hände und merkt, daß sie zittert. An die Schenkel des Hermes geklammert, schluchzt Marta. Sebastián wartet, bis sie sich beruhigt. Dann führt er sie in die Kolonnaden zurück und setzt sie in ihren Stuhl. Sie senkt den Kopf, verharrt eine ganze Weile in Schweigen. Wüßte man nicht, daß sie blind ist, man könnte meinen, sie würde ihre Handteller anstarren.

Eben hatte sie der Verwundete besucht. Als sie seine Schritte hörte, wußte Marta gleich, daß er es war, sein Geruch war ihm vorausgegangen, dieser seltsame Geruch nach getrockneten Blumen, alten Briefen, Schränken, in denen man Fotos, Bücher und Andenken aufbewahrt. Außerdem wußte sie es, weil seine Schritte keinem der Inselbewohner gehörten, denn sie hat gelernt, sie alle am Klang zu unterscheiden. Er verkündete ihr, Ich möchte dir ein Geschenk machen, Marta, und seine Stimme klang wie die eines hochgewachsenen, kräftigen Mannes, der noch halb Kind ist, doch gleichzeitig schon ganz Mann, Ich weiß, daß du leiden mußtest und will dir ein Geschenk machen, die Stimme gehörte zweifellos zu einem dunkelhaarigen Mann mit weißer, makelloser Haut, einem Mann mit großen Augen und Händen, der sehr wohl wußte, wohin und auf welchem Weg man im Leben zu gehen hatte. Wie anzunehmen, sprach sie kein Wort. Er schien Martas Wunsch zu kennen, ihr Bedürfnis nach Reisen (sei es auch nur im Traum) zu den Städten, die jenseits des Horizonts existieren mußten (auch wenn sie bisweilen Zweifel befielen). Eine Weile erzählte er ihr von fernen Städten, sprach von verschwundenen oder zukünftigen Zivilisationen, erzählte von vergangenen und kommenden Zeiten, und als er wieder ging, ließ er sie mit einem noch verzweifelteren Bedürfnis zurück, die Augen auf Giottos Glockenturm aufzuschlagen, auf die Opéra de Paris, den Passeig de Gràcia, die Hagia Sophia... Aber als sie ein Weilchen allein gesessen hatte, merkte Marta, daß ihre Augen sahen. Man stelle sich kein plötzliches Wiedererlangen der Sehkraft vor, sondern einen allmählichen Prozeß, während dessen vor ihren Augen die nackten, farblosen Wände eines Zimmers auftauchten, von dem sie nicht wußte, ob es ihres war, ein paar schäbige Möbel, ein glanzloser Morgen, der zaghaft durch den möglichen Rahmen eines möglichen Fensters trat, um schließlich auf einer Uhr ohne Ziffern und ohne Zeiger zu verweilen; alles ohne Tiefe, als handelte es sich um eine verschwommene Bildtafel in einer Enzyklopädie, Ich trat auf die Insel hinaus, sah, daß es dort keine Bäume gab, das große Rechteck, das die Insel darstellte, war eine einzige Sandgrube, die Häuser standen zwar da, aber leer, ohne Türen und Fenster, ohne Möbel, ohne eine Menschenseele, ohne Küchengerüche, ohne das Geschwätz, das die Insel bisweilen zur Metropole des Lärms macht, ich suchte jemanden, versuchte mich mit jemandem in Verbindung zu setzen, umsonst, da trat ich auf die Straße hinaus und stieß auf Trümmer und Haufen von Papier, das im Wind umherwirbelte, ich wußte nicht, wohin ich mich wenden sollte, hatte keinerlei Anhaltspunkt, der Turm der

Pfarrkirche war beispielsweise verschwunden, und so lief und lief ich, ohne zu wissen, wohin, die Bäume trugen kein Laub, ganz wie im Winter (in den Ländern mit Winter), und die Erde hatte sich in Sand verwandelt, es gab keine Blumen mehr, ich sah sie welk am Boden liegen, und der Himmel war aus Stahl, so grau, wie der Inselhimmel selten ist, der Geruch, den der Wind mit sich brachte, war ein Fäulnisgeruch, wie sollte es auch nicht nach Fäulnis stinken, wenn doch überall Trümmer, Berge von Schutt und Abfall in die Höhe schossen, ab und an waren Schüsse zu hören, ab und an glaubte ich, Feuer schimmern zu sehen, und ich fragte mich, ist das der Traum, den ich träumen kann? ist das die Stadt, die meine Augen schauen dürfen? dann fuhr eine Windböe herab, in der tote Vögel wirbelten, und eine weitere Böe wirbelte Möbel und Fotografien umher, ich sah eine Kutsche ohne Kutscher und Pferde vorbeisausen, sie rollte von ganz alleine, als würde ein heftiger Luftzug sie antreiben, eine Dame in einem altertümlichen Kleid saß darin, obwohl ich beim Näherkommen sah, daß es keine Dame mehr war, sondern nur ein zerfetztes Kleid, und Kälte überkam mich, eine ungeheure Kälte. Marta rief mehrmals. Niemand antwortete. Sie wollte zu ihrem Stuhl zurückkehren, zu ihrer Blindheit, den unbefriedigten Wünschen, zu jenen langen, leeren Abenden, an denen sie wenigstens die Hoffnung aufrechterhielt. Sie glaubte, sich zum Weinen unter etwas zu setzen, das sie für einen Baum hielt (in Wirklichkeit war es ein Schafott). Sie glaubte, daß sie lange dort weinte. Sie merkte erst, als es längst Nacht war, daß es Nacht geworden war. Sie merkte erst, daß man sie an der Schulter rüttelte, als das Kind sie schon eine Weile gerufen hatte. Wer bist du? Das Kind antwortete nicht, begnügte sich damit, mir ein Zeichen zu machen, daß ich ihm folgen solle, und selbstverständlich folgte ich ihm, ohne zu zögern, dieses Kind war das einzige lebende Wesen, das ich gesehen hatte, seitdem ich aus dem Haus getreten war, und wir liefen und liefen, ohne zu reden, ohne zu reden stiegen wir in eine Art Höhle hinab, und schließlich befahl es mir, Warte hier auf mich, und mir blieb nichts anderes übrig, als zu gehorchen, es war mir einerlei, ob es ein Kind oder ein Dämon war, wichtig war nur, daß da jemand neben mir ging, besser in schlechter Gesellschaft als alleine, das lernst du, sobald du dich einmal verirrt hast inmitten von Sand und Trümmern, als das Kind wiederkam, liefen wir durch dunkle Gänge, enge Gänge, bis wir zu einer Bibliothek gelangten, frag mich nicht, woher ich weiß, daß es eine Bibliothek war, ich vermute wegen der Regale, in denen früher einmal Bücher gewesen sein mußten, wegen dieser andächtigen Atmosphäre, und ich meine damit wahrhaftige Andacht, obwohl der Raum voller Betten mit Kindern, Frauen, Greisen stand, und nun keiner Bibliothek mehr glich, sondern einem Spital, in Wirklichkeit befand ich mich also in einer Bibliothek, die in ein Spital umgewandelt worden war, man hörte Klagen, wie wir sie von hier kennen, von der Insel an Tagen, an denen der Wind aus dem Süden bläst, ich warf mich auf das Bett, das mir das Kind zuwies, und vermute, daß ich einschlief. Sie schlief ein, um sich zu schützen, zu entkommen, die Zeit verstreichen zu lassen und sich des Verstreichens der Zeit nicht bewußt zu werden, um sich beim Aufwachen, als die Flüchtlinge herausgetrieben wurden, anstandslos jener Gruppe anzuschließen, ohne zu begreifen, ohne müßige Fragen zu stellen. Man führte sie endlose Wege entlang (obwohl das Wort »Weg« beschönigend ist). Man führte sie eine einzige, endlose Nacht lang an trostlosen Orten vorbei. Dann mußten sie ans Meer gelangt sein (wenn man diese rote Fläche, an die sie sich vage erinnerte, so nennen konnte). Am Kai lag ein Schiff vor Anker. In geordneten Reihen bestiegen wir es, mir fiel auf, daß sich alle, bevor sie an Bord gingen, kurz umdrehten und zurückblickten, ich tat es ebenso und sah eine Stadt aus Glas, oder nicht einmal eine Stadt, sondern eine Fülle glitzernder Reflexe, eine Vielzahl winziger Mosaiksteinchen, die sich in Lichter auflösten, in Gefunkel, ich wollte weinen und sah, daß auch die anderen weinten, wir mußten ablegen, wollten aber nicht, eine vorweggenommene wehmütige Sehnsucht (frag mich nicht, wonach) überkam uns, das Schiff ließ sein Horn tuten und entfernte sich vom Ufer, zog eine Kielspur dunkelroten Schaums hinter sich her, und genau in diesem Augenblick, wie ich meine, ertönte jener Laut, den ich mit nichts vergleichen kann, dieser einzelne Laut, den ich einfach nicht beschreiben kann, ich drehte mich um und sah ein herrliches, entsetzliches Schauspiel, die Stadt zersprang in Stücke, barst in unendlich viele, flitzende, leuchtende winzige Teilchen, genau so muß es sein, wenn Galaxien zerspringen.

Bestimmt, erklärt der Verwundete, ist der Heilige, der am häufigsten abgebildet wurde, jener Prätorianer unter Kaiser Diokletian, der sich zum Christentum bekehrt hat, dieser kühne, halbnackte Junge, dessen Körper fast immer mit einer mehr oder weniger großen Anzahl von Pfeilen und Wunden dargestellt ist, der gütige Patron der Schützen und Tuchmacher, der heilige Sebastian, dessen Fest am 20. Januar gefeiert wird, seit dem fünfzehnten Jahrhundert bis zum heutigen Tag haben sich Hunderte von Malern mit ihm beschäftigt, denn unter all den Martern, all den Martyrien auf der Welt haben die des heiligen Sebastian die Künstler am meisten beunruhigt, das liegt auf der Hand. Der Verwundete spricht leise wie für sich selbst. Zweifellos könnte man so manche Hypothese dazu aufstellen, doch der Wahrheit am nächsten kommt wohl eine, die nicht rein ästhetischer Natur ist, es stimmt zwar, Steinigen, Kastrieren oder Erschlagen ist nicht so ästhetisch wie mit Pfeilen töten (auf Freudsche Interpretationen und das – allerdings recht deutliche – phallische Symbol will ich hier gar nicht eingehen), jedenfalls hat sich das Bild des halbnackten Jünglings, der an einen Baum oder eine Säule gebunden ist und sich mit der zweideutigen, kläglichen Miene dessen, der um Gnade bittet, von Pfeilen durchbohren läßt, als äußerst verführerisch herausgestellt und schreit geradezu nach bildlicher Darstellung, auch muß wohl kaum erwähnt werden, daß Sebastian als Greis von achtzig Jahren bestimmt nicht diese Faszination ausüben würde, die Jugend, die gemarterte Schönheit ist etwas, das mehr als alles andere ergreift, leider wirkt ein häßlicher gefolterter Körper nicht so stark wie ein schöner gefolterter Körper, wie auch ein schöner, triumphierender Körper nicht so stark wirkt wie ein schöner gefolterter Körper, der schöne und verwundete Körper befriedigt in zweifacher Hinsicht, es ist eine mit Leiden gemischte Freude: die höchste Lust! einen Körper, der uns das Gefühl gibt, ihn retten zu müssen, bevor wir ihn besitzen, begehren wir (ob wir es nun zugeben oder nicht), am Ende wird man zu dem Schluß kommen müssen: Am meisten fasziniert hier das Element der Folter, das Schönheit erlangt, schon seit der Renaissance oder vielleicht noch früher hat der abendländische Mensch vor dem Zauber kapituliert, den fremder Schmerz auf ihn ausübt, wäre jemand wie van Gogh, wie Kafka und so viele andere glücklich gewesen, würden wir ihn nicht im gleichen Maße bewundern, der Schmerz macht heilig, und wahrscheinlich deshalb (ich führe nur das Wahrscheinliche an, behaupte nichts mit Gewißheit) haben sich auch so zahlreiche Ideologien entwickelt, die den Hunger, das Opfer, den Schmerz als Weg zur Erlösung preisen, doch das wesentliche Problem besteht darin, daß durch den Schmerz nicht so sehr der gerettet wird, der leidet, sondern eher der, der jemanden leiden sieht, das Leiden als Schauspiel wirkt durch die Katharsis, die großen Ideologen des Leidens, die großen Politiker, die großen Reformatoren leiden nicht am eigenen Leib, sehen aber mit tränenreichen Augen das Leiden ihres Volkes, sie schwingen große Reden, Das ist der Weg der Erlösung, und setzen sich anschließend an einen reichgedeckten Tisch, wie tröstlich ist es, zu wissen, daß man sich vom fremden Schmerz ergreifen lassen kann, während man gerade in weiche Daunendecken sinkt, daran zu denken, daß andere verhungern, während man sich im Gefühl sonnen kann, wie gut man ist, weil man an sie denkt, all dies bewirkt, daß der Ideologe des Schmerzes mit sich selbst zufrieden ist, so daß er sich auch weiterhin seines Lebens erfreuen kann.

Unter den Hunderten von heiligen Sebastians, die man in den Gemäldegalerien der ganzen Welt sehen kann, fuhr der Verwundete fort, gibt es ein paar unvergleichliche Darstellungen, sieh dir nur einmal diesen hier von Perugino zwischen den Säulen, unter den Renaissancebogen an, nur zwei Pfeile verwunden seinen Körper vor dieser friedlichen Landschaft, hier hast du den von Antonello da Messina, der auf einem Marktplatz gemartert wird, inmitten von Bürgern, die sich unterhalten und Kostüme aus der Zeit des Malers tragen, hier haben wir den von Antonio del Pollaiuolo und den von Andrea Mantegna, der buchstäblich durchlöchert wird, den von Luca Cambiaso mit diesem nervösen Strich, der einem leibhaftig das Gefühl des Leidens vermittelt, doch zugleich sieht er auch die Engel nahen, die Engelschar, die mit der Krone des Martyriums ankommt, hier der von Luca Signorelli, der sich so beneidenswert die Gleichzeitigkeit zunutze machen und zeigen kann, wie der Heilige von seinen Feinden verschleppt und dann mit Pfeilen beschossen wird (beachte: Die Feinde sind – was für ein interessantes Detail – keine Zeitgenossen des Heiligen, sondern des Malers), hier haben wir die beiden Stiche von Dürer (mit der ihm eigenen Kraft), ich ziehe den vor, auf dem er an den Baum gebunden ist, aber präge dir vor allem die drei hier ein, sie sind ganz besonders bezaubernd: den von Giovanni Antonio Bazzi, auch *Il Sodoma* genannt, den sogar Vasari bewunderte (der ansonsten keine Bewunderung für *Il Sodoma* übrig hatte); den von El Greco, kräftig, wirklichkeitsnah und sehr lebendig, denn nur ein einziger Pfeil hat sich in seine Brust gebohrt, genau unter das Herz; und zuletzt den von Honthorst, vielleicht der schönste von allen, auf dem der heilige Sebastian tot erscheint (doch es scheint nur so, denn du mußt wissen, daß der heilige Sebastian von den Pfeilen nicht getötet wurde), schau ihn dir an, vom Schmerz übermannt, bärtig, menschlich, unser beider Zeitgenosse, sein Körper ist von einer Vollkommenheit, daß man weinen möchte.

All das hört Sebastián vom Verwundeten, der in Irenes Sessel in den Kolonnaden sitzt, im Schoß ein Heft, in das er ab und zu etwas notiert. Im Heft tauchen auch die verschiedenen Abbildungen vom heiligen Sebastian auf, und er hat darin alle Gemäldegalerien vermerkt, in denen sie zu finden sind.

(Sebastián sieht den Verwundeten in das Heft schreiben. Was schreibst du? Notizen. Wozu? Um mit der Geschichte fortzufahren.)

Nein, mein Alter, du magst noch so viel drum herumreden, du hast kein Laudanum, um die schlaflose Nacht erträglicher zu machen, du wirst auch keins haben, *you won't have it*. Am besten, du reibst deine Füße fertig ein und gehst hinaus, um zu sehen, ob du Helena, Irene, Merengue, irgendwen antriffst, der deine Einsamkeit lindert. Ich weiß gar nicht, was mit mir los ist, aber zur Zeit spüre ich die Einsamkeit mehr denn je, vielleicht macht es das Warten, obwohl es eigentlich nichts damit zu tun haben kann, denn gewartet habe ich schon immer, immer warten, ohne je zu wissen, worauf; auf etwas zu warten und nicht zu wissen, was es sein könnte, ist die schlimmste Art des Wartens, ist das Warten an sich, genau, und deshalb läßt es einen am meisten verzweifeln. Professor Kingston hört mit dem Einreiben auf und deckt sich zu, ihm ist kalt, hundekalt. Er legt den Coleridge-Band auf das Nachtschränkchen, ohne darin zu lesen, und macht eine ungeheuerliche Entdeckung: Katzenpfoten auf den Laken. Selbstverständlich erschreckt er. Die Spuren bedeuten vielerlei, aber in erster Linie, daß all das, was er für einen Traum gehalten hatte, gar keiner war, nein, es war also kein Traum, *it wasn't a dream*. Und wenn es kein Traum war… Professor Kingston schaut auf die Katzenpfoten, als würde er mit offenen Augen träumen.

Er hatte sich hingelegt, es war noch immer Nacht. Da er das Licht im Badezimmer angelassen hatte, herrschte nicht vollkommene Dunkelheit. Er schlug die Augen auf. Im Schaukelstuhl saß Cira (das mußte Cira sein, diese in Schwarz gekleidete Frau mit den Handschuhen, deren Gesicht ein Schleier verhüllte). Cira, rief er. Ihm schien, die Frau lächele, obwohl das schwer festzustellen war. Sie streichelte die Katze in ihrem Schoß. Nicht irgendeine Katze, sondern Kubla Khan, die

Katze, die sie bis zu ihrem Tod begleitet hatte. Cira hob das Tier hoch, und es sprang aufs Bett, stolzierte über die Laken, legte sich schnurrend neben ihn. Professor Kingston schloß die Augen, bevor er fragte, Warum bist du zurückgekehrt? Sie antwortete nicht. Als er glaubte, die Augen wieder aufgeschlagen zu haben, waren weder sie noch die Katze mehr da.

Da sind die Spuren, *the cat was here*. Immer noch ungläubig fährt Professor Kingston mit den Fingern über die Erde, die die Katzenpfoten auf den Laken hinterlassen haben. Ihm wird bewußt, daß er mehr denn je das Bedürfnis hat, jemanden zu treffen, egal wen, er bindet sich den Schal um und tritt ins Jenseits hinaus, wo strenge Kälte herrscht, es ist Nacht, wie denn Nacht? ich hatte geglaubt, der Tag wäre schon angebrochen, habe den Morgen durch die Fensterritzen dringen sehen, es ist Nacht, und nicht nur das, der Himmel ist rot und bedrohlich, es scheint, als wolle er sich mit der Erde vereinigen, und wenn er sich mit ihr vereinigt, was dann? eine Katastrophe. Professor Kingston kämpft sich mühsam durchs Dickicht, teils weil sein Körper schmerzt, doch vor allem, weil er den Weg vergessen hat. Er wendet sich nach links, sucht die verfallene Pforte, die ins Diesseits führt, doch er läuft und läuft und findet die Pforte nicht. Er denkt: Besser, ich orientiere mich an der Tischlerei von Vidos Vater. Also geht er geradeaus weiter, als wolle er zum Fluß, dessen Rauschen nicht zu hören, der verschwunden ist, auch die Tischlerei will nicht erscheinen, Professor Kingston läuft hin und her, irrt ziellos herum, verliert sich in unbekanntem Gebüsch. Manchmal glaubt er, einen Wasserfall zu sehen, manchmal eine Gruppe von Männern im Meer, manchmal auch ein weißes Haus in der Ferne. Er weiß jedoch, daß es sich um Rückstände von Kindheitserinnerungen handelt, von Jamaika habe ich drei stets wiederkehrende Erinnerungsbilder: die Dun's River Falls, jenes geheimnisvolle Wasser, das niemals aufhört, mit seinem ohrenbetäubenden, beharrlichen Tosen hinabzustürzen; eine Gruppe von eleganten Männern im Anzug, die bis zur Hüfte im Meer stehen (meine Mutter klärte mich einmal auf, daß es sich um eine christliche Taufe am Gunboat Beach handelte); eine Wiese, ein schneeweißes Haus in der Ferne, auf einem Hügel. Das ist mein ganzes Jamaika, das ganze Jamaika, das ich in mir trage, *this is all the Jamaica I need*, abgesehen vom Englischen und der Tatsache, daß ich in Savanna-la-Mar geboren wurde (nicht in Kingston, wie alle Welt glaubt), vor Hunderten, Tausenden von Jahren. Dir ist kalt, Professor, und es ermüdet dich, umherzuirren, die Pforte nicht zu finden, die ins Diesseits führt, der rote Himmel erschreckt dich, dieser Himmel, von dem man meinen könnte, er würde jeden Moment auf die Erde niederstürzen (die Katastrophe rückt immer näher). Dir ist kalt, Professor, deine Knochen schmerzen, und nichts hörst du als das Echo deiner Gedanken. Wenn du nur nach Hause zurückfändest ... Professor Kingston versucht, denselben Weg zurückzugehen und sein Haus zu finden. Mit dem Ergebnis, daß er nun ein steiniges Gelände erreicht, wo auf einem morschen Baumstamm ein Mann sitzt. Er ist es. Er muß ihn gar nicht erst ansehen, um es zu wissen. Er ist es. Der Matrose. Professor Kingston nimmt seinen ganzen Mut zusammen und tritt näher. Da bist du wieder, jung, ewig jung, im makellosen Matrosenanzug, mit dem schwarzen, gelockten Haar, den großen Augen, dem vollkommenen Mund, da bist du also wieder und wartest auf mich, diesmal wartest du auf mich. Ich suche den Heimweg, sagt der Professor und übertreibt dabei unbewußt den jamaikanischen Akzent. Der Matrose erhebt sich und stellt seine überlegene Größe zur Schau; er streckt die Hand aus, nimmt ihn beim Arm, führt ihn zum Strand. Da ist Cira, und er deutet auf die verschleierte Frau im schwarzen Kleid, der das Meer die nackten Füße umspült. Anmutig winkt Cira ihm zu. Professor Kingston tritt zu ihr. Die Frau hebt den Schleier, lächelt. Da ist die junge, schöne Cira, ohne die Male der Lepra. Ich hatte dein Gesicht ganz vergessen, ruft er beschämt aus. Sie lächelt noch immer. Als er Cira die Handschuhe auszieht, um sich ihre Hände anzuschauen, die Hände, die er früher nie hatte sehen dürfen, beginnt es zu nieseln. So viele Jahre warst du aus meinem Leben verschwunden, bekennt er, daß ich schließlich nicht mehr wußte, ob es dich überhaupt einmal gegeben hat, ich erinnerte mich besser an Kubla Khan als an dich, es gibt unverzeihliche Abgänge, nie habe ich verstanden, wozu du in mein Leben getreten bist, wenn du doch so bald wieder daraus verschwinden solltest, dann wurde mir bewußt, ganz allmählich, *as you learn all things in life*, daß du gekommen warst, damit ich lernte, was das Alleinsein bedeutet, anscheinend war mir in diesem Dasein die Lehre bestimmt, die Einsamkeit kennenzulernen, und vollkommener hätte ich sie nicht kennenlernen können, nachdem ich mit dir zusammengelebt hatte, als du fortgegangen warst, machte ich mich nach New York auf, Havanna ließ mich nicht atmen, Havanna warst du, und du warst nicht da, in New York kann man am besten einsam sein, wenn man einsam ist, denn in New York ist man niemand, ist man nur ein Häufchen Asche, und genau das bin ich, sind wir alle, wir wehren uns nur, es zu begreifen, wir sind ein Häufchen Asche, das jeden Augenblick fortgeblasen werden kann.

Lieber Professor Kingston: Der Matrose wird sich in einem Boot nähern und Ihnen beiden beim Einsteigen helfen. Letztendlich ist er erfahren (Gott weiß, wieviel Boote er schon in seinem Leben gelenkt haben mag), er wird gewandt rudern und das Boot geschwind aufs Meer hinaussteuern, auf den Ihnen unbekannten Horizont zu. Es wird weiterhin nieseln, was sowohl Sie als auch Cira als gutes Zeichen nehmen werden. Sie entwerfen weiterhin vor dieser Frau diese (sagen wir) etwas pessimistische, etwas sentimentale Philosophie. Pessimistisch und sentimental, wie sie ist, wird sie entzückt sein, sie zu hören, und nicht zu lächeln aufhören. Doch die Unterhaltung wird eigentlich keine große Rolle spielen, Sie beide werden das wissen. Wichtig wird sein, was bereits wichtig war: daß Sie sich gegenüberstehen wie in jener glücklichen Zeit, als Sie sich kennengelernt hatten. Niemand weiß mit Sicherheit, ob man nach dem Tode die geliebten Menschen wiedertrifft, die einem vorausgegangen sind, so daß Sie und Cira zufrieden sein können, daß die Fiktion in diesem Fall eine so heikle Frage im Handumdrehen entschieden hat. Lieber Professor, Sie werden immer jünger werden. Ohne sich dessen bewußt zu sein, werden Sie wieder zu diesem stilvollen Schwarzen werden, der Sie vor so vielen Jahren gewesen sind. So werden Sie beide, Cira und Sie, sich in ein hübsches Paar von Zwanzigjährigen verwandeln, je weiter sich das Boot vom Ufer entfernt. Lieber Professor, wenn Sie neugierig wären, müßten Sie sich nun umblicken, müßten merken, daß gar kein Ufer zu sehen ist. Sie müßten merken, daß sich der junge Matrose nicht mehr im Boot befindet. Aber lassen Sie sich nicht von der Neugier packen, geben Sie nichts auf solche Kleinigkeiten. Schließlich werden Sie weder das Eintauchen der Ruder mehr wahrnehmen noch das Boot, das Meer, die Nacht. Für Sie wird es nichts als Ciras Gegenwart geben und die Freude, glauben zu dürfen, daß Sie beide gemeinsam einem Ort entgegenreisen, an dem niemand Sie wird stören können. Wir wünschen Ihnen von ganzem Herzen, daß sich alles erfüllt, was Sie sich beide vorstellen, gute Reise. *Godspeed!*

In Havanna gibt es so viel Licht, daß es einer im Wasser versunkenen Stadt gleicht. Wegen des Lichts gibt es in Havanna keine Farben. Es blendet uns nicht nur, hindert uns nicht nur daran, der Stadt ins Gesicht zu schauen, sondern das Licht verleiht Havanna auch einen Glanz, als stiege es aus trügerischem Wasser empor. Es gibt einem das Gefühl, daß hier alles unwirklich, erfunden, vom Licht zerstört ist. Der Grund, warum man die Wirklichkeit Venedigs mit solcher Intensität erlebt, ist im Wasser, im Licht zu finden, das die Farben gerade nicht verlaufen läßt, sondern sie noch verstärkt, deshalb erweist sich das wirkliche Venedig als dem der Maler immer überlegen. Havanna ist das Gegenteil von Venedig. Havannas grundlegendes Problem besteht darin, daß es mehr Illusion als Stadt ist. Havanna ist eine Fata Morgana. Ein Traum. Letzteres (Traum) ist hier nicht im poetischen Sinn als Schimäre, als Hoffnung gemeint. Zutreffender könnte man den Satz formulieren, indem man ihn abändert: Havanna ist Dämmer, ist Lethargie. Das Licht ist so stark, daß es Havanna selbst an Substanz mangelt. In dieser Sinnestäuschung übernimmt es das Licht unter anderem, jegliches Zeitgefühl auszulöschen. Man irrt ziellos zwischen Vergangenheit und Gegenwart hin und her wie über eine leer gefegte Allee ohne Bäume, ohne daß ein Schimmer Zukunft zu erahnen wäre. Die Zukunft existiert nicht. Das Licht ist von solcher Gewalt, daß Havannas Zeit nicht verstreicht. Es gibt keine Zeit, was nicht etwa heißen soll, daß Havanna ewig währte, ganz im Gegenteil. Es gibt keine Zeit, also ist Havanna die Stadt, in der man so eindringlich, daß es einen fast zur Verzweiflung treibt, das Wesen der Vergänglichkeit begreift. Und dem Menschen, der durch Havanna wandert, mangelt es ebenso an Substanz wie der Stadt. Deshalb suchen sich die Körper in Havanna wie an keinem Ort sonst. Die physische Begegnung, die sich berührenden Körper, stellen den einzigen Willensakt dar, der einen die Wirklichkeit wieder spüren läßt. In einer ewig verschwundenen Stadt ist die Vereinigung eine Notwendigkeit, eine Sache von Leben und Tod oder, besser gesagt, von Dasein und Verschwinden.

Jemanden zu suchen, der in Havanna verlorengegangen ist, kann ein Akt des Wahnsinns sein. Alle irren verloren durch Havanna, alle erliegen der strengen Hand des Lichts. Doch wie will man mit derlei Gründen einen Vater überzeugen, der seinen Sohn verloren hat und ihn in jedem Winkel der Stadt sucht? In diesem Buch hat der Vater einen Namen, Merengue, und er sucht an den belebtesten Orten, er hat zum Beispiel, sagen wir, einen ganzen Vormittag im Parque de la Fraternidad verbracht, ist in der Menge hin und her gewandert, hat sich zwischen die Bettler gesetzt, zwischen die Besoffenen, ihnen ein Foto von Chavito gezeigt, ein Schwarzer von zwanzig Jahren, der also der Million schwarzer Zwanzigjähriger gleicht, die durch die Stadt streifen. Niemand will irgend jemanden gesehen haben, versteht sich. Sagen wir, Merengue ist an den Strand von Marianao gegangen, hat einen ganzen Nachmittag im Coney-Island vom Marianao-Strand verbracht, ist den Malecón von einer Festung zur anderen abgegangen, von La

Punta bis La Chorrera, ist um die Börse und am Hafen herumgestrichen, hat vorgegeben, einen Schluck Rum in der Bar Dos Hermanos zu nehmen, ein weiteres Glas im Sloppy Joe's zu kippen, hat sich bis zum Morgengrauen an den Paseo de Prado gesetzt, in der Nähe von Juan Clemente Zeneas Statue, ist vor Müdigkeit an der Playa-Kreuzung eingeschlafen, ein weiterer Sonnenaufgang hat ihn am Strand von Guanabo überrascht, im Angesicht des Meeres (zweifellos das Wirklichste an Havanna), und er hat in den angrenzenden Dörfern gesucht: in Bauta, Santa Cruz del Norte, Bejucal, Güira, San Antonio de los Baños, El Rincón, letzteres ein geheiligter Ort mit Leprastation und Heiligtum, wo er vor dem Bild des wundertätigen heiligen Lazarus auf die Knie gefallen ist, geweint und gebetet hat und den Heiligen bat, ihm seinen Sohn zurückzugeben, wenn er ihm den Wunsch erfüllen würde, wollte er jeden 17. Dezember zu Fuß den ganzen Pilgerweg von der Insel dorthin machen und einen Schiffsanker hinter sich herschleifen. Merengue hat all dies getan und mehr noch, was hier besser nicht erzählt wird, obwohl keineswegs sein Gang durch die Krankenhäuser und Unfallstationen, sein Besuch in der Morgue verschwiegen werden soll, wo er schließlich begriff, daß der Tod etwas ist, das der Mensch in diesem Leben niemals begreifen wird.

Ein Klopfen. Noch ein Klopfen. Merengue schlägt die Augen auf. Er sitzt im Sessel, schlägt die Augen auf und sieht nichts, denn das Licht ist nicht angeschaltet. Die Kerzen vor dem heiligen Lazarus sind so weit heruntergebrannt, daß sie nur noch zwei nervös flimmernde Pünktchen sind, die nicht gegen die Dunkelheit der Insel ankommen, die sich des Zimmers bemächtigt hat. Dieses Scheißdunkel hat die Kerzen verschlungen. Merengue fällt ein, daß er gerade geträumt hat, jemand würde die Fensterflügel auf die Kolonnaden hinaus öffnen. Er steht auf und reckt sich träge, lächelt. Niemand kann das Fenster öffnen, ich habe es doch verriegelt, durch ein geschlossenes Fenster kommen keine Diebe. Die Zigarre liegt auf dem Boden, erloschen. Merengue will sie aufheben, als er ein dumpfes Klopfen und noch ein Klopfen hört. Es ist das Fenster. Der Wind schlägt es nach Belieben auf und zu. Dann stimmt es also, jemand hat das Fenster geöffnet, es war kein Traum (daß es unmöglich ist, bedeutet nicht, daß es nicht möglich wäre). Flink zieht er ohne Furcht eine Machete unter der Matratze hervor. Die Hand, die die Machete umklammert, hebt sich, zum Angriff entschlossen, und er schleicht zum Fenster. Draußen, die Insel, die Nacht. Merengue öffnet das Fenster nun richtig, um zu verhindern, daß der Wind es erneut zuschlägt. Niemand ist auf der Insel. Alle Welt ist früh zu Bett gegangen. Das Krächzen einer Schleiereule ist zu hören. Merengue bekreuzigt sich. Wie spät ist es? Er schaut auf die Uhr, die er auf die Spiegelkommode gelegt hat. Ein Uhr fünf, das heißt, die Uhr ist abgelaufen oder die Feder kaputt; es kann unmöglich so spät, schon nach Mitternacht sein, unmöglich. Noch bestimmter geht er jetzt zur Tür, öffnet sie und tritt auf die Kolonnaden. Ein Klopfen und noch ein Klopfen, er schlägt die Augen auf. Er merkt: Er hat geträumt, steht auf, lächelt in seinem Traum, sieht, daß tatsächlich das Fenster offensteht und denkt, Jemand muß es geöffnet haben, sonst... Er greift zur Machete, die nicht unter der Matratze steckt, sondern in der Schublade der Anrichte, und späht hinaus auf die verlassene Insel, die voll Unruhe ist in dieser Nacht. Er tritt auf die Kolonnaden. Niemand ist dort, das Wahrscheinlichste ist, daß er es sich nur eingebildet hat, das Fenster verriegelt zu haben, und es gar nicht verriegelt hat, das ist nun wirklich nichts Außergewöhnliches, schließlich hält man die Dinge sein Leben lang für das, was sie nicht sind. Und er geht weiter bis zur Begrenzung, an der die Kolonnaden aufhören und der Inselboden beginnt. Etwas glitzert zwischen den Amaryllis, die Irene gesät hat. Als Merengue sich vorbeugt, um besser zu sehen, scheint ihm, als würde ein weißer Schatten hinter dem Diskuswerfer in Richtung Diana oder David vorüberhuschen. Merengue läuft auf die Insel hinaus. Er schreit nicht, um keine Aufmerksamkeit zu erregen, hebt die Hand mit der Machete, zu allem bereit, schiebt Zweige beiseite, reißt sich die bloßen Füße blutig, verfolgt, was er nicht sieht, von dem er nicht einmal weiß, ob es existiert. Er läßt den Diskuswerfer hinter sich, gelangt zur Diana und taucht in eine Region voller Kiefern, wo er sich verirrt und nicht weiß, wohin er sich wenden soll. Er hört ein Klopfen und noch ein Klopfen, schlägt die Augen auf und merkt: Er hat geträumt. Er steht auf und sieht, daß das Fenster offensteht und denkt, Vielleicht habe ich es offengelassen, ich muß es wohl im Geiste und nicht wirklich geschlossen haben, er holt die Machete hervor, die weder unter der Matratze noch in der Schublade der Anrichte ist, sondern im Koffer, in dem er die Zangen und Ersatzteile für den Kuchenkarren aufbewahrt. Er tritt auf die Insel hinaus. Aus Neugier tritt er auf die Insel hinaus. Er weiß, daß es zwischen Traum und Wirklichkeit keine andere Verbindung als die des schlafenden Körpers gibt. Ein schlafender Körper ist ein toter Körper. Sind die Menschen nicht wach, sind sie wie tot. In den Kolonnaden sieht er, daß etwas zwischen den Amaryllis glitzert, die Irene gesät hat, und als er sich vorbeugt, sieht er, daß es der Schlüssel ist, mit dem man eine Truhe öffnet. Es ist kein gewöhnlicher Schlüssel, sondern ein großer, altmodischer

Schlüssel. Auch wenn er keine weiße Gestalt hinter dem Diskuswerfer in Richtung Diana oder David laufen sieht, wendet er sich doch in diese Richtung, gelangt zu den Kiefern und verirrt sich nicht, sondern schiebt weiterhin Zweige beiseite, reißt sich die bloßen Füße blutig und hält neben der schmalen Holzpforte an, die das Jenseits vom Diesseits trennt, dort verharrt er einen Augenblick schweigend und versucht zu lauschen, ob es seltsame Geräusche auf der Insel gibt. Natürlich bläst der Wind in dieser Nacht so stark, daß die Geräusche der Insel seltsam sind, und man glaubt, Tausende von Unbekannten, Tausende von weißen Gestalten würden quer durch die Insel laufen. Merengue lächelt, als er denkt, Womöglich haben die Statuen genug von ihrer unbequemen Haltung und sind geflohen, einfach losgelaufen, na ja, womöglich. Und er öffnet die schmale Pforte, die Jenseits von Diesseits trennt, tritt ins Jenseits, das so unwegsam aussieht, und wendet sich zu Professor Kingstons Haus, als er an einem Akazienzweig ein blutiges Taschentuch hängen sieht. Er hört ein Klopfen und noch ein Klopfen und merkt erleichtert, daß er geträumt hat, und steht mit einem Lächeln auf; nichts befriedigt einen Menschen mehr, als aus einem bösen Traum zu erwachen. Das Zimmer liegt im Dunkeln, das Licht ist nicht angeschaltet, die Kerzen des heiligen Lazarus sind so weit heruntergebrannt, daß sie nur noch zwei nervös flimmernde Pünktchen sind, die nicht gegen die Dunkelheit der Insel ankommen, die sich des Zimmers bemächtigt hat. Das Fenster steht offen, sperrangelweit, ist der Willkür des Windes ausgesetzt, der den Geruch nach feuchter Erde und Meer hereinweht, an Regentagen scheint das Meer gleich vor der Tür zu liegen. Merengue geht das Fenster schließen, und merkt, daß er etwas in Händen hält. Es ist ein Schlüssel, ein ungewöhnlicher Schlüssel. Er hat keine

Angst. Als vorsichtiger Mensch holt er dennoch die Machete, die weder unter der Matratze noch in der Schublade der Anrichte und auch nicht im Koffer mit den Ersatzteilen des Kuchenkarrens ist, sondern auf dem Altar des heiligen Lazarus liegt. Er tritt auf die Insel hinaus. Ohne zu zögern, geht er in Richtung Jenseits und merkt, daß die schmale Pforte, die die beiden Teile der Insel trennt, offensteht, als wäre jemand hindurchgegangen. Tatsächlich hängt an einem Akazienzweig ein blutiges Taschentuch. Er nimmt es als Beweis an sich, folgt dem engen Pfad, den die Schritte von Professor Kingston mit der Zeit ausgetreten haben. Er geht weiter auf dem Akazienweg. Sterne und Mond haben sich zum Teufel geschert. Es riecht nach feuchter Erde, nach Meer, das Meer liegt gleich vor der Tür. Regen droht. Seit wann droht Regen? Merengue geht barfuß durch die Akazienbüsche. Die Insel hat sich in einen Wald verwandelt. Einen Wald. Und sind da Stimmen zu hören? Nein, das bildest du dir ein. Hier gibt es um diese Zeit keine Stimmen. Dieser Schrei, diese Klage ist nur der Wind, der durch das Laub streicht. Merengue fragt sich, ob es stimmt, was die Barfüßige Gräfin behauptet, diese Verrückte hat Einfälle. Und obwohl keine Menschenseele auf der Insel ist und jeder das weiß, durchstreift man sie, als könnte man in jedem Augenblick auf jemanden stoßen. So ist die Insel. Und jetzt ist sie dunkler als alles Dunkel dieser Welt. Ohne es zu merken, gelangt Merengue ans Meer, das weder blau noch schwarz ist, sondern rot, von bedrohlichem Rot. Das Meer ist aufgewühlt, so aufgewühlt wie auch der Wind und der Himmel. Merengue fällt im Ufersand auf die Knie, als er ein Klopfen hört und noch ein Klopfen, er schlägt die Augen auf, und dieses Mal ist er immer noch da, kniet noch immer am Meeresufer, wartet auf etwas, von dem er nicht weiß, was es sein könnte. Die Wolkendecke reißt auf. Ein hellglänzendes Licht bricht daraus hervor und beleuchtet ein kleines Stückchen Sand. Merengue sieht als erstes einen Schatten oder nicht einmal das. Bei der Berührung mit dem Licht erlangt der Schatten Menschengestalt. Merengue sieht, wie aus dem Licht zwei Beine, ein Rumpf, zwei Arme, ein Kopf entwachsen. Für einen Augenblick ist das alles. Dann werden nach und nach die Umrisse klarer. Die Beine und Arme sind die Beine und Arme eines Mannes. Im Kopf bilden sich die Augen, die Nase, der Mund heraus. Merengue will ein Klopfen und noch ein Klopfen hören, das ihn aufweckt, weit weg vom Ufer, das ihn von diesem Schauder erlöst, der ihn mit der gleichen Heftigkeit überfällt, mit der sich die Wellen am Ufer brechen. Es ist Chavito, denkt er, und sein Herz stockt jäh. Er versucht, mit der ganzen Kraft seiner schreckgeweiteten Augen zu schauen. Und Chavito hebt die Hände vor die Augen, sieht sie an, offensichtlich überrascht, dann lacht er. Er geht los. Gefolgt vom Licht, steuert er aufs Ufer zu. Es wäre falsch, zu sagen, er würde ins Wasser gehen; man muß klarstellen, daß er auf ihm geht. Chavito hat begonnen, auf dem Wasser voranzuschreiten, und das Meer besänftigt sich wie durch ein Wunder unter seinen Schritten. Sicher und fest sind sie, je weiter er sich vom Ufer entfernt, in Richtung eines Horizonts, den die Nacht verbirgt, ein Horizont, von dem Merengue sich nie sicher gewesen war, ob er wirklich existiert.

Und wenn sich nun der Himmel mit der Erde vereinigt, was dann? Nichts weiter. Wir würden zwischen Wolken umhergehen, glücklich und zufrieden. Schau mal, da drüben, siehst du die große Eiche da? Siehst du sie? Siehst du den dicken Ast, der wie die Kralle einer Riesenhenne aussieht? Daran hat sich Carola erhängt, die schöne Tochter von Streckenwärter Homero. Wer hat dir das erzählt? Onkel Rolo, er hat sie hängen sehen, schon ganz violett angelaufen, sagt er. Du bist ein Lügner, und dein Onkel ist schon dreimal ein Lügner, außerdem halt den Mund, sonst bemerkt man uns noch. Jetzt singen die Eichen, ja, sie singen einschläfernde Kirchenlieder. Die Nacht scheint heute kein Ende zu nehmen, nie mehr wird es Morgen, wir werden für immer in dieser Nacht leben müssen, in dieser ewigen Nacht, die nur ein simpler Vorwand dafür ist, daß sich der Himmel mit der Erde vereinigen kann, dann werden wir in der endlosen, weichen Dunkelheit der Wolken wandern, neben Engeln, Heiligen und Gott mit seinem Zepter in einem bequemen, riesigen, mit blauem Satin bezogenen Armsessel, seinem Lieblingssessel, und er wird uns sagen, was wir zu tun und zu lassen haben. Rede doch kein dummes Zeug... Sag mal, hat sich Carola wirklich hier erhängt? Verdammt, ich schwör's bei meiner Mutter. Warum hat sie sich denn erhängt, wenn sie doch so schön gewesen sein soll? Gerade deswegen, weil sie so schön war.

Carola, die schönste Frau, die je auf dieser Insel geboren wurde, lebte glücklich mit ihrer Mama und Streckenwärter Homero, ihrem Papa, sie wohnten in einem Häuschen, das nun verfällt, ebenso wie der Alte, der einsam und traurig die Gleise abgeht und ein Leben hinter sich herzieht, das nicht mehr ihm gehört, das Häuschen war einmal ein Schmuckstück, blau gestrichen, mit gelben Türen und Fenstern und vielen Blumen, denn Carola, ihre Mutter und sogar der Streckenwärter hatten eine Leidenschaft für Blumen, und Carola, das schönste Mädchen, das je auf dieser Insel geboren wurde und wohl auch je geboren werden wird, setzte sich an den Abenden, nachdem sie gebadet, sich fein angezogen und mit ätherischen Ölen parfümiert hatte, die sie selbst aus Gartenblumen herstellte, setzte sich also, wie gesagt, in all ihrer Schönheit ans Fenster, stickte, sah die Züge hin und her fahren und winkte den Reisenden, es heißt, die Reisenden wußten bereits, wann sie an Carolas Haus vorbeikamen und bereiteten sich sorgfältig darauf vor, ihr zuzuwinken, es heißt, die Männer rückten ihre Krawatten zurecht, die ihnen bei all den erschöpfenden Stunden der Fahrt verrutscht waren, und setzten sich ihre Hüte auf, und die Frauen schminkten und kämmten sich, bevor sie an Carolas Haus vorbeifuhren und ihr mit Taschentüchern zuwinkten, leb wohl, leb wohl, was ich dir da erzähle ist so wahr, wie ich hier vor dir stehe, nun gut, wahrer noch, denn ich weiß ja nicht, ob ich wirklich hier vor dir stehe. Warum sagst du nichts? Wohin bringst du mich? Jetzt kommen wir zum Jenseits. Das weiß ich, aber wohin bringst du mich? Das wirst du gleich sehen, schau, da ist Professor Kingstons Haus. Das stimmt. Das Wäldchen liegt nun hinter ihnen. Das alte, gelbliche Häuschen, in dem der Jamaikaner lebt, erinnert an den Turm einer Burg, der schwankend zwischen Trichilia und Pfeffersträuchern, Kasuarinen und dem unwegsamen Akaziengestrüpp emporragt. Etwas weiter links auf einer Lichtung im Pflanzendickicht, der Hundefriedhof mit neun Gräbern und neun Messingtafeln. Wohin gehen wir? Frag nicht weiter, sag, was ist mit Carola passiert? Siehst du richtig? Findest du nicht, daß es neblig ist? Es ist nicht im geringsten neblig. Geh langsam, du fällst noch auf die Nase. Gleich sind wir da. Was ist mit Carola passiert? Armes Ding! Von der ganzen Insel kamen allmählich die Leute herbei. Von der ganzen Insel, wozu denn? Glaub's ruhig, von Cabo de San Antonio bis zur Punta de Maisí. Von weit her kamen die Leute, ganze Familien, um Carola zu sehen. Wozu? Um sie zu sehen, nur um sie zu sehen, ihre Schönheit war allmählich zur Legende geworden, weil damals so viele Züge dort vorbeifuhren. Es kamen Familien aus den Bergen von Oriente, aus der Ebene von Camagüey, aus der Sierra del Escambray, von den Sümpfen der Zapata-Halbinsel, von der Isla de Pinos und aus allen großen und kleinen Städten, die es auf der Insel gibt, denn auf Kuba gibt es Hunderte von Städten, wußtest du das? Es gibt genau dreihundertsiebenundzwanzig oder so ähnlich. Immer neue kamen, mit jedem Tag mehr. Sie trieben sich in der Nähe von Homeros Streckenwärterhaus herum, kampierten dort auf den Feldern, denn damals soll es dort noch nicht so viele Häuser wie heute gegeben haben. Und ihr einziges Anliegen war, Carola aus dem Fenster schauen und sticken zu sehen, in all ihrer Schönheit. Natürlich war Homeros Tochter nicht einfach nur schön, sondern wunderschön, und die Leute begnügten sich nicht damit, sie nur anzuschauen, sondern wollten sie schließlich auch berühren, und sie, die nicht nur unübertroffen schön, sondern auch unübertroffen gutherzig war, ließ sich lächelnd anfassen, küßte die Kinder und streichelte die Greise, jeden Tag kamen mehr Familien von den entlegensten Orten herbei und nicht nur Einheimische, denn der Ruf ihrer Schönheit reiste mit den Schiffen und segelte quer durch die sieben Meere, so daß man auch in weiter, weiter Ferne von Carola erfuhr, sogar in Peking und in China, und die Leute, heißt es, hatten bald keinen Platz mehr vor dem Haus, die Menge wuchs so gewaltig, daß sie sich über ganz Havanna und bis nach Batabanó ausdehnte, und sie schwoll nur nicht weiter an, weil da die Insel Kuba aufhört, jeder wollte Carola sehen, aber nicht alle konnten sie sehen, und es gab Tote, viele brachten sich um, weil sie sie sehen wollten,

Männer duellierten sich, um ein paar Schritte näher an Carolas Haus heranzukommen, Frauen brachen vor Müdigkeit und Hunger zusammen, Kinder fielen der Sonne am Tag und den Sternen in der Nacht, dem Regen oder den vorbeiziehenden Wirbelstürmen (es waren nicht wenige) zum Opfer, Greise mit begierigen, schwachen Körpern, die vor Schwäche und Wut zusammenbrachen, da sie nicht einmal im Angesicht des Todes das herrliche, göttliche Antlitz von Carola, Streckenwärter Homeros Tochter, erblicken konnten, und sie, die unübertroffen Gutherzige, ging durch die Menge, damit alle sie sehen konnten, sie zog ihr bestes Kleid an, wie es heißt, aus feinstem Tüll und Organdy, schmückte ihren goldblonden Schopf mit Blumen und schlüpfte in ihre Atlasschühchen, die noch immer dort beim Papst (dem unglücklichen König der Kirche) in einer Vitrine zu sehen sind, und Carola lief immer weiter durch die faszinierte Menge, Monate, Jahre lief sie, lächelte, lobte, küßte, streichelte, als sie zurückkehrte, heißt es, hätte sie niemand wiedererkannt, so dünn war sie geworden, eingefallen, runzlig wie eine kleine Greisin, die Blumen auf ihrem Kopf waren zusammen mit dem Haar verwelkt, die Zähne waren ihr ausgefallen, die Augen ebenso, blind war sie, ja, es wird erzählt, sie sei zuruckgekommen, als wären für sie Hunderte von Jahren vergangen, Jahrhunderte, die sich wie Ungeziefer in ihren Körper gefressen und Haut und Knochen zerstört hatten, den Weg nach Hause hatte sie nur aus Instinkt gefunden, die Menge hatte sich inzwischen zerstreut, denn das Gerücht war umgegangen, daß es in Athen, einer Stadt mit Ruinen über Ruinen, die ganz weit weg ist, ein noch schöneres Mädchen als Carola geben sollte, also reisten alle in Schiffen und Zügen nach Athen, um sich die andere anzuschauen, alle zogen sie ab, das heißt natürlich alle, die übriggeblieben waren; das Land hatte sich in einem Umkreis von mehreren Kilometern um das Haus ebenso verwandelt wie Carola selbst, die Erde glich nun einer einzigen Wüste, in der kein Grashalm wuchs, noch in der Nacht ihrer Rückkehr küßte Carola ihre Mutter und ihren Vater, verabschiedete sich von ihnen, als würde sie zu Bett gehen, und hängte sich hier auf, an der Eiche, die ich dir gezeigt habe.

Da gerade Streckenwärter Homero aufgetreten ist, bietet es sich an dieser Stelle an, darauf hinzuweisen, daß der gute Mann nach Carolas Selbstmord und dem Tod seiner Frau versucht hat, in der Kaninchenzucht Trost zu finden. Er züchtet sie nicht, um sie zu verkaufen oder gar zu essen, nichts dergleichen, er züchtet sie einfach so, wie man sich einen Hund, eine Katze, einen Wellensittich hält. Tausende hat er schon, in riesigen Käfigen, in denen mehrere Menschen Platz fänden. Man kann sagen, daß Homeros Leben zwischen den Zügen und den Kaninchen ein harmonisches Gleichgewicht gefunden hat, was sonst noch in der Welt passiert, ist ihm einerlei. Chacho und Homero waren schon immer gute Freunde gewesen. So gut man eben mit einem Mann befreundet sein kann, der seit dem Selbstmord seiner Tochter kaum mehr ein Wort sagt. Aber auf ihre Weise verstehen sie sich in der Tat. So geschah es, daß Homero, der von Casta Diva erfahren hatte, daß Chacho den lieben langen Tag stumm im Bett gelegen hatte, bis es ihm in den Sinn gekommen war, auf dem Grammophon unermüdlich eine Gardel-Platte nach der anderen aufzulegen und schließlich aus heiterem Himmel Uniformen, Orden und alle Erinnerungen ans Militär zu verbrennen, also geschah es, wie gesagt, daß Homero eines Morgens auf der Insel erschien und ein junges Kaninchen mitbrachte. Ein Geschenk für Chacho, erklärte er Casta Diva, sagte es und verschwand sogleich wieder hinter der Palisadenwand zum Vorhof. Zu Casta Divas Überraschung, zu meiner Überraschung kümmerte Chacho sich um das Tier, das ich ihm ins Bett gesteckt hatte, er setzte sich auf, nahm es, und ich schwöre, daß er es zärtlich anblickte und an seiner Wange rieb, und als er sich wieder hinlegte, bettete er das graue, verschreckte Kaninchen neben sich, während einiger Tage trennte er sich nicht eine Sekunde von ihm, er lebte nur noch für das Tierchen, streichelte es, fütterte es mit Gras, fixierte es stundenlang, verhätschelte es und sagte ihm Dinge, die ich nicht hören konnte, selbst wenn ich mit Leib und Seele gehorcht hätte. Um eine, auch noch so winzige Brücke zu finden, sich mit ihrem Mann verständigen zu können, wollte Casta Diva das Kaninchen ebenfalls verhätscheln, aber Chacho schob schroff ihre Hand zurück. Am selben Nachmittag ging er zu Homeros Käfigen und schaute sich die Kaninchen an, jedes einzelne, als wären es Tiere, die er noch nie zuvor gesehen hatte, er streichelte sie, ließ sie Gras aus der Hand fressen und erzählte ihnen diese Dinge, die niemand hören konnte. Nie mehr kehrte er nach Hause zurück. Er schien Casta Diva, Tingo, Tatina völlig vergessen zu haben. Homero legte ihm ein paar Decken in einen der Käfige, in dem ein weißes Kaninchen mit Namen Primavera, das jüngst entbunden hatte, seine zahlreiche Nachkommenschaft hütete. Auch den Käfig verließ Chacho niemals mehr. Er aß vom gleichen Gras, mit dem Homero Primavera fütterte. Abend für Abend kam Casta Diva ihn besuchen und erzählte ihm ausführlich von den Kindern, von der Zeit, in der sie glücklich gewesen waren, von den Tangos, die er mir immer vorgesungen hatte, von unseren Ausflügen an den Strand El Salado, mit der Kühlbox voll Bier und dem Topf mit den knusprigen Schweineschwarten, von unserem Schmerz, als Tatina, die wir uns doch so gewünscht hatten, auf die Welt gekommen und der Arzt uns gesagt hatte, daß sie schwachsinnig war, wie wir überall herumgelaufen sind, um sie zu heilen, wie ergebnislos diese Laufereien waren. Als sie merkte, daß all die Worte keinen Sinn hatten, nahm sie Tatina und Tingo mit zu ihm, und einmal brachte sie es sogar fertig, im Käfig das alte Grammophon aufzustellen und eine Gardel-Platte aufzulegen. Alles vergebens, nichts brachte Chacho dazu, den Käfig und sein Verhalten aufzugeben, bis zu dem Augenblick, in dem er Casta Diva fast zwischen den Fingern davonschlüpfte.

Ob es stimmt, Oscar Wilde, daß die Lust die Mutter der Schwermut ist? In seinem elfenbeinfarbenen Moiré-Sessel, im Licht der kürzlich im Schlußverkauf bei Quesada erstandenen Stehlampe, blättert Rolo in den Seiten von Samuel Hazards *Kuba mit Feder und Griffel*. Er liest nicht. Schaut sich nicht einmal die Abbildungen an. Er blättert mechanisch weiter und denkt, das hast du behauptet, Oscar Wilde, weil du im Grunde mit dir selbst nicht im reinen warst, in dir steckte ein geheimes Schuldgefühl, eine innerliche Abwehr, die du mit deinem Skandalleben überspielt hast. Rolo ist traurig. Es ist schon nach vier Uhr morgens. Vor ungefähr einer Stunde ist er von der Hyäne zurückgekehrt, und er hat das Gefühl, seine Haut sei von einer Erdkruste überzogen, obwohl er nach seiner Heimkehr als erstes ein langes, heißes Bad mit einem ordentlichen Schuß Echt Kölnischwasser genommen hatte. Er lehnt den Kopf an die Sessellehne, schaut sich die herrliche Reproduktion von Velázquez' *Christus am Kreuz* an der Wand über der Anrichte an, und ohne zu lesen, blättert er weiter die Seiten des Buches um.

Er kam am Abend gegen sieben Uhr zum Haus der Hyäne, zu früh, das stimmt. Eigentlich wollte er nur kurz vorbeischauen, zwei Küsse auf die gealterten, widerlich parfümierten Wangen der Hyäne drücken, ein paar geistreiche Bemerkungen, ein paar Witze machen (vielleicht dieselben wie letztes Jahr), sie beglückwünschen, Noch viele Geburtstage sollst du erleben, was wäre Havanna für ein tristes Dorf ohne dich, um dann schnell wieder davonzustürzen, auf Nimmerwiedersehen. Doch nachdem er in die Calle Consulado gebogen war, um dann in Animas einzuschwenken, die Straße der Seelen (die eigentlich Straße der Seelen im Fegefeuer heißen müßte), wußte er, wie jedes Jahr, daß er nicht vorzeitig gehen, daß eine seltsame Macht (so seltsam nun auch wieder nicht, das ist gelogen, ich weiß nicht, warum ich so einen Unsinn daherschwätze) ihn bis zum Schluß dort zurückhalten und er erst spätnachts heimkehren würde, voll Ekel und der üblichen Traurigkeit, voll von dieser Selbstverachtung, die in jener Frage gipfelte, die er unweigerlich Oscar Wilde stellte. Wäre Sandokan gekommen, hätte er der Versuchung, zu dem Fest zu gehen, vielleicht widerstehen können, wie er glaubte. Doch Sandokan hatte sich schon seit über einer Woche nicht mehr blicken lassen, und letzten Endes wäre es mit Sandokan auf das gleiche hinausgelaufen, denn, *la chair est triste, hélas!* Langsam stieg er die Stufen hinauf zu dem Haus mit der Nummer 98 und einem Bronzeschild ELIO PECCI: KUNSTHÄNDLER UND INNENAUSSTATTER (eine zum Himmel schreiende Lüge, das mit Elio Pecci: So hieß die Hyäne gar nicht, sondern Jorge Tamayo, und sie war nicht in Triest geboren worden, wie sie prahlerisch behauptete, sondern in Bayamo). Er stieg wie gewöhnlich die Stufen hinauf, das heißt hin und her gerissen zwischen Abscheu und Faszination, noch überzeugt, er könne jederzeit umdrehen, während er doch wußte, daß er nicht umkehren, sondern auf dem Treppenabsatz innehalten würde, wo die hervorragende Reproduktion eines Seestücks von Romañach zu bewundern war, und schließlich würde er den gewaltigen Türklopfer bedienen, eine Imitation eines der furchterregenden Wasserspeier von Notre-Dame. Zwei schüchterne Schläge. Sekunden absoluter Stille folgten. Rolos Vernunft sagte ihm, daß es keinen günstigeren Moment gab, um zur lärmenden Straße zurückzukehren, wo schon rasch die Nacht anbrach und das Gewühle, das Geschrei, die dröhnenden Boleros und Cha-Cha-Chas in geheimnisvoller Verbindung zum Dunkel zu stehen schienen. Havanna lebte mit der Nacht auf, je dunkler, desto lebendiger, es war ein einziges Fest, fern jeder Tiefgründigkeit, jeder metaphysischen Betrachtung, jeder Poesie (Himmel, Rolo, was bist du doch für ein Pedant, wer wird denn von einer Ulme Birnen erwarten). Nein, mit keiner Macht war er von dieser Tür wegzubewegen. Zum einen wollte er nicht wirklich weg; zum anderen ging nun die Tür auf, um den Blick auf ein Prachtexemplar der Gattung Mensch freizugeben, auf einen *garçon*, der über einen Meter achtzig maß, mit blondem Haar, wie es nur ein Land mit einer solchen Rassenmixtur hervorbringen kann, denn es war glatt und von leuchtendem Gelb, seine Augen waren meergrün und die Haut unvorstellbar weiß, aber etwas Befremdliches, Dunkles, Ungewisses entfernte ihn (zum Glück!) von skandinavischer Exotik. Rolo sagte sich, daß es nicht an der physischen Erscheinung lag, sondern an etwas Unbeschreiblichem, das in den liebkosenden Augen zum Ausdruck kam, in dem unverschämten Lächeln, in seiner beunruhigend hingebungsvollen und zugleich abwehrenden Haltung, in seiner ebenso weiblichen wie männlichen Art (wenn du ihn gesehen hättest, Platon!), mit der er ihm einen guten Abend wünschte und den kräftigen und zugleich zarten Arm ausstreckte, fast wie ein Tänzer, um ihn hereinzubitten. Er trug Torerohosen aus herrlicher Seide, gold- und silberbestickt, die sich vollkommen an die starke Fülle seiner Beine, seiner Schenkel schmiegten, an die Fülle dieses verschwenderischen Körpers. Da es offensichtlich zu früh war, hatte er sich erst zur Hälfte angekleidet, so daß sein Oberkörper noch nackt war; einer dieser breiten, mächtigen Oberkörper, die man besser nicht anschaut, wenn man in Seelenfrieden leben will. Wen darf ich melden? fragte der *garçon*, ohne zu lächeln aufzuhören, während er seiner Stimme einen halb autoritären, halb unterwürfigen Ton gab (der Junge war wahrhaftig ein wandelndes Paradoxon). Melden Sie Rolo Pasos, antwortete er mit einem Hochmut, in dem seine ganze Wehrlosigkeit zum Ausdruck kam. Nehmen Sie bitte Platz, Señor Pecci wird Sie empfangen, sobald er kann. Mehr denn je kam Rolo sich wie ein Wurm neben einem Schmetterling vor. Er trat in das Wohnzimmer und dachte: Man hat dich gut gedrillt, Junge, weißt du wirklich nicht, daß man dir, wenn deine Haut an Glanz verliert, die Falten deine frechen Augen traurig machen und alles an deinem Körper der entsetzlichen Anziehungskraft der Erde gehorcht, einen Tritt in den Hintern geben, dich mit deinen Siebensachen auf die Straße werfen und ein anderes Prachtexemplar deinen Platz einnehmen wird? Für einen Augenblick verspürte er Genugtuung; doch gleich darauf antwortete er selbst, Das spielt keine Rolle, genieße währenddessen nur deine Privilegien, nicht umsonst wird dich der Herrgott so verschwenderisch ausgestattet haben, nutze die glorreiche Ungerechtigkeit Gottes, solange du kannst. So setzte er sich mit einem Gefühl, in dem Bewunderung und Neid sich die Waage hielten, in den reichlich geblümten Art-

Nouveau-Sessel, der ebenso schön wie unbequem war. Es stand außer Zweifel, daß der Señor Jorge Tamayo alias Elio Pecci alias Hyäne sich nicht so benahm wie der Emporkömmling, der er war. Trotz seiner unehelichen Herkunft aus Bayamo besaß er einen exquisiten Geschmack. Sein Salon war höchst *smart, très chic*. Rolo mußte einmal mehr zugeben, daß sein alter Freund, so viele Fehler er auch haben mochte (allen voran die Frivolität), es geschafft hatte, sich im Herzen der Karibik ein Haus einzurichten, wie es proustianischer nicht mehr ging, ebenso oder sogar noch proustianischer als das des Autors von *À la recherche* ... selbst, zumal sich Monsieur Proust gar nicht vorgenommen hatte, »proustianisch« zu sein. Und was Proust anging, der herrschte über das ganze Wohnzimmer: auf einem Émile-Gallé-Krug – in Lapislazuliblau und mit einem Strauß aus Perlmuttlilien – sah man ihn auf seinem Totenbett, eine riesige Reproduktion des berühmten Fotos von Man Ray. Die Aufnahme rief Ekel in Rolo hervor, er verabscheute das Bild des bärtigen Genies, seine halbgeschlossenen Augen mit den Ringen darunter, seine jüdische Nase, die im Angesicht des Todes noch spitzer geworden war. Er verabscheute es, wollte sich nicht vorstellen, daß es sich um den Autor des aufwühlendsten Romans der Literaturgeschichte handelte, um dieses Phänomen, das, wie Conrad sagte, sich niemals mehr wiederholen würde. Dann dachte er, Ob die Hyäne wohl jemals Monsieur Proust gelesen hat?

Er klappt das Buch von Samuel Hazard zu. Sein Blick wandert über sein Wohnzimmer mit den billigen Möbeln, die er auf Raten bei *Orbay y Cerrato* gekauft hat, über die alten, von Termiten zerfressenen Bücherregale, das uralte RCA-Victor-Grammophon, das kaum noch einen Ton von sich geben will, über die ausgeblichenen Wände, an denen Reproduktionen berühmter Gemälde mit Stockflecken vor sich hin stauben. Mein Leben ist ein Fiasko, mein Leben ist ein Fiasko, mein Leben ist ein Fiasko, mein Leben ist …

Die Tür schwang großspurig auf, und herein trat die Hyäne. Rolo erhob sich, lächelte, sagte, Das war ein Auftritt mit Pauken und Trompeten. Ah! *mon cher*, was für eine Wonne, dich hierzuhaben, schrillte der mit einer Kontertenorstimme, die in keinerlei Verbindung zu dem massigen Körper mit dem kahlen Kugelkopf zu stehen schien. Sie umarmten sich. Hundert Jahre sollst du werden, mein Lieber, um deiner und um dieser Stadt willen, die dich so braucht, sagte Rolo, wobei er ganz unbewußt den gleichen theatralischen Tonfall wie die Hyäne annahm. *Ma non tanto*, hundert Jahre müssen es gar nicht sein, höchstens neunundneunzig. *(Lachen.)* Die Hyäne stank nach Parfum, nach teurem Kölnischwasser, und sah wie geleckt aus, exzessiv weiß, fast blau, frisch rasiert und gebadet. Rolo sagte sich, daß sie seit ihrem letzten Treffen gealtert war, ihr Doppelkinn war gewachsen, die Wangen hingen schlaffer herunter, und die Pupillen waren von grauen Ringen umrandet. Sie trug einen braunen Seidenmorgenrock, dunkle Hosen, Pantoffeln aus feinstem Leder. In ihrer Hand eine Zigarettenspitze mit ungerauchter Zigarette. Von der Sesselkante aus, als hätte sie es eilig, musterte die Hyäne Rolo mit Augen, die ein Wohlwollen zur Schau stellten, das gespielt sein mußte. Immer wenn sich mein Geburtstag jährt, erklärte sie, ebenfalls mit gespieltem Trübsinn, wird mir ganz traurig zumute, nur ihr, meine Freunde, helft mir zu leben. Rolo stellte fest, daß die Hyäne mit den Jahren immer mehr Benito Mussolini glich. Ich bin früh dran, entschuldige bitte, ich wollte dir nur alles

Gute wünschen, ich muß gleich wieder gehen, meine Schwester ist krank. Die Hyäne schloß die Augen und faßte sich an die Brust, als würde sie schmerzen. Kommt nicht in Frage! Du wirst schön hierbleiben, du mußt deinem Freund in diesem kritischen Augenblick beistehen, in dem der Tod eine Figur in diesem schrecklichen Schachspiel verschwinden läßt, das er mit dem Leben spielt. Er ließ eine Pause entstehen, allem Anschein nach beeindruckt von dem, was er da gerade von sich gegeben hatte. Rolo merkte, daß er sich geistreich, intelligent vorkam. Wie geistreich, wie intelligent! rief er aus, du bleibst doch immer das alte Genie ... Beschämt die Augen niederschlagend, fügte die Hyäne in einem Tonfall hinzu, in dem Pathos mitschwang, Du darfst mich heute nicht im Stich lassen, es wird mein letzter Geburtstag auf dieser Insel sein. Rolo zeigte sich überrascht, indem er sich vorbeugte und die Augen aufriß. Ja, Rolo, es tut mir in der Seele weh, aber ich muß gehen, du weißt ja, Havanna ist für mich die einzige Stadt auf der Welt, alles andere ist ein Dorf für mich, nur hier fühle ich mich wie ein Fisch im Wasser, ich weiß besser als jeder andere, daß ich nirgendwo sonst einen Prado wie unseren Prado finden werde, sollen doch die Madrider sagen, was sie wollen, nirgendwo sonst werde ich so viele schöne Gebäude, so prächtige Häuser, so einen Malecón finden, den man einfach nicht allein entlangspazieren kann, so eine Sonne, so einen Himmel, solche Palmen, ach, diese anmutigen Palmen und das Meer! wo hast du schon je ein Meer wie dieses gesehen, mit all seinen Farben, dieses Meer voller Smaragde? mir ist nur allzu bewußt, Rolo, daß ich nirgendwo sonst Menschen wie die Kubaner treffen werde, die Kubaner sind die – glückliche! – Quintessenz der Rassenmixtur, sie sind nicht etwa schöner oder eleganter oder sonstwas, aber sie besitzen eben Anmut, Junge, das ist das Wort: Anmut! Anmut wie niemand sonst, Anmut in allen Schattierungen, die Anmut der Schwarzen, der Mulatten, der Schwarzhaarigen mit der hellen Haut, der Blonden, der Albinos, der Zwerge und Riesen, sie reden mit Anmut, sie bewegen sich mit Anmut, sie streiten sich mit Anmut, umwerben mit Anmut, die Kubaner werden sich nicht wie Lord Brummel kleiden, nicht wie Einstein rechnen, nicht wie Montaigne schreiben, nicht wie Hegel denken (Gott sei gedankt!), doch gerade weil sie weder schreiben noch denken, noch rechnen, besitzen sie Anmut... Himmel! wer, sag mir, wer will schon den jämmerlichen Bertrand Russell an seiner Seite haben, wie könnte sich Ortega y Gasset mit einem schwitzenden, in Weiß gekleideten Mulatten vergleichen, der ein rotes Taschentuch in der Hand hält und in einem billigen Café am Strand von Marianao Guaguancó tanzt? was kümmern einen zwei, drei ernsthafte philosophische Probleme in dem göttlichen Augenblick, in dem ein Habanero sich seinen Hosenschlitz öffnet? (er nannte den Hosenschlitz *bragueta* statt *portañuela*, wie man in Kuba sonst sagt, elender Pedant!), hast du schon mal ein Foto von Jean-Paul Sartre gesehen? er schielt. Er ließ eine wirkungsvolle Pause entstehen. Seine rechte Hand tätschelte den rechten Oberschenkel. Falsches Hüsteln. Aber das Geschäft ruft, *my dear*, die Geschäfte in Paris warten auf mich, ich habe bereits eine kleine Wohnung dort gemietet, nichts Großartiges, wie du dir denken kannst, in Saint-Germain-des-Prés, nicht so was Todschickes, zum Glück (mit dem Tod will ich nichts zu tun haben), ganz bescheiden, *bon marché*, zu mehr reichen meine Ersparnisse nicht. Immer muß er rumlamentieren, Scheißtunte, dachte Rolo, das sagst du doch nur, damit ich genau das Gegenteil davon verstehe. Hast du vorhin José K. kennengelernt? Rolo rutschte unbehaglich auf seinem unbehaglichen

Art-Nouveau-Sessel umher. Die Hyäne senkte ihre Kontertenorstimme und legte eines ihrer feisten Patschhändchen wie einen Trichter an den Mund, Er heißt gar nicht José K., versteht sich *(affektiertes Auflachen)*, aber er will nicht, daß man seinen wahren Namen erfährt *(noch leiser)*, er kommt aus einer reichen Familie, Pedigree, *mon amour*. Und mit dem Ruf: José K.! ließ er den Blonden wieder auftreten, der nun noch schöner als vorher aussah (als wäre das überhaupt möglich gewesen, als würde da hinten, in irgendeinem Zimmer, Gott persönlich daran arbeiten, den einen oder anderen eventuellen Makel seiner Schöpfung zu retuschieren). Die Hyäne wandte sich mit zutiefst zärtlicher Gebärde an den Jungen, Schau, Pepito, das ist einer meiner besten Freunde, ach, was sage ich!; mein bester Freund, ein erstklassiger Schriftsteller, ein Genie. Rolo lächelte, schüttelte den Kopf, Glauben Sie ihm nicht, mein Herr, er übertreibt maßlos. Ich übertreibe? protestierte die Hyäne, und wer hat dieses wundervolle Gedicht geschrieben, in dem es heißt, »Dahin treibt im stillen Wasser / die Liebe, die mein ich glaubte«? Nein, so geht es nicht, antwortete Rolo entsetzt, »Dahin treibt mit dem wilden Wasser…«. Die Hyäne achtete jedoch nicht auf ihn, sie hatte sich an den Jungen gewandt, Pepito, Schätzchen, warum bringst du Rolo nicht ein Schnäpschen? Und wieder zu Rolo, Was möchtest du? einen kleinen Wermut, einen Campari, einen Whisky, ein Schlückchen Rum, ein Bierchen? du mußt es nur sagen, Pepito ist äußerst gefällig. Vielleicht einen Wermut, gab Rolo machtlos nach. Die Hyäne warf dem Jungen einen Marilyn-Monroe-Blick und eine Kußhand zu. Mit ironischer Verbeugung verschwand der *garçon*. Na, hast du gesehen, ist der nicht niedlich? und stell dir vor… Er machte eine ausladende Geste. Ein Schmuckstück, ich nehme ihn mit nach Paris, mein Lieber, denn Frankreich mag zwar Frankreich sein, aber die Franzosen sind und bleiben Franzosen, wenn ich Präsident der Vereinten Nationen wäre, würde ich die Franzosen dazu zwingen, Paris im Umkreis von hundert Kilometern zu räumen, eine so schöne Stadt, mein Lieber, und die müssen sie zunichte machen, sie sind plump, häßlich, ungebildet, das mit dem Rationalismus ist eine Lüge, nicht alle sind Albert Camus, weder der schielende Philosoph noch diese Frau mit der kalten Gebärmutter, Simone de Beauvoir, außerdem nehme ich Pepito mit, weil man Männer, wie schon gesagt, einen Mann im wahren Sinne des Wortes, was man allgemein unter einem Mann versteht, die platonische Idee des Mannes an sich, nur auf dieser geheimnisvollen und entsetzlich glücklosen Insel antrifft, laß dir das von mir gesagt sein, der ich schon in alle Winkel der Welt vorgedrungen bin, wie die Western Union, und außerdem, *mon amour*, werde ich langsam ein altes Mädchen, siebenunddreißig, das ist kein Spaß mehr, Rolo, das sind ganz schön viele Jahre. Rolo blinzelte nicht einmal bei den siebenunddreißig Jahren, zu denen man mindestens zehn hinzuzählen mußte. Eine Wut kam in ihm hoch, die er kaum bezähmen konnte, wenn er daran dachte, daß diese fette Tunte, die wie der Duce aussah, mit den herausragendsten Schönheiten Havannas ins Bett ging. Du hast ein unverschämtes Glück, lautete in Gedanken seine Schlußfolgerung. Du hast ein unverschämtes Glück, wiederholte er laut und versuchte, die schwere Last des Neids abzuschütteln. Gott hat es gut mit mir gemeint, denn ehrlich gesagt, ich muß sie mir nicht einmal suchen, sie klopfen ganz von selbst an meine Tür, na ja: Man hat eben sein *cachet*, verzeih mir, das sage ich nur, weil ich weiß, daß du dich für mich freust und es zwischen uns niemals auch nur den geringsten Funken von Neid gegeben hat. Nach einer traurigen, endlosen Pause, Gib nichts darauf, was ich sage, Rolo, sie kosten mich eine schöne Stange Geld. Rolo dachte: Da hast du nun das erste wahre Wort in dieser Nacht gesprochen, und es wird wohl vermutlich das letzte bleiben. Die Hyäne erhob sich, faßte sich wieder nach ihrem vorübergehenden Schwächeanfall, Jetzt entschuldige mich, mein Lieber, ich muß mich ankleiden. Und sie verschwand ebenso theatralisch, wie sie gekommen war.

Etwas später erklangen die Noten von *Aufforderung zum Tanz* von Carl Maria von Weber, die der falsche Torero, der falsche José K., jedoch von wahrer Schönheit, mit einem anmutigen Tanzschritt zelebrierte. Die Gäste schienen nur auf die Akkorde dieses Notensturms gewartet zu haben.

Zwergenhaft und mager, gekleidet wie ein Edelmann am Hofe Philipps II. (mit Namen *Viking*), diente ein kleiner Schwarzer als Saaldiener. Wie eine Säule stand er neben der Tür, stampfte mit dem Stock auf den Boden und rief die Namen der Neuankömmlinge aus: Carmen Miranda, Marie-Antoinette von Habsburg-Lothringen, Stalin, Madame Butterfly, Gilles de Rais, Henry Miller, die Niña de los Peines, Salomon und die Königin von Saba (in Wirklichkeit Imitatoren von Yul Brynner und Elizabeth Taylor), Douglas Fairbanks (junior), Eleonora Duse, Kardinal Mazarin, Cecilia Valdés, Conchita Piquer, Theda Bara, der Caballero de París, Jeanne Antoinette Poisson Dame Le Normand d'Étiole, kurz, fast alle berühmten Gestalten der Welt. Die großzügige Wohnung der Hyäne füllte sich, bis man keine zwei Schritte mehr machen konnte, ohne über eine Berühmtheit zu stolpern. Die Kellner, die Häppchen und Getränke reichten, stellten prächtige Umhänge aus scharlachrotem Samt zur Schau, die des *Satyricon* würdig gewesen wären. Doch hier türmten sich auf den Tabletts Spanferkelscheiben, Kochbananen, Yucca mit *Mojo*-Knoblauchsoße, frittierter Abelmoschus, *Tamales*, knusprige Schweineschwarte und was es sonst noch an kubanischen Spezialitäten gab, alles in verblüffender Fülle. Die Getränke erwiesen sich als vielseitiger und internationaler, so sah man zum einen die Indiokönigin Anacaona mit einem Cognac Napoléon und zum anderen Lorenzo il Magnifico mit einer Flasche *Hatuey*-Bier. Rolo fühlte sich unbehaglich unter diesen Gästen, die so illuster wie unerwartet waren. Die Hyäne war bis jetzt noch nie auf die Idee gekommen, ihren Geburtstag als Maskenball zu feiern, obwohl ihre Feste (oder ihre *parties*, wie sie sagte) stets extravagant ausfielen. Nur Rolo war nicht verkleidet, weshalb er sich noch lächerlicher, noch auffälliger vorkam. Zum Glück erschien um neun ein korrekt gekleideter Herr in Anzug und Krawatte mit einer Aktentasche, die ihn als Anwalt, vielleicht auch als Notar oder Prokuristen auswies. Rolo war erleichtert, einen Menschen anzutreffen, der normal aussah, und versuchte, sich ihm zu nähern, ihn zu begrüßen, sich vorzustellen, etwas zu trinken anzubieten. Der Mann wies ihn mit einer unerklärlichen Schroffheit zurück. Joseíto K., der das Manöver beobachtet hatte, trat mit seiner strahlenden Erscheinung in der prächtigen Stierkämpfertracht und einem spöttischen Blitzen in seinen Meeraugen zu ihm. Machen Sie sich nichts draus, rief er, das ist Martina Tabares, die berühmteste Lesbe von Luyanó. Rolo versuchte, sich in einer Ecke unsichtbar zu machen. Er wollte nichts trinken, sondern einen klaren Kopf behalten, auch wenn ihm so schwindlig war, als hätte er ein ganzes Faß Bier geleert. Ab und zu gönnte er sich ein Stück Schweineschwarte, um nicht die Jünglinge zu kränken, die mit ihren schweren, verschnörkelten Silbertabletts die Runde machten. Von seiner Ecke aus, unter ein paar ermatteten Bauern auf einem Bild von Antonio Gattorno, beobachtete er Kaiserinnen mit Vollbart, Krieger mit weiblichen Kurven, Kreuzritter, Bischöfe und Botschafter mit jeweils vertauschten Geschlechtern und Gesprächsthemen. Die Musik ging nun von der Romantik zum Barock über, dann zum Danzón und gelangte schließlich zu Pérez Prado, Beny Moré, zur *Sonora Matancera* und der gewaltigen, rauhen Stimme von Celia Cruz, zu Daniel Santos, Panchito Rissets weinerlicher Stimme und sogar zu Toña la Negra, zur göttlichen Toña, der göttlichen Schwarzen, die sang, *Piedad, piedad para el que sufre, piedad, piedad para el que llora, y un poquito de calor en nuestras vidas* ... Erbarmen, Erbarmen mit dem Leidenden, Erbarmen, Erbarmen mit dem Weinenden und etwas Wärme in unserem Leben ... Kleopatra tanzte mit Fanny Elssler, Alexander der Große mit Gerardo Machado, Jeanne d'Arc mit Mariana Alcoforado. Das Fest bewegte sich allmählich seinem Höhepunkt entgegen. Schließlich wurde nicht mehr nur getanzt, sondern Königin Victoria begann, wie wild Dunia die Tainokönigin abzuknutschen, was offensichtlich als ein Befehl verstanden wurde, der die Gespenster der Wollust weckte. Es war ungefähr zehn. Rolo fühlte sich immer wohler. Niemand kümmerte sich um ihn, so daß es ihn nicht mehr störte, daß er unkostümiert war. Zumal ihm Pepito K., gefällig, wie er war, eine Maske gereicht hatte, hinter der er seine Schüchternheit verbergen konnte. All die Tage sexueller Enthaltsamkeit, dachte er, mußten schließlich in einer so günstigen Nacht ein Ende finden. Er machte sich über den armen Sandokan lustig, der jetzt wohl in einer armseligen Hütte im Zamora-Viertel saß und sich einen verzweifelten Rolo vorstellte, der wegen seines Ausbleibens jammerte. Schwachkopf, du weißt ja nicht, in welchen Kreisen ich mich bewege, sagte er laut. Und ich machte mich daran, ganz dreist einen dieser kleinen Trimalchios zu fixieren, die Yucca in *Mojo* anboten, ein Kleiner mit Mulatteneinschlag, vielleicht gerade deshalb so himmlisch, ich lächelte ihn an, er lächelte zurück, und als er näher kam, rief ich mit meiner schönsten Stimme aus, Und du, mein Hübscher, bietest du nichts als Yucca an? (Ich selbst war erschrocken über meine Dreistigkeit.) Der kleine Mulatte lächelte mit einem Lächeln, das Frans Hals entzückt hätte, und bemerkte selbst noch dreister, Ich biete alles, was man von mir verlangt, mein Herr, aber ich sehe, daß Sie nicht auf mich angewiesen sind, er deutete nach rechts und verschwand, ich schaute in die Richtung, in die er gezeigt hatte, ein Mann (es mußte ein Mann sein, er maß fast zwei Meter), der von Kopf bis Fuß in einem Dominokostüm steckte, nicht einmal die Augen sah man in den Kapuzenlöchern, er stand fast unmittelbar neben mir, in einer ganz offen provozierenden Haltung, denn er streichelte sich sein Allerheiligstes, wo etwas Vielversprechendes anzuwachsen begann, zuerst wollte ich dableiben und das Spiel mitspielen, aber mir kam der Gedanke, Ich weiß nicht, wer sich hinter diesem Dominokostüm verbirgt, womöglich ist er grauenhaft häßlich, einer dieser abstoßenden Männer, die aus gutem Grund zur Maske greifen … was aber den Kellner anging, so war sein feines, fröhliches Gesicht offen zu sehen, seine Arme waren anmutig und wohlgeformt, stellten keine antrainierten Muskeln zur Schau, also vergaß ich den Dominoriesen und beschloß, dem kleinen Mulatten zu folgen, der Yucca mit *Mojo* verteilte, von einem Tablett nahm ich mir ein Glas mit undefinierbarem Inhalt, nicht um zu trinken, sondern um mit einem Glas in der Hand weniger als Außenseiter zu wirken, er versuchte sich, so gut er konnte, einen Weg durch all die berühmten und von Wollust besessenen Persönlichkeiten zu bahnen, und bemühte sich mit aller Macht, den kleinen Mulatten nicht aus den Augen zu verlieren, als er auf einmal stolperte und sein volles Glas jemandem auf den Anzug schüttete, der als Matrose verkleidet war. Rolo blickte auf. Das Wort Enschuldigung kam nicht über seine Lippen. Nein, es war keine Verkleidung. Erinnerst du dich an den Matrosen, Rolo, auf den du in jener seltsamen Inselnacht gestoßen bist, in dieser Oktobernacht, in der der Verwundete aufgetaucht war und du, sehr viel früher noch, zum Bahnhof gegangen warst, dort einen Seesack und dann den Matrosen gesehen hattest, der aus den Toiletten gekommen war und sich die Hose zugeknöpft hatte, fast noch ein Junge, hochgewachsen, schlank, dunkelhäutig, mit einem Mund (der Mund hatte es dir besonders angetan), der voll erschienen war, ohne es wirklich zu sein, mit seinen Bewegungen von der Eleganz eines Tänzers, nicht eines Matrosen? erinnerst du dich? Erneut musterten dich nun starr aus nächster Nähe diese großen Augen, glänzend, honigfarben, in denen keine Spur von Erbarmen lag. Der Matrose, der keine Maske trug, lächelte. Nichts für ungut, macht nichts. Was für eine Stimme, Rolo, was für eine Stimme! Kräftig, mit schönem Timbre, es schien gar keine Stimme zu sein, sondern eine Hand, die deine Wange streichelte. Du dachtest, du würdest Entschuldigungen von dir geben. In Wirklichkeit warst du verstummt und verstört, der Matrose mußte es gemerkt haben, denn er sah dich durchdringend an, halb spöttisch, halb wissend, alles wußte er (jung, wie er war), was in dir vorging (alt, wie du warst). Du brachtest es nur fertig, das Taschentuch hervorzuziehen, um damit über den Schenkel des Jungen zu wischen; der dir zuvorkam und heftig dein Handgelenk drückte,

Nein, mein Herr, bemühen Sie sich nicht, es war mir ein Vergnügen, mit Ihnen zusammenzustoßen und Sie wiederzusehen. Nun stand außer Frage, daß es sich um denselben Matrosen handelte und er sich dazu noch an dich erinnerte. Du lächeltest (glaubtest es zumindest) und bliebst da stehen wie gelähmt, du spürtest, daß etwas Unwiderrufliches mit dir geschah. Und genau in diesem Augenblick gingen die Lichter aus. Nun gut, die Deckenbeleuchtung ging aus, denn ein paar verstreute Leuchter verliehen dem Saal hier und da flüchtigen Glanz. Die Musik hörte auf zu spielen. Die Paare trennten sich wie auf Befehl. Man hörte ein paar Takte der Triumphszene aus *Aida*, eine Tür ging auf, und das Unerwartete geschah: Jorge Tamayo erschien, die Hyäne. Doch nun war es nicht mehr die Hyäne, sondern ein Sternbild schien aufgegangen zu sein. Seine Glatze bedeckte eine bombastische Perücke aus goldenen Locken. Seine Mussolini-Fratze fett geschminkt und lächelnd. Die Hände in Handschuhen. Das Kleid lang und weit, aus endlos vielen Tüllschichten, auf denen munter Hunderte grüner Lichtlein flimmerten, die gewiß weder von falschen noch von echten Edelsteinen stammen konnten. Für einen Augenblick herrschte allgemeine Überraschung, gefolgt von einem Ahhhhhh! aus aller Munde, dem sich eine Ovation anschloß, auf die die Hyäne sich bemüßigt fühlte, die Arme zu heben und sich feierlich zu verbeugen. Die Gäste machten den Weg frei. Er schritt gemessen, majestätisch in seinem leuchtendem Kleid, mit leuchtendem Lächeln einher und führte sich pausenlos ein besticktes Taschentüchlein an die Augen, um sich die Tränen abzutupfen, die nicht über seine Wangen liefen. Erst als die Lichter wieder angingen und die Triumphszene Olga Guillot wich – *Voy viviendo ya de tus mentiras, sé que tu cariño no es sincero* … Von deinen Lügen werde ich leben, ich weiß, nicht aufrichtig ist deine Liebe ... –, konnte Rolo feststellen, daß das Kleid der Hyäne mit in Tüllbeutelchen gefangenen Leuchtkäfern besetzt war. Rolo wandte sich zu dem Matrosen um: Er war nicht mehr da. Er suchte ihn in der Menge, die sich nun wieder dem Tanzen und Knutschen zuwandte. Der kleine Mulatte mit den Yuccas in *Mojo* kam mit einem Tablett voll *Tamales* vorbei, Da sehen Sie, mein Angebot ist doch vielfältig. Rolo achtete nicht einmal auf ihn. Zwischen Baretts, Florentiner Hüten, Kronen, Rembrandthüten, Dreispitzen, Schleifen und Bändern versuchte er die Matrosenmütze mit dem blauen Band zu entdecken. Er fand sie nicht. Lächelnd, um seine Erregung zu verbergen, bahnte er sich einen Weg durch die Tanzenden, kreuz und quer, von einer Ecke zur anderen, eine immer vergeblichere, verzweifeltere Suche. Schließlich trat Pepito K. zu ihm und fragte, weniger mit den Lippen als mit dem spöttischen Glitzern in seinen Meeraugen, Haben Sie jemanden verloren? ich bin Ihnen bei allem behilflich, was es auch sein mag. Rolo wollte sein Lächeln nicht aufgeben. Ich glaube, ich suche mich selbst, gab er zurück, befriedigt, so geschickt der Banderilla ausgewichen zu sein, die ihm der falsche Torero hatte verpassen wollen. In einer Ecke hielt er inne, nun unter einer Landschaft von Víctor Manuel (wo hat die Hyäne bloß dieses Bild her? Víctor Manuel hat doch kaum Landschaften gemalt, ob es eine Fälschung ist?), und er verschrieb sich Seelenfrieden, ja, Seelenfrieden, nun war der Moment gekommen, sich zurückzuziehen, auch wenn immer noch dieses Begehren in ihm wütete, diese Beklemmung, die Freud und Sandokan entzückt hätten, in Wien wie in Coco Solo. Da streichelte sich neben ihm der Riese im Dominokostüm erneut seinen verheißungsvollen Berg Sinai. Nein, ich werde dir keine Beachtung schenken, nicht im Traum, so verzweifelt bin ich nun auch wieder nicht, um mich von einer Maske verführen zu lassen, außerdem ist es noch nicht zu spät, ich kann dieses Höllenhaus noch verlassen und den Prado hinaufspazieren, da tut man immer etwas auf, keine Sorge, in Havanna gibt es mehr Schwule als Königspalmen. Doch als der Dominoriese so nah herankam, daß sein Körper förmlich an Rolos klebte, rührte er sich nicht. Er ließ es zu, daß der andere ihm den Rücken, den Hintern, die Schenkel streichelte. Er suchte das vielversprechende Bündel und stellte fest, daß es sich um keinerlei Versprechen, sondern um eine mächtige Tatsache handelte, die einen schaudern ließ. Komm, befahl der Riese. Rolo gefiel dieser drängende Ton, die Bestimmtheit, mit der er seinen Arm drückte. *Noli me tangere*, rief Rolo mit einem Lächeln, von dem er wußte, daß es voll Bereitschaft und Unterwerfung war. Komm, wiederholte der andere, der allem Anschein nach weder den Satz verstanden hatte, noch sich darum scherte. Rolo wurde durch die Menge geschoben, ein angenehmes Gefühl überkam ihn, bei dem sich Schrecken und Lust die Waage hielten. Sie traten ins Badezimmer. Neben der Tür kniete Genosse Stalin und streichelte die großartige Rute von Eugénie. Weder der Genosse noch die Kaiserin ließen sich durch die Ankunft von Rolo und dem Riesen aus der Ruhe bringen. Auch Rolo fiel voll Hingabe auf die Knie, wie früher, als er die Hostie aus den Händen des Pfarrers in der Kirche von San Rafael empfangen hatte, und er spürte, wie eine Engelschar ihn ins Reich des Glücks entführte.

Nach dem gescheiterten Versuch, eine Flußfahrt zu unternehmen, kehrt Sebastián auf die Insel zurück, die nun ein riesiger, verlassener Wald ist, allein von Dianas, Hermesstatuen,

Denkern und Laokoons bevölkert, die im spärlichen Licht gespenstisch leuchten. Ohne den Mut aufzubringen, die Insel zu betreten, bleibt Sebastián neben dem Apoll vom Belvedere, hinter der Palisadenwand zum Vorhof stehen und schaut auf die Bäume, die sich schütteln, als wollten sie loslaufen, der Himmel hängt mit jedem Mal tiefer, ist dunkelviolett, kündigt schon seit Stunden Regen an. Obwohl er am liebsten nach Hause gehen und sich zum Lesen in sein Zimmer einschließen würde, sieht er davon ab, denn Helena wird wohl gerade Ziffern in ihr endloses Rechnungsbuch schreiben, also wird es ihr mit größter Wahrscheinlichkeit in den Sinn kommen, ihn mit dem Ethik- oder Religionsbuch neben sich Platz nehmen zu lassen. Deshalb schlendert er langsam durch die Kolonnaden, weg von seiner Wohnung, und wünscht sich, die Zeit möge geschwind vergehen. Er streift am Rand der Insel entlang, ohne sich entschließen zu können, einen Fuß ins Gras zu setzen, schaut jedoch wie gebannt in dieses Dickicht, das ihn zugleich anzieht und ängstigt. Er spielt mit Buva und Pecu, Chavitos Katzen, die dem Christus der Pietà auf den Bauch geklettert sind, geht weiter in Richtung des mächtigen Moses, der in den Himmel ragt, wo der linke Gebäudeflügel endet, dort, wo sich Consuelos Haus anschließt. Auf Höhe von Merengues Haus, glaubt er, eine Gestalt zwischen den Zweigen zu sehen. Was er erkennen konnte, war jedoch nur vage, so gut wie nichts, ein Schatten hinter dem Oleander, jemand, der für eine Sekunde innehält und sogleich wieder in diesem Grenzbereich des Diesseits, fast schon im Jenseits verschwindet, der dunkelsten Region der Insel, denn vor dem Klassenzimmer und vor Consuelos Haus brennt nie Licht. Natürlich kann Sebastián nicht mit Bestimmtheit sagen, daß dort jemand umherwandert. Eine Schleiereule fliegt in bleiernem Flug vorbei und verschwindet zwischen den Pappeln. Die Insel ist voll von Gaukelbildern, Sinnestäuschungen. Die Statuen, der Wind, die Nacht, die Zweige haben sich miteinander verschworen, um zu verstören, damit man glaubt, daß die Dinge sind, wie sie nicht sind und auch nicht sein können. Lange Geschichten gibt es über frühere Wahnbilder zu erzählen. Viele Geschichten, unendlich viele Geschichten. Und ich will nicht in die Irre gehen, die Insel soll sich nicht über mich lustig machen, und deshalb beschließe ich, die Angst zum Teufel zu jagen; und über einen der vielen Steinpfade, die zum Brunnen mit dem Gänseknaben führen, betrete ich das Waldstück, höre Schritte um mich herum, schwere Schritte, als würde sich jemand mühsam vorwärts schleppen, das welke Laub raschelt, man hört splitternde Äste, ich lasse mich aber nicht täuschen, es ist der Wind, nichts weiter als der Wind dieser Nacht, der Wind, der die Bäume entwurzeln will, ich gelange zum Brunnen und stelle fest, daß dort keine weiße Gestalt zu sehen ist. Dafür ist Lucio dort, in seinem preußischblauen Kaschmiranzug, hochelegant wie für einen Ball gekleidet. Er hat einen Fuß auf den Beckenrand gestellt und die verschränkten Arme auf das erhobene Knie gestützt. Eine Zigarette brennt zwischen seinen Fingern langsam herunter. Nachdenklich schaut er ins Brunnenwasser und bemerkt wie so oft Sebastiáns Kommen nicht. Stumm, respektvoll oder ängstlich geht Sebastián auf ihn zu und bleibt neben ihm stehen. Lucio zieht aus seiner Hosentasche ein rotes Taschentuch und fährt damit über seine trockene Stirn. Der Geruch nach Kölnischwasser, den das Taschentuch ausströmt, überdeckt den der Bäume und der feuchten Erde, den der Wind dieser Nacht mit sich trägt. Sebastián rückt noch näher, ermutigt durch Lucios Stummheit. Ohne den Blick von dem stehenden Wasser abzuwenden, legt der junge Mann Sebastián einen Arm auf die Schulter, umarmt ihn, umarmt den Jungen, zieht ihn so nah zu sich heran, daß Sebastián das Feuer seines Atems spürt. Lucio spricht nun ganz langsam, als bereite es ihm Schwierigkeiten, den Sinn eines jeden Wortes zu finden, Ich verstehe es nicht, Sebas, ich verstehe es nicht, und er schaut den Jungen finster an und fragt dann, Weißt du, was es bedeutet, nicht zu verstehen? Natürlich bestätigt Sebastián dies, denn schon die Frage an sich versteht er nicht. Lucio wirft in hohem Bogen die ungerauchte Zigarette ins Wasser, nimmt den Fuß vom Beckenrand und richtet sich auf, sein Gesicht erhellt sich mit dem üblichen Lächeln (in dem ein Goldzahn blitzt), dieses Lächeln, für das er bei den Studentinnen der Oberschule berühmt ist, und immer noch spürt Sebastián auf seinen Schultern das Gewicht des fremden Arms, als er hört, Hör nicht auf mich, Junge, hör nicht auf mich unwissenden Ignoranten, und lächelnd geht er davon, nur eine Wolke Kölnischwasser bleibt am Brunnen zurück, als hätte Lucio sich verdoppelt.

Jemand weint. Kein Zweifel. Sebastián glaubt, daß die Schluchzer aus der Gegend des Elegguá kommen, und macht sich, ohne zu überlegen, in diese Richtung auf, umrundet den Brunnen, kommt an der heiligen Jagüeyfeige vorbei, gelangt zum Bambusrohr bei der leeren Tränke (wo noch ein grüner Schatten von früherem Wasser zeugt) und sieht schließlich den großen Stein mit den Muschelaugen, den Schrägstrichen auf den Wangen und dem lächelnden Mund, der seine weißen Flußkieselzähne zeigt. Auf dem Boden hockt, an den Elegguá gelehnt, Tingo. Er ist es, der weint, und er weint hemmungslos, ein Weinen, das keinen Anfang gehabt zu haben scheint und auch kein Ende haben wird, denn wenn Tingo weint, scheint er seit immer und für immer zu weinen. Sebastián setzt sich neben ihn und sagt, Na erzähl schon, warum weinst du, was ist los, komm, sag's mir. Tingo scheint nicht zu hören, für ihn scheint das Weinen die einzige Möglichkeit, die einzige Rettung zu sein. Hör mal, ich bin doch da, schau, ich bin Sebastián, dein Freund, schau mich an, und Tingo weint und weint. Weint immerfort. Und schluchzt. Sebastián streichelt ihm den Kopf, Junge, so schlimm kann's doch nicht sein, erzähl schon, was los ist. Und als Tingo Sebastiáns Hand auf seinem Kopf fühlt, geht ein Zittern durch ihn, es ist offenkundig, daß ein Zittern durch ihn geht, und er hebt die Augen, noch schöner vom Weinen, blickt zum Freund auf, und nach und nach beruhigt er sich, hört auf zu weinen, zwar seufzt er noch und schluchzt ab und an auf, versucht jedoch, sich zu beherrschen, bis es ihm schließlich gelingt und er sich mit dem Handrücken die Wangen abwischt. Beide verharren im Schweigen. In einem Schweigen, das keines ist, denn auf der Insel mit ihrem wilden Wind scheint eine ganze Menschenmenge Schmähungen herauszubrüllen; natürlich, sobald man richtig hinhört, stellt man fest, daß es keine Menschen, keine Schmähungen sind, sondern die Zweige der Bäume. Tingo spricht nun stockend, ohne Sebastián anzuschauen, die Augen gesenkt, als würde er nur für sich sprechen, als wäre nur für ihn von Bedeutung, was er sagt.

Als Señorita Berta gesagt hat, daß wir heimgehen könnten, als sie den Nachmittagsunterricht beendet hat, weil jeden Augenblick Regen runterzukommen drohte, hatte ich von der Tafel den Text über die Alpen noch nicht fertig abgeschrieben, ich hatte solche Schwierigkeiten damit, du kannst es dir ja denken, ich verstand es einfach nicht, ich könnte dir gar nicht sagen, warum, ich schreibe nun mal langsam, bin einfach nicht schneller, auch wenn ich mich noch so beeile und versuche, ordentlich mitzukommen, nun gut, du weißt ja, da schreibe ich schon wie ein Wirbelwind und bin doch immer später, viel später als die anderen fertig, auch heute war es so, je mehr ich mich beeilen wollte, desto länger brauchte ich, die anderen waren alle schon fortgegangen, und Señorita Berta schaute mich mit diesem merkwürdigen Blick an, du weißt schon, wie sie schaut, wenn sie verzweifelt ist, und sie kommt zu mir und sagt, Tingo, ich gehe jetzt, ich will nicht in den Regen kommen, und ich antworte, Señorita, ich komme schon zum Schluß, bin gleich fertig, und sie sagt, Nein, das sagst du immer und wirst doch nicht fertig, also bleib hier, schreib fertig ab, mach das Licht aus und die Tür hinter dir zu, also blieb ich allein zurück mit diesen Worten an der Tafel, die ich immer noch nicht verstand, nie verstanden habe, weißt du, was die Alpen sind, Sebastián? natürlich, das ist nicht wichtig, jedenfalls wurde ich endlich fertig, ehrlich gesagt, habe ich nicht alles abgeschrieben, ich ließ ein paar Worte weg und machte einfach einen Schlußpunkt, wo er nicht hingehörte, weißt du, Punkt Schluß, und ich machte das Licht aus und die Tür zu und trat auf die Insel hinaus, glücklich, früh nach Hause zu kommen, die Hefte in die Ecke zu werfen und dich zu suchen, ich trat also auf die Insel hinaus, sah, daß es wahrhaftig jeden Moment zu schütten drohte, und mir schien, als würde ich den Regen schon fallen hören, ein leises Rauschen von Wasser und noch mehr Wasser, von dem ich nicht wußte, woher es kam, denn die Insel war immer noch trocken, und stell dir vor, Sebastián, dann fing die ganze Geschichte an, die du mir nicht glauben wirst, aber bitte glaube mir, auch wenn du es nicht verstehst, auch ich verstehe es ja nicht, es ist die reine Wahrheit, was ich dir jetzt erzähle, zuerst einmal war der Winkel mit der Martí-Büste nicht mehr da, sie war weder an ihrem Platz noch sonstwo, war einfach weg, ich konnte das gar nicht glauben, wie ist es möglich, daß der Winkel mit der Martí-Büste verschwunden ist, wo ich doch am Morgen erst Rosen und so hingelegt habe, weißt du, ich ging ein paar Schritte und dachte, womöglich hat Chavito sie woanders aufgebaut, denn so ist Chavito nun mal, ich machte also ein paar Schritte, genau zehn, das kann ich mit Sicherheit sagen, denn ich habe sie gezählt, aber das war das Schlimmste, was ich hätte tun können, denn du ahnst nicht, was mir dann passiert ist, also ich kam zu einem Platz mit ganz komischen Pflanzen, die ich noch nie im Leben gesehen hatte, mit Riesenblättern, die sich alle an den Zweigspitzen drängten, von kräftigem, häßlichem Grün und einem Geruch, den ich dir gar nicht beschreiben kann, und da ich auf der Insel noch nie solche Pflanzen gesehen hatte, ging ich zurück, zehn Schritte zurück, um wieder zum Klassenzimmer zurückzukehren, da merkte ich, daß es kein Klassenzimmer mehr gab, daß nicht nur die Martí-Büste verschwunden war, sondern auch das Klassenzimmer sich in Luft aufgelöst hatte, ich befand mich nun an einem Ort, der sich nicht im geringsten von dem anderen unterschied, die gleichen Pflanzen mit den großen, dunkelgrünen Blättern, die sich an den Zweigspitzen drängten, und ich dachte, wenn ich mich ein bißchen nach links wende und linker Hand weitergehe, muß ich doch unweigerlich zur Jenseitspforte gelangen und kann mich dann an Consuelos Haus orientieren, oder wenn ich mich statt dessen nach rechts wende, würde ich auf Martas und Mercedes' Wohnung stoßen, dann käme das Haus von Señorita Berta, danach das von Irene und schließlich meines, aber sosehr ich mich auch durch diese komischen Pflanzen kämpfte, ich gelangte nirgendwohin, nirgendwo tauchte etwas auf, der heraufziehende Gewittersturm war zwar noch der gleiche, ebenso die Luft und der drohende Regen, doch die Insel war anders, es gab keine Möglichkeit, herauszufinden, wo ich mich befand, da fiel mir ein, daß ich nach jemandem rufen könnte, nach dir, nach irgendwem, und ich schrie, schrie aus vollem Hals, und niemand kam, niemand hörte mich, ich lief weiter, und dann fiel mir ein, ich könnte in die entgegengesetzte Richtung gehen, zum Haupttor, weißt du, von ganzer Seele wünschte ich mir, auf eine der Statuen zu stoßen, denn wenn ich erst den Mann, der den Diskus wirft, gefunden hätte oder den anderen, der gemeinsam mit seinen Söhnen mit dieser Schlange ringt, dann wäre alles anders gewesen, dann hätte ich gewußt, in welchem Teil der Insel ich mich befinde, denn erst in diesem Augenblick wurde mir klar, wozu die Statuen gut waren, die Statuen sind da, damit man weiß, wo man gerade ist, aber ich sah keine Statuen, sie wollten nicht auftauchen, und nicht nur das, die Pflanzen waren immer noch genauso komisch, ich sah weder Palmen noch Ceibas, noch Yagrumas, weder Pantoffelsträucher noch Irenes Rosenstöcke, nichts, rein gar nichts, nur diese komischen Pflanzen, und schließlich fiel mir ein, daß die Insel ja von allen Seiten geschlossen war, wenn ich also immer geradeaus ging, egal in welche Richtung, mußte ich zwangsläufig auf die Mauer stoßen, dann brauchte ich mir keine Gedanken mehr zu machen, ich würde ein Haus finden, ich lief und lief immer geradeaus, Stunden vermutlich, denn es wurde schon dunkel, die Füße taten mir weh und begannen zu bluten, ich konnte nicht mehr weiter, kein Haus wollte auftauchen, keine Mauer, und zu allem Überfluß begann auch noch meine Haut zu brennen und diese Quaddeln kamen zum Vorschein, die Haut rötete sich, ich kam mir vor, als würde ich auf einem Scheiterhaufen stehen wie dieser heilige Savona-soundso, von dem Señorita Berta erzählt hat, ich hatte Durst wie nie zuvor in meinem Leben und Hunger wie nie zuvor, schließlich, als ich schon glaubte, daß mir nichts anderes übrigbleiben würde, als mich auf die Erde zu werfen, und ich schon aufgeben wollte, da gelangte ich an einen Ort, der kein Ort von hier war, nein, sondern ein Ort, den ich noch nie zuvor gesehen hatte.

Ein Haus, Sebastián, ein Schloß, ein Palast, nun gut, weiß nicht genau, ein uraltes Gemäuer, es sah so aus, als sei es kurz vor dem Zusammenfallen, es hatte eine endlos breite Fassade, an der der Putz abblätterte, ohne Farbe, mit schwarzgrünen Flecken und höher als unsere Fassaden, das schwöre ich, viel höher, Gitterfenster gab es, und überall in den Ritzen wuchsen Pflanzen, Farne, Mauersenf, sogar eine ganz schön stämmige Yagruma wuchs da aus einer der Mauerritzen, und ich fand den Eingang von diesem Anwesen nicht, umrundete es mehrmals, aber nichts, keine Tür, die Mauern machten mir angst, wie sie da einfach nur so hoch in den Himmel ragten, und obwohl es Nacht war, konnte man gut sehen, noch nie hatte ich eine solche Nacht erlebt, so leuchtend war sie, daß mir sogar mein Schatten blieb, mein Schatten war noch da, als wäre es Mittag, und ich lief und lief, fiel schon fast um vor Müdigkeit, rief ab und zu nach meiner Mama, ganz leise, damit mich ja niemand anderes als meine Mama hörte, und um das Haus oder das Schloß oder den Palast, weißt schon, wuchs ein Wald, von dem sich die Insel eine Scheibe hätte abschneiden können, jawohl, ein wirklich waldiger Wald, wer hat einmal gesagt, daß ein Wald eine Seele habe und er sich noch so sehr öffnen könne, seine Seele weiche doch immer zurück? wer hat das gesagt, warst du das? du mußt es gewesen sein, niemandem sonst fällt so was ein, und schließlich wurde ich es müde und setzte mich unter ein Fenster, da hörte ich jemanden weinen, hörte Seufzer, Schluchzer und glaubte, daß ich es selbst war, mein eigenes Weinen kam von woanders her, aus der Ferne, von weit oben, vom Fenster, ich fuhr mir an die Backen, sie waren trocken, müde war ich, weißt du, hatte nicht die Kraft zum Weinen, ich sagte mir, du bist im Klassenzimmer am Pult eingeschlafen, und morgen, wenn Señorita Berta den Raum für den Unterricht öffnet, wird sie dich aufwecken, das redete ich mir ein, und ebenso sagte ich mir, daß meine Mutter vielleicht merkte, daß ich weder zum Essen noch zum Schlafen nach Hause gekommen war, und mich suchen ging, beide würden sie zwangsläufig an der Schule vorbeikommen und mich dort schlafend am Pult finden, sie würden mich aufwecken, und ich könnte ihnen meinen Alptraum erzählen, würde ihnen sagen, Uff, was ich geträumt habe, und alle würden wir herzhaft lachen, Sebastián, wie einem Schwachkopf machte ich mir etwas vor, ich wußte, daß es weder ein Traum noch ein Alpdruck oder sonstwas sein konnte, alles war so wirklich wie ich selbst, und wenn es nicht Wirklichkeit war, dann mußte ich ebenso falsch sein, denn ich habe schon geträumt und weiß, wann ich träume und wann nicht, ich sagte mir, ruhig, Junge, ruhig, ich schloß die Augen und versuchte nachzudenken, wie ich hierhergekommen war, denn ein Weg führt irgendwohin und kommt irgendwoher, also mußte es eine Möglichkeit geben zurückzukehren, ich schaute nach oben und dachte daran, was uns dein Onkel Rolo einmal erklärt hat, erinnerst du dich? das mit den Sternen, daß die einem wie die Statuen helfen, wenn man sich verirrt hat? ich schaute zum Himmel auf, dort waren Sterne, so viele und so funkelnde, daß ich nicht wußte, an welchen ich mich halten sollte, der Mond sah rund und groß aus, gelb, aber auch er half mir nicht weiter, denn als ich aufstand und mich nach rechts oder links wandte, bewegte sich der Mond mit mir nach rechts und nach links, auch die Sterne wanderten von einem Ort zum anderen, dein Onkel Rolo hat uns angeschwindelt, weißt du, angeschwindelt hat er uns, also umrundete ich wieder die Ruine, hörte das Weinen, die Schluchzer, die Seufzer, manchmal Worte, ich erinnere mich sogar an einen ganzen Satz, ich habe ihn im Gedächtnis behalten, weil er mich so beeindruckt hatte, eine kräftige Männerstimme sagte, In sanftem Dämmer träumte ich dahin, ich erinnere mich so gut daran, weil ich das Wort Dämmer so wunderschön fand, geht es dir ebenso? und sicher bin ich auch, daß ich eine andere Männerstimme hörte, eine traurigere, weichere, die sagte, Wer, wenn ich schriee, hörte mich denn aus der Engel Ordnungen? so traurig, Sebastián, so traurig, und stell dir vor, bei einem meiner Rundgänge stieß ich plötzlich auf die Tür, ich weiß nicht, warum ich sie nicht schon vorher gesehen hatte, denn nie zuvor war mir eine so große, riesige Tür untergekommen, mit gewaltigen Nägeln, sperrangelweit war sie geöffnet, und ich trat in einen Saal, und ich sage Saal, weil ich nicht weiß, wie ich diesen Raum nennen soll, in den ich da kam, großzügig war er, mit einer Decke, die den Blicken entschwand, es gab Möbel, Unmengen von Möbeln, wie du sie dir gar nicht vorstellen kannst, alte, klapprige Möbel, Lampen, Bücher, Stoffe, alte Kleider, Landschaftsbilder, Porträts von ernsten Leuten, die streng dreinschauten und mich todtraurig machten, noch trauriger, als ich sowieso schon war, weil ich mich verlaufen hatte, es gab Truhen, zerbrochene Spiegel, da war vor allem einer, der mehrmals gesprungen war, ich schaute mich darin an, und jetzt wirst du überrascht sein: ich sah mein

Spiegelbild nicht, dann stieß ich auf einen lächelnden Herrn, der sich auf ganz merkwürdige Art verbeugte, nie zuvor habe ich jemanden sich so verbeugen gesehen, er war verkleidet, ich sage dir, der trug vielleicht komische Kleider, er lächelte, blinzelte mir zu, ganz schön häßlich war er, weißt du? und seine Stimme kam nicht aus ihm heraus, sondern kam aus dem ganzen Haus oder von oben, von der Decke, er sagte mir, Willkommen, ich weiß nicht mehr, was ich antwortete, ich glaube, ich habe gar nicht geantwortet, sondern begnügte mich damit, ihn erschreckt anzustarren, das heißt, das glaube ich zumindest, denn er bat mich, Erschrecke nicht, und hob eine Hand hoch, eine Hand, in der er einen schwarzen Hut hielt, so ähnlich wie die Hüte der Zauberer oder wie die in den alten Filmen, die wir gesehen haben, und er fragte mich nach meinem Namen, ich erwiderte, Tingo, zuerst wollte ich ja lügen, wollte deinen Namen nennen oder den von Vido, aber im letzten Augenblick ließ mein Mund mich im Stich, und ich sagte Tingo, ich sah, wie der Mann ernst und nachdenklich wurde, mich anschaute, als wäre ich das Gespenst und nicht er, und wollen wir wetten, du errätst nicht, was er mich dann fragte? er kam ganz nah an mich heran, ich sah sein häßliches Gesicht ganz nah vor meinem, spürte sogar seinen Essigatem, er fragte mich, Bist du nicht Sebastián? wie sollte ich da lügen? ich schüttelte den Kopf, Nein, mein Herr, ich bin nicht Sebastián, Also dann, antwortete der Mann mit dieser Stimme, die nicht aus ihm drang, sondern aus dem ganzen Haus, dann geh und sag diesem Jungen, wir warten auf ihn, und er zeigte mir den Hut, so, wie es die Zauberer im Zirkus tun, er zeigte mir den Hut wie jemand, der einem etwas sehr Kostspieliges zeigt, und setzte ihn sich auf, Himmel, Sebastián, du mußt mir glauben, in dem Augenblick, in dem dieser komisch gekleidete, häßliche Mann sich den Hut aufsetzte, verschwand er, jawohl, er stand einfach nicht mehr vor mir, ich suchte und suchte ihn, nichts, er hat sich den Hut aufgesetzt und ist einfach verschwunden, ich hörte nur noch seine Stimme oder das Echo, das immer undeutlicher wiederholte, Sag Sebastián, wir warten auf ihn, und ich warf mich auf den Boden und weinte, weinte, bis mir die Augen weh taten, und als ich sie wieder öffnete, warst du bei mir, und ich sah, daß ich auf der Insel war, und jetzt merke ich, was für ein elender Waschlappen ich bin, es war alles nur ein Traum.

Heute nacht ist Weihnachten,
Bruder, geh'n wir zum Waldessaum,
da schlagen wir uns einen Baum,
denn die Nacht, die ist so licht.
Und die Könige und Hirten,
sie folgen einem Sternenlicht...

Das singt Tingo über die ganze Insel hinweg am Abend des 24. Dezembers. Und Sebastián, der ihn hört, läuft hinaus, um Tingo zu suchen und ihm zu helfen, einen Baum zu schlagen, als

wieder sieht er den Verwundeten in ein Heft schreiben. Was schreibst du? Notizen. Wozu?

um zu beschließen, daß diese Nacht nicht Weihnachten ist,
Bruder,
daß wir nicht zum Waldessaum gehen,
uns keinen Baum schlagen, auch wenn die Nacht
noch so licht ist, um zu beschließen, daß es keine

Könige, keine Hirten geben wird,
daß das Sternenlicht erlöschen wird,
um zu beschließen, daß die Lichter nicht angehen werden
an den Weihnachtsbäumen,
die Krippe nicht hervorgeholt wird,
um zu beschließen, daß in dieser Nacht
nicht der große Familientisch hergerichtet wird,
mit den weißen Leinentischdecken,
schön bestickt,
kein Porzellangeschirr,
kein Silberbesteck, das nur
in dieser Nacht benutzt wird,
um zu beschließen, daß wir keinen Reis mit roten Bohnen
kochen werden,
keine Yuccas, wir werden keinen Tomatensalat machen,
keine Zwiebelringe hineintun,
werden kein Spanferkel in den Gruben im Hof braten,
besorgen keine weichen Jijona-Turrones (die mag ich am
liebsten),
auch keine harten aus Alicante (die mag ich weniger),
kühlen kein Bier,
auch keinen Rotwein (in diesem versengten Land muß
Rotwein
gekühlt werden),
es wird keine Walnüsse mehr geben,
keine Haselnüsse,
schon gar keine Datteln,
die sind hier nie gewachsen, werden hier nie wachsen,
und es wird weder Spritzkuchen noch Käse mit Guayavemus
geben (ein Dessert, das jeden Franzosen mit Grauen erfüllt),
um zu beschließen, daß die Kinder keine

Weihnachtslieder singen,
während die Erwachsenen obszöne Witze reißen,
um zu beschließen, daß niemanden religiöse Hingabe befällt,
denn auch wenn Weihnachten auf der Insel
immer ein heidnisches Fest war,
gibt es Leute, die vor die Tür treten und den Mond anschauen,
die Wolken, die Nacht,
und glauben, darin verborgene
Botschaften zu erkennen
von unsterblichen Mächten,
allumfassend,
um zu beschließen, daß die Figuren,
die auf dieser Insel wandeln, sich nicht daran erinnern,
daß heute
der Vorabend der Geburt von Gottes Sohn ist,
nach dem
abendländischen Kalender

Warum sollen wir etwas vergessen, das uns glücklich macht? Damit ihr euch daran gewöhnt, es zu vergessen, nimm es mir nicht übel, ich will nur barmherzig mit euch sein, und nun geh, ich brauche Ruhe, laß mich schreiben, spater werden wir mehr Zeit zum Reden haben.

Man will die Barfüßige Gräfin an Weihnachten auf dem Jahrhundertjahrmarkt gesehen haben. Sie soll Karussell gefahren und dann ins Spiegelkabinett getreten sein, in dieses Labyrinth, das zu keinem Minotaurus führte (kein Labyrinth führt zu einem Minotaurus), sondern zu einer mechanischen Alten, die unentwegt lacht. Sie soll für Aufnahmen posiert haben, bei denen sie nur über eine Pappwand schauen mußte, um auf dem Foto als Hofdame des Sonnenkönigs, als Tiroler Bauernmädchen, als eine von Velázquez' Meninas, als Orville Wright in einem Doppeldecker zu erscheinen. Sie soll aus dem Glücksbrunnen Würstchen und Pfannen gefischt und sich im Jungbrunnen das Gesicht gewaschen haben. Sie soll in Don Ramóns Taverne Bier getrunken und beim Trinken Lieder von Manuel Corona und Sindo Garay gesungen haben. Sie soll dreimal hintereinander einen Errol-Flynn-Film gesehen und zu Mayra, der Wahrsagerin, gegangen sein, wobei sie (die Gräfin) ihr die Zukunft vorausgesagt haben soll. In dieser Nacht sollen (was schon seit langem nicht mehr vorgekommen war) Cirilos schmerzliche Flötenklänge zu hören gewesen sein. Jemand soll sie später, viel später in Begleitung eines Matrosen gesehen haben, beide seien Arm in Arm gegangen, an der Diana vorbei, als würden sie vom Diesseits ins Jenseits gehen. Sie sollen dabei ein Gedicht von René López rezitiert haben, das berühmteste, das so beginnt:

> Schiffe, die ihr in tiefer Nacht fortgleitet
> über die blaue Haut der sieben Meere …

Die Gräfin soll rundum glücklich ausgesehen, gelacht und Consuelos Elegguá als Opfergabe ihren schlangenförmigen Eisenholzstock zugeworfen haben. Der Matrose soll sie auf die Stirn geküßt haben, als sie beim Pförtchen ankamen, das Diesseits und Jenseits trennt. Die Gräfin soll sich umgedreht und gerufen haben, Das ist keine Insel, sondern ein Ungeheuer voller Bäume, und dann soll sie gelacht haben, und wie sie lachte! Natürlich erzählt man sich noch viel mehr, denn erzählen kostet nichts, und die Leute denken sich die unerfindlichsten Geschichten aus, nur damit die anderen weinen und sich ängstigen.

(Da nun einmal beschlossen worden ist, Weihnachten abzuschaffen, wollen wir den Tag übergehen, ein Kalenderblatt abreißen und schreiben: Es ist der Morgen des 25. Dezembers.)

Es ist der Morgen des 25. Dezembers. Das Krachen überrascht Helena in dem Augenblick, in dem sie Sebastián das Frühstück macht. Es kracht, als würde die ganze Insel einstürzen. Sie läuft hinaus auf die Insel und begreift: Nichts ist geschehen, es war nur eine der zahlreichen Täuschungen dieses boshaften Ortes.

Es ist der Morgen des 25. Dezembers. Das Krachen überrascht Helena nicht. Sie tritt in den Morgen hinaus, auf die Kolonnaden, schlägt den schmalen Steinpfad ein, der an der Venus von Milo vorbeiführt, umrundet den Brunnen mit dem Gänseknaben und geht auf einem anderen Weg, der sich zwischen Diana und Diskuswerfer auftut, weiter zu Consuelos Haus. Bevor sie es erreicht hat, sieht sie noch die letzten Balken, die letzten Pfeiler zusammenbrechen und eine gewaltige Staubsäule sich aus den Trümmern erheben, wo einst Consuelos Haus gestanden hatte.

Man weiß nicht, wie es zu dem Einsturz kommen konnte. Vielleicht haben kräftige Winde und Sonnenglut bewirkt, daß sich ein Riß im Dach zu weit öffnet, das Dach gibt nach, Sand rieselt herab, die Trümmer donnern geschwind herunter, so daß die Gewalt des Daches (beim Einstürzen) bewirkt, daß die Säulen (an sich schon brüchig) das Gewicht nicht mehr tragen können und zusammenbrechen. Als die Säulen nachgeben, kann man nur noch auf das Getöse warten; in Minuten wird das Haus, das seine eigene Geschichte gehabt hat, kein Haus mehr sein und sich in einen unnützen Steinhaufen verwandelt haben.

Jetzt mag Consuelos ehemaliges Haus ein nutzloser Trümmerhaufen sein, aber du sollst wissen, daß das Haus seine Geschichte hatte, da wohnte einst ein schlankes, nicht allzu großes Mädchen, mit riesigen Augen, Nase und Mund, das unentwegt tanzte, jawohl, es tanzte zu Klängen von Delibes, Adam, Tschaikowski und Minkus, es tanzte und tanzte, morgens, nachmittags und abends, hörte nicht auf zu tanzen, es tanzte so viel, daß es tanzend nach New York gelangte und dort Primaballerina einer Balletttruppe wurde und sich in eine der größten Primaballerinen des Jahrhunderts verwandelte, jawohl, sie tanzte die *Giselle* wie keine andere, das kann mir niemand abstreiten, und dort lebte auch der schöne Julio Antonio, der zu Recht so genannt wurde, denn einen attraktiveren Mann hat die Insel, glaube ich, niemals gesehen, und ich spreche nicht von unserer Insel hier, sondern von der ganzen Insel (Kuba), hier lebte der schöne Julio Antonio, bevor er nach Mexiko ging, mit einer ebenfalls sehr hübschen Frau, einer Fotografin, um dort den Tod zu finden (Gott läßt nicht zu, heißt es, daß auf Erden so schöne Menschen wandeln, Gott will sie alle als Engel an seiner Seite), und hier lebte eine nette kleine Schwarze, die im Zirkus der Gebrüder Torres Rumba tanzte, und diese kleine Schwarze weinte den lieben langen Tag wegen irgendeines tragischen Vorfalls in ihrem Leben, deshalb nannte man sie auch die traurige Rumbatänzerin, aber sie war herzensgut, jawohl, und hier lebte außerdem ein Wissenschaftler mit Namen Arsenio, der die Sonne aussperren, ein Dach über die Insel ziehen, riesige Kühlvorrichtungen anbringen und Schnee importieren wollte, damit wir in Kuba wie auf Island lebten, es ist wohl überflüssig, zu sagen, daß das Projekt des Wissenschaftlers namens Arsenio niemals in die Tat umgesetzt wurde, und hier lebte auch ein gewisser Valdés (der Mann von Espera Morales), man nannte ihn den Kommunisten, denn er las unaufhörlich Lenin, deshalb jagte er auch allen einen gehörigen Schrecken ein, die Großmütterchen bekreuzigten sich, wenn er vorbeikam, die Frauen schlossen Türen und Fenster, die Männer unterbrachen ihre Billardpartien, wenn sie ihn auftauchen sahen, und die Kinder fielen mit Steinen über ihn her, aber der Kommunist sagte nur, Die Zeit meiner Rache wird schon noch kommen, außerdem lebte hier Kapitän Caspio, ein Seemann, der mehr als jeder andere über die Seefahrt wußte und sich doch nie mit einem Schiff hinauswagte, denn er hatte die Theorie, der Horizont sei gar keine imaginäre Linie, sondern eine Mauer, und die Schiffe würden daran zerschellen, überdies lebte hier ein Maler namens Ponce, ein Dichter namens Regino, der Pianist Lorenzo, ein Akrobatenschwesternpaar, ein Priester namens Carlos Manuel (wie der Vater unseres Landes) und noch ein Schriftsteller, Reinaldo, Maité mit dem kleinen Kaninchen, einige berühmte Mörder, deren Namen ich nicht erwähne (ich will das Unglück nicht heraufbeschwören), und natürlich lebte hier Consuelo, die mit der Heiligen Jungfrau gesprochen hatte, und allein das wäre schon Grund genug, bis ans Ende aller Zeiten den Einsturz dieses Hauses voller Geschichten zu beweinen.

Es wird behauptet, die Mulattin Consuelo habe, bevor sie auf die Insel zog, in einem Holzhäuschen an der Almendares-

Mündung gelebt, gegenüber des Turms von La Chorrera, gleich neben der geheimnisvollen Villa der Loynaz-Familie (derselben, die Dulce María später in einem außergewöhnlichen Roman beschreiben sollte). Consuelo lebte als kleines Mädchen bei ihrer Mutter, einer alten Schwarzen, ehemalige Sklavin bei der Familie Simoni. Als frühere Sklavin hatte Consuelos Mama etwas von einer Hexe und Weisen. Den Vater der Tochter wollte die Mutter nie erwähnen, so daß man über ihn nur sagen kann, daß er weiß gewesen sein muß: Die Schwärze der Mutter war aus Consuelos Haut verschwunden. Als Tochter eines Weißen fehlte es ihr letztendlich nicht an Gewitztheit, und die Rassenmischung läßt vermuten, daß Consuelo nicht nur schön war, sondern auch über andere unerläßliche Eigenschaften einer waschechten Kubanerin verfügte (Gewitztheit, Hellseherei und Weisheit). Sie lebten von der Stickerei. Die ehrenwerten (also wohlhabenden) Familien von Havanna stellten sich mit Nachthemden, Aussteuer, Bettwäsche und weißen Kleidern bei ihnen ein. Consuelo soll damals noch nichts von ihren hellseherischen Fähigkeiten gewußt haben. Eines Tages sagte Consuelo zu ihrer Mutter, Immer wenn ich von der Stickerei aufblicke, sehe ich Fische, Unmengen von Fischen. Die Mutter ließ den blauen Hof um ihre Augen, müde vom Leiden und Sticken, noch klarer hervortreten, und fragte, Im Traum, meinst du? Nein, ich träume doch nie, Mama, das wißt Ihr doch, ich sehe Fische, wenn ich wach bin, hier um mich, um Euch herum, immer wenn ich von der Arbeit aufblicke, weder Faden noch Stoff anschaue, dann sehe ich Fische, Mama. Die Mutter legte den Stickrahmen beiseite, stand auf, trat in den strahlenden Morgen hinaus, blickte zum Horizont, wo Segelschiffe zu sehen waren. Als sie sich wieder setzte, rief sie unter Seufzern aus, Es droht Gefahr. Consuelo sah sie verständnislos an. Es droht Gefahr, ein Sturm zieht herauf. Consuelo verstand noch immer nicht. Die Mutter wurde ungeduldig, Die Fische, Tochter, die Fische! Das Gespräch muß so um elf Uhr morgens stattgefunden haben. Um drei Uhr schossen die Wellen bereits über die Uferfelsen und gelangten fast bis in den Innenhof des Hauses. Eine halbe Stunde später trat das Meer nun sichtbar über seine Ufer, drang bis zu den Stufen von La Chorrera vor und vereinte sich mit dem Fluß, unter tausend Mühen gelang es Consuelo, die Mutter auf den Tisch zu heben, sie selbst stieg auf einen anderen, als das Meer bereits ins Haus trat und es langsam aus seinen schwachen Fundamenten riß, die Mutter sagte, Mach dir keine Sorgen um mich, ich bin eine Tochter Yemayás, dank ihrer ist nun meine Stunde gekommen, kümmere dich nur um dich, du hast noch viel vor im Leben, da sagte ich erschreckt zu ihr, Ihr könnt mich doch nicht allein lassen, Mama, Ihr könnt mich doch nicht allein lassen, und sie antwortete nicht, wie sollte sie auch antworten, die Arme, da doch das Meer das Haus mit sich fortriß, wir sahen, wie es entschwand (das Häuschen, meine ich), in den Fluß bog, sich in der Ferne verlor, das Häuschen, in dem wir zwölf schöne Jahre lang gelebt hatten, wurde vom Meer fortgerissen wie ein steuerloses Boot, wehrlos den Fluten ausgesetzt, mein Häuschen (arm, aber meines), von den Wellen fortgetragen. Auch die Tische hielten dem Ansturm des Meeres nicht lange stand. Zuerst trieb es die Mutter wie auf einem Floß fort, ohne Freude, aber auch ohne Angst. Als die Mutter merkte, daß nun der Moment des Scheidens gekommen war, rief sie Consuelo zu, Bäume, Kind, viele Bäume, und vergiß nicht die Heilige Jungfrau! Auch diesmal verstand die Tochter die Botschaft nicht. Consuelo mußte zusehen, wie die Mutter immer weiter aufs Meer hinaustrieb, bis sie nur mehr ein winziger Punkt, ein Nichts inmitten der gewaltigen Weite war. Nun wurde ihr eigener Tisch vom Wasser angehoben, doch sie hatte Glück, und er wurde gegen die Festungsmauern geworfen, ein freundlicher Wachmann (wie es sie manchmal auch gibt) rettete sie aus dem Meer, das sich angeschickt hatte, ganz Havanna zu vernichten (es sollte nicht das erste – und schon gar nicht das letzte – Mal sein, daß das Meer versuchte, die Stadt unter sich zu begraben). Zwei Wochen später zog sich das Meer zurück, ohne sein Werk vollendet zu haben (sein Werk war es gerade, sein Werk nie bis zur letzten Konsequenz zu vollenden). Der Rückzug des Meers ließ Havanna inmitten eines Meeres von Unrat, Algen, Seefossilien, toten Fischen, Überresten versunkener Galeonen und Ertrunkener zurück. In dieser unheilvollen Stunde wurde Consuelo bewußt, daß sie kein Dach mehr über dem Kopf hatte. Ich weiß nicht, ob alle Menschen wissen, was die Worte »kein Dach über dem Kopf« wirklich bedeuten. Kein Schock ist diesem vergleichbar. Keine Verlassenheit ist dieser vergleichbar. Kein Grauen ist diesem vergleichbar. Denn wenn das Meer ein Haus mit sich fortträgt, schwimmt nicht nur ein Dach fort, das dich vor Unwetter, Regen und Mondeskälte schützt, es entschwindet nicht nur die Stätte, die alle Träume, alles Herrliche und Erbärmliche vor dem (strengen) Blick des anderen schützt, der dich sucht und mustert, um zu sehen, wo am Körper sich deine schwache Stelle verbirgt, wo du versteckst, was nicht sichtbar sein darf, es entschwindet eben nicht nur der Ort, der dich beschirmt und wärmt, an dem es dir gestattet ist, so sehr du zu sein wie nirgends sonst, denn ein Haus ist nicht nur ein Ort, sei es nun der Zuflucht oder der Scham, ein Haus ist auch das Lager deiner Erinnerungen, der Ort, an dem du alle deine Pralinenschachteln aufbewahrt hast, nun ohne Pralinen, aber dafür voll von Briefen und Fotografien, das Bild jenes Mannequins aus der Zeitschrift, dem du gleichen wolltest, der Ort, an dem du Schimären und Schrekken geteilt hast, an diesem Ort hast du Wäsche gewaschen (eine Art Läuterung), Speisen zubereitet (eine Art Kommunion), gebadet (eine Art, dem Herrn zu gleichen), geschlafen (eine Art, dich dem Mysterium anzunähern), ein Haus ist ebenso der Ort, der Darmentleerung (ein Vorgeschmack darauf, der Erde zurückzugeben, was der Erde gehört), der Ort der Liebe (ein Nachgeschmack jener Lust, aus dem Paradies vertrieben zu werden), der Ort, an dem du dich der Illusion hingibst, daß etwas dir gehört in diesem Universum, in dem nur Pascal nicht mehr vor dem endlosen Raum graute, denn es ist auch der Ort, den du dir in deinem Maßstab errichtet hast, an dem du dir in Raum und Zeit nicht wie ein erbärmliches Teilchen eines endlosen Plans vorkommst, er ermöglicht dir, dem Universum Grenzen zu ziehen und kategorisch zu behaupten, Das ist mein Platz, und er ist gut, weil es mein Platz ist. So erklärte Consuelo ihren Verwandten das Gefühl, das Dach über dem Kopf verloren zu haben. So pathetisch stellte sie es dar, denn sie war eine pathetische, sentimentale Frau, außerdem muß hier ein für allemal festgehalten werden, daß sie als Figur letzten Endes die Schwächen ihres Autors teilt (deshalb hat sie auch Pascal erwähnt, einen Schriftsteller, den Consuelo nicht mal im Traum kannte). Jedenfalls erklärte sie sich mehr als deutlich, damit ihre Verwandten begriffen, daß der Verlust des Heims zu dem Schlimmsten gehörte, was einem Menschen überhaupt zustoßen kann. Dennoch nahmen sie Consuelo nicht auf. Sie schoben Platzmangel vor, bedauerten, ihr nicht helfen zu können (brauchen wir denn immer eine Entschuldigung, eine Weigerung, die uns nicht so niederträchtig erscheinen läßt, wie wir sind?). Consuelo gesellte sich zu den Bettlern auf der Plaza Vieja. Unter den Arkaden, in den Kolonnaden der heruntergekommenen Paläste fand sie ein provisorisches Dach über dem Kopf, damit der Regen sie nicht naß und die Morgenkälte nicht krank machte. Nach der Abfuhr von seiten der Verwandten beschloß sie, sich an eine ehemalige Kundin zu wenden, die vielleicht bereit war, ihr zu helfen, die überaus ehrenwerte Señorita Silvina Bota, zuständig für den Gesellschaftsteil einer bedeutenden Tageszeitung, die zweifellos »alle Sphären der Macht« (wie sie gerne betonte) kannte und einem Wohlfahrtsverein für Damen angehörte. Zwar schon etwas in die Jahre und Pfunde gekommen, sah Señorita Bota doch immer noch wie ein Mädchen aus, das nicht weiß, was es mit all den Jahren anfangen soll. Sie trug Matrosenkleidchen und einen Pagenkopf. Ihre Augen waren ebenso sanft wie ihre bedächtige Redeweise voll Manierismen, Anglizismen, Gallizismen, Archaismen. Consuelo faszinierten vor allem ihre Händchen (schwer mit Ringen beladen), dieses Paar hilfloser Täubchen, die um ihre Worte herumflatterten. Sie empfing sie in ihrem eleganten Arbeitszimmer, das gealterte Mädchengesicht höflicher denn je. Consuelo wiederholte ihren Monolog (den wir hier nicht noch einmal wiedergeben wollen) und spürte, daß ihr aufmerksam zugehört wurde. Señorita Bota besaß das Geschick, an den Fingernägeln zu knabbern, ohne auch nur im geringsten ihr Avon-Rouge in Mitleidenschaft zu ziehen. Kaum hatte die Stickerin ihre herzerweichende Rede beendet, fragte Señorita Bota mit ihrer Sopranstimme, Und du sagst, du lebst in den Arkaden der Plaza Vieja? Consuelo nickte eifrig. Señorita Bota erhob sich von ihrem herrlichen Stuhl, spanische Renaissance, ging durchs Arbeitszimmer und stieß hervor, *But*, du hast doch ein

Dach über dem Kopf, diese ehrwürdigen, luxuriösen Paläste wurden für die *eternity* gebaut, worüber beklagst du dich? sei nicht zu anspruchsvoll, Consuelo, bei Regen wirst du nicht naß, was willst du mehr? Eines Tages beschlossen die Bettler, vor dem Präsidentenpalast zu demonstrieren, sie nannten es Marsch der Obdachlosen. Ins Leben gerufen hatte ihn Consuelo. Da die Demonstration grausam niedergeschlagen wurde, mußte sie fliehen und hielt Marianao für einen guten Ort, um unterzutauchen. Durch diese Flucht (wer könnte sich schon einbilden, Gottes Absichten zu kennen?) lernte sie Niña Ibáñez kennen, eine kleine Alte, die alles nur erdenkliche Unglück erlebt hatte und vielleicht gerade deshalb immer munter war, mit ihren fröhlichen blauen Augen, immer bereit zu lachen. Niña Ibáñez, die ihren Gatten, den Krämer, ruiniert hatte, weil sie den Bedürftigen immer Lebensmittel schenkte, nahm sie mehrere Tage bei sich auf, gab ihr Geld und Essen und stellte sie dem Paten vor, mit dem Gedanken, eine Arbeit für sie zu finden, und mit einem anderen Gedanken stellte sie ihr Lico Grande vor. Lico Grande (ein Kerl von fast zwei Metern, so schwarz, daß er einem Mandinga aus Senegal glich) widmete sich mit gleichermaßen glücklicher Hand der Uhrmacherei und der Gärtnerei. Er glaubte, daß Gott sich in jedem Ding seiner Schöpfung offenbarte, von der unbedeutendsten Ameise bis zu Señorita Bota, und manchmal rief er aus heiterem Himmel aus, Ich habe begriffen, daß jedes Ding weiterhin das sein will, was es ist. Da Gott also ein Mensch, ein Berg, ein Fluß oder ein Baum war, machte sich Lico Grande daran, die verschiedensten und seltsamsten Bäume auf der Insel zu pflanzen, die damals bereits dem Paten gehörte. Letzterer (schließlich ein Galicier, der dem Anblick einer Mulattin nicht widerstehen konnte) stellte Consuelo bei sich an. Lico

Grande und Consuelo heirateten. Manche behaupten, das sei zur Zeit der ersten nordamerikanischen Intervention gewesen, manche behaupten, während der Regierungszeit des Hais. Der genaue Zeitpunkt ist aber nicht von Bedeutung: Die Insel blieb immer dieselbe, wer auch immer an der Regierung sein mochte (weshalb auch die Zeit auf ihr nicht vergeht). Fest steht, daß in jenen Jahren (um einen Zeitmaßstab zu gebrauchen, mit dem wir etwas anfangen können) Consuelo bereits von ihren Kräften wußte und voll und ganz in der Lage war, sie einzusetzen. So sah sie zum Beispiel ein paar Tage, bevor sie Lico Grande kennenlernte, überall Wälder, wohin sie auch blickte. Ein andermal sah sie leuchtende Kronen. In einer Nacht erschien ihr neben einer Ceiba die barmherzige Jungfrau von El Cobre. Es war kein außergewöhnliches Ereignis, erklärte sie, zumindest nicht das, was gewöhnliche Sterbliche darunter verstehen, doch auf eine Weise, die sie nicht erklären konnte (oder wollte), war es doch außergewöhnlich. Etwas an ihr, pflegte sie zu sagen, schien wirklicher als die Wirklichkeit selbst, ein Strahlen ohne Licht, ein Körper ohne Körper, ein Lächeln ohne Mund, ein Gespräch ohne Stimme. Nach ihrer Vision mußte Consuelo tagelang untröstlich weinen. Wir vermuten, daß die Jungfrau ihr Offenbarungen über das Schicksal der Insel gemacht hat. Niemals erfuhren wir, was sie ihr mitteilte.

Ein Einsturz. Am Weihnachtsmorgen. Jede der Figuren, die wir wie Schatten auf der Insel auftauchen und wieder verschwinden gesehen haben, überrascht das Krachen auf andere Art. Jeder läuft zum Ort, den er für den Schauplatz der Katastrophe hält, und es ist aufschlußreich, daß alle in verschiedene Richtungen rennen. Später, als sie bereits wissen, daß Consuelos ehemaliges Haus eingestürzt ist, werden sie versuchen, die

Bedeutung dieses Einsturzes zu begreifen. Obwohl die Dinge, ebenso im Leben wie auch in der Literatur, nicht zwangsläufig eine Bedeutung haben müssen.

Ob es wohl stimmt, Mercedes, daß hier einmal ein Palmenhain, eine barmherzige Jungfrau von El Cobre, dieses Haus gestanden hat, das Consuelo gehört haben soll? Irene gießt vielleicht gerade die Blumen im Garten, oder sie sitzt in einem der Sessel in den Kolonnaden, den ausgestopften Falken in der Hand (der Leser kann es sich aussuchen). Vielleicht tritt Mercedes zu ihr, um einen Strauß Rosen zu schneiden, den sie in den leeren Schrein der Jungfrau stellen will, oder vielleicht ist sie gerade mit dem Schädel von Hylas im Arm angekommen. Vielleicht weiß sie auf diese unerwartete Frage nichts zu antworten und schaut lieber zu den Baumwipfeln der Insel. Hast du dir schon einmal Gedanken darüber gemacht, könnte Irene vielleicht fortfahren, wie wenig wir mit Gewißheit wissen; und vielleicht war Mercedes (letzten Endes ein Nachbild der Menschen, so daß sie unter Umständen sehr grausam sein kann) drauf und dran zu sagen, Daß du kein Gedächtnis mehr hast, bedeutet nicht, daß wir anderen es ebenfalls verloren haben. Doch (wie die Menschen, kann auch Mercedes verbindlich sein) schweigt sie vielleicht auch. Vielleicht bleiben die beiden den Abend über eine ganze Weile allein dort sitzen und unterhalten sich über so wichtige Dinge wie die beste Gewürzmischung für rote Bohnen oder die neuste Pariser Mode, oder vielleicht gesellt sich auch Helena mit besorgter Miene zu ihnen.

Und niemand hat je erfahren, daß die Barfüßige Gräfin in Consuelos ehemaligem Haus wohnte. Es wird auch nie jemand erfahren. Niemand wird auf den Gedanken kommen, die

Trümmer zu beseitigen. Weshalb auch, wenn es dort nichts zu suchen gibt? Seit Jahren ging die Gräfin um Mitternacht in das Haus und warf sich dort auf den Boden, auf ein Lager aus geschenkten Decken, die sie sauberhielt. Man hätte nur sehen müssen, wie zur Stunde der Nachtruhe das spöttische Lächeln auf ihrem Gesicht einem wohligen, heiteren Platz machte, um sich vorzustellen, was für eine gewaltige Genugtuung die Gräfin empfinden mußte. In dieser Nacht des 24. Dezembers, in der kein Weihnachten stattfand, legte sie sich wie immer bei Lampenlicht nieder, neben sich das Petrarca-Bändchen *Über das einsame Leben*, in dem sie nicht einmal eine einzige Seite lesen konnte. Sofort schlief sie ein. Verschwommene Träume hatte sie, bis in aller Deutlichkeit aus diesen vagen Träumen das Bild Doña Juanas aufstieg. Und es war nicht die neunzigjährige Doña Juana, die ihren endlosen Schlaf schlief, den Rosenkranz in Händen, sondern ein wunderschönes junges Mädchen, das Tita genannt wurde. Im Traum lud Doña Juana sie zu einem Fest ein. Und die Gräfin, im Traum ebenfalls jung und hübsch, fragte, Was feiern wir denn? Doña Juana, das heißt Tita, schaute sie ungläubig lächelnd an und erwiderte, Bist du verrückt? wir feiern das Ende des Krieges, wir haben über Spanien gesiegt, die Nordamerikaner sind abgezogen, die kubanische Fahne wird auf dem Castillo del Morro gehißt, wir sind jetzt eine Republik, endlich eine souveräne Republik. Und die Gräfin empfand ein solches Entzücken, daß sie Tita umarmte. Beide tanzten sie Arm in Arm zu Perucho Figueredos Hymne. So träumte die Barfüßige Gräfin die ganze Nacht hindurch von dem Fest, zu dem Tita sie eingeladen hatte, jenem Fest, auf dem die Geburt einer Republik gefeiert wurde, die sich Kuba nannte.

Sandokan ist fortgegangen. Er hat dem Onkel einen wunderschönen Brief geschrieben, in dem er ihm unter anderem mitteilt: Lieber Rolo, die Insel ist zu klein für mich geworden, es ist ein hartes Los, tagelang zu laufen und zu laufen und doch immer nur auf die Grenze des Ufers zu stoßen, im Angesicht des eintönig blauen Meeres, ebenso weit wie unwirklich. Lieber Rolo, wenn Du diese Zeilen erhältst, werde ich in weiter Ferne sein, auf einem Schiff, das China, Korea, Japan, die Philippinen, Neuseeland und die Südsee befahren wird, wie Arthur Gordon Pym. Ich werde wohl nicht zurückkommen. Wir werden uns wohl nicht wiedersehen. Ich bin es leid, nur an einem Punkt zu leben. Und auf der Weltkarte ist jede Insel letzten Endes nicht mehr als ein Punkt. Ich habe immer davon geträumt, in der weiten Welt zu leben, und die Welt ist eine Folge von Punkten, eine Gerade. Aber sei Dir gewiß, daß ich, wohin ich auch gehe, die Erinnerung an Dich mitnehmen werde, denn die Begegnung mit Dir war die schönste in meinem Leben (und wird es immer sein). Vergiß mich nicht. Freue Dich, mich in Freiheit zu wissen.

Sandokan ist fort. Er hat dem Onkel keinen Brief geschrieben. Er soll um Mitternacht gestorben sein, ein blitzschneller Messerstich in einem Kampf, den eine berüchtigte Hure in einer Strandbar angezettelt hatte, die neben der Bar, in der El Chori spielt, ich glaube, sie heißt die Bar der goldenen Tränen oder so.

Sandokan ist fort. Er hat dem Onkel keinen Brief geschrieben, Sandokan kann nicht einmal schreiben. Er hat (für einen Mann mit seinen Vorzügen nicht schwer) eine Turiner oder Madrider Millionärin erobert (man weiß nicht, woher genau die Millionärin kommt, es spielt auch keine Rolle). Sie ist Millionärin. Es liegt nichts Verwerfliches darin, daß eine Millionärin (und wenn keine Millionärin, dann zumindest eine Frau mit solidem Bankkonto) in die Karibik reist, um sich einen Mann zu suchen, der sie vergessen läßt, daß sie Millionärin ist, und ihr das Gefühl gibt, geliebt zu werden, der in der Lage ist, ihre Freunde zu unterhalten, indem er Guaguancó tanzt, eine *Guajira*-Weise singt oder einfach nur schlüpfrige Karibikwitze zum besten gibt. Ebensowenig Verwerfliches liegt darin, daß ein armer Mann aus der Karibik mit Schmeicheleien (und anderen Dingen von noch größerem Wert) eine Millionärin täuscht, die bereit ist, sich täuschen zu lassen, und die ihn vergessen läßt, daß er ein armer Mann aus der Karibik ist. Jeder gibt, was er hat. Wird die Welt, die wir modern nennen, denn etwa nicht vom Markt regiert? Haben wir nicht über Tausende von steinigen Pfaden zu der primitiven Formel gefunden, »ich gebe dir, du gibst mir«?

Sandokan ist fort und Onkel Rolo von Verzweiflung gepackt. Man weiß nicht, ob er Matrose, Leichnam oder Gigolo geworden ist. Es spielt auch keine Rolle. Er ist fort. Jeder der drei Wege führt zur selben Einsamkeit. Der Onkel liebte ihn, wie man immer den liebt, der uns eine Welt eröffnet, die nicht die unsere ist, das heißt, er brauchte ihn. Der Onkel hat Eleusis geschlossen und mitteilen lassen, daß er nicht gestört werden will.

Auf ihre Art hält Melissa sich für heilig. Man müßte sich vielleicht darüber verständigen, worin diese Heiligkeit besteht. Wenn es darauf ankommt, wie der Mensch sich zu läutern lernt, um sich Gott zu nähern, dann ist Melissa ohne Frage heilig, sieht man einmal von der unerheblichen Tatsache ab, daß Melissa nicht an Gott glaubt und überzeugt davon ist, daß das Böse gerechter als das Gute ist. Für sie erreicht der Mensch schneller durch das Böse die Läuterung als durch das Gute und Rechtschaffene. Das Gute lehrt nichts; das Übel schon. Das Glück macht den Menschen nicht weise; das Unglück schon. Leiden ist immer gesünder als Freude. Beharrlich behauptet sie: Das einzig Unterhaltsame an der Göttlichen Komödie ist die Hölle. Niemand weiß, wer Melissas Mutter ist, weder Vater noch Brüder, weder Verlobter noch Freunde. Niemand weiß etwas über sie, gewiß ist nur, daß sie auf den Augenblick wartet, in dem sich das Böse der Erde bemächtigt. In dem Hunger, Krankheit und Krieg über uns hereinbrechen. Sie träumt von einem allmächtigen Staat, in dem, wie sie in vollem Ernst sagt, all das, was man tun kann, verboten ist, und man all das, was nicht verboten ist, nicht tun kann, ein Staat des Schreckens ohne Ende, in dem der Mensch keine Rolle spielt, in dem nur die Ideen und das tägliche Unglück eine Rolle spielen, das der Mensch immerzu erleiden muß und das nicht länger nur Unglück ist, sondern sich in das tägliche Brot und somit in eine Tragödie verwandelt hat, man muß eine Möglichkeit finden, den Menschen zu retten, der Mensch hat den falschen Weg eingeschlagen, er weiß nicht, was er will, kann es nicht wissen, er muß gerettet werden, wir brauchen einen Staat, der ein strenger Vater ist, der gebietet und vorschreibt und dessen Gebot und Vorschriften nicht in Frage gestellt werden, genau das braucht der Mensch (der der Kindheit noch nicht entwachsen ist): einen Staat, der den Menschen zum Feind des Menschen macht, ein Staat mit allgegenwärtigen Augen, mit Hunderten bewaffneter Hände, bereit zu metzeln, zu vernichten, ein Staat, der den Menschen in die vier Wände seiner Armut sperrt, ihn Hunger und Durst leiden läßt, ihn mit Schlaflosigkeit peinigt, ihn spüren läßt, daß sein Leben nichts wert ist, daß es nur darauf ankommt, wie und wozu der Staat sein Leben benutzen kann, ein Staat, der das Leben eines jeden in eine Akte, in die Nummer dieser Akte verwandelt, Schluß muß es sein mit dem Vergnügen, mit den Gefälligkeiten, nur der Schmerz ist ein guter Lehrmeister, und man muß ihn vernünftig, bewußt einsetzen. Auf ihre Art hält Melissa sich für heilig, für die heilige Prophetin eines zukünftigen Kultes. Sie steigt zum Dach hinauf, nackt, schaut mit Verachtung über die Insel, und mit Verachtung schaut sie auf ihre Gefährten. Sie wartet. Sie ist überzeugt davon: Eine Zukunft (in nicht allzu weiter Ferne) wird den Morgen einer Neuen Ära erleben.

Lucio ist betrunken, Fortunato. Du mußt ihn in einem der Straßencafés am Prado finden, wo er am Tisch eingeschlafen ist, ein Taxi nehmen und ihn auf die Insel bringen. Du mußt versuchen, mit Lucio ins Haus zu gelangen, Fortunato, ohne die anderen zu wecken, ohne Irene merken zu lassen, in welchem Zustand sich ihr Sohn befindet. Zum Glück ist Irene im Wohnzimmersessel eingeschlafen, und du kannst ganz leise eintreten, ohne sie zu wecken. Bring ihn in sein Zimmer, zieh ihn aus, leg ihn aufs Bett. Wage nicht, ihn unter die Dusche zu stellen, das würde zuviel Lärm machen, und all die Vorsichtsmaßnahmen wären für die Katz. Schau ihn dir an, Fortunato: Wunderschön sieht Lucio aus, wie er da im Halbschlaf wie hingegossen nackt auf dem Bett liegt. Setz dich ans Bettende, und schau dir seine Brust, sein Schambein, seine Schenkel, seine Beine, seine Füße an (vor allem die Füße). Ruf ihn, Lucio! und streichle ihm die Fußsohlen, die Ferse, den Knöchel. Küß seine Ferse, Fortunato, küß seinen Knöchel, damit Lucio die Augen aufschlägt. Nun blicke auf, und schau ihn an. Er nennt dich beim Namen, Fortunato, mit erstorbener Stimme, und du sagst, Was ist? Er wird selbstverständlich nichts erwidern, was soll er schon erwidern? sondern wird sich auf den Bauch drehen. Nun hast du den stattlichen Rücken Lucios vor dir, Fortunato, und die noch stattlicheren Pobacken, hier hast du den Körper, den Stoff so vieler Phantasien. Fast unwillkürlich bewegt sich deine Hand zum Rücken und beginnt eine zaghafte Liebkosung, angefangen am Hals, die ganze Wirbelsäule entlang bis zu jener magischen Stelle, an der die Pobacken beginnen. Spüre an den Fingerspitzen, Fortunato, wie Lucios Haut reagiert, wie er erwacht und neue Liebkosungen erwartet. Faß dir ein Herz, fahr weiter die Pobacken hinauf, du wirst sehen, wie auch sie erwachen, sich spannen. Lucio seufzt. Entferne dich nun vom Bett, Fortunato, zieh dich aus, und schau deinen Freund an, Lucio, den lang Begehrten. Du willst zu ihm treten und willst es auch wieder nicht, ich verstehe das, du willst den Augenblick hinauszögern, willst ihn, besser gesagt, verweilen lassen, auch soll dich die Wirklichkeit nicht enttäuschen, der Augenblick soll ebensolchen Zauber besitzen wie in deiner Phantasie. Aber es ist unvermeidlich, Fortunato, daß du nun zu ihm trittst, dein Körper verlangt es, mit ganzer Kraft verlangt er es, und so viele Phantasien dich auch bestürmen mögen, hier hast du Lucios Körper vor dir, den wirklichen Körper, der dich erwartet, was bleibt dir da anderes übrig? Beginne damit, ihm die Füße zu küssen. Riech an ihnen, küsse sie. Wandere dann allmählich aufwärts, ohne dich zu überstürzen, über die Beine hinauf zu den Schenkeln. Halte bei den Schenkeln inne, bevor du die Pobacken hinauffährst. Er muß unbedingt das Verlangen haben, daß dein Mund die

Pobacken erreicht, deshalb ist es am klügsten, dies hinauszuzögern, er soll warten, das Wesen der Lust besteht in der Verzögerung, denk immer daran, versprich Liebkosungen, ohne sie zu vollenden. Aber nun kannst du langsam zu den Pobacken hinauffahren. Schau dir an, wie steif sie werden, um dich zu empfangen. Küsse sie, beiße sie leicht, kreise, zeichne mit der Zunge auf ihnen, bewege sie schnell, denn Lucio wird die Schnelligkeit wie eine quälende Liebkosung empfinden. Wandere über die Pobacken, bis er sich bezwungen fühlt und die Beine öffnet, um dir zu helfen, das zu finden, was du suchst. Dann los, schnell dorthin, da hast du endlich das runde, also vollkommene Dunkel, von dem du so geträumt hast. Halt inne, schau es dir an. Ich weiß nicht, ob der Gedanke dich befriedigt, daß bisher noch niemand so weit vorgedrungen ist wie du. Die Vorstellung wird dir gewiß gefallen: Nichts befriedigt mehr als die Rolle des Entdeckers. Fahre nun also mit deiner Zunge ins Zentrum seiner Lust, damit seine Lust unerträglich wird. Seine Lust und die deine, versteht sich, denn die süßliche Zartheit wird dir ungekannte Kraft verleihen. Ziehe mit der Zunge jede Falte nach. Suche den Rand des Runds. Folge ihm. Zeichne das Rund nach. Dann muß deine Zunge so fest eindringen, wie sie nur kann, als wolltest du mit der Zunge Lucios Eingeweide suchen. Schau, wie er ins Kopfkissen beißt. Schau, wie er sich windet. Du läßt ihn etwas spüren, das er sich nicht hätte träumen lassen (niemals). Tauche ab und zu wieder auf (um ihn noch mehr zur Verzweiflung zu bringen), tu so, als wolltest du nicht dorthin zurückkehren, küsse seinen Rücken, die Pobacken, und kehre an den besagten Ort zurück, wenn er es am wenigsten erwartet, variiere, so gut du kannst, die Geschwindigkeit deiner Zunge. Benütze bisweilen statt der Zunge die Fingerkuppen. Doch vergiß nie dabei, Schenkel und Beine zu liebkosen: Wie im Krieg (was sonst ist die Liebe?) liegt das Geheimnis des Erfolgs darin, unablässig anzugreifen, keine Waffenruhe zu gewähren. Doch nun halt inne, Fortunato: Wie im Krieg liegt das Geheimnis des Erfolgs darin, eine Waffenruhe zu gewähren, wenn der Feind es am wenigsten erwartet, um ihn zu verwirren und dann erneut anzugreifen. Strecke dich ganz sanft über ihm aus. Quäle seinen Hals mit deinem Mund, während das Tier deiner Männlichkeit, das nun noch mehr zum Tier geworden ist, noch mehr Adern, mehr Blut, mehr Verzweiflung beherbergt, die richtige Stelle sucht, an der es hineinstoßen und eintauchen muß. Fahre mit den Händen unter seine Arme und drücke kräftig die Schultern. Vereinige dich endgültig mit ihm. Schließlich ist er nun am Ende seiner Kräfte und wünscht nur noch, daß du eindringst; dieses zwiespältige Gefühl (der lustvolle Schmerz, die schmerzhafte Lust) ist genau das, was er braucht. Wenn du ihn weinen siehst, habe keine Angst, frage ihn im sanftesten Ton, mit dem du die Aggressivität des Tieres, das deine Männlichkeit ist, am besten Lügen strafst, Tut es weh? und Lucio würde (wenn er ehrlich wäre) antworten, Zum ersten Mal bin ich glücklich, Fortunato.

Casta Diva trifft in aller Frühe bei den Kaninchenställen ein, gerade erst graut der Morgen. Sie hat geträumt, Tingo und Tatina würden sich in Kaninchen verwandeln und sie würde vor die Tür treten und die ganze Insel von Kaninchen überschwemmt vorfinden. Wie zu erwarten, fuhr sie in jähem Schrecken aus dem Schlaf und lief zu den Ställen, wo Streckenwärter Homero ihr aufsperrte, ohne sie überhaupt anzublicken, und nur einen Satz über das Leben von sich gab, den sie nicht verstand. Nun ist sie bei dem Stall angelangt, in dem Chacho und Primavera zusammenleben, und sie kann kaum den Brechreiz bezähmen. Der Gestank, der aus den Käfigen dringt, erinnert an einen Leichnam, der gemächlich im Freien verfault. Chacho, ruft sie, und nur ein leichtes Zucken, ein Scharren von Pfoten antwortet im Käfig. Darf ich ihn mit Gras füttern? fragt sie Homero, aber der hat sich bereits im Grau des Morgens aufgelöst. Casta nimmt Gras aus einer rostigen Wanne. Sie öffnet Chachos und Primaveras Käfigtür. Der Verwesungsgestank wächst, alle Kräfte muß sie zusammennehmen, um sich nicht zu übergeben. Sie beugt sich ein wenig vor. Drinnen, im Dunkel des Käfigs, ein erschrecktes Huschen und Schweigen. Casta Diva entdeckt das Weiß Primaveras, ihre roten Augen beobachten sie sanft. An sie gedrängt, glaubt sie Chacho auszumachen, und doch kann dieses kleine, undefinierbare Etwas, das sie ebenfalls mit großen, schreckgeweiteten Augen anstarrt, nicht Chacho sein. Chacho, ruft sie und muß sich zu einer letzten Mutprobe überwinden, um ganz in den Käfig zu treten. Primavera rührt sich nicht einmal bei Castas Kommen. Chacho stößt jedoch ein Kreischen aus und verschwindet beinahe im weißen Fell des Kaninchens, das nur vor sich hin schnuppert. Ich habe dir etwas zu essen gebracht, Chacho, und sie wirft dem regungslosen Kaninchen das Gras vor die Nase. Casta Diva beginnt, mit ihrer kraftlosen Sopranstimme zu singen, *Uno busca lleno de esperanzas el camino que los sueños prometieron a sus ansias, sabe que la lucha es cruel y es mucha* ... Voll Hoffnung suchst du den Weg, den die Träume deiner bangen Sehnsucht verhießen, der Kampf mag grausam sein und schwer ... Chacho löst sich von Primavera, hebt die Ärmchen, hält sich die Ohren zu, kreischt. Casta fährt fort zu singen, *Pero lucha y se desangra por la fe que lo empecina* ... Doch kämpfst und blutest du für den Glauben, an den du dich klammerst ... Das Haar verschwindet auf Chachos Köpfchen, die Augen sinken ein, bis sie nur noch zwei dunkelviolette Schatten sind wie auch der Mund, der Kopf schrumpft, bis man nicht einmal mehr die Schatten sieht, in die sich Augen und Mund verwandelt haben, Rumpf und Beine verkümmern mehr und mehr, ebenso das Kreischen, bis nur noch ein Echo zurückbleibt, das auch verklingt, das Köpfchen vereint sich mit den Beinen zu einem winzigen Etwas, das schließlich zwischen all dem Heu und Kot entschlüpft.

Heute habe ich gesehen, wie die Sterne allmählich erloschen, und wenn die Sterne allmählich erlöschen, soll bald die Welt untergehen, was ich einfach nicht verstehen kann, aber so heißt es nun mal, also wiederhole ich, die Welt wird untergehen, sobald das nächste Jahr angebrochen ist, weißt du, im nächsten Jahr wird die Insel in Stücke zerspringen, heißt es, das weiß ich wegen der Sache mit den Sternen, die langsam erlöschen, und weil die Ameisen ihre Löcher nicht mehr finden, das soll nämlich auch was bedeuten, und die Vögel vom Weg abgekommen sind und nicht mehr zu ihren Nestern zurückfanden, und Professor Kingston ist gestorben, man hat ihn in seinem Bett gefunden, mit offenen Augen, als würde er die Dachbalken zählen, auch die Barfüßige Gräfin ist nicht mehr aufgetaucht, Onkel Rolo ist traurig, Irene weiß nicht mal mehr, wie sie heißt, meine Mama ist ganz stumm geworden, mein Papa hat sich in ein Kaninchen verwandelt und ist verschwunden, mitten im Dreck des Kaninchenstalls, heißt es, und ich verstehe das nicht, weißt du, deshalb nennt man mich ja auch Versteh-nich-Tingo, ich muß in diesem Buch die Figur spielen, die nichts versteht, als einziges verstehe ich, daß hier niemand etwas versteht, der eine stiehlt den Schinken, und den anderen schlägt man mit der Schwarte, dabei frage ich doch immer, aber niemand will mir antworten, denn es gibt gar keine Antworten, weißt du, und wenn es stimmt, daß beim Erlöschen der Sterne die Welt untergeht, dann muß die Welt jeden Augenblick untergehen, ich habe sie nämlich gesehen (die Sterne, meine ich), mit diesen Augen habe ich sie gesehen, wie einer nach dem anderen einfach erlosch, bis der Himmel nur noch eine einzige dunkle Masse war, die man nicht mehr Himmel nennen konnte, aber wie wird die Welt denn untergehen? durch eine Explosion, einen Vulkanausbruch, einen Wirbelsturm, ein Erdbeben? und wo werden wir dann landen? vielleicht schleudert mich die Explosion sogar an einen besseren Ort, wirklich, ich verstehe es nicht, so viele Orte gibt es, an denen man geboren werden kann, warum mußte ich da ausgerechnet auf dieser Insel zur Welt kommen, wo man noch so viel laufen kann und doch immer nur aufs Meer stößt, das Meer an allen Ecken und Enden, warum war mir diese Hitze vorbestimmt, dieses Bedürfnis zu weinen, das sagt Helena auch immer, ich habe Helena weinen sehen, anscheinend hat sie ebenfalls die erlöschenden Sterne gesehen, die verirrten Ameisen und Vögel und weiß, daß die Insel in sich zusammenstürzen wird, und sie weiß mehr als ich, sie scheint schon zu verstehen, sie hat mir erzählt, daß sie von einem roten König geträumt hat, der uns an die Bäume fesselte, damit die Sonne uns quälte, es war ein roter König, der uns die Köpfe abschlug, damit wir ein besseres Leben hätten, denn nach Ansicht dieses Königs war der Kopf den Menschen nur hinderlich, Helena meint, alle Könige sind so, ob rot, grün, schwarz oder von sonst einer Farbe, davon weiß ich nichts, man nennt mich Versteh-nich-Tingo, aus dem einfachen Grund, weil ich nichts verstehe, als einziges verstehe ich, daß hier niemand etwas versteht, außerdem gibt es gar nichts zu verstehen, weißt du, hier schaut man am besten schweigend zu, wie die Sterne einer nach dem anderen erlöschen, in jeder Nacht gibt es zwei, drei, vier Sterne weniger, schließlich wird keiner mehr übrig sein, und dann wird die Insel in die Luft fliegen, wie Gott sie eben in die Luft fliegen lassen will, dafür ist Gott Gott, um zu wissen, wie sie in die Luft fliegt, und wenn ich es mir recht überlege, dann würde ich, ehrlich gesagt, doch lieber zusammen mit der Insel in die Luft fliegen, denn womöglich stimmt es ja, daß es jenseits der Insel nichts gibt, womöglich existiert die Welt gar nicht, und es war ein Glück, daß dieses Floß, das Sebastián und ich gebaut haben, nichts taugte, lieber eine schlechte, vertraute Insel als ein guter, fremder Kontinent (der womöglich auch noch ein erfundener Kontinent ist).

Sie hatten ein Floß aus Baumstämmen gebaut, die sie dem Kohlenhändler entwendet hatten. Die Pfähle banden sie mit Stricken und Lianen zusammen. Als Mast nahmen sie eine der Stangen, mit denen sie sonst die Limonen von den Bäumen schlugen, und als Segel ein Bettlaken, das Vido aus Señorita Bertas Kommode entwendet hatte. Sebastián besorgte sich einen Kompaß und ein Buch mit dem Titel *Christoph Kolumbus: Bordbuch*. Tingo brachte Wasserflaschen mit, etwas Brot und eine Büchse Kondensmilch, halb voll. Sie versteckten das Floß hinter den Felsen, banden es mit einem Tau an einen Pfahl, der noch von einem alten Landesteg übrig war, dann trafen sie sich in der Ruine von Barreto (jenes tropischen Gilles de Rais), um Pläne zu schmieden. Sebastián sagte mit aller Entschiedenheit, Wir müssen fliehen, es bleibt uns kein anderer Weg, ich habe aus sicheren Quellen erfahren, daß dieses

Land von einer Krankheit befallen wurde, die Sterne erlöschen schon einer nach dem anderen, und der Blitz ist in den roten Sandelholzbaum aus Ceylon gefahren, in den Bäumen sind keine Vögel mehr, und Consuelos Haus ist eingestürzt. Er zog eine große Weltkarte hervor und breitete sie auf dem Boden aus. Der einzige Fluchtweg ist das Meer, auf einer Insel zu leben, bedeutet, daß du es früher oder später mit dem Meer aufnehmen mußt. Wenn wir uns in Richtung Norden wenden, sagte Vido und deutete auf die Karte, stoßen wir auf Key West, wenn wir uns nach Nordwesten wenden, könnten wir irgendwo in Mexiko landen, im Nordosten aber würden wir zu den Kanarischen Inseln kommen oder vielleicht sogar bis Andalusien, allerdings müssen wir sowohl im Nordwesten als auch im Nordosten weite Flächen Ozean durchsegeln, der kürzeste, direkteste und sicherste Weg ist der Norden, Key West, von da aus können wir auf dem Landweg nach New York reisen und dort ein richtiges Schiff nach Europa nehmen, also schlage ich Norden vor. Sebastián war der gleichen Ansicht. Tingo zuckte mit den Schultern. Sie würden noch diese Nacht aufbrechen, sobald es dunkel geworden war, damit die Sonne ihnen während der Überfahrt nicht so arg zusetzte. Denn die Sonne, hieß es, rief bei den Seeleuten Halluzinationen hervor und ließ sie Inseln sehen, wo nichts als Meer war. Und ich frage euch, bemerkte Sebastián mit erhobenem Zeigefinger, ist die Insel, auf der wir leben, vielleicht eine Halluzination von Christoph Kolumbus, sind wir vielleicht nur ein Trugbild für verirrte Seeleute? bestimmt sind wir nichts als eine Illusion, niemand von uns existiert wirklich, und wir versuchen, einem Ort zu entkommen, der ebenfalls nicht wirklich ist. Da Sebastiáns Argumenten kaum etwas entgegenzusetzen war, trat Schweigen ein. Ich glaube, brachte Vido schließlich vor, selbst wenn wir nicht existieren, werden wir dennoch daran glauben, und der Glaube reicht aus, um in irgendeiner Weise zu existieren, außerdem schlage ich vor, weiterhin daran zu glauben, damit wir auch an die Flucht und schließlich an die Ankunft in Europa glauben können.

Ich komme mit euch, sagt Mercedes, ich habe es satt, zu warten und das ganze Leben nur mit Warten, Warten, nichts als Warten zu verbringen, wie schrecklich ist das Warten! darauf zu warten, daß sich das Leben ändert, daß nicht mehr alles nur Eintönigkeit ist, aufstehen, zur Gemeinde gehen, nach Hause kommen, sich wieder schlafen legen, damit man am nächsten Tag wieder aufstehen, zur Gemeinde gehen und in dieser ewigen Tretmühle weitermachen kann, ich habe es satt, immer dieselben Wege zu gehen, es sind immer dieselben Palmwälder, dasselbe Meer, dieselben Häuser, dieselbe Hitze, immer, immer diese Hitze, ob Herbst, Winter oder Frühling, Hitze! ich habe das Licht satt, habe es satt, daß die Augen einem vom Licht immer brennen, habe es satt, daß mich das Licht zu einem Niemand macht, ich wäre so gerne in einem Land zur Welt gekommen, in dem die Zeit existiert, die Uhren Zeiger haben und die Zeiger vorrücken, wir leben nicht auf einer Insel, hört ihr, sondern auf einem Segelschiff, in völliger Windstille gefangen, ich hätte schon früher gehen sollen, hätte Onkel Leandro folgen sollen, der nach Indien geflohen ist, Flucht, nichts als Flucht, das ist das einzige, was einem diese Insel eingibt, Flucht, das scheint das Zauberwort zu sein, man muß es nur erwähnen, und schon steht dein Leben auf dem Kopf, als würden sich die Leute in Brüssel, Rom und Prag nicht ebenso langweilen wie wir hier, denn vermutlich langweilen sie sich auch da, nur auf andere Weise, aber gelangweilt werden sie ebenso sein, deshalb habe ich mir immer gedacht, die sicherste Lösung ist, in den Seiten eines Romans zu leben. Himmel, was gäbe ich nicht darum, eine Romanfigur zu sein! das ist der einzige Weg, um ein wirklich packendes Leben zu leben, voll dramatischer Wendungen, ein Traumleben, ich habe davon geträumt, eine große Figur in einem großen Buch zu sein, habe davon geträumt, Nana als Venus im Théâtre des Variétés zu sein, das ganze Theater wäre ausverkauft, weil alle mich sehen wollen, ich würde halb nackt auf die Bühne treten, und es würde mir nicht das geringste ausmachen, wie eine Dampfpfeife zu singen und mich wie ein Holzstock zu bewegen, meine natürliche Anmut wäre so entwaffnend, daß das Publikum bis zur Raserei klatschen würde, jawohl, ich wäre Nana, die alle bewundern, selbst wenn ich so ein tragisches Ende wie Nana nehmen müßte, oder ich wäre eine Gouvernante, würde in einen Londoner Haushalt kommen und dort zwei teuflische Kinder antreffen, zwei Kinder, die sehen, was für mich unsichtbar ist, zwei Kinder, die mich in einen Kampf mit den Kräften des Bösen verwickeln, Himmel, was gäbe ich nicht darum, eine Romanfigur zu sein! Alicia, zum Beispiel, die Arturo Cova durch das Labyrinth des kolumbianischen Urwalds folgt, bis beide verschwinden, vom Urwald verschluckt, oder die Schelmin Moll Flanders, die mit zwölf schon Hure war und zwölf Jahre lang eine Diebin, die ihren Bruder heiratete, reich wurde und voll Reue starb, und wer, sagt mir, wer wäre nicht gern für ein paar Stunden Mathilde de La Mole? Mathilde, die eigenwillige Mathilde, die Juliens Kopf mit sich nahm, um ihn in einer prächtigen Zeremonie zu begraben, wer wäre nicht gern Anna, die leidenschaftliche Karenina? Himmel, was gäbe ich nicht darum, eine Romanfigur zu sein! alles wäre besser als die öde Wirklichkeit dieses Inselalltags, also wartet auf mich, auch ich will fliehen, auch ich will mich auf diesem Floß ins Meer stürzen, ich verstehe meine Mutter, mir ist klar, daß das Leben alles sein muß, nur nicht das hier, ich will frei sein, Kinder, frei, sogar frei, mein Leben tragisch und verkommen zu beschließen, wie Nana, aber frei, jawohl, frei, und deshalb muß man fliehen, muß dem Horizont auf einem Floß die Stirn bieten ...

Es gibt ein Problem. Niemand von euch, weder die Jungen noch du, Mercedes, hat nämlich mit den Absichten der Insel gerechnet. In dieser Nacht wird sich ein grimmiger Wind erheben, und als sie zu den Felsen kommen, hinter denen sie das Floß versteckt haben, werden sie nur noch das Tauende vorfinden und das Floß auf dem Meer treiben sehen, weit weg vom Strand, ein Punkt, der in Richtung Horizont entschwindet (die Hoffnung entschwindet immer), während der Wind Señorita Bertas Bettlaken bläht.

Die Herz-Jesu-Augen sind lebendig und schauen sie an. Es nützt nichts, ihnen ausweichen, indem sie sich bemüht, in die Seiten von *Gestalten aus der Passionsgeschichte* einzutauchen. Sie kann sich nicht konzentrieren. Die Augen bannen sie, folgen ihr überallhin und bannen sie. Sie hat es außer mit lesen noch mit anderen Beschäftigungen versucht: flicken, Nippes auf den Borden abstauben, eine geeignete Azorín-Passage für die Spanischstunde, Bilder vom Genfer See für die Erdkundestunde heraussuchen. Nichts. Starr sind die Augen auf sie gerichtet; wenn sie sich dem Bild gegenübersetzt, zwingen die Augen sie, aufzuschauen, wenn sie ihm den Rücken kehrt, fahren ihr die Blicke wie Stiche in den Rücken. O Herr, hör auf, mich anzuschauen! Señorita Berta weiß nicht mehr, was sie tun soll. Sie geht mehrmals ins Schlafzimmer. Doña Juana schläft ihren ruhigen, vollkommenen Schlaf, geruhsam ist der Rhythmus ihres Atems; die Hände, über dem Nachthemd gekreuzt, halten den Rosenkranz, als wolle sie in dieser Haltung der Überraschung des Todes vorgreifen. Über dem Bett das Bronzekreuz, das einst Francisco Vicente Aguilera gehört hatte. Señorita Berta bedauert es, daß der Unterricht wegen der Weihnachtsferien ausfällt; die Schulstunden lenken sie wenigstens ab, und sie vergißt die Augen, Doña Juana und den 23. Psalm, den sie sich immer wieder aufsagen muß. Sie steht gerne vor den Kindern und erzählt ihnen von all den Dingen, von denen sie nichts wissen, um zu vergessen, zu entkommen, um zu … Sie lehnt sich aus dem Fenster. Es wird dunkel. Die Insel verschwindet, ist nur noch reine Illusion. Mit besessener Hartnäckigkeit suchen sie immer wieder die Verse des 23. Psalms heim,

Der Herr ist mein Hirte,
mir wird nichts mangeln.
Er weidet mich auf einer grünen Aue
und führet mich zum frischen Wasser.

Herr, höre auf, mich auszuspähen! Señorita Berta beugt sich aus dem Fenster und schaut auf die Insel hinaus, als wolle sie etwas Wundersames dort entdecken. Die Insel ist ein dunkles Etwas, das sich in der hereinbrechenden Nacht auflöst, und wird die Insel am nächsten Morgen dieselbe sein, feuchter, grüner vielleicht, aber doch noch dieselbe? Aber sogleich sagt sich Señorita Berta, Wunder sind nichts als eine Tücke für simple Gemüter, sie will gerade spottend die Verse des Psalms wiederholen, will schon zu lästern anfangen, als sie unter dem

Avocadobaum, ein paar Schritte von den Kolonnaden entfernt und mit dem Rücken zu ihr, einen Mann mit Regenschirm sieht. Einen Greis. Das merkt man an der Unsicherheit, mit der er unter dem Schirm und dem Avocadobaum Zuflucht gesucht hat, sein Rücken ist gebeugt, und weißes Haar schaut unter dem Hut hervor. Wer ist das? Was sucht er da unter dem Schirm und dem Avocadobaum Zuflucht, wenn es doch gar nicht regnet? Er schlägt den Kragen seiner Jacke hoch. Ihm muß kalt sein. Señorita Berta versucht, ihn besser zu sehen, obwohl die Nacht ein beschlagenes Glas vor dem beschlagenen Fensterglas ist. Ein Detail, ein winziges Detail läßt sie jäh auffahren. Eine Kleinigkeit, die wahrscheinlich keinerlei Bedeutung hat, obwohl es außer Zweifel steht, daß gerade Kleinigkeiten bisweilen Bedeutung erlangen. Der Greis, in schwarzem Anzug und mit Hut, trägt zugleich Gamaschen und Sporen, deren Glanz sogar durch das beschlagene Fenster dringt. Señorita Berta tritt auf die Kolonnaden hinaus.

»Guten Abend, mein Herr, haben Sie sich verirrt, kann ich Ihnen behilflich sein?«

Der Greis wendet sich mühevoll ein wenig um, als würden ihm die Glieder schmerzen, und bittet mit schwacher Stimme:

»Ich hätte gerne ein Glas Wasser, Señorita.«

»Kommen Sie, hier entlang.«

Berta nimmt ihn am Arm, geht mit ihm zum Haus und denkt, Wenn er noch nicht hundert sein sollte, viel kann nicht fehlen, warum er wohl diese Sporen trägt? Als sie ins Haus treten, setzt der Alte den Hut ab und seufzt erleichtert.

»Nehmen Sie doch bitte Platz, wollen Sie statt Wasser nicht lieber eisgekühlten Lindenblütentee?«

»Nein danke, nur Wasser bitte, meine Kehle ist wie ausgetrocknet.«

Berta fällt auf, daß er zögernd, mit zittriger Hand trinkt, so daß er sich seine schwarze Jacke naß macht. Im Lampenlicht ist zu sehen, daß keine einzige Falte mehr Platz in seinem Gesicht hätte, seine Stirn verschwindet fast hinter den Augenbrauen, die Brauen verbergen fast die Augen, eine große Nase schwebt über einem lippenlosen Mund, und er besitzt keinen Hals.

»Wie heißen Sie, mein Alter?«

Er antwortet nicht, schließt die Augen, nachdem er das Wasser ausgetrunken hat, als wolle er sich für immer diesen Augenblick einprägen, in dem das Wasser seine Kehle erfrischte.

»Wollen Sie noch mehr? Ich mache Ihnen auch ein Täßchen Kaffee.«

Ohne die Augen zu öffnen, hebt der Greis eine zittrige Hand, als wolle er durch diese Geste seinen Wunsch noch unterstreichen:

»Ja, ich hätte gerne eine Tasse Kaffee, und zugleich möchte ich Ihnen, Berta, für all das danken, was Sie für mich tun.«

»Woher kennen Sie mich?«

Berta kocht Kaffee und serviert ihn in einer der Gästetassen.

Er trinkt ihn nicht sofort.

»Ich kenne jeden«, sagt er.

»Wer sind Sie?«

Der Greis faßt sich an die Brust und verbeugt sich. Als sich seine Hacken berühren, hört man überlaut die metallenen Sporen klingen. Er schlägt die Augen auf, blickt sie an, und ein Gefühl überfällt sie, in dem sich Freude und Schrecken die Waage halten.

»Du!« schreit sie.

»Ist ja gut«, bittet er, »mach doch nicht so viel Aufhebens davon.«

»Warum hast Du mich die ganze Zeit angeschaut, was willst Du von mir?«

»Von dir? Nichts, ich will von niemandem etwas, ich bin müde, komme fast um vor Müdigkeit, habe Hunger und Durst, und es tut mir leid, dich enttäuschen zu müssen, nicht ich bin es, der dich angeschaut hat, ich schaue nicht, ich habe keine Zeit, zu schauen, ich bin zu deprimiert, zu traurig über den Lauf, den die Dinge genommen haben.«

»Aber bist Du denn nicht der Schöpfer von allem, was es gab, gibt und geben wird?«

»Wenn du mir mit solchen Kindereien kommen willst ...«

»Weshalb bist Du hier?«

»Aha, sieh an, das ist dagegen eine gute Frage.«

Flüchtig flackern seine Augen auf.

»Weshalb ich hier bin?«

Er macht eine Pause, um den Kaffeeduft einzusaugen, dann fährt er fort:

»Ich bin hier, um dich zu warnen.«

Berta ist aufgesprungen und kann ihren Zorn kaum zügeln.

»Mich warnen, wovor?«

»Fliehe!«

»Warum, warum soll ich fliehen, warum wählst Du unter allen ausgerechnet mich für diesen Ratschlag aus?«

»Ich habe dich nicht auserwählt, Berta, auf die eine oder andere Weise habe ich allen hier dasselbe geraten, ich kann den anderen nicht erscheinen, weil nicht jeder darauf vorbereitet ist, mich zu empfangen, aber dir kann ich es sagen, und wenn es dich erleichtert: Sei es im Traum, sei es durch die An- oder Abwesenheit eines Menschen, sei es durch Briefe, Bücher, Fortgänge, erlöschende Sterne, Todesfälle oder andere Zeichen (ich verfüge über unendliche Mittel, um zu warnen, wie du verstehen wirst), habe ich jedem hier zugerufen: Fliehe!«

»Und warum müssen wir fliehen?«

»Weil ich verloren habe.«

»Was hast Du verloren?«

»Die Insel, Berta, die Insel, du bist heute aber wirklich schwer von Begriff.«

»Ich mag noch dämlicher als sonst sein, aber willst Du mir vielleicht endlich sagen, was das heißen soll, ›Ich habe die Insel verloren‹?«

Der Greis taucht einen Finger in den Kaffee und sieht noch trauriger aus.

»Das bedeutet genau das, was es heißt, ich habe sie verloren, bei einer Wette.«

»Mit wem?«

Der Greis seufzt erneut.

»Bitte keine dummen Fragen mehr, jedes Kind weiß, mit wem ich Wetten abzuschließen pflege.«

Berta läuft im Zimmer auf und ab, ohne zu wissen, was sie tun oder wohin sie sich wenden soll, dann dreht sie sich wieder drohend zu Ihm.

»Es ist ganz schön einfach, sich mit wem auch immer auf ein Spiel einzulassen, etwas zu verlieren, das für andere viel bedeutet, und einem dann einfach so, wie ein schlechter Vater, zu raten, Fliehe! als wäre Flucht die einzige Lösung.«

Er schaut sie an wie ein Kind, das auf frischer Tat ertappt wurde, als wolle er sagen, Was kann ich machen? dagegen erklärt er:

»Die Flucht ist nicht die beste Lösung, das weiß ich, allerdings ist es die Lösung, die einem die meisten Illusionen läßt, ein Mensch flieht vor einer Katastrophe und merkt nicht, daß die Katastrophe mit ihm zieht, doch zumindest darf er so naiv sein, zu glauben, er sei gerettet.«

»Heißt das, wenn Du uns zur Flucht rätst, speist Du uns in Wirklichkeit mit Illusionen ab?«

»Berta, ich glaube, es war ein Irrtum, dir zu erscheinen.«

»Du bist ein Schuft!«

Voll Ungeduld klopft er auf die Sessellehne und klagt:

»Du spielst wohl für dein Leben gern die Moralpredigerin, Frau, es ist Zeit für mich, zu gehen.«

»Was soll ich mit meiner Mutter machen?« fragt Berta verzweifelt.

»Mit Doña Juana? Die ist glücklich in ihrem Schlaf, sie ist am besten von allen dran, laß sie nur, laß sie schlafen.«

Und mit diesen Worten trinkt er schließlich den Kaffee, nimmt seinen Hut und steht auf.

Bertas Wohnzimmerdecke öffnet sich schweigend, ohne Engel, ohne Pauken und Trompeten, ohne Trara, während Er mit einer Schnelligkeit und Sanftheit emporsteigt, mit der sie nicht gerechnet hat.

Als einziger Beweis von diesem Besuch ist Berta der Regenschirm geblieben, der neben dem Sessel liegt.

Fest steht, daß am Morgen des 31. Dezembers Onkel Rolo jedem, der es hören will, erzählt, wie er den Apoll vom Belvedere im Morgengrauen seinen Umhang verlieren sah, vor seinen Augen zerfiel der Umhang einfach zu Staub, ebenso das Feigenblatt, das bis heute seine Schamteile verbarg, ebenso das Haar, das herrliche klassische Profil und auch sein Sockel, er fiel einfach in sich zusammen, wie Onkel Rolo behauptet, er will gesehen haben, wie sich der Apoll vom Belvedere in ein

Häufchen Staub verwandelte. Und es muß wohl stimmen, was der Onkel sagt: Der Apoll ist verschwunden. Lucio versichert, daß ein Gleiches mit dem Laokoon geschah, daß er ihn in dem Augenblick gesehen hat, in dem er zu Staub zerfiel, als erstes löste sich die Schlange auf, und einen Moment lang sah es recht merkwürdig aus, wie der Mann und seine beiden Söhne ganz ohne Grund litten, da nichts sie angriff, bis auch sie krachend zu einem Steinhaufen zusammenfielen. Was Lucio behauptet, muß ebenfalls stimmen: Auch der Laokoon ist verschwunden. Ebenso der Hermes von Praxiteles, die Greta-Garbo-Büste, die Venus von Milo, die Diana, der Diskuswerfer, der Elegguá, die Nike von Samothrake, die am Eingang stand. Was die Martí-Büste angeht, so scheint sie niemals da gewesen zu sein. Auch die Wundersträucher und Rosen um sie herum sind nicht mehr zu sehen. Der Brunnen ist noch da, aber der Knabe mit Gans ist fort, auf dem Grund ist auch das grünliche Tümpelwasser nicht mehr zu sehen, das sich im Regen all der Jahre angesammelt hatte. Auch die Steinwege haben sich aufgelöst, über die man sich zwischen die Bäume hatte vorwagen können, ohne Angst vor dem Verhängnis verlorenzugehen, ohne Angst vor Inselgespenstern. Die Statuen und Wege waren wie die Heilige Jungfrau, durch sie fühlten wir uns beschützt von einer höheren, ewigen Ordnung, sie waren etwas Sicheres inmitten des Zufälligen, etwas, das uns überleben würde; unbestreitbar scheint es den Menschen zwar zu schmerzen, daß die Dinge ihn überleben, und doch (als dieses unerklärliche, paradoxe Wesen, das er ist) freut es ihn zugleich, vor diesen Dingen (ob es sich nun um die Niagarafälle oder seine Stadt handelt) zu singen, ein Zeugnis von seiner Wanderung über die Erde zu geben, mit seinen vergänglichen Augen das betrachten zu können, was ewigen Wert hat, und zu spüren, daß er ein Stück Ewigkeit berührt, daß etwas von ihr an ihm hängenbleibt.

Heute ist also der 31. Dezember, und den menschlichen Bräuchen gemäß ist anzunehmen, daß die Figuren dieser Erzählung das neue Jahr feiern werden.

Es ist mehr als wahrscheinlich, daß man kurz vor Anbruch der Nacht den Verwundeten mit seinem Heft aus Irenes Haus treten, die Insel durchqueren, zum Vorhof gelangen und durch das große Tor auf die Bahnstraße hinaustreten sehen wird. Vielleicht sieht man noch, wie er eine Sekunde vor dem Buchladen Eleusis innehält, einem Matrosen begegnet und weiter in Richtung Bahnhof geht. Allerdings ist es ebenso wahrscheinlich, daß man ihn den Weg zum Jenseits einschlagen sieht, in Richtung Tischlerei, wo man ihn einst in einer Nacht Ende Oktober gefunden hatte. Sicher ist jedoch (zumindest so sicher, wie solche Dinge sein können), daß sich der Verwundete, als endlich die Nacht des 31. Dezembers anbricht, nicht mehr auf der Insel befindet.

In den Kolonnaden brennen die Laternen. Es nützt wenig. An einem anderen Tag hätte Merengue sich bei Sonnenuntergang einen Stuhl vor die Tür gestellt, um eine H-Upmann zu rauchen und zu schwätzen. Sogleich wäre Chavito mit seinem Klappstuhl und seinem schüchternen Lächeln angekommen und hätte sich dem Vater gegenübergesetzt, denn zweifellos löchert Chavito Merengue gerne, stellt ihm Fragen über frühere Zeiten, die in der Erinnerung immer glücklicher scheinen. Mercedes käme mit Marta dazu, beide frisch gebadet und herausgeputzt, Hals und Brustansatz blitzblank von all dem Myrurgia-Puder, Mercedes würde seufzen und sagen, sie wolle hier für ein paar Stunden das Rathaus und den verfluchten Morúa vergessen. Casta Diva käme mit ihrer Roseneibischschürze und ihren Divaallüren und würde ausrufen, Verleitet mich ja nicht, verleitet mich ja nicht, ich habe alle Hände voll zu tun. Und Chacho wäre hinterhergekommen, hätte den Verärgerten gemimt und in gespieltem Zorn ausgerufen, Die Frau ist doch nicht im Haus zu halten. Auch Irene käme mitsamt ihrem Palmwedelfächer und würde von ihrer Familie in Bauta erzählen. An einem Abend wie jenem vor langer Zeit würde auch Señorita Berta auftauchen und ganz nach ihrem Pädagogikstudium aussehen. Onkel Rolo würde sich ebenfalls blicken lassen und Gedichte von Julián del Casal aufsagen. Helena käme dann, in der Hand eine Taschenlampe und die Schlüssel des Gittertors, die ewige Inselwächterin. Das Gespräch würde beginnen. Und aus geringstem Anlaß würde Gelächter ausbrechen.

Aber heute ist kein Tag wie jeder andere. Viele Dinge sind geschehen, und viele werden noch geschehen. Heute ist der 31. Dezember, ein ganz besonderer Silvestertag, und es spielt keinerlei Rolle, daß die Laternen in den Kolonnaden brennen.

Der 31. Dezember, was heißt das schon? Das heißt, daß wir ihn feiern müssen. Was habe ich schon zu feiern, du siehst ja, nicht einmal an meinen Namen erinnere ich mich, mein Gedächtnis ist dahin, ich weiß nicht einmal mehr, wer ich bin, zwar bin ich hier, doch wandele ich wie durchs Nirgendwo. Irene geht im Haus auf und ab, ohne zu wissen, wohin, dann hält sie mitten im Wohnzimmer inne. Señorita Berta tröstet sie, Na komm, wirst schon sehen, das ist nur ein vorübergehender Gedächtnisschwund, du erinnerst dich schon noch und wirst wieder ganz die alte Irene sein. Und sie führt sie auf die Kolonnaden, auf die abendliche Insel hinaus. Dort auf dem Boden wartet Casta Diva, sie hat Tatina auf dem Arm und sagt, Heute habe ich mich im Spiegel betrachten wollen und nicht gesehen, weiß Gott, wo mein Spiegelbild umherstreifen mag, bei mir ist es jedenfalls nicht, erscheint nicht vor mir, wenn ich es möchte. Als wären Casta Divas Worte ein Befehl gewesen, dringt in diesem Moment zwischen den Bäumen eine herrliche Sopranstimme hervor

È strano! È strano! In core
Scolpiti ho quegli accenti!
Saria per me sventura un serio amore?
Che risolvi, o turbata anima mia ...

Casta lauscht abwesend, als hätte sie sich an einen Ort verirrt, den nur sie kennt. Es ist mehr als wahrscheinlich, daß auch Cirilos Flöte erklingt, obwohl sich das, ehrlich gesagt, nicht mit Sicherheit feststellen läßt. Ab und zu sind Schüsse und Polizeisirenen zu hören, aber wer wagte, mit Sicherheit zu behaupten, daß es sich tatsächlich um Schüsse und Polizeisirenen handelt? Mercedes erscheint mit Marta am Arm. Beide sind ernst und setzen sich, ohne einen guten Abend zu wünschen. Merengue kommt mit einem Tablett Kuchen an, das er ebenfalls schweigend auf einem Tischchen abstellt, für das Helena gesorgt hat. Helena und Onkel Rolo holen schließlich noch mehr Sessel, damit sich alle bequem setzen können, Bitte, macht es euch bequem, bevor es Mitternacht schlägt, denn wie euch das neue Jahr überrascht, so werdet ihr es auch verbringen. Niemand lacht über den Witz des Onkels. Wo sind die Jungen? Die Jungen sind im Vorhof, sagt die Señorita und schenkt Limonade aus.

Es gibt kein Fest, sondern nur ein Abwarten. Abwarten, daß es Mitternacht wird und von Señorita Bertas Uhr endlich die zwölf Schläge erklingen. Und weiter warten: auf was, wissen sie nicht.

Obwohl sie es nicht wissen können, warten sie darauf, daß ein junger Matrose erscheint und jemand Feuer! schreit. (Man beachte, zwischen dem Feuer und dem Wort, das es bezeichnet, liegt abgrundtiefes Erstaunen; das Feuer gehört zu den wenigen Dingen auf der Welt, die eindrucksvoller sind als ihr Name.) Während endloser Sekunden werden die Figuren, die jede auf ihre Weise die Ankunft eines neuen Jahres erwartet haben, fasziniert in die Flammen starren, die bei Señorita Bertas Wohnung emporzüngeln und ungewöhnlich rasch auf die ganze Insel übergreifen, Bäume und Häuser verschlingen und ohne zu zögern, alles vernichten, was ihnen in die Quere kommt. Glänzend, kräftig, golden werden die Flammen immer größer werden, immer schöner, immer schneller, werden Farben in die Nacht zeichnen, die von Rot bis Violett gehen und nach oben hin weiß schimmern. Sie werden nicht nur in die Höhe schießen, sondern sich in jedwede Richtung ausbreiten, sich der Insel, der Nacht bemächtigen, mit der Sicherheit und Gleichgültigkeit, die dem Schönen eigen ist. Nutzlos werden alle Mühen der Figuren sein. Nutzlos werden ihre Schreie und ihre Verzweiflung sein. Im Handumdrehen wird sich die Insel in eine zerstörte Welt verwandeln, eine Welt, die nur noch in diesem Buch zu finden sein wird.

Denn sie liegt auf dem Rücken, die Hände wie immer über der Brust gekreuzt, an denen der Rosenkranz hängt (mit Erde aus dem heiligen Land, von Pius XII. gesegnet), in dieser Haltung, durch die sie am besten der Überraschung des Todes vorgreift. Doña Juana schläft ruhig, mit der Seligkeit derer, die für die Ewigkeit bestimmt sind. Und sie hat einen hübschen Traum. Man wird zugeben müssen: Früher oder später ereilt einen immer der Segen. Nach neunzig Jahren eines glücklosen Lebens hat Doña Juana sich hingelegt, um sich glücklichen Träumen hinzugeben. Was gäbe Señorita Berta nicht darum, diese Seite lesen zu können! Was gäbe sie nicht darum, zu erfahren, was den Entschluß ihrer Mutter bewirkt hat, den Schlaf dem Wachen vorzuziehen! Aber Señorita Berta ist eine Figur dieses Buches, das heißt, sie ist dazu verurteilt, in ihm zu bleiben und nur zu erscheinen, wenn sie gerufen wird. Und jetzt erscheint sie nicht, kann und darf nicht erscheinen. Doña Juanas Zimmer, gut abgeschirmt vor der frischen Dezemberluft (eine Redensart), wird nur von der weißen, gewundenen Kerze im Leuchter vor dem Bild der barmherzigen Jungfrau von El Cobre erhellt. Niemand auf der Insel wird jemals erfahren, daß Doña Juana von Wien träumt. Nicht von dem Wien der Wälder und Walzer natürlich, denn nie im Leben ist sie dort gewesen, sondern von dem Landgut ihrer Kusine, der Dichterin Nieves Xenes, in einem Dörfchen bei Quivicán. Es ist ein Traum, der sehr viele Jahre zurückgeht, bis zu dem Tag, an dem zum ersten Mal die Fahne auf dem Castillo del Morro gehißt wird und Don Tomás, mit seiner Erscheinung eines ehrenwerten, wenig brillanten Professors, den Präsidentensessel einnimmt. Doña Juana ist damals noch nicht Doña, und Juana schon gar nicht. Doña Juana wäre ein viel zu ernster Name für dieses junge Mädchen, diesen zarten, behenden Körper, diese unbekümmerte junge Frau, die auf die Bäume klettert, um sich Mandarinen zu pflücken, im Fluß badet, auf dem Klavier Tänze von Saumell spielt, etwas von Pepe Sánchez singt oder Bienenwaben plündert, weil der Honig ein Segen für Haut und Kehle ist. Alle nennen sie Tita. Ihre Haut ist von herrlichem Dunkel, ihr Haar tiefschwarz, die Augen klug und fröhlich, der Mund immer flammend rot. Die Beschreibung liest sich vielleicht eine Spur zu gefällig, aber so sieht sich Doña Juana nun mal im Traum, und es bleibt uns nichts anderes übrig, als die Dinge so zu erzählen, wie sie sind. Es ist ein Festtagsmorgen in Wien. Ein Bauernfest. Die Bäume wurden mit Seidenschleifen und Kreppapierblumen geschmückt. Sieben Gruben sind ausgehoben worden, darin braten sieben Köche sieben herrliche Schweine. In der Küche köcheln gemächliche Töpfe mit Reis und schwarzen Bohnen. Die Yucca wird später zubereitet werden, damit sie pünktlich zum Mittagessen fertig ist. Auf einem Podium spielt die Kapelle den ersten Danzón *Las alturas de Simpson*. Im großen Korbstuhl thront, in Schwarz gekleidet, Luisa Pérez de Zambrana, die Dichterin. Neben ihr sitzt, in Weiß, der Philosoph Varona. Beide unterhalten sich mit Nieves, Aurelia Castillo, einem jungen, wunderschönen Mulatten mit Namen Poveda und Esteban Borrero in eigener Person, der wundersamerweise seine Gewohnheiten umgeworfen hat, um das Fest zu besuchen. Dort drüben geht der allseits gefürchtete Fray Candil, begleitet von seiner Gattin Piedad Zenea. Ein paar junge Leute tanzen. Andere strecken sich im Gras aus und schauen in den Himmel, der von einem Blau sein soll, das Tita gerade »Jahrhundertwendeblau« getauft hat. Die Kinder rennen um den Teich herum, klettern in Hängematten, sausen auf Palmwedeln die Hügel hinunter und singen

Putz dich, Mädchen, putz dich heraus,
da kommt dein Matrose einher,
in seinem Anzug, so hübsch sieht er aus,
als fahre er mit einer Kutsche umher...

Es wird Rum mit Kokosmilch gereicht. Außerdem Tamarindensaft, Guanábanamilchshake, Limonade und schön gekühlter Zuckerrohrsaft. Tablette mit Gloriaküchlein und spanischen Spritzkuchen werden vorbeigetragen. Vom Balkon seines Zimmers aus hält Onkel Chodo, der schon seit Tagen betrunken ist, eine Rede, die niemand versteht und alle zum Lachen bringt. Der Schwarze Valentín hüpft und schreit in unbändiger Freude, und alle schauen ihm lachend zu, fast könnte man meinen, daß auch sie am liebsten hüpfen würden, und Benjamina, die überall mit einem Korb voll Pflaumen herumgegangen ist, hüpft wirklich, und es hüpft sogar La Nene und wirft bunte Papierschlangen in die Luft. Pater Gatzelu geht umher, verspritzt Weihwasser, trällert einen Danzón dabei und sagt Dezimen auf. Aus Havanna ist ein Fotograf, ganz ernst und alt, mit einer Stativkamera gekommen, um den Moment für die Ewigkeit festzuhalten. So sieht mehr oder weniger Doña Juanas Traum aus, in dem sie noch nicht Doña Juana, sondern Tita ist, sie steht vor dem Spiegel, und ihre besten Freundinnen helfen ihr beim Ankleiden, denn sie halten eine Überraschung für die Gäste bereit, Tita ist auf den Einfall gekommen, sich als Republik zu verkleiden, sie hat sich ein langes Kleid mit großen, weiß-blauen Streifen schneidern lassen und eine flammendrote Jakobinermütze mit dem einzelnen Stern. Und das muß man sagen, in jenem glücklichen Traum sieht Doña Juana als Tita, die sich als Republik verkleidet hat, wunderhübsch aus. Als sie den Augenblick für gekommen halten, die Kapelle mit einem weiteren Danzón von Faílde zu hören und Onkel Chodo seines endlosen Geredes müde geworden ist, tritt Tita auf die Terrasse, schreitet die Stufen zum Garten hinab und tritt strahlend unter die Gäste, und ungeheures Schweigen tritt ein, sogar die Kapelle verstummt, um zu sehen, wie Tita als Republik gekleidet vorüberschreitet. Im Traum ist Doña Juana ganz entzückt davon, zu sehen, wie Tita es geschafft hat, die Anwesenden mit diesem einfachen Kostüm zu entzücken. Sogar Luisa Pérez, die Dichterin, und Varona, der Philosoph, erheben sich überrascht, ehrerbietig. Pater Gatzelu bespritzt sie mit Weihwasser und flüstert ihr zu, Gott segne dich, meine Tochter. Die Geste des Paters veranlaßt jemanden zu dem Schrei, Es lebe das freie Kuba!, dann fängt die Kapelle erneut mit ihrem Danzón an, und das Fest wird wieder zum Fest. Tita aber hält nicht an. Im Traum sieht Doña Juana sie glücklich weiterlaufen, über den Palmenweg, um den Teich herum, vorbei an den Feldwegen, den Koppeln, dem Zuckerrohrfeld, und stolz in ihrem Kleid aus voller Kehle singen

In Kuba, Wunderinsel in der Sonne Glut,
du dunkle Schönheit unter blauem Himmelszelt,
aller Blumen Königin bist du, nur du ...

die Nacht bricht herein, und Tita läuft weiter über die Felder in ihrem Republikkostüm, in der dunklen Nacht, die so schwarz ist, daß man die Hand vor Augen nicht sieht, und Tita wandert in einem fort, aber Tita braucht Licht, um sich weiter auf die Felder hinauszuwagen, die in Schatten versunken sind. Ohne zu träumen aufzuhören, hebt Doña Juana eine Hand und sucht den Leuchter mit der weißen, gewundenen Kerze vor dem Bildchen der barmherzigen Jungfrau von El Cobre.

Sie nimmt die Kerze, um Titas Weg zu erhellen, aber die Kerze fällt auf ihr weißes Leinennachthemd. In der Wirklichkeit lodert Doña Juana. Im Traum kann Tita nun sehen, wie sich alles erhellt, wie sich die ganzen Felder entzünden, als wäre der Morgen angebrochen.

Epilog

Das ewige Leben

»Was nicht steht geschrieben,
erachten wir nicht für wahr.«
Berceo

Es muß festgestellt werden, daß Flaubert falsch lag: Es ist nicht ratsam, daß der Autor in seinem Werk wie Gott in der Schöpfung sein soll: gegenwärtig, aber unsichtbar. Zunächst einmal ist es eine Lüge, daß Gott unsichtbar ist. Wir sehen ihn tagtäglich in den unterschiedlichsten Formen: als Straßenkehrer, Beamter, Kind, Liebhaber, Clown, Feind, schlechter und guter Schriftsteller, Frucht, Katze, Baum, Blume … (und wenn wir ihn nicht als Staatsmann sehen, dann nur, weil diese Geschäfte in die Zuständigkeit des Teufels fallen). Nun gut, wenn wir aber davon ausgehen wollen, daß Gott nicht gegenwärtig ist, wenn wir das Unglück haben, nicht daran zu glauben, daß Er sich in jedem Ding der Schöpfung offenbart (mit Ausnahme der Staatschefs, versteht sich), ist seine Abwesenheit nicht in höchstem Grade Anlaß zum Jammer? Warum sollte der Schriftsteller dann Gottes zweifellos schlimmste Eigenschaft nachahmen, seine Unsichtbarkeit? Ich erlaube mir ein Geständnis: Nur ich allein kann das Feuer löschen, nur ich bin dafür verantwortlich. Bekümmert warten meine Figuren auf die Feuerwehr und beten, da sie vielleicht doch noch ein Wunder erwarten, ohne zu wissen, daß es von mir abhängt, ohne zu wissen, daß das Wunder nicht Gott, sondern mir gebührt, die wir in diesem Fall (und nur in diesem Fall) ein und dieselbe Person darstellen. Man müßte nur ein paar Seiten zerreißen, und das normale Leben auf der Insel nähme wieder seinen

Lauf. Man müßte nur Doña Juana nicht aufwecken, sie nicht die Hand ausstrecken und die Kerze umwerfen lassen, und alle würden glücklich ins neue Jahr kommen. Vielleicht erschüttert mich, was auch ich verlieren werde, das Meine, das mit diesem Feuer zu Asche wird; all die Erinnerungen, all die Seligkeit, der einzige Ort, an dem ich glücklich sein konnte, so glücklich, daß ich schon dachte, mein wahrhaftiges, mein wirkliches Leben sei das auf dieser Insel und alles, was ich danach erlebt habe, nichts als eine jämmerliche Variante, nur ein Vorwand, um sich an das Vergangene zu erinnern, der beste Weg, es zu wiederholen, manchmal besser, manchmal schlechter. Daraus könnte man schließen, daß mein Leben in Wirklichkeit nur elf Jahre währte. Vielleicht geht es nicht nur mir so, und jedem Menschen wird nur eine kurze Lebensspanne zugestanden, ein kräftiger Lebenskern an Jahren, um den all die vorhergehenden und nachfolgenden Jahre kreisen. Doch da befinden wir uns schon im Bereich der Spekulation. Jedenfalls schadet das Feuer mir am meisten. Vor allem schmerzt mich, daß ich es gewesen bin, der es entfesselt hat. Nun gut, Doña Juana hat die Hand ausgestreckt und die Kerze umgeworfen, die die lodernden Flammen entfachte. Doch das berührt nur die Oberfläche. Warum mußte es ausgerechnet auf diese Weise geschehen? Ich jonglierte, wie sich jeder denken kann, mit einer bestimmten Anzahl von Möglichkeiten. Ich hätte Doña Juana einfach vergessen können. Oder ich hätte sie, in der Blüte ihrer neunzig Jahre, aufwecken, die Kerze nehmen und auf die Insel hinaustreten lassen können; die Figuren wären überrascht gewesen, Señorita Berta hätte geweint … doch mir mußte ausgerechnet das Feuer einfallen. Also steht die Insel nun in Flammen. Die Figuren (ich befand mich im Vorhof) verließen die Kolonnaden, rannten auf die Insel hinaus, fliehend, schreiend, ohne zu wissen, was sie tun, wen sie rufen sollten, und dabei wußten sie nichts von den Wirren, die genau zur gleichen Zeit das restliche Land ergriffen, denn nun soll endlich aufgedeckt werden, daß genau zur gleichen Zeit der Herr Präsident unserer Republik, Fulgencio Batista, in einem Flugzeug mitsamt Geld und Familie in die Dominikanische Republik floh, so daß das Columbia-Lager (zwei, drei Querstraßen von der Insel entfernt) verwaist zurückblieb und nun die Rebellen mit ihren langen, üppigen Bärten das Heft in die Hand nahmen. Auch wenn ich mich bemüht habe, die Figuren möglichst aus der Politik herauszuhalten und dabei wohl Stendhals berühmten Satz zu wörtlich genommen habe, der ungefähr besagt, »die Politik, die in die Literatur einfällt, wirkt wie ein Pistolenschuß in einem Konzert«, so scheint mir dieser Pistolenschuß nun unvermeidlich, selbst wenn gerade Maria Callas, die Göttliche, eine Arie von Saint-Saëns singen würde. Irgendeine Verbindung muß schließlich bestehen zwischen der Flucht des Herrn Präsidenten, dem Triumph der Rebellen und der Tatsache, daß Doña Juana die Hand ausstreckt, die Kerze umstößt und einen Brand auslöst, der einen Schlußstrich unter die ersten elf Jahre meines Lebens zog, das heißt, im Sinne der oben angeführten These, unter mein ganzes Leben.

> »Es stimmt, den Stein der Weisen kann man nicht finden. Aber es ist gut, daß man ihn sucht.«
>
> *Fontenelle*

Wie immer die Ereignisse auch zusammenhängen mögen, ihre Beziehung ist letztendlich unergründlich, letztendlich unerheblich, denn sie kann das grundlegende Ereignis (für mich in diesem Fall DAS FEUER, auch wenn es die Geschichtsbücher nicht erwähnen und statt dessen wieder und wieder über die Flucht des Präsidenten und den Triumph der Rebellen schreiben) nicht ungeschehen machen, fest steht jedenfalls, daß das Flammenmeer sich dort, *du côté de chez* Señorita Berta ausbreitete, es war eine Sache von Sekunden, die die Meßbarkeit der Zeit in Frage stellen. Fasziniert starrten wir in die Flammen, die immer höher, immer schöner, immer schneller emporzüngelten, sich mit einer Schnelligkeit fortpflanzten, die dem Grad unserer Faszination entsprach. Mir scheint (sicher bin ich mir nicht), Merengue reagierte als erster, schrie, Feuer! (ich habe bereits festgestellt, daß zwischen dem Feuer und dem Wort, das es bezeichnet, abgrundtiefes Erstaunen liegt, daß es – das Feuer – zu den wenigen Dingen auf der Welt gehört, die eindrucksvoller sind als ihr Name) und lief nach Wasser. Obwohl natürlich bei diesem Stand der Dinge ein paar Eimer Wasser nur wenig oder gar nichts ausrichten konnten. Auch Irene lief nach dem Gartenschlauch, mit dem sie die Blumen sprengte. Doch das Wasser schien den wuchernden Flammen nur noch mehr Nahrung zu geben, sie zeichneten Farben in die Nacht und schimmerten nach oben hin weiß, Sternen gleich, die aus der Erde emporschossen und versuchten, sich am Himmel festzuhaken. Auf einmal sah man Morales, den Papagei, dem Anschein nach nicht weniger fasziniert als wir, in die Flammen fliegen. Das war das erste (und letzte) Mal, daß Melissa weinte. Und wahrhaft Erstaunliches geschah: Im Gefolge des Papageis begannen Möwen, Waldsänger, Amazonen, Enten, Kardinäle, Spottdrosseln, Indigofinken, Schwalben, Kolibris und noch viele andere Vögel aus den Bäumen aufzufliegen und munter über dem Feuer umherzuflattern, um sich schließlich unter heftigem Flügelschlagen in die Flammen zu stürzen. In einer langen Prozession kamen auch Ratten,

Baumratten und Almiquis aus ihren Höhlen und warfen sich in die Flammen. Onkel Rolo schrie, vom Wahnsinn gepackt. Mit Hilfe von Vido fuhr Merengue fort, unermüdlich und vergeblich Eimerladungen voll Wasser ins Feuer zu schütten, wobei er sich mit dem heiligen Lazarus stritt, Verdammt, du alter Schweinehund, Siechenaas du, vergessen hast du uns. Mit Tatina auf dem Arm weinte Casta Diva. Halb nackt und mit einem schweren Hammer bewaffnet, sah Lucio wie der Held einer griechischen Tragödie aus (obwohl das mit dem Hammer eher an etwas erinnert, das vor vielen, vielen Jahren, vor Jahrtausenden gar, sozialistischer Realismus genannt wurde), der gegen die Widrigkeiten des Schicksals kämpft, eine Art Perseus, entschlossen, der Medusa den Garaus zu machen; ich weiß nicht, ob er merkte (auch wir merkten es nicht), daß die Hammerschläge nutzlos waren: Sie schlugen Wände ein, die die Flammen sowieso verschlingen würden. Mercedes lief hin und her und stellte Fragen, die niemand verstand, dann umarmte sie Marta, die mit geschlossenen, vom Feuer erhellten Augen wie die Priesterin eines archaischen Kultes aussah. Tingo hatte sich hinter den roten Sandelholzbaum aus Ceylon geflüchtet und weinte, ohne etwas zu verstehen (immer, ohne etwas zu verstehen). Señorita Berta sagte untröstlich, Nun haben die sieben Engel mit den sieben Posaunen sich bereits gerüstet zu blasen, und Er hat das siebente Siegel bereits aufgetan, das ist das Feuer des Räuchergefäßes, das Feuer des Altars, das über die Erde ausgeschüttet wird ... Als sie ihr Reich bedroht sah, erteilte meine Mutter verzweifelte Befehle. Professor Kingston erschien neben der Greta-Garbo-Büste, schweigend, ein wenig traurig, in Begleitung des Matrosen mit dem langen, lockigen Haar, den großen, dunklen Augen (den – am Ende weiß ich es nun – auch Luis Cernuda gesehen hat, den auch wir in jedem Hafen der Welt gesehen haben; so müssen wir zu dem Schluß gelangen, daß es nur einen einzigen Matrosen gibt, und immer wenn wir einem Matrosen begegnen, ist es der Matrose an sich, der Matrose von Cernuda – später begegnete mir dieser Gedanke in *Querelle de Brest*, ohne daß Cernuda erwähnt worden wäre). Es ist mir durchaus bewußt, daß Professor Kingston bereits tot ist, daß er Seiten vorher die Insel auf poetische Weise verlassen hat, und die Logik der Erzählung sagt einem, daß er nicht dort sein sollte, aber was soll ich machen, wenn er einfach auftaucht, wenn ich ihn sehe, ihn fast sagen höre, *The land of ice, and of fearful sounds, where no living thing was to be seen*, wenn ich sehe, wie er sich auf die Schulter eines Matrosen stützt (ebenso müssen wir nun feststellen, daß ein Matrose dazu da ist, daß man sich auf seine Schulter stützt, sich sogar an ihr ausweint, denn ein Matrose ist unter anderem dazu da, zu trösten). Und obwohl man nicht wußte, woher, obwohl man sie nicht sehen konnte, hörte man ebenso das Lachen und die Stimme der Barfüßigen Gräfin, Ich habe es ja gesagt, ich habe es ja gesagt, und niemand wollte auf mich hören, ich habe gesagt, ihr würdet vernichtet werden, die Zerstörung würde euer Schicksal sein. Ich habe bereits geschrieben, daß die Flammen nicht nur in die Höhe schossen, sondern sich in jedwede Richtung ausbreiteten, sich der Insel, der Nacht bemächtigten, mit der Sicherheit, der Unbarmherzigkeit, der Gleichgültigkeit, die dem Erhabenen eigen ist. Ich muß zugeben, auch meine Augen waren von Tränen verschleiert, wenn auch aus einem anderen Grund. Was für ein Verlust auch immer, es interessierte mich wenig, selbst wenn ich gewußt hätte (was damals nicht der Fall war), daß mein Leben mit jenem Feuer endete, hätte es mir herzlich wenig ausgemacht, gebannt, wie ich war, von dem vielfältigen Flammengefunkel, dem wollüstigen, schillernden Gewoge, das im gleichen Atemzug, in dem es das Vergängliche zerstörte, endgültige Schönheit schuf. Man muß daran erinnern, daß in Grenzsituationen, wenn das Wichtigste auf dem Spiel zu stehen scheint, der Geist abschweift und sich an Details klammert, an Überlegungen, die nichts mit dem Verhängnisvollen des Geschehens zu tun haben. Angesichts der Zerstörung meines Heims (die Zerstörung eines Heims ist im Grunde immer die Zerstörung einer Hoffnung, eines Lebens, einer Welt sogar), angesichts eines Ereignisses, das für mich und die Meinen so einschneidend war, dachte ich jedoch an das Heilige jenes Feuers, an den Grund, aus dem unsere Urväter ihm den Rang des Göttlichen verliehen hatten, ich stellte mir sogar die Freude der Götter angesichts dieser Opfergabe vor, die ihnen an diesem Jahreswechsel von 1958 zu 1959 dargebracht wurde, und ich war so naiv, zu glauben, daß so ein Exorzismus dafür sorgen mußte, daß die kommenden Jahre reich an Frieden und Wohlstand sein würden. Mit all dieser Redekunst will ich jedoch nur folgendes zum Ausdruck bringen: Ich war glücklich. Am liebsten hätte ich den Umstehenden eine lange Rede gehalten, hätte ihnen gesagt, Nur Mut, dieses Feuer ist nur der Beginn einer neuen Ära, die wahrhaftig wundervoll sein wird, nun werden wir die Auserwählten der Seligkeit sein, ein Feuer ist eine Tür, die sich schließt, damit sich Tausende von neuen Türen öffnen, es ist Zeichen eines neuen, glücklichen Lebens. Gottlob sagte ich nichts dergleichen (schon damals war ich weise genug, den Drang zu langen Reden zu unterdrücken, als wäre mir damals schon dunkel bewußt gewesen, wie falsch jede Rede ist, denn die Reden sind, ebenso wie die Staatschefs, Sache des Teufels). Nichts sagte ich und

»... Es ist immer gefährlich, aus der Perspektive des ›Ich‹ zu schreiben.«

Anthony Trollope

Ich rannte davon, verlor mich zwischen den Bäumen, kam an der Stelle vorbei, an der früher die Venus von Milo gestanden hatte, und lief in die Richtung, wo einst der Laokoon gewesen war. Ich trat in Onkel Rolos Haus, dessen Tür offenstand. Niemand, nicht einmal meine Mutter, hatte meine Flucht bemerkt. Sandokan würde nie mehr in dem Bett dort seinen Rausch ausschlafen. Dunkel empfing mich der Buchladen, ohne Gefahren. Ich schaltete das Licht nicht ein. Es war weder nötig, noch wollte ich Aufmerksamkeit erwecken. Die Katastrophe trübte nicht im geringsten die Ruhe in diesem unversehrten Teil des Grundstücks. Wenn überhaupt, war ein Flüstern zu hören wie vom Wind im Bambusrohr. Nicht weiter beunruhigend für jemanden, der nicht gewußt hätte, daß ein paar Meter weiter ein Inferno ungeheuren Ausmaßes wütete. Wie ein erfahrener Theseus (der es sich sogar erlaubt, Ariadnes Faden zu verschmähen) drang ich blind, doch auf andere Weise sehend, in den Buchladen vor, zu der Stelle, wo der Teppich eine Unebenheit im Boden verbarg. Da war die Holzfalltür. Ich öffnete sie und stieg, nachdem ich sie wieder hinter mir geschlossen hatte, rasch die Treppe hinunter. Endlich befand ich mich in einer Welt der absoluten Ruhe. Das Feuer war nur noch Erinnerung. Lange Zeit stieg ich durch etwas hinab, das ich für einen riesigen Stollen hielt. Manchmal glaubte ich in der Tiefe ein Licht zu erkennen; wenn ich dann an den Ort gelangte, an dem ich das Licht vermutet hatte, empfing mich die ewig gleiche Dunkelheit und in noch weiterer Ferne ein anderes Leuchten. Ich hatte auch das

Gefühl, Stimmen zu hören. Glaubte, sie zu hören, bis ich merkte, daß es meine Gedanken waren, die wahrhaftig Klang erlangten, unabhängig von meinem Willen. Meine Gedanken waren zu hören, wurden vom Stollen als Echo zurückgeworfen, so daß mir der Moment gekommen zu sein schien, im Innern die Verse jenes Buches zu wiederholen, das ich an dem Nachmittag gestohlen hatte, als ich den Onkel zu meiner Mutter hatte schicken sollen, und kurz darauf erklangen sie laut und unbegreiflich, doch von einer Schönheit, die ihnen Klarheit verlieh:

»Ich sehne mich nach Regionen,
wo fern die Eisvögel wohnen
über dem Meer...«

Und es war wie in einer der Erzählungen aus *Tausendundeiner Nacht*, in denen Zauberworte Türen öffnen, die für die Ewigkeit geschlossen schienen, oder ein Dschinn erscheint, der in jeder Lage hilft und uns mit Reichtümern überhäuft. Ein Chor von Stimmen antwortete mir, der Sätze wiederholte, manche vertraut, manche fremd, der lange Stollen erhellte sich, und ich sah, daß es sich in Wirklichkeit um gar keinen Tunnel handelte, sondern um einen wunderbaren Ort mit Birken und Zypressen und Pappeln und Brunnen und sanften Bächlein (sosehr man sich auch bemüht, den Gemeinplätzen zu entkommen...) und mit einem ganz besonderen, fast künstlichen Licht, das ebenso von der Abenddämmerung wie von der Morgenröte hätte stammen können, ein Ort, sagen wir zwischen Fragonard und Corot, mit einem frischen Lüftchen, getränkt vom Duft herrlicher Blumen, das dazu noch Lautenmusik herbeiwehte. Der Leser braucht wohl nicht erst auf den Schwindel, die Mystifizierung in diesem Absatz hingewiesen werden. Ich muß mich zu mindestens drei Gründen bekennen, aus denen ich ihn geschrieben habe. Der erste: Immer habe ich mir gewünscht, an einen solchen Ort zu gelangen, zu diesem Kythera, nach dem wir beinahe alle mit geringerer oder größerer Leidenschaft streben; in meinem Fall, vermute ich, ist das kitschige Ambiente dieses Ortes meiner Träume auf eine Reihe von Landschaftsbildern zurückzuführen, die im Haus meiner Großmutter hingen und in fast identischer Folge in jedem Haus, das wir damals in Havanna besuchten, anzutreffen waren; »unmögliche Landschaften« hätte Lorca sie genannt, rundweg idyllisch, noch idyllischer als die, die ich eben beschrieben habe und in denen Jünglinge (in meinem Gedächtnis findet sich keine einzige Jungfrau) Lauten schlugen. Der zweite Grund für mein schwärmerisches Lügen: Als ich mich zum Schreiben niedersetzte, war mein Geist wie vernagelt angesichts des jungfräulichen Papiers, das geradezu empörend seine schamlose Weiße zur Schau stellte, auf die es nur eine einzige Antwort gibt: schreiben, das erstbeste, das einem in den Sinn kommt. (Dem jungfräulichen Papier muß man die Schau stehlen, es mit Zeichen füllen, mit irgendwelchen; es wird schon dafür sorgen, die mögliche Lüge in eine Offenbarung zu verwandeln.) Der dritte Grund ist für mich der überzeugendste: Wenn jede Literatur Schwindel ist, was spielt es dann für eine Rolle, Lüge auf Lüge zu türmen? Wenn der Leser letzten Endes weiß, daß man ihn belügt, warum sollte man dann vortäuschen, ihn nicht zu belügen? Natürlich gibt es Lügen und Lügen. Es gibt die Lüge von Victorien Sardou und die Lüge von Honoré de Balzac; es gibt die Lüge von Pearl S. Buck und die von William Faulkner. Eine recht heikle Angelegenheit, also möchte ich so schnell wie möglich darüber hinweggehen. Schließlich hatten die einen das gleiche Recht zu lügen wie die anderen. Aber während ich mich in meinen Exkurs verrenne, was geschah mit dem elfjährigen Jungen, der ich war, nachdem er die Stufen des unendlich dunklen Stollens hinabgestiegen war und sich nun inmitten einer Schäferszene befand? Es muß richtiggestellt werden, daß es nichts war mit der Madrigalidylle. Ein Akaziengestrüpp. Ein dichter Wald. Anscheinend war diese schemenhafte Stunde angebrochen, die der Nacht vorangeht. Die Akazienbüsche hatten meine Beine und Arme blutig gerissen. Keine Musik war zu hören, keine Stimme, nichts, und jedweder Geruch konnte nur von meiner Angst stammen. Als ich endlich aus dem Wald herausfand, stand ich vor einer wüsten Felsenlandschaft, ohne Baum noch Strauch, auf die eine Nacht ohne Sterne und Mond niedersank. In der Ferne war wie in den Geschichten, die Helena (meine Mutter) mir vor dem Einschlafen vorgelesen hatte, ein schwankendes Lichtlein zu erkennen. Ich lief darauf zu, zwar nicht fröhlich, doch wenigstens beherzt. Dann sah ich ein großes, verfallenes Haus. Überdies sah ich einen ziemlich breiten, angeschwollenen, reißenden Flusses, der sich als Hindernis zwischen mich und das Haus schob. Ich setzte mich ans Ufer und überlegte lange, welchen Weg ich einschlagen sollte. Der Fluß sah zu gefährlich aus, um ihn zu durchschwimmen. Im übrigen hatte ich, versteht sich, nie zuvor einen so tiefen Fluß gesehen. Der einzige Fluß, den ich kannte, war der Wassergraben, der durch den hinteren Teil der Insel an der Tischlerei vorbeifloß und in dem Vido oftmals nackt badete. An ein Floß war schon gar nicht zu denken, denn es gab nicht einen einzigen Stamm, aus dem man es hätte bauen können. Ich dachte mir: Wenn ich mich hinlege und bis zum Morgen warte, werde ich im doppelten Licht des erfrischten Geistes und der neuen

Sonne vielleicht einen Weg finden, auf die andere Seite zu gelangen. Ich wollte mich schon auf die Felsen betten, als ich ein Greislein neben mir sitzen sah. Ich weiß nicht, wie es hierhergelangt war, ohne daß ich es bemerkt hatte. Fest stand, es war da. Winzig, fast kahl, mit erloschenen Mäuseäuglein hinter einer Brille ohne Gläser, einem weißen, mehrere Jahre alten Bart und zerlumpten, verdreckten Kleidern. Es hielt seine Hand auf. Hast du nicht ein Geldstück für mich? Ich habe kein Geld bei mir, erwiderte ich. Schlimm, schlimm, denn das Geld ist der Herr der Welt, ist Urgrund, ist Logos, *causa efficiens*, bestimmt hast du kein Geld, weil du es zum Fenster hinauswirfst. Ich wußte nichts darauf zu antworten, begnügte mich damit, auf das Haus mit dem verheißungsvollen Lichtlein zu schauen. Der kleine Greis rückte näher. Ich roch die Dünste aus seinem leeren Magen. Willst du zu dem Haus dort? Selbstverständlich bestätigte ich dies. Ja, das wollen sie alle: Nur wenigen gelingt es, ich versuche es schon seit Jahren, und da sitze ich noch immer. Das Greislein nahm sich sein Gebiß heraus und musterte es eine ganze Weile mit finsterer Miene wie Hamlet *poor* Yoricks Schädel. Es gibt einen Fährmann, sagte es schließlich. Interessiert fragte ich, Wann kommt der Fährmann denn? Alle Jubeljahre mal, fast nie, niemals, warte also nicht auf ihn. Haben Sie ihn schon gesehen? Seit Jahren sitze ich bereits an diesem Ufer und habe ihn nur ein paarmal zu Gesicht bekommen. Und warum haben Sie bei der Gelegenheit nicht seine Dienste in Anspruch genommen? Es setzte sich das Gebiß wieder ein, kaute ein paarmal, wohl um seine Tauglichkeit zu prüfen, und zeigte mir dann eines seiner erloschenen Mäuseäuglein, um mir zu demonstrieren, daß es ein Glasauge war. Die Reise zum Haus kann einen teuer zu stehen kommen, erklärte es und zuckte mit den Schultern. Sie kann leicht ins Auge gehen. Wenn Ihnen ein Auge fehlt, heißt das doch, daß Sie bereits bezahlt haben. Das Greislein tat so, als hätte es nicht gehört, und zog wer weiß woher ein Säckchen Münzen hervor und machte sich daran, sie zu zählen. Dann schwenkte es das Säckchen und ließ die Münzen klingen. Hör mal, Sphärenmusik, da ist Mozart ein Waisenknabe dagegen! Es sah mich erschreckt an, sperrte den Mund auf, um Luft zu holen, lief scharlachrot an und verwahrte das Säckchen wieder dort, wo es hervorgekommen war, also an jenem unerfindlichen Ort. Schon ruhiger legte es mir den Arm um die Schultern, Ich erzähle dir eine Geschichte. In diesem Augenblick höchster Gefahr, als ich mit meinen zarten elf Jahren bereits am Abgrund stand, tauchte aus der Schwärze, aus dem Nebel, aus dem Nichts ein Boot oder besser gesagt der Schatten eines Bootes auf, mit einem menschlichen oder halbmenschlichen Schatten darauf, der mit dröhnender Stimme meinen Namen rief, Sebastián, Sebastián, und mir eine menschliche oder halbmenschliche Hand entgegenstreckte, an die ich mich klammerte. Das Greislein klammerte sich seinerseits weinerlich an mich und jammerte, Ich will mit, ich will mit. Der Fährmann oder der Schatten des Fährmanns stieß ihn so schroff zurück, daß das Männchen in hohem Bogen durch die Luft flog. Soll dich der Teufel holen, schrie der Fährmann mit noch dröhnenderer Stimme. Mich überkam jedoch das Gefühl, auf einem Boot zu sein und auch wieder nicht, einen Fluß zu überqueren und auch wieder nicht, von einem Fährmann gefahren zu werden, der neben mir war, und auch wieder nicht. Teils um mich liebenswürdig zu zeigen, vor allem jedoch, um dem Wahngeschehen seinen unerläßlichen Schuß Wirklichkeit zu verleihen, bedankte ich mich beim Fährmann und sagte ihm, daß er sich wahrhaft tapfer betragen habe. Ich könnte nicht behaupten, daß er mich anschaute oder mir zulächelte, denn ich sah nichts in diesem Gespenstergesicht; ich könnte auch nicht behaupten, daß er mich berührte, denn selbst wenn er es getan hätte, mein Körper spürte nichts. Jetzt spüre ich allerdings eine tiefe Müdigkeit, und

> »Mag das Werk nun entsetzlich oder rühmlich, schrecklich oder göttlich sein, man hat keine Wahl. Man kann es nur geduldig annehmen.«
>
> *Charlotte Brontë*

als ich aus dem Fenster schaue (aus diesem Fenster hier, dem »wirklichen« bei mir zu Hause), wird mir bewußt: Es ist ein herrlicher Tag, einer dieser seltenen Tage in Havanna, in denen das verschwenderische Licht die Dinge nicht auslöscht, im Gegenteil, an denen der Himmel von gleichmäßigem Blau ist, ein Lüftchen (ein Lüftchen!) weht und man am liebsten ans Meer gehen und eine verlassene Küste entlangschlendern oder über das Land wandern würde, durch ein Palmwäldchen, an einem murmelnden Bach entlang, oder in einer Hängematte läge, die sich zwischen Mangobäumen spannt, um Bauern (ganz junge) vorüberkommen zu sehen, mit ihren Hüten, ihren blitzsauberen Kleidern, ihren Gamaschen, Gitarren, fröhlich singend, fröhlich singend, jawohl, warum nicht?, fröhlich singend. Die Welt draußen lebt, ach!, sie hat Freude daran. Was versuche ich da eine Seite zu schreiben, die vielleicht nie jemand lesen wird? Warum ziehe ich mich nicht besser an und gehe hinaus ans Licht, unterhalte mich, lache mit den anderen? Ich werfe mich aufs Bett, die Glieder tun mir weh, ich wiederhole mir laut diese Fragen. Der Pfeilschuß ist das Wichtige, nicht das Ziel, sage ich mir. Der Satz stammt natürlich von Lezama Lima. Ich sehe ihn vor mir, diesen gewaltigen, dicken, kugelrunden Schriftsteller, eingesperrt in sein Haus in der Trocadero Nummer 162, im Herzen der übelriechendsten, furchterregendsten, ohrenbetäubendsten Stadt des ganzen Planeten, der sich nur noch vom Wohnzimmer ins Speisezimmer bewegen kann, gestützt auf María Luisa (noch zu seinen Lebzeiten war sie schon die vollkommene Witwe), berieselt von der Musik der *Scheiße* und *Schweinerei* all der Nachbarn, gefangen zwischen staubigen Büchern und feuchten Wänden, nach Atem ringend, in seinen Sessel versunken, während er etwas auf einen Zettel schreibt, beharrlich schreibt, mit dem sicheren Schritt des Maulesels am Abgrund. Ich sehe Virgilio Piñera vor mir, aus allen Lexika, Anthologien, kritischen Abhandlungen gefallen, wie er in seinem winzigen Loch Ecke 27. und N sitzt, wo es so süßlich-schwer nach Gas und Kaffeesatz roch, schon ab vier Uhr morgens wach, um ohne Unterlaß die Verse von *Hacke oder Schaufel?*, seines letzten Theaterstücks in Vers und Prosa (unvollendet), in die Tasten seiner Schreibmaschine zu hämmern, wobei er sich immer wieder erhob, um sich einen Löffel Kondensmilch zu gönnen, ein ums andere Mal die *Appassionata* zu hören (in der Musik ist man entweder Beethoven oder niemand) oder laut auf französisch eine Seite aus dem Tagebuch der Brüder Goncourt, aus den Briefen der Madame de Sévigné, den Memoiren von Casanova oder aus Proust (immer wieder Proust, ohne es je müde zu werden, Proust zum Frühstück, Proust zum Mittag, Proust zum Abendessen) vorzulesen. Jetzt erinnere ich mich, daß er eines Nachts unwiderruflich (er wußte, daß es unwiderruflich war) ausrief, Zwischen Marcel Proust und mir mag ein himmelweiter Unterschied bestehen, aber uns verbindet die Leidenschaft, mit der wir uns zum Schreiben hinsetzen. Heißt das also, das Leben wurde für die anderen geschaffen? Nun gut, kein Grund, eine Tragödie daraus zu machen, ach, ich Armer! Die Dinge sind eben, wie sie sind. Denn was geschrieben steht, *ist auch* das Leben. Nein, es ist mehr, viel mehr noch, es ist der Triumph der Ordnung über das Chaos, des Gestalteten über das Ungestalte, es ist das *fiat lux*, der Zauberstab, der ein ganzes Universum aus etwas macht, das weder Hand noch Fuß, noch Sinn hat, es ist die unerläßliche Beigabe des sine qua ... Sine qua was? Nichts, ich will nicht weiter in Gemeinplätze verfallen. Warum schreibt man einen Roman? Ein Schweigen. Unergründlich. Umfassend. Andächtig. Großartig. Beredt. Verständlicherweise bleibt mir nichts anderes übrig, als an den Tisch zurückzukehren, zum schamlosen, blendenden Papier, zur Tinte, zur Feder mit der gebrochenen Spitze. Ich weiß nicht, wie ich an Land sprang. Ebenso wie ich mich mit einemmal im Schatten eines Bootes auf einem reißenden Fluß hatte schwimmen sehen, begleitet von dem Schatten eines halbmenschlichen Fährmanns, ebenso wahnhaft sah ich mich nun am anderen Ufer inmitten einer womöglich noch unwirtlicheren Landschaft als die auf der anderen Seite, doch mit der Hoffnung auf das Haus, das mir dort, ein paar Schritte entfernt, Schutz versprach, einen Winkel zum Schlafen (wenn ich ein Bedürfnis nach etwas hatte, dann nach Schlaf; wenn etwas unerträglich ist, dann ewig aufgeschobene Ruhe). Ich strauchelte über den felsigen Boden, glaubte, leuchtende Gestalten würden mich begleiten, aber sooft ich mich auch nach ihnen umblickte, ich erkannte nichts, nicht einmal den Fluß und schon gar nicht den Fährmann mit seinem Boot. Um ehrlich zu sein, muß ich sagen: Hinter meinem Rücken war nichts. Und dieser Satz sollte so wörtlich wie nur möglich verstanden werden: Nichts! Rein gar nichts. Ich weiß, das Wort »nichts« ist recht schwer zu begreifen, doch ich bitte um eine kleine Anstrengung: Nichts! Was, neben anderen wunderlichen Dingen, soviel heißt, daß ich nur eine Alternative hatte: vorwärts zu gehen. Also konzentrierte ich mich auf das Haus und meinen Wunsch, es zu erreichen. Zwei, drei Meter vor der engen, niedrigen Tür entdeckte ich einen gutgekleideten Herrn in *black tie* oder dergleichen, mit halb englischem, halb nordamerikanischem, folglich weihevollem Gesicht und einem Kerzenhalter in der Rechten: das verheißungsvolle Lichtlein, das ich in der Ferne gesehen hatte! Er bedeutete mir mit einer Gebärde stehenzubleiben. Dann sprach er diesen Satz, der mir wie ein Zauberspruch erschien und mehr oder weniger so klang: *The portrait of a Lady* oder vielleicht *Princess Casamassima*, weiß nicht mehr genau. Die Tür ging auf. Hier ist Sebastián, verkündete er in einem Englisch, das noch weihevoller war als sein Gesicht. Aus dem Innern des Hauses drang eine seltsame Stimme, vom Echo noch verstärkt, die in einem durch und durch kubanischen Spanisch befahl: O.k., Mister James, lassen Sie ihn eintreten. Und ich fand mich in einem finsteren Raum wieder, an dessen Ende, im Licht eines Strahls, der schräg durch ein nicht existentes Fenster fiel oder von einer von Kletterpflanzen umrankten Decke kam, die es ebensowenig gab (das gleiche Licht wie auf den Bildern von Vermeer), ein Mann in einem Sessel schaukelte, mit trauriger, gelangweilter, skeptischer Miene, spöttischen, grünlichen Augen, faltiger Stirn, einer Rabennase, wie Mr. Poe sie beschrieben hat, und wulstigen Lippen, wie geschaffen für eine Grimasse des Widerwillens. Er empfing mich, ohne zu lächeln, mit einem, Na endlich bist du da, willkommen, fühle dich wie zu Hause, ich verheiße dir eine noch wunderbarere Reise als die von Nils

Holgersson durch Schweden. Aber Letzteres muß ich wohl geträumt haben, denn meine Lider waren bleischwer, und ich fiel um vor Müdigkeit.

> »Ich muß diese Arbeit unbedingt gut machen, jedenfalls so gut, wie ich überhaupt kann.«
>
> *Dostojewski*

Als ich erwachte (wenn ich denn erwachte), wie groß war da meine Überraschung, als ich mich auf der Insel wiederfand. Die Insel, unverbrannt und unzerstört. Der Herr mit den spöttischen, grünlichen Augen und der Edgar-Allan-Poe-Nase, der mich empfangen und mir eine wunderbare Reise versprochen hatte, rauchte seelenruhig und stilvoll vor sich hin und schaute mich ausdruckslos an. Geht's dir gut? fragte er mich mit seiner eigentümlichen Stimme und zeichnete mit der Zigarettenhand eine matte Geste in die Luft. Weißt du, wer ich bin? Eine kurze Pause, während der er an der Zigarette zog, den Rauch nach oben blies, als wollte er eine Gottheit anrufen, die Zigarette mit kraftloser Bewegung ins Dickicht warf, die Augen weit aufriß, die nun noch spöttischer funkelten, lächelte, natürlich Zähne mit Nikotinflecken dabei zeigte, zwei-, drei-, viermal seufzte und sich an die Brust faßte, an die Stelle des Herzens, mit einer wunderschönen Hand, schneeweiß wie die eines jungen Burschen. Es sei dir erlaubt, mich Scheherazade zu nennen. Das Licht schien nun intimer zu werden. Überraschend verjüngte sich der Mann, verwandelte sich zu meinem Erstaunen in den Verwundeten mit seinem herrlichen Honthorst-Gesicht und wurde dann zu einer Frau, einer wunderschönen Frau. Da der grausame Sultan ewig ist, rief sie mit mächtiger, noch geheimnisvollerer Stimme aus, sah sich Scheherazade gezwungen, im Laufe zahlloser Jahrhunderte zahllose Pseudonyme anzunehmen. Dann wandte sie sich mit hochgezogenen Augenbrauen an mich, auf der Brust die schöne Hand voll funkelnder Juwelen. Trotz deiner primitiven Einfalt (du bist noch so jung) wirst du erkannt haben, daß Scheherazade eine brillante Frau war (sie ist, ich bin, werde sein), sie beschloß (ich beschloß, beschließe, werde beschließen) zu erzählen und immer weiterzuerzählen, um ihr Leben zu retten, sie erkannte (erkennt, wird erkennen), daß das Erzählen der einzige Weg war (ist, sein wird), um zu überleben, sie erkannte (erkennt, wird erkennen) die Rettungsmöglichkeiten, die den Worten innewohnen (und immer, immer innewohnen werden), mir kam die Erleuchtung, daß das Erzählen der einzige Weg (der einzige Weg!) war (ist, weiterhin sein wird), um die Ewigkeit zu erlangen, und ich redete (werde reden, ob sie nun wollen oder nicht) tausendundeine Nacht lang, tausendundeine Nacht! und länger noch, sozusagen ein ganzes Leben lang, und trotz deiner primitiven Einfalt wirst du erkannt haben, daß sie sich gerettet hat, Scheherazade hat sich gerettet! Sie stand aufrecht inmitten von Irenes Blumen, erleuchtet, in ein grünes Peplon gekleidet, immer schöner, wie sie mich mit ihren ebenfalls grünen, bezwingenden Augen ansah, die so hell funkelten wie die Ringe und Armreife. Und von einer Sekunde zur nächsten verwandelte sie sich wieder in den Mann mit dem Mr.-Poe-Gesicht. Er begann sich mit der rechten Hand, den Handteller der Linken zu reiben. Seine Stirn verdüsterte sich, bevor er fortfuhr: Dann, mit der Zeit, während Jahrhundert auf Jahrhundert verging, hat Scheherazade wie eine berühmte Figur von Mrs. Woolf beständig ihre Gestalt, ihr Geschlecht, ihren Namen geändert, man kannte sie als Hermann Broch, als Alberto Moravia, Truman Capote, Azorín, Choderlos de Laclos, Alice B. Toklas (Verzeihung, ich meinte Miss Stein), Jean Genet, Vargas Llosa, Cervantes, José Soler Puig, Mlle Yourcenar, Chaucer, Tibor Déry, Nélida Piñón, Lawrence Sterne, Miss Austen, Leo Tolstoi, Carlos (Loveira, Fuentes, Montenegro, Victoria, Baudelaire und Dickens – die letzteren beiden wohl eher Charles), Enrique Labrador Ruiz, Clarín, Homer, E.M. Forster, Ryunosuke Akutagawa, Albert Camus, Tomás de Carrasquilla, Katherine Anne Porter, Bioy Casares, Mongo Beti, Thomas Mann, José Saramago, Cirilo Villaverde, Henry Fielding und *tutti quanti*, wenn ich nicht alle nenne, dann nur wegen dieses *ars longa, vita brevis*, wie du verstehen wirst, das Leben würde nicht ausreichen, und ich, dein ganz und gar nicht untertäniger Diener, bin nichts weiter als eine der wundersamen Inkarnationen dieser vortrefflichen Frau, und deshalb sage ich dir: Du darfst mich bei meinem geheimen und wahrhaftigen Namen nennen, Scheherazade, aber falls dir das lieber ist, kannst du auch Meister sagen, das ist einfacher, schneller, vertrauter und bedeutet letzten Endes das gleiche. Der Meister ließ wieder ein langes, andächtiges Schweigen entstehen. Immer enger wurde der Lichtkreis um ihn herum, der schräg vom Laubdach auf ihn fiel. Ich hatte das Gefühl, selbst verschwunden zu sein. Das glaubte ich zumindest. Nur er existierte. Jede seiner Gesten bekam eine besondere Bedeutung. Er zog mehrere Zettel aus der Tasche seines farblosen Hemds, entfaltete sie und hielt sie sich vor die Augen. Ich hörte ihn lesen:

»Die Aufgabe von Dichter wie Romancier besteht darin, das Gemeine zu zeigen, das im Großen steckt, und die Größe, die im Gemeinen steckt.«

Thomas Hardy

Ich hörte ihn ohne besondere Eindringlichkeit und doch wieder eindringlich lesen, der Tonfall müde und zugleich von enormer Lebendigkeit: »Die verwünschte Allgegenwart des Wassers zwingt mich auf den Kaffeehaustisch. Müßte ich nicht daran denken, daß mich das Wasser umringt wie ein Krebs, könnte ich wie ein Murmeltier schlafen. Während die Jungen ihre Kleider abstreiften, um zu schwimmen, starben zwölf Menschen in einem Zimmer unter der Gewalt des Drucks ...« Und es war die Gabe, nun beinahe zum ersten Mal wahrhaftig in die Insel vorzudringen, den Druck des Meeres zu spüren, die Gefangenschaft, die jede Insel bedeutet, die Möglichkeit, sie zu erforschen, ihre Geheimnisse aufzudecken, den Tag heraufziehen zu sehen, das Licht, das die Farben unsichtbar macht, auslöscht, diesen Dunst des Lichts, »ein jedes Volk kann am Licht sterben wie an der Pest«, die Herrschaft der Sonne, die in die Hängematte zwingt und einen die müßigen Handteller nach oben wenden läßt, sehen, daß keine Tiger vorbeikommen, und nur die Schatten ihrer Beschreibungen die Macht des Lichts für einen Moment trüben, und dann das Arkanum der Antillennacht heraufziehen sehen, den mächtigen Duft (so vieler Früchte, so vieler Parfums), denn »der Duft der Ananas läßt selbst einen Vogel stocken«, und der süße Mangoduft im Fluß, fließend, versteht sich, läßt einen der Offenbarung teilhaftig werden, läßt einen die geheimen Schlüssel eines ungläubigen Mystizismus enthüllen, läßt einen sehen, wie ein Hahn geopfert wird, um die Nähe eines anderen Körpers zu erreichen, die Hingabe eines anderen Körpers, läßt einen zeigen, wie zwei oder mehr Körper sich in der Bananenpflanzung erfreuen, beschirmt von der Paradiesfeige (wie soll man ohne solche Befriedigung auf dieser Insel auch leben!), während ein Dolch die Guanábana durchbohrt, wie jedwedes Herz, läßt einen nicht nur die Lust entdecken, die Beschwörungsformeln der Liebe in der Luft, unter dem freien, herrlichen (schrecklichen) Himmel, weiß vor Sternen, sondern auch den Tanz, diese andere Art des Zaubers (der sich doch als der gleiche erweist), und diese Lust, zu leben, zu sterben, in diesem jubelnden Nichts, in dem die Dinge nicht existieren, in dem man weder definieren noch ordnen, noch berichten kann, sondern nur fühlen, das Paradies, in dem die Vernunft abgeschafft ist, jawohl, »im Meer heulen, Früchte verschlingen, Tiere opfern, immer weiter versinken, bis man das Gewicht seiner Insel kennt, das Gewicht einer Insel in der Liebe eines Volkes«. Die Weihe der Worte (die, wie der Leser sich denken wird, nicht die waren, die ich eben hingeschrieben habe) hatte die Macht gehabt, mich vom Stofflichen zu erlösen. Das Schweigen gab mich wieder auf schmerzliche Weise dem Körperlichen zurück. Ich erfuhr außerdem, daß nicht jedes beliebige Wort diese Kraft hatte, nicht jedes beliebige Wort das Wort an sich *war (und auch nicht würde sein können)*. So blieb ich in mein Schweigen versunken zurück wie ein Höllenwesen, dem man es zur größeren Strafe einen flüchtigen Augenblick gestattet hatte, das Paradies zu schauen.

»GEFAHR: Möglichkeit, Drohung,
oder Umstand, daß ein Unglück oder
eine Widrigkeit eintritt.«

nach dem Lexikon von María Moliner

Der Meister rief mich mit einer Geste zu sich und setzte sich in Bewegung. Ich erhob mich, folgte seinem behutsamen Fuß, ging unter Bäumen hinter ihm her, unter den Bäumen des weiten, tiefen Gartens, bis wir an sein Ende gelangten, wo ein hoher, alter, verrosteter, eleganter, verschnörkelter Zaun die Grenze zur Welt zog. Der Meister wies auf die erschreckende Dunkelheit auf der anderen Seite. Weißt du, was sich jenseits des Zauns befindet? fragte er. Ich schüttelte den Kopf, obwohl ich dachte, Nein, Meister, woher soll ich denn wissen, was dort ist, ich weiß doch nicht einmal, wo oder wer ich bin. Er faltete die Hände und hob sie in die Höhe, als wolle er ein Gebet zum Himmel schicken. Nichts, sagte er. Als er die Finger wieder öffnete, flog eine Taube daraus hervor. Ich sage »Taube«, um jenem herrlichen weißen Vogel, der aus seinen Händen schlüpfte, einen irgendwie vertrauten Namen geben zu können, er flatterte über unseren Köpfen umher, bevor er den Zaun überquerte und munter auf die Seite jenseits der Insel flog. Ein Knall war zu hören. Die Taube, der Vogel blieb in der Luft stehen, die Flügel ausgebreitet (Bild der Verblüffung) und fiel, ich weiß nicht, wohin, weiß nicht, in welchen bodenlosen Abgrund. Gewaltige Stille. Der Meister wandte sich an mich. Hast du verstanden? Weißt du nun endlich, was sich auf der anderen Seite befindet? Gefahr, äußerste Gefahr, das bedeutet, Wir sind umzingelt, wir wandeln am Rand der Gefahr. Man bedenke: Ich war fast noch ein kleines Kind, deshalb muß man meine Frage, Und kann man nichts dagegen tun? in ihrer ganzen Naivität verstehen, der Meister bedachte sie nur mit einem herablassenden Lächeln. Auch die Gefahr hat ihren Reiz, sagte er, es gibt köstliche Gefahren, viel kann man gegen die Gefahr tun, und er setzte seinen Weg fort, zurück zu versteckteren Winkeln der Insel. Meister, es macht mir angst, große Angst, das Wort »Gefahr«. Angst?

> »Und was kann mir denn nun noch
> Schlimmeres zustoßen?«
>
> *Jean Genet*

Wie sich der kluge Leser unschwer vorstellen kann, muß ich die Erzählung hier für zwei Minuten unterbrechen, und sei es nur, um eine Tasse Kaffee zu trinken, auf die Terrasse hinauszugehen, das Leben vorbeiziehen zu sehen oder zumindest das, was wir dafür halten, das Leben, das Leben, denn ...

ICH HABE ANGST!

(Angst wovor, nur Mut, na los, spuck's schon aus.)

NEIN!

... ich muß Kräfte sammeln, tief durchatmen, mir den Tag ansehen, der wie jeder andere ist (kein Tag ist wie jeder andere!), vergeblich versuchen, die Angst, die Gefahr zu vergessen. Währenddessen ziehen der Meister und ich uns immer tiefer in die Insel zurück, die Straße bietet einen schauderhaften Anblick: Seit einer Woche kommt schon die Müllabfuhr nicht mehr, die Müllsäcke an den Ecken stapeln sich immer höher, mit ihnen wächst die Zahl der Fliegen, und der unnütze Wind bringt nur Pesthauch herbei. Drohend und wild wie ein Tier bemächtigt die Sonne sich der Straße. Eine Volksmenge, Männer und Frauen auf Fahrrädern, schwitzend, weinend, traurig, müde, gelangweilt, sie füllen die leuchtende, ebenfalls wilde, ebenfalls drohende Straße. Andere setzen sich auf die Gehwege, starren ausdruckslos vor sich hin, warten auf etwas, ohne zu wissen, auf was, es gibt nichts zu erwarten, nicht einmal die Zeit kann man beim Sitzen totschlagen, es gibt keine Zeit, die Zeit existiert nicht, die Zeit ist eben kein Kind, das mit Würfeln spielt, es gibt keine Kinder, gibt keine Würfel, die Zeit in dieser Straße, in dieser Stadt ist ein einziger Staubwirbel mit zwei Eckdaten, Geburt und Tod. Da wir von Kindern sprechen, gerade kommt eins an, zielt mit seinem Spielzeuggewehr auf mich, Bumm, du bist tot! Und tatsächlich, ich bin tot. Jawohl, tot. Eben hat man mich zum fünften, achten, zehnten Mal getötet. Tot und schaudernd (die schlimmste Art, zu sterben) schließe ich die Tür. Und jetzt, was mache ich nun, da ich tot bin? Ich mache weiter, Meister, gehe weiter mit Euch durch den Garten (nun der Garten dieses Buches), das heißt: Vorher war es ein vergänglicher Garten, nun ist er im Wort festgehalten, die einzige Ewigkeit, die es gibt, ja, Meister, ich gehe weiter mit Euch, um herauszufinden, wohin wir gelangen werden. Ja, begleite mich einstweilen, befahl er, sah mich spöttisch an und fuhr fort, Was den Tod angeht, nur keine Sorge, oder zumindest kein Selbstmitleid (ich hasse Menschen, die sich für arme Teufel halten), ich bin ein Geist,

»›Was ist denn ein Geist?‹ sagte Stephen mit
prickelnder Energie, ›Einer, der durch Tod,
durch Abwesenheit, durch Sittenwandel,
in die Unfaßbarkeit entschwunden ist.‹«

James Joyce

und ich mache nicht viel Aufhebens darum, im übrigen sind wir alle Gespenster oder sind es einmal gewesen, alle leiden wir in diesem Leben oder haben gelitten (und ich betone »diesem«, denn was das andere angeht ...), du hast kein Monopol auf das Leiden, es ist ein Grundzug der gesamten kubanischen Literatur, das weißt du doch. (Glaubst du wirklich, hier geboren zu werden, ist ein unsägliches Fest?), folge mir, du wirst schon sehen, ich habe dir eine wundersame Reise versprochen, und ich muß, wir müssen! ein Versprechen halten, wir werden weiter unter Bäumen und noch mehr Bäumen wandeln, du wirst die Orientierung verlieren, wirst dich nicht mehr in einem Garten wähnen, an überhaupt keinem Ort, die Nacht wird gerade zu einem greifbaren Ereignis, zu einer Mauer, die man berühren kann, wenn man nur die Hände ausstreckt, strecke sie aus, strecke die Hände aus, berühre die Nacht, hab keine Angst, schau, solche Gelegenheiten sind einzigartig, nun drücke die Pforte auf, bücke dich beim Hineingehen, nicht daß du dir den Kopf stößt und dein Verstand sich verwirrt, der muß schön scharf bleiben, da sind wir schon, hier haben wir den Kerzenhalter, wird das Licht hell genug sein?, ja, das Licht wird immer hell genug sein, auch wenn wir uns leider nicht im Zeitalter der Aufklärung befinden, eher im Gegenteil. Wir waren zu einer weitläufigen Gegend voll Schatten gelangt. Wohl wissend, wie hoch die Wahrheit in der Literatur geschätzt wird, möchte ich dem Leser schwören, daß ich wahrheitsliebend bin, daß ich exakt den Eindruck wiedergebe, den die damaligen Ereignisse in mir hervorriefen, daß ich realistisch zu sein versuche (jawohl, realistisch), so gut es geht, ich übertreibe nicht, keine Sekunde habe ich mit dem Gedanken gespielt, das Erlebte, das ich heute durch den Glanz der Worte erneut und noch intensiver erfahre, zu verzerren. Alles, was ich erzähle, ist autobiographisch. Keinerlei Ähnlichkeit mit wirklichen Personen und Vorfällen ist zufällig. Schatten, Schatten. Ohne Körper. Nicht einmal Gestalten, sondern Schemen nur, die sich körperlos erhoben. Umherirrten. Sich bewegten wie Protozoen. Er hob den Kerzenhalter. Einer der Schatten verwandelte sich in einen finsteren Herrn in überaus förmlichem schwarzem Anzug, der auf einem Wiener Kaffeehausstuhl an einem Tisch saß, vor sich ein Wasserglas und ein aufgeschlagenes Heft, dessen Seiten eng mit winzigen Buchstaben vollgeschrieben waren, da hast du den Fürsten von Lampedusa, der arme Mann, noch im Tode glaubt er, niemand wolle sein Buch veröffentlichen, noch im Tode weiß er nicht, daß sein Roman inzwischen in alle Sprachen übersetzt wurde, weiß nicht (kann es nicht wissen; wahrscheinlich interessierte es ihn auch gar nicht), daß er ein Genie ist, er versuchte, das erbärmliche Lichtlein in seiner Hand noch näher heranzuführen, doch der Schatten kehrte ins Ungreifbare zurück, während ein anderer Gestalt anzunehmen begann, ich erkannte einen Mann mit Bart, hagerem Gesicht und fiebernden Augen in einem Bett, ich mußte seine schweißnasse Stirn nicht berühren, ich wußte, daß sie glühte, er sagte den Namen einer Frau vor sich hin, den ich nicht verstand, José Asunción! rief Scheherazade, und der Mann hob leicht den Kopf, schien zu lächeln, blickte uns an, zog eine Pistole unter der Decke hervor und setzte den Lauf mit feierlicher Gebärde an seine Brust, wo auf das Nachthemd ein Herz gemalt war, natürlich schrie ich oder wollte schreien, Nein, tu's nicht! (als hätte der Meister meine Gedanken gelesen, machte er eine Bewegung, um meinen Ruf zu verhindern), der Schuß fiel, und ich glaubte sehen zu können, wie das Herz mit aller Gewalt aus seiner Brust geschleudert wurde, das kann ich natürlich nicht beschwören, es kann auch Produkt der krankhaften, teuflischen, bösartigen, alles verdrehenden Phantasie sein, dann wurde der Schatten wieder zum Schatten, und er, der Meister, hob erneut den Leuchter, da war ein junger Mann mit dunklen Augen und einem Blick, in dem einmal Schrecken gewesen sein mußte (der nun verschwunden und dem heiteren Blick dessen gewichen war, dem sich in einer plötzlichen Offenbarung alles erhellt hatte); der junge Mann wurde vor ein Erschießungskommando geführt. *Ich freu mich meines künftigen Profils* (erklang die Stimme von Scheherazade), unter den Schüssen sank er zu Boden, Federico fiel mit diesen großen, heiteren Augen, die die Offenbarung bereits erlangt hatten, dann stand er heroisch wieder auf, der Meister entfernte den Leuchter, einstweilen, sagte er, solltest du nach keinen weiteren wissenden Augen mehr verlangen, und ein anderer Schatten näherte sich uns, vom Licht verkörperlicht, trat auf mich zu, es war ein alter Mann, ein alter Mann?, vielleicht älter, als er schien, ist er wahnsinnig?, wer ist der wahnsinnige, geifernde, jammernde, gekrümmte Halbnackte, der nach Urin stinkt, der Bettler da, dem die wunderliche Seele lang und müde wird, kennst du ihn?, kennst du ihn nicht?, schau gut hin, ich gehe noch näher mit dem Licht heran, auch sein Name ist Federico oder entspricht zumindest Federico in seiner Muttersprache: Nietzsche, du solltest ihn kennenlernen, so weit drang sein Gehirn vor… nein, falsch, das ist er nicht, das ist Oscar Wilde, der gerade seine Strafe wegen vermeintlicher Perversität verbüßt, und jetzt, aufgepaßt, hier befindest du dich vor Gérard de Nerval, jawohl, er will sich gerade an seinem Gürtel in der Rue de la Vieille-Lanterne aufhängen und singt, Warte nicht auf mich heute abend, denn die Nacht wird schwarz sein und weiß… (erklang die Stimme von Scheherazade), aber auch er ist es nicht, auch er nicht, es ist Attila József, der sich vor die Räder eines fahrenden Zugs wirft, und dieser Mann, mußt du wissen, der da gerade zuschaut, wie sich die kleinste Blume öffnet und sinnt und sinnt und sinnt, das Gesicht von Schmerz gezeichnet, denn die Blume, diese winzige Blume, die sich da öffnet, erweckt tiefe Gedanken in seiner Seele, die ihn quälen, dieser Mann ist Wordsworth, aber wenn du ihn an einem Seil in einem Hotelzimmer baumeln siehst, dann ist es Jessenin, und wenn er jetzt flieht, ist es weder Wordsworth noch Jessenin, sondern Rousseau, Jean Jacques, der einsame Spaziergänger, der in den letzten Lebensjahren zum Paranoiker wurde wie Strindberg, da haben wir ihn, Strindberg, wie er in Paris sein *Plaidoyer d'un fou* schreibt, und wenn er sich in eine Frau verwandelt, hast du Alfonsina vor dir, sie entschied sich, auf dem Meeresgrund zu enden, Virginia entschied sich für den Fluß, Hart Crane ebenfalls für das Meer (ah! *La mer, la mer toujours recommencée* ...), oder hier haben wir, blond, dunkel, schön, Dylan Thomas, der gerade seine achtzehn Whiskys hinunterkippt, um vom nüchternen zum trunkenen Wahnsinn und dann in den Tod zu finden, und da wir gerade vom trunkenen Wahnsinn sprechen, schau mal dort hinüber, da ist Ricardo Reis, Álvaro de Campos, dieser vielgestaltige Mann, den man der Bequemlichkeit halber Fernando Pessoa genannt hat, und da wir gerade vom Wahnsinn sprechen, hier kommen wir zu Hölderlin am Neckar, und wenn du siehst, daß er sich den Bauch aufschneidet, ist es Mishima, wenn er keine Augen hat, sind es Homer, Milton, Borges in einer Person, wenn er sich die Adern aufschneidet, dann rufe Petronius! du wirst sehen, wie er sich mit einem Blick voll Eleganz, voll der Willkür der Eleganz erhebt, und der hier, der sich im Kerker verzehrt und immer kümmerlicher wird, den rufe Miguel Hernández! So sehr leiden und doch sterben müssen (erklang die unverkennbare Stimme Scheherazades), und die Nonne, die nun mein Licht in dieser Zelle sichtbar werden läßt, ist Sor Juana Inés de la Cruz, wenn du aber einen herrlichen, hochgewachsenen Mann siehst, der sich erschießt (hast du den Knall gehört?), dann muß es sich um Majakowski, Bulgakow, Bruno Schulz handeln, obwohl letzterer sich nicht umgebracht hat, sondern den Zimtläden zurückgegeben wurde, denn an einem grauenvollen Abend erschoß ihn ein SS-Mann, erhaben und schön, wie vom Teufel besessene Seelen aufzutreten pflegen, und wer da gerade Schlafmittel nimmt, kann nur Cesare Pavese sein, nun erhellt mein Licht die Enthauptung des Thomas Morus, und hier tritt Don Miguel de Unamuno in den Schein, wie er kümmerlich dahinlebt (oder dahinstirbt) mit seinem tragischen Lebensgefühl, und Camus, der bereits von seinem tödlichen Unfall weiß (obwohl er es nicht versteht: Es ist absurd), und nun erscheinen in meinem Licht Alejandra Pizarnik und José María Arguedas, die arme Frau, die sich da aus dem Fenster beugt, ist Emily aus Amherst, und die beiden Schatten da hinten in der Ferne, die einander lieben und angreifen (was auf das gleiche hinausläuft, meinst du nicht auch?), einander lieben und aufeinander schießen, aufeinander schießen und einander lieben, das sind Rimbaud und Verlaine, und nun erhellt mein Licht Isidore Ducasse, Comte de Lautréamont, und der arglose kleine Junge da, der bereits daran denkt, Romane zu schreiben, der kleine Junge *(I weep for Adonais – he is dead!)*, den bereits Tausende von Pfeilen getroffen haben und noch Tausende mehr auf seinem Weg erwarten, dieser Junge, gespenstisch und tot, lebendig und tot, das bist du, Sebastián, und wenn ich dir das offenbare, dann deshalb:

»Das Leben soll kein uns gegebener, sondern ein von uns gemachter Roman sein.«

Novalis

Es ist eben meine Pflicht als Meister, als Schriftsteller, als Mensch von hoher moralischer Integrität, nein, versteh mich recht, ich habe keine Wahl, ich kann keine Lüge erzählen, höchstens eine Lüge, die zur Wahrheit führt, denn du, ich, er, alle, die wir schreiben, sind wie Cocteau die Lügner, die immer die Wahrheit offenbaren, und damit Schluß, für heute reicht es, ich blase die Kerze aus, wir verlassen den Hades. Er blies die Kerze aus, wir verließen den Hades. Wie durch einen Zauber befanden wir uns erneut im Garten ...

Und die Zeit verging. Ja,

... DIE ZEIT VERGING

An diesem Punkt bleibt mir nichts anderes übrig, als zuzugeben: Der Romancier muß aus der Fülle, die das Leben ihm bietet, eine begrenzte Anzahl von Details auswählen, auslesen (ein schönes Wort: Auslese), einfach aus folgendem Grund, wie Maupassant gesagt hat (er war nicht so verrückt, wie man uns glauben machen wollte): »alles zu erzählen, wäre unmöglich, denn man brauchte wenigstens einen Band pro Tag, um all die unbedeutenden Ereignisse aufzuführen, die unser Leben ausfüllen.« Schon vor langer Zeit hatten die Romanciers den Anspruch aufgegeben, alles darzustellen, wie es sich noch Rétif de La Bretonne und jene anmaßenden Demiurgen mit Namen Balzac und Tolstoi gewünscht hatten. Heutzutage muß der unglückliche Romancier, bescheidener geworden, nun jeden Kunstgriff nutzen, der sich ihm bietet, damit der Leser nicht sein Unvermögen bemerkt, alles zu erzählen: Synkopen, Temposteigerungen, Raffungen, jähe Sprünge. Die Zeit ist für den Romancier zu einer so beherrschenden Sorge geworden, daß sie von einem Thema unter vielen, von einem Inszenierungselement zusehends selbst zum Helden der Geschichte geworden ist, wie im *Tristram Shandy*, oder zum Thema an sich, wie es Mann, Woolf und der größte von allen, Proust, bewiesen haben. Wie der Leser weiß, gibt es drei mögliche Zeiten: die des erzählten Abenteuers, die des Schreibens und die des Lesens. Was die Zeit des Abenteuers angeht ... Himmel, nein! So viel gibt es noch zu erzählen, so viele Männer und Frauen, endlos traurig, frustriert, verbittert, kleinmütig, unverbesserlich, hochtrabend, heimtückisch, bleich, düster wie ein Grab, gelangweilt, so ungemein naiv und nichtig und von so diskreter Bosheit (Friedhofswächter hat Sartre sie genannt) haben nichts anderes zu tun (können gar nichts anderes), als sich der Literaturkritik zu widmen, was soll ich da die Zeit mit einem Exkurs über die Zeit verschwenden. Das beste ist also, zu dem erstaunlichen Augenblick zurückzukehren, in dem es mir möglich gewesen war, mit größter Unschuld hinzuschreiben:

und die Zeit verging.

Viele Nächte verstrichen jedenfalls mit Scheherazade in jenem Garten. In der sogenannten Wirklichkeit (in der mehrdeutigen, rätselhaften, doppelbödigen Wirklichkeit, deren richtiger Name »Phantasie« sein sollte) waren wir beide allein. Doch nun muß ich mich wieder auf die eindeutige, die mächtige Phantasie beschränken, deren richtiger Name »Wirklichkeit« sein sollte. Jede Nacht ließ Scheherazade eine andere Gestalt erscheinen. So ließ er meine Mutter auftreten, Irene, Lucio,

Onkel Rolo, Professor Kingston, Merengue ... und er erzählte die Geschichte eines jeden so, wie es ihm gefallen hätte. Schau sie dir an! befahl er eines Nachts. Wen? Na, wen wohl? sie natürlich. Und alle Figuren der Insel erschienen wieder auf ihren Sesseln in den Kolonnaden, an einem frischen, leuchtenden Oktoberabend, tranken Kaffee und plauderten ... Weißt du, wer sie sind? Ich schaute den Meister mit einem Blick voll Überraschung an, der einzig mögliche Blick in solchen Fällen. Ja, Meister, ich weiß es, antwortete ich zaghaft. Er erwiderte: Nun sei bloß nicht so naiv, mir zu erklären, es seien Marta, Casta Diva, Chavito, Mercedes ... solche Lappalien kennt jeder, das hat nicht die geringste Bedeutung, ich rede von etwas anderem. Ich schaute sie wieder an, stellte wieder fest, daß in diesen Abendstunden der Muße noch genau dasselbe Glück auf ihren Gesichtern lag. Scheherazade, der Meister, war aufgestanden, er konnte seine Unruhe nicht bezähmen und ging auf und ab, immer vom Licht begleitet, das schräg von der Decke herabfiel. Ich muß zugeben, daß ich nun restlos erstaunt war, als ich die wundersame Entdeckung machte, daß er sich wieder in den Verwundeten verwandelt hatte und in Händen nichts anderes als jenes Heft hielt, mit dem er sich zum Schreiben immer in Irenes Sessel gesetzt hatte. Woher habt Ihr dieses Heft, Meister? Ich hasse dumme Fragen, antwortete er, und dann warf er mir einen wütenden Blick aus Augen zu, die nicht mehr grünlich, sondern rot schimmerten, und sagte, Schau sie dir gut an, warum sind sie hier, was machen sie hier? *(mitleidiger Blick, Seufzen)* und nun paß auf, du wirst ein Zeichen erhalten, ich werde in das Notizbuch schreiben, während du sie weiter anschaust. Die Figuren begannen die Farbe ihrer Haare und Augen zu ändern, ebenso ihre Nasen, Münder, Hände, Körper, Kleider, Mienen, Haltungen, es waren andere, und auch wieder nicht, und diese anderen wurden wieder zu anderen, zu immer mehr, ständig wechselnden anderen, die auf endlos viele Namen hörten, René, Sofía, Foción, Alma, Felipe, Bárbara, Esteban, Ramón, Estrella, Gregorio, Maité, Pascasio, Oppiano, Luz Marina … Sie verwandelten sich in so viele Figuren in so kurzer Zeit, daß ich hier die genaue Folge der Verwandlungen gar nicht wiedergeben könnte. Schließlich verwandelten sie sich sogar in exakte Doppelgänger meiner selbst. Ich sah mich in mehrfacher Ausführung, fünf-, sechs-, siebenmal vervielfältigt, als stünde die ganze Wirklichkeit voller Spiegel. Ich hob die rechte Hand, und eine ganze Reihe von Händen ging in die Luft. Ich staunte, sie staunten. Ich sang, sie sangen. Ich lachte, sie lachten. Ich weinte, sie weinten. Erkennst du, was da vor sich geht? rief der Meister mit der jubelnden Stimme dessen, der jemandem den Schlüssel zur großen Offenbarung in die Hand gibt, es sind Figuren! …?

> »… Ich zeichne auch keine Porträts, das ist nicht mein Metier; *ich erfinde*. Das Publikum, das nicht weiß, was Erfindung bedeutet, will überall Modelle erkennen.«
>
> *George Sand*

Soll das heißen, sie sind nicht real? Auf was für Einfälle du kommst! ganz im Gegenteil, mein Sohn, sie sind realer als wir *(kurze Pause, noch ein Seufzer, mitleidiger Blick, unerklärliche Hintergrundmusik, ein weiterer Seufzer, eine ganze Folge von Seufzern)*, in gewisser Weise gleichen wir uns allerdings, weisen Ähnlichkeiten auf, denn sie sind das Produkt einer seltenen Alchimie, Sebastián, zusammengesetzt aus allem Fleisch und

Blut, allen Knochen und Arterien, allen Muskeln und Nerven, allen Ängsten, Freuden und Ungewißheiten, allen Herrlichkeiten und Erbärmlichkeiten, sie haben ebenso wie wir etwas von Gott und etwas vom Teufel und etwas von jedem Geheimnis in sich; nein, letzten Endes sind sie nicht, sind wir nicht wie du: Denn wir besitzen den Glanz der Ewigkeit! Scheherazade warf mir einen vielsagenden, ironischen, verschwörerischen Blick zu und umkreiste mich mit einer überraschenden Behendigkeit. Bei einer seiner Umdrehungen verlor er seine zerlumpten Klamotten und tauchte mit Umhang, Stock und Zylinder auf. Und ich, wer bin ich denn? Deine Figur! ehrlich gesagt, bestehe ich aus deinen Eingeweiden und ebenso aus den Eingeweiden jenes großen Schriftstellers Virgilio Piñera, den du so geliebt hast, dem so soviel verdankst und immer verdanken wirst, diesem Schriftsteller, der für andere ein Kreuz, für dich ein Segen war (ach, du hättest einen Weg finden sollen, dich mit ihm zu vereinen!), selbstverständlich bestehe ich noch aus vielen anderen Eingeweiden, eine Figur formt sich aus den Körpern und Seelen so vieler Leichname, die man unterwegs fleddert. Er kreiste noch immer um mich herum, schwang seinen Stock, lüftete den Hut, setzte ihn wieder auf und ließ seinen Umhang wirbeln. Die anderen Figuren verloren ihre Körpergestalt, verblaßten zu bloßen Umrissen, wurden durchsichtig, verschwanden. Und nicht nur sie. Bei den kreisenden Schritten des Meisters löste sich auch die Wirklichkeit auf, wurde zur zerfetzten Kulisse eines Theaterstücks, dessen Saison vorüber ist. Scheherazade und ich, allein. Der Rest, nichts. Wie ein paar Seiten zuvor, *rein gar nichts*. Absolut nichts, lieber Leser. Erneut schreibe ich: »Ich weiß, das Wort ›nichts‹ ist recht schwer zu begreifen.« Erneut schreibe ich: »Und dieses Wort sollte so wörtlich wie nur möglich verstanden werden: Nichts!« In der Szene, die ich jetzt beschreibe, befand ich mich mit Scheherazade inmitten des Nichts. In dieser Szene hatte ich nicht einmal einen Weg vor mir. Sie/er reichte mir das Heft und rief unter Lachen aus, Die Erde hat keine Gestalt: Man muß sie ihr erst geben, Sebastián, die Erde ist ein tiefes Meer, wüst und leer, und es war finster auf der Tiefe, und dein Geist und der meine (letzten Endes ein und derselbe) schweben auf dem Wasser, sollte es nicht Licht werden?

Ich schlug das Notizbuch auf.

Ich schrieb

Licht

und die fünf Buchstaben, dem Anschein nach so unschuldig, bewirkten, daß sich das Nichts mit einem herrlichen, goldenen Glanz überzog, und ich erkannte den abgrundtiefen Unterschied zwischen dem dunklen Nichts und dem erhellten Nichts (zwischen diesem Tag und dieser Nacht inmitten des Nichts). Und Scheherazade, der in dem Licht einen Ausdruck der Glückseligkeit angenommen hatte, fragte mit seiner lieblichsten Stimme, Glaubst du nicht, Sebastián, es müßte eine Feste geben, welche die Wasser scheidet?

Ich schrieb natürlich

Feste

und eine Feste schied das Nichts und verwandelte sich sogleich in den Himmel, der wie von Zauberhand blau wurde. Ohne daß es mir jemand befohlen hätte,

schrieb ich nun

und unsere Körper schwebten nicht länger, unsere Füße kamen auf festem Grund zu stehen,

wie man sich denken kann, fuhr ich fort,

schrieb, Worte, Worte, Worte

Worte, Worte, Worte,

Worte, Worte,

Worte

Wind

Wasser

Berge

Häuser

Fluß

Bäume

und mit jedem Wort wurde die Wirklichkeit reicher. Die Welt bildete und ordnete sich, ganz nach meinem Willen und Wunsch. Der Verwundete und ich wanderten mit unbezähmbarer Freude durch diese Erfindung. Ich weiß oder glaube zu wissen, daß wir an einen See gelangten. Wir müssen uns an sein Ufer gesetzt haben (Seen sind dazu da, daß wir uns an ihre Ufer setzen). Mit bedeutungsschwerer Gebärde befahl er mir, Beuge dich vor und betrachte dich im blauen Wasser, da es gerade erst geschaffen wurde und wir bisher die einzigen Menschen sind, ist es noch unverdorben. Doch im Spiegel des Wassers sah ich nicht mich, ich sah ihn, sah den Verwundeten, den Tingo und ich gefunden hatten, in jener Nacht Ende Oktober, in der Tischlerei von Vidos verstorbenem Vater. Und das Bild im Wasser, schwankend, flüchtig beinahe, enthüllte mir schlagartig, was ich mit dem Heft tat, und was noch wichtiger war, es enthüllte mir, wer ich selbst war. Meister, sagte ich, ich möchte die Geschichte meiner Kindheit erzählen, die Geschichte jener Insel, auf der ich geboren wurde, in Marianao, am Stadtrand von Havanna, neben dem Columbia-Lager, ich will die Geschichte all derer erzählen, die mich begleitet haben, mich unglücklich oder glücklich machten, will zu den letzten Monaten des Jahres 1958 zurückkehren, in denen wir, ohne es zu wissen, vor einer entscheidenden Wende in unserem Leben standen, vor jenem Wirbelsturm, der Türen und Fenster eindrücken, Dächer zerstören, Wände einreißen würde, damals wußten wir nichts von der Macht der Geschichte über die Existenz der gewöhnlichen Leute, Meister, wir wußten nicht, daß wir die Steine auf dem Brett eines unverständlichen Spiels waren, konnten nicht ahnen, daß die Flucht des Tyrannen und seiner Familie in die Dominikanische Republik, der Einzug der siegreichen Rebellen (die wir für Gesandte des Herrn hielten) in Havanna unser Leben so sehr verändern würde, als wären wir in der Nacht des 31. Dezembers 1958 gestorben, um am ersten Januar 1959 wiedergeboren zu werden, unsere Namen, Körper und Seelen wie verwandelt (obwohl dies, wie ich weiß, keinen Platz in diesem Roman haben wird: Es muß in anderen Büchern erzählt werden). Der Meister hörte mir offenbar nicht zu. Er lächelte regungslos. Seine Augen bekamen einen besonderen Glanz. Er verjüngte sich. Aus seinem Körper drang ein so intensives Strahlen, daß es einen blendete. Erst dann reagierte er. Schreibe, verliere keine Zeit, schreibe! schrie er, während er kreiste, und ich merkte, wie auch Sie, meine verehrten, möglichen Leser, es jetzt merken (anhand der selbstsicheren Geste, die seinen Ausruf begleitete, des Glanzes in den grünlichen Augen und des

Lächelns, ebenso selbstsicher wie seine Geste), daß er (oder sie) sich mehr als bewußt darüber war, was für ein Gewicht dieser Satz erlangen mußte. Er kreiste weiter und löste sich schließlich in Rauch, in glänzenden Staub auf, der nach oben stieg und sich dort als segensreicher Regen über die Erde ergoß. Ich begriff, begreife: Es blieb und bleibt nur ein einziger Weg. Ich schlage also das Heft wieder auf, schreibe: »So viel wurde und wird über die Insel erzählt, daß man verrückt werden würde, wollte man alles glauben ...«

»Nicht den Sieg wollte ich,
sondern den Kampf.«

Strindberg

und neben den Mango-, den Mamey- und Guanábanabäumen schießen Pappeln, Weiden, Zypressen und sogar ein herrlicher Sandelholzbaum aus Ceylon in die Höhe, ein Pflanzendickicht wächst, Farne und Blumen, man sieht Statuen, den Diskuswerfer, die Diana, den Hermes, die Venus von Milo, die Greta-Garbo-Büste, den Laokoon mit seinen Söhnen, den Apoll vom Belvedere neben der Palisadenwand zum Vorhof und mittendrin den Brunnen, der den Knaben mit der Gans präsentiert, da sind die Häuser, das große Gittertor, das auf die Bahnstraße hinausgeht, das Diesseits, das sich vom Jenseits abgrenzt. Ich kehre zurück in eine Nacht Ende Oktober. Vor mir, Mercedes mit ihrer Einsamkeit, Marta mit ihren Träumen, Lucio mit seiner Verwirrung, Onkel Rolo im Buchladen, Señorita Berta, die uns unterrichtete und von Gott träumte, Tingo, den seine Unwissenheit zum Weinen brachte, Merengue, der seinen Kuchenkarren putzte und dabei an den verschwundenen Chavito dachte, Casta Diva und Chacho,

Helena, Vido, Melissa, die Barfüßige Gräfin, Professor Kingston, Doña Juana, die schläft ... Ich kann sie sehen: Sie warten. Ich weiß, sie sind bereit, zum Leben zu erwachen und in verwandelter Form diese kurze, aber intensive Zeitspanne zu wiederholen, von einer Nacht Ende Oktober (Regen zieht drohend herauf, sie spüren eine unbekannte Gegenwart auf der Insel) bis zu dem historischen Datum des 31. Dezembers 1958, an dem der verheerende Brand ausbrach. Sie werden lebendig. Beim Akt meines Schreibens werden sie lebendig. Die Augen leben auf, die Stimmen erklingen. Schritte sind zu hören, Gemurmel. Türen und Fenster öffnen und schließen sich. Es wird Nacht. Es wird Morgen. Die Frösche quaken. Ein Uhu fliegt vorüber. Der Wind wiegt die Baumwipfel. Erweckt den kräftigen Geruch der Kubakiefern und Kasuarinen. Auch die Erde riecht auf eine ganz eigene Art, als würde es regnen. Es ist das Reich, mein Reich, erneut zum Leben erwacht. Vor mir wieder die Insel meiner Kindheit. Und all ihre Bewohner. Ihr seelisches Befinden, ihre Siege, ihr Scheitern. Ihr Schicksal wird von mir abhängen, von diesem Heft. Es ist Zeit, zu schreiben: Ich schreibe. In diesem Augenblick nehme ich den Platz Gottes ein. Und da ich einstweilen der bin, der erschafft, werden natürlich die Dinge nicht sein, sind nicht gewesen, wie sie einmal waren. Ich berichtige. Wähle aus. Setze neu zusammen. Ich gehe durch das Zimmer, schaue auf die Straße hinaus, auf der das Leben wie ein Trugbild erscheint. Auch ich bin ein Trugbild. Ich mache mir nichts vor. Ich habe keine materielle Substanz. Wenn ich auf die Straße trete, wird niemand mich bemerken. Ich existiere nicht. Wer bin ich dann, wenn ich nicht vor dem strahlenden Papier sitze? Um zu fühlen, daß ich lebe, wende ich mich wieder dem Schreiben zu. Wende mich unvermeidlich dem Papier zu. Die Worte werden genügen. Vereint, verschworen, mächtig. Ist es etwa nicht richtig, ja sogar notwendig, daß am Anfang das Wort war, daß unsere vielgestaltige Welt mit einem einfachen Wort begann?

Havanna 1996

Einen besonderen Dank an:

Ramona und Luisa Pazó, Maydel Montesino, Alfredo Alonso, Bernardo Alonso, Gisela Gimeno, Ana Torrents, Beatriz de Moura, Ion de la Riva, Lorenzo Nadal und Cristina Fernández Cubas

MICHAEL CUNNINGHAM

DIE STUNDEN

Aus dem Amerikanischen von Georg Schmidt

Roman, 2000, 304 Seiten, gebunden

Ein Tag im Leben von drei Frauen: Clarissa Vaughan, eine in exzentrischen Verhältnissen lebende Verlagslektorin in New York in den Neunzigern, Laura Brown, eine verheiratete Frau und Mutter in Los Angeles im Jahre 1949, und Virginia Woolf in Richmond im Jahre 1923. Drei Frauen, drei Geschichten, die sich in einem subtilen Beziehungsgeflecht zu einem literarischen Meisterwerk verbinden.

»… eine einfühlsame und triumphale Verneigung vor dem Original … eine Hommage an Virginia Woolf, mit der er sie in sein eigenes Revier entführt, einen Ort, der neben den Gefahren der Neunziger auch unvergeßliche Stunden zu bieten hat.« NEW YORK TIMES BOOK REVIEW

»… der wahre Triumph liegt darin, daß Cunningham wunderbar über Beziehungen, das Leben und den Tod und die Liebe schreibt. Der Roman ist so geschickt aufgebaut, daß es einem am Ende, wenn alle Fäden zusammenlaufen, vor Entzücken und Überraschung schier den Atem verschlägt.«
DETROIT FREE PRESS

ANTÓNIO LOBO ANTUNES
ANWEISUNGEN AN DIE KROKODILE

Aus dem Portugiesischen von Maralde Meyer-Minnemann.
Roman, 1999, 448 Seiten, gebunden

Vier Frauen, die alle in grotesk-absurder Weise an eine terroristische Gruppe von Verschwörern gebunden sind, erheben in dem neuen Roman von António Lobo Antunes ihre Stimme. In den Monologen der Frauen vermischen sich Erinnerungen und Gegenwart, Träume und Realität zu einem surrealen Ganzen. Auf faszinierende Art bettet der Autor die Handlung – die Vorbereitung eines Attentats durch die »Krokodile« – in die individuellen Gedankenströme ein. Noch tiefer als im *Handbuch der Inquisitoren* und in *Portugals strahlende Größe* dringt Antunes ein in den Haß und Selbsthaß der Protagonisten, wieder besticht er durch die Kraft der Bilder und die magische Wucht seiner Sprache.

»Ein samtschwarzes, klangvolles, sprachmächtiges und forderndes Stück Literatur.« NZZ

»Ein wahrhaft grandioses, vielschichtiges Epos um Verschwörung, Betrug, Angst, Terror und Machtrausch.« NEWS